LA PRISONNIÈRE DE SPARTE

Hélène de Troie *

Née en 1943 dans le Tennessee, Margaret George est historienne, auteur de biographies et de romans historiques. Son cycle *Les Mémoires de Cléopâtre* a été adapté à la télévision aux États-Unis.

Paru dans Le Livre de Poche :

LES MÉMOIRES DE CLÉOPÂTRE

1. La Fille d'Isis
2. Sous le signe d'Aphrodite
3. La Morsure du serpent

MARGARET GEORGE

La Prisonnière de Sparte

Hélène de Troie *

ROMAN TRADUIT DE L'ANGLAIS (ÉTATS-UNIS)
PAR NATHALIE CUNNINGTON

ALBIN MICHEL

Titre original :

HELEN OF TROY

ISBN : 978-2-253-12457-3 – 1re publication LGF

À ma fille
Alison Rachel
Mon amie, ma compagne
Et sa grand-mère, ma mère
Margaret Mead
L'une des dernières Belles du Sud

... malgré la jeunesse de ses murailles, Troie
Avait été détruite, noble ville des rois
Et nombreux les hommes de grande renommée
À perdre la vie – las ! ceci, qui peut le nier ? –
Pour la seule Hélène, la femme de Ménélas,

Une chose accomplie ne peut en être une autre.

John LYDGATE, *Le Livre de Troie*,
1412-1420.

Prologue

Je vole vers Troie. Ou plutôt, on dirait que je flotte, car je file en ligne droite, telle une flèche. Je n'ai pas d'ailes et, si mes bras sont tendus, c'est seulement pour me guider. Je sens le vent glisser entre mes doigts. Je suis comme égarée, ébahie à l'idée de pouvoir ainsi retourner à Troie et que cela me coûte si peu d'efforts.

J'aperçois le bleu de la mer, chantant et scintillant, survole sa surface éclatante et ses vagues ourlées d'écume blanche, les îles brunes qui se soulèvent telles des bêtes au dos nu et rond qu'on aurait dépouillées de leur fourrure. Sur leurs collines, comme des vertèbres, saillent leurs os.

Où sont-elles, ces îles que nous avons visitées, Pâris et moi, ces îles qui jalonnaient notre voyage vers Troie ? D'une telle hauteur, il m'est impossible de le savoir.

Une mouette descend en piqué près de moi. Le battement de ses ailes provoque des remous qui déstabilisent mon vol. L'espace d'un instant, je me sens tomber, puis me redresse et continue à planer tranquillement. Ma robe se gonfle, flotte autour de moi en un halo.

Tout là-bas, sur la mer, des bateaux. Quelle est leur destination ? Qui transportent-ils ? Impossible de le savoir ni même de s'en soucier. C'est ainsi que les dieux nous voient – comme des jouets sans importance. Maintenant, je comprends. Enfin.

Le rivage de Troie apparaît. Déjà ! Une seule chose m'importe, me fait brûler d'impatience : revoir Troie. Passer les portes de la ville, parcourir ses rues, toucher ses bâtiments, oui, même les bâtiments auxquels je ne m'étais jamais attachée. Maintenant, ils me sont tous chers. Je me redresse et me pose en douceur juste devant la porte sud, la plus impressionnante. La première fois que j'étais entrée à Troie, il m'avait semblé qu'elle touchait le ciel, mais maintenant que je l'ai vue d'en haut, je sais qu'elle n'atteint pas les nuages, loin de là.

Curieusement, mes pieds ne soulèvent pas la poussière lorsque je touche le sol. Hébétée, je me laisse griser par la joie du retour. Je perçois les chants des oiseaux autour de moi dans les prairies, l'odeur des champs ensommeillés sous le soleil de midi. À ma droite, paissent des troupeaux de chevaux louvets, les célèbres chevaux de la plaine de Troie. Tout est paisible, ordonné. Au loin, dans un bosquet, une petite ferme en pierre, avec un toit de tuiles. L'envie me prend d'y aller, de frapper à la porte. Mais elle est éloignée et je tourne à nouveau mon regard vers Troie.

Troie ! La ville se dresse, magique, devant moi, dansant sur fond de ciel bleu. Jamais l'homme n'a bâti de tours aussi hautes, de murailles aussi épaisses, aussi belles. Et à l'intérieur... à l'intérieur reposent tous les trésors de la terre ! Chatoyante tel un mirage, Troie est là, taquine. Elle me murmure ses secrets à l'oreille et m'attire à elle.

Je m'avance vers la porte. À ma grande surprise, elle n'est pas fermée. Ses épais battants de bronze s'ouvrent en grand devant moi. Au-delà, le chemin qui mène vers la citadelle m'invite à le suivre. Je franchis la porte, remarque au passage l'absence des gardes et des soldats qui d'habitude la protègent. Je suis maintenant dans la ville. Mais comme elle est silencieuse – point de charrettes grinçantes, point de rires, point de voix.

Je me dirige vers la citadelle, cet ensemble de palais et de temples qui couronne les hauteurs de Troie et miroite au loin. La blancheur de ses pierres me fait signe, comme une déesse.

La ville est complètement déserte. Je me prends à guetter l'écho de mes pas dans les maisons vides. Où sont-ils donc tous partis ?

Je cherche mon chemin vers la citadelle, où toute ma famille se trouvera réunie. Priam et Hécube seront dans leur palais, Hector et Andromaque dans le leur et, dans leurs quartiers, derrière le palais royal, tous les fils et toutes les filles de Priam et d'Hécube – cinquante fils et douze filles, chacun dans ses propres appartements. Enfin, entre le temple d'Athéna et la demeure d'Hector, notre palais se dressera, fier – le mien et celui de Pâris.

Il est là. Parfait. Tel que Pâris et moi l'avions rêvé, bien avant que la première de ses pierres soit posée. Quand, allongés sur notre lit parfumé, nous nous amusions à imaginer notre palais idéal. Il est là.

Tel qu'il n'a jamais été. Jamais, en effet, les murs n'ont été tout à fait de cette couleur-là. Non, nous n'avions pas pu nous procurer des pierres rouges de Phrygie. Il nous avait fallu les remplacer par des pierres plus sombres de Lesbos. Or, c'est bien les rouges que je vois là, ajustées à la perfection. Je reste un instant à les regarder, sans comprendre. *Non, ce n'était pas comme ça, sauf dans notre imagination*, murmuré-je, comme si l'image des pierres allait se brouiller et celles-ci se transformer sous mes yeux.

Mais, insensibles, elles demeurent telles que je les vois.

Je hausse les épaules. Peu importe. J'entre dans le palais et traverse le vaste mégaron, puis gravis les escaliers menant aux parties privées de nos appartements, les pièces où Pâris et moi nous retirons quand nous en avons fini avec les affaires du jour et que nous pouvons enfin être seuls.

Le bruit de mes pas résonne. Pourquoi tout est-il aussi vide ? C'est comme si notre palais était ensorcelé. Rien ne bouge, pas une voix ne se fait entendre.

Je suis maintenant sur le seuil de notre chambre. Pâris doit être là, à m'attendre. Il vient de rentrer des prés où il a dompté les chevaux sauvages comme il aime tant le faire. Il boit un verre de vin et frotte ses membres un peu contusionnés par cette journée de travail. En me voyant arriver, il lèvera les yeux et dira, *Hélène, tu sais, ce cheval blanc dont je t'avais parlé...*

Je pousse les portes d'une main ferme. Un silence redoutable règne dans la chambre plongée dans la pénombre.

J'entre. Seul le murmure de ma robe frôlant mes pieds vient déranger le silence. « Pâris ? » dis-je – le premier mot que je prononce depuis longtemps.

Dans les histoires, les personnages se retrouvent transformés en statues de pierre. Ici, ils ont disparu. Je tourne la tête de tous les côtés, à la recherche de quelqu'un. Personne. De Troie, il ne reste qu'une coquille, des palais, des murs et des rues. La ville a été vidée de ce qui lui donne réellement sa grandeur : son peuple.

Et toi, Pâris... où es-tu ? Si tu n'es pas ici, chez nous, où donc te trouves-tu ?

La lumière du jour ! Je remercie le ciel que quelqu'un ait ouvert les volets. Maintenant, Troie peut revivre, maintenant le soleil va l'inonder. Les rues s'empliront à nouveau et renaîtront d'un coup. La vie n'était pas partie, elle s'était simplement assoupie. Maintenant, Troie va pouvoir s'éveiller.

« Majesté, il est l'heure. »

Je sens une main posée sur mon épaule. « Tu as dormi longtemps. »

Mais je reste là, à Troie, refusant de quitter la chambre de mon palais. Troie. Pâris s'y trouve maintenant. J'en suis sûre ! Il viendra !

« Je sais que c'est difficile, mais il faut te lever. » C'est la voix de la dame d'honneur. « Ménélas ne peut être enterré qu'une fois. Et c'est aujourd'hui le jour. Toutes mes condoléances, ô ma reine. Il faut que tu sois forte. »

Ménélas ! J'ouvre les yeux et jette des regards fous autour de moi. Cette pièce – ce n'est pas notre chambre de Troie. Ô, dieux ! Je suis à Sparte, et Ménélas est mort.

Mort, Ménélas, mon mari, roi de Sparte – disparu, Pâris, prince de Troie – parti depuis trente ans au moins. Troie n'est plus. Je ne peux même pas dire qu'il n'en reste que des ruines fumantes, car les fumées de ses décombres ont depuis des lustres été avalées par le ciel. Troie est morte au point que même ses cendres ont été dispersées.

Tout ceci, mon retour à Troie, n'était qu'un rêve. Même ce que ce beau rêve a conservé – les murailles, les tours, les rues et les bâtiments – est désormais parti. Il ne reste plus rien. Je me mets à sangloter.

Sur mon épaule, une main. « Je sais que tu pleures sa perte, dit-elle. Pourtant, tu dois... »

Me redressant brusquement, je m'assieds au bord

du lit. « Je sais. Je dois assister aux funérailles. Que dis-je, je dois y présider. » Je me lève et me sens prise d'un léger vertige. « Je sais quel est mon devoir.

– Majesté, ce n'est pas ce que je voulais...

– Bien sûr que non. Prépare mes habits s'il te plaît. »

Voilà qui me débarrassera d'elle.

J'appuie mes mains sur mes tempes. Ménélas, mort. Oui. C'est bien cela. Les aveux qu'il m'a faits, ses implorations – c'est une seule et même chose. Je lui pardonne. Cela s'est passé il y a si longtemps. Et Pâris... *Notre histoire deviendra une ballade pour ceux qui ne sont pas encore nés*, lui avais-je dit. Quelle jeune folle j'étais ! Il a disparu. Il n'est nulle part dans mon rêve – je sais maintenant que ce n'était qu'un rêve. Pâris et moi ne sommes plus.

Peu importe. Le rêve m'a montré le chemin. Je retournerai à Troie après les funérailles, une fois que tout sera réglé à Sparte. Même vide, même détruite, je dois voir Troie une dernière fois. C'est là que j'ai vécu, pleinement, intensément. C'est là qu'Hélène, née à elle-même, est devenue Hélène de Troie.

Dans ma vie, j'ai atteint les hauteurs, même si cela n'a été qu'un instant. Sur ce point, le rêve ne s'est pas trompé. Jeune femme, Hélène a vécu pleinement, intensément, à Troie. Comprenez ce que vous voulez. Jeune femme, j'ai fait naître la haine, la guerre, la mort. La couronne qui ceignait mon front, disait-on, n'était pas faite de fleurs, mais d'épées de bronze.

Pourtant, je n'ai jamais voulu ni désiré cela. La faute, je la dépose aux pieds des hommes qui m'ont poursuivie.

Je parle d'Hélène comme si vous saviez. Mais qui est Hélène ?

Écoutez et je vous le dirai. Retenez votre souffle, vous l'entendrez parler.

I

Hélène. Avant même de savoir parler, j'entendis mon nom et appris que j'étais Hélène. Ma mère le disait à voix basse, mais sans douceur, comme si c'était un atroce secret. Parfois, elle me le sifflait à l'oreille. Je sentais alors le chatouillis de son souffle chaud sur ma peau. Jamais elle ne le chuchotait. Jamais elle ne le criait. Le chuchoter aurait été une marque d'affection, le crier une façon d'avertir les autres. Elle ne désirait pas attirer l'attention sur moi de la sorte.

Elle m'appelait aussi Petit Cygne et, quand elle utilisait ce nom affectueux, elle souriait comme si cela lui procurait du plaisir. C'était notre petit secret à toutes les deux. Elle ne prononçait jamais ce nom en présence d'une autre personne.

Comme la brume accrochée aux collines peu à peu s'évapore et disparaît, laissant surgir les formes solides des rochers et des forêts, une vie prend forme sous la mémoire des tout premiers jours, avant que celle-ci ne se consume. Dans le tourbillon des souvenirs et sensations mêlés qu'il me reste de mon enfance, je me rappelle le palais qu'habitait la famille de ma mère et où elle-même avait grandi. Ma grand-mère et mon grand-père étaient encore vivants, mais j'ai beau essayer, je ne me souviens pas de leur visage. Nous nous étions tous retrouvés là – réfugiés là plus exactement – parce que mon père avait perdu son trône à Sparte. Il en avait été chassé et vivait à présent, roi en exil, dans la famille de son épouse.

Si maintenant je sais que ce pays s'appelait l'Étolie, à l'époque, bien sûr, j'ignorais tout des lieux, des villes, de leurs noms. Je savais simplement que notre palais de Sparte, couronnant la colline, était davantage exposé au soleil et au vent que celui de mes grands-parents, lequel était sombre et étriqué. Je ne m'y plaisais pas et rêvais de retrouver ma vieille chambre. Je demandai un jour à ma mère quand cela serait possible, quand nous pourrions retourner chez nous.

« Chez nous ? fit-elle. Mais c'est ici, chez nous ! »

Ne comprenant pas, je secouai la tête.

« Quand j'étais petite, c'était ma maison, poursuivit-elle. Je ne me suis jamais sentie chez moi à Sparte.

– Moi, si », répondis-je.

Je tentai de contenir les larmes dont mes yeux s'emplissaient à la pensée que je n'y retournerais peut-être jamais. J'étais parvenue à les empêcher de couler, mais mes lèvres tremblantes me trahirent.

« Arrête de pleurer comme un bébé ! dit-elle en agrippant mon bras. Les princesses ne pleurent pas, même devant leur mère ! » Au moment où elle se pencha vers moi, ses traits prirent une expression qui me fit horreur. Son visage devint long et étroit et, lorsqu'elle fronça les sourcils, il s'allongea plus encore, au point de ressembler au museau d'un animal. « Nous saurons bientôt combien de temps nous allons rester ici, et où nous devons aller. L'oracle de Delphes nous le dira. La pythie nous le révélera. »

Installés dans une carriole bringuebalante, nous traversions un paysage de forêts sauvages, très différent de la douce vallée verdoyante dans laquelle Sparte se nichait. Ici, des reliefs escarpés, couverts de buissons et d'arbres chétifs, rendaient notre progression difficile. À l'approche de la montagne où se cachait le site sacré de Delphes, il nous fallut abandonner la carriole et gravir un sentier défoncé qui épousait le relief. De chaque côté, de grands arbres maigres aux troncs effilés comme des aiguilles cherchaient le ciel sans donner aucune ombre. Nous dûmes contourner les rochers et escalader les obstacles.

« Ainsi, quand on arrive à Delphes, on apprécie d'autant plus », dit Castor, l'un de mes frères. De cinq ans mon aîné, il avait les cheveux noirs de maman, mais un caractère heureux et doux. De tous mes frères et sœur, c'était lui mon meilleur ami. Invariablement gai et encourageant, il me faisait rire tout en m'entourant, moi, la plus jeune, d'une prévenance et d'une vigilance constantes. « Si c'était facile à trouver, nous n'y attacherions pas autant de prix. »

« De prix ? » Juste derrière nous, le souffle court et le pas lourd, venait Pollux, son jumeau. Aussi blond que Castor était brun, il était d'un naturel sombre, soupçonneux et craintif, contrairement à ce que l'éclat de sa blondeur laissait supposer. « Moi, comme prix, je ne vois qu'une ascension du mont Parnasse dans la poussière, sans une goutte d'eau. Et pour quoi ? Pour qu'un devin nous dise ce qu'il faut faire ? Vous savez bien que si Mère n'aime pas ce qu'on lui dit, elle n'en tiendra tout simplement pas compte. Alors, pourquoi prendre la peine d'y aller ? Elle aurait pu rester dans sa chambre et faire venir un oracle pour y procéder aux rites divinatoires !

– C'est Père qui a besoin de savoir, répliqua Castor. Lui, il accordera de l'importance aux paroles de l'oracle, quand bien même Mère n'en aurait cure. Après tout, il s'agit de son trône à lui.

– Et c'est son propre frère qui l'en a chassé ! Allons, cher Castor, serrons-nous la main et jurons d'éviter ce genre de dispute.

– Nous pourrions régner ensemble, non ? Qu'est-ce qui nous en empêcherait ? fit Castor en riant.

– Si Père ne retrouve pas son trône, il y a peu de chances pour que nous lui succédions, renchérit Pollux.

– Eh bien, dans ce cas, nous deviendrons de grands pugilistes ou des lutteurs accomplis, nous remporterons tous les prix, nous aurons d'immenses troupeaux et beaucoup de femmes...

– Toi, tu t'en sortiras toujours bien, j'en suis certaine. » Notre sœur aînée, Clytemnestre, apparut tout près de nous. « Tu peux en savoir gré aux dieux. »

Elle se tourna vers moi et me demanda si j'étais fatiguée.

Je l'étais, en effet, mais prétendis le contraire. Et pour le prouver, je pressai le pas.

Enfin, au coucher du soleil, nous atteignîmes Delphes. Nous avions grimpé pendant des heures et trouvé une source où, surgies semblait-il de nulle part, d'autres personnes se rafraîchissaient, s'aspergeant le visage et remplissant leurs gourdes. L'eau se déversait sous l'ombre des grands arbres dans un étang sur lequel dansaient des taches de soleil. C'était un endroit calme, reposant. Je trempai mes mains dans l'eau – qu'elle était froide ! – et y puisai quelques forces.

Il était trop tard pour consulter l'oracle. Nous passâmes donc la nuit dans le champ qui se trouvait en contrebas des lieux sacrés. Il y avait là de nombreuses autres personnes dormant sous les étoiles. Celles-ci brillaient d'une lumière froide. Les contemplant, je me promis de demander à mes frères ce qu'ils savaient sur elles. Mais cette nuit-là, nous étions tous si fatigués que nous nous endormîmes sans tarder.

Il était très tôt lorsque la caresse du soleil sur mes yeux me réveilla. Il n'apparut pas furtivement sur la crête d'une montagne, comme à Sparte, mais, à peine levé, inonda le ciel de sa lumière. Tout autour de moi, les autres se réveillaient, pliaient leur couverture et s'étiraient, pressés de découvrir les secrets de Delphes.

Père n'était plus lui-même. Je le perçus à la manière dont il saluait les autres pèlerins. Il leur parlait, mais ne semblait pas entendre leurs réponses. Et quand lui-même leur répondait, c'était d'une manière vague et décalée.

« Dépêchons-nous, dit-il, afin d'arriver les premiers auprès de l'oracle. » Il dévisagea les autres pour les jauger. « Ce qui les préoccupe, ce sont des soucis ordinaires, pas l'avenir d'un trône. » Il nous fit presser le mouvement.

Oracle. Avenir. Présages. Prophéties. J'avais été libre jusque-là. J'étais une enfant sans importance – du moins, je le croyais. Dorénavant, ma vie serait gouvernée par les devins, décidée par les dieux, définie à l'avance.

Père marchait vite, se penchant en avant pour fendre le vent, si grande était sa hâte d'arriver le premier auprès de l'oracle. C'est alors qu'un cri transperça l'air. Perchée sur un rocher au milieu du chemin, nous vîmes une vieille harpie toute vêtue de sombre et la tête couverte. Elle ressemblait davantage à un vautour ou un corbeau qu'à une femme.

« Toi ! Toi ! » Sa voix était – je m'en souviendrai toujours – un croassement.

Père s'arrêta. Nous fîmes tous de même. Puis il s'approcha d'elle, se mit sur la pointe des pieds afin d'entendre ce qu'elle avait à lui dire. Nous le vîmes se renfrogner et secouer la tête. Mais oui, il se disputait avec elle, à grand renfort de gestes ! Enfin, il vint me chercher pour me traîner jusqu'à cette vieille femme.

Mais moi, je ne voulais pas le suivre. Pourquoi me forçait-il ? Je me tortillai pour essayer de me dégager.

« Toi ! Toi ! » hurla-t-elle de son horrible voix stridente. Père me souleva et, tandis que je me contorsionnais pour me sauver, me tint fermement en l'air devant cette femme. Elle se pencha en avant, saisit ma tête entre ses mains. La voix changée, elle se mit alors à prononcer des cris étranges, inhumains. Ses doigts étaient comme des serres qui m'agrippaient si fort que je crus sentir ma tête exploser.

« Alors, emmenez-la à Sparte ! » Sa voix était maintenant lointaine et faible, comme l'eau de la source que nous avions vue en arrivant à Delphes. « Mais elle causera la ruine de l'Asie, et celle de l'Europe. Par sa faute, une guerre terrible aura lieu et de nombreux Grecs périront ! »

« Lâche-moi ! Lâche-moi ! » hurlai-je. Hélas, mon père me tenait fermement. La vieille femme respirait avec un bruit affreux, mi-halètement, mi-rugissement. Mère était pétrifiée, comme clouée au sol. L'impuissance de mes parents me terrifia plus qu'autre chose. Par la vertu d'un pouvoir que j'ignorais, cette femme les avait-elle paralysés ?

« Troie, murmura-t-elle. Troie... »

Tout d'un coup, le sortilège se brisa. Sa respiration redevint normale. Elle relâcha son étreinte. Des frissons me parcoururent le crâne. Je tombai dans les bras de Père.

Nous poursuivîmes notre marche vers l'oracle, la pythie, qui dans un lieu secret respirait des effluves gazeux lui permettant de communiquer avec le dieu Apollon. Père se rendit auprès d'elle. Mais ce qu'elle lui dit, je ne le sus jamais. Je tremblais encore sous le choc de cette rencontre avec celle que j'appelais la vieille femme.

« Non, me corrigea Clytemnestre, la sibylle. C'est la sibylle Hérophilé. Elle parcourt la campagne en prophétisant. Elle est d'un âge plus vénérable encore que l'oracle, et d'une importance supérieure. » Ce genre de choses, Clytemnestre, de six ans mon aînée, les savait, et elle avait à cœur de les retenir. « Ses prédictions finissent toujours par se réaliser. Alors qu'avec l'oracle, ça n'est pas toujours clair. Souvent, les choses ne se produisent pas comme on s'y attendait. »

« Pourquoi s'en est-elle prise à Hélène ? » demanda Pollux.

Clytemnestre se tourna vers lui. « Tu le sais bien, pourquoi, rétorqua-t-elle.

– Moi, je ne le sais pas ! dis-je. S'il te plaît, je t'en prie, dis-le-moi !

– Ce n'est pas à moi de te le dire. Demande à Mère ! »

Et elle partit d'un éclat de rire presque aussi effrayant que celui de la sibylle.

Nous rentrâmes au palais de mes grands-parents en toute hâte – du moins c'est ce qu'il me sembla. Tandis que Père et Mère se retiraient pour s'entretenir avec les vieux monarques, je restai seule, à errer dans mes appartements vides. Comme je détestais mes parents !

Mon crâne me faisait toujours mal à l'endroit où la sybille l'avait agrippé. Je tâtai prudemment ma tête et sentis des croûtes boursouflées sous mes doigts.

Une guerre terrible... de nombreux Grecs périront... Troie... J'ignorais ce que cela voulait dire, mais je savais que cela inspirait une grande inquiétude à Père et Mère, et même à Clytemnestre, elle qui d'habitude était si téméraire et n'hésitait pas à conduire un char de chevaux fougueux ou à enfreindre une règle.

Je pris un miroir pour inspecter les blessures que j'avais à la tête. Mais j'eus beau le tourner dans tous les sens, les plaies étaient situées trop en arrière pour que je les voie.

« Non ! » cria Clytemnestre en m'arrachant le miroir des mains. C'était bien de l'inquiétude qu'il y avait dans sa voix.

« Tu arrives à voir le dessus de ma tête ? lui demandai-je. Moi, je ne peux pas. C'était tout ce que j'essayais de faire. »

Elle écarta mes cheveux. « Il y a des petites marques, ici, mais elles ne sont pas très profondes », me dit-elle, tout en tenant le miroir bien fermement dans sa main.

II

Ce jour-là, j'appris que les miroirs m'étaient interdits. Un miroir, c'était un objet si simple – une surface de bronze poli réfléchissant une image qui n'était de toute manière pas très nette. Je n'avais pas vu grand-chose. Le visage que j'avais entraperçu n'était pas celui que je m'étais imaginé.

Pouvons-nous nous représenter nos propres traits ? Je ne le crois pas. Nous nous imaginons invisibles, dépourvus de visage et capables de nous fondre complètement dans ce qui nous entoure.

Mère se regardait très souvent dans le miroir. Chaque fois que j'entrais dans sa chambre, c'était pour la surprendre en train d'inspecter son image. Elle levait les sourcils, tournait la tête pour s'examiner sous un autre angle, passait la langue sur ses lèvres. Si parfois son reflet amenait sur ses lèvres un sourire, la plupart du temps il la faisait froncer les sourcils et soupirer. Lorsqu'elle me voyait, elle posait le miroir, toujours, allant même une fois jusqu'à s'asseoir dessus pour que je ne puisse pas le prendre.

Que dire de ma mère ? Qu'elle était jolie ? Ravissante ? Attirante ? Séduisante ? Belle ? Superbe ? Il existe tant de mots, tant de nuances, pour décrire l'impression exacte qu'une personne fait sur nos sens. Disons qu'elle était tout cela à la fois. Elle avait, comme je l'ai dit, un visage long et mince qui la distinguait des autres membres de notre famille, avec leurs figures rondes ou ovales. La lame parfaite de son nez soulignait ses yeux écartés et bridés – c'était la première chose que l'on remarquait chez elle, ces grands yeux bridés dont le regard ne croisait jamais le vôtre et qui dominaient son visage. Mais surtout, on était frappé du contraste entre son teint et ses cheveux. Elle avait la peau très blanche, les cheveux d'un noir de jais, et les joues toujours rouge carmin. Son cou était mince, long et d'une grande élégance. Un jour, quelqu'un ayant dit qu'elle avait un cou de cygne, elle fit sortir cette personne de la pièce. Elle aurait dû pourtant en être fière.

Je trouvais qu'elle avait un très joli nom – Léda. Cela voulait dire « princesse ». Elle était en effet toujours gracieuse et délicate, digne en cela du nom que mes grands-parents avaient choisi pour elle.

Je demandai un jour à Mère – alors que je l'avais encore une fois surprise en train de se contempler dans le miroir qu'elle avait aussitôt caché – pourquoi on m'avait appelée Hélène et ce que mon nom voulait dire.

« Je sais que Clytemnestre veut dire "prétendant méritant", et comme elle est ta fille aînée, je me suis dit que cela évoquait la cour que Père t'avait faite. »

Penchant la tête en arrière, elle partit d'un rire discret et amusé. « Ton père m'a fait la cour en fin politique qu'il était et sera toujours. » Voyant mon air perplexe, elle poursuivit : « Je veux dire par là qu'après être de nouveau contraint à l'exil, il a trouvé refuge auprès de mon père et de ma mère. Ils avaient une fille en âge de prendre époux. Lui était pressé de se marier. Tellement pressé qu'il leur a promis de superbes présents s'ils lui donnaient leur fille. C'est ce qu'ils ont fait.

– Mais qu'est-ce que tu as pensé de lui, lorsque tu l'as vu pour la première fois ? »

Elle haussa les épaules. « Qu'il n'était pas déplaisant, que je pourrais le supporter.

– Et c'est tout ce qu'une femme peut espérer ? demandai-je d'un ton hésitant, et quelque peu choqué.

– Oui, répondit-elle en me regardant fixement, avant d'ajouter : bien que dans ton cas, je pense que nous pouvons espérer plus. Obtenir plus. Maintenant, pour ce qui est du nom de tes frères... Castor tient le sien de l'animal et, en effet, il est devenu en grandissant un jeune garçon très industrieux. Quant à Pollux, son nom veut dire “vin doux en abondance”. Plus de vin, cela ne ferait pas de mal à ton frère... Cela le rendrait peut-être d'humeur plus légère.

– Et mon nom ? Mon nom à moi ? »

Les enfants ne s'intéressent-ils pas en premier lieu à eux-mêmes ? Il me tardait d'entendre mon histoire, l'histoire extraordinaire de ce qui s'était passé avant que je puisse m'en souvenir. J'avais hâte de percer ce mystère dont seuls Père et Mère détenaient la clé.

« Hélène. » Elle inspira profondément. « Ton nom a été difficile à choisir. Il fallait qu'il soit... Il fallait qu'il reflète... » Elle se mit à tortiller nerveusement une boucle de ses cheveux, geste auquel elle se raccrochait lorsqu'elle manquait d'assurance ou se sentait perturbée. Comme je le connaissais, ce geste ! « Ton nom voulait dire beaucoup de choses. Tout d'abord, “Lune”, parce que tu paraissais touchée par la déesse. Et puis, “torche” parce que tu amenais la lumière.

– J'étais un bébé. Comment aurais-je pu amener la lumière ?

– Tes cheveux étaient brillants, comme le soleil.

– Lune – soleil – je ne peux pas être les deux à la fois ! »

Comme tout cela était confus !

« Mais si. Les lumières de ces deux astres sont certes différentes, mais il est possible d'être les deux. D'avoir leurs attributs à tous les deux.

– Mais tu m'appelles aussi Petit Cygne. Pourquoi ? »

Autant me faire expliquer tous mes noms.

« Parce que tu es mon petit cygne, tout juste sorti de l'œuf.

– Mais comment ai-je pu te faire penser à un petit cygne ? À un animal que tu n'aimes même pas ? »

Un jour, chez mes grands-parents, lors d'une promenade près du lac, nous avions vu tout un groupe de cygnes nager dans notre direction. Ma mère avait fait volte-face et s'était enfuie, tandis que Père, le visage écarlate, hurlait à pleins poumons et leur jetait des pierres. « Allez-vous-en, monstres répugnants ! » avait-il crié.

« Autrefois je les aimais bien, reprit Mère. C'était mes oiseaux préférés quand j'étais petite fille et que je vivais ici avec mes parents. J'allais souvent les nourrir au bord du lac. J'adorais les regarder flotter sur l'eau, avec leurs jolis cous souples et leurs plumes blanches.

– Mais, pourquoi tes sentiments pour eux ont-ils changé ?

– J'ai appris à mieux les connaître en grandissant. J'ai cessé de m'émerveiller de leur beauté. » Elle se pencha brusquement et prit mon visage entre ses mains longues et fines – aussi longues et fines que son propre visage. « Ne regarde pas les choses de trop près, ne t'en approche pas trop. Tu risques de perdre cette faculté d'émerveillement qui est le propre des enfants. » Elle me caressa la joue. « Crois tout ce que tu vois. Plus tard, cela te sera impossible. » Elle eut un de ces sourires qui illuminaient son visage. « Autrefois je les aimais, et j'aime toujours le petit cygne que tu es.

– Eh bien, tous les jours j'irai voir les cygnes, dis-je d'une voix décidée. Tant que je peux les aimer, avant que je ne découvre... cette chose qui t'a fait changer d'avis.

– Alors, ne tarde pas. Nous allons bientôt quitter cet endroit. Ton père a réussi à récupérer son trône. Nous retournons à Sparte. Les cygnes n'y vont que très rarement. Ils n'y vivent pas et ne s'y posent pas souvent. »

Oh, quel bonheur de retrouver notre maison, notre merveilleux palais qui s'étendait au sommet de la colline surplombant la vallée de la rivière Eurotas, avec à ses pieds la ville de Sparte sur la plaine ! Comme il m'avait manqué ! J'aimais tant ma chambre, ses murs blancs décorés de peintures d'oiseaux et de fleurs, le vieux poirier juste devant ma fenêtre ! Quant à mes jouets, ils m'attendaient dans le coffre où je les avais laissés quand nous étions partis de manière si précipitée.

Bien sûr, personne n'aurait volé des jouets. Père tint toutefois à vérifier le contenu de ses magasins, afin d'évaluer l'étendue du pillage auquel son frère s'était livré après avoir usurpé son trône et pris sa place au palais. Père avait vidé auparavant lui-même la salle du trésor et était allé enterrer ses richesses au pied des montagnes avoisinantes.

« Mais on ne peut pas se protéger contre tout ! dit-il. Pour moi, chaque dalle abîmée est un outrage, chaque manteau dérobé un viol ! L'infâme a vécu ici, il a osé envahir mon palais ! » Son visage s'empourpra. Mère tenta de le calmer.

« Tyndare, ce ne sont là que des détails. Le plus important, c'est ton trône. Il est ici. Tu l'as récupéré.

– Mon frère – ce porc... !

– Il est mort, fit Mère d'une voix coupante.

– Ça ne change rien. Je le hais ! »

En entendant de telles paroles, je me demandai comment on pouvait en arriver à faire du tort à son propre frère au point que celui-ci ressente une haine pareille. Il est vrai que j'ignorais encore tout des ignominies dont les membres d'une même famille peuvent se rendre coupables les uns envers les autres. Je ne comprenais pas parce que j'adorais mes frères et ma sœur, qu'ils m'aimaient et que je ne voyais pas comment il aurait pu en être autrement.

Ma vie à Sparte était emplie de soleil et de rires. Le palais m'offrait un immense terrain de jeux. J'avais tout ce que je voulais. Je chantais, jouais, apprenais mes leçons avec le brave vieux précepteur qu'on avait fait venir pour moi. Je ne manquais de rien, ne désirais rien que je ne puisse obtenir. Je me souviens de cette période de ma vie comme étant la plus innocente et la plus heureuse – si tant est que le bonheur consiste à n'avoir ni désirs, ni soucis, ni rêves, et à se laisser porter, tout simplement.

Mais vint le jour, inévitable, où je levai les yeux et où mon cœur et mon regard mûris furent capables de discerner les hautes murailles qui cerclaient notre palais et m'empêchaient d'accéder à tout ce qu'il y avait au-delà. C'est alors que je commençai à demander que l'on m'emmène dehors, à la découverte des prairies, des montagnes et de la ville. On m'opposa un refus catégorique.

« Tu dois rester ici, à l'intérieur des murs d'enceinte

du palais », dit Père sur un ton décourageant toute contestation.

Bien sûr, comme tous les enfants, je voulus savoir pourquoi, mais il refusa de me fournir la moindre explication. « Cela doit être comme je l'ai dit. » Telle fut la seule raison qu'il daigna me donner.

Je demandai à mes frères, mais les sentis réticents à me répondre, ce qui ne leur ressemblait guère. Castor, d'ordinaire si téméraire, expliqua que je devais respecter la volonté de Père. Quant à Pollux, il laissa entendre d'un ton mystérieux que ce dernier avait ses raisons.

Quel ennui d'être la benjamine ! Les autres pouvaient aller et venir comme bon leur semblait, mais Hélène, elle, devait rester à l'intérieur, telle une prisonnière ! Ne serais-je donc jamais délivrée ? Ne connaîtrais-je jamais la liberté ?

Je décidai d'exiger que l'on me laisse aller dehors. Il fallait que j'apprenne à chasser, que je sois capable de partir dans les montagnes armée d'un arc. Pensez donc ! À sept ans, je n'en avais encore jamais tenu un dans mes mains ! Ainsi, un jour, je me dirigeai d'un pas décidé vers les appartements de Père, repoussant les gardes placés de chaque côté de l'entrée du mégaron. Cela me fit tout drôle, de les repousser de la sorte. Après tout, je ne leur arrivais qu'à la taille. Mais j'étais une princesse et ils me devaient obéissance.

Ce jour-là, le mégaron – cette vaste pièce où l'on accueillait les hôtes importants, avec son foyer central et ses colonnes polies – était sombre et vide. Les appartements privés du roi, séparés de ceux de la reine, situés à l'étage près du mégaron, se trouvaient dans une aile du palais, en face des appartements des enfants. Au moment où j'approchais, d'autres gardes apparurent. Je les écartai eux aussi de mon chemin.

J'entendis la voix de Père. Il était là ! Maintenant était venu le moment de lui parler ! J'allais enfin lui dire à quel point je désirais sortir de l'enceinte du palais. C'est alors que j'entendis mon nom. Je m'arrêtai, tendis l'oreille.

« Hélène... Le pouvons-nous ? » disait-il.

De quoi parlaient-ils ? Mon cœur marqua un arrêt, puis se mit à battre à tout rompre.

« Si oui, tu devras alors reconnaître publiquement la chose. » C'était Mère. « Te sens-tu prêt ? Elle est d'une plus grande valeur encore si...

– Je sais ! Je sais ! aboya Père. J'en suis parfaitement conscient. » Je percevais maintenant de la douleur dans sa voix. « Mais pouvons-nous... Peux-tu en apporter la preuve irréfutable ? Des preuves, ils en voudront...

– Regarde-la donc ! »

Il y avait une note de triomphe dans la voix de Mère.

« Mais il n'y a rien d'absolument certain, je veux dire par là... Certes oui, sa beauté... Mais enfin, toi aussi, ma chère, tu es belle... »

Le ton que prit ma mère témoignait de son agacement. « Et ses cheveux ? fit-elle. La couleur de ses cheveux ? »

Qu'est-ce que mes cheveux avaient à voir là-dedans ? Je n'y comprenais rien.

« Cela ne suffit pas, reprit Père. Tu n'as rien d'autre ? »

Le silence qui suivit était éloquent.

« Comment as-tu pu être aussi bête ? reprit-il. Tu aurais pu au moins demander quelque chose.

– Si la même chose t'était arrivée, tu saurais à quel point ce que tu dis est stupide !

– Alors comme ça, je suis stupide ! »

À partir de là, ils reprirent leurs vieilles querelles, et je sus que je n'apprendrais rien d'autre. J'entrai alors d'un air guilleret dans la pièce et demandai l'autorisation de sortir du palais, pour voir ce qu'il y avait au-delà des murailles. Ils froncèrent tous deux les sourcils et refusèrent. Père m'expliqua que j'étais trop jeune, et Mère que je disposais ici de tout ce dont j'avais besoin.

Je devenais grande. J'étais maintenant âgée de neuf ans. Je vivais toujours derrière les murailles, mais j'avais pris l'habitude de traîner un rondin de bois sur lequel je me juchais pour jeter un coup d'œil à la dérobée sur la vallée qui s'étendait au pied de la colline sur laquelle était perché le palais.

À la longue, j'obtins une petite victoire : je persuadai Père et Mère de laisser mes frères m'emmener à la chasse. Ils me donnèrent la permission d'aller dans le Taygète, une chaîne de montagnes où se trouvait la réserve royale, que nul étranger ne pouvait pénétrer.

« Pour commencer, nous allons te faire chasser des lièvres, dit Castor. Ils ne peuvent pas se retourner contre toi, certes, mais ils sont rapides et pas si faciles que cela à atteindre avec un arc et des flèches. »

Clairières et vallons devinrent ainsi mon univers. Plus que la chasse elle-même, c'était la poursuite du gibier qui me plaisait. J'adorais courir à travers bois. J'avais le pied tellement léger que mes frères me surnommaient Atalante, comme cette vierge chasseresse imbattable à la course. D'après la légende, de nombreux prétendants avaient tenté de courir plus vite qu'elle, mais elle les avait tous surpassés. Seule une ruse d'Aphrodite avait permis à l'un des jeunes gens d'atteindre la ligne d'arrivée avant elle.

« Cette Aphrodite ! avait fait Castor en se moquant de ma rapidité. Elle fera tout pour que tu trébuches.

– Faire la course avec tous tes prétendants ne serait peut-être pas une si mauvaise idée, chère sœur, ironisa Pollux. Tu es au moins assurée d'être en tête pendant les premiers tours de piste, ce qui retardera l'inévitable. »

Le dos appuyé contre un tronc d'arbre, je soupirai. Les dessins de l'écorce s'imprimèrent sur ma peau. Père parlait maintenant de mariage pour Clytemnestre ; il disait qu'il était grand temps qu'elle prenne un époux. Tous les bons partis de la région, et même ceux qui venaient de contrées aussi lointaines que la Crète ou Rhodes, se disputeraient sans doute sa main. Car en plus de Clytemnestre, il y avait une couronne à gagner : son mari succéderait à Père sur le trône de Sparte – à moins qu'il ne soit déjà roi lui-même, auquel cas il emmènerait Clytemnestre dans son royaume.

« Est-il vrai qu'autrefois les perdants devaient mourir ? demandai-je.

– Ce sont des légendes, répondit Pollux. En vérité, je pense que les hommes sont beaucoup plus prudents maintenant.

– Mais si j'impose cette condition-là à mes prétendants... est-ce que cela les découragera ? »

Je ne faisais que plaisanter. C'est alors que les paroles de la sibylle me revinrent à l'esprit. *De nombreux Grecs périront.* « Non, ce n'est pas ce que je voulais dire », m'empressai-je d'ajouter.

À mesure que je gagnais en habileté, mes frères me laissèrent plus de liberté et cessèrent de m'escorter partout. Souvent, laissant filer le gibier que je poursuivais, je m'attardais dans les clairières vertes au pied des montagnes impressionnantes du Taygète. Il y avait là des vallons embrumés où seuls de pâles rayons de soleil effilés comme des lances parvenaient jusqu'au sol tapissé de mousse. J'aimais passer quelques instants dans ces endroits où je me sentais tellement à l'abri. On aurait dit que même le soleil n'osait y pénétrer.

Dans ces moments-là, j'oubliais jusqu'aux disputes entre le roi et la reine que je surprenais de plus en plus souvent en train d'échanger des paroles dures. Dans la forêt, les animaux ne se moquaient pas les uns des autres, les arbres ne me mettaient pas mal à l'aise. Vous saviez quelles bêtes étaient dangereuses et susceptibles de vous attaquer. Dans la forêt, il n'y avait pas d'ennemi secret.

III

Depuis ma naissance, neuf hivers avaient passé. J'étais maintenant presque aussi grande que ma mère. Ces derniers temps, chaque fois qu'elle me faisait venir dans ses appartements, elle insistait pour que nous nous mettions debout dos à dos, afin de voir comme j'avais grandi. Elle exigeait que l'on place un bâton au-dessus de nos têtes, et demandait à sa servante, « Je suis toujours la plus grande, n'est-ce pas ? » – et la femme hochait docilement la tête. Qu'arriverait-il quand je la dépasserais et que le bâton pencherait de l'autre côté ? Je priais pour que ce jour n'arrive jamais car je sentais bien que cela, pour une raison que j'ignorais, lui déplairait.

Quand elle me faisait venir dans ses appartements, c'était souvent sous le prétexte de savoir ce que mon précepteur m'enseignait. Si je lui répondais que nous étions en train d'étudier la famille des dieux et des déesses, elle me posait des questions. Au début, celles-ci étaient faciles : donne-moi le nom des dieux, me demandait-elle. Uniquement les douze qui habitent sur l'Olympe, pas les autres. Et je m'exécutais. Plus tard, elle me posa des questions bien plus délicates. Un jour, elle voulut que je lui donne le nom de tous les enfants de Zeus.

« Tu veux dire ceux qui sont immortels, ou bien tous ? »

Elle eut un sourire étrange. « Commence par les immortels. »

Je les nommai – Athéna et Perséphone, Apollon et Artémis, Arès et Hermès. J'ajoutai qu'Héra était sa sœur et qu'Aphrodite n'était pas sa fille, mais celle du grand-père de Zeus, Ouranos.

« Aphrodite n'est pas à strictement parler née comme les autres enfants, fit Mère avec un petit rire sec. Mais Zeus a fait en sorte que sa descendance soit fort nombreuse sur le mont Olympe. Puisqu'il est immortel et n'abdiquera jamais, il n'a nul besoin de se soucier de sa succession. Ses enfants auront beau se chamailler et se bagarrer, cela ne changera rien. Aucun d'entre eux ne mourra, aucun ne sera obligé de partir en exil. » Elle se tut, le temps de s'installer sur un banc et d'étendre ses longues jambes que recouvrait sa robe de lin fin. Elles étaient visibles, roses sous le tissu blanc.

Elle surprit mon regard et lissa l'étoffe sur ses cuisses. « Le lin le plus beau, celui d'Égypte, fit-elle. J'aurais préféré du bleu, mais ces tissus n'arrivent chez nous qu'en dernier, après avoir transité par Troie, la Crète et je ne sais quel autre lieu. »

Elle était sur le point de se lamenter, comme d'habitude, sur l'isolement de Sparte. « C'est quand même un bel endroit, ici, lui dis-je.

– Soit. Maintenant, passons aux enfants mortels ! reprit-elle brusquement. Donne-moi leurs noms !

– Ceux que Zeus a eus avec des mortelles ? Oh, Mère, mais comment donc pourrais-je tous les compter ? » protestai-je en riant.

Le précepteur m'avait parlé des plus importants

d'entre eux, comme Persée et Minos, et bien sûr Héraclès, mais certains m'étaient inconnus.

« Il y a quelqu'un qui les a tous comptés ; Zeus a dénombré cent quinze mortelles auxquelles il désirait accorder ses... ses faveurs.

– Et bien entendu, elles ont toutes eu un enfant de lui. »

Les dieux ne pouvaient pas se lier avec une femme, déesse ou mortelle, sans laisser derrière eux une preuve.

« En effet, toutes, dit Mère.

– Mais n'est-il pas... euh... étrange que ces femmes ne puissent voir le dieu, du moins sous son apparence divine. Par exemple, il se déguise en taureau, ou en pluie d'or...

– C'est pour les protéger qu'il agit ainsi ! Tu sais bien ce qui est arrivé à Sémélé, cette imbécile qui voulait le voir sous sa forme divine. »

En effet, la propre mère de Dionysos, après avoir vu Zeus sans déguisement, avait été sur-le-champ transformée en tas de cendres. « C'est une bien triste histoire », dis-je. Mère paraissait agitée, comme s'il était capital de savoir ce que le précepteur m'avait enseigné. « Il est visiblement dangereux d'être trop curieux », poursuivis-je d'un ton qui se voulait apaisant.

Elle inspira profondément. « Tout à fait. Et maintenant, que sais-tu des autres enfants de Zeus, en dehors d'Héraclès et de Dionysos ? »

Je réfléchis. « Ces deux-là sont les plus célèbres parce qu'ils sont eux-mêmes devenus dieux, ce qui est exceptionnel. Les autres meurent, comme tout le monde. Il y a Persée, qui vivait pas très loin d'ici, à Argos. Ensuite, Niobé, la première femme mortelle de Zeus, et son fils Argos, et puis... oh Mère, ils sont si nombreux ! C'est comme si Zeus était partout, et... Non, je ne peux pas tous les nommer. » C'était impossible. Même mon précepteur en aurait sans doute été incapable. « Alcmène, la mère d'Héraclès, a été la dernière. Zeus ne vient plus parmi nous. » Ce dont je me félicitais, car ainsi il n'y avait pas d'autres noms à mémoriser.

Alors Mère partit de ce rire que je détestais. « Et c'est ça qu'il t'a enseigné ?

– Oui. » Je reculai de quelques pas. Elle me faisait peur quand elle riait de la sorte. « Il m'a dit que Zeus... que ce temps-là était révolu.

– Pas complètement », rétorqua-t-elle. Elle ouvrit la bouche, mais au lieu de poursuivre elle poussa un grand soupir résigné. « Si, ce temps-là est terminé maintenant. Complètement. Toutefois, Héraclès n'est pas le dernier des enfants mortels de Zeus. D'autres sont nés après lui. Allons, ton précepteur ne t'a-t-il pas dit ce que les enfants de Zeus avaient de particulier ? »

Je ne voyais vraiment pas où elle voulait en venir. « Non, dis-je enfin. Bien sûr ils sont tous superbes, grands et forts, et sont dotés... d'une beauté plus qu'humaine, c'est bien ainsi qu'on dit ? Mais en dehors de ça, je ne sais pas. Ils sont très différents les uns des autres.

– Ce sont tous des hommes ! cria-t-elle en se levant si vite que mes yeux purent à peine la suivre. Tous des hommes !

– Peut-être a-t-il des filles, mais il ne les reconnaît pas. Peut-être pense-t-il qu'engendrer des filles est en dessous de sa dignité, si bien que dans ce cas il ne revendique pas sa paternité. »

Je n'étais pas loin de croire que Zeus pouvait penser ainsi.

« Allons donc ! répliqua Mère en tremblant. Des

filles, il en a, des déesses qui vivent sur le mont Olympe et dont il est fier. Peut-être aucune mortelle ne lui a-t-elle donné une enfant digne de lui. Si tel était le cas, tu peux parier qu'il en serait fier. À supposer qu'il ait connaissance de son existence.

– Je croyais qu'il savait tout. »

Le rire affreux retentit à nouveau. « Oh, Héra ne cesse de le duper ! Non, il est fort possible qu'il ignore l'existence de sa fille mortelle, si celle-ci vit recluse, dans un endroit où nul ne va, où nul ne la voit. »

Je fus brusquement envahie d'un sentiment affreux. Ses mots résonnaient à mes oreilles. *Recluse, dans un endroit où nul ne va, où nul ne la voit.* Oui, ils m'avaient recluse. Oui, peu de gens venaient à Sparte. Et puis je surprenais si souvent Père et Mère en train de parler de moi à voix basse... Enfin, que dire de ces miroirs interdits ? Et pourquoi Mère parlait-elle de Zeus avec tant de férocité, tant d'intransigeance ? Mais non, mon imagination me jouait des tours. Tous les enfants aiment à penser qu'ils sont spéciaux, qu'ils sont uniques.

Quelque chose me revint brusquement en mémoire. Était-ce là ce qu'elle voulait me faire comprendre ? « Je descends de Zeus ! Oui, mon précepteur m'a dit que Zeus et Taygète, une nymphe de la montagne, avaient eu un enfant, Lacédémon, et que c'était l'ancêtre de Père. » Je m'attendais à ce qu'elle me félicite, applaudisse et me dise : *oui, c'est ça !*

Elle secoua la tête. « C'était il y a très longtemps, et je ne vois rien de divin chez ton père. Le sang s'est appauvri, si tant est qu'on puisse le faire remonter jusqu'au mont Olympe. »

Elle tremblait. Je lui touchai l'épaule, regrettant de ne pouvoir l'enlacer – je savais qu'elle m'aurait repoussée. « Oh, ça n'est pas grave, dis-je. Je ne vois pas en quoi cela peut nous concerner. » Toutes ces histoires qui s'étaient produites jadis, à ce qu'on disait, n'avaient que peu d'importance.

Elle m'adressa un regard dur. « Il est temps pour nous d'aller participer aux rites des Grands Mystères. Déméter et Perséphone sont liées à notre famille. Tu es suffisamment grande. Nous allons tous partir en pèlerinage dans la montagne. Là, tu feras connaissance avec la déesse qui veille sur toi. Et, si tel est son désir, elle te révélera bien des choses. »

Il fut décidé que nous partirions lors de la célébration des Grands Mystères en automne. Je pouvais d'ores et déjà commencer mon initiation, afin d'être en mesure de comprendre les rites secrets dans leurs moindres détails lorsque j'arriverais au sanctuaire. Seuls ceux qui avaient été préparés et acceptés par la déesse pouvaient contempler leur nature secrète.

Une vieille femme, attachée au service de ma mère depuis son enfance, m'instruisit en privé. Il nous est formellement interdit de révéler à quiconque ce que nous avons appris. Je parlerai donc des choses que tous peuvent savoir. Tout d'abord, Agavé, l'amie de Mère, m'emmena en promenade dans les champs récemment ensemencés et me raconta l'histoire d'une voix chantante. On m'avait fait mettre un voile pour cacher mon visage et ne pas être vue des paysans qui travaillaient dans les champs. Le ciel clair en paraissait du coup assombri. Nous étions escortées de deux gardes armés d'épées impressionnantes et eux aussi initiés.

Si je ne voyais pas distinctement, j'entendais. Les chants d'oiseaux et les éclats de voix m'indiquaient que nous étions à cette période triomphante de l'année où la terre, redevenue chaude, se réjouit. Je perçus l'odeur moisie des mottes que l'on venait de retourner et les grognements sourds des bœufs attelés à la charrue qui s'ébrouaient. Marchant derrière l'arc du soc, le fermier répandait les semailles dans le sillon et, encore derrière, un garçon armé d'une pelle les recouvrait. Des corbeaux coassant à la recherche d'un repas décrivaient des cercles au-dessus de sa tête. Même leurs cris râpeux me semblaient gais. Le garçon les invectivait et tentait de les chasser avec son chapeau, tout en riant.

« La terre se réjouit. Peux-tu me dire pourquoi ? »

Agavé s'arrêta net, si brusquement que je lui rentrai dedans. Elle se retourna et tenta de voir mon visage, mais il était caché par le voile.

« Parce que Perséphone est remontée des enfers », répondis-je docilement.

Tout le monde sait cela ; nul besoin d'être initié.

« Et puis ?

– Et puis Déméter, sa mère éplorée qui a fait flétrir tout ce qui pousse et fleurit, va redonner vie à la végétation. C'est ainsi qu'après le sommeil des arbres fruitiers, vient leur floraison. »

Elle hocha la tête. « Bien. C'est ça. Et pouvons-nous entendre Déméter ? La voir marcher parmi nous ? »

Sa question me déconcerta. « Je n'en suis pas sûre. Si tel était le cas, je pense qu'elle se déguiserait. C'est ce qu'elle avait fait pour aller chercher Perséphone, n'est-ce pas ?

– En effet. »

Agavé me prit par la main et nous nous remîmes en marche, cheminant entre deux champs, l'un d'orge, l'autre de blé. À cette époque de l'année ne poussaient que des rangs de petites tiges vertes qui semblaient extrêmement fragiles. « Tant que sa fille est avec elle, la mère se montre bienveillante avec nous, dit Agavé. Mais dès qu'elle repart, la punition s'abat sur nous. Les vignes se flétrissent et le froid tue les fleurs. C'est ce que nous appelons l'hiver.

– L'hiver ! Quelle saison détestable ! marmonna l'un des gardes. Nos orteils deviennent bleus, nos doigts gourds, et on voudrait que nous combattions comme si c'était l'été. Les champs se reposent, les ours s'endorment, mais pour les soldats spartiates, pas de répit ! »

Agavé éclata de rire. « Il n'y a pas de guerre en hiver, alors tu n'as pas vraiment de raison de te plaindre.

– Peut-être, mais même en hiver il faut protéger les rois. Et les princesses. » Il m'adressa un clin d'œil. « Et que faisait donc la garde de Perséphone ce jour-là, quand Hadès l'a enlevée ? Si Déméter avait été une bonne mère, elle n'aurait pas laissé sa fille comme ça, sans protection.

– Ne la dénigre pas, sinon, elle frappera ces champs et toi, mon pauvre ami, tu n'auras plus rien à manger, répliqua Agavé.

– Aucun risque que quelqu'un file avec Hélène. Le roi la fait garder nuit et jour, comme s'il ne suffisait pas qu'elle soit enfermée dans l'enceinte du palais. J'aimerais bien savoir ce qu'il redoute tant.

– Tu ferais mieux de ne pas poser la question, répondit Agavé d'une voix changée. Déméter se trouve peut-être ici même, dans l'un de ces champs, alors..., poursuivit-elle en s'adressant à nous tous, surveillez votre langue. »

Puis, se tournant vers moi, elle ajouta : « Quant à toi, tu la verras quand nous irons célébrer les Grands Mystères. Je t'en fais la promesse. »

À cette pensée, je me mis à frissonner de joie. Mais

c'était Perséphone que je désirais voir plus que tout. Elle était jeune, comme moi.

Perséphone choisissait cette époque de l'année où les jours et les nuits sont d'égale longueur pour sortir d'une caverne située à Éleusis et se montrer. L'endroit était éloigné de Sparte et proche d'Athènes, sur l'autre versant des montagnes. Comme dans notre famille et celles qui lui étaient associées, personne ne venait de cette région-là, je me demandai pourquoi la déesse et sa mère avaient choisi de nous protéger, nous.

Mère m'expliqua que Déméter étant la déesse des récoltes et de l'abondance, il était tout naturel qu'elle montre une préférence pour Sparte. En effet, notre vallée était d'une telle richesse, d'une telle fertilité ! De hautes montagnes la protégeaient de toutes parts, et l'Eurotas aux eaux vives qui traversait cette étendue verte arrosait nos récoltes. Champs de céréales, vergers aux arbres généreusement chargés de pommes, de grenades, d'olives et de figues, vignes enroulant leurs grappes autour de troncs de chênes – tout cela ne pouvait que plaire à Déméter et témoigner de son pouvoir sur nos vies.

« Tu as vu à quel point l'Étolie est une région aride. Ou peut-être ne t'en souviens-tu pas, tu étais si petite. Il n'existe aucun autre endroit aussi luxuriant que notre vallée de Sparte, aucun, pas même Argos, Tirynthe ou Mycènes avec toutes leurs prétentions. Même Pylos ne peut rivaliser avec nous. » C'était bien de la fierté qu'il y avait dans sa voix. « Pour cela, Déméter nous aime.

– Ou peut-être notre vallée est-elle aussi riche précisément parce que Déméter nous aime ? suggérai-je. Comment tout cela a-t-il commencé ? »

Elle fronça les sourcils. « Vraiment, Hélène, tu fais

preuve d'un esprit des plus ergoteurs et des plus contrariants.

– Je ne le fais pas exprès.

– Pourtant, c'est souvent l'impression que tu donnes. J'ignore pourquoi la vallée de l'Eurotas est fertile, ou comment tout cela a commencé, et je ne crois pas que ces questions aient une quelconque importance. Déméter est notre déesse, voilà ce qui compte. Elle a béni la terre sur laquelle nous régnons et de ce fait elle nous protège.

– Mais sans cette terre, nous protégerait-elle toujours ? Après tout, si je me mariais et quittais Sparte, je n'habiterais plus cette vallée fertile. Déméter cesserait-elle alors de veiller sur moi ? »

Elle pencha la tête en avant et ferma les yeux. L'avais-je mise en colère ? L'avais-je offensée ? Elle se mit à respirer profondément, comme si elle s'était assoupie. Quand elle reprit la parole, ce fut d'une voix basse et hésitante : « Tu dis vrai. Il arrive souvent qu'un roi soit chassé de son trône, qu'il perde son royaume. C'est arrivé à ton père, deux fois. On a vu des monarques se jeter dans l'Eurotas et se noyer. La famille royale de Mycènes est maudite parce que des frères se sont battus pour ce trône-là. Des atrocités ont été commises... » Elle frissonna. « Peut-être à de tels moments, les dieux nous abandonnent-ils. Ils ne veulent pas se mêler de nos problèmes. »

Nous étions assises dans la cour du palais, sous la caresse des rayons du soleil. L'été, les feuilles tombées des arbres ornementaux emplissaient cet espace ouvert de leur bruissement, et des oiseaux sautillaient de branche en branche dans l'espoir qu'on leur donne quelque nourriture. Ils étaient si peu sauvages qu'ils descendaient en piqué pour venir, tout fiers, picorer quelques miettes à nos pieds. Un gazouillis, un petit bond en arrière, et les voilà qui repartaient d'un coup d'aile, vifs, au-dessus du toit du palais, vers le lointain. En les voyant voler ainsi, Mère partit d'un rire profond et enivrant. Qu'elle était belle ! Ses yeux sombres suivaient le vol des oiseaux. Il me suffisait de la regarder, elle, pour savoir où ils étaient.

« Viens, Hélène, dit-elle brusquement. J'aimerais te montrer quelque chose. » Elle se leva et me tendit sa main fine aux doigts ornés de lourdes bagues. Celles-ci s'enfoncèrent cruellement dans ma chair lorsqu'elle me serra la main. Je la suivis docilement jusqu'à ses appartements.

Maintenant que je devenais grande, je voyais bien que ceux-ci étaient meublés de manière bien plus fastueuse que le reste du palais. En général, nos pièces contenaient quelques sièges et de simples plateaux nus sur trois pieds en guise de tables. Mais dans les appartements de Mère, il y avait des chaises avec des accoudoirs, des divans recouverts d'étoffes douces pour s'allonger dans la journée, des tables incrustées d'ivoire sur lesquelles étaient posées des boîtes décoratives sculptées et des coupes en albâtre. Protégeant les pièces du soleil implacable de midi, des voilages adoucissaient la lumière et ondoyaient dans la brise. Le palais étant haut perché, nous bénéficiions toujours d'un vent agréable, et le clair-obscur des appartements de Mère était un havre de fraîcheur.

Sur une table placée tout contre un mur, Mère avait disposé ses objets les plus précieux, ceux auxquels elle tenait tout spécialement. S'y trouvaient toujours plusieurs coupes et boîtes rondes façonnées dans l'or le plus pur, ainsi que son miroir en ivoire, posé à l'envers. L'envie me vint de m'en emparer afin de pouvoir examiner mon visage.

Elle surprit mon regard et secoua la tête. « Je sais à

quoi tu penses, dit-elle. Tu brûles d'envie de voir de tes propres yeux ce qui constitue pour tant de personnes un objet de curiosité. Eh bien, un jour viendra où tu te fianceras, et où nous te saurons hors de danger. Alors, tu pourras regarder. En attendant... j'ai un présent pour toi. » Elle ouvrit une boîte ovale et en sortit un tissu chatoyant. On aurait dit un morceau de nuage, sauf qu'il était attaché à un bandeau en or. Elle l'agita, faisant danser l'étoffe. Les rayons du soleil la transpercèrent, et je vis de minuscules et fugaces arcs-en-ciel s'y pourchasser. Elle la posa sur ma tête, puis ajouta le bandeau pour la maintenir en place. « Il est temps que tu aies un voile digne de ce nom », dit-elle. Mes yeux ne virent plus que du flou.

J'arrachai le voile. « Je ne le porterai pas ! Quelle utilité, ici, au palais, où tout le monde me connaît ? Je n'en veux pas ! » Je chiffonnai le tissu dans mes mains, dans l'espoir de l'abîmer. Mais j'eus beau serrer de toutes mes forces, il ne se froissait pas. Il était, hélas, d'une telle finesse !

« Comment oses-tu ? » Elle me l'arracha des mains. « Ce voile a coûté une fortune. Je l'ai fait tisser tout spécialement. Et dire qu'avec l'or du bandeau, on aurait pu fabriquer une belle coupe !

– Peu m'importe. Je ne veux pas. Je ne me cacherai plus derrière un voile. Qu'est-ce que j'ai ? Tu dis que je suis belle. Pourquoi faut-il me soustraire aux regards, alors ? Je suis un monstre, c'est ça ? Voilà pourquoi tu ne veux pas me laisser utiliser le miroir ! Eh bien, c'est ce que je vais faire ! »

Avant qu'elle puisse m'arrêter, je courus m'emparer du miroir. Puis je me précipitai entre les piliers, derrière les rideaux, et entrevis, avant qu'elle agrippe mon bras, mon visage reflété par la surface de bronze poli et brillant, le découvris, dans la lumière du soleil. Ou plutôt, j'en aperçus certaines parties – mes yeux, ourlés de cils noirs épais, ma bouche, mes joues. Pendant quelques secondes, je vis mon visage rouge d'émotion, mes yeux brun-vert. Ce fut tout. Mère m'arracha le miroir des mains et se dressa devant moi. Je m'attendais à ce qu'elle me frappe ou me secoue, mais elle n'en fit rien. Une pensée me traversa l'esprit – elle avait peur de moi. Mais en réalité, comme je l'appris plus tard, elle craignait de m'abîmer si elle levait la main sur moi. Or, ne prenait-elle pas toujours grand soin de ce qui lui appartenait ? « Tu n'es pas un monstre, même si parfois tu te comportes comme si tu en étais un ! » Elle se mit à rire et la tension baissa d'un coup. « Soit, tu ne le porteras pas ici, mais promets-moi de ne jamais quitter l'enceinte du palais sans un garde ou ton précepteur, et de toujours te couvrir dans ce cas. Oh, Hélène, il y a tant de gens qui nous veulent du mal, à nous tous, et qui n'hésiteraient pas à enlever une princesse ! Tâchons d'éviter cela, d'accord ? »

Je secouai la tête. Mais je savais qu'il y avait autre chose. Je sentais bien qu'elle craignait l'enlèvement plus pour moi que pour ses autres enfants.

IV

Les journées s'allongèrent graduellement. Le crépuscule s'étirait. Enfin, l'air brûlant de l'été se déversa sur nous. Je pouvais presque sentir Hélios dans son char juste au-dessus de nos têtes, répandant la chaleur sur sa route et desséchant la terre qu'il survolait. Sous son passage, les feuilles couvertes d'une couche de poussière terne se mettaient à pendre mollement des branches. Quant à nous, au palais, nous en étions réduits à nous éventer, faute de vent. Dans l'air immobile de midi, même les papillons blancs se cachaient. On aurait dit que rien ne bougeait.

Ce fut à cette période-là que j'appris les rites et les secrets des Mystères de Déméter. Il me fallut tout l'été. Il y avait tant de choses à savoir – par exemple, comment elle avait erré à la recherche de sa fille, enlevée par Hadès tandis qu'elle ramassait des fleurs de printemps. Cette histoire, il nous faudrait la rejouer au cours de l'initiation. Les prêtresses savaient même quelles fleurs Perséphone avait ramassées – des narcisses jaunes très rares. Sa mère, en la cherchant, avait brièvement vécu parmi les mortels et, déguisée en vieille femme, s'était occupée d'un prince encore bébé. Souhaitait-elle en faire son propre fils ? Toujours est-il qu'elle voulut le rendre immortel en lui faisant traverser les flammes. Découvrant la chose, la mère de l'enfant, paniquée, mit un terme à l'expérience de Déméter.

« La déesse ne savait pas que cela, loin de rendre le bébé immortel, l'aurait tué », expliqua la vieille Agavé.

Ces dieux, ils avaient bien peu d'égards pour nous, et aucune notion de notre fragilité ! En vérité, ils me faisaient peur. J'étais heureuse que Déméter soit notre patronne, tout en espérant qu'elle n'exigerait rien de nous en retour. Il pourrait s'agir de quelque chose de fatal.

J'appris à préparer et à boire le breuvage spécial utilisé au cours des rites et fait à base de gruau d'orge et de menthe, que Déméter avait bu lors de sa triste errance. Nous avions aussi un coffre sacré, le *cista mystica*, contenant divers objets rituels. On nous avait confié de grandes torches que nous devions porter en procession jusqu'au site, et utiliser lors d'une danse sacrée évoquant Déméter en train de chercher sa fille dans l'obscurité. Je devais m'habituer à marcher avec cette torche, à la tenir bien haut, et apprendre à danser en la tenant d'une seule main.

Mais il y avait une dernière chose, peut-être la plus importante de toutes. Sans elle, je ne pouvais pas être initiée. « Il faut que ta réputation soit irréprochable, m'expliqua Agavé d'un ton grave. Tes mains doivent être d'une blancheur immaculée et ton cœur d'une pureté absolue. »

Cette injonction me laissa toute tremblante. Je m'imaginais sale, souillée par tous mes défauts enfantins. Je sais maintenant que la seule chose qui puisse vous empêcher d'être initié, c'est d'avoir tué quelqu'un. Et encore, le fait d'avoir tué ne vous interdit pas définitivement l'accès aux Mystères : si vous vous repentez et êtes purifié, vous pouvez de nouveau les approcher. Mais sans doute est-il bon que les enfants soient invités à se garder de toute défaillance très tôt dans la vie.

D'ailleurs, si le fait d'avoir tué avait rendu impossible toute participation aux rites, Père n'aurait certainement pas entamé son initiation. Or, il s'y préparait avec enthousiasme. J'avais appris, en écoutant et en posant des questions, qu'il avait reculé devant bien peu de choses – j'allais dire *devant rien*, mais cela n'aurait pas été tout à fait exact – pour récupérer son trône et le conserver. Avec des ennemis tels que les siens, il lui fallait faire preuve d'une grande dureté. Et le pays regorgeait de guerriers, de meurtriers, de rivaux et de méchants. « Méchants », le mot me fait sourire aujourd'hui. En effet, c'était devenu une plaisanterie entre mes frères et moi. « Ils sont tous méchants là-bas », disaient-ils, à chaque fois que je mentionnais un lieu, que ce soit la Crète, l'Égypte, Athènes, la Thessalie, la Thrace, la Syrie ou encore Chypre.

« Tous méchants en Égypte ? En Thrace ? C'est ça que tu veux dire ? Je ne te crois pas ! protestai-je un jour.

– Oh, c'est Pollux qui dit ça, rétorqua Castor en riant. Moi, je dirais plutôt qu'il y a dans le monde beaucoup de méchants, mélangés aux gentils. Nous faisons commerce avec ces peuples-là. Sans eux, il n'y aurait pas grand-chose dans notre palais. Du moins, pas tous ces objets et meubles luxueux dont Mère raffole.

– Alors, méfie-toi de tous ces méchants, sœurette ! » La grosse voix de Pollux roulait comme le tonnerre. Il se mit à rire. « Beaucoup d'étrangers viennent ici pour les Mystères, même si Éleusis est en général plus populaire. Mais comme ils doivent absolument savoir le grec, cela exclut les gens non civilisés, bref les vrais méchants. »

Les jours commencèrent à raccourcir. Tout d'abord, ce fut à peine perceptible, si ce n'est que les étoiles étaient dorénavant visibles un peu plus tôt. Puis le rayon de lumière matinale qui entrait dans ma chambre devint de plus en plus oblique, et les vents qui soufflaient sur le palais changèrent de direction. Arrivant en murmures par l'ouest, ils amenaient avec eux des nuits fraîches propices au sommeil. Le moment était enfin venu de se rendre au lieu sacré des Mystères pour y rencontrer notre déesse.

Il fallait partir dès l'aube. Debout bien avant le lever du soleil, nous mangeâmes en silence le pain fait avec les céréales nouvellement récoltées et bûmes le vin des grappes tout juste cueillies. Puis, en l'honneur de ces fruits de la terre, nous revêtîmes des tuniques et des capes de la même couleur, vert et or. Enfin, torche en main, nous nous mîmes en route, accompagnés par une charrette gémissant sous le poids des offrandes des champs et des vergers que nous amenions à la déesse. Lorsque le soleil apparut au-dessus de l'horizon, nous étions déjà dans les collines aux doux reliefs toutes proches des lieux sacrés.

Fidèle à ma promesse, je portais le voile tant détesté, et cheminais en psalmodiant les hymnes en l'honneur de la déesse que l'on m'avait appris. Nous étions censés ne pas parler. Pourtant, j'entendais Mère et Père s'entretenir à voix basse. Clytemnestre marchait derrière eux, la tête humblement baissée et l'oreille très certainement à l'affût de ce qu'ils se disaient. L'air était frais et empli de l'odeur des champs tout juste moissonnés. Je me sentis soudain submergée par le sentiment de la beauté et de la générosité de l'automne.

Nous progressions sur des chemins de plus en plus raides. Il devint rapidement impossible pour la charrette d'avancer sur de telles pentes. Des serviteurs la déchargèrent et, utilisant des courroies, portèrent les paniers de fruits et les jarres ventrues contenant le grain. Quant au coffre sacré dans lequel se trouvaient les objets rituels, il fut mis sur un plateau spécial. À mesure que nous montions, des flots de personnes venues des huttes et des maisons situées au pied des collines se joignirent à nous. Mère se retourna pour s'assurer que je portais bien mon voile.

En tant que participants aux rites, nous étions tous sur un pied d'égalité. Les gens se bousculèrent et jouèrent des coudes pour se faufiler jusqu'à nous et faire le chemin à nos côtés, en toute liberté. Nos gardes – qui étaient aussi des initiés – s'efforcèrent d'empêcher la foule de se refermer complètement sur notre groupe. Quant à mes frères, ils jetaient des regards vigilants autour de nous, tout en récitant silencieusement les paroles des hymnes. Nul n'avait le droit de porter une arme dans l'enceinte sacrée, mais pour l'instant Pollux et Castor pouvaient encore tirer leur épée à tout moment.

Le chemin, toujours plus raide et plus étroit, obligea notre groupe de pèlerins à se serrer sur une seule file. Apparut un virage brusque au niveau d'un sinistre rocher gris qui bloquait le passage. Tout d'un coup, un frisson me parcourut le corps, sans que je sache pourquoi. C'est alors que tout me revint à l'esprit : le rocher sur lequel était perchée la sibylle, la terrible prophétie qu'elle avait hurlée. Et maintenant, ce rocher-ci... J'esquissai un mouvement de recul, tout en me tenant prête à affronter la chose qui, tapie, m'y attendait.

Regroupés autour du rocher, des gens en guenilles se mirent à nous invectiver d'un ton moqueur et injurieux. « Oh ! Tyndare ! Ça fait un bail qu'on t'a pas vu au marché ! Pourtant, t'as toujours pas vendu tes filles ! cria l'un d'entre eux.

– Y a que le petit cygne à vendre ! » fit un autre.

Ils osaient utiliser mon nom secret ! Comment le connaissaient-ils ?

« Regarde-la, ta femme ! Regarde-la bien ! reprirent-ils en chœur. T'as pas vu les plumes qu'elle a aux cuisses ?

– Et le prochain, ça sera qui ? »

Maintenant ils s'en prenaient à Mère.

« Un taureau, comme la reine de Crète ? Et pourquoi pas un porc-épic ? »

L'un d'entre eux se percha sur le rocher et battit des bras en faisant voler sa cape. « Envolé ! Envolé ! Il s'est envolé le grand oiseau ! »

Père et Mère demeurèrent tête baissée, sans répliquer. Voilà qui ne leur ressemblait guère.

En passant devant le groupe de railleurs, Clytemnestre ne récolta que des insultes à propos de son corps trapu et de ses mains épaisses. C'était maintenant mon tour. Ils se mirent à caqueter et à pépier, comme des oiseaux. L'un d'entre eux tenta d'arracher mon voile. « Fais-nous voir ton bec ! Fais-nous voir ton bec ! » dit-il en roucoulant.

Maintenant que quelqu'un voulait le prendre, je luttais pour garder mon voile. J'agrippai le bandeau en or et le plaquai sur ma tête en faisant la grimace.

« Dites donc ! Elle se laisse pas faire ! C'est certainement que son visage doit rester caché.

– Et l'œuf ? Il était gros comment ? »

Les remarques continuèrent à fuser de la sorte, mais je les ai oubliées. Je passai aussi vite que possible devant eux, sans courir car je ne voulais pas montrer ma peur. Et pourtant, j'étais loin d'être rassurée. Lorsque nous arrivâmes de l'autre côté et que les railleries prirent pour objet ceux qui nous suivaient, je me précipitai vers Mère.

« C'est fini, dit-elle. Nous n'avions pas le droit de te prévenir, car affronter un barrage d'insultes fait partie des rites initiatiques. Tu t'en es bien sortie. »

Il y avait de la fierté dans sa voix.

« Pourquoi nous faut-il passer par ça ? »

Tout cela me paraissait bien inutile et cruel.

« Pour être tous égaux, expliqua Père. Nous autres rois et reines devons affronter les insultes comme les autres, et quoi que ces gens-là disent, nous n'avons pas le droit de les punir. Telle est la règle. » Il se mit à rire, comme si tout cela n'avait aucune importance. Mais je savais qu'il allait ressasser ces insultes.

« Cela nous apprend l'humilité, ajouta Mère. Nous devons tous être avertis des pires choses colportées à notre sujet, surtout si nous sommes entourés de flatteurs. »

Nous dûmes nous arrêter et attendre que Pollux et Castor aient essuyé les insultes qui leur étaient réservées.

« Il paraît que cela nous donne une bonne leçon, dit Père, la bouche agitée d'étranges mouvements comme chaque fois qu'il réfléchissait. Moi, la seule chose que j'ai apprise, c'est comment nous devons appeler Hélène désormais. Nous allons faire courir le bruit qu'elle est la plus belle femme du monde. Tout à fait. Tel est le titre que nous allons revendiquer pour elle. Il faut qu'elle continue à porter son voile. Cela rendra les gens encore plus curieux et fera monter sa valeur auprès des prétendants.

– Je ne suis pas du tout en âge de songer à me marier... »

Du moins c'est ce que j'espérais ! À dix ans, j'étais bien trop jeune.

« Ce que les gens ne voient pas, ils l'imaginent, reprit Père. Ils en rêvent. En deviennent fous. Et ce dont les gens rêvent leur est très cher. Alors, ils sont prêts à payer beaucoup. S'il y avait des arcs-en-ciel tous les jours, on ne les regarderait même plus. Toi, Hélène, tu es notre arc-en-ciel. Alors clamons-le haut et fort, mais ne laissons que de rares privilégiés te voir. »

Mère plissa les yeux. « La plus belle femme du monde... Prétendre une telle chose... Quelle audace ! Tu oserais ? »

À ce moment-là, mes frères déboulèrent en riant et en titubant. « Ils en savent trop ! fit Castor. On dirait qu'on ne peut rien leur cacher sur nous !

– Ils connaissent ce qui est susceptible de nous blesser, dis-je. Rien de plus facile que de faire mal à quelqu'un. »

Clytemnestre m'approuva du regard. « Hélène a raison. Insulter quelqu'un, voilà qui n'est guère difficile. Mais ignorer l'insulte avec dignité, c'est une autre affaire. Une offense reste bien plus longtemps dans notre mémoire qu'un compliment. Nous sommes ainsi faits, voilà tout.

– On peut dire la même chose des dieux. C'est à croire qu'ils considèrent nos louanges et nos sacrifices coûteux comme des choses dues, et qu'en revanche la moindre omission, le moindre tort provoquent leur rancune éternelle », grommela Père. Il regarda le chemin qui montait. « Allons, nous perdons du temps. »

Rassérénés maintenant que ces railleurs bruyants étaient loin derrière nous, nous offrîmes nos visages enflammés à l'air frais de la montagne. Mais je restais perplexe. Pourquoi toutes ces insultes et ces références mystérieuses à un bec, à un œuf ?

Nous poursuivîmes notre ascension. Les montagnes du Taygète étaient si élevées que les neiges s'attardaient sur leurs crêtes découpées bien après que les fleurs des pommiers et des cognassiers de la vallée avaient été soufflées par le vent. De même, elles les recouvraient tôt dans l'année, alors que les récoltes n'étaient pas encore rentrées. Il n'y avait pas un seul sommet, mais plusieurs, qui s'élevaient telle une muraille au beau milieu de notre royaume. D'un côté, se trouvait le lac Stymphale aux eaux redoutables, où Héraclès avait tué les oiseaux monstrueux, et de l'autre la forêt de Némée, où il avait vaincu le lion à la peau impénétrable. Comme j'avais envie de voir ces lieux !

Te voilà hors du palais, me dis-je. N'est-ce pas là un début ? Le sombre lac Stymphale ainsi que tous les autres endroits où Héraclès a accompli ses exploits attendront un peu. Mais tu les verras. Oui, un jour tu les verras.

Quand nous approchâmes des lieux sacrés le jour déclinait déjà. Il devait en être ainsi. Un bosquet de peupliers noirs s'élevant au-dessus des autres arbres apparut. Ils ondoyaient dans la brise du soir en murmurant mystérieusement. Nous suivîmes l'étroit chemin qu'ils signalaient et débouchâmes tout d'un coup sur un espace dégagé, illuminé par des centaines de torches.

« Les déesses vous souhaitent la bienvenue. » Juste

à côté de moi, une prêtresse vêtue d'une robe me tendit une coupe de forme effilée et m'ordonna de boire. Je portai le récipient à mes lèvres et reconnus à son goût de menthe le breuvage fabriqué avec l'orge récoltée dans le champ sacré de Déméter. D'un geste de la main, la prêtresse me demanda d'aller allumer ma torche à celle que tenait un homme. J'obéis.

Ensuite, je reçus l'ordre de rejoindre les autres pèlerins qui, avec leur torche, transformaient le champ en un ciel plein d'étoiles tourbillonnantes. Ils étaient des centaines à danser, à tourner sur eux-mêmes en tenant bien haut leur torche, et leurs mouvements dessinaient des lignes entremêlées dans la nuit qui s'épaississait.

« C'est pour les déesses que nous dansons, m'expliqua une prêtresse à l'oreille. Ne crains rien, ne reste pas en retrait. Donne-toi à elles. »

Entourée des autres adeptes, je me sentis emportée, bien malgré moi. Dans la pénombre, le sol était irrégulier et je manquai trébucher à plusieurs reprises. Les danseurs, eux, semblaient flotter dans l'air. Je les rejoignis. Je ne savais plus où étaient mes parents, mes frères, ma sœur. Laissant derrière moi celle qu'on appelait Hélène, qui portait un voile et devait rester cachée et obéir, je m'élançai, libre. Je sentis Perséphone me prendre la main. Je l'entendis me murmurer à l'oreille, « Si tu te sens emportée, c'est que tu es libre, que tu n'es plus captive. » Sa main douce et chérie me frôlait. L'odeur de sa somptueuse chevelure me caressait. Sans même la voir, je savais qu'elle était rousse avec des reflets dorés.

Soudain, tous les danseurs s'immobilisèrent. La prêtresse, à peine visible dans l'obscurité, leva les mains au ciel.

« Vous avez bu le breuvage sacré, dit-elle. La

déesse est maintenant en vous. Récitez votre promesse secrète. »

Des centaines de voix se mirent à bourdonner toutes ensemble, impossibles à comprendre. Mais je savais ce qu'elles disaient : *J'ai jeûné. Ce que j'ai pris dans le panier sacré, je l'ai travaillé puis ai laissé les restes dans le panier rituel. Ceci accompli, je suis revenu vers le panier sacré.*

Satisfaite, la prêtresse nous fit signe de former une immense spirale dans l'espace réservé aux danses sacrées. Cette spirale devait entrer par un bout dans la grande salle d'initiation, puis se dérouler. Juste avant de pénétrer dans la pièce, il nous fallait jeter nos torches dans un immense abreuvoir en pierre. Chaque fois que l'une d'entre elles était plongée dans l'eau, elle s'éteignait dans une succession de crépitements furieux.

La plus profonde obscurité régnait dans la salle. Une obscurité caverneuse, effrayante, comme la nuit de la tombe, comme la nuit quand on se réveille et qu'on n'est pas sûr d'être toujours bien vivant. Seule la foule compacte des autres corps me rassura – je n'étais pas morte, je n'étais pas perdue.

L'écho d'une voix lointaine résonna :

« Heureux celui qui a vu ces Mystères. Qui n'a pas été initié et n'y a pas participé ne peut rien espérer après sa mort, quand il descendra dans les ténèbres ! »

Nous reçûmes l'ordre de nous incliner devant les déesses. Je sentis, plus que je ne les vis, les autres se courber, et les imitai. J'entendis devant moi des soupirs et des gémissements. En m'approchant, je vis les formes à peine perceptibles des statues de Déméter et Perséphone. La mère, vêtue de couleurs vives, se tenait devant sa fille, laquelle, vêtue de noir, se fondait dans l'ombre. Nous passâmes rapidement devant elles sans pouvoir nous attarder car les prêtresses nous faisaient entrer dans une autre pièce plus petite.

Un parfum puissant emplissait l'air. Il me semblait y reconnaître les odeurs de plusieurs fleurs mêlées. Peut-être de tout jeunes boutons d'iris et de jacinthes écrasés. Mais ce n'était pas la saison de ces fleurs-là. Comment les déesses avaient-elles pu se les procurer ?

« Voici les dernières fleurs que j'ai ramassées avant d'être enlevée, dit une voix irréelle flottant dans l'air lourdement parfumé. Maintenant, vous ressentez ce que moi j'ai ressenti, vous respirez le parfum que j'ai respiré... » La voix s'éteignit tristement.

Nous nous retrouvâmes plongés dans une obscurité encore plus épaisse, comme si nous étions descendus avec elle dans les abîmes. Je me sentis tomber dans le vide, longtemps, longtemps.

Enfin, j'atterris. J'étais seule. Me redressant, je tentai de voir où je me trouvais. Une nuit profonde et étouffante se refermait sur moi.

« C'est à cela que tous ceux qui vivent là-haut doivent se préparer, murmura une voix douce tout contre mon oreille. Quant à toi... Tu ne viendras jamais dans ce lieu de ténèbres. C'est là le sort des mortels.

– Mais... je suis mortelle, répondis-je.

– Si l'on veut. » J'entendis un soupir, presque un petit rire. « C'est à toi de voir jusqu'à quel point tu l'es. »

Cette voix... Cette présence... J'étais venue pour les Mystères, et on m'avait promis que j'aurais accès à la révélation divine. Elle était toute proche. « J'ignore ce que tu veux dire.

– En ce cas, ta mère t'a rendu un bien mauvais service. » C'était une femme qui me parlait, j'en étais sûre. « Elle aurait dû te dire la vérité sur ta naissance.

– Si tu la connais, je t'en prie, révèle-la-moi », criai-je.

C'était comme si j'étais seule avec elle, en audience privée. Il n'y avait personne d'autre que nous. Étais-je tombée dans quelque puits secret ?

« Toi et moi sommes sœurs. C'est tout ce que je peux te dire.

– Qui es-tu ? murmurai-je.

– À qui sont consacrés ces lieux ? »

Elle paraissait contrariée. Oh, faites qu'elle ne se fâche pas !

« À Déméter et à Perséphone.

– Exactement. Alors, qui suis-je ? »

Elle ne pouvait être que la fille ! « Perséphone ? »

Je me sentis envahie d'une douce chaleur. « Tu dis vrai », répondit-elle. Elle resta quelques instants silencieuse avant de reprendre : « Mais ma mère aussi est digne de louanges. Et tu serais bien avisée de ne pas l'oublier. Même quand sa fille a grandi, une mère exige toujours ses hommages. »

Sur le moment, je ne saisis pas ce qu'elle voulait dire. Plus tard, hélas, je comprendrais.

Elle se rapprocha de moi. Je sentis sa présence toute proche. « Ma sœur, murmura-t-elle, fais-moi confiance. Je serai toujours avec toi. Méfie-toi des autres déesses. »

Comment pouvait-elle penser à d'autres déesses ou s'imaginer que moi je le pourrais ? Son éclat, qui perçait les ténèbres et illuminait mon esprit, était tout-puissant. « Oui, dis-je à voix basse.

– Et maintenant, j'attends d'autres pèlerins. »

Bien sûr ! Les déesses et les dieux doivent toujours se tenir prêts pour la personne suivante, tandis que les hommes regardent derrière eux ce qui vient de se passer, ce qu'ils viennent de voir. Sur ce point, j'étais bel et bien mortelle. Mes yeux étaient aveuglés par l'apparition lumineuse de Perséphone. Mais jamais je ne pus réellement contempler son visage. Tel était son désir.

Serrés les uns contre les autres dans la grande salle, nous attendions. La nuit était déjà bien avancée, mais nous n'avions aucun moyen de savoir exactement combien de temps avait passé. Les heures s'étaient envolées comme des corbeaux aux ailes noires. Plus rien n'était resté. Je m'étais dépouillée de tout ce que je savais, de tout ce que j'étais, de tout ce que j'avais jusque-là ressenti. Je me tenais nue devant la divinité, attendant la révélation.

Une lumière apparut soudain ; la réponse fut donnée lors du dernier rituel accompli devant nous. Je vis le miracle, le cœur bien enfoui du secret. À dater de ce jour, je cessai de craindre la mort. Je la connaissais. Je savais comment la transcender.

V

Pendant quelque temps, je restai hantée par le souvenir de ce que j'avais vu dans la chambre intérieure et dont la splendeur continua à m'émerveiller bien après mon retour au palais. J'avais repris sagement mes leçons, commencé à jouer de la lyre – j'étais désormais suffisamment grande – et délaissé le petit arc en bois d'orme que Castor m'avait fabriqué pour en utiliser un plus grand avec lequel je chassais du gros gibier. Les lièvres, c'était fini pour moi. Désormais, je pouvais prendre pour cibles des chèvres sauvages.

Après un dernier embrasement resplendissant, l'automne s'éteignit en douceur. Les feuilles jaune d'or devinrent brunes, les fruits furent ramassés, et les champs laissés au repos, en jachère. Réfugiés à l'intérieur du palais, blottis devant la cheminée de la grande salle à frotter nos mains engourdies, il nous fallait maintenant supporter les chansons et les poèmes ennuyeux des bardes qui venaient nous voir. Les chanteurs doués sont rares. Ceux qui étaient dépourvus de tout talent semblaient particulièrement attirés par le palais de Père.

Je croyais que l'expérience que j'avais vécue dans les lieux sacrés aurait un effet durable et ferait taire mon désir de voir d'autres choses. Or, le printemps avait à peine commencé que je ne supportais déjà plus d'être emprisonnée. Le fait d'avoir brièvement échappé aux murs du palais rendait mon enfermement pire encore. Peu m'importait que notre demeure soit ouverte aux brises qui la traversaient et la caressaient comme la main caresse les cordes d'une lyre. La vallée verte et la petite ville qui s'y nichait me susurraient des paroles enjôleuses, telles les choses interdites.

Un jour, Clytemnestre vint me surprendre alors que, juchée sur un rocher, je me hissais sur la pointe des pieds pour voir par-dessus la muraille. Elle m'agrippa le mollet et me secoua au point que je faillis tomber.

« Arrête de tendre le cou de la sorte, tu vas finir par te l'allonger. » Elle éclata de rire et m'ouvrit les bras. Je m'y jetai. Elle était si forte que lorsque je tombai sur elle de tout mon poids, elle resta bien plantée sur ses deux pieds.

« Emmène-moi là-bas ! hurlai-je tout d'un coup. S'il te plaît ! Je t'en prie ! »

Elle regarda autour d'elle pour vérifier que personne ne nous entendait. Mais non, nous étions seules. « Maintenant ?

– Oui, maintenant ! Personne ne prête attention à nous. Nous serons rentrées avant qu'ils ne s'aperçoivent de notre absence. Oh, s'il te plaît, toi, tu peux aller et venir à ta guise, mais moi, je suis cloîtrée, enfermée ici comme une esclave. Et même, pire – une esclave, on ne l'enferme pas. »

Je voyais bien qu'elle réfléchissait. Clytemnestre ne pouvait résister à un défi.

« À moins que tu n'aies peur ? insinuai-je, sachant parfaitement qu'elle se sentirait obligée de prouver le contraire.

– Peur ? Moi ? » Elle inspira profondément. « Eh bien, allons-y ! Tout de suite ! »

Jetant des regards inquiets autour de nous, nous sortîmes discrètement par la poterne et dévalâmes la pente de la colline sur laquelle était juché le palais. Après avoir quitté l'ombre des oliviers et des cyprès entourant notre demeure, nous nous retrouvâmes sous un soleil éclatant qui rendait aveuglant le vert des prairies.

« Comme c'est beau ! » m'exclamai-je. Je me mis à courir à travers la prairie. L'herbe était fraîche contre mes jambes. Je découvris avec étonnement, cachées au milieu des graminées, de toutes petites fleurs violettes, d'autres aux pétales blancs et dentelés, et des grappes roses épanouies.

« Hélène ! » Dans la voix habituellement autoritaire de Clytemnestre pointait une note d'inquiétude. « Hélène ! »

Ma tête dépassait à peine des hautes herbes de la prairie. J'agitai les bras en direction de ma sœur. « Je suis là.

– Sors de cette prairie, avant que je te perde. La végétation est trop haute ici. »

Nous suivîmes le chemin jusqu'au bord de la rivière. Là encore, nous étions à l'abri du soleil – sous les tamaris et les saules qui poussaient sur les berges, et dont les branches bourgeonnantes projetaient leur ombre sur l'herbe et sur l'eau. Les flots boueux et tourbillonnants lançaient en l'air de petits flocons blancs.

« C'est la nymphe de l'eau qui nous dit bonjour », expliqua Clytemnestre. Elle sourit, comme au souvenir de quelque chose.

« C'est laquelle qui habite ici ? demandai-je.

– Je ne connais pas son nom. »

Pourtant, je sentais bien qu'elle le savait, mais ne

voulait tout simplement pas le dire. Peut-être était-ce quelque chose de sacré.

Je m'approchai du bord, jusqu'à un endroit où poussaient des joncs. « J'aimerais la voir », dis-je en haussant la voix pour couvrir le bruit de l'eau se faufilant entre les joncs. Je plongeai un orteil dans la rivière. Elle était glaciale. Les neiges du Taygète n'avaient pas encore fini de fondre.

Clytemnestre vint se mettre à côté de moi. Nos reflets ondulaient sur l'eau. Je me penchai pour mieux voir le mien, mais ma sœur me tira en arrière.

« Non ! » fit-elle.

Il fallait absolument que je voie à quoi je ressemblais. Je trouvai suffisamment de force pour repousser Clytemnestre, pourtant bien plus grande que moi. Elle lâcha prise une seconde. J'en profitai pour me pencher brusquement. Un visage aussi surpris que je l'étais me rendit mon regard, les yeux écarquillés.

Je ne ressemblais à rien de ce que j'avais imaginé, même si je savais déjà – grâce à ce face-à-face furtif dans le miroir de Mère – que mes yeux étaient brun-vert et ourlés de cils noirs épais, et mes lèvres charnues et arquées. Maintenant, je me voyais tout entière, je voyais mon visage comme les autres le voyaient.

Je me penchai davantage, presque jusqu'à toucher l'eau. Puis mon nez l'effleura et mon image se fragmenta, partit en vaguelettes et s'évanouit en ondoyant. Je retins mon souffle et attendis que mon reflet s'immobilise pour pouvoir l'observer de nouveau, pour voir ce que les autres voyaient et qui m'était interdit, étudier ce visage et le mémoriser. Il dictait ma vie, faisait de moi une prisonnière. Pourquoi n'aurais-je pas eu le droit de le connaître ?

« Non, répéta Clytemnestre en me tirant par le bras. Arrête, sinon il va t'arriver la même chose qu'à Narcisse. » Elle inspira profondément, avant de poursuivre : « Il est tombé amoureux de son propre reflet dans l'eau et Apollon l'a transformé en fleur. C'est ça que tu veux ? » Elle s'efforça d'adopter un ton léger, sans toutefois parvenir à dissimuler sa peur. Que craignait-elle ?

« Non », répondis-je en reculant docilement. Elle était parvenue à m'inquiéter. « Je n'aimerais pas être condamnée à rester à un seul endroit, même aussi joli que le bord de cette rivière. »

Cependant, une fois sur le chemin ensoleillé qui menait vers la ville, mes appréhensions s'évanouirent. Après tout, qu'avais-je vu, sinon un reflet ? Un visage n'avait aucun pouvoir. Du moins, un visage humain.

Le chemin serpentait, s'aventurant parfois au cœur de la prairie avant de revenir se serrer tout contre la berge. Le printemps commençait à peine, mais le soleil était suffisamment haut pour que nous retrouvions avec soulagement l'ombre chaque fois que nous passions sous les arbres qui bordaient la rivière. À un endroit, celle-ci s'élargissait et formait un étang aux eaux sombres. Là, trois grands cygnes nageaient tranquillement, tournant les uns autour des autres, altiers, majestueux, tenant bien haut leur cou souple. La blancheur éclatante de leurs plumes paraissait d'une pureté presque irréelle sur ces eaux troubles.

Je m'arrêtai et retins mon souffle. Clytemnestre était derrière moi.

« Qu'ils sont beaux ! » murmurai-je comme s'ils n'existaient pas vraiment et risquaient de disparaître au moindre bruit.

Jamais je n'avais vu des cygnes d'aussi près. Leur grâce impérieuse et victorieuse me fascina. Je ne pouvais les quitter des yeux. Ils glissaient sur l'eau tels des esprits, ignorant les autres créatures de la rivière.

L'un d'eux, le plus grand des trois, tourna la tête d'un mouvement lent, fixa ses petits yeux sur moi et s'approcha. Il y avait sur la berge un endroit particulièrement accueillant où le vert de l'herbe était pailleté d'iris et de violettes et vers lequel il se dirigea.

Il semblait avoir un but bien précis, venir exprès nous voir. Flattée, tout excitée, je reculai d'un pas et saisis la main de Clytemnestre. Ce petit mouvement n'arrêta pas l'oiseau.

Ses yeux sombres plongèrent dans les miens.

Au palais, nous avions des chiens de chasse et mon père et mes frères m'avaient dit : « Un animal détourne toujours le regard quand on le fixe, c'est lui qui baisse les yeux le premier, parce que l'homme est le maître des animaux. Par contre, si ce n'est pas un animal, mais un dieu déguisé... »

Les dieux adoraient se transformer en animaux, du moins jadis, à l'époque où se situaient ces histoires qu'enfants nous aimions tant. Or ce cygne-là, mon contemporain, faisait preuve d'une grande assurance.

Il arrivait presque à notre niveau, se dirigeant vers l'endroit de la berge où nous nous tenions. Sa tête était tournée vers nous ; au-dessus de son bec orange et noir, ses yeux rapprochés m'adressaient un regard impénétrable.

« Non ! » hurla alors Clytemnestre. Elle s'élança, un bâton à la main. « Ça suffit ! Va-tu enfin nous laisser, créature lubrique et cruelle ? »

Le cygne s'arrêta une seconde puis, l'air furieux, reprit sa nage vers nous, souleva ses ailes et escalada péniblement la berge en émettant un son strident.

Il était gigantesque. Avec ses ailes déployées, il écrasait par sa taille Clytemnestre. Elle battit en retraite, ramassa une pierre et la lui lança. Le projectile le frappa sur le bec et lui fit tourner la tête.

N'importe quel autre animal aurait fui. Le cygne, lui, attaqua. Il se jeta en sifflant sur ma sœur et, lançant son cou d'arrière en avant, s'acharna sur elle avec son bec, la frappant et la mordant. Elle tomba face contre terre dans la boue, les mains levées pour se protéger. Le cygne l'immobilisa et se mit à lui donner des coups de bec sur la nuque et sur les bras, tout en émettant un sifflement des plus atroces, comme celui que fait la vapeur qui s'échappe d'une marmite d'eau bouillante. Les deux autres cygnes, eux, continuaient paisiblement à nager en rond dans l'eau.

Je me jetai sur le dos du cygne. Que pouvais-je faire d'autre pour sauver Clytemnestre ? J'agrippai les plumes épaisses, brillantes et lisses. En dessous, je sentis la puissance des muscles. Nulle douceur, nulle mollesse sur ce dos. Force, majesté, cruauté – voilà ce que cachaient cette grâce, ces plumes blanches à la beauté trompeuse.

« Lâche-la ! Lâche-la ! » hurlai-je. Puis je saisis le cou ondulant du cygne. J'eus l'impression de tenir un serpent sur le point d'attaquer.

Comme si mes mains n'avaient aucune force, le cygne dégagea son cou formidable et me regarda droit dans les yeux. Les siens, petits et noirs, parurent s'agrandir jusqu'à envahir tout mon champ de vision et me tenir sous leur pouvoir.

« Arrête », murmurai-je, les lèvres tout près de son bec dur.

Celui-ci s'ouvrit. Le cygne attrapa ma joue et je sentis des petites dents, telles des pointes minuscules, me pincer. Il resta ainsi à me tenir la joue avec précaution, en balançant légèrement la tête, comme s'il me faisait une caresse – ou un baiser. Puis il me lâcha et recula la tête pour me regarder de nouveau. Il hérissa ses plumes et leva les ailes afin de me déséquilibrer, si bien que je tombai. Il resta là un instant à me contempler avant d'arrondir le cou. De sa tête, il me tapota alors gentiment le sommet du crâne. Enfin, il se détourna et, regagnant la rivière, s'éloigna lentement à la nage pour rejoindre ses compagnons.

Clytemnestre se redressa, le souffle court. Ses bras étaient couverts de boue. La vase du fond de la rivière coulait en traînées sales sur son visage.

« Sois maudit ! hurla-t-elle à l'adresse du cygne.

– Non ! criai-je en retenant son bras. C'est dangereux. Ne fais pas ça... Il pourrait se venger. »

Ce n'était pas à un cygne ordinaire que nous avions affaire.

Sur un ton amer, ma sœur dit alors quelque chose dont le sens m'échappa : « Que peut-il faire de pire que ce qu'il a déjà fait ? » Puis elle se leva et hurla en direction de la rivière : « Sois maudit ! Maudit ! »

Mais les cygnes s'étaient lentement évanouis dans l'obscurité de ces eaux ombragées.

Nous fîmes le reste du trajet jusqu'à la ville en silence, secouées par ce qui s'était produit au bord de la rivière. L'espace d'un instant, je songeai à rentrer au palais, mais une fois de retour, il me serait difficile de sortir à nouveau – on me surveillerait plus étroitement que jamais.

Lèvres serrées, Clytemnestre marchait d'un pas lourd en me tenant par la main. Sa joue portait des traces de vase. Les pieds palmés du cygne qui s'était jeté sur nous avaient laissé des empreintes boueuses sur le dos de son manteau.

Je la tirai par le bras. « S'il te plaît, on ne peut pas ralentir ? Et puis, tu ne pourrais pas sourire un peu ?

Sinon, je suis sûre que tu vas faire peur aux gens de la ville ! »

Elle secoua la tête et ses lèvres esquissèrent un sourire. J'arrivais toujours à la détendre là où les autres échouaient. Elle éclata alors d'un rire un peu aigu. « Tu as raison, dit-elle. La meilleure chose à faire, c'est d'en rire toutes les deux. Les autres ne nous croiraient pas. » Elle mit un genou à terre et me regarda droit dans les yeux. « Tu ne dois le dire à personne.

– Mais pourquoi ? C'était si... » En voyant l'expression de son visage, je cessai de discuter. « D'accord, je ne dirai rien à personne.

– Parfait. Nul ne doit savoir. C'est notre secret. »

La cité surgit devant nous au détour d'une boucle du chemin, qui était devenu suffisamment large pour qu'y passent des charrettes cahotantes. Quelques minutes auparavant, nous étions sur une petite route de campagne entourée de jardins ou de prairies où paissaient des troupeaux. Et maintenant, nous entrions dans la ville de Sparte.

Je sais à présent que celle-ci était de taille modeste, mais à cette époque, elle me parut immense – il y avait tant de maisons, si proches les unes des autres, et tant de gens ! Après avoir passé l'une des portes – petites par rapport à celles de Troie – nous nous retrouvâmes dans les rues de la cité.

Nous fûmes brusquement entourées d'une foule vibrante tel un énorme essaim. Les habitants couraient en tous sens, comme s'ils avaient reçu en même temps ordre d'aller accomplir quelque tâche essentielle. Le bruit que faisait cette foule était plus fort que le bourdonnement auquel je me serais attendue – ce n'était que cris, grincements et claquements de fouets.

Quelques ânes croulant sous le poids des outres et

des jarres dont ils étaient chargés passaient en se cognant contre les murs des maisons. Mais surtout, les rues étaient pleines de gens, d'une multitude de personnes portant qui un panier, qui un rouleau de tissu.

« Et si nous allions au marché ? Ça devrait te plaire, non ? » me demanda Clytemnestre. Elle se rapprocha de moi et me couvrit en partie la tête avec son bras, comme pour me protéger et cacher mon visage nu.

Je fis oui de la tête et tentai de me libérer pour mieux voir. Mais elle me tenait fermement tout en me dirigeant.

Nous atteignîmes le marché, un endroit où plusieurs rues se rejoignaient pour former un espace ouvert. Des gens étaient assis là, sur des nattes par rangées, avec à côté d'eux des paniers de figues séchées, de feuilles de menthe, de pots de miel et toutes sortes d'aliments.

Il y avait quelque chose de brillant tout au fond d'un panier. Je me penchai pour voir ce qu'il contenait au creux de ses noires profondeurs. Quelques colifichets réfléchissaient la lumière du soleil. Je plongeai la main et en sortis un.

C'était un bracelet en fil de fer habilement entortillé de sorte qu'une de ses parties, aplatie, brillait à la lumière.

Rapide comme l'éclair, la vendeuse avait glissé un autre bracelet autour de mon poignet, mais Clytemnestre, plus rapide encore, m'ôta les deux bijoux et tira vivement ma main en arrière.

« Non, murmura-t-elle. Viens. » Elle voulut me faire faire demi-tour, mais c'était trop tard. La femme ne regardait plus mon bras, un bras comme celui de n'importe quel autre client potentiel, mais mon visage, afin de m'inciter à acheter à force de cajoleries. Mais, au lieu de se lancer dans ce badinage mêlé de harcèlement qui est d'usage, elle poussa un cri aigu et lâcha ma main. Ses yeux, qui n'avaient jusque-là rien vu d'autre en moi qu'une vente possible, s'élargirent.

« C'est elle ! C'est elle ! » cria-t-elle. Elle se mit debout d'un seul bond, m'attrapa par les bras et me tira vers elle en renversant les paniers qui déversèrent leur contenu de bracelets brillants sur le sol.

Tout en marmonnant, Clytemnestre m'attrapa à son tour, comme si j'étais un sac de grains qu'elles se disputaient.

« Aidez-moi ! Aidez-moi ! fit la marchande en appelant les autres vendeurs. Ne la laissez pas partir ! C'est *Hélène* ! »

Ils se levèrent tous d'un coup et se précipitèrent sur nous. Clytemnestre, qui était plus forte que la marchande, avait réussi à m'arracher à ses mains et me tenait cachée dans les plis de son manteau. Mais nous étions complètement encerclées. Seuls des gardes armés auraient pu repousser une telle foule.

Clytemnestre me tenait farouchement contre elle, en me serrant si fort que je ne voyais rien. Je sentais son corps trembler. « Reculez ! ordonna-t-elle d'une voix sèche. Reculez, sinon vous aurez affaire au roi ! Laissez-nous partir en paix.

– Fais-nous voir son visage ! demanda quelqu'un dans la foule. Laisse-nous voir son visage et alors vous pourrez partir !

– Non, répondit Clytemnestre. Vous n'avez pas le droit de regarder la princesse.

– Ton visage à toi, nous le voyons, fit une autre voix, plus profonde celle-ci. Et pourtant toi aussi tu es notre princesse. Alors, laisse-nous voir Hélène ! À moins qu'elle ne soit un monstre, qu'elle ait un bec de cygne, comme son père...

– Elle a le même père que moi – Tyndare, votre

roi. Et que cessent ces calomnies ! rétorqua Clytemnestre, la voix vibrante.

– Alors, montre-la-nous ! exigea l'un des hommes. Pourquoi l'a-t-on cachée tout ce temps-là au palais ? Pourquoi ne nous l'a-t-on jamais montrée, comme toi, comme Castor, comme Pollux ? Vous, vous êtes venus en ville, vous avez joué dans les champs en toute liberté. Alors ? À moins que ce soit vrai ! À moins qu'elle soit bien la fille de Zeus, que le dieu se soit approché de la reine sous la forme d'un cygne ! À moins qu'elle soit sortie d'un œuf !

– Un œuf bleu comme les jacinthes, reprit un autre. Moi, je l'ai vue, la coquille d'œuf – elle est conservée quelque part...

– Sottises ! hurla Clytemnestre à pleins poumons. Vous avez trop fréquenté les lieux consacrés à Jacinthe. C'est lui qui vous a mis toutes ces idées folles en tête...

– Non, cet œuf, il existe. Et sa coquille est vraiment bleue...

– Quelqu'un a vu le cygne et la reine au bord de l'eau. Et ce cygne, il vient encore de temps en temps, comme s'il se languissait d'amour. Il est plus grand que les autres, plus fort, plus blanc...

– Laissez-nous passer ! ordonna Clytemnestre. Ou je vous maudis ! »

À ces mots, ils se turent un instant. Je ne voyais toujours rien, enveloppée comme je l'étais dans les plis du manteau de ma sœur.

Une voix rompit alors le silence. « Elle est monstrueuse ! C'est pour ça que vous la cachez !

– C'est un monstre ! Comme la Gorgone. Elle est hideuse !

– Laissez-nous partir, répéta Clytemnestre. Sinon... Vous pensez qu'elle est monstrueuse ? Eh bien, je vais vous la montrer ! Ce sera ça, votre malédiction ! Souvenez-vous du pouvoir de la Gorgone, qui transforme ceux qui la voient en pierre. »

Un murmure parcourut la foule. J'aurais dû me sentir en sécurité, mais la menace de ma sœur, aussi futée soit-elle, me blessait. Elle était prête à me faire passer pour un monstre, plutôt que de céder.

Je me tortillai pour échapper à Clytemnestre, arrachai mon capuchon, et offris mon visage aux regards de la foule.

Elle était dense – nous étions encerclées par plusieurs rangées de personnes. Jamais auparavant je n'avais vu autant de monde.

« Je suis Hélène ! Contemplez-moi à votre guise ! » Prête à les affronter, je levai le menton.

Le silence se fit. Un silence profond, absolu. Les yeux se tournèrent vers moi, comme les belles-de-jour suivant la course de la lune à travers le ciel. Les visages se vidèrent de toute expression. Calmes, sereins, ils semblaient maintenant baignés d'une lumière lunaire.

Enfin, quelqu'un murmura, « C'est bien vrai. Seule la fille de Zeus peut avoir un tel visage.

– Si terrible... aveuglant... » poursuivit la foule.

Mais ce qu'ils voyaient dans mon visage, c'était aussi le pouvoir qui provoquerait tant de haine et de destructions.

Nous fîmes demi-tour et les laissâmes sur place, comme pétrifiés par la Gorgone. Abasourdies, envoûtées, nous rebroussâmes chemin.

Mais c'était surtout moi qui étais envoûtée, sous le choc. Zeus. Ils m'avaient appelée la fille de Zeus. Ils avaient dit que le dieu s'était accouplé avec Mère sous la forme d'un cygne. Ce cygne qui nous avait attaquées, se pouvait-il... était-il... mon *père* ?

Le soleil brillait toujours autant, mais tout ce que je voyais, c'était la blancheur du cygne et ses yeux cruels, ainsi que les regards ébahis des gens de Sparte, pétrifiés devant moi. C'était donc pour ça que je devais porter un voile, être enfermée. Que Mère avait fui les cygnes ce jour-là, près du lac chez mes grands-parents. Que Père leur avait lancé des pierres et les avait traités de monstres répugnants. Qu'elle m'appelait son petit cygne... Tout se mit à tourner autour de moi. Je tombai à terre.

VI

Je restai inconsciente un certain temps. Lorsque je me réveillai, j'étais dans les bras de Clytemnestre qui gravissait la colline en me portant. Elle me serrait fort contre elle en soufflant et haletant, et grimpait le sentier caillouteux sans une seule pause, avec une force et une agilité qui m'étonnèrent.

« Je... Je... » J'aurais voulu qu'elle s'arrête, qu'elle me dise tout ce qu'elle savait, tant que nous étions seules. Il n'y avait personne aux alentours. Nous avions certainement semé les villageois qui nous poursuivaient.

« Ne me demande rien ! » dit-elle. Ses paroles étaient sèches. Mais sa voix, elle, tremblait.

« Je dois savoir ! Il faut que tu m'expliques ! Tout le monde sait des choses sur moi, sauf moi. Même les habitants de Sparte connaissent ces histoires... »

Elle s'arrêta et me posa par terre. « Père et Mère ont eu tort de ne rien te dire. Ils nous ont fait promettre de ne jamais rien te révéler. Comme si, un jour ou l'autre, tu n'allais pas apprendre quelque chose. Tout ça – le voile, les miroirs, l'enfermement ! Ils ont vraiment commis une lourde erreur ! »

Les portes du palais se dressèrent devant nous. Elles étaient fermées, comme d'habitude. Clytemnestre cria,

« Ouvrez ! Ouvrez ! Par pitié ! » et elles s'écartèrent. À peine entrée dans l'enceinte du palais, ma sœur me lâcha tout d'un coup et courut aider les gardes à fermer les lourds battants et à les verrouiller. Nous n'avions visiblement pas été suivies, mais on ne savait jamais...

Nous pensions être en sécurité et Clytemnestre venait de m'ordonner à voix basse de rentrer directement dans ma chambre avant que nous ne nous fassions attraper quand, brusquement, Père surgit de sous le portique. Fronçant les sourcils, il regarda autour de lui et nous aperçut au moment même où les portes se fermaient en gémissant. Il fondit sur nous et, saisissant le bras de Clytemnestre, la secoua.

« Tu seras punie pour ce que tu as fait ! Punie très sévèrement ! Tu as désobéi à mes ordres. Tu... » Il approcha son visage de celui de ma sœur et je fus frappée de leur ressemblance. « À ton âge, tu aurais dû savoir qu'il ne fallait pas faire ça. Ton châtiment sera terrible. Quant à toi, poursuivit-il en se tournant vers moi, tu aurais pu être blessée. Tu t'es mise en danger, et nous avec.

– La seule chose qui aurait pu pâtir de notre escapade, si jamais Hélène avait été physiquement touchée, c'est le prix que tu espères tirer d'elle », lui lança Clytemnestre d'un ton hargneux.

Père la gifla de toutes ses forces. Elle accusa le choc avec un simple plissement des yeux. « File dans tes appartements ! Tu y attendras ma sentence ! » lui ordonna-t-il.

À mon grand étonnement, elle obéit, me laissant seule avec lui. Les yeux de Père étaient rivés sur moi et je vis à quel point Clytemnestre avait raison. En effet, il vérifiait que son bien n'avait pas été endommagé. Une fois rassuré, il se détendit et me lâcha.

« Toi aussi, dans tes appartements ! » Et il m'emmena, sa main ferme plaquée sur mon dos.

À cet instant, Mère, qui sortait de ses appartements, nous vit. Elle courut vers nous, les pans de sa robe volant en tous sens. Son visage portait le masque de l'inquiétude. Elle agrippa mes épaules et se mit à sangloter.

« Léda, ma chère, contrôle-toi ! Elle est hors de danger, dit Père d'un ton cassant.

– Où êtes-vous allées ? Qu'avez-vous fait ? » me demanda-t-elle.

Je m'efforçai de paraître penaude. « Oh, Mère, je suis désolée. Clytemnestre n'y est pour rien. C'est moi qui suis fautive. Je l'ai persuadée de me faire sortir du palais. Je voulais tant voir Sparte. Nous sommes allées en ville, et des gens m'ont vue, et ils sont devenus agressifs... » Bien que respirant avec peine, Mère demeura silencieuse. Je poursuivis mon récit : « Sur le chemin, j'ai joué dans les champs, et au bord de la rivière... » J'étais censée me taire, ayant promis à Clytemnestre de garder le secret, mais je venais de comprendre, en un éclair, que c'était pour moi la seule façon de forcer Mère à révéler son secret à elle, un secret bien plus important que le nôtre. « Il y avait là un cygne immense. Il a attaqué Clytemnestre et je l'ai frappé pour qu'il la laisse. Alors il m'a regardée et il... il m'a embrassée. » Je jetai à Mère un regard innocent. « On aurait dit qu'il m'aimait bien, je ne sais pas pourquoi. Mère, c'était comme s'il m'avait reconnue ! »

Elle poussa un petit cri étouffé. « Oh, comment as-tu pu... Comment a-t-il pu faire ça ?

– J'ai eu l'impression qu'il voulait me dire quelque chose. »

Elle se redressa, comme si son corps obéissait à un ordre qu'elle lui donnait.

« Rejoins-moi dans mes appartements demain matin, Hélène. Après avoir été punie. »

Clytemnestre fut emmenée dans la pièce des châtiments, là où les jeunes gens subissaient leur initiation ou se faisaient punir à coups de fouet. Quant à moi, je fus consignée dans ma chambre, privée de repas et forcée à dormir par terre à même les dalles de pierre, dans le noir, les lampes à huile ayant été enlevées. Je passai une nuit froide et terrifiante. L'image du cygne et de ses yeux noirs me hantait, ainsi que les regards des gens de la ville convergeant sur moi. Pourtant, les événements de la journée ne m'inspiraient plus de crainte. Ce que je redoutais, c'était ce que Mère me dirait le lendemain. Mais je n'avais pas l'intention de quitter ses appartements sans qu'elle m'ait appris qui j'étais réellement. Maintenant, il fallait que je le sache.

Dès le lever du soleil, je m'enveloppai dans un manteau de laine et partis en direction des appartements de ma mère. Ils se trouvaient non loin de l'immense salle du trône avec sa grande cheminée, de sorte que la reine pouvait s'y retirer discrètement lorsqu'une soirée officielle traînait en longueur, ce qui, malheureusement, arrivait fréquemment.

Elle venait de se lever, et une servante était en train de poser sur ses épaules un manteau taillé dans une étoffe douce couleur de cendre. Je compris tout de suite que cette cérémonie du lever n'était qu'un simulacre. Elle non plus n'avait pas fermé l'œil de la nuit.

Les rais de lumière du soleil tout juste levé se faufilaient entre les colonnes de sa chambre et s'étiraient jusqu'au sol comme autant de bras maigres.

« Ma chère enfant, dit Mère, tiens, viens manger quelque chose avec moi. » Elle fit un geste en direction d'un plateau sur lequel étaient posés un rayon de miel et du pain. Mais ni elle ni moi ne pûmes faire honneur à ce modeste repas.

« Hélène, tu m'as rendue folle d'inquiétude, reprit Mère. Tu savais parfaitement que tu n'avais pas le droit de quitter l'enceinte du palais. Ta sœur, en tout cas, le savait. Elle est de plus en plus difficile, en ce moment. Il est temps que nous lui trouvions un mari qui la commandera. Toujours est-il qu'il aurait pu se produire quelque chose de terrible – de fait, quelque chose de terrible a bien failli se produire. » Un frisson lui parcourut le corps.

Fini, les réponses évasives. La vérité devait lui être arrachée, tirée de force si besoin était. « Mais Mère, qu'est-ce qui aurait bien pu se produire ? Ces gens-là, ce sont vos sujets. Ils n'auraient fait aucun mal à leur princesse. Peut-être que si j'étais autorisée à les voir plus souvent...

– Hors de question ! »

Elle frappa dans ses mains pour me faire taire.

« C'est à cause de cette prophétie », dis-je. Je savais que, pour une raison ou une autre, ce qu'avait dit la sibylle expliquait en partie mon enfermement. Ça, et le cygne. Je décidai de commencer par la sibylle. « Il y a longtemps... Quand nous sommes allés à Delphes... Il y avait cette sorcière, cette prophétesse, j'ignore qui elle était en vérité, mais elle a prédit quelque chose à mon sujet... Quelque chose en rapport avec la ruine de l'Asie, celle de l'Europe, et la mort de milliers de Grecs. Est-ce pour empêcher cela que vous me gardez prisonnière ? »

Je m'attendais à ce qu'elle nie, mais elle hocha la tête. « Oui. Nous avions espoir de tromper le sort. »

Mon précepteur m'avait raconté ces légendes, celle du grand-père de Persée qui, sachant que le fils de sa fille le tuerait, les avait chassés – en vain car le fils l'avait tué quand même ; ou encore celle d'Œdipe qui, apprenant qu'il serait l'assassin de son père et épouserait sa mère, s'exilait à Thèbes et tuait son père sur le chemin sans le savoir, puis recevait en récompense sa mère comme épouse, là encore sans le savoir. Il était vain de tenter d'éviter ce qui était décidé à l'avance.

Les mots de Père me revinrent à l'esprit : *Savoir, c'est être armé. Un ennemi vu de loin ne peut pas surprendre. Les plans d'un ennemi qu'on a repéré peuvent être déjoués, son attaque évitée.*

Jusque-là, aucun ennemi n'était venu. Mais la sibylle n'avait pas précisé quand les problèmes surgiraient. Ni d'où ils proviendraient. Ni la forme qu'ils prendraient. La formule courageuse de Père ne servait pas à grand-chose face à un adversaire qu'on ne pouvait pas identifier. Œdipe l'avait appris – à ses dépens.

« Mère, tu sais bien qu'on ne peut éviter ce qui est décidé à l'avance.

– Pourtant, c'est ce qu'il nous faut essayer de faire. »

Elle me tourna le dos et prit sur la table où elle posait ses pots d'onguents et de parfums un peu d'huile qu'elle versa au creux de sa main. Elle me la tendit et, voyant que je voulais bien, étala du doigt l'huile fraîche sur ma joue.

« Mon Petit Cygne, tu as une si jolie peau », dit-elle.

Je lui attrapai les poignets. « Mère ! Il est temps que tu m'expliques ce que tout le monde semble savoir. Petit Cygne ! Suis-je vraiment un petit cygne, Mère ? N'essaie pas de détourner mon attention en me parlant de ma grâce, de mes tuniques de lin blanc, que sais-je encore, comme le fait Père. Où est la vérité ? Qu'y a-t-il de vrai dans ce que tout le monde à Sparte raconte... sur toi et le cygne... Qu'en fait ce n'était pas un cygne, que c'était... que c'était... » Il m'était impossible de le dire, cela paraissait tellement présomptueux. « Je l'ai vu, ce cygne. Ses plumes sont d'un blanc éclatant, aveuglant, comme les nuages avant que le soleil ne les transperce. D'un blanc qui m'a fait mal aux yeux. »

Mère se tint immobile un instant. Elle courba la tête et je compris qu'elle réfléchissait pour savoir jusqu'où elle pouvait raisonnablement aller dans ses révélations. Je voyais le sommet de sa tête, ses cheveux d'un noir brillant – si différents des miens – mais pas son visage, ni la lutte intérieure qu'elle menait. Enfin, elle redressa la tête et je sus qu'elle allait me dire la vérité.

« Viens », fit-elle en m'attirant vers elle sur son divan. Elle me serra bien fort et je sentis la chaleur de son corps contre le mien.

« Mon enfant, dit-elle enfin, ton histoire, la voici. Je ne peux te la raconter autrement. Ton père était loin, et le père de tous les dieux, le maître de l'Olympe, est venu me voir. Il m'a choisie moi, j'ignore pourquoi. Et en effet, il a pris la forme d'une créature mortelle, un cygne. Le voir dans toute sa gloire, c'est la mort assurée. Et lui ne souhaitait pas cela pour moi. Il est parti au lever du soleil – la même heure que maintenant, si bien que depuis il ne se passe pas un matin que je ne lui dise adieu une nouvelle fois, que je ne revive son départ. Et en effet, de notre union est née une enfant. Cette enfant, c'est toi. »

Soupçons, peurs, rêves – entendre les faits eux-mêmes, ce n'était pas du tout la même chose. Un vertige me prit. Je m'appuyai sur Mère.

« Tu es sa seule fille. Oh, des fils, il en a, mais toi, tu es sa seule fille mortelle, née d'une femme mortelle. Il te protégera, malgré tout ce que la sibylle a dit. C'est pour cela que nous tentons de la contrecarrer. Zeus n'est-il pas plus puissant qu'une simple sibylle ?

– Mais... et Père ?

– Il sait. Mais il fait semblant de tout ignorer. Peut-être est-ce mieux ainsi. Les hommes ont leur fierté. Il t'appelle "la plus belle femme du monde" mais n'ose avouer comment cela est possible. La fille de Zeus ne peut qu'être d'une beauté immortelle, du moins tant qu'elle vit. » Sa voix se fit triste : « Mais les enfants issus de dieux et de mortels sont toujours mortels, reprit-elle. Cela ne peut être évité. Tu mourras, comme moi. Mais tant que tu vivras, nous ferons tout pour te protéger. »

Je penchai la tête. Oui, maintenant, tout m'avait été révélé. Tout était clair.

Elle prit une mèche de mes cheveux et l'approcha des siens. « Les miens appartiennent à ce monde-ci, les tiens à celui des dieux. Vois comme ils brillent, comme ils sont dorés !

– Mère, ne t'a-t-il rien laissé ? »

Je savais, grâce aux histoires qu'on m'avait racontées, que les dieux étaient durs, qu'ils prenaient leur plaisir avec les mortelles pour les abandonner ensuite. Mais que parfois ils laissaient quelque présent.

« Je n'ai que ce que j'ai pris », répondit-elle. Elle se leva et se dirigea d'un air songeur vers une niche ménagée dans le mur d'où elle sortit une boîte en ivoire sculptée au couvercle arrondi. Elle le souleva et me tendit brusquement la boîte. À l'intérieur, se trouvaient quatre plumes de cygne longues et brillantes, si pures qu'elles scintillaient toutes seules d'une lumière irréelle.

Des plumes. Alors qu'elle aurait pu demander toutes les richesses du monde.

VII

Père et Mère tinrent parole : ils firent immédiatement annoncer que leur fille aînée, la princesse Clytemnestre, de si grande renommée, était en âge de se marier. Ses avantages furent mis en avant. Elle était d'une lignée irréprochable – elle descendait des premiers rois de Sparte, et celui qui obtiendrait sa main hériterait peut-être aussi du trône. En outre, issue d'une souche fertile et saine, elle avait un physique agréable et une excellente santé. Pas un mot bien sûr au sujet de son caractère obstiné et rebelle, de son peu d'intérêt pour les tâches féminines ou de sa force, comparable à celle d'un homme. Père espérait qu'un prétendant viendrait offrir un bon prix, et avait l'intention d'examiner les offres de tout candidat, grec ou étranger.

« Un Égyptien ou un Syrien me conviendrait tout autant, dit-il.

– L'Égypte est trop raffinée pour Clytemnestre, protesta Mère en passant ses longs doigts nerveux dans ses cheveux. Ce lin si fin qu'il flotte, ces bracelets en émail, ces parfums... Elle n'est pas assez délicate pour cela.

– C'est vrai, en cela ta fille ne te ressemble pas. C'est toi qui convoites ces choses-là. Tu serais jalouse de Clytemnestre. » Il gloussa, visiblement ravi d'avoir su déceler ses sentiments. « Mais, très chère, nous devons penser uniquement à ce que ce mariage apportera à Sparte, et non aux raffinements dont tu aimerais profiter.

– Un étranger, aussi riche soit-il, serait le signe de notre échec. Tout le monde nous mépriserait. »

Entrée sur la pointe des pieds dans leur chambre, j'osais à peine respirer, de peur qu'ils m'entendent.

« Qu'ils nous méprisent autant qu'ils veulent, du moment que nous entretenons des relations étroites avec un port là-bas.

– Jamais à ma connaissance un étranger n'est venu chercher épouse ici, répliqua Mère, et Sparte n'a pas de port. Alors, quel intérêt de telles relations pourraient-elles présenter pour nous ? Les bateaux de commerce iraient à Mycènes, comme ils le font déjà d'ailleurs.

– Troie, dit Père brusquement. La ville est beaucoup plus proche, et les bateaux de commerce égyptiens y transitent déjà. Ainsi, nul besoin d'aller chercher un prétendant égyptien. De plus, les Troyens sont plus riches que les Égyptiens.

– Et plus beaux », renchérit Mère. Maintenant c'était au tour de Père d'être piqué au vif. « On dit qu'ils sont d'une telle beauté que même les dieux sont irrésistiblement attirés par eux. Zeus s'est épris de Ganymède, et Aphrodite en personne n'a pas pu résister à la passion que lui inspirait ce berger... Comment s'appelait-il déjà ? Un jour, alors que tu étais parti, l'un d'entre eux est venu en mission diplomatique. Je l'ai reçu seule, bien sûr. » Elle eut un petit sourire. « Cela n'a pas été une tâche ardue. »

Je pouvais presque voir les plumes de cygne s'agiter dans leur petite boîte et se moquer de Père.

« Soit, pas d'étranger, finit-il par dire. Il devrait y

avoir suffisamment de prétendants grecs pour nous laisser le choix. »

J'étais sur le point de signaler ma présence quand Mère ajouta tout d'un coup : « Je pense qu'il est temps de montrer Hélène. Ainsi, la nouvelle circulera et, quand elle sera en âge de se marier, son prix atteindra des sommes folles.

– Tu as raison ! Nous allons faire savoir à tous qu'elle est la plus belle femme du monde ! »

Père claironna sa phrase préférée d'un ton réjoui.

Mère fronça les sourcils. « Mais... cela ne risque-t-il pas de nuire aux chances de Clytemnestre ? Les prétendants ne préféreront-ils pas attendre qu'Hélène soit prête ?

– Oui, en effet, c'est un risque, reconnut Père. Mais il me semblerait bien dommage de la cacher alors qu'il y aura tous ces gens ici. Quand une telle occasion se présentera-t-elle à nouveau ?

– Les deux options ont leurs avantages. Réfléchissons, ne décidons pas à la hâte. »

Nous étions en plein cœur de l'été et le soleil était au plus haut de sa course lorsque les prétendants de Clytemnestre arrivèrent. Ils gravirent un à un la pente raide de la colline jusqu'au palais, les bras chargés de présents et le cœur plein d'espoirs. Après avoir été reçus par le roi et la reine, ils prirent leurs quartiers chez nous.

Ils allaient se disputer la main de la fille d'un roi selon des règles rigides établies de longue date. Père était censé les nourrir et les héberger jusqu'à ce que l'un d'eux ait été choisi. Un prétendant avait le droit d'envoyer un représentant à sa place, s'il vivait trop loin ou était trop puissant pour venir se mettre en position de demandeur. Parfois, une compétition était organisée, par exemple une course à pied ou un concours de tir à l'arc, mais les résultats ne déterminaient plus, comme avant, le nom du vainqueur.

J'observai le défilé des candidats en me demandant où tous ces hommes logeraient. Des lits furent installés sous les portiques en bois, ce qui leur permettrait de dormir en étant en partie abrités, mais quand même dehors. Mère avait réquisitionné toutes les couvertures et peaux de mouton disponibles. Amenés par les bergers, brebis et agneaux furent tués pour nourrir tous nos hôtes. D'innombrables jarres de grain et d'huile arrivèrent je ne sais d'où, et d'immenses amphores de vin furent ouvertes pour les libations. Il était essentiel pour Père que sa richesse et son hospitalité paraissent illimitées. De même, les prétendants devaient donner l'impression d'être les gardiens de la porte de l'espoir.

Ils étaient douze – un nombre impressionnant. Parmi eux, le prince de Tirynthe, deux des fils de Nestor de Pylos, un guerrier de Thèbes, un cousin de la maison royale de Thésée d'Athènes, ainsi qu'un jeune monarque venu du minuscule royaume de Némée. Les autres avaient envoyé des émissaires – de Rhodes, de Crète, de Salamine et de la lointaine Thessalie. Enfin, le dernier jour, les Atrides – Agamemnon et son frère Ménélas, de Mycènes – gravirent la colline jusqu'aux portes du palais.

En les voyant, Mère devint extrêmement pâle et sa main se posa sur sa gorge palpitante. « Non... », dit-elle, si bas que, assise juste à côté d'elle, je fus la seule à l'entendre.

Le visage de Père demeura impassible. Il accueillit chacun des deux frères comme il avait accueilli les autres prétendants, avec la phrase rituelle : *Noble invité, sois le bienvenu dans ma maison*.

Je savais la malédiction qui pesait sur la maison des

Atrides, comme tout le monde. Même dans notre région où les enfants étaient nourris d'histoires de meurtres sanglants et de trahisons, il y en avait une qui surpassait les autres en horreur – celle des fils de Pélops, une histoire qui n'était pas encore finie, ce qui la rendait encore plus terrifiante.

Pour résumer, le roi Pélops avait deux fils, Atrée et Thyeste. Atrée, convoitant le pouvoir, tua les trois fils de Thyeste et les donna à manger à leur propre père. Ce dernier, horrifié, maudit Atrée et tous ses descendants. Agamemnon et Ménélas étaient les fils d'Atrée.

S'ajoutaient à cela des adultères, d'autres meurtres, des liaisons contre nature, des trahisons et des mensonges. Et maintenant, Agamemnon, représentant de cette race maudite, venait demander la main de Clytemnestre.

C'était un homme très brun, trapu, avec une barbe fournie et des lèvres épaisses. Ses yeux étaient anormalement globuleux et son nez charnu. Il n'avait pratiquement pas de cou, si bien que sa tête semblait directement posée sur ses épaules. S'il voulait regarder sur le côté, il lui fallait tourner presque entièrement le corps. Je remarquai ses bras musclés et, brusquement, eus une vision de lui en train d'étrangler quelqu'un. Il ne faisait aucun doute pour moi qu'il en était capable, et à mains nues.

Derrière lui venait un serviteur portant une boîte de forme mince et allongée, marquetée d'or, qu'il tenait comme s'il s'agissait d'une offrande aux dieux.

« Est-ce là le sceptre ? demanda Père.

– Oui. Pensais-tu que j'allais le laisser à Mycènes ? »

La voix d'Agamemnon était aussi grave et sombre que son visage.

Père se tourna alors pour accueillir l'autre homme, le jeune frère d'Agamemnon. « Ménélas, noble invité, sois le bienvenu dans ma maison.

– Merci, grand roi. »

Ménélas. C'était la première fois que je le voyais. Il était, comme son frère, large d'épaules et très musclé. Mais ses cheveux étaient plus clairs, d'un blond tirant sur le roux, épais comme la crinière d'un lion, et son visage souriait au lieu d'être renfrogné. Il était difficile de croire que lui aussi vivait sous l'ombre d'une malédiction. Rien, en effet, dans sa personne ne suggérait une telle chose.

« Je viens, cher roi Tyndare, pour soutenir mon frère qui espère obtenir la main de la princesse. » Il avait une manière directe, mais non brutale, de s'exprimer. Sa voix très basse et rassurante laissait imaginer un homme plus corpulent qu'il n'était en réalité.

« Je ne comprends pas, répondit Père. Tu ne viens donc pas en tant que prétendant ?

– Il y a déjà eu trop de rivalités entre frères dans notre famille. N'ont-elles pas causé suffisamment de malheurs ? Non, je me contenterai d'encourager mon frère dans sa requête. »

Il inclina la tête d'une façon curieusement cérémonieuse. C'est alors qu'il me vit. Comme tous les autres, il resta les yeux fixés sur moi un instant. Les prétendants qui s'étaient présentés devant notre famille royale, et donc devant moi, avaient tous été cloués sur place de la même manière, qui bafouillant quelques mots, qui avalant sa salive.

Ménélas, lui, esquissa un sourire, puis suivit son serviteur sans un mot.

Merci de n'avoir rien dit ! pensai-je. Merci, du fond du cœur ! Ma gratitude fut immédiate.

Si mon vœu le plus cher, apparaître en public sans barrière et sans voile, avait en effet été satisfait, l'expérience s'était révélée pénible. Les deux premiers hommes s'étaient comportés comme s'ils avaient vu une apparition. À partir de ce moment-là, je n'avais plus ressenti que gêne, peur, et enfin colère. Sans voile, j'étais encore plus prisonnière. Pourtant, n'était-ce pas là ce que j'avais demandé ?

Les prétendants tirèrent au sort pour savoir quel jour ils paraîtraient devant le roi. Personne ne souhaitait passer en premier. Il était plus avantageux d'être dans les derniers. S'il n'y avait pas eu de récompense à l'issue de cette compétition, le fait d'être à la fin aurait été un handicap, le public finissant par se lasser. Mais là, celui qui passait en premier courait le risque d'être oublié par Clytemnestre d'ici à ce que le moment soit venu pour elle de choisir.

Euchir, le jeune roi de Némée, eut le malheur d'être le premier. Il avait belle allure. Il parla de sa cité et de la vallée qui constituait son royaume, expliquant qu'elle était suffisamment loin de Sparte pour que Clytemnestre ait le sentiment d'avoir un nouveau foyer, tout en étant assez près pour qu'elle ne se sente pas complètement séparée de sa famille. La couronne qu'il lui offrait était libre de toute contestation ou de toute prophétie (quelle habileté ! Les Atrides n'allaient certainement pas apprécier l'allusion). Puis, d'un air enjôleur, il fit ouvrir son coffre et en sortit la peau impénétrable du lion qu'Héraclès avait tué – la fierté de sa cité.

Je lus sur le visage de Clytemnestre que tout cela ne l'impressionnait pas le moins du monde. Le roi de Némée, un avorton à côté d'elle, était trop fluet, trop jeune pour être un prétendant sérieux. Ce que confirma son refus de lui poser la moindre question. Il ne restait plus au malheureux qu'à s'en aller avec sa peau de lion.

Lors du banquet qui suivit, le barde, pinçant les cordes de sa lyre, raconta les exploits des ancêtres d'Euchir. Sa voix finit par être complètement noyée par celles des hommes aux langues déliées par le vin. Il les foudroya du regard, car il n'était pas aveugle, contrairement à nombre de ses confrères.

La fête s'acheva tard dans la nuit et nous pûmes enfin aller nous coucher.

Il en fut ainsi des jours durant. Au bout de quelque temps, les prétendants finirent par se confondre dans mon esprit. Peut-être parce que Clytemnestre ne leur témoignait aucun intérêt.

D'après elle, les deux fils de Nestor de Pylos étaient trop prolixes, comme leur père.

Le prince de Tirynthe était aussi épais et gris que les murailles de sa cité.

Quant au guerrier de Thèbes, il serait encombrant dans un palais. Il devait dormir sous son bouclier, ajouta-t-elle, railleuse.

Le nombre de prétendants qui n'avaient pas encore présenté leur requête diminuait. Qu'arriverait-il si, une fois le dernier passé, Clytemnestre n'avait toujours pas fait son choix ? Serions-nous obligés d'organiser tous les ans ce genre de compétition, en espérant que quelque nouveau candidat fasse un jour son apparition ?

Agamemnon était l'avant-dernier. Il avança à grands pas jusqu'au milieu de la pièce où il prit position, bien planté sur ses jambes solides comme des piliers. Il leva le menton et son regard fit le tour de l'assemblée, avant de se poser sur Père.

« Moi, Agamemnon, fils d'Atrée, je me présente aujourd'hui devant toi en tant que futur époux de ta fille. Si son choix se porte sur moi, je ferai d'elle ma reine, la reine de Mycènes. Elle sera obéie et honorée dans tout le royaume d'Argos, et je n'aurai de cesse que chacun de ses désirs soit exaucé, dans la limite de mes pouvoirs.

– Et qu'as-tu à nous proposer ? » fit la voix de Clytemnestre.

Il y eut un silence profond. C'était la première fois qu'elle demandait quelque chose à un prétendant.

Le visage d'Agamemnon se fendit d'un sourire. Cela lui donnait un air sinistre, me dis-je en voyant son épaisse barbe blanche se séparer en deux pour révéler sa bouche, telle une déchirure. « Princesse, si tu patientes, je vais te le montrer. »

Il alla chercher la longue boîte marquetée d'or qui avait été posée à côté d'une colonne. Il la plaça délicatement au centre du mégaron, près du foyer, et l'ouvrit avec cérémonie. Puis il plongea la main à l'intérieur, en sortit le sceptre et le brandit pour que tous puissent le voir.

« Admirez l'œuvre du dieu Héphaïstos ! » cria-t-il.

À mes yeux, ce sceptre n'était guère différent des autres – de la même longueur qu'un bras d'homme, de la même circonférence. Seul le distinguait le fait qu'il soit en bronze.

Clytemnestre se pencha en avant.

« Raconte-moi, ô roi, l'histoire de ce sceptre.

– Ce sera un honneur pour moi », répondit Agamemnon d'une voix qui résonnait comme le tonnerre lorsqu'il est vraiment proche. « Héphaïstos l'a fabriqué dans sa forge divine pour Zeus. Zeus en a fait présent à Pélops, qui l'a ensuite donné à Atrée.

Thyeste s'en est emparé. Finalement, il m'est revenu à moi, son détenteur légitime.

– Et moi, je pourrai aussi le brandir ? »

Clytemnestre, au comble de l'excitation, s'était redressée sur son siège. Sa voix aussi résonnait comme le tonnerre.

Un instant surpris, Agamemnon se ressaisit aussitôt. Son sourire finit par gagner ses yeux. « Il faudra que je demande la permission de Zeus. Après tout, ce sceptre est le sien et, jusqu'à maintenant, il n'est passé qu'entre des mains masculines.

– Ne demande pas à Zeus. Il ne peut juger en toute objectivité. Étant donné ses différends avec Héra, il refusera forcément de donner son autorisation à une épouse. C'est à toi que je demande. »

Il hésita un instant, puis fit un geste vers Clytemnestre. « Viens le prendre toi-même. »

Je vis Père se raidir. Devant cette atteinte au protocole, il s'apprêtait à disqualifier Agamemnon. Mais au moment même où il se levait, ma sœur s'avança vers le prince. Ils s'affrontèrent, les yeux dans les yeux, un bref instant. Aucun ne détourna le regard. Clytemnestre empoigna le sceptre.

« On dirait bien que tu as répondu toi-même à ta question, dit son prétendant. Maintenant je n'ai plus besoin de demander aux dieux. »

L'ambiance du banquet qui suivit ne pouvait qu'être affectée par l'audace du couple. Les gens étaient si stupéfaits qu'ils ne purent s'empêcher d'en parler, murmurant leurs remarques entre deux commentaires anodins sur le chevreau rôti, la qualité du bois utilisé pour faire cuire les viandes et la lune presque pleine.

« Une femme a touché le sceptre forgé par un dieu !

– A-t-elle l'intention de l'arracher à Agamemnon ?

– Si les dieux laissent faire une telle chose, cela veut-il dire qu'ils autoriseraient une femme à gouverner seule ? »

Je restai auprès des membres de ma famille, en vérité surtout parce que je brûlais d'envie de savoir ce que Mère pensait. Mais en vraie reine qu'elle était, elle ne laissa pas paraître ses sentiments et ne révéla rien de son opinion dès lors qu'il y avait le moindre risque que ses propos soient entendus.

Père se montra plus transparent. Son regard noir me fit comprendre tout de suite qu'il était fort mécontent. Pour Castor, cette affaire était très divertissante – « Clytemnestre avait l'air royale avec ce sceptre » – alors que Pollux trouvait tout cela très choquant – « Ils se sont abaissés tous les deux en se bagarrant ainsi en public comme de vulgaires pugilistes. » Pour ma part, si je n'appréciais pas Agamemnon, je devais toutefois reconnaître qu'il avait su faire jaillir le feu qui couvait en Clytemnestre et qu'ils étaient peut-être faits l'un pour l'autre.

Je m'éloignai de Castor et restai un moment au seuil du mégaron, sous le porche ouvrant sur la cour et, au-delà, sur les jardins baignés par la lumière de la lune. Levant les yeux au ciel, je constatai à nouveau qu'elle était presque pleine. Elle brillait tellement que les ombres du toit et des grands peupliers se balançant dans le vent se découpaient avec une grande netteté. La brise froissa ma robe.

Quelqu'un s'approcha de moi, rompant ma solitude. Je pensais inciter l'importun à partir en l'ignorant, mais il prit la parole.

« Je crains que la conduite de mon frère ne t'ait déplu. »

C'était Ménélas.

« Non, me sentis-je obligée de répondre. Elle ne

m'a pas exactement déplu, mais plutôt surprise. Cependant, ma sœur semble l'avoir appréciée, et après tout, n'est-ce pas à elle qu'il faut plaire ?

– C'était audacieux de la part d'Agamemnon.

– Ce risque sera peut-être payant.

– Apprécies-tu l'audace autant que ta sœur ? »

Il m'était maintenant impossible de continuer à contempler ostensiblement les jardins. Je me tournai vers lui et répondis :

« L'audace pour l'audace ne m'intéresse pas.

– Moi non plus. Et je ne suis pas certain d'en être capable. Je suis très différent d'Agamemnon.

– Et moi de Clytemnestre. Les frères et sœurs ne sont jamais de simples copies. »

Tout là-bas dans la pénombre résonna le chant d'un rossignol. Le vent tiède du printemps l'avait réveillé, ce même vent qui venait frôler le bas de nos vêtements.

« En effet, dit Ménélas. Et parfois, des personnes de familles différentes ont plus en commun. Clytemnestre et Agamemnon ont les cheveux bruns, alors que nous sommes tous les deux blonds. »

Je me mis à rire. « Oui, c'est vrai. » Ses cheveux étaient d'un blond plus roux que les miens, mais ils leur ressemblaient. Et nous avions choisi de nous isoler de la foule qui festoyait, de venir contempler la nuit. C'était un autre point commun.

Il se fit un long silence. Si au début j'aurais aimé qu'il ne parle pas, maintenant qu'il était à mes côtés et se taisait, je me sentais mal à l'aise. Pourquoi ne répondait-il pas ? Le rossignol se mit à chanter à nouveau. Il semblait tout proche.

S'appuyant sur la petite balustrade, Ménélas regardait la cour baignée de lumière lunaire, visiblement content, indifférent aux marques que le bord en pierre laissait sur ses bras puissants. Il avait des mains parfaites, fines mais musclées. Détendu, il les laissait pendre. Père, lui, avait les mains nerveuses, avec des veines qui ressortaient comme sur celles d'un singe. Elles trituraient toujours quelque chose et étaient ornées de nombreuses bagues. Ménélas, lui, n'en portait qu'une, si bien que ses mains paraissaient nues pour un homme de son rang.

« À quoi penses-tu ? » me demanda-t-il au bout d'un moment.

Sa franchise me prit au dépourvu. « À ta bague, répondis-je. J'ai remarqué que tu n'en portais qu'une. »

Il se mit à rire et leva la main en l'air. « Je veux que mes mains soient libres, pas alourdies par des bagues, fussent-elles en or.

– Qu'y a-t-il sur la tienne ? Qu'est-ce que cela représente ? »

Il y avait des formes gravées dessus.

Il l'ôta et me la donna. Dans les creux profonds du chaton, je distinguai deux chiens de part et d'autre d'un objet arrondi. Leurs têtes s'incurvaient en suivant les bords de la bague, formant un demi-cercle élégant. En faisant tourner le bijou sous la lumière faible, je me rendis compte de son épaisseur et de la quantité d'or qu'il représentait. La maison d'Atrée était riche. Sur ce point, Clytemnestre avait choisi un beau parti. *Zeus a donné le pouvoir à la maison d'Aesacos, la sagesse à celle d'Amythaon et la richesse à celle d'Atrée.* J'avais souvent entendu Père prononcer cette phrase.

« Ce sont mes deux chiens de chasse, m'expliqua Ménélas. Lors de notre fuite de Mycènes, ils nous ont fidèlement accompagnés. Ils ne sont plus, mais je les garde avec moi grâce à cette bague.

– Tu leur es fidèle comme ils te l'ont été. »

Il sourit en remettant la bague. « Oui. Je n'oublierai jamais. »

Nous non plus, me dis-je, nous n'oublierons jamais – la raison pour laquelle vous avez été chassés, la terrible malédiction qui pèse sur votre famille. En même temps, Ménélas pensait certainement à ce poids indicible sur notre maison à nous, la faute de ma mère. Nous étions tous les deux tributaires des histoires de nos familles. Pourtant, nous ne pouvions en parler ouvertement. Je me mis à rire tristement.

« C'est cette idée de fidélité qui te fait rire ? me demanda-t-il.

– Non, ce qui me fait rire, c'est le poids que nous avons tous les deux sur les épaules, et dont nous ne pouvons parler. Pourtant, il ne semble pas trop te peser.

– C'est l'impression que j'essaie de donner. »

Il sourit, gagnant ainsi mon admiration.

« Ah ! Te voilà ! » Une voix forte et avinée nous tira de nos confidences. « Mon petit frère ! » Agamemnon s'avança en plastronnant et en se frottant le ventre d'un air satisfait. Il tituba et vint s'écrouler sur Ménélas. « Tu te cachais ? Pourquoi tu ne viens pas faire la fête avec moi ? J'ai trouvé la femme qu'il me faut ! »

Ménélas le repoussa et Agamemnon chancela d'avant en arrière, les genoux flageolants et les yeux rivés sur moi. « Euh..., murmura-t-il. C'est vraiment elle la plus belle...

– Tais-toi ! lui ordonna Ménélas. Continue à te soûler et cesse de dire des sottises. »

Ainsi la phrase tant détestée fut interrompue. J'adressai un signe de remerciement à Ménélas, puis m'écartai discrètement de cet homme détestable avachi sur son épaule, son frère, et bientôt mon beau-frère.

VIII

Éveillée avant l'aube, je vis la lune se coucher derrière les arbres de notre colline. La brise, qui soufflait toujours, se faufilait entre les colonnes de ma chambre. Dans l'air planait l'odeur âcre du feu maintenant éteint.

M'étant levée tôt, je pus aider Clytemnestre à sa toilette. C'était la dernière fois qu'elle serait obligée de s'habiller cérémonieusement, la dernière fois qu'elle devrait revêtir une tenue différente de celles qu'elle avait portées les treize jours précédents. En vérité, elle avait combiné ses quelques robes, capes et broches, de manière à faire croire qu'elle en possédait beaucoup.

« Apporte-moi la rouge écarlate ! » ordonnait-elle à sa servante au moment où j'entrai. Elle avait ce matin-là un ton magistral et le teint coloré. Je sentis en elle un je-ne-sais-quoi de nouveau.

La servante revint, portant un vêtement d'un rouge si intense qu'un coquelicot aurait semblé pâle à côté. Clytemnestre sourit et le prit dans les mains. « Parfait ! dit-elle.

– C'est la couleur du sang, remarquai-je. Es-tu bien sûre d'avoir envie de ressembler à... à une guerrière ?

– Un guerrier a besoin d'une guerrière », répondit-elle en approchant le tissu de son visage.

– Alors, tu as décidé de choisir Agamemnon ?

– Exactement. Je vais l'épouser. J'irai à Mycènes. »

Sans hésiter, elle retira ses vêtements de nuit et, le temps d'enfiler le vêtement de laine rouge, se tint nue devant moi. Elle avait un corps exceptionnellement robuste, avec de larges épaules qui restaient cependant féminines. De même, les traits de son visage étaient affirmés, sans être le moins du monde masculins. C'était son esprit qui était audacieux.

« Tu vas me manquer », dis-je à voix basse. J'étais en train de m'en rendre compte. Aussi loin que je m'en souvienne, elle avait été là, à me protéger, me taquiner, jouer avec moi. Maintenant, ses appartements seraient vides.

« Nous savions que cela arriverait un jour », répondit-elle. Les choses pour elle étaient si claires. Elle était une femme. Elle devait se marier. Et quand elle se marierait, elle quitterait Sparte. Qu'y avait-il de surprenant à cela ? Ne devait-il pas en être ainsi ?

Le fait qu'elle accepte aussi facilement sa nouvelle situation et notre séparation me fit mal. « Mais quand même ! Choisir Agamemnon ! Et cette... cette...

– Cette malédiction ? » Elle attendit d'avoir fini d'agrafer les épaules de sa robe avant de se tourner et de m'adresser un regard intense. « C'est quelque chose que je ne peux pas expliquer, que je ne comprends pas moi-même. Mais cette malédiction est une des raisons pour lesquelles je le veux, lui. »

Je frémis. « Mais pourquoi vouloir l'attirer sur toi ?

– Parce que je suis sûre de pouvoir la détourner... la surmonter même, répondit-elle en levant le menton fièrement. On m'a lancé un défi. Je le relèverai.

– Et tu vas jeter notre propre famille dans ce cercle maudit ? Oh, je t'en prie, ne fais pas ça !

– Oublierais-tu que nous avons nous aussi nos prophéties ? Aphrodite a annoncé à Père que ses filles se marieraient plusieurs fois et qu'elles quitteraient leur mari – ne te l'a-t-il jamais dit ? Si tu as l'intention d'être fidèle à ton époux, alors il te faudra toi aussi défier une prophétie. »

Oh, je t'en prie, ne pars pas ! Ne m'abandonne pas ! N'épouse pas Agamemnon. Je ne l'aime pas ! Hélas, je ne pouvais pas dire ce que je pensais. Quand une fille quittait la demeure paternelle pour se marier, elle laissait forcément un vide dans la famille.

« Il reste un prétendant, dit-elle en riant. Et après, je pourrai enfin avoir l'homme que je veux. »

Le malheureux dernier candidat, l'envoyé d'un prince crétois, avait peu à offrir. Personne ne lui prêta la moindre attention. Son bref discours terminé, il s'éclipsa. Il savait – tout le monde savait – que Clytemnestre avait déjà choisi.

Père rassembla les prétendants une dernière fois, leur distribua des chaudrons de bronze en guise de cadeau d'adieu et les remercia. Enfin, il annonça que sa fille Clytemnestre épouserait Agamemnon de Mycènes.

Épouserait Agamemnon de Mycènes. En entendant ces mots-là, ces mots terribles et sans appel, je tressaillis.

Deux mois plus tard ils étaient mariés. Clytemnestre, enchantée, partit pour Mycènes dans le char nuptial, bien décidée à vaincre la prophétie.

Comme Clytemnestre nous manquait ! Au début nous attendîmes impatiemment qu'elle vienne nous rendre visite, comme le font certaines jeunes épouses. Mais elle passait la majeure partie de son temps à Mycènes, et le voyage jusqu'à Sparte était suffisamment long pour ne pas être entrepris à l'improviste. Mes frères tentaient de combler le vide laissé par son départ. Quant à Père, il semblait ravi de l'alliance qu'il avait nouée. Il était également content de voir que la réputation de « plus belle femme du monde » qu'il me construisait avec tant d'habileté faisait son chemin dans l'imagination populaire. Les prétendants rejetés répandaient partout la nouvelle, si bien que les Grecs croyaient maintenant dur comme fer qu'Hélène, princesse de Sparte, était la plus belle femme du monde. Par conséquent, Clytemnestre à peine mariée, ils commencèrent à demander à Père quand je serais prête pour l'hymen. Je n'avais à l'époque que onze ans. Père leur dit d'attendre, non pour me garder à la maison et protéger les dernières années de mon enfance, mais pour faire monter les prix et attirer encore plus de prétendants.

Mère, adoucie, désirait sincèrement me garder auprès d'elle un peu plus longtemps. J'avais fini par la dépasser en taille. Un jour, elle m'annonça que ma beauté éclipsait la sienne et qu'elle s'en réjouissait.

Elle me regarda bien en face et me dit : « Une mère s'imagine toujours que cela lui fera mal, de devoir abandonner son trône à sa fille. Alors elle lutte. Mais le moment venu, tout semble naturel. » Elle me caressa les cheveux.

« Je ne vois pas quel trône tu as perdu, dis-je pour la rassurer.

– Celui de la jeunesse, ma chérie, et de ses charmes. » Elle pencha légèrement la tête. « Cela ne t'arrivera peut-être pas. Il se pourrait que les ans te traitent de manière différente. »

Quatre ans plus tard, alors que je venais de fêter mon quinzième anniversaire, Père décida que mon tour était venu de me soumettre au rituel défilé des prétendants. J'exprimai le souhait d'être autorisée à suivre auparavant une vieille coutume, celle, parfois encore observée, d'une course entre jeunes filles. On disait que cette pratique remontait à l'époque de la jeune épouse de Pélops, le grand-père d'Agamemnon. Elle avait, la veille de son mariage, fait la course avec seize vierges, en l'honneur d'Héra, la déesse de l'hymen. Les jeunes filles avaient ensuite fait à la statue de l'épouse de Zeus l'offrande d'un vêtement.

Je suppliai Père de me laisser participer à ce rite marquant la fin de l'enfance et de la liberté que j'allais abandonner. « Tu sais que je cours vite, dis-je.

– Oui, mais... »

Mère lui coupa la parole. « Laisse-la courir, profiter de cette dernière journée. » Elle me regarda d'un air entendu. « Moi, on ne m'a pas offert cette chance. » Elle prit mon visage entre ses mains. « Chère enfant, tu courras le long des berges de l'Eurotas. » Elle eut un petit sourire secret. « C'est plus juste ainsi. »

Parce que c'était là que j'avais été conçue ? Les plumes de cygne étaient toujours dans sa boîte – j'avais regardé peu de temps auparavant. Elles n'avaient rien perdu de leur blancheur éclatante.

« Tout d'abord, il faut que tu tisses un vêtement en l'honneur de la déesse », dit Père.

Cette perspective m'emplit de joie. Je tissais maintenant très bien et avais même appris à faire des motifs. Pour la déesse, je décidai d'inclure dans mon ouvrage son oiseau préféré, le paon. La tâche ne serait pas facile, mais j'étais sûre d'y parvenir. Avec de la laine blanche immaculée, de la teinture verte obtenue avec des orties et de la mousse et du bleu sur la bordure.

Nous étions au tout début du printemps, pour moi le plus beau moment de l'année. De minuscules feuilles nimbaient de vert les branches des arbres frôlées par le soleil. Des milliers de toutes petites fleurs, blanches, jaunes, mauves, se nichaient entre les herbes de la prairie. J'allais retrouver les berges de l'Eurotas.

Je devais affronter quinze autres jeunes filles, toutes sélectionnées par leur village ou leur famille pour leur rapidité à la course. Certaines étaient de toute évidence plus jeunes que moi. D'autres plus vieilles.

À quinze ans, j'avais atteint ma taille adulte et dépassais certaines de mes concurrentes. Nous devions toutes porter une tunique courte qui ne descendait pas plus bas que le genou et découvrait l'épaule droite. Nous étions nu-pieds.

Nous prîmes position sur la ligne de départ. Les rayons obliques du soleil perçaient à travers le feuillage des saules pleureurs bordant la rivière. Têtes baissées, nous demandâmes à Héra de nous bénir et lui dédiâmes notre force.

« Vous devrez courir le long de la rivière jusqu'au rocher dans le champ d'orge. Là, tournez à gauche et suivez le chemin qui longe le champ. Au bout, tournez de nouveau à gauche et continuez. Deux boucliers de part et d'autre de la piste et reliés entre eux par un fil signaleront l'arrivée. La première à casser ce fil sera la gagnante », annonça une jeune prêtresse d'Héra.

Nous prîmes position, un pied en avant, prêtes à bondir. Mes genoux tremblaient, non parce que j'avais peur de perdre, mais parce que j'étais impatiente. Enfin, j'allais pouvoir courir aussi vite que je le souhaitais, sans que rien ne m'en empêche.

L'arbitre donna le signal du départ.

Je me jetai en avant. Ma jambe droite se tendit

comme la corde d'un arc, mes muscles tremblants se contractèrent. La course avait commencé.

Comment décrire cette légèreté et ce sentiment de liberté ? Je me sentais dotée d'une force, d'une puissance extraordinaires. Rien ne pouvait m'arrêter. Quel que soit l'obstacle qui se présenterait, je le surmonterais. J'en avais le pouvoir.

La rivière fila derrière nous. C'est à peine si j'aperçus ses eaux ombragées sur ma droite. Je courais, et la seule chose que je voyais, c'était ces filles autour de moi.

Nous atteignîmes le rocher dans le champ d'orge, le contournâmes. Les autres concurrentes étaient derrière, sauf deux. Le rocher passé, j'attaquai la ligne droite en haletant. Cette course, c'était la mienne.

Mes jambes accélérèrent le rythme. J'allais de plus en plus vite.

Atalante. C'est Atalante. C'est ainsi que mes frères m'avaient surnommée toute petite, quand ils me voyaient courir. Atalante : la femme la plus rapide du monde.

Personne ne jeta une pomme sur mon chemin pour me distraire, comme c'était arrivé à Atalante. La piste boueuse et la course elle-même m'appartenaient. J'ordonnai à mes poumons de se gorger d'air, d'inspirer. Je tirai sur mes bras, rassemblai les forces qui se cachaient au plus profond de moi.

Plus qu'une concurrente devant moi. Elle était petite, robuste. Ses jambes puissantes la propulsaient en avant, révélant les muscles de ses cuisses sous la tunique courte. C'était elle. Celle qui pensait gagner.

Héra ! Viens à mon secours ! hurlai-je.

Hélas, aucune force supplémentaire ne vint envahir mes jambes. Au bout du champ d'orge, nous tournâmes à gauche, nous rapprochant tellement l'une de l'autre dans le virage que je vis les gouttes de sueur sur ses épaules.

Elle accéléra l'allure. Pendant quelques minutes qui me parurent interminables, je me retrouvai derrière elle. Tout là-bas, les boucliers qui marquaient l'arrivée.

Maintenant. Donne toute ta force. Même celle que tu n'as pas.

Je voyais le dos de l'autre fille. J'ordonnai à mon corps de la rattraper, à mes bras de me tirer plus fort.

L'écart diminuait. Je courus comme je n'avais jamais couru. Je cessai de donner des ordres à mon corps. J'*étais* mon corps.

Plus près... Encore plus près. Son dos s'élargissait. Encore et encore.

J'arrivai à son niveau, tournai la tête vers elle. Sur son visage, la surprise la plus totale.

Je la dépassai, cassai le fil, m'écroulai sur le sol. J'avais couru mieux et plus vite que jamais. Ceci, tous les athlètes peuvent le comprendre. Tu as fait le maximum, me félicitai-je. Ou plutôt, tu as fait plus encore que le maximum. Jamais tu n'as été aussi bonne. Comment expliquer cela ?

Ma vie de jeune fille était terminée. Cette victoire en marquait la fin. C'était cela que je sacrifiais à Héra – ma rapidité, ma force, ma liberté, ma course.

IX

Venus de toutes parts, ils approchaient. Mère affirma en riant qu'ils étaient si nombreux que les collines en étaient noircies, comme par une armée de sauterelles. Ce disant, elle frémit – mais elle ne pouvait s'empêcher d'être fière.

« En vérité, je n'ai jamais vu un aussi grand nombre de prétendants », m'assura-t-elle. Elle s'en réjouissait. Moi, au contraire, j'aurais bien aimé qu'il y en ait beaucoup moins.

Depuis ce qui s'était passé avec Clytemnestre, Père avait décidé que cette fois-ci, chaque prétendant devrait montrer quelque chose de lui-même, et démontrer sa valeur d'une manière ou d'une autre, par le glaive, le javelot, la course, en offrant son or, une couronne, ou la promesse d'exploits futurs.

« Il s'adressera à nous ici, dans le mégaron », expliqua Père en montrant du doigt la vaste salle qui venait d'être repeinte et dont les colonnes et le foyer avaient été nettoyés. « Ensuite, Hélène, tu pourras le questionner aussi longtemps que tu le désires.

– Autoriser Hélène à parler autant qu'elle le veut ? dit Mère. Tu te relâches en vieillissant ! »

Mais, au fond, elle approuvait cette décision. Il était juste que je sois autorisée à poser librement à mes prétendants les questions qui m'intéressaient, plutôt que laisser ce soin à Père ou à mes frères.

« Maintenant, pour ce qui est des hommes qui te courtiseront par procuration – ils devront être en mesure de répondre comme leur maître l'aurait fait. Nous considérerons que le maître s'en remet à son ami. Et peut-être cet ami sait-il mieux parler que son maître, et que c'est la raison pour laquelle il a été choisi.

– Pourrai-je lui poser cette question-ci ? demandai-je.

– Bien sûr, mais attends-toi à ce qu'il te mente. Après tout, sa tâche est de gagner ta main, quitte à faire passer son maître pour plus attirant qu'il ne l'est.

– Je ne choisirai personne que je ne puisse voir de mes propres yeux, dis-je d'un ton décidé. Les hommes qui envoient des représentants perdent leur temps. »

Père se mit à rire. « Soit, mais d'abord, il faut les laisser t'offrir leurs cadeaux ! »

Le moment était venu de lui faire part de la décision que j'avais prise. « Je refuse de choisir quiconque prononcera la phrase “la plus belle femme du monde”. Il ne le ferait que pour te plaire, Père, et de toute façon, ce n'est pas vrai. Donc, ce serait un menteur. »

Père eut l'air un instant inquiet. « Tu as le droit d'en décider ainsi, dit-il, mais il est hors de question que nous rendions publique cette condition. »

Aujourd'hui encore, le souvenir de tous ces prétendants me fait sourire. En tout, ils devaient être quarante. Et de tous âges ! Le plus jeune avait six ans, et le plus vieux soixante ! En fait, ces deux-là n'étaient pas venus me courtiser, mais accompagner deux de mes prétendants : le vieux Nestor, roi de Pylos, était avec son fils Antilochos, et Patrocle avait amené le petit garçon dont la famille l'avait accueilli.

Il y avait un mastodonte, un certain Ajax, de Salamine. Il y avait un homme raffiné du nom d'Idoménée qui, tout roi qu'il était, n'avait pas hésité à faire hisser la voile noire de son navire pour venir en personne de Crète demander ma main. Il y avait Ulysse d'Ithaque, un rouquin au torse puissant. Toutes sortes d'hommes s'étaient assemblés sous notre toit. Chacun disposant d'une journée entière pour présenter sa requête, cela voulait dire qu'ils bénéficieraient tous de l'hospitalité de Père pendant quarante jours.

« Nous avons intérêt à en choisir un riche », marmonna Père l'après-midi du premier jour en soulevant le rideau pour voir combien de prétendants se trouvaient dans le mégaron. « Pour que je puisse rentrer dans mes frais ! »

Maintenant était venue l'heure d'apparaître en public et de prendre place sur les trônes disposés sur un côté de la pièce. Un voile couvrait mes cheveux. Mes épaules étaient également cachées. Pourtant, je redoutais les inévitables regards insistants et le silence qui se ferait lorsqu'on me verrait.

Je me mis à prier. Chère Perséphone, de grâce, est-ce qu'au moins l'un d'entre eux va rire ? Je le jure, je tomberai amoureuse de celui-là sur-le-champ.

« Soyez les bienvenus », dit Père en parcourant lentement du regard l'ensemble des prétendants. Ceux-ci s'étaient rangés le long des quatre murs de la pièce. Certains étant dans l'ombre, je ne pouvais voir leur visage à tous clairement, mais leur taille variait beaucoup. Celui qui s'appelait, je l'appris plus tard, Ajax, avait une tête de plus que les autres, et Ulysse une tête de moins. Il y avait un homme énorme au corps en forme de jarre – Elpénor de l'île d'Eubée. Ce fut ce jour-là que je vis, pour la première fois, Patrocle, un beau jeune homme, et le petit garçon au regard noir qui se serrait contre lui, et dont je sus plus tard qu'il s'appelait Achille.

« C'est un honneur que vous me faites de venir demander la main de ma fille, dit Père. Maintenant, avant de commencer les épreuves, procédons aux libations ! » Il fit un signe à un serviteur qui lui apporta un rhyton de vin pur. Père versa solennellement le breuvage sur la dalle spéciale située près du trône et demanda aux dieux d'être cléments avec nous.

« Qui sera le premier ? » s'enquit-il. Cette fois-ci, il les laissait choisir leur ordre de passage.

Ils se tinrent tous immobiles sans oser parler. Certains avaient encore les yeux fixés sur moi.

« Allons, vous, des guerriers, si timides ? Le premier à parler sera le premier à en avoir fini, et pourra se prélasser le reste du temps. »

Elpénor, le gros Eubéen, s'avança timidement. « Très bien, grand roi. » Il s'inclina et m'adressa un regard hébété, comme tout le monde à Sparte depuis des années. « Mais je ne suis pas un guerrier. » Il haussa les épaules. « Tout ce que je peux dire, c'est que si jamais Hélène me choisissait, elle aurait une vie des plus ordinaires, et chacune de ses journées se déroulerait paisiblement. »

Mais ce genre de vie, je l'avais déjà et brûlais d'envie d'y échapper. Je ne prêtai aucune attention à la suite de son discours, étant donné que ce qu'il m'offrait ne me tentait pas, et qu'il n'était pas suffisamment riche pour intéresser Père.

Lorsque sa présentation fut terminée, la pièce était déjà envahie par des bouffées d'odeur de bœuf rôti nous indiquant que le temps avait passé et qu'un festin nous attendait dehors. Nous nous dirigeâmes vers les jardins où plusieurs broches tournaient en envoyant des nuages de fumée vers le ciel. Dire que Père devrait chaque nuit honorer ses hôtes avec la même générosité !

« Hélène ! » Je me retrouvai brusquement serrée par une paire de bras vigoureux. Clytemnestre ! « Nous sommes venus ! Ménélas aussi demande ta main ! » Sa voix était basse et vibrante. « Mais pas en personne, bien sûr. Agamemnon va le représenter. » Derrière elle se tenait son seigneur, encore plus gros et rubicond après quatre ans de mariage.

« Sois le bienvenu, grand roi », dis-je docilement. Je m'étais efforcée de voir mon beau-frère aussi peu que possible durant tout ce temps. Mycènes était un endroit lugubre, un palais de pierres grisâtres coincé entre deux collines pentues d'Argos. Si l'on exceptait le fait que cela m'offrait l'occasion d'une rare sortie de Sparte – et encore, dans un chariot fermé afin que personne ne puisse me voir –, le lieu ne m'attirait pas du tout. Je préférais de loin que Clytemnestre vienne me voir avec Iphigénie, sa petite fille toute blonde.

Je n'avais pas beaucoup vu Ménélas non plus, toujours absent quand je venais à Mycènes. Mais Clytemnestre ne tarissait pas d'éloges sur lui. Elle avait défendu sa cause depuis le premier jour.

« Pourquoi ne vient-il pas lui-même ? »

Je me souvins de la petite conversation que nous avions eue sous la lumière de la lune il y avait de cela des années.

« Des problèmes sur la frontière avec la cité de Sikyon, expliqua Agamemnon. Il est parti avec quelques guerriers – impossible de dire combien de temps cela prendra. »

Je n'avais jamais apprécié sa voix, mais ce jour-là,

il parlait encore plus fort que d'habitude. Il faisait penser à un taureau en train de s'ébrouer.

« En fait, c'est juste qu'il est timide, me murmura Clytemnestre à l'oreille. Il n'aime pas les compétitions. Elles ne lui réussissent jamais vraiment.

– Je parlerai en sa faveur », tonna Agamemnon.

Les têtes se tournèrent au son de sa voix de stentor.

« Bienvenu ! dit Père en lui ouvrant les bras. Mon beau-fils préféré !

– Et le seul que tu aies... du moins pour l'instant. »

Agamemnon adorait énoncer des évidences.

Nous étions dans la grande cour, entourés par un tourbillon de gens dont les visages étaient pour certains éclairés par les lumières jaunes des torches, pour d'autres plongés dans la pénombre. Il y avait très peu de femmes. Si quelques-uns de mes prétendants s'étaient fait accompagner d'une sœur ou d'une cousine, ils étaient pour la plupart venus seuls. Les guerriers avaient en général apporté leurs armes, ce qui laissait supposer qu'ils avaient l'intention de s'en servir lors des épreuves qu'ils subiraient.

« Salut à toi, grand roi de Sparte ! » Le rouquin au torse puissant était là, juste à côté de Père, levant sa coupe pour le saluer. « Et à toi, ô la plus gracieuse des reines ! » ajouta-t-il en s'inclinant devant Mère.

« Salut à toi, Ulysse d'Ithaque, répondit Père. Quelle surprise caches-tu pour nous dans ton casque ? Qu'as-tu l'intention de nous montrer ? »

Il tendit sa coupe qu'un esclave s'empressa de remplir.

« Rien du tout. Pourquoi cette question, ô roi ? répondit Ulysse. Je sais bien que je ne fais pas le poids face à tous ces hommes riches qui sont venus de la Grèce entière et dont certains ont même traversé la mer Égée. Ithaque est une île pauvre, rocailleuse et dénudée. Non, vraiment, je n'ai rien à offrir.

– Allons donc, tu n'as quand même pas fait tout ce voyage depuis ton île sur la côte Ouest sans rien avoir à proposer ! »

Le visage d'Ulysse se fendit d'un large sourire. « Je n'ai, sire, que des conseils à donner. Ils te seront utiles pour faire ton choix. »

Père grogna. « Des conseils, on m'en donne plus qu'il ne m'en faut. Épargne-moi les tiens, je te prie, si tu veux rester mon ami.

– Ils te permettront de faire en sorte que tous les hommes réunis ici demeurent tes alliés. Sans eux, la discorde régnera. »

Père lui adressa un regard perçant. « Que veux-tu dire par là ?

– Je veux dire par là que les perdants n'accepteront peut-être pas ton choix. Les armes qu'ils ont apportées en vue de cette compétition amicale pourraient bien se transformer en instruments de mort. »

Étouffant un cri, Mère posa la main sur sa gorge, sans toutefois laisser paraître la moindre trace d'émotion dans ses yeux.

Ceci nous rappelait – à Père, à Mère et à moi – la voix aiguë d'Hérophilé, la sibylle, criant *À cause d'elle, une grande guerre aura lieu, et de nombreux Grecs périront !* Pourtant, ces mots, Ulysse ne les avait pas entendus. Il ne pouvait pas savoir.

« Et que proposes-tu ? demanda Père, les yeux rivés sur le roi d'Ithaque.

– Avant de te le révéler, il faut que tu me promettes quelque chose en échange.

– Je m'en doutais. En fait, tu veux quelque chose, dit Père dans un grognement.

– C'est vrai. Mais ce n'est pas la main d'Hélène. Je

n'en suis pas digne. » Il me glissa un regard en souriant. « Mais peut-être pourrai-je devenir un membre de votre famille d'une autre manière.

– Parle ! Allons ! Dis-nous ce que tu veux ! »

Je voyais bien que Père était troublé, et même obsédé par les sombres perspectives qu'Ulysse avait suggérées en parlant de discorde.

« Je voudrais que tu parles pour moi à ta nièce Pénélope, dit-il. C'est elle que je rêve d'épouser. »

Père prit un air soulagé. « C'est tout ?

– Pour moi, c'est énorme.

– Très bien. Je ferai tout mon possible pour favoriser ta requête. Et que les dieux fassent le reste ! Maintenant, exécute ta part du marché !

– C'est très simple. Voici comment éviter tout problème. Tu annonceras que tous les prétendants doivent jurer d'accepter le choix d'Hélène et de s'y soumettre comme le veut la coutume. Si l'un d'entre eux tente d'empêcher le mariage ou de le contester, alors tous les autres devront lui faire la guerre.

– Mais qu'est-ce qui me dit qu'ils accepteront ces termes ?

– Sois sans crainte. Les hommes étant ce qu'ils sont, ils s'imagineront tous qu'ils vont gagner et récolteront les fruits de ce serment.

– Tu as parlé du "choix d'Hélène", dis-je timidement.

– En effet, petite beauté. Il faut que ce soit ton choix. Ainsi, personne ne pourra en faire le reproche à ton père.

– Mais jamais on n'a vu cela ! dit Mère.

– Je suis sûre qu'elle écoutera les sages conseils de ses parents, répondit Ulysse en se retenant de m'adresser un clin d'œil. Mais au bout du compte », et là il se tourna vers moi : « C'est toi qui devras parler. Et dire, "Je te choisis comme mari". »

Je me sentis envahie d'un étrange frisson à cette idée.

Ulysse se faufila entre deux hommes massifs et disparut.

Un vieillard de grande taille qui dodelinait du chef s'approcha de nous en se glissant adroitement entre les personnes assemblées là, sans cesser de parler à quelqu'un qui le suivait en traînant les pieds.

« Ah, contempler ton visage vaut bien le voyage depuis Pylos ! dit-il à Père en levant les mains dans un geste joyeux. Au fait, sur le trajet, la route était en travaux et nous avons dû faire un détour. Ce n'était pas aussi difficile que la fois où nous nous battions contre les Épéens au grand cœur et où la roue de mon char est sortie de son essieu – tu t'en souviens ? – non, tu étais trop jeune, tu n'y étais pas. Eh bien, on dirait que...

– Salut à toi, roi Nestor, dit Père profitant du moment où le vieil homme reprenait son souffle. Nous te souhaitons la bienvenue. Mais je croyais que tu avais déjà une femme ! »

Sourde, je l'espérais pour elle.

« Oui, oui, j'en ai une. C'est mon fils qui cherche épouse. Je te présente Antilochos ! »

Il donna une grande claque dans le dos du jeune homme, qui grimaça.

De taille moyenne, il avait un visage qui faisait immédiatement bonne impression – à cause de son expression ou de la forme de son nez, de ses joues, de ses yeux, je ne saurais dire. Un visage qui indiquait que je pouvais faire confiance à ce jeune homme.

« Et qu'as-tu l'intention de faire lors des épreuves ? »

demanda Père d'un ton brusque. Il était encore troublé par ce qu'Ulysse avait dit d'une possible discorde.

« Allons ! Tu veux gâcher l'effet de surprise qu'il compte produire ? dit Nestor d'un ton moqueur. Vraiment, Tyndare, tu me surprends ! Je pensais que tu avais plus de jugeote !

– Tu n'es pas mon père, Nestor ! Cesse de me gronder, je te prie !

– Tout ce que je peux révéler, déclara Antilochos, c'est que je ferai la preuve soit de ma vitesse à la course, soit de mes qualités de conducteur de char.

– Oh, il est le plus rapide ! À la course, il gagne tout le temps... »

Père s'éloigna, laissant Nestor au beau milieu de sa phrase. Je me retins de rire à grand-peine.

La nuit était fraîche et apaisante. Dans le ciel, apparaissaient les étoiles, tels des grains de poussière argentée. Certaines étaient voilées par les nuages de fumée qui montaient des foyers sur lesquels on faisait rôtir la viande. La brise se leva. Bientôt, j'aurais besoin d'un manteau léger.

« Je n'ai jamais perdu une course, ni un combat de lutte d'ailleurs... »

« Vraiment ? Tu n'es pas allé voir l'oracle de Dodone ? Quel dommage ! Mais alors où vas-tu ? »

« J'ai trouvé un lieu sacré où l'on n'est pas obligé de faire un sacrifice. La déesse y accepte du grain et du lait à la place ! Comme ça, je fais des économies ! Tu veux savoir où c'est ? »

Qu'il était amusant de surprendre ces bribes de conversation, si révélatrices des petits soucis des gens.

« Alors, quand est-ce que c'est prêt ? Par Hermès, je suis sur le point de m'évanouir ! » Elpénor arriva en frottant sa panse arrondie. Il émit un rot qu'il ne tenta même pas de dissimuler. Se rapprochant furtivement de l'un des foyers, il attrapa, dans un plat de viande qu'il reluquait et que les serviteurs avaient commencé de découper, un morceau dégoulinant de graisse. Il l'arracha avec ses mains et commença à l'engloutir par petits bouts.

« Non ! » Un petit garçon qui lui arrivait à peine à la taille surgit à ses côtés. « Arrête ! C'est malpoli ! »

Elpénor baissa la tête et se pencha par-dessus son ventre pour voir qui lui parlait. « Comment ? » marmonna-t-il entre deux morceaux de viande.

« C'est malpoli de se servir comme ça ! Tu veux qu'on te prenne pour un voleur ? Tu te comportes comme si tu en étais un ! » Le petit garçon le foudroya du regard.

« Qui parle ainsi à Elpénor d'Eubée ? dit le glouton en avalant ce qu'il avait dans la bouche.

– Achille de Phthie, répondit le garçon.

– Par Hadès, qui est Achille de... Phthie ? »

Il prononça le mot *Phthie* comme s'il le crachait.

« Le fils de Pélée et de la déesse Thétis !

– Eh bien, qui que tu sois, tu aurais besoin d'une bonne correction. » Elpénor tourna les talons en essuyant subrepticement sa main sur son vêtement.

« Je t'ai vu ! » hurla Achille.

Elpénor vira sur lui-même comme un melon géant et se pencha. « Ça suffit, jeune homme ! Si tu ne te tais pas, je te fouetterai moi-même. Où est ta mère ?

– Je te l'ai déjà dit. C'est une déesse et...

– Chut, Achille ! » Un grand jeune homme apparut. « Laisse ce monsieur tranquille. » Il se tourna vers Elpénor. « Je te prie de lui pardonner.

– Lui pardonner ? Jamais de la vie ! C'est un sale petit braillard. »

Elpénor se redressa. Les taches de graisse s'étalaient sur les pans de sa tunique.

« Et lui, c'est un rustre, un voleur ! cria Achille. Tu ne crois tout de même pas que la princesse va poser sa main sur ta patte pleine de graisse !

– Cela suffit », dit le compagnon d'Achille.

Le garçon se calma et céda, avec une rapidité qui m'étonna. C'est alors qu'il me vit. « Hélène ! dit-il en me montrant du doigt.

– C'est bien elle. » Patrocle me fit un signe de la tête. « Princesse, je n'ose te parler en privé avant que mon tour ne soit venu. Je ne voudrais pas paraître trop présomptueux. »

Il me plut tout de suite. « Il serait prétentieux de ne pas se parler, dis-je. Ou plutôt – pour reprendre ce mot que tu aimes tant, Achille – malpoli de faire semblant de ne pas se voir. En outre... », ajoutai-je, enhardie par l'idée suggérée par Ulysse que je puisse choisir moi-même, « je suis libre de parler à qui je veux, quand je veux, tant que c'est en présence de tout le monde.

– Je suis certainement l'un de tes plus jeunes prétendants, dit Patrocle. Je ne voudrais surtout pas être surpris en train de te parler alors que je ne le devrais peut-être pas.

– Quel âge as-tu ? »

Maintenant qu'il avait abordé le sujet, il fallait que je lui pose la question.

« Quatorze ans », répondit-il piteusement.

Je lui dis qu'il faisait plus que son âge.

« Pas étonnant ! intervint Achille. Il a tué un camarade de jeux quand il était encore plus jeune. Alors son père l'a amené pour qu'il vive avec papa et moi et devienne mon mentor. Cela fait des années qu'il est traité comme un homme !

– C'était un accident, expliqua Patrocle d'une voix douce. Je ne voulais pas lui faire de mal.

– Mais le sang versé doit être vengé, dis-je. Je suis contente de voir que tu as trouvé où te réfugier. »

Je connaissais bien ces querelles de sang, quand les membres d'une famille devaient venger la mort, même accidentelle, de l'un des leurs. La fuite dans un autre pays ou la purification par l'entremise d'un dieu étaient les seuls moyens d'éviter d'autres morts. Soucieuse de détendre l'atmosphère, car j'avais l'impression que la présence d'Achille alourdissait inévitablement l'humeur, je dis : « Alors tu n'es pas le plus jeune. J'ai entendu dire qu'il y en avait un âgé de dix ans.

– Il va falloir que tu le mettes dans une cave pour qu'il arrive à maturation, dit Patrocle. Comme le vin. »

Nous partîmes d'un fou rire et la soirée me parut plus douce.

X

On avait procédé aux libations. Le visage détendu, chacun avait pris sa place. Père se tenait debout près de son trône dans le mégaron, entouré de quarante hommes impatients d'entendre ce qu'il aurait à leur dire.

« L'un de nos hôtes, le noble Elpénor, a pris la parole hier. » Il fit un signe de tête à ce dernier, maintenant vêtu d'une tunique propre. « Bien d'autres personnes vont s'exprimer dans les jours qui viennent. Mais avant que quelqu'un prenne place devant nous, je dois annoncer que j'ai décidé d'imposer aux concurrents une nouvelle condition. »

L'assemblée, si animée l'instant d'avant, observa un silence gêné. Regardant Père, je pensai à cette assurance qu'il affichait toujours et me demandai ce que cela faisait d'être aussi sûr de ce que l'on entreprenait. Cela ne dérangeait pas Père le moins du monde de modifier les règles après le début de la compétition.

« Vous êtes quarante. Trente-neuf d'entre vous vont voir leurs espoirs déçus. Les hommes déçus n'acceptent pas toujours des résultats défavorables. Avec de robustes guerriers bien entraînés comme vous, cela pourrait provoquer de méchantes querelles. Je veux que chacun rentre chez soi aussi valide qu'il en est parti. »

Il y eut un silence pendant lequel certains se mirent à grommeler. Mais dès que Père reprit la parole, la foule se tut. « Par conséquent, il faut qu'une chose soit bien claire : c'est Hélène elle-même qui choisira, pas moi. Et je suis sûr que vous accepterez le choix d'une femme que vous affirmez aimer. »

Tous les regards se braquèrent sur lui. Jamais on n'avait vu une telle chose. Avait-il peur de faire un choix et de s'y tenir, pour se cacher ainsi derrière sa fille ?

« C'est le vœu d'Hélène. » Père se tourna vers moi et me fit signe.

Je me levai de mon siège. « Je choisirai mon mari, dis-je lentement. Si jamais je faisais le mauvais choix, c'est moi qui en paierais le prix. C'est pourquoi j'ai l'intention de réfléchir longuement, avec prudence, afin de garantir mon propre bonheur. »

Père eut l'air satisfait. J'agrippai les accoudoirs de mon fauteuil et, les mains froides, me rassis.

« Mais ce n'est pas fini, reprit Père. Vous devrez tous jurer de respecter le choix d'Hélène. Si jamais quiconque – et je dis bien quiconque – contestait les résultats de la compétition, alors vous devrez tous défendre celui qu'Hélène a choisi, avec vos armes, si nécessaire.

– Comment ? cria un immense gaillard – Ajax de Salamine. Mais tu nous insultes ! »

Père garda son calme et se contenta de pencher la tête de côté. « Crois ce que tu veux, mais telle n'est pas mon intention. J'ai mes propres prophéties à prendre en compte, que vous n'avez pas besoin de savoir. Ce que je vous impose assurera la paix. Crois-moi, c'est pour ton propre bien, même si tu n'en es pas conscient. »

Ajax grommela.

« Viens prêter serment maintenant, dit Père, avant que nous continuions. Et que celui qui ne souhaite pas me suivre jusqu'au lieu sacré se retire de la compétition. »

Tout le monde sortit du mégaron et du palais à la suite de Père. Trois prêtres amenèrent un cheval pour le sacrifice, une bête petite et robuste de Thessalie. Sa force et son sang seraient versés pour lier ces hommes par un serment et ainsi empêcher une guerre – cette guerre tant redoutée dont seul Père avait connaissance.

Il en est qui disent que notre sort est fixé, et que même Zeus ne peut le changer. D'autres pensent qu'il est plus flexible, et même qu'il se transforme perpétuellement. Toujours est-il que, confrontés à un destin atroce, nous faisons tout – c'est dans notre nature – pour le modifier, ou du moins pour ne pas nous y précipiter volontairement.

Le lieu du sacrifice était éloigné de Sparte ; je ne m'attendais pas à devoir marcher aussi longtemps. Nous descendîmes la colline en silence et dépassâmes la ville. Une foule s'était assemblée pour nous voir. Il faisait froid pour la saison. Sous ma fine robe de laine, je frissonnais. Père et Mère m'encadraient tandis que Castor et Pollux nous suivaient, avec Clytemnestre et Agamemnon derrière eux.

Père avait un air sombre, tout comme Mère, d'ailleurs. De toute évidence, ils avaient l'impression, à chaque pas qu'ils faisaient, de défier l'oracle et piétiner la volonté des dieux. Mais avaient-ils le choix ?

Une clairière ombragée nichée contre le flanc d'une colline rocailleuse, avec, sur un côté, une petite cascade d'eau glacée : c'était le genre d'endroit où une nymphe aurait pu élire domicile. Des cyprès au feuillage sombre délimitaient le pourtour de ce vallon. Le sol était couvert d'une épaisse mousse spongieuse. En silence, comme pendant les cérémonies des Mystères, les hommes firent un cercle. Père prit les rênes du cheval et l'amena au centre. L'animal souffla en tremblant et sa croupe fut parcourue de petits frissons.

Père fit un signe de tête aux prêtres. Armés d'épées et de couteaux en bronze, ils s'avancèrent. L'un d'entre eux prit le cheval par le licol, lui fit lever la tête pour exposer sa gorge, tandis qu'un autre lui caressait l'épaule tout en murmurant des paroles apaisantes. C'est alors que, rapide comme l'éclair, le troisième prêtre, armé d'une épée longue, fendit d'un seul geste la gorge de l'animal. Celui-ci se cabra, mais ne put émettre aucun son. Il tomba sur les genoux. Son front frappa le sol avec un bruit sec. Des jets de sang jaillirent de son cou, recouvrant complètement sa tête d'un torrent rouge. La chaleur du sang en contact avec le froid de l'air forma un nuage de vapeur. Une horrible odeur métallique envahit les lieux.

Le cheval baignait maintenant dans une mare écarlate. Il était affalé là comme sur une voile rouge. Cela faisait quelques minutes qu'il ne bougeait plus. Sur un signe de tête de Père, les prêtres contournèrent la mare de sang et se mirent à dépecer l'animal, coupant ses membres et ouvrant son ventre avec des couteaux courts. Les bruits secs des armes tranchant et débitant la carcasse, les claquements des muscles arrachés, les grincements des articulations déchirées, les gargouillis des entrailles se vidant de leur contenu emplirent la clairière.

Les prêtres disposèrent méthodiquement les morceaux en cercle, puis reculèrent, les jambes rougies jusqu'aux genoux, leurs capes imbibées de sang.

Père leva les bras au ciel. « Prenez place, ordonna-t-il aux hommes. Il y a suffisamment de morceaux pour tout le monde. Vous devez vous mettre debout sur l'un d'eux et prêter serment. »

Même les guerriers accueillirent cet ordre macabre avec un certain malaise. Ils échangèrent quelques regards, jetèrent un coup d'œil sur Père, puis, lentement, s'avancèrent et posèrent leurs pieds sur les morceaux sanguinolents de la carcasse.

« Je jure devant cette assemblée et devant tous les dieux de l'Olympe que je défendrai Hélène de Sparte et l'époux qu'elle s'est choisi contre quiconque voudra leur nuire », entonnèrent-ils tous d'une voix grave.

– Qu'il en soit ainsi », dit Père. Il se tourna vers les prêtres. « Enterrez le cheval. Faites un tumulus en son honneur, pour commémorer cette journée et ce serment. » Enfin, il ajouta en souriant : « Allons, rentrons au palais. »

Ce sourire, c'était peut-être bien la pire chose de toutes. C'était comme si, s'attribuant le rôle d'un dieu, il avait réussi à modifier notre destin.

XI

Une nouvelle journée que nous offraient les dieux commençait, tandis que la dépouille du cheval pourrissait sous une butte de terre.

Nous nous rassemblâmes à nouveau pour poursuivre le concours dans l'atmosphère chaude et propre de notre mégaron. C'était au tour d'Ajax de Salamine.

Agamemnon était assis avec ses hommes. Clytemnestre, elle, avait pris place à côté de moi, à droite de Père et Mère.

« Je suis sûre qu'il est incapable de s'exprimer, murmura-t-elle à mon oreille. Il y a en lui quelque chose de si... bestial. »

Elle avait raison. Il était immense. La plupart des hommes ne lui arrivaient pas à l'épaule. Sa tête démesurée ressemblait, avec ses yeux étonnamment petits, à celle d'un taureau. Peut-être son épaisse chevelure indisciplinée cachait-elle de minuscules cornes. Je me mis à frissonner en pensant au Minotaure, fruit monstrueux de l'union d'une femme et d'un taureau.

En venant prendre place, Ajax envoya les pans de sa cape sur le visage de trois hommes qui tombèrent en arrière, s'écroulant sur ceux qui étaient derrière eux.

« Toutes mes excuses ! » Il s'inclina d'un mouvement raide, le corps telle une planche montée sur une charnière grinçante, puis déclara d'un ton solennel :

« Ô roi, reine, princesse, je suis Ajax, fils de Télamon, roi de Salamine. » Puis il annonça, comme si cela ne se voyait pas : « Je suis très fort ! Et pourquoi suis-je aussi fort ? Grâce à Héraclès ! Oui, un jour, Héraclès est venu rendre visite à mon père, a étalé par terre sa célèbre peau de lion, s'est mis dessus, debout, et a déclaré à mon père que son fils nouveau-né serait aussi solide que cette peau ! » Il parcourut l'assemblée d'un regard fier. « Bien sûr, à Némée, ils en ont gardé un morceau. Mais moi, j'ai été formé par sa force ! » Il hocha la tête, content de lui. « Et puis, j'ai un bouclier unique. Il s'appelle... le Bouclier d'Ajax ! » Je ne pus me retenir. Un petit rire m'échappa.

Il me regarda, intrigué que cela m'amuse. « Mais princesse, c'est vraiment comme cela qu'il s'appelle. Il est fait de sept peaux de taureau, et... Tiens, je vais te le montrer ! » Avec une agilité surprenante, il fila chercher son bouclier.

Maintenant, tout le monde riait ouvertement. Mais lorsque Ajax revint, portant sur l'épaule un gigantesque bouclier, le silence se fit. Il le posa devant lui, imposant telle une tour. « C'est Tychios, le meilleur artisan pour le travail du cuir, qui l'a fait, avec la peau de sept taureaux. Et dessus, il y a une couche de bronze. Nulle arme ne peut le pénétrer ! » Il frappa le sol plusieurs fois avec le bouclier.

« Et il croit qu'une femme va s'intéresser à son bouclier en peau de taureau ? dit Clytemnestre en pouffant de rire. Vraiment, quand est-ce que les hommes comprendront ce qui nous plaît ?

– Merci, Ajax, dit Père en criant pour couvrir le bruit du bouclier frappant le sol. Et maintenant, qu'as-tu à offrir à Hélène ? À moins que ce ne soit ton bouclier ?

– Je... Je lui offre de grands exploits ! Mes talents

de voleur de bétail. Le bétail, c'est la richesse. Je peux lui donner des troupeaux entiers, tous volés aux peuples de Troezen, d'Épidaure, de Mégare, de Corinthe et d'Eubée. »

En entendant cela, Elpénor se mit à crier. « Quoi ! Tu offres le produit du pillage de mes terres ! Comment oses-tu ! » Il se précipita sur Ajax, qui l'écarta d'un geste de la main comme un simple moucheron. Le gros Elpénor, pourtant d'un poids non négligeable, fit un vol plané.

« Ajax..., dit Père en choisissant ses mots avec précaution, offrir des biens volés, ce n'est pas correct. »

Ajax prit un air déconcerté. Derrière lui, Elpénor se relevait, prêt à repartir à l'attaque. « Mais rien n'est plus précieux que le butin gagné en se battant !

– Salamine n'est pas en guerre contre Eubée, pas plus que Corinthe ou Épidaure, rétorqua Père. Ne venons-nous pas de jurer que nous éviterions toute querelle ? »

Me levant, j'adressai à Ajax un sourire que j'espérais consolateur. « Mon souhait, c'est qu'aucune guerre ne soit livrée par ma faute.

– Oh ! » Le visage d'Ajax devint presque aussi noir que sa barbe. « Dans ce cas, si tu repousses le valeureux Ajax... »

Furieux, il pivota sur ses talons, fendit la foule et, traînant son bouclier, sortit.

« Il vaut mieux pour toi t'en être débarrassée, dit Mère. Imagine si tu étais l'objet de ses colères. »

C'était une perspective qui ne me disait rien. Heureusement que l'homme-taureau s'était retiré !

Le troisième jour, ce fut au tour de Teucros, le demi-frère d'Ajax. Lui aussi avait pour père Télamon mais, de taille et de force moyenne, il était, de toute évidence, né après la fameuse visite d'Héraclès. Avec lui, point de promesse ni de peau de lion, ce qui, à mes yeux, était plutôt un atout.

Je l'étudiai attentivement. D'allure agréable, il avait l'âge idéal, cinq ou six ans de plus que moi, donc à peu près vingt ans. Des reflets dorés illuminaient ses cheveux, et ses yeux étaient pailletés de vert.

« Oh ! Ces Troyens ! roucoula Clytemnestre. En beauté, personne ne peut rivaliser avec eux.

– Mais il n'est pas troyen, lui répondis-je à voix basse.

– À moitié. Et si à moitié troyen on est beau comme ça, qu'est-ce que ça doit être quand on l'est entièrement ! »

On aurait dit qu'elle avait faim.

« Qui donc est sa mère, alors, puisqu'il a le même père qu'Ajax ? »

J'aurais dû étudier ces choses-là, mais il y avait tellement de prétendants, et leurs généalogies étaient si compliquées.

« Hésione. La sœur de Priam, le roi de Troie. Elle a été kidnappée par Héraclès, emmenée à Salamine et offerte à Télamon. Il y a longtemps.

– Et depuis, elle est toujours prisonnière ? »

Clytemnestre haussa les épaules. « Je l'ignore. Peut-être a-t-elle fini par apprécier Salamine et refusé de rentrer. Peut-être aime-t-elle vraiment Télamon. » Elle roula des yeux.

Il s'avéra que Teucros excellait au tir à l'arc, dont il nous fit une démonstration impressionnante.

Nous en étions au quatrième jour. Tout cela commençait déjà à être pesant. Si Clytemnestre n'avait pas été là, à côté de moi, pour faire ses commentaires sur chaque prétendant et les évaluer, j'aurais trouvé ces journées insupportables. Le quatrième jour, donc, Idoménée, roi de Crète, vint se présenter devant Père et moi.

Il était un peu plus âgé que les autres. À en juger par ce qu'il nous raconta de sa vie sur l'île et des batailles auxquelles il avait participé, je conclus qu'il avait une trentaine d'années – deux fois mon âge au moins. Après nous avoir rappelé ses origines – il était le petit-fils du puissant Minos – et souligné sa richesse et le titre de reine qu'il m'offrait, il fut interrogé par Père.

« La plupart des rois ne viennent pas ici en personne. Ils envoient quelqu'un qui les représentera. À plus forte raison quand la distance est grande. La Crète se trouve à quatre jours de mer de Gythion, le port le plus proche de Sparte. Et pourtant, tu as quand même entrepris ce long voyage. Pourquoi ? »

Idoménée se contenta de sourire d'un air des plus naturels. « Je ne me fie pas aux rumeurs ou aux yeux d'autres hommes. J'ai voulu venir en personne voir la fameuse Hélène de Sparte, la plus belle femme du monde, dit-on. »

Je me levai toute tremblante. « Sire, ce n'est pas vrai !

– Que je voulais te voir en personne ? Rien de plus vrai !

– Que je suis la plus belle femme du monde ! C'est faux ! Il faut arrêter ces mensonges ! »

Je parcourus la salle d'un regard suppliant.

Idoménée eut l'air attristé. « Pourtant, princesse, tu es bien la plus belle femme du monde. » À l'entendre, on aurait dit qu'il annonçait que j'étais atteinte d'une maladie incurable.

Pour moi, cela revenait d'ailleurs presque au même. Silencieusement, je m'enfonçai dans mon siège.

« Qu'offriras-tu à Hélène si elle devient ton épouse ? demanda Père.

– Le titre de reine de Crète. Je dépose la Crète à ses pieds, pour qu'elle partage avec moi ce royaume florissant, où abondent pâturages, oliveraies, vignobles et troupeaux, ce royaume encerclé par des eaux profondes, protégé par nos navires. Nous sommes un peuple fier, princesse. Viens vivre parmi nous.

– Et quel talent particulier as-tu ? lui demanda Père sans y aller par quatre chemins.

– Celui des mots, ô puissant roi. Je raconte des épopées, je les mets en vers. Je pourrais me faire accompagner à la lyre par un barde plus talentueux, mais celui-ci connaît mes poèmes. »

Il désigna un jeune homme qui était jusque-là resté discrètement dans l'ombre d'une colonne, sa lyre en écaille de tortue dans les mains.

Le barde vint se mettre à côté d'Idoménée. Nous étions en plein jour. Aucun d'entre nous n'avait encore bu de vin. Et pourtant, la beauté du poème et de la musique était telle que nous nous tûmes, enivrés et émus jusqu'aux larmes. La chanson racontait l'histoire d'Ariane et de Thésée et la bravoure du héros.

Hélas, je ne pouvais pas choisir Idoménée. Ne m'étais-je pas promis d'éconduire quiconque prononcerait les mots *la plus belle femme du monde* ? En outre, il était certes attirant, mais il vivait très loin et l'idée d'être séparée de ma famille par tout un océan me terrifiait.

La lune, tout d'abord effilée, se fit grosse et ronde avant de décroître et de redevenir un croissant. La compétition s'éternisait. Discours, bœufs rôtis, vin, joueurs de lyre, tireurs à l'arc, courses de chars et courses à pied... Nous étions tellement lassés de tout cela que nous avions juré de ne plus jamais nous adonner à ce genre de plaisirs.

Agamemnon, rentré à Mycènes dès les premiers jours, revint pour parler en faveur de son frère. C'était le dernier concurrent.

L'air provocateur et bouillant d'impatience, il prit position devant le foyer du mégaron, bien planté sur ses jambes épaisses et trapues.

« Mon frère Ménélas m'a chargé de parler pour lui. Il est impossible pour un homme humble de chanter ses propres louanges, même quand il les mérite. Et mon frère est un homme humble. » À en juger par son ton, c'était à ses yeux un défaut. Ou peut-être voulait-il dire que l'humilité de son frère le mettait, lui, Agamemnon, dans une situation peu commode. « Mais plus que tout autre, il peut se le permettre ! Il descend de la noble maison d'Atrée ! »

Ainsi, il affichait brusquement son pire handicap comme si c'était son meilleur atout. La maison d'Atrée – son fondateur, Tantale, son fils, Pélops, et son petit-fils, Thyeste.

« En effet, nous portons un lourd fardeau, mais Atlas aussi ! Il porte le monde sur ses épaules. Nous, nous portons la malédiction jetée par un frère contre son propre frère, par Thyeste contre Atrée. Il en est ainsi. Thyeste a maudit tous les fils d'Atrée, pour toujours et pour toutes les générations à venir. Mais seuls les dieux peuvent disposer d'un tel pouvoir. Ménélas et moi-même, nous en sommes la preuve vivante. Nous n'éprouvons l'un pour l'autre aucune haine – bien au contraire. Nous sommes aussi proches que des frères peuvent l'être, et chacun de nous volerait au secours de l'autre sur-le-champ. J'ai promis de le protéger lui, et il a fait la même chose pour moi. La malédiction est morte ! »

Je vis Père serrer les lèvres et froncer les sourcils. Clytemnestre se tenait à côté de moi, silencieuse. Croyait-elle vraiment tout cela ?

Agamemnon regarda l'assemblée pour tenter d'évaluer l'impact de ses paroles. Mais les visages étaient fermés. « Princesse, à tes pieds il déposera tout ce que les coffres de Mycènes peuvent contenir, huile, céréales, robes et or, ainsi que vingt navires à coque noire et le butin des îles que nous avons attaquées. Il ajoutera à cela tout le bétail de la région platéenne. »

Il promettait plus au nom de son frère que ce que lui-même possédait.

« Enfin, il t'offre la ville d'Asine tout entière que nous venons de prendre aux Tyriens. »

Un mouvement se fit dans l'assemblée, et je vis le large visage de Ménesthée, qui jusque-là avait offert plus que tout autre prétendant, devenir rouge de colère. Il venait d'Athènes et possédait une immense fortune. Il m'avait promis vaisseaux, palais et pierres précieuses, mais rien de comparable aux promesses du fils d'Atrée. Il était dépassé.

« Si mon frère avait un royaume, princesse, il te l'offrirait tout entier. » Le regard noir d'Agamemnon me transperça longuement, impitoyablement. « Moi-même, je possède le royaume d'Argos et de Mycènes, mais pour mon frère je te promets tout cela, tout, sauf le titre. » Il se tut un instant. « Ménélas t'offre tout ce qu'il possède.

– Et ne possède pas, marmonna Clytemnestre.

– Avec son corps, il te défendra, avec tous ses trésors, il te rendra riche, avec ce collier, il t'épousera. »

Agamemnon me tendit alors une grosse chaîne en or, dont les lourds maillons s'entrechoquèrent bruyamment. L'éclat du métal proclamait sa pureté. L'or véritable est d'un jaune très vif, presque criard. Agamemnon se tourna, le bras tendu, pour que l'assemblée puisse admirer le collier. Puis il se remit de nouveau face à Père et à moi.

« Voilà qui est fort généreux. » Ce fut le seul commentaire que Père s'autorisa.

Par bonheur, on ne me demanda pas de m'exprimer.

« Et maintenant, ton exploit ? demanda Père d'un ton pressant.

– Ce n'est pas mon exploit, mais celui de Ménélas. Si tu le choisis pour époux, il viendra ici même se présenter et entreprendra la tâche que tu lui assigneras, quelle qu'elle soit. Il l'accomplira, dût-elle lui prendre toute la vie.

– Mais la règle exige qu'il accomplisse son exploit maintenant ! » Père se dressa. « C'est ce que tous les autres ont fait.

– Les autres n'ont donné qu'une toute petite démonstration de leurs talents. Ce que mon frère propose pourrait prendre une vie entière ou du moins la durée d'une guerre.

– Tu voudrais que nous acceptions d'un concurrent une simple promesse, alors que les autres ont accompli leur exploit sous nos yeux ! On peut toujours gagner une compétition en imagination, et il est facile de promettre les plus extraordinaires prouesses. »

Les poings serrés, Père était à deux doigts de disqualifier Agamemnon.

Me levant, je déclarai, « Père a raison. Une promesse, ce n'est pas un acte. Par conséquent, qu'il prouve sa valeur. Qu'il...

– Princesse, il a exigé comme condition que tu l'aies choisi d'abord, dit Agamemnon.

– Je suis le prix de cette compétition, j'en fixe les

termes, rétorquai-je, choquée qu'il m'ait coupé la parole. S'il me veut autant que tu l'affirmes, alors il s'y soumettra. Qu'il coure de Mycènes à Lerne, où Hercule a tué l'Hydre, sans s'arrêter. En marchant, il faut une journée, mais lui devra courir. Qu'on me tienne au courant de sa progression. Attention ! Qu'il s'arrête pour se reposer ou ralentisse, et il aura perdu. »

Le visage d'Agamemnon devint cramoisi. Ses lèvres se serrèrent pour ne pas laisser exploser sa colère. « Très bien », dit-il enfin d'une voix basse et froide.

L'assistance se détendit. Ils pensaient tous que j'avais assigné à Ménélas une tâche impossible. Comment un homme ordinaire pouvait-il courir une telle distance sans s'arrêter ?

Or, je n'avais pas précisé à quelle vitesse il devait aller. Je savais que Ménélas était un coureur endurant. Agamemnon me l'avait lui-même raconté à Mycènes entre deux vantardises sur ses propres talents de chasseur. Il s'était plaint que Ménélas se contentait de poursuivre le gibier et ne s'intéressait pas à la mise à mort. Il avait ajouté qu'il était capable de courir la journée entière.

Ainsi, j'aidais Ménélas dans sa requête. Mais je ne truquais pas la compétition, comme on aurait pu le croire. Ne m'avait-il pas laissée libre de lui imposer la tâche que je souhaitais ? Avais-je envie que ce soit lui qui gagne ? Aujourd'hui encore, c'est une question à laquelle je suis incapable de répondre.

« Tu as prolongé la compétition, grommela Père. Qui sait combien de temps cela prendra ? Ménélas est peut-être très loin et... Mais qu'est-ce qui t'a pris ?

– J'ai vu que tu étais sur le point de le disqualifier.

– En effet. C'était ridicule. Agamemnon pense-t-il

vraiment que le fait d'être roi de Mycènes le dispense de suivre les règles ?

– De toute évidence, oui. Mais il ne faudrait pas que nous punissions Ménélas à la place de son frère.

– Il a été suffisamment imprudent pour confier à Agamemnon le soin de parler pour lui. Voilà qui devrait suffire à le disqualifier ! aboya Père. Cela en dit long sur son caractère, son jugement, ou plutôt son absence de jugement !

– Mais Père...

– Il a raison, ma chérie, dit Mère, debout à côté de nous. C'est la décision la plus importante de sa vie, et il demande à son frère, ce fier-à-bras, cette tête brûlée, de s'exprimer à sa place ? Vraiment, qu'est-ce qui l'a poussé à faire un si mauvais choix ? »

Maintenant, je me sentais obligée de le défendre, de soutenir cette voix douce qui m'avait tenu compagnie sous la lune. « Qui d'autre pouvait-il choisir ? Et s'il avait ignoré son frère, le roi, et choisi quelqu'un d'autre, n'auriez-vous pas trouvé cela étrange ?

– Pourquoi n'est-il pas venu lui-même ? Même s'il bafouille ou trébuche sur les mots, au moins cela nous aurait épargné Agamemnon !

– Il ne bafouille pas ! dis-je.

– Tiens donc, tu le défends ? me demanda Mère.

– Pas du tout ! Je ne le connais même pas !

– Je vais vous dire pourquoi il n'est pas venu lui-même, dit Clytemnestre en venant se faufiler dans notre cercle. Il avait peur. Peur d'échouer, et de ne plus pouvoir se supporter après. Il était tellement submergé par ses sentiments qu'il ne se sentait pas en mesure de venir vous parler lui-même. »

Nous nous tournâmes vers elle. Elle poursuivit :

« Il te veut plus que toute autre chose au monde. Ménélas ne désire pas des objets, comme Agamemnon, qui convoite tout ce qu'il voit. Il se satisfait de peu. Mais depuis qu'il t'a vue, il y a de cela des années, il a enfin trouvé quelque chose qu'il pouvait désirer. Et il avait terriblement peur de te perdre par sa propre faute.

– Et donc il allait laisser quelqu'un d'autre me perdre à sa place ? demandai-je, incrédule.

– Il pensait que, Agamemnon n'éprouvant pas pour toi des sentiments aussi forts, il saurait parler mieux. Je le sais car je les ai entendus discuter. Je me suis tue jusque-là, afin que tu puisses prendre toi-même ta décision. Mais maintenant, à ce que je comprends, tu as choisi.

– Pas du tout ! Je veux d'abord voir comment il se débrouille à la course ! »

XII

Au plus profond de la nuit, seule, silencieuse, allongée sur mon lit tandis que mes femmes de chambre – en vérité des compagnes davantage que des esclaves – sont allées discrètement se coucher sur leurs paillasses, je revois cette extraordinaire journée qui a marqué la fin de la compétition.

Rien ne s'est déroulé comme je l'imaginais. J'attendais impatiemment la fin de ces cérémonies et de ces présentations. J'étais lasse de juger ces hommes, de relever la moindre nuance dans leurs paroles et, surtout, de tenter de deviner ce qui se cachait derrière leurs discours. Le cynisme et les plaisanteries incessantes de Clytemnestre ne me faisaient plus rire, et la tension croissante subie par Père et Mère était palpable. J'avais peur de prendre une mauvaise décision. En même temps qu'un homme, je choisissais une vie.

Je voyais bien pourquoi Père m'avait questionnée sur l'épreuve que j'imposais à Ménélas, mais je ne savais que lui répondre. Le frère d'Agamemnon m'inspirait de la curiosité. Cet homme absent et présent à la fois excitait mon imagination. Il éveillait en moi le désir de le connaître.

La nuit est froide, comme souvent les nuits de printemps. Pourtant, je suis tellement agitée que, frissonnante dans le noir, je n'arrête pas de faire tomber les fines couvertures de laine. Les prétendants défilent dans mon esprit comme des fantômes qui me regardent d'un air accusateur.

Choisis-moi... Considère ma requête avec bienveillance... Je te donnerai... Je suis le meilleur... Je risquerai tout...

Si j'en choisis un, s'en iront-ils tous vraiment, comme ils l'ont promis en se couvrant du sang du cheval sacrifié ?

Épouser un roi, partir pour une cité ou un royaume étrangers... non, je ne veux pas ! Si j'épouse quelqu'un de rang inférieur à celui de roi, il pourra rester ici, à Sparte, avec moi. Je ne serai pas contrainte de quitter ma famille, mon foyer, tout ce que je connais. Et, comme par magie, les rois disparaissent de la file de prétendants fantômes.

Hors de question d'épouser quelqu'un qui serait beaucoup plus âgé, ou beaucoup plus jeune, que moi. Un mari plus vieux me traiterait comme sa fille et ferait preuve soit de sévérité, soit d'adulation stupide. Un plus jeune serait trop soumis et en saurait moins que moi. Hors jeu, Idoménée, Ménesthée, Patrocle et le jeune Corinthien de dix ans.

Jamais je n'épouserai quelqu'un dont le visage – ou le reste de sa personne – ne me plairait pas. Et voilà le gros Eubéen battant en retraite, suivi par les candidats qui, pour une raison ou une autre, n'ont pas eu l'heur de me séduire. Parmi eux, Ulysse, même si je sais qu'il ne venait pas du tout pour demander ma main. Quelque chose dans son regard me met mal à l'aise. Je ne lui fais pas confiance. Malgré cette aimable désinvolture qu'il affiche, je devine en lui l'opportuniste calculateur. Je le laisse volontiers à Pénélope.

J'ouvre les yeux et, m'appuyant sur le rebord de la fenêtre, je contemple encore une fois la nuit.

Il y en a encore trop, trop de prétendants entre lesquels il faut choisir. J'en suis incapable. Or il ne me reste plus que quelques jours. Oh, aidez-moi !

À qui puis-je faire appel ?

« Ô déesses bien-aimées, s'il vous plaît, guidez mon choix. » Je scrute les cieux comme si j'étais convaincue de pouvoir les voir, elles, les déesses. Mais seuls les astres tournoyants sont visibles.

« Ô bienveillante Héra, déesse de l'hymen, aide-moi ! Toi pour qui les liens nuptiaux sont plus précieux que tout, prends pitié de moi ! Belle Perséphone, toi que seule la force a pu contraindre au mariage, aide-moi à me battre moi aussi. Pour une jeune fille, devenir une épouse n'est jamais facile. Pour toi, cela a été déchirant. Prends ma main et guide-moi. »

Tous mes sens sont à l'affût, mais je ne sens rien dans les ténèbres infinies.

Longtemps, je reste là, tremblante, dans l'obscurité, à attendre que la présence des déesses se manifeste. Tel le souffle des divinités, le vent pousse vers moi des bouffées de parfum, celui des arbres fruitiers.

Je retourne vers mon lit. J'ai fait, je le crois, ce qu'il fallait. Hélas, j'ai oublié d'inclure Aphrodite dans mes prières. J'ai offensé la déesse des hommes, des femmes et de leur amour. Tout comme mon père l'a un jour négligée, s'attirant ainsi sa colère.

« Il arrive ! » Clytemnestre m'agrippa le bras en me le pinçant. « Il ne s'est pas arrêté à Lerne ! Il a poursuivi sa course jusqu'ici !

– Il a couru toute cette distance ? »

Jamais je n'aurais exigé de lui une chose aussi cruelle.

« Il a décidé, non seulement de satisfaire à ta demande, mais d'aller plus loin encore que l'épreuve que tu lui imposais, dit ma sœur en relâchant mon bras. J'ignorais qu'il était si déterminé. »

Nous n'étions pas seules. Autour de nous, les prétendants étaient toujours là, à attendre le jugement, mais l'ennui se faisait sentir et tous se cherchaient une distraction. Ménélas et sa course allaient remplir cet office. Maintenant, les oreilles se dressaient pour surprendre notre conversation. On m'avait dit que les hommes avaient parié sur le nom de l'élu. Par conséquent, la moindre information glanée pouvait leur servir à prédire le résultat des courses.

« Viens. » Je fis signe à Clytemnestre de me suivre. Nous nous retirâmes dans la cour intérieure du palais, protégée par des gardes. Nous nous installâmes sur un banc pour poursuivre notre conversation à voix basse.

« Que veux-tu dire par là ? demandai-je à ma sœur.

– Qu'il est rare que Ménélas fasse preuve de tant de passion. C'est pourquoi sa décision me surprend. »

Pas une seconde je n'imaginai que c'était par amour pour moi. En effet, il ne me connaissait pas vraiment. Nous n'avions partagé que quelques brefs instants lors d'une nuit lointaine. « Tu penses qu'il convoite le trône de Père ? »

Elle pencha la tête de côté et réfléchit. « Peut-être. Vivre dans l'ombre d'Agamemnon toutes ces années, voilà qui n'a pas dû être facile, même si lui n'en montre rien. C'est un homme très difficile à cerner.

– Peut-être veut-il uniquement se vanter de m'avoir gagnée.

– Ma chère, c'est ce qu'ils veulent tous.

– Alors comme ça, c'est un garçon terne, qui n'affiche aucune passion ? insistai-je.

– D'habitude. Bien sûr, Agamemnon a un caractère

suffisamment passionné pour deux, mais trop de passion, ce n'est pas mieux. » Elle jeta un coup d'œil autour d'elle et ajouta tout bas : « Mais Ménélas n'a même pas de maîtresse. Il ne profite jamais des femmes capturées, ne réclame jamais une esclave lors du partage d'un butin.

– Se pourrait-il... qu'il préfère les hommes ? demandai-je, redoutant la réponse.

– Non, pas plus les hommes que les femmes.

– Aurait-il juré fidélité à Artémis ? Pourtant, une fois adultes, les hommes ne...

– Qu'est-ce que vous avez à chuchoter comme ça ? On dirait des conspiratrices ! »

Surgissant du palais, Castor s'approchait de nous.

« Eh oui, nous conspirons. Voilà à quoi nous sommes réduites.

– Alors, as-tu pris ta décision ? me demanda-t-il en croisant les bras avec un grand sourire. Je garde le secret, promis. »

Pour plaisanter, il fit un signe solennel, comme quand on prête serment.

« Et toi, qui choisirais-tu ? » J'accordai beaucoup de crédit à son opinion et, jusqu'à maintenant, mes frères avaient fait preuve d'une remarquable discrétion pour tout ce qui concernait la compétition.

« Cela dépendrait du genre de vie que j'aimerais avoir. Un mari tranquille... ou bien toujours parti à la guerre... ou encore riche... Mais je ne suis pas à ta place, petite sœur.

– Je n'ai pas encore choisi, reconnus-je. J'en ai éliminé certains, mais il en reste encore tant !

– Ma chère, tu devrais être flattée. Même dans les légendes nulle jeune fille n'a été convoitée par autant de prétendants.

– Je ne suis pas flattée, simplement perdue. Je n'ai

pas vraiment envie de me marier, même si je sais que je n'ai pas le choix.

– Ne pars pas ! dit Clytemnestre brusquement. Ne nous quitte pas ! J'ai essayé jusque-là de ne rien dire, mais maintenant, l'idée que tu pourrais t'en aller très loin m'est insupportable. Moi, j'ai eu de la chance. Mycènes est assez près, et nous n'avons pas été séparées, mais... Oh ! je crois que je ne le supporterais pas ! »

La violence de ses sentiments me surprit. Père et Mère s'étaient montrés plus mesurés et semblaient résignés à me perdre. Je fus donc profondément touchée.

« Ma sœur chérie », dis-je en l'embrassant. Castor nous prit toutes deux dans ses bras. J'étais submergée par l'émotion. « Jamais je ne pourrai aimer quelqu'un autant que je vous aime et que j'aime ma famille », ajoutai-je.

Mais en même temps que je prononçais ces mots, j'entendis le rire railleur et cruel d'Aphrodite, la déesse que j'avais dédaignée.

Mère entra dans mes appartements avant l'aube en annonçant : « Il a été repéré. » J'ouvris les yeux dans la pénombre et la vis penchée sur moi. Elle effleura mon visage.

« Déjà ? » murmurai-je en me soulevant sur un coude. J'aurais voulu retarder l'inévitable. Mais mon avenir me réclamait déjà.

« Mon enfant, mon Petit Cygne », murmura-t-elle en s'asseyant à côté de moi sur le lit. Elle m'attira vers elle et me tint contre son cœur.

« Oh, personne ne viendra donc m'aider ? » implorai-je. Je ne voulais pas me marier ! Je ne voulais pas aller avec un homme. En même temps, je rêvais d'être libre, de découvrir le monde sans voile, de sortir de cette cage où l'on me tenait prisonnière. Seul le mariage pouvait ouvrir les portes de ce piège, écarter les barreaux et me laisser sortir. Pourtant, en vérité, si j'avais pu, je n'aurais choisi ni l'homme ni la cage. Je les aurais fuis tous les deux.

« T'aider, c'est ce que chacun de tes prétendants rêve de faire », répondit Mère. Son visage trahissait son chagrin. Elle aurait voulu elle aussi échapper à cette fuite du temps qui, en lui prenant sa plus jeune fille, lui ôtait sa jeunesse. Une femme dont les filles se sont mariées ne peut plus prétendre susciter le désir de Zeus. Pour Mère, c'en était fini, même en rêve. Les plumes allaient jaunir, un jour ou l'autre.

« Mais à cause d'eux tout va changer pour moi ! m'exclamai-je.

– Il n'y en aura qu'un qui changera ta vie. Ceux que tu auras évincés rentreront chez eux et changeront un jour la vie d'une autre femme. » Mère essuya ses larmes en me souriant. « Il en a toujours été ainsi.

– Je veux rester près de toi ! Je ne partirai pas !

– Ne prends pas ta décision en fonction de cette raison-là, me répondit-elle en me caressant les cheveux. Tu dois choisir l'homme qui te plaît le plus, pas simplement celui qui consentira à vivre ici à Sparte.

– Allons, levons-nous pour accueillir Ménélas », dis-je.

Les déesses me guideraient. Il le fallait. Je devais m'en convaincre.

Mère m'adressa un regard perspicace. « Je te conseille de mettre ta plus belle robe, Petit Cygne. Même si je me doute que tu l'aurais fait sans que je te le dise. »

La tenue que je choisis avait été taillée dans un voile de laine d'un rose très subtil, couleur de l'aube. Depuis que j'étais petite fille, on me disait que c'était le coloris qui m'allait le mieux. La robe m'enveloppait tel un nuage. Je décidai de mettre des bijoux en or – des boucles d'oreilles serties d'améthystes et un lourd bracelet. Rien d'autre – un collier aurait alourdi l'effet.

Je sortis de ma chambre et me dirigeai vers le porche. Mon manteau et ma robe caressaient mes chevilles, telles des volutes de brume. J'avais l'impression de faire moi-même partie de l'aube.

« Il a atteint les faubourgs de Sparte ! annonça Pollux. Il sera ici avant que le messager ait le temps de faire l'aller-retour. Nous ouvrons les portes pour l'accueillir ? » Le soleil levant frôla ses cheveux dorés, me révélant en un éclair la beauté de mon frère.

« Tout à fait d'accord ! tonna la voix de Père derrière nous. Ce jeune homme mérite d'être reçu dignement. » Il frappa dans ses mains et, d'un signe, ordonna aux serviteurs d'ouvrir les lourds battants qui se dressaient au bout de la route montant de la rivière. « Je me sens honteux face à lui. J'ai oublié ce que j'ai fait pour votre mère, mais en tout cas, je n'ai pas couru pendant des jours et des nuits. »

Ce qui compte, pensai-je, ce n'est pas ce que tu as fait au début, mais par la suite, en ignorant les rumeurs à propos de Zeus.

Castor se joignit à nous, suivi de Mère. Il y avait peu de chances que Clytemnestre, grosse dormeuse, soit levée avant le soleil.

Debout près des portes, nous scrutions la route pentue. Tout en bas, le léger feuillage vert des saules jetait son ombre sur les berges. Les curieux bordaient le chemin de la prairie, affluant probablement sans savoir pourquoi ils étaient là. Enfin, des acclamations et des applaudissements retentirent. Je vis une silhouette avancer péniblement, levant les jambes avec difficulté, balançant les bras.

« Il va lentement, quand même, tu ne trouves pas ? me demanda Pollux. Contre nous, il perdrait. »

Mon frère aux cheveux dorés ! Toujours aussi critique !

« Peut-être, mais nous, nous ne faisons pas ça des jours durant, lui répondis-je. Je ne pense pas que quelqu'un d'autre – même toi – puisse courir d'un seul trait aussi longtemps. »

Pollux haussa les épaules.

« Attendons qu'il arrive et nous raconte sa course », poursuivis-je. J'avais hâte d'entendre son récit, de savoir ce que cela faisait de courir sur un sol irrégulier, au milieu des rochers, des collines et des prairies humides, tout cela sans s'arrêter. Il ne s'agissait pas là de vitesse, mais d'endurance, ce qui n'avait rien à voir.

« Moi, je pourrais le battre ! »

À mes côtés venait de surgir Achille, cet étrange petit garçon. Telle une flèche, il passa les portes du palais et dévala la colline. Je le vis rejoindre Ménélas en bas de la pente, puis faire demi-tour. Il était rapide, comme on peut l'être après une bonne nuit de sommeil, quand on a une faible distance à parcourir. Balançant ses bras d'avant en arrière, soulevant la poussière et les graviers dans son sillage, il laissa Ménélas derrière lui.

À bout de souffle, il franchit les portes du palais aussi vite que le lui permettaient ses jambes. Puis, les poings sur les hanches, il se tourna vers nous d'un air triomphant. « Je suis le plus rapide ! » s'exclama-t-il en pavoisant.

Lui accordant à peine un regard, Père se contenta

de hocher la tête et lui fit signe de s'écarter. Achille se mit à sauter sur place pour attirer l'attention, mais les regards étaient tous fixés sur Ménélas qui gravissait péniblement, mais obstinément, la colline. Il ne courait presque pas et paraissait si fatigué qu'il ne soulevait pratiquement plus les pieds du sol.

Du coin de l'œil, je vis Patrocle s'affairer autour d'Achille, sans doute pour le féliciter de son exploit. Dans tous les cas, le bouillant garçon se calma. Patrocle savait comment lui parler.

Ménélas n'était plus très loin. Il passait le dernier petit raidillon avant les portes du palais. Il disparut un instant de notre vue. Puis ses cheveux aux reflets roux surgirent, attirant les rayons du soleil qui nimbèrent sa tête d'un halo. Pantelant, titubant, il s'approchait du but, les jambes encore en mouvement. Il passa les portes, puis tourna sur lui-même et faillit s'écrouler. De sa bouche sortirent des halètements qui lui déchiraient la poitrine. Il chancela et serait tombé si Castor ne l'avait pas rattrapé pour le remettre sur pied. Ses yeux roulèrent. Il était sur le point de s'évanouir. Je me précipitai sans réfléchir et aidait Castor à le tenir. Son corps était mou, tellement trempé de sueur et glissant qu'on aurait dit un poisson tout juste pêché.

Avant de s'évanouir, il me regarda droit dans les yeux et murmura quelque chose que je ne pus comprendre.

Maintenant, la compétition arrivait à son terme. Je devais faire mon choix, et sans tarder – afin que Père ne se ruine pas en continuant à accueillir généreusement tous ces prétendants. N'étant pas une fille ingrate, je n'allais tout de même pas faire durer cette corvée un jour de plus.

Et pourtant, le sentiment d'être brusquée et forcée à

prendre un chemin pour lequel je n'étais pas prête me serrait la gorge. Je me débarrassai de mon manteau couleur de l'aube et demandai à mes suivantes qu'elles me préparent pour les cérémonies de la soirée. Elles m'ôtèrent ma fine robe de jour et apportèrent les tenues du soir – bleues et sombres comme le ciel juste avant la tombée de la nuit.

« Princesse, tu es superbe ! dit l'une de mes femmes.

– Va chercher les parures pour mettre dans mes cheveux », ordonnai-je.

Elle apporta des bijoux en fils d'argent torsadés, ornés de minuscules pierres précieuses, et les attacha patiemment dans mes cheveux, que je laissai tomber, libres, sur mes épaules. « L'argent se voit bien dans ta chevelure, remarqua ma servante. L'or s'y perd, parce que sa couleur est la même. » Elle ouvrit un flacon d'huile de narcisse et en déposa quelques gouttes au creux de mes coudes et le long de mon cou. « Je ne voudrais pas que cela tache le collier, dit-elle. Lequel porteras-tu ce soir ? »

Argent, bleu foncé – que mettre avec ces couleurs ? « Peut-être le translucide, celui qui est en cristal... » Si seulement mes pensées pouvaient être, elles aussi, glaciales et limpides ce soir !

Une fois parée, je congédiai mes deux suivantes et demeurai quelques instants seule dans ma chambre. J'ignorais encore ce que j'allais faire, qui je choisirais. Mais il fallait que je décide, que je mette un terme à cette incertitude, pour moi-même et pour les autres. Je respirai à fond avant de sortir lentement et de me diriger vers la cour privée sur laquelle donnaient les appartements intérieurs. Je levai les yeux vers le ciel, découpé par les toutes jeunes feuilles des arbres.

Je cherchai la constellation du Lion, l'une de mes

préférées, qui racontait l'histoire d'Héraclès à Némée, comme si la solution se cachait quelque part dans le scintillement des étoiles, comme si je pouvais y déchiffrer une réponse.

Que faire ? Il fallait que je choisisse. Je suppliai ardemment Héra et Perséphone de me conseiller. Mais rien ne vint. Alors une résignation sourde mêlée de détermination, comme celle d'un soldat devant faire face à un ennemi plus fort, s'empara de moi. Soit, puisqu'il fallait choisir, je fermerais les yeux et l'élu serait le premier dont le visage me viendrait à l'esprit.

J'entendis le crissement des graviers dans la cour et l'image de Ménélas gravissant la colline m'apparut. Rien qu'en marchant à côté de moi, quelqu'un venait, sans s'en rendre compte, de décider pour moi. Oui. Ce serait Ménélas. Ce ne pouvait être que lui. Toutes les raisons pour lesquelles il devait en être ainsi se bousculèrent alors dans mon esprit. Une rencontre privée et unique avec lui ne m'avait-elle pas été accordée, de toute évidence par les dieux qui avaient tout arrangé ? N'avais-je pas ressenti quelque chose pour lui cette nuit-là ? Et maintenant, n'avait-il pas prouvé sa supériorité en accomplissant l'exploit que je lui avais imposé ? N'avions-nous pas pratiquement la même couleur de cheveux ? Même ce détail semblait à présent doté d'une signification secrète.

Ménélas. Je me sentis soulagée, réconfortée, satisfaite même. Je respirai profondément. J'étais prête.

Le mégaron suffisait à peine pour accueillir la foule qui s'y entassait. Un petit feu avait été allumé pour lutter contre la fraîcheur de la nuit, mais la chaleur de l'assistance le rendait en fait inutile. Lorsque j'entrai, tous les yeux se tournèrent vers moi. Le silence se fit.

Père me tendit la main et m'invita à prendre place près du trône.

Mes prétendants avaient tous mangé avant. Ils s'étaient régalés de viande de bœuf et de mouton et avaient englouti des barriques de vin. Maintenant, le regard terne, ils semblaient satisfaits et repus. Tant mieux. Ils accepteraient ma décision docilement.

Père se leva et, procédant aux libations coutumières, versa du vin pour honorer Zeus. Le liquide tomba dans la poussière avec un claquement sourd.

« Ma fille, c'est à toi que revient le choix, dit-il. As-tu pris une décision ?

– Oui. »

En marchant dans la cour, en faisant apparaître l'image de Ménélas dans mon esprit, quelqu'un avait décidé pour moi. Je m'avançai, prête à m'exprimer devant l'assemblée.

« Alors, chère enfant ? » me demanda Père en se levant et en passant le bras autour de mes épaules.

Mon regard fit le tour de mes prétendants, rencontrant leurs visages levés. Patrocle. Idoménée. Ajax. Teucros. Antilochos. Ménélas. Et tant d'autres dont je n'ai pas parlé ici.

Le moment était venu. La moindre de mes paroles, le moindre de mes gestes me lierait à jamais. Père déposa dans mes mains une couronne de feuilles d'olivier.

« Désigne celui que tu as choisi », dit-il.

À ce moment-là seulement je me rendis compte qu'il ne m'avait pas demandé quelle était ma décision. Il l'ignorait et me laissait choisir celui qui lui succéderait sur le trône. « Merci », lui dis-je.

Je m'avançai vers le groupe d'hommes. L'ourlet de ma robe frôlait mes chevilles. Le feu envoyait vers moi des petites bouffées d'air tiède. Je continuai à avancer, comme dans un rêve.

« Tu es mon mari », dis-je à Ménélas en posant sur son front la couronne. Je n'osai le regarder en face. Je n'avais pas besoin de le voir maintenant. J'avais pris ma décision. Je ne voulais pas être troublée par des sentiments de dernière minute.

« Princesse ! » s'exclama-t-il en tombant à genoux. Il pencha la tête en avant et faillit faire tomber la couronne.

Je le relevai. « Redresse-toi et viens t'asseoir à mes côtés. » Il m'obéit. Je n'osais toujours pas le regarder.

« Ma fille a parlé, dit Père. Réjouissons-nous ! »

Une acclamation retentit dans le mégaron – tous étaient soulagés, libérés. C'était fini.

Ménélas serra ma main et se tourna vers moi.

« Princesse, je ne suis pas digne de toi. » J'hésitai encore à le regarder en face. Il le remarqua.

« Tu ne devrais pas craindre de poser tes yeux sur mon visage. Si je peux, moi, contempler le tien, ce qui demande beaucoup plus de courage, alors tu ne devrais pas avoir peur du mien. »

Mais avant que nous puissions échanger d'autres mots, Père vint donner l'accolade à Ménélas.

« Mon fils ! » lui dit-il.

Castor et Pollux s'étaient eux aussi rapprochés. En voulaient-ils à Ménélas de leur prendre le trône ? En tout cas, ils n'en firent rien paraître. Si, comme Clytemnestre, j'avais quitté Sparte après mon mariage, ils auraient hérité du titre de Père.

« Bienvenu, cher frère », dit Castor.

Pollux donna à Ménélas une bonne claque dans le dos. « Un de ces jours, toi et moi nous ferons la course. Mais pour l'instant, tu as gagné la seule qui compte. »

Mère prit les mains de Ménélas entre les siennes, tandis que Clytemnestre m'enlaçait. « Maintenant, nous serons doublement sœurs, murmura-t-elle à mon oreille. Oh, je suis si heureuse !

– Alors, à quand les noces ? demanda Agamemnon. Vous pourriez venir après à Mycènes et rester avec nous quelque temps – en toute intimité bien sûr.

– Le mariage aura lieu bientôt, répondis-je, dès que les préparatifs seront finis. Ce qui ne prendra pas beaucoup de temps, toute la famille étant déjà là. »

Je me sentis tout d'un coup prête à embrasser mon avenir, pressée de marcher à sa rencontre.

XIII

Les dieux eux-mêmes avaient choisi le jour du mariage – au cœur du printemps, quand la nature explose de vitalité. Nous allions lier nos destins dans la forêt privée qui s'étendait derrière le palais. Père et Mère auraient voulu que la cérémonie ait lieu dans la petite cour intérieure, mais ayant vu celle-ci pratiquement tous les jours depuis ma naissance, j'avais souhaité que ce moment sacré se déroule ailleurs.

Le jour dit, je devais porter mes plus beaux vêtements tissés d'or. La veille au soir, je jeûnai et jurai de consacrer ma vie à mon époux. Je fis tout ce qu'il fallait faire – ô dieux ! je peux vous l'assurer ! – pour que ce mariage soit béni.

Seul le murmure apaisant du vent dans les plus hautes branches des arbres venait rompre le silence qui régnait dans le bosquet. Père et Mère m'accompagnèrent. Le visage couvert d'un voile d'une finesse aérienne, je fus guidée jusqu'à l'endroit où le rite serait pratiqué. J'avais l'impression d'être dans un rêve, tant il me semblait impossible qu'une telle chose m'arrive. Mais quand on leva mon voile, je vis Ménélas à mes côtés. Il était pâle et souriait timidement.

Une jeune prêtresse de Perséphone, à laquelle ma famille vouait un culte fidèle, allait procéder au rituel.

Sa robe d'un vert couleur de mousse se confondait presque avec le sol. Elle nous regarda droit dans les yeux, tout d'abord moi, puis Ménélas.

« Ménélas, fils d'Atrée, tu te présentes aujourd'hui devant les dieux de l'Olympe pour prêter serment, dit-elle. Tu désires prendre pour femme Hélène de Sparte.

– Oui, répondit Ménélas.

– Tu t'engages sans rien ignorer des prophéties par lesquelles les dieux ont scellé votre destin, celui de ta famille, et de celle de Tyndare ? »

Celle de Tyndare ? Mais comment aurait-il pu être au courant de la prophétie de la sibylle ? C'était impossible !

« Oui, répondit-il. Nous ne sommes pas en conflit avec les dieux. »

Elle lui tendit une guirlande de fleurs avec laquelle elle lui demanda de lier nos poignets.

« Ces fleurs des champs sont entremêlées. Qu'il en soit de même pour vos familles. »

Elle fit un signe de tête à l'une de ses assistantes qui plaça entre ses mains un pichet en or. « Les eaux sacrées de la source Kastalia à Delphes, précisa-t-elle, avant d'en verser sur nos têtes penchées. Que ceci vous accorde la sagesse. » Elle défit un cordon rouge vif attaché à sa taille et nous ordonna de le toucher. « Quiconque touche ce cordon touche la ceinture de la fidélité et demeurera loyal. » Elle fit un signe à une autre assistante et décrivit des cercles autour de nous, un bol d'encens fumant dans les mains. « Que montent nos prières. »

Nous observâmes le silence. Jusque-là, je n'avais pas été invitée à m'exprimer.

« Fermez les yeux et décrivez des cercles l'un autour de l'autre », nous ordonna la prêtresse. Nous nous exécutâmes lentement. « À partir de maintenant, et pour toujours, vous ne serez plus qu'un cercle, qu'une famille. »

On ne me demandait toujours pas de m'exprimer, de m'engager.

« Elle est tienne à présent, annonça brusquement la prophétesse. Prends sa main. »

Ménélas attrapa mon poignet, exécutant ainsi le geste cérémoniel par lequel l'homme indiquait qu'il prenait femme. Ce geste renvoyait à l'époque où les guerriers enlevaient les jeunes filles pour les épouser. Maintenant, bien sûr, il n'était plus que symbolique.

Puis Ménélas se livra à un autre rituel, d'ordre plus privé celui-là. Il fit signe à son serviteur qui lui apporta un coffret de bois sculpté. Il l'ouvrit et en sortit la chaîne en or qu'Agamemnon avait fièrement montrée. Avec déférence, il la leva au-dessus de ma tête, puis la fit glisser autour de mon cou. Elle était si lourde qu'on aurait dit un joug. Elle descendait plus bas que ma poitrine, s'emmêlait à mes cheveux – le poids du mariage, et de ce à quoi je m'étais engagée, me tirait vers le sol.

Le miroitement de l'or, l'épaisseur de la chaîne, éblouirent l'assistance. Que dis-je, ils l'aveuglèrent – les gens ne virent que le jaune du métal et son scintillement.

Nous retournâmes au palais. Commencèrent alors les festivités du mariage. Toute la partie centrale, avec le mégaron donnant sur la cour privée, avait été métamorphosée. Des branches de myrtes en fleur et de rosiers s'enroulaient autour des colonnes, des nuages d'encens flottaient dans le vent, et des piles de guirlandes de fleurs tressées attendaient les invités. Il fallait que chacun festoie et se réjouisse avant de rentrer chez soi, qui dans sa forteresse aux murs grisâtres, qui dans sa maison battue par les vagues.

Dorénavant, je suivrais Ménélas, et non plus Père. Ce serait lui mon guide. Je lui tendis la main avec hésitation. Il la prit. Sans doute sentait-il à quel point elle était froide.

Il me tira délicatement vers lui et me serra contre les plis de sa cape en murmurant : « Je n'arrive pas à croire que tu es mienne, que tant que nous vivrons nous nous verrons chaque matin. »

Moi non plus je n'y parvenais pas. « Pensons uniquement à ce soir, et à demain matin, notre premier matin », dis-je. Je ne savais pas quoi dire, quoi penser de tout cela. Je n'étais pas prête. Tous ces matins, je ne m'imaginais pas les vivre...

« Alors, mon frère ! » s'exclama Castor. Nous fûmes plutôt soulagés d'être ainsi interrompus. Ménélas se tourna vers lui. Nous appartenions encore aux autres, du moins pour l'instant.

J'enlaçai ma mère. Tremblait-elle vraiment ou bien mon imagination me jouait-elle des tours ?

« Ma petite fille, je suis heureuse pour toi, mais aussi heureuse pour moi car je ne te perdrai pas.

– Tu m'auras toujours près de toi », répondis-je. Cette pensée me réconforta.

Père s'approcha de nous. « C'est fait, dit-il d'un ton brusque. Pour de bon. » Il fit un geste en direction de la foule. « Ils vont rentrer chez eux contents. Et moi je serai bien soulagé de les voir déguerpir !

– Dire que ce jour est celui de ton mariage ! » dit Mère.

Je sentis des larmes gonfler mes yeux.

« Regarde bien autour de toi, observe tout attentivement, souviens-t'en, garde le souvenir de cette journée dans ton cœur. »

Ce que je voyais ? Une multitude d'hommes, mes prétendants éconduits. Elles étaient là, ces vies que j'aurais pu avoir, si j'étais partie avec l'un d'entre eux. Il y avait, posés sur les tables, des gâteaux par dizaines – au pavot, au sésame, au lin, au miel, à l'huile d'olive, des piles de figues sèches sucrées – les fraîches n'étant pas encore mûres – , des dattes d'Égypte, du pain d'orge, du miel récolté dans une montagne près d'Athènes, des tranches de viande rôtie – bœuf, chevreau, mouton, génisse – qui venaient d'être coupées à même la broche et qu'on avait posées encore toutes fumantes sur les assiettes. Et puis, dans de gigantesques amphores, nos meilleurs vins, provenant pour certains de contrées lointaines tel le mont Ismarus en Thrace, et en si grande quantité que nos réserves semblaient inépuisables, claironnant ainsi notre générosité.

Mais tout cela – la musique, les conversations, la nourriture, le vin – s'évanouit lorsque, revenant brutalement à la réalité, je me dis avec effarement, *Tu es mariée.* Moi, Hélène, j'étais une femme mariée.

Mariée, qu'est-ce que cela voulait dire au juste ?

Nous quittâmes le palais à la pointe de l'aube. Notre char prit la direction de Mycènes. Ménélas tenait les rênes et j'étais debout, à ses côtés. Le char descendit la colline en grinçant, empruntant un chemin moins pentu et plus facile pour les chevaux. Les invités nous poursuivirent en nous lançant des coings, des feuilles de myrte, puis des milliers de violettes tressées, telle une pluie divine. Elles atterrirent dans le char, collèrent à nos pieds. En les écrasant, nous libérâmes leur odeur délicate.

Les appartements de Ménélas dans la grise citadelle de Mycènes consistaient en un immense labyrinthe de passages taillés dans la pierre et de petites pièces pourvues chacune d'une cheminée. Les serviteurs nous accueillirent avec joie et allumèrent le feu dans la chambre qui avait été préparée dans l'attente du retour de Ménélas.

Nous étions maintenant seuls, lui et moi, debout dans cette chambre aux murs de pierre glacials, à regarder d'un air gêné les flammes qui léchaient les bûches. Raides, immobiles comme les pierres qui nous entouraient.

Enfin, Ménélas prit la parole. « Hélène... »

Je me tournai vers lui. « Oui. Je suis là. »

Il m'enveloppa dans ses bras sans dire un mot. Il était bien plus grand que moi. Je me retrouvai pressée contre sa poitrine et tout le reste devint noir.

« Je n'arrive pas à croire à la chance que j'ai eue d'être choisi par toi... »

Je levai mon visage vers lui. Jamais auparavant je n'avais embrassé quelqu'un. J'ignorais quoi faire et à quoi m'attendre. Pourtant, tout me semblait naturel.

Nous nous embrassâmes. Il me serra plus fort encore. Comme c'était étrange d'être touchée de cette manière, de sentir mon corps étreint avec tant de familiarité par cet inconnu qui, maintenant, posait ses lèvres sur les miennes. Je fus saisie de peur. J'étais piégée.

Il prit mon visage entre ses mains et m'attira vers lui, encore plus près. Ses doigts emmêlés dans mes cheveux me firent mal. Mais je n'osai crier. J'avais le sentiment confus que si je disais quelque chose lors de cette première étreinte, ce serait comme si je l'insultais.

« Hélène... Hélène... », murmura-t-il. Sa respiration s'accéléra.

Je ne sentais rien. Rien, si ce n'est les battements de mon cœur paniqué. Non ! eus-je envie de crier, mais je savais que ce serait inutile. Ma peur était ridicule. Je m'attendais à quoi, exactement, quand je me demandais ce que cela voulait dire d'être mariée ?

Visiblement ému, il se dirigea vers le grand lit bas placé dans un angle de la pièce et recouvert de peaux de bêtes et de draps fins.

Je le suivis. Je le laissai prendre mon poignet – ce vieux geste symbolique, encore une fois. J'osais à peine respirer. J'ignorais quoi faire. Tout ce que je savais, c'était qu'il me restait une épreuve à subir et que je devais la passer seule avec lui.

Délicatement, il m'attira jusqu'au lit, sur lequel il s'agenouilla. Mes mains étaient glacées, ma respiration lente.

N'y pense pas, me dis-je. Je m'étendis à côté de lui.

« Hélène... »

Il allait retirer ma robe. Je me raidis, prête à lui demander d'arrêter, mais me retins. Ne l'interromps pas. Il a le droit de te toucher, d'ôter tes vêtements.

N'y pense pas.

Les flammes dansaient en crépitant. Ménélas le remarqua d'une voix enjouée. Puis il se tourna à nouveau vers moi.

« Mon amour... », murmura-t-il. Ses mains caressèrent mes épaules. Le contact me fit trembler, mais je parvins à le cacher. « Mon aimée... » Il embrassa ma gorge et ses mots se perdirent.

Il retira le dernier des vêtements qui nous séparait. Je me sentis glacée, gênée, vulnérable. Qu'on en finisse !

Il me tenait, il me...

Oh, cela, je ne peux le raconter. Douleur, intrusion, et ce fut tout. Si vite.

Sa tête reposait sur mon épaule. Il poussa un profond soupir. Sa voix s'éteignit peu à peu. Il dormait.

Dans la lumière espiègle du feu, allongée à côté de Ménélas qui reposait, parfaitement immobile, je me retournai et tirai à moi les couvertures en laine douce. Il commençait à faire froid dans la pièce. Je m'installai aussi loin de lui que possible.

XIV

La lumière du jour entra timidement dans la chambre froide et grise. Le soleil éclatant de la veille avait disparu. Je sentis les murs de pierre se refermer sur moi, me tenir prisonnière, comme le bras de Ménélas pesant sur mes épaules.

Il dormait, ses yeux clos frangés de cils blonds. Dans la lumière faible, mon regard s'attarda sur lui, sur son visage – pour la première fois.

Il était mon ami, mon allié. C'était ce que j'avais senti dès notre première rencontre. Et ne valait-il mieux pas épouser quelqu'un qui soit aussi un ami ? Le malaise qui s'était emparé de moi lors de cette reddition finale qui faisait partie du mariage ne devait pas me faire douter de la justesse de mon choix.

Il respirait paisiblement, plongé dans un sommeil insouciant. Il avait tant fait pour me gagner. Maintenant, il se reposait.

Comme Héraclès après ses travaux. Cette pensée me fit rire un peu sottement. Un homme méritait le repos.

Mais ces travaux de la nuit précédente... Pourquoi m'avaient-ils inspiré tant de dégoût ? J'étais censée me pâmer sous l'effet des soins d'Aphrodite et, pourtant, ceux-ci ne m'avaient pas transportée, loin de là.

Aphrodite. Je l'invoquai solennellement dans mon esprit, de peur de faire du bruit en murmurant ma prière. « Si, par erreur ou faiblesse humaine je n'ai pas fait appel à toi au moment où j'avais besoin de conseils pour choisir mon époux, je t'en prie, pardonne-moi. Peut-être ta grandeur m'a-t-elle aveuglée au point que je t'ai oubliée, toi qui pourtant étais la plus à même de m'aider. Moi, Hélène, je te supplie de venir à moi maintenant. »

Une vie sans passion serait trop longue, ne durerait-elle que quelques années de plus.

Ménélas s'éveilla, me regarda. Il bougea le bras – et ce poids mort sur moi s'allégea en revenant à la vie. Alors il m'enlaça.

« Hélène, mon amour, murmura-t-il, elle commence maintenant, notre vie ensemble. »

Je posai la tête sur son épaule douce et détendue. « Oui. Puissent les dieux nous accorder le bonheur. »

Tout irait bien. Il ne pouvait en être autrement. J'avais choisi. Il m'était impossible de revenir en arrière.

Clytemnestre et Agamemnon arrivèrent le jour suivant. En les attendant, nous avions exploré le palais et joué avec leur petite fille, la jolie Iphigénie, qui marchait déjà vaillamment et nous enchantait de ses babillages.

« Tiens, tiens ! » dit Agamemnon en gloussant, toujours aussi peu discret. Son regard luisait d'un éclat malsain qu'il tenta vainement de masquer. Ses yeux plissés ne pouvaient s'empêcher d'aller et venir de Ménélas à moi. Je sus que, dans son imagination du moins, il avait passé la nuit avec nous dans la chambre – cette chambre qui devait être, il nous l'avait pourtant promis, notre espace intime.

Ménélas s'efforça de rester impassible – par égard pour moi je suppose. Mais que dirait-il quand il se retrouverait seul avec son frère, comme cela n'allait pas manquer de se produire tôt ou tard ? Clytemnestre avait elle aussi hâte de me parler en tête à tête, ce que je redoutais. J'aurais voulu qu'ils s'en aillent. Je n'avais aucune envie d'évoquer ces sujets-là. Cela aurait été une façon affreuse de trahir Ménélas. Ou de me trahir moi-même, peut-être.

« Après le départ de votre char, dit Clytemnestre, tout le monde avait les mains tachées par les fleurs et les fruits jetés sur vous. Alors, nous sommes retournés au palais et nous... » Elle nous raconta que le palais de Sparte avait été plongé dans cette étrange tranquillité qui succède aux moments de grande agitation.

« Et maintenant, ajouta-elle en ouvrant les bras, vous êtes ensemble pour la vie.

– Je me demande combien d'années cela représente, dit Ménélas.

– Tu veux dire, combien d'années il te reste à vivre ? demanda Agamemnon.

– Oui. Dans nos familles, les gens ne vivent pas très vieux.

– Je te trouve bien morbide, mon frère ! Tu choisis un jour comme aujourd'hui pour penser à ça ?

– Je me demandais juste combien d'années de bonheur me seront accordées.

– Quel est l'âge de la plus vieille personne que tu connaisses, ou dont tu as entendu parler ? » demandai-je pour essayer de diriger la conversation sur des sujets plus gais.

Ce fut Agamemnon qui répondit. « Je suppose que c'est Nestor, et encore, il n'est pas si vieux que ça. Il y avait un homme à Argos qui affirmait avoir quatre-vingts ans – un bonhomme sec comme un criquet qui vivait dans une toute petite maison. Je l'ai vu une fois, avec Père. Mais bien sûr, personne n'était en mesure de prouver son âge.

– Et à ton avis, il serait possible de vivre jusqu'à cent ans ?

– Non, répondit Ménélas, en souriant et en prenant mes mains. Mais cinquante années de bonheur valent largement cent ans d'ennui. »

Nous restâmes à Mycènes dix jours, pendant lesquels Ménélas me montra toutes ses cachettes et tout ce que le paysage renfermait de secrets. La citadelle elle-même avait été construite à mi-pente d'une colline entre deux montagnes et, de ses remparts, on pouvait voir la mer – ce qui était impossible à Sparte. La première fois que je vis cette étendue plate et scintillante, je ne pus m'empêcher de crier de joie.

« Comment ? s'étonna Ménélas. Tu n'avais jamais vu la mer ?

– J'étais enfermée. Pour... pour ma propre sécurité.

– Maintenant, ma chérie, c'est moi qui me chargerai de ta sécurité. Et si tu veux découvrir la mer...

– J'aimerais aller tout au bord, prendre un bateau un jour. Tu crois que ce serait possible ?

– Nous allons commencer par la voir de plus près. Pour ce qui est de naviguer, nous en reparlerons. »

Il y avait des cavernes dans les flancs des collines où Agamemnon et Ménélas avaient joué, enfants. Ménélas connaissait encore leurs entrées secrètes, dissimulées par des rideaux de plantes grimpantes. Cela m'amusait de l'imaginer petit garçon. Comment était-il alors ?

Il me montra l'immense réserve de la citadelle, où étaient conservés les trésors de sa famille – tonneaux d'huile d'olive, tissus raffinés, objets d'or et d'argent, trépieds et cuirasses de bronze. Celles-ci avaient été volées à divers ennemis lors d'incursions et de batailles oubliées pour la plupart maintenant, et dont seul le butin entretenait le souvenir. Ces trésors brillaient dans la pénombre de la réserve. Quant à leurs anciens propriétaires, leur gloire s'était éteinte à jamais.

« Prends ce qui te plaît ! » dit-il en me faisant découvrir la pièce. Mais aucun de ces objets n'éveillait mon désir. N'obtenant pas de réponse de ma part, Ménélas ouvrit un coffre en bois de cyprès dont il sortit une coupe d'or.

« C'est mon cadeau de mariage », dit-il en me la tendant.

Elle était de la taille d'un seau et très lourde. « Aucun mortel ne pourrait utiliser une telle coupe, répondis-je, sauf peut-être Ajax de Salamine. » Mes bras commençaient à être douloureux à force de la tenir. Elle était entièrement estampillée de petits motifs circulaires et ses poignées décrivaient d'élégantes courbes. Je la rendis à Ménélas.

« J'ai dit qu'elle était à toi, dit-il en me forçant à la reprendre.

– Tu m'as déjà donné des cadeaux de mariage. Je t'assure, je ne désire rien d'autre.

– Je veux que tu aies quelque chose qui vienne de la maison de mon père. C'est Atrée qui a gagné cette coupe lors d'une bataille. Il y tenait énormément. Ma mère la posait devant elle lors des banquets. Maintenant, c'est à toi de le faire. »

Je sentis l'or se réchauffer entre mes mains et compris que je ne pouvais refuser. Pourtant, je n'acceptais ce présent qu'à contrecœur.

Ménélas prit une mèche de mes cheveux et l'enroula autour de la coupe. « Regarde, elles sont de la même couleur », remarqua-t-il. Dans sa manière d'associer cette coupe à mes cheveux perçaient fierté et possessivité. « Hélène ! Et dire que tu n'as jamais vu la mer, que tu n'en avais pas le droit ! Je vais t'y emmener. Tu la regarderas aussi longtemps que tu le souhaites. » Il se pencha et m'embrassa.

Nous passions notre dernière nuit à Mycènes. Elle fut froide, comme – ne pus-je m'empêcher de penser – toutes les nuits dans cette région, même au cœur de l'été. Nous prîmes notre repas ensemble, à une longue table en bois. J'avais docilement posé la coupe d'or devant moi, même si j'étais bien incapable de m'en servir. Après le souper, nous nous étendîmes sur des coussins dans le mégaron pour savourer la chaleur du feu et la musique harmonieuse du barde, dont les chansons évoquaient des batailles et des exploits d'hommes ayant vécu jadis.

« Ces histoires-là se passent toujours bien avant nous, dit Ménélas. L'époque des héros est révolue, maintenant qu'Héraclès est mort !

– Qu'en sais-tu ? lui demanda Agamemnon, qui ne manquait jamais une occasion de contredire ou de défier son interlocuteur. Les héros avaient-ils eux-mêmes conscience de vivre une époque héroïque ? Y avait-il écrit quelque part, “Ô vous qui lisez ceci, sachez que vous vivez une époque héroïque” ?

– Agamemnon, parfois tu dis vraiment des sottises ! »

C'est ce que je pensais souvent, mais seule Clytemnestre aurait osé lui dire une chose pareille. Elle se mit à rire.

« Ma question n'a rien d'idiot ! Je pense que les héros créent leur époque. Plus tard seulement, quelqu'un la qualifiera d'héroïque. » Il tourna la tête, son regard cherchant le mien. Son insistance m'insupportait. Je baissai les yeux. « Cette époque n'est pas terminée. Il ne tient qu'à nous de le décider, poursuivit-il.

– Il faudrait à ce moment-là que tu te trouves des ennemis très puissants, dit Clytemnestre. Hélas, je n'en vois pas. Héraclès les a tous tués. » Elle se pencha et lui chatouilla l'oreille. « Par conséquent, mon lion, il faudra que tu te contentes de vols de bétail et d'escarmouches. C'est ça, le problème, en temps de paix. Mais qui voudrait qu'il en soit autrement ? »

Agamemnon grommela et repoussa sa main comme si c'était une mouche agaçante. Ce qui n'empêcha pas ma sœur, d'humeur folâtre, de continuer son petit jeu.

« Allons, mon amour, souris ! Peut-être qu'un jour, une cité sera menacée par un dragon. Ou par un sphinx.

– Arrête, fit Agamemnon d'un ton menaçant. Cesse de me taquiner. »

En entendant cet éclat de voix, le barde cessa de chanter, coinça sa lyre sous son bras et s'éclipsa.

Chaque nuit, lorsque, de retour dans notre chambre glaciale, nous nous pelotonnions sous les peaux de loups posées sur les couvertures en laine, Ménélas m'entourait de ses bras vigoureux et me murmurait des paroles affectueuses en se frottant contre moi de manière de plus en plus insistante. Hélas, je n'avais pas surmonté mon dégoût de l'acte sexuel et refrénais l'envie de le repousser, de mettre mes mains sur sa large poitrine et d'appuyer de toutes mes forces.

Les dix nuits qui s'étaient écoulées depuis notre mariage m'avaient fait comprendre quelque chose de terrible : je détestais être touchée. Je ne m'en étais jamais rendu compte, ceux qui me touchaient jusque-là ne l'ayant fait que de manière très passagère. Même ma mère, quand elle m'enlaçait, ne s'attardait jamais, pas plus qu'elle n'envahissait mon intimité. Mes suivantes détournaient les yeux quand j'étais au bain, et se servaient d'éponges pour appliquer sur mon dos l'huile d'olive avec laquelle elles me massaient. Mes frères passaient négligemment leur bras autour de mes épaules, mais ce contact éphémère était très léger.

Cette fois-ci, c'était différent. Et mon aversion ne faisait que croître. Je ne m'y habituais pas. Je n'osais le montrer, découvrant ainsi pour la première fois de ma vie à quel point il est difficile de faire semblant – chose que je n'avais jamais été obligée de faire jusque-là. Je savais, sans que personne ne me le dise, que je devais à tout prix cacher mon malaise à Ménélas. Mais en serais-je capable toute une vie ? Pour un temps limité, sans doute, mais...

Où était Aphrodite ? Pourquoi repoussait-elle mes lamentables excuses ? Sans elle, je ne parviendrais jamais à cette terre lointaine, cet endroit légendaire où les femmes non seulement acceptaient de tels gestes de la part des hommes, mais les recherchaient et, parfois, les suscitaient elles-mêmes. Tous les matins, je suppliais la déesse de venir à moi le soir, pour me rendre compte au cours de la nuit qu'elle restait insensible à mes suppliques. Ménélas s'approchait de moi, son souffle chaud sur mon oreille, et moi... je me sentais aussi froide que les eaux du Styx.

Bien sûr, quand le soleil brillait, ces problèmes me semblaient moins pesants. Le jour où nous quittâmes Mycènes et prîmes la direction de Sparte dans notre char cahotant, j'avais déjà oublié les secrets de la nuit. Je regardai les bras robustes de Ménélas qui s'emparaient des rênes. Maintenant – ô, déesse perverse ! –

je les trouvais attirants. Mais ce n'était pas vers moi qu'ils se tendaient.

« Nos appartements doivent être prêts, dit Ménélas. À ton avis, ils sont comment ? »

Pendant notre absence, Père et Mère avaient préparé notre nouveau foyer, l'endroit où je vivrais ma vie de femme mariée. Les pièces que j'avais occupées petite fille ne serviraient plus – jusqu'à ce que moi-même je donne naissance à un enfant.

« Ils se trouvent dans l'aile est du palais », dis-je. Ils étaient restés vides des années durant. On m'avait raconté qu'une grand-tante y avait vécu en compagnie d'un singe apprivoisé et de plantes vénéneuses. Hélas, le singe avait mangé quelques feuilles empoisonnées et était mort – mais grâce à sa connaissance des herbes, elle lui avait donné un antidote et il était revenu à la vie. Du moins, c'est ce que l'on m'avait dit. Pour nous autres, enfants, ces pièces étaient interdites.

« Comme c'est bon de se réveiller avec le soleil du matin ! » s'exclama Ménélas. Il se mit à rire et fit claquer les rênes. Les chevaux redoublèrent d'allure et le char se mit à tanguer. J'agrippai le bras de mon époux pour ne pas perdre l'équilibre sur le plancher instable en lanières de cuir tressées. Il m'adressa un regard affectueux.

Nous suivions la vallée verte du fleuve qui arrosait Mycènes et descendait jusqu'à la côte. Nous traversâmes Argos et Tirynthe aux hautes murailles. Après avoir longé la mer à notre gauche un certain temps, nous obliquerions vers l'intérieur des terres et vers Sparte. Le rugissement des vagues frappant le rivage et l'odeur salée de l'air parvinrent à mes oreilles et mes narines. Au loin, deux barques dansaient sur l'eau. Comme j'avais envie de hisser les voiles et de me retrouver au beau milieu de la mer !

« Tu as déjà fait un voyage en bateau ? demandai-je à Ménélas.

– Oui. Je suis allé à Rhodes, à Troie, en Crète aussi, là où habite mon grand-père. Autrefois, nous allions souvent lui rendre visite.

– J'aimerais le rencontrer un jour. »

Mais ce que je voulais surtout, c'était découvrir la Crète. J'y serais allée même si son grand-père avait été un insupportable radoteur.

Un silence suivit. Enfin je lui demandai, « Ainsi tu es allé à Troie ? Est-ce aussi splendide qu'on le dit ? Est-il vrai qu'il y a des bijoux incrustés dans les murs du palais ?

– Mais non, répondit-il d'un ton amusé. Les murs ressemblent à tous les autres murs, à part qu'ils sont ornés de peintures aux couleurs très vives, bien plus vives que chez nous. C'est peut-être ça qui a donné naissance à cette légende sur les bijoux. »

Je brûlais d'envie d'en savoir plus sur la beauté des Troyens, mais redoutais que ma question lui paraisse étrange. « Et les gens là-bas, est-ce qu'ils ressemblent aux autres ? » me décidai-je à lui demander.

Il éclata de rire. « Bien sûr. Tu les imagines comment ? Avec des feuilles en guise de cheveux et cinq oreilles ? » Le char tangua en prenant un virage sec pour éviter un rocher. « Ils m'ont paru bien nourris et bien portants, poursuivit Ménélas. Mais tout de même, ils ont cet air un peu particulier... Celui d'un peuple fier. Un peuple qui sait qu'il est le maître non seulement chez lui, mais aussi sur les terres avoisinantes. Même le roi, le vieux Priam, fait grande impression tant il paraît jeune et vigoureux. Pense donc ! Il a cinquante fils ! À mon avis, c'est en les faisant qu'il a conservé une telle jeunesse.

– Et ce sont tous les fils de la reine ? »

Cela me semblait impossible, à moins d'avoir eu une série de jumeaux.

« Non, seulement une dizaine d'entre eux, répondit Ménélas en riant. Il n'empêche, la reine est une femme remarquablement solide, pour avoir survécu à toutes ces naissances. Troie a peut-être en effet quelque chose de spécial... »

Nous quittâmes enfin la route qui longeait la côte et prîmes la direction de l'est en nous enfonçant dans les collines. Les chevaux peinaient car les roues s'enfonçaient dans les graviers et la terre battue du chemin. Nous traversâmes quelques petits ponts de grosses pierres, rudimentaires certes, mais qui nous évitèrent de nous retrouver coincés dans le lit d'un torrent.

Même en cette fin du printemps, la neige recouvrait encore les sommets bleutés des montagnes. Sparte était située entre deux grands massifs, le Parnon et le Taygète. Les paysages secs et âpres que j'avais vus sur la route m'avaient fait prendre conscience de la fertilité et de la richesse de ma terre. En vérité, la Laconie, la région de Sparte, était un endroit béni.

« Voici ton nouveau foyer, dis-je à Ménélas. Je ne pense pas que tu regretteras Mycènes.

– Même si la région n'était pas aussi splendide, je préfère être premier dans un tout petit royaume que second dans un grand. »

Derrière la légèreté de ses propos perçait l'amertume de toutes ces années passées dans l'ombre d'Agamemnon avec la perspective d'y rester à jamais. J'avais délivré Ménélas tout comme lui m'avait rendue libre – d'ôter mon voile et de découvrir le monde.

Maintenant, je pouvais même aller à Sparte seule et m'y promener !

« Bien-aimé », dis-je en me hissant sur la pointe des pieds pour l'embrasser sur la joue. À cet instant-là, je me sentis submergée d'une grande tendresse pour lui.

Quand nous passâmes les portes du palais, tout le monde se tenait prêt à nous souhaiter la bienvenue – les messagers nous avaient vus approcher au moment où nous longions le fleuve.

Père, Mère, Castor, Pollux, mes chères vieilles suivantes, nous accueillirent avec de grands cris. Même les chiens du palais se joignirent au concert. Des paires de bras vigoureux nous soulevèrent du char et nous étreignirent. Nous étions chez nous. Un nouveau foyer nous attendait.

« Nous avons vu partir une jeune fille, Hélène, et c'est une femme mariée qui nous revient. Il est juste que nous t'offrions les signes et les emblèmes de ta nouvelle condition. » Avec ces paroles, Père ouvrait la cérémonie traditionnelle par laquelle une femme de Sparte devient une adulte et entre dans sa nouvelle maison.

Nous nous tenions au seuil des appartements que Ménélas et moi allions partager.

À mesure que mon père les annonçait, Mère me donna un à un les objets qui seyaient à ma position. Tout d'abord, une étoffe savamment tissée avec des fils bleu argenté brillants dans laquelle seraient taillées les robes qui remplaceraient mes tenues de jeune fille. Ensuite, une grande broche en argent pour attacher mes tuniques à l'épaule. Enfin, un coffret en cèdre renfermant deux énormes boucles d'oreilles en or rondes, ajourées et décorées de petites pointes sur les bords. Elles étaient tellement lourdes qu'il fallait les suspendre derrière les oreilles par des fils métalliques. C'était là le symbole de ma féminité.

« Je te remercie », dis-je en les sortant de leur coffret et en les tenant délicatement dans mes mains.

Père les prit et, mettant mes cheveux en arrière, les accrocha à mes oreilles.

« Femme, ordonna-t-il, pour finir, offre à notre fille les symboles de ses travaux d'épouse. »

Mère me présenta un petit panier d'argent monté sur des roulettes et destiné à recevoir du fil à tisser. À l'intérieur, se trouvaient quatre pelotes de laine d'une finesse incroyable, deux dans des couleurs naturelles, blanc et marron foncé, et deux dans des teintes artificielles, rose pâle et bleu très clair. Il y avait un deuxième panier contenant de la laine brute qui n'avait pas encore été filée.

« Le filage et le tissage font partie du royaume secret des femmes, dit Père. Tu devras commencer ta vie de femme mariée en invoquant, ainsi que la coutume l'exige, les trois Parques, Clotho, la parque fileuse, Lachésis, qui fixera ton sort, et Atropos, qui représente ce que tu ne peux éviter. Ce sont les trois divinités qui président au déroulement d'une vie humaine depuis la naissance jusqu'à la mort. »

Je pris les paniers et les serrai contre mon cœur.

« Et maintenant que tous les rites ont été exécutés comme il faut, poursuivit Père, tu peux entrer dans tes nouveaux appartements et en prendre possession. »

Je saisis la main de Ménélas et nous franchîmes le seuil de ce qui allait être notre foyer.

Les voiles fins servant à filtrer la lumière du jour coloraient l'intérieur des pièces d'une teinte bleutée comme la pointe de l'aube. Dans cet espace flou, nous distinguâmes, disséminés un peu partout, des chaises à hauts dossiers, des tabourets et des tables à trois pieds.

« Regarde ! m'exclamai-je en désignant le sol. Des motifs ! C'est la première fois que je vois ça ici ! » Peints très certainement pendant notre absence, ils donnaient à la pièce un air des plus raffinés. Puis mes yeux tombèrent sur les dessins décorant les murs – des nénuphars, des roseaux et des oiseaux. « Comme c'est joli ! » Jamais je ne m'en lasserais.

Les chaises à haut dossier étaient incrustées de spirales d'ivoire et d'émail bleu. Le même motif se retrouvait sur les tabourets assortis.

Dans la pièce adjacente, des toisons légères s'empilaient sur le lit de Ménélas, couvert d'un drap de lin fin. Un brasero où se consumait du bois de cèdre et de santal dispensait une chaleur douce.

Ménélas me tendit les bras. Je m'approchai. Il m'étreignit si fort que je sentis la chaleur de sa poitrine à travers sa tunique et sa cape. Il pencha la tête vers moi tout en se dirigeant vers le lit blanc.

Oui ! Maintenant enfin j'allais sentir mon cœur faire un bond, diffuser dans mon corps la chaleur du désir.

Mais au lieu de cela, j'entendis des bruits provenant de dehors et me rappelant qu'il y avait des gens tout près. L'occasion était manquée. J'échappai à l'étreinte de mon époux et fis semblant d'explorer la pièce suivante. Je n'osai le regarder en face. Je n'aurais pas pu supporter de voir la colère ou la déception peintes sur son visage. Il me sembla entendre un rire lointain. Celui d'Aphrodite ?

XV

Il me fallait encore sacrifier à une dernière coutume avant que ma nouvelle vie commence véritablement. Père et Mère avaient transformé la vaste prairie près de l'Eurotas en lieu de célébration pour accueillir tout Sparte afin que Ménélas rencontre le peuple qu'il serait amené à gouverner un jour.

De grands feux crépitaient au-dessus desquels des bœufs embrochés tournaient. Il suffisait de tendre le bras pour que les coupes soient remplies des meilleurs vins de Père. Les artisans de la ville affluaient, qui avec ses poteries et ses bijoux, qui avec les couteaux et les épées qu'il avait fabriqués. Les femmes proposaient des gâteaux à la farine d'orge et de la pâte de figues. Des apprentis bardes grattaient les cordes de leur lyre en chantant. Il y avait d'innombrables bergers avec leurs moutons, leurs cochons ou leurs chèvres. À un bout de la prairie se tenaient des épreuves sportives – boxe, lutte et course – auxquelles pouvait participer toute personne venant de Sparte ou de ses environs. J'eus une pensée nostalgique pour ma dernière course de jeune fille. Aujourd'hui, seuls des jeunes garçons et des hommes prenaient part aux épreuves. Non loin de là, des éleveurs de chevaux proposaient leurs bêtes, espérant attirer un acheteur. Notre région n'était pas réputée pour ses chevaux, mais on s'en contentait.

Ménélas et moi nous promenions parmi la foule. Les regards étaient fixés sur moi mais, protégée par le bras de mon époux passé autour de mon épaule, je me sentais libre pour la première fois. Je n'avais plus besoin de me cacher. Je serrai fort la main de Ménélas. Il ne pourrait jamais comprendre à quel point j'étais reconnaissante.

« La bonne aventure ! La bonne aventure ! » Une vieille femme tira sur nos vêtements avec ses mains griffues. « La bonne aventure ! La bonne aventure ! » criait-elle d'une voix râpeuse.

« Laisse-nous ! Tu ne vois pas que... », commença Ménélas. Elle était aveugle et ses yeux fermés comme deux coquilles de noix. Il se tut et eut un mouvement de recul.

« Achetez mes potions ! » cria une autre femme à côté d'elle. Celle-ci n'était pas aveugle, loin s'en faut. Ses petits yeux vifs ressemblaient à ceux d'un oiseau de proie. « Ne faites pas attention à elle. Quel que soit le futur qu'elle vous prédit, une potion peut le modifier ! » Elle me fourra une fiole dans la main.

« Attention, c'est du poison, dit calmement une voix masculine. Sans antidote, vous tomberiez avant même d'avoir fait cinquante pas. Enfin, Halia, tu essaies encore de vendre cette potion mortelle ? Et à notre future reine ? Qu'est-ce qui ne va pas ? Tu ne l'aimes pas ? »

Un homme vêtu d'un manteau rouge poussiéreux avait brusquement surgi. La marchande se redressa. « C'était pour qu'elle puisse en faire usage. Mais tu ne m'as pas laissé le temps d'expliquer quoi que ce soit.

– Alors comme ça, tu voulais que la reine puisse empoisonner ses ennemis ? Pourquoi ne nous fais-tu pas une petite démonstration des pouvoirs de ta mixture ? Parce que sinon, nous pourrions croire que tu essaies de nous fourguer de la vulgaire graisse de mouton... »

La vendeuse de potions haussa les épaules. Sans la moindre hésitation, elle attrapa le chien de sa compagne, qui somnolait par terre à côté d'elles, et lui tartina le museau de sa potion trouble. Le chien grogna et se lécha les babines.

L'homme énigmatique observa la scène, un sourcil levé. « Ces poisons ne sont pas forcément efficaces tout de suite », dit-il. Ses paroles étaient teintées d'une pointe d'humour froid, ou de reproche. D'une certaine manière, il provoquait cette femme. Ou peut-être ne voulait-il que la taquiner. À moins que tout ceci ne le laisse au fond indifférent.

Le chien se mit à tituber et faillit tomber en avant. Il décrivit de petits cercles inutiles avant de s'affaler à nouveau en geignant et en tremblant.

« Et si tu nous préparais l'antidote, maintenant ? » dit l'homme.

La propriétaire du chien se mit à secouer son animal en poussant de grands cris.

La vendeuse de potions fouilla tranquillement dans son panier. Elle finit par en sortir une petite bouteille. « Ah, le voilà. » Forçant le chien à ouvrir sa gueule dégoulinante de bave, elle y introduisit un liquide.

« Très impressionnant, Halia, commenta l'homme. Je vois que les plantes n'ont pas de secret pour toi. C'était quoi ? Du nérion, ce poison que l'on tire du rhododendron ? »

Elle le foudroya du regard. « Ne compte pas sur moi pour te révéler ce que je sais.

– Et pour en contrer l'effet, qu'as-tu utilisé ? Du jus de belladone ?

– Je ne te dirai rien ! »

Voyant que Ménélas et moi commencions à nous éloigner, la femme protesta. « Comment ? Avec tout le mal que je me suis donné, vous ne m'achetez rien ? »

Quant à l'homme mystérieux, il s'était volatilisé. Le regard de Ménélas croisa le mien.

« Je n'ai pas rêvé... Toi aussi tu l'as vu, non ? lui demandai-je.

– Oui. C'est bizarre, mais je trouve qu'il était encore plus inquiétant que cette vendeuse de potions. Les poisons, je sais ce que c'est, mais lui m'a donné l'impression d'être un véritable expert.

– En es-tu si sûr ? Tout ce que nous savons, c'est qu'il connaissait le nom de cette femme et les effets de ces deux poisons-là. »

C'est alors qu'une voix autoritaire tonna derrière nous, « Tiens ! Vous voilà ! Cachés dans cette foule misérable ! » Nous retournant, nous tombâmes nez à nez avec Ulysse. Il affichait un sourire radieux – son mariage avec Pénélope avait été approuvé et le jour des noces fixé. Il avait obtenu ce qu'il désirait. « Vous avez de bien mauvaises fréquentations », poursuivit-il en désignant la diseuse de bonne aventure et la vendeuse de potions.

« Tu as vu cet homme qui était avec nous il y a quelques instants ? lui demanda Ménélas.

– Non, pourquoi ? dit-il en remontant une bretelle de sa tunique et en ajustant son chapeau. C'était un voleur ?

– Pas que je sache, répondis-je.

– Alors, pas de problème ! s'exclama-t-il en riant. Dis-moi, tu m'as l'air radieux », ajouta-t-il en s'approchant pour passer son bras autour de l'épaule de Ménélas. « Je ne peux que me féliciter d'avoir soutenu ta requête. Aucun des prétendants éconduits n'est venu exprimer son mécontentement ? Le serment que nous avons prêté dans cette mare de sang devrait écarter tout risque.

– Et toi, à quand le mariage ? J'ai entendu parler de la course. Bien sûr, tu as gagné.

– Il ne pouvait en être autrement. J'avais mis toutes les chances de mon côté, expliqua Ulysse avec un clin d'œil. J'ai dépassé les autres prétendants de Pénélope en un éclair. Nous nous marions dès la prochaine pleine lune. Ensuite, je retourne à Ithaque avec mon épouse. Bien sûr, son père n'est pas enchanté à l'idée de la laisser partir, mais je n'ai aucune envie de m'attarder ici. Mon île me manque. J'aime ses rochers et sa solitude. »

Deux hommes d'une beauté arrogante passèrent devant nous. Le premier, d'un certain âge, était très blond. Le second, dans l'éclat de cette toute nouvelle maturité des jeunes garçons qui ne sont pas encore des hommes, avait les cheveux brun foncé et des sourcils épais. Leur façon de marcher indiquait qu'il ne s'agissait pas de villageois, mais de soldats.

« Tiens, tiens, dit Ulysse. D'où peuvent-ils bien venir ? Du mont Olympe, peut-être ? »

Lorsque je rejoignis Père, je vis qu'il était en compagnie des personnes qui venaient d'arriver. Un groupe de soldats cuirassés et armés d'épées courtes l'entourait. L'homme très blond à l'air fanfaron et au visage rayonnant d'une jubilation malveillante monopolisait son attention.

« Peu importe qui ils sont, nous allons les écraser », disait-il. Ses camarades hochèrent la tête en murmurant.

De quoi parlait-il ? Qui fallait-il écraser ? Nous n'étions pourtant pas en guerre.

« Vos quartiers seront prêts demain, annonça Père.

– Vous autres Spartiates, vous êtes trop naïfs, déclara le hâbleur. Il est temps que vous vous fassiez protéger. On dit même que vous n'avez pas d'espions.

– Tant qu'un roi est juste et ses soldats forts, peu importe ce que l'ennemi complote, rétorqua Père. Nous n'avons pas besoin d'espions. Ce que les autres trament n'aboutira à rien. »

Un petit rire retentit derrière moi. Je me retournai, mais ne vis tout d'abord personne d'autre que les soldats. Enfin, du coin de l'œil, j'entraperçus quelqu'un portant un manteau rouge poussiéreux. Le mystérieux inconnu ! Encore lui ! Que faisait-il ici ?

J'agrippai le bras de Ménélas. « Empare-toi de lui ! lui murmurai-je à l'oreille. Cet homme... C'est sans doute un espion... Mais pour le compte de qui ? »

Ménélas se retourna. Hélas, l'inconnu s'était de nouveau volatilisé.

« Dis-moi, Lyncée, en tant que général, cela te convient-il de partager le cantonnement de tes hommes ? » demandait Père au faraud.

Ce dernier hocha la tête d'un air condescendant.

« À ta place, si je tenais à mon trône, ô roi Tyndare, je garderais cet individu au palais pour l'avoir à l'œil, au lieu de le laisser comploter dans son coin, fit une voix calme parmi la foule qui entourait Père.

– Qui parle ? » demanda Père en tendant le cou.

L'homme au manteau rouge s'avança. « Je ne cherche qu'à t'offrir quelques conseils de bon sens, dit-il. Dont tu ne tarderas pas à comprendre l'utilité. » *Mais il sera peut-être déjà trop tard*, suggérait sa voix.

« J'exige de savoir qui parle !

– Je m'appelle Gélanor de Gythion.

– Qui es-tu ? Un marin ? Un capitaine de port ? »

Gythion était le port maritime le plus proche de

Sparte. Pour l'atteindre avant la tombée de la nuit, il fallait se mettre en route dès l'aube.

« Ni l'un, ni l'autre, mais mon père, lui, est souvent en mer.

– Pourquoi ne l'as-tu pas suivi dans cette voie ?

– On trouve des choses bien plus intéressantes sur terre, répliqua Gélanor.

– Lesquelles ? fit la voix tonitruante et agressive du général.

– Par exemple, l'homme. C'est un objet d'étude bien plus intéressant que les poissons.

– Tu ne m'as pas répondu, insista Père. De quoi vis-tu ? Tu ne ressembles pas à un soldat.

– Grâce à moi, certaines choses...

– Sois plus précis ! le coupa Tyndare.

– Certaines choses peuvent se produire.

– Belle réponse en vérité ! Es-tu magicien ?

– Non, répondit Gélanor en riant. Ce que je veux dire, c'est que si quelqu'un a un désir particulier, je peux l'aider. Uniquement... », et il leva les mains en l'air, « uniquement grâce à mon intelligence et à mon expérience. Je n'ai pas de pouvoirs magiques. Je ne trafique pas non plus avec les dieux. J'ai découvert, auguste roi, que l'esprit est le seul pouvoir magique dont nous avons besoin. »

Père haussa les épaules. « Encore un fou ! » Il lui fit signe de s'en aller. C'est alors que le général murmura quelque chose à son oreille, puis se tourna vers Gélanor. « Peut-être aurai-je besoin de tes services... »

Nous nous éloignâmes de ces soldats et de leur chef déplaisant.

« Qu'est-ce que tout cela veut dire ? demandai-je à Ménélas. Pourquoi Père s'est-il associé à ces hommes ?

– Leur chef veut se battre. Sans doute est-il utile pour lui d'avoir une telle personne à sa disposition. »

Nous déclinâmes poliment les services de l'esclave qui, se faufilant parmi la foule, remplissait les gobelets. Le vin saturé de sucre, trop puissant, aurait supporté d'être coupé.

« Mais nous ne sommes pas en guerre, objectai-je. Alors que va faire Père de lui ?

– Peut-être grâce à cet homme se sentira-t-il plus en sécurité. Ce type n'a pas l'air du genre à se laisser déborder.

– Tu parles de qui ? De Lyncée ou de Gélanor ? »

Du général ou de l'homme en rouge ?

« Des deux, répondit Ménélas. L'intelligence de Gélanor est plus vive, le bras de Lyncée plus fort – s'ils en venaient à s'affronter, le duel serait des plus intéressants.

– Mais tant qu'ils servent Père, ils travailleront ensemble. »

Plus qu'une simple constatation, c'était une question. Elle resta sans réponse.

Nous approchions de la tente où les bardes jouaient. Les sons délicats des cordes de leur lyre étaient portés par l'air.

J'avais hâte de les entendre, ces musiciens et ces poètes qui faisaient la réputation de Sparte. Ma liberté nouvellement gagnée me le permettait maintenant. J'avais l'intention de profiter de tout, jusqu'à satiété.

« N'écoutez pas ce barde », dit un petit homme qui se tenait debout près de l'entrée de l'une des tentes. Il esquissa un geste méprisant. « Il n'a jamais gagné un seul concours. »

Pourtant, la musique qu'on entendait me paraissait très agréable.

« Et je suppose que toi tu les gagnes tous ? demanda Ménélas.

– Bien sûr », répondit l'homme en haussant les épaules, comme pour dire : *Il n'y a pas de quoi crier victoire quand on gagne contre des adversaires aussi minables*.

« Voyons ce qu'il en est », dis-je en m'approchant de l'entrée.

À l'intérieur, le barde avait presque fini. Il chantait les extraordinaires exploits d'Héraclès, en particulier sa victoire sur le lion de Némée.

« ... les griffes ! Si pointues qu'elles seules seraient parvenues à percer cette peau ! Oh, telle était la force d'Héraclès, bien supérieure à celle des mortels ! Oh, Héraclès ! »

« En effet, il avait raison, cet homme dehors », murmura Ménélas, exprimant ainsi tout haut mes propres pensées.

Le barde fut rapidement conduit vers la sortie et l'inconnu qui nous avait parlé prit sa place. Il nous regarda, comme pour dire : *Maintenant, ce que vous allez entendre en vaut la peine*.

« Mon chant parle d'une histoire qui s'est déroulée à notre époque », annonça-t-il en inclinant la tête. Il prit sa lyre.

« Héraclès, c'était il n'y a pas si longtemps ! rétorqua quelqu'un parmi le public.

– C'est juste, mais ce que je vais vous chanter s'est passé encore plus récemment. »

Le barde ajusta sa cape, comme un athlète se préparant à une compétition.

« Moi, Oenée de Thérapnée, je vais vous chanter le festin qui suivit les noces du roi Pélée, de Phthie, et de Thétis, la déesse de la mer.

– Ce n'est peut-être pas très avisé de ta part », marmonna à voix basse quelqu'un du fond de la tente.

Le barde l'entendit.

« Nous autres bardes devons chanter ce qui est vrai, même si ce n'est pas toujours très, disons, avisé. » Il commença. Il avait, en effet, une voix agréable et jouait de son instrument avec grand art – comme si la musique sortait de sa propre bouche. Il se donna tout entier à son chant. On aurait dit qu'il en ressentait les paroles au plus profond de lui-même. Le morceau terminé, les notes argentées s'évanouirent.

L'assistance, conquise, applaudit à tout rompre.

Nous l'accostâmes à la sortie de la tente. « Tu avais raison, lui dis-je, au sujet de l'autre chanteur et de tes propres talents. »

Juste à côté, un homme pérorant devant une foule de curieux brandissait une boîte munie d'une poignée.

« Et ça marche ! Je vous l'assure ! proclamait-il. Plus de souris !

– Un serpent, c'est mieux, dit quelqu'un.

– C'est vrai, répondit le vendeur en souriant. Rien ne vaut un serpent pour se débarrasser des souris. Mais vous le gardez comment, votre serpent ? Un jour, il est là, le jour d'après, il disparaît. Et quand vous en avez le plus besoin, hop ! il a filé. » Il tapota sa boîte. « Ce piège est toujours prêt. Je vais vous montrer comment le préparer. » Il souleva le clapet et déposa un morceau de fromage dessus. « Je vous montre le fonctionnement de la trappe. » Il effleura le piège avec une brindille et le clapet se referma d'un coup. « Prenez-en deux ! » ajouta-t-il en brandissant une autre boîte.

Hélas, personne ne lui acheta ses pièges. Il se dirigea alors en traînant les pieds vers un autre attroupement.

« Dis-moi, ami, cela fait longtemps que tu vends

des pièges à souris ? lui demanda Ménélas en lui emboîtant le pas.

– Un an, environ. Avant, j'étais... J'avais un métier vraiment désagréable.

– Lequel ?

– J'emmenais les bébés dans le Taygète. »

À Sparte, les bébés qu'on estimait indignes de vivre – soit parce qu'ils étaient faibles ou malades, soit simplement à cause de mauvais présages – étaient déposés sur les pentes de la montagne pour y mourir. Je ne m'étonnais pas que cet homme ait préféré se mettre à fabriquer des pièges à souris.

« As-tu jamais tenté d'en sauver un ? lui demandai-je.

– Oui, quand le bébé était condamné uniquement à cause d'une prophétie et qu'il y avait des bergers ou des chasseurs qui pouvaient le ramener chez eux et s'en occuper. Ça m'est arrivé deux ou trois fois, pas plus.

– Et ce que l'on raconte sur ces ourses et ces louves qui nourrissent les bébés, c'est vrai ? » demandai-je.

Tout le monde avait entendu ces histoires.

Il secoua la tête. « Une louve les mangerait. Et une ourse les tuerait d'un simple coup de patte. Tout ça, ce ne sont que des légendes.

– Et qui s'acquitte de cette fonction, maintenant ?

– Je ne sais pas. Mais ils arrivent toujours à dégotter quelqu'un pour ça. »

Nous nous détournâmes en frémissant. Il ne nous fallut pas chercher bien longtemps pour trouver un autre spectacle intéressant.

Sur le terrain de sports, un groupe de jeunes gens essoufflés venaient de franchir la ligne d'arrivée. Ils s'affalèrent, pantelants, et se roulèrent par terre. Le soleil faisait luire leurs corps, dont chaque muscle était souligné par la sueur qui coulait et polissait leur peau. Sur le vert de l'herbe tendre, leur jeunesse semblait éternelle, fixée à jamais.

Pas très loin de là, offrant un parallèle amusant à cette scène, un homme d'un certain âge qui s'appuyait sur un bâton se massait le genou, puis balançait la jambe d'avant en arrière pour détendre son articulation raidie.

« Ouille, ouille, ouille, que j'ai mal ! marmonna-t-il, avant de se donner une grande claque sur le genou. Ces satanés marchands de pommades, tous des charlatans ! » Il se pencha et renifla son genou. « Non seulement ça sent mauvais, mais en plus ça ne marche pas ! » Il ramassa un petit pot de terre cuite posé à ses pieds et nous le tendit brusquement. « Sentez-moi ça ! » nous ordonna-t-il.

Ménélas approcha son nez et fit la grimace. « Mon ami, tu as raison. Quelle puanteur ! Ça empeste comme des boyaux de chèvre pourris.

– Ça ne m'étonnerait pas que ça soit ça, justement, dit l'homme en grommelant. On me l'a vendu pour un mélange de poudre de perles et d'huile de narcisse. Et ça en avait l'odeur le premier jour, mais maintenant... »

L'homme siffla entre ses dents et, jetant le pot pardessus son épaule, l'envoya voler à une distance incroyable.

Il regarda de nouveau les jeunes athlètes. « Tels que vous les voyez aujourd'hui, tel j'étais jadis, dit-il d'un air songeur. Vous ne me croyez pas ? Vous avez vu ce bras, comme il est fort ? Autrefois, je lançais des javelots avec. Il fut une époque où j'aurais pu battre n'importe lequel de ces jeunots à la course. C'était il y a vingt ans, à l'époque de la naissance d'Agamemnon. » Puis il ajouta, après quelques secondes de réflexion : « Ou plutôt, il y a plus de trente ans.

– Je préfère ça, dit Ménélas. Mon frère Agamemnon est plus proche de trente que de vingt ans. Moi aussi, d'ailleurs.

– Ménélas ! Excuse-moi, j'aurais dû te reconnaître, s'exclama l'homme en s'inclinant.

– Dis-moi, ami, reprit Ménélas, tu disais qu'il y a trente ans tu étais un grand athlète. À quelles courses as-tu participé ? Contre qui ?

– J'ai représenté Sparte lors de nombreuses courses, parfois très loin, par exemple à Argos ou à Nauplie, répondit l'homme. J'ai même battu Callippos d'Athènes deux fois dans le grand stade. Ce jour-là, mes amis m'ont porté sur leurs épaules à travers toute la ville. » Sa voix s'enfla de fierté, avant de s'adoucir au souvenir chéri d'une époque révolue et d'une force disparue : « Et puis j'étais pugiliste. J'ai gagné quelques combats. J'en ai payé le prix. » Il nous montra ses oreilles abîmées, qui dépassaient de ses cheveux grisonnants. « Mais j'étais meilleur à la course.

– Comment t'appelles-tu ? lui demandai-je.

– Eudélée.

– Eudélée, Sparte doit être fière de son fils, dit Ménélas.

– Elle l'était, autrefois », répondit-il.

Il contempla les athlètes qui s'étaient maintenant relevés et qui, après avoir bu de l'eau fraîche, hissaient sur leurs épaules le vainqueur, coiffé d'une couronne de fleurs des champs posée de travers.

« Garde précieusement cette couronne, dit Eudélée, garde-la précieusement, mon garçon. »

Nous nous mélangeâmes à la foule, moins dense à mesure que la nuit avançait. Bientôt, il ne resta plus qu'un petit groupe qui, rassemblé autour des feux, partagea le festin et s'attarda à écouter des bardes apparemment infatigables. Les artisans, eux, avaient disparu, ainsi que les vendeurs de pièges à souris, les diseuses de bonne aventure et les athlètes. Au moment où la lune se levait, ma famille et moi rentrâmes au palais, accompagnés par l'escouade de soldats. En ce début de soirée, la promenade jusqu'en haut de la colline à la lueur des torches fut des plus plaisantes, et la caresse du vent douce au-dessus de nos têtes.

Père et Mère s'arrêtèrent un instant avant que nous ne nous séparions.

« Tu as contemplé ton royaume, dit Tyndare à Ménélas. Aujourd'hui, tu en as fait l'inventaire. Est-ce que ce que tu as vu t'a plu ?

– Oui », répondit Ménélas.

Mais sa réponse paraissait étonnamment vague.

« Moi, j'étais vraiment heureuse de pouvoir enfin voir le peuple de Sparte, dis-je.

– Petit Cygne, maintenant tu peux voler de tes propres ailes, où bon te semble », dit Mère.

Une fois dans nos appartements, où les lampes avaient déjà été allumées et des herbes odorantes écrasées dans un bol afin de parfumer l'air, je me sentis heureuse, enchantée. Cet enchantement allait, j'en étais sûre, me porter, me soulever sur la vague du désir, comme l'athlète soulevé par ses compagnons sur leurs épaules. Les événements de la soirée me précipiteraient dans les bras de Ménélas et la chaleur de son désir. Ce soleil ferait fondre ma froideur.

Hélas, ce ne fut pas ainsi que les choses se passèrent. La lune, cette froide déesse, baignant notre lit de sa lumière argentée et glacée, en chassa l'amour.

XVI

Et maintenant, une nouvelle vie commençait pour moi – en même temps qu'une autre finissait. J'avais tant désiré être libre. Ce jour-là, au bord de l'Eurotas, j'étais si heureuse que j'y avais cru. Hélas, en ouvrant la porte de ma cage, Ménélas m'avait fait entrer dans une autre ! Je ne pus m'empêcher de penser au camelot et à ses pièges à souris. Mon époux, au début apparemment si rassurant et si facile à vivre, était devenu taciturne et mystérieux, comme s'il entretenait des pensées secrètes. Il parlait, mais n'abordait pas les sujets essentiels. Il se montrait agréable, mais d'une manière distante. J'avais cru qu'il serait mon ami. Au lieu de cela, il se comportait en compagnon protecteur et impassible. Et un compagnon n'est pas nécessairement un ami, comme j'étais en train de le découvrir.

Artémis, la froide déesse vierge qui régit la course de la lune et avait observé nos ébats après cette belle journée dans la prairie, prit-elle pitié de nous ? Peut-être persuada-t-elle la gracieuse Déméter, déesse de la fertilité et protectrice de la maison de Tyndare, de nous accorder ses faveurs, alors même qu'Aphrodite nous refusait les siennes...

Trois mois après le mariage, j'étais enceinte. Passion et désir ne sont ni l'un ni l'autre nécessaires à la fécondité – même si en général cela va ensemble.

De l'avis de tous, j'étais parfaitement en âge de devenir mère. J'aurais seize ans quand le bébé naîtrait, comme Mère à la naissance de Clytemnestre, et un peu moins que Clytemnestre à celle d'Iphigénie. Quant à moi, il me semblait tout à fait naturel d'avoir un enfant si vite. Nul besoin de sagesse pour cela, seulement d'amour et de force. Du moins c'est ce que je croyais – comme tous d'ailleurs.

Alors, la porte de ma cage se referma pour de bon. Ménélas se mit à me traiter comme un oiseau fragile dont le nid risquait d'être emporté au premier coup de vent. Il m'interdit de me promener seule sur les pentes du mont Taygète, de courir trop vite, de chahuter avec Castor et Pollux, qui me faisaient toujours participer à leurs jeux quand ils avaient forcé sur le vin. Ménélas fut inflexible : cela devait cesser immédiatement. J'avais besoin de protection et de calme. Tels étaient ses ordres. Et seuls son sourire et la douceur de sa voix quand il parlait de mon état trahissaient sa joie.

Quant à Mère, elle était tout excitée et un peu troublée. L'idée de devenir à nouveau grand-mère l'enthousiasmait tout en la perturbant. Cela voulait dire qu'elle vieillissait, mais aussi que sa lignée se perpétuait. Parfois, elle prenait un ton solennel pour m'avertir des risques de la naissance et de la fragilité des nourrissons. À d'autres moments, elle se comportait comme une jeune folle. Un jour, elle s'exclama, « Zeus va devenir grand-père ! » puis, la main devant la bouche, se mit à glousser. Je l'imitai.

« Mère, dis-je alors en choisissant prudemment mes mots, je sais que je suis mortelle, et que mon enfant le sera aussi. Mais penses-tu... Crois-tu... que Zeus lui accorderait une modeste faveur ? La vérité, c'est que j'ignore tout de la manière dont les dieux traitent leurs petits-enfants.

– J'ai bien peur qu'ils n'éprouvent aucun intérêt pour eux, répondit-elle tristement, de même qu'ils ne se soucient plus des mortelles avec lesquelles ils ont eu... des relations éphémères. Mais la gloire des dieux perdure dans leur descendance. Cette part-là, Petit Cygne, ne peut nous être ôtée. Elle est nôtre à jamais. C'est là que le risque que nous avons pris se voit en quelque sorte récompensé. » Puis elle ajouta brusquement : « Il va falloir lui choisir un nom. Et puis il te faudra une sage-femme, la meilleure que Sparte puisse offrir. Elles savent tant de choses, ces femmes-là, des choses que j'ignore. J'en connais une – elle a des mains en or, elle n'a jamais perdu un seul enfant, ni une seule mère... Je vais la faire quérir. »

Ni une seule mère. Des mots crus qui me rappelaient sans détours que je n'étais pas comme un arbre, un arbre paisible qui ne mourait jamais en donnant naissance à une poire ou à une pomme.

« Appelle-moi Piéla, "la dodue", déclara la femme au nez bulbeux. C'est ce que tout le monde fait. » Les mains posées sur les hanches, elle m'examina du regard. « Je t'ai déjà vue, dit-elle d'un ton sévère. J'étais là pendant la course des jeunes filles. Ne crois pas que tu vas m'aveugler avec ta beauté. Ce n'est pas ton visage qui m'intéresse, mais tes organes internes. Et je peux te garantir que ce sont les mêmes que ceux des autres. De toute façon, on ne peut pas les voir. » Elle s'arrêta pour reprendre son souffle. « La question, c'est de savoir s'ils fonctionnent correctement. C'est tout ce qui doit nous préoccuper. Allonge-toi sur ce banc pour que je t'examine. »

J'obéis docilement et la laissai me pétrir et poser

son oreille sur mon ventre. Si ses manières étaient quelque peu brutales, ses mains étaient douces.

« Tout semble en bon état de fonctionnement, grommela-t-elle en se redressant péniblement. Tu m'as dit que le bébé devait naître au milieu de l'hiver ?

– Non, plutôt vers la fin.

– Tant mieux. Sinon, il me serait impossible de grimper la colline avec tout ce verglas. » Elle soupira et s'installa sur le banc à côté de moi. « Mon enfant, tu dois prendre soin de ne manger que les aliments qui retiennent l'eau, pas ceux qui sont épicés et pourraient provoquer l'accouchement. Par conséquent, pas de poireaux, ni de vinaigre. Désolée, mais tu vas devoir te contenter de plats insipides », poursuivit-elle en haussant les épaules. « Mais ce qu'il te faut, c'est un accouchement insipide. Le plus banal possible. » Puis elle ajouta en se levant : « Bien. Fais appel à moi si tu as des questions. » Elle approcha son visage du mien et murmura, comme s'il s'agissait d'un secret : « La plupart des gens ne savent rien de la naissance et des bébés. N'écoute pas leurs sottises ! Demande-moi ! Toujours ! »

Piéla était une bénédiction. Elle répondait à mes nombreuses questions sur l'accouchement avec une patience illimitée. Mais à la plus importante de toutes – pourquoi ma silhouette n'avait pas changé – la seule réponse qu'elle put me donner fut : « Ça varie, mon enfant, ça varie d'une femme à l'autre. »

Était-ce ma part divine qui me permettait de rester mince aussi longtemps ? Une femme avec du sang divin pouvait-elle mourir en couches ? Son ascendance la protégeait-elle contre ce danger ? Ces questions-là, je ne pouvais les poser à Piéla. Elle n'aurait pas su quoi répondre, le cas ne s'étant certainement jamais présenté à elle.

Ménélas se comportait maintenant, davantage encore que ma mère, comme une vieille femme, toujours aux petits soins, toujours inquiet, toujours soucieux. Il passait un bras protecteur autour de mes épaules chaque fois que nous étions ensemble. Un jour, il voulut me faire porter la lourde chaîne en or qu'il m'avait offerte, comme si celle-ci pouvait me garantir contre les dangers, mais je l'obligeai à la remettre dans son coffret. Son poids m'était insupportable.

Il se mit ensuite à constituer une collection d'armes et de cuirasses pour le fils que j'allais, il en était sûr, lui donner. « Il deviendra un guerrier », annonça-t-il en brandissant fièrement un bouclier et une épée de bronze qui venaient d'être fabriqués.

Je passai ma main sur la poignée de l'épée, sur sa surface aux incrustations d'or et d'argent raffinées représentant des guerriers chassant un lion. Elle luisait dans la lumière du petit matin. Les épées ont toujours un beau reflet la première fois qu'on les voit, avant qu'on ne leur fasse remplir leur macabre office.

« Et comment allons-nous appeler notre enfant ? demandai-je.

– J'ai déjà pensé à un nom, répondit Ménélas fièrement. Nicostratos ! Cela veut dire “armée victorieuse”.

– Je sais, merci. Mais faut-il vraiment qu'il porte le poids d'un tel nom ? »

Ménélas parut découragé. « Il n'y a pas à mon sens d'honneur plus élevé.

– Et si c'est une fille ?

– Alors il faudra lui donner un nom qui fait joli – celui d'une fleur ou d'une nymphe, répondit-il en haussant les épaules.

– Qu'est-ce que tu penses d'Hermione ?

– Hermione ? “Reine pilier” ? Pourquoi ? me demanda-t-il en riant.

– Parce que je veux qu’elle soit forte. Qu’elle soit de ces femmes dont les autres cherchent le soutien. Qu’elle dirige son peuple avec grandeur.

– Qui a dit qu’elle gouvernerait un jour ? Aucune femme n’a jamais régné seule. »

L’air irrité, il rangea son épée et son sabre.

Après cette conversation, Ménélas s’éloigna de moi et ne me demanda plus que rarement de le rejoindre dans sa chambre. C’était par prudence, expliqua-t-il, qu’il voulait que je sois seule, pour que le bébé ne coure aucun danger. Que faisait-il la nuit, retiré dans ses appartements ? Il semblait morose. Parfois, je le trouvais déambulant dans les couloirs du palais, l’air songeur. Il me souriait alors avec mélancolie et me frôlait en passant.

Avec le temps, mon corps finit par devenir plus volumineux et maladroit. Mon sentiment de gêne croissait, ainsi que ma perplexité à propos de Ménélas. De toute évidence, il n’était pas heureux, mais j’ignorais pourquoi. Il avait voulu m’épouser, avait accompli cet exploit incroyable pour me conquérir, et était maintenant sur le point d’avoir un héritier. Lui-même succéderait à Père sur le trône de Sparte. Et pourtant, une humeur sombre le dominait. Cela ne pouvait être à cause de l’absence de passion dans notre couple. Un homme ne remarquait pas ce genre de choses autant qu’une femme.

Non. La raison était autre.

Peut-être avait-il fini par trouver la vie avec nous semblable à celle qu’il avait menée dans l’ombre d’Agamemnon, toujours derrière. Ici, le roi, c’était Père. Et Ménélas ? Qu’est-ce qu’il pouvait bien faire, à part commander une nouvelle cuirasse en attendant la mort de Tyndare ? Voilà qui aurait brisé la fierté d'un homme tel que lui. Il était incapable de rancœur et n'aurait jamais songé à hâter le moment où il hériterait du trône.

Et si je demandais à Père de partager le trône avec mon époux, ne serait-ce que de manière formelle ? Peut-être voudrait-il bien examiner ma suggestion ? Et cela pourrait aider Ménélas à se libérer du poids de sa mélancolie.

J'allai trouver Père un après-midi alors qu'il prenait congé de marchands étrangers venus de Gythion. Je les vis quitter le palais et descendre la colline en jacassant, serrant dans leurs mains les cadeaux qu'ils avaient reçus, faciles à repérer même de loin avec leurs tuniques de couleurs vives.

« Ces Syriens, déclara Tyndare, toujours aussi peu discrets, que ce soit dans leur manière de parler ou de s'habiller ! Pas étonnant qu'ils soient si intéressés par la teinture pourpre des mollusques de nos rivages. Mais je ne suis pas sûr de vouloir traiter avec eux. Je peux obtenir de meilleurs prix avec les Égyptiens.

– Oh, Père, toujours à la recherche d'une bonne affaire ! »

Il ne changerait jamais. L'une des choses que j'admirais chez Ménélas, c'était son indifférence pour ce genre de considérations.

Père sourit et me tendit les mains en signe de bienvenue. « Tu préférerais que j'accepte les prix les plus bas ? me demanda-t-il en riant. Ce n'est pas ainsi qu'on raisonne quand on est un roi.

– Justement, je voulais te voir à ce sujet, au sujet des fonctions royales.

– Vraiment ? Mais ma chérie, tu ne pourras jamais régner. Tu n'as pas besoin de te soucier des devoirs d'un monarque, répondit-il en se redressant. Je suis en parfaite santé. Tu n'as pas à t'inquiéter. »

Il paraissait fort, plein de vie et faisait bien moins que son âge.

« Je suis heureuse de le constater. Non, Père, c'est à propos de Ménélas. Il est jeune et en bonne santé. Mais il est condamné à l'oisiveté. Cela le ronge, moralement. J'ai peur pour lui. »

Père poussa un grognement. « C'est une guerre qu'il lui faut ! À quoi peut bien s'occuper un jeune homme, sinon à se battre ? Voilà ce dont un guerrier a besoin ! Ce qui le fait souffrir, c'est cette paix. Mais rien de plus naturel.

– Pourtant, quelle bénédiction que la paix !

– Pour les femmes et les paysans, peut-être, pas pour les hommes, répliqua Père. Ils ont besoin d'action. Sinon, ils dépérissent. Tiens, moi, par exemple, heureusement que j'en ai connu, des guerres et des batailles ! Maintenant, je me repose dans le mégaron, j'écoute chanter les bardes et ça me suffit. Quant à Ménélas... Dégotte-lui une guerre !

– Mais je ne peux pas créer une guerre de toutes pièces !

– Je vais voir s'il n'y a pas une bataille dans les environs à laquelle il pourrait participer pour se faire plaisir. Se battre, c'est la seule chose que les Grecs savent faire. Je suis certain qu'il y a une guerre quelque part en ce moment.

– S'il te plaît, autorise-le à partager certaines des tâches royales avec toi. Cela serait mieux que de partir se battre, non ?

– Je ne suis pas sûr qu'un homme n'ayant jamais participé à une guerre serait prêt à être roi.

– Aurais-tu oublié que Ménélas a déjà fait la

guerre, dans la région de Mycènes ? Oh, s'il te plaît, tu ne voudrais pas l'associer au pouvoir ? »

Père m'adressa un regard grave. « Tu dois vraiment l'aimer, cet homme, pour me demander cela.

– C'est mon époux. Je veux l'aider.

– Je vais réfléchir, mais je ne te promets rien. Et je t'avertis, il me faudra peut-être beaucoup de temps avant de prendre une décision. »

Des rondeurs remplacèrent graduellement ma silhouette mince, mais c'étaient des rondeurs pleines et gracieuses. L'année avançait. Fruits et bêtes suivaient le rythme des saisons – les brebis mettaient bas, les olives mûrissaient. Je me sentais comme abritée entre les mains de Déméter, protégée par notre bienveillante déesse des récoltes. Quand elle commença à se lamenter parce que sa fille avait quitté la chaleur de la terre, je me préparai pour son absence. Mais j'avais appris grâce à la sage-femme tout ce qu'il me fallait savoir, m'étais procuré tous les objets nécessaires aux soins du bébé, et m'étais entourée des personnes qui m'aimaient. Je n'avais aucune raison de craindre l'abandon de la déesse.

Une fois passée la période la plus sombre de l'année, la course du soleil s'élargit vers l'est, l'ouest et le zénith, même si l'air demeurait encore un peu froid et humide. Je savais que j'arrivais bientôt à terme et m'étais préparée autant que possible à cet événement, tout en sentant bien qu'il ne ressemblerait à rien de ce que j'attendais – que l'on n'était jamais vraiment prête pour ça.

La vieille sage-femme avait raison : impossible de se méprendre sur les signes.

J'étais alors à mon métier à tisser et travaillais sur ce que j'estimais être un motif compliqué (mais c'était avant de voir ce qu'ils faisaient à Troie), quand je sentis dans mon ventre un léger élancement. Je me remis à mon ouvrage et me penchai pour faire passer la navette, tout en me disant : « Non, pas maintenant. Ce n'est sans doute qu'une palpitation sans importance, un faux départ. »

Mais les tiraillements reprirent et s'amplifièrent. Folle de joie, je posai la navette et partis prévenir Mère.

« Oh, mon Petit Cygne ! Viens vite dans la salle de naissance. Je vais faire appeler la sage-femme. »

Elle m'amena dans la pièce, délibérément nue et sans meubles, si ce n'est un simple banc, des couvertures et quelques jarres et seaux. J'agrippai la main de Mère et grimpai sur le banc. Tout autour de moi, mon regard ne rencontra que des murs nus badigeonnés de chaux.

« De belles peintures murales seraient tout à fait inutiles ici, m'expliqua Mère. Elles ne t'offriraient ni plaisir ni réconfort et après, tu ne pourrais t'empêcher de frémir en les revoyant. »

Les vagues de douleurs se succédaient maintenant très vite, si vite qu'elles eurent raison de moi. Je me mis rapidement à haleter.

En levant les yeux je vis le visage de Piéla. « Reprends-toi ! aboya-t-elle. Ne te laisse pas dépasser maintenant ! Tu dois tenir encore longtemps !

– Combien de temps ? criai-je.

– Longtemps ! Très longtemps ! Après seulement tu pourras te reposer. »

Mon accouchement dura ce qui me sembla une éternité, mais selon les personnes qui y assistèrent, il ne prit qu'une nuit et une partie de la matinée suivante. Je me rendis compte que le soir était tombé – on avait allumé des lampes et des torches, et il était difficile de savoir précisément l'heure qu'il était – puis le jour se leva, mais à ce stade je n'étais plus en état de voir grand-chose. Il y avait une fenêtre dans la pièce, par laquelle je crois me souvenir avoir vu la lumière changer. Ce que je me rappelle par contre précisément, ce sont ces contractions qui me déchiraient et ce hurlement qui m'échappa, « Père ! Épargne-moi ça ! » Mais la douleur persista, de même intensité, et je sus alors que ma part mortelle était de loin la plus forte. Une déesse n'aurait pas ressenti cette souffrance atroce.

Enfin, après une vague de douleurs plus profonde encore, ce fut fini.

« Le voilà ! cria la sage-femme. Le voilà ! » J'entendis des bruits – des mouvements précipités, un murmure. Puis un vagissement perça l'air.

« Hélène a une fille ! » cria Piéla en tenant à bout de bras un paquet rouge hurlant.

Une fille. « Hermione ! » murmurai-je. Ma reine pilier.

Piéla la déposa dans mes bras. Je regardai son petit visage ridé. À ce moment-là, elle ouvrit la bouche, montrant sa minuscule langue rose. Ses cris s'amplifièrent.

« Ma chérie », dis-je. Je lui ouvris mon cœur, et sentis à cet instant que rien ne pourrait nous séparer. Nous étions une.

Plus tard dans la matinée, on nous ramena dans nos appartements. Ménélas accourut. Il tendit les bras et nous serra jusqu'à nous étouffer.

« Je te présente Hermione », dis-je en écartant la couverture dans laquelle le bébé était emmitouflé.

Fasciné, il regarda le petit visage. « Elle tient de sa mère, murmura-t-il enfin d'une voix lente.

– Elle est presque aussi jolie qu'Hélène à sa naissance, déclara Mère. Presque. »

Plus tard, elle vint s'asseoir près de moi et me mit dans la main un petit objet en terre cuite brune : une poupée au visage souligné par des traits de peinture rouge utilisée également pour les motifs de sa robe. Des jambes dodues étaient attachées au reste du corps par une cheville.

« C'était la tienne, mon Petit Cygne. Maintenant, ce sera celle d'Hermione. »

Le soleil frappait nos épaules. Nous étions debout, en cercle autour d'un trou fraîchement creusé dans la terre. Il y avait là deux prêtresses de Déméter, dont l'une tenait Hermione dans les bras. Le reste de notre petit groupe était réparti à leur droite et à leur gauche. À côté du trou, un petit platane aux feuilles déjà un peu tombantes attendait d'être planté.

Père fit un pas en avant. « Notre famille compte maintenant une nouvelle venue, la première d'une jeune génération à être née ici, dans le palais royal de Sparte. En son honneur, nous allons planter un arbre qui poussera en même temps qu'elle. Petite, elle pourra jouer à son pied. Plus grande, elle comparera sa taille à la sienne. Jeune femme, elle le verra devenir adulte et viendra profiter de son ombre. Et devenue vieille, elle se consolera en constatant que cet arbre, lui, est toujours dans la force de l'âge. »

Il prit une pelletée de terre et la lança d'un geste cérémonieux dans le trou. Ensuite, l'une des prêtresses s'avança et procéda à des libations. Mère se pencha en avant pour enfouir quelque chose sous la terre. Castor et Pollux firent de même. Qu'avaient-ils ainsi légué à l'arbre ? Ménélas déposa une dague dans le trou et déclara que l'homme qui désirait obtenir la main de sa fille devrait retrouver cette arme. Enfin, je m'approchai du bord du trou et y répandis des pétales de fleur, tandis que la petite Hermione observait tout cela d'un air grave.

Les jardiniers se mirent au travail. Ils prirent l'arbrisseau, le posèrent bien droit dans le trou, puis ramenèrent la terre autour de son tronc. Enfin, ils vidèrent de grandes cruches d'eau sur les racines. « Vous allez voir comme il va bien pousser ! » prédirent-ils.

Père prit alors place devant le petit platane. « Maintenant qu'Hélène et Ménélas ont un enfant, notre lignée se perpétue. Et comme je suis un peu las de mes tâches, je désire que Ménélas prenne ma place en tant que roi de Sparte, par la vertu de son mariage avec Hélène, reine de Sparte par transmission directe. »

Père ! J'avais simplement formulé le souhait qu'il partage certaines de ses fonctions avec Ménélas. Mais d'ici à le voir abdiquer ! Sa déclaration fut un choc pour moi.

« Je n'ai pas envie de devenir un vieux roi aux jambes flageolantes, reprit Père sans laisser le temps à quiconque d'intervenir. Le sceptre doit revenir à un homme jeune. C'est lui qui sera le plus à même de le protéger et d'exercer le pouvoir qu'il symbolise. Non, je ne suis pas vieux... Mais comment saurais-je que je le suis devenu ? On dit – les sages disent – que les personnes âgées ne se sentent pas différentes de ce qu'elles étaient dans leur jeunesse. Alors, quel signe m'indiquera qu'il est temps de céder mon trône ? Qui me le dira ? Aujourd'hui mon cœur me souffle que c'est le moment, et je vais lui obéir. Mieux vaut cela que d'être obligé de me plier à la décision d'une autre personne. »

Je jetai un coup d'œil à Ménélas. Il était aussi abasourdi que moi – que dis-je, plus encore !

« Majesté..., murmura-t-il.
– J'ai dit, l'interrompit Père. La décision du roi est irrévocable. »

Son regard croisa le mien. Il hocha la tête d'une manière presque imperceptible.

La cérémonie se poursuivit, mais mon esprit était ailleurs. Ces lourdes responsabilités avaient été déposées sur les épaules de Ménélas et sur les miennes si brusquement que cela me donnait le vertige.

« Ménélas, lui dis-je quand nous nous retrouvâmes seul à seul, la générosité de Père m'a prise au dépourvu. Tu es prêt à régner, mais pas moi.

– Tu feras une reine magnifique. À moi de m'efforcer d'être digne de régner à tes côtés.

– Ne dis pas cela, répondis-je. Tu seras un roi tout à fait digne de Sparte. »

Je savais qu'il serait généreux et juste. Il n'avait pas l'égocentrisme et l'ambition féroces d'Agamemnon. Ses pensées iraient toujours vers ce qui était bon pour le royaume.

« Père doit nous remettre nos sceptres. Es-tu prêt ? lui demandai-je d'une voix tremblante.

– Allons-y. Notre devoir nous l'impose », répondit-il en passant son bras autour de mon épaule.

Il ne s'était pas remis de cette surprise. Il était encore trop tôt pour dire si elle lui faisait plaisir.

Les sceptres – de simples hampes en frêne à l'extrémité recouverte d'un fourreau en or délicatement ciselé – avaient été fabriqués dans l'atelier du palais. La cérémonie de remise fut sobre. Père et Mère nous les donnèrent en prononçant quelques mots. Père désigna Ménélas comme celui qu'il avait choisi pour lui succéder et auquel tous devraient obéir. « J'attendais ce jour depuis ta naissance, me dit Mère. Je savais que ce sceptre te reviendrait. Aujourd'hui, les dieux exaucent mon souhait. Il est maintenant à toi. » Mes mains se refermèrent sur la fine hampe.

« Gouvernez sagement », dit Père.

Les témoins – mes frères, le commandant de la garde du palais, le trésorier du royaume, le chef des scribes, les prêtresses de Déméter – tous hochèrent la tête en signe d'approbation. C'est alors que je repérai parmi eux un visage, celui de Gélanor de Gythion – l'espion que Père avait recruté lors de la grande fête donnée à l'occasion de mon mariage, l'homme pour lequel les poisons n'avaient pas de secrets. Qu'avait-il fait pour atteindre une position telle qu'elle lui donnait le droit d'assister à cette cérémonie solennelle ?

J'eus l'impression qu'il déchiffrait mes pensées. Impression confirmée par son haussement d'épaules. Je me rendis compte que je le fixais et brûlais d'envie de lui demander ce qu'il faisait ici.

Hélas, quand je le cherchai après la cérémonie, il s'était volatilisé aussi mystérieusement qu'il était apparu.

XVII

Ce matin-là, je n'étais que princesse. Le soir, j'étais reine. Je fis une prière pour que me soit accordée la force d'exécuter mes tâches loyalement. Ma nouvelle vie exigeait que je commence immédiatement à tenir des audiences quotidiennes dans le mégaron. On augmenta le nombre de mes suivantes. J'en avais maintenant six, trois jeunes et trois plus âgées.

Une nourrice s'occupait d'Hermione, mais je tins à lui donner le sein aussi longtemps que possible. Je ne renonçai qu'à contrecœur à la serrer sur ma poitrine, même lorsqu'il devint clair que je n'avais pas assez de lait pour lui assurer une croissance normale. Je demandai conseil à Piéla au sujet de mes problèmes d'allaitement. Elle m'apporta toute une réserve de ce fromage qu'elle m'avait préconisé pendant ma grossesse.

« Le fromage, c'est du lait fermenté, princesse, tout simplement, m'expliqua-t-elle. Il n'y a rien de mieux pour bien allaiter. Je pourrais aussi te faire boire des cruches entières de lait de chèvre, mais je sais que tu n'aimes pas ça. »

Je suivis ses conseils. Lorsque Ménélas me surprit en train de couper des tranches de fromage et de les mettre sur des rondelles de concombre, il me déclara d'un ton moqueur que bientôt je me mettrais à bêler.

« Mais c'est pour Hermione !

– Hélène, dit-il, pourquoi ne la confies-tu pas à la nourrice, tout simplement ? »

Il goûta l'une des rondelles et fit une grimace.

Était-il plus heureux maintenant ? Plus occupé, certainement. Il avait moins de temps pour ruminer ses idées noires, mais pas une minute à me consacrer. Parfois nous nous comportions l'un envers l'autre de manière aussi formelle qu'avec les émissaires étrangers que nous recevions dans le mégaron. Il ne venait que très rarement dans ma chambre et, lorsqu'il me proposait de venir le rejoindre dans la sienne, notre étreinte était tiède, fade, tel le vin léger de Rhodes, agréable sans plus. Hélas, loin de nous faire perdre la tête, elle nous laissait suffisamment en possession de nos moyens pour dicter tranquillement une lettre officielle.

J'abandonnai mes suppliques à Aphrodite et cessai d'y penser. Il était dit que l'amour ne ferait jamais partie de ma vie. Soit, je pouvais vivre sans. Personne n'était mort par manque de passion. Par contre, on ne comptait plus ceux auxquels ses stupides excès avaient été fatals. Je pouvais me réjouir d'en être épargnée.

Je ne me sentais pas bien. Cela faisait quelque temps que ma santé se dégradait. Il y avait tout d'abord eu des maux de tête, de la lassitude, une sensation d'affaiblissement dans les membres, une perte d'appétit. Puis mes cheveux s'étaient mis à tomber. Quand ma suivante me coiffait, ils partaient par touffes entières avec le peigne.

« Il arrive souvent qu'une femme perde ses cheveux après l'accouchement », m'expliqua-t-elle pour tenter de me rassurer.

Ça, je le savais. Or, six mois étaient passés et mes

cheveux tombaient de plus en plus. Et ces symptômes n'étaient pas les seuls.

Un jour où je me regardai longuement dans mon miroir de bronze poli, mon visage me sembla fatigué et couvert de taches. Malheureusement, le reflet n'était pas très distinct. Le bronze ne vous renvoie pas une image aussi fidèle que la surface de l'eau.

Je voulus alors me voir dans les bassins du palais, mais la lumière, arrêtée par ma tête, était trop faible pour que je distingue mes traits.

Il m'était chaque jour plus difficile de vaquer à mes occupations. Je dormais mal et passais la journée avec la sensation de me traîner d'un endroit à l'autre.

La première personne à laquelle je confiai mon inquiétude fut Ménélas. « Va voir un médecin. » Ce fut tout ce qu'il trouva à me dire. Je suivis son conseil. Le médecin suggéra que je passe la nuit dans l'un des temples d'Asclépios. Hélas, le plus proche se trouvait à plusieurs jours de marche, à Épidaure.

Un jour que je m'étais péniblement acquittée de mes tâches publiques et avais trouvé un endroit où m'asseoir sous l'ombre du portique, un homme s'approcha de moi.

Cet homme, je ne lui avais pas parlé directement depuis la fête. Protégeant mes yeux du soleil, je levai la tête vers lui. « Tu es bien Gélanor de Gythion ? lui demandai-je.

– Tout à fait, princesse », répondit-il en s'inclinant discrètement. Puis il m'adressa un regard direct, avec ces yeux auxquels rien n'échappait. « Tu ne vas pas bien ?

– Je me sens un peu fatiguée, c'est tout.

– Es-tu sûre que c'est vraiment de la fatigue ? » De nouveau ses yeux croisèrent les miens. Et son regard n'avait rien de déférent ni de servile. « Cela fait un certain temps que tu te sens mal, non ?

– Comment le sais-tu ?

– J'ai eu l'occasion de t'observer lors de nombreuses cérémonies.

– Et comment expliques-tu ta présence assidue au palais ? Quand Père t'a rencontré la première fois et a témoigné de l'intérêt pour toi...

– Ce que tu veux dire, c'est : "Comment un pauvre hère venu de Gythion a-t-il pu faire son chemin si rapidement ?" Pas vrai ?

– Eh bien oui, j'en conviens, répondis-je, quelque peu interloquée par son franc-parler.

– Le roi avait besoin de mes talents. Il a su les apprécier. L'ancien roi, s'entend. Quant au nouveau, il ne les a pas encore... disons... découverts. C'est pourquoi je ne vais peut-être pas tarder à regagner Gythion. En attendant, ta santé m'inquiète.

– Oh, il n'y a pas de quoi », protestai-je en secouant la tête d'une manière que j'espérais enjouée.

Une mèche de cheveux tomba.

En dépit du protocole du palais, qui exigeait qu'un tel incident soit ignoré, Gélanor se pencha pour la ramasser. « Voilà qui est fort inquiétant, dit-il.

– Vraiment ? » lui demandai-je.

Tous les autres avaient tenté d'apaiser mes craintes à ce sujet.

« Oui. Une perte de cheveux de cette ampleur signale généralement... un empoisonnement.

– Ah oui, j'oubliais ! Tu es un grand expert en matière de poisons ! m'exclamai-je en m'efforçant de rire.

– Heureusement. Les poisons n'ont rien de mystérieux. Ils sont faciles à déceler.

– À condition d'avoir de bons yeux », répliquai-je.

Il répondit par ce sourire triste qui, je l'appris plus tard, le caractérisait. « Nul besoin d'avoir de bons yeux pour voir ce que je viens de voir, dit-il. Maintenant, décris-moi tes autres symptômes. »

Je les avais expliqués au médecin du palais qui s'était contenté de me conseiller d'aller dans un temple. Gélanor, lui, m'écouta attentivement, sans prendre de notes, mais je sentis que son esprit enregistrait tout ce que je lui disais.

Il ne lui restait plus qu'une question à me poser : quand cela avait-il commencé ?

Il était difficile de répondre, étant donné que l'accouchement m'avait affaiblie et que ma convalescence avait été longue, dissimulant ainsi le moment où cette maladie s'était réellement déclenchée.

« En effet... Très malin... Déguiser la chose... Qu'on ne puisse pas la distinguer du reste, dit-il en se calant sur sa chaise, les sourcils froncés. Quelles ont été les personnes les plus proches de toi ces derniers temps ? »

Il y avait Mère, bien sûr. Et les trois nouvelles suivantes. Et la sage-femme qui s'était si bien occupée de moi. Que l'une d'entre elles ait voulu me faire du mal... non, c'était impossible !

« Ne pense pas à la personnalité des gens que nous suspectons, mais uniquement à leurs mobiles probables et à leur proximité avec toi, me conseilla Gélanor.

– Faut-il vraiment les traiter comme des suspects ?

– C'est la première étape pour les voir tels qu'ils sont. Oublie leur nom, leurs paroles douces, transforme-les dans ton esprit en suspects.

– Mais c'est affreux !

– C'est à cette condition que nous découvrirons la vérité. Ce qui est affreux, ce n'est pas d'appeler quelqu'un "le suspect", mais ce que cette personne, profitant de la confiance que tu lui accordes, essaie de te faire », déclara-t-il, avant de se pencher pour me murmurer à l'oreille : « Ce qui les intéresse, ce n'est pas que tes cheveux tombent. Ceci n'est qu'un effet secondaire du poison. Ces personnes poursuivent un but bien plus cruel. Pense à ta fille. » Il se leva brusquement et ajouta : « Je vais examiner certains objets dans ta chambre, si tu me le permets. Et, avec ta coopération, je goûterai les aliments qui te sont proposés. Mais pour cela, il faudra que tu mettes de côté une petite portion de chaque plat, sans attirer l'attention. Surtout, observe bien autour de toi. Souviens-toi qu'ils sont peut-être plusieurs à travailler ensemble. Prends garde : personne ne doit se rendre compte que tu as des soupçons. »

Ainsi, je pris l'habitude de mettre de côté, discrètement et habilement – du moins c'est ce que je pensais – des portions de mes plats et de les passer à Gélanor, soit en le retrouvant sous le portique, soit en déposant la nourriture préalablement enveloppée sous une pierre dans le jardin. Mais j'avais beau observer les moindres faits et gestes de mon entourage, je n'avais pas la moindre idée de l'identité du ou de la coupable.

Il y avait mes trois jeunes suivantes : Nomia, la fille du chef de la garde d'Agamemnon, Cissia, dont la mère travaillait depuis longtemps au service de la mienne, Anippé, qui avait à peu près mon âge et que je connaissais depuis le berceau. S'il n'était pas exclu que les deux dernières entretiennent quelque rancœur à mon égard, j'en ignorais complètement la nature. Quant à la première, elle ne se risquerait certainement pas à compromettre la situation de son père. Agamemnon, en effet, n'était pas réputé pour sa miséricorde.

Venaient ensuite les plus âgées de mes femmes : Philyra, l'épouse de l'archer en chef de Père, Dircé, une prêtresse de Déméter qui entretenait le sanctuaire de la déesse dans la forêt du palais, et enfin Eurybia, l'épouse de l'un des citoyens les plus en vue de Sparte. Quelle raison auraient-elles eue de vouloir me nuire ?

Il ne fallait pas non plus oublier les cuisiniers du palais. Et puis, la nourriture n'était pas la seule manière d'empoisonner sa victime. On pouvait utiliser des pommades, du vin, de l'eau, ou de la fumée d'encens toxiques. Quant à mes vêtements, ils avaient peut-être été imbibés d'une substance vénéneuse. La tunique de Nessus n'avait-elle pas tué Héraclès ?

Il y avait mille éléments à prendre en compte, mille dangers à prévenir.

Mais ces techniques-là, reconnut Gélanor en riant, « n'étaient utilisées qu'en dernier recours ». Voilà qui me soulagea un peu. La tâche m'avait paru en effet olympienne lorsque j'avais commencé à passer en revue tous les objets ou aliments avec lesquels j'étais en contact.

« Tu veux savoir pourquoi on ne les utilise que rarement », dit-il, devançant ma question. « La raison est simple. Avec de telles méthodes, la substance toxique est trop diluée. Réfléchis. Des particules empoisonnées flottant dans l'air, portées par la fumée d'encens ? Aucune efficacité ! Il faudrait inhaler ce mélange des heures durant. Or, que fait-on quand la fumée envahit une salle ? On la chasse en agitant des draps. Pour ce qui est de mettre des gouttes mortelles dans l'eau du bain – ça ne suffit pas. Il faudrait rester plongé vraiment longtemps dans un poison non dilué. En ce qui concerne les vêtements, à moins de se procurer le venin de l'Hydre, que Nessus, lui, avait dans son sang, c'est une façon fort peu efficace de tuer. Un jour, quelqu'un mettra au point un poison si puissant qu'une seule goutte suffira, mais pour l'instant, nous en sommes loin.

– Et les serpents venimeux ? lui demandai-je.

– Tu as raison. Les serpents maîtrisent parfaitement cet art. Mais je ne connais personne capable de les dresser et de leur apprendre à tuer. Ou d'extraire directement leur poison. Si cette personne existait, il lui suffirait », poursuivit-il, le visage brusquement illuminé, « de déposer une ou deux gouttes du venin sur une coupure que se serait faite sa victime. Savais-tu que l'on peut boire une coupe entière de venin de serpent et continuer à se porter comme un charme ?

– Vraiment ?

– Oui, tant qu'on ne fait que l'avaler. Par contre, si le venin est en contact avec une blessure... Ceci explique que le serpent morde sa victime, afin d'être sûr que le poison fera effet. Bref, je pense que nous pouvons écarter ces hypothèses-là, même si bien sûr rien n'est impossible. Il est cependant plus probable que nous avons affaire à un empoisonnement par la nourriture ou la boisson. Ne baisse pas la garde. »

À partir du moment où je commençai à me méfier, tout mon entourage me parut suspect. Il y avait l'homme qui apportait les cruches d'eau chaude pour le bain – était-ce bien de l'eau ordinaire ? Il y avait celui qui parfumait l'huile que l'on mettait dans la cuvette et dont les gouttes brillantes flottaient sur l'eau. Depuis toujours j'aimais cette odeur – celle des lys. Maintenant, c'était pour moi l'odeur de la mort. Gélanor avait sans doute raison de dire que l'eau de mon bain avait peu de chances d'être toxique – mais pouvait-on pour autant exclure cette possibilité ?

Peut-être le poison avait-il été déposé sur les peignes en bois que mes suivantes utilisaient pour me démêler les cheveux ? Ces derniers temps, ne m'avaient-elles pas piquée à plusieurs reprises en attachant à l'épaule de ma tunique ma broche de bronze ?

Un jour, en m'habillant, alors que j'enfilai mes sandales en peau de chèvre, je remarquai à quel point le cuir était lisse – se pouvait-il que ce soit une substance vénéneuse qui le rende aussi poli ? J'inspectai soigneusement mes sandales pour relever la moindre trace suspecte.

Pour ce qui était de la nourriture, il m'était désormais impossible d'y toucher. Quant à l'eau, j'avais demandé à Ménélas de m'en apporter de la source, afin d'avoir ma propre réserve. Il était la seule personne à laquelle je pouvais me fier. En même temps, il fallait que je fasse semblant de manger et de boire comme d'habitude, ce qui m'obligeait à un tel degré de dissimulation que je doutais de pouvoir tenir bien longtemps. Recracher le vin quand personne ne me regardait, déplacer la nourriture dans mon assiette pour faire croire que j'y avais touché, voilà qui n'était guère facile à faire de manière convaincante.

« Ménélas, dis-je un jour à mon époux, je suis prête à suivre le conseil que ton médecin m'avait si sagement donné il y a quelque temps. Je vais voir Asclépios ! » Sortir du palais, voilà ce qu'il me fallait !

« En effet, bien-aimée, je vois bien que ton état ne s'est pas amélioré. Et... Ce que tu m'as demandé au sujet de l'eau ? » Il me posa cette question d'une façon pressante qui ne lui ressemblait guère. Je compris alors qu'il espérait que tout ceci signalait une nouvelle grossesse.

« Je dois aller au temple afin que notre souhait se

réalise, lui expliquai-je sur un ton que j'espérais convaincant.

– Emmène-tu Nomia et Eurybia avec toi ?

– Non ! » Je devais m'éloigner d'elles, m'éloigner de tout le monde. « C'est que... On m'a dit que je devais y aller seule.

– Qui t'a dit ça ?

– Apollon. »

C'était bien sûr un mensonge, mais Ménélas n'aurait jamais mis en doute la parole d'un dieu, tandis que si je lui avais dit que c'était Gélanor... Personne n'ignorait qu'Apollon pouvait provoquer des maladies soudaines grâce à ses flèches. Peut-être était-il à l'origine de mon état – du moins c'est ce que Ménélas devait se dire.

« Je me ferai accompagner par des gardes. Cela devrait m'assurer une sécurité suffisante. » Je regrettai de ne pouvoir me confier à mon époux. Je l'avais cru, autrefois, persuadée qu'il serait mon ami en même temps que mon mari, mais je m'étais aperçue qu'il n'était que mon mari. Et je ne voulais pas que, par ma faute, il donne l'alarme prématurément.

Nous convînmes que Gélanor resterait au palais, en observateur. Je lui avais laissé suffisamment de plats, de boissons et d'onguents à tester pour le tenir occupé pendant mon absence. En outre, il avait mis au point un procédé pour vérifier l'efficacité des flèches des archers de Ménélas qui lui permettrait de justifier sa présence dans l'enceinte du palais à des heures inhabituelles.

Tandis que je m'apprêtais à sortir pour gagner le char qui m'attendait, il m'agrippa le bras. « Sois prudente. Reste aux aguets, même, si possible, quand tu dors. » Son sourire habituel s'était évanoui, laissant place à un regard inquiet.

« Je ferai attention », dis-je pour le rassurer.

Après un long trajet sur des routes poussiéreuses, je me retrouvai dans la grande salle sombre aux murs de pierre, face à l'autel d'Asclépios. Les suppliants venus quémander l'aide du dieu guérisseur y avaient déposé des offrandes. Les serpents sacrés, compagnons d'Asclépios, s'enroulaient à son pied. Apprivoisés, nourris par les prêtres, ils ne donnaient aucun signe de vie, si ce n'est un rare mouvement.

J'étais presque trop faible pour tenir debout. Mes genoux tremblaient et j'avais mal aux bras quand je mettais les mains en l'air. Je les levai néanmoins bien haut vers le ciel en m'adressant directement à Asclépios, cet homme qui, par sa capacité non seulement à guérir mais aussi à ramener les défunts à la vie, avait provoqué l'ire de Zeus et d'Hadès, qui n'avaient pas apprécié cette intrusion dans leurs royaumes. C'est pourquoi Zeus l'avait foudroyé. Il reposait maintenant ici, à Épidaure. Même mort, il avait conservé son pouvoir et, dans la tombe, continuait à guérir.

« Redonne-moi la santé, murmurai-je. Révèle-moi ce que je dois savoir pour guérir. » Je m'inclinai et ajoutai mes propres offrandes à celles qui s'empilaient dans la salle.

Se déplaçant aussi silencieusement qu'un serpent, l'un des prêtres s'approcha de moi.

« Hélène ? Es-tu bien Hélène de Sparte ? » murmura-t-il. Il m'avait reconnue. Même dans l'état pitoyable où j'étais, je ne pouvais me fondre dans la foule des suppliants.

Je fis *oui* de la tête. « Je suis venue chercher la guérison, expliquai-je.

– Les autres patients vont bientôt sortir du temple pour passer la nuit dehors, dit le prêtre. Mais toi, tu peux rester ici, près de l'autel du dieu. Attends, et il viendra à toi. »

Le sol était dallé, mais je me sentais en sécurité près de l'autel.

La lumière faible s'évanouit graduellement. L'immense salle aux murs de pierre devint aussi sombre qu'une nuit sans lune. Seules scintillaient ici ou là quelques petites lampes votives, telles des étoiles.

Je me rapprochai autant que possible de l'autel et m'étendis sur mon épais manteau de voyage. Le tremblotement des lampes semblait suivre le rythme des battements de mon cœur. Je m'endormis.

Dans la nuit, je sentis deux courants d'air glacial s'enrouler autour de mon corps. Je tentai d'émerger du sommeil épais où j'étais plongée, d'ouvrir les yeux. Mais il y avait quelque chose de froid et d'écailleux posé sur eux, qui les maintenait fermés. La chose se mit à bouger en glissant. Je sentis ensuite un frôlement, puis des chatouillis tout contre mes oreilles. Je n'osai remuer. Étais-je en train de rêver ?

Une forme arrondie et dure se mit à appuyer contre le trou de mon oreille droite tandis que les caresses d'une langue délicate agaçaient mon oreille gauche. Je remuai mon bras droit avec précaution. Ce poids que je sentais sur lui... c'était le corps arrondi d'un serpent !

Les serpents sacrés ! Ils étaient venus à moi, s'enroulaient autour de ma tête, léchant mes oreilles avec des mouvements vifs de leurs minuscules langues.

C'était certainement un message, un signe. J'étais flattée. Asclépios avait répondu à ma supplique, mais de quelle manière ! Impossible de comprendre ce que me disaient les serpents, si tant est qu'ils me disaient quelque chose. Ils passèrent une partie de la nuit enroulés autour de moi, et seul les éloigna l'écho lointain de pas faisant vibrer le sol. L'aube n'allait pas tarder à poindre. Les prêtres étaient sans doute en train de se préparer.

Je levai lentement la tête et vis les serpents regagner leur refuge au pied de l'autel de pierre brute, leur dos pâle luisant dans la lumière des rares lampes qui ne s'étaient pas éteintes. Je restai allongée, le cœur battant, me demandant ce qui s'était passé exactement.

Les bruits caractéristiques des activités matinales inondèrent le sanctuaire. Le moment était venu de me lever. Je pliai mon manteau et me mis debout. Près de l'autel, deux prêtres posaient par terre des assiettes de lait pour les serpents.

Je m'approchai d'eux, avec l'intention de leur dire ce qui s'était passé, afin qu'ils puissent éventuellement me l'expliquer. En même temps, je ne voulais pas trahir cette rencontre mystérieuse avec les serpents qui, peut-être, au fond, n'avait rien de secret.

« Ils sont venus à toi », me dit le premier prêtre.

Comment savait-il ?

« Cela m'a été révélé, poursuivit-il. Je les connais et ils me connaissent. Ma fille, sais-tu ce que les événements de cette nuit veulent dire ?

– Non.

– Avec la permission d'Asclépios, les serpents t'ont transmis trois dons. Mais... c'est à toi de les découvrir maintenant », ajouta-t-il après un court silence.

[illegible]

[illegible] Les mêmes étaient [illegible]

[illegible]

[illegible]

[illegible]

XVIII

Dans le char bringuebalant qui me ramenait à Sparte, je fus prise de vertiges. Je serrai ma tête entre mes mains, comme si, en la pressant, j'aurais pu en faire sortir des réponses. Quels dons les serpents m'avaient-ils transmis ? Comment les reconnaîtrais-je ? Sous quelle forme se manifesteraient-ils ?

Je sentais sous mes mains à quel point ma chevelure avait perdu de son épaisseur. Je ne devais certes pas repousser les dons des serpents, mais mon état, véritable raison de ma venue au temple d'Asclépios, était prioritaire. Je n'avais rien appris à ce sujet. Pourtant, en dépit de mes vertiges, je me sentais un peu mieux. Si mes bras et mes jambes tremblaient, ce n'était pas de faiblesse, mais d'excitation. Et j'éprouvais moins de difficultés à me tenir debout.

Le paysage défilait sous mes yeux, mais c'est à peine si je le vis – moi qui avais tant rêvé de contempler ce qui se trouvait au-delà de mon univers clos. Maintenant, j'étais tellement préoccupée, bouleversée même, que je ne pouvais profiter du spectacle qui s'offrait à moi. Collines rocheuses, troupeaux aux clochettes tintinnabulantes, ruisseaux aux eaux vives et chantantes, tout cela n'était que brouillard. J'aperçus depuis les hauteurs la mer scintillante, impossible à voir à Sparte. Mais peu m'importait.

Je brûlais d'envie de savoir ce que Gélanor avait découvert en mon absence. Si jamais il avait trouvé l'origine de l'empoisonnement et démasqué le coupable, quel soulagement ce serait ! Puisse-t-il en être ainsi !

Nous arrivâmes à Sparte dans la soirée, au bout de trois jours de voyage. Ménélas, Mère, Père, tous se précipitèrent pour m'accueillir. Il s'en fallut de peu qu'ils ne me tirent du char.

« Tu as meilleure mine, déclara Mère. Tes joues ont retrouvé leurs couleurs.

– C'est vrai ! » renchérit Père.

Ménélas passa son bras autour de ma taille. Il m'entraînait vers nos appartements en murmurant à mon oreille des mots affectueux quand soudain, des cris se firent entendre. C'étaient les valets d'écurie, qui avaient pris les rênes des chevaux et retiraient les manteaux et les tapis garnissant l'intérieur du char.

« Un serpent ! Un serpent ! »

Je repoussai Ménélas et me précipitai vers le véhicule. Là, lové dans les plis de l'un des manteaux, se trouvait un petit serpent de couleur pâle – un bébé. Il redressa la tête, me regarda et darda sa langue.

« Il vient certainement de l'enceinte sacrée, dis-je. Nous avions laissé le char à côté du temple. Il a dû y entrer pendant la nuit, je ne sais comment, et se dissimuler. » C'était comme si on nous avait donné notre propre serpent sacré. « Sa place sera maintenant près de l'autel de notre famille, poursuivis-je. Je m'occuperai de lui. »

Je rejoignis Ménélas dans sa chambre et m'empressai de lui demander des nouvelles d'Hermione. Il m'assura qu'elle allait bien.

« Et toi, ma chérie, tu as vraiment l'air de mieux te porter. Tes joues ont retrouvé leur teint de rose. »

J'entrai dans la chambre d'enfant et pris Hermione dans mes bras. Elle dormait si profondément que le mouvement ne la réveilla pas. Oui, ils disaient vrai. Elle semblait en pleine forme et avait bonne mine.

« Oh, que les dieux soient loués !

– Apollon l'a épargnée », déclara Ménélas sur un ton solennel.

Pas Apollon, mais plutôt celui ou celle qui me voulait du mal, faillis-je lui répondre.

Il me fallut attendre le lendemain avant de trouver l'occasion de m'entretenir avec Gélanor en privé. J'avais passé la nuit étendue dans ma chambre dont les rideaux tirés empêchaient la clarté de la lune d'y pénétrer. J'avais laissé refroidir les plats qu'on m'avait apportés. Les mouches étaient venues s'y poser – une bonne excuse pour ne pas y toucher.

Gélanor entra dans la pièce sombre et s'installa sur le petit banc près de la fenêtre occultée.

« Tu as meilleure mine, dit-il.

– Je me sens moins affaiblie. »

Au lieu d'attribuer ma guérison à Asclépios, à l'instar de tous les autres, il déclara : « Ceci signifie que tu n'as pas été exposée aux effets du poison pendant les six jours où tu as été absente. À mon grand regret, je n'ai rien pu découvrir sur l'origine de cet empoisonnement. J'ai goûté tous les mets que tu m'avais confiés, testé toutes les pommades, et les animaux qui ont fort aimablement accepté de se soumettre à mes expériences ne semblent pas en avoir pâti. J'ai frotté tes chaussures, ôté les fleurs des vases et inspecté les brûleurs d'encens. J'ai même examiné les peaux de bêtes sur ton lit, tes draps et tes robes. Mais je n'ai rien trouvé. Rien du tout.

– Les peignes ? Tu les as vérifiés ?

– Oui.

– Et les pointes de mes broches ?

– Également, et là non plus je n'ai rien trouvé.

– Mais il doit bien être quelque part, ce poison ! Nous le savons. Il m'a suffi de ne plus y être exposée pour commencer à aller mieux.

– C'est à n'y rien comprendre, reconnut Gélanor. Je ne vois vraiment pas ce qui aurait pu échapper à mes vérifications. »

Le surlendemain de mon retour, je trouvai mes suivantes d'humeur particulièrement joyeuse lorsqu'elles vinrent m'habiller.

« En ton absence, j'ai pensé à ce filet pour tes cheveux, dit Cissia. En les relevant, il mettra ton front en valeur. » Elle fit glisser autour de ma tête l'objet de métal. Il était froid comme la mort, mais je ne sentis aucune éraflure suspecte.

Je la remerciai.

« Regarde cette nouvelle robe, dit Anippé. Ce rose est si pâle, on dirait l'intérieur d'un coquillage. Cette couleur a toujours été ta préférée. » Elles m'en drapèrent, mais là encore je ne sentis rien.

« Et voici ton bracelet », dit Eurybia en me montrant mon préféré, celui qui était en or et en forme de serpent. Elle l'enroula autour de mon bras. Je me rappelai alors les autres serpents, les vrais, et comment ils s'étaient lovés autour de moi.

« Merci », dis-je. J'avais toujours aimé ce bijou. Maintenant, je savais pourquoi. J'avais pris conscience de mon attrait pour ces animaux et de celui qu'eux ressentaient pour moi.

Le lendemain, j'allai moins bien, et le jour d'après mon état s'aggrava. Je priai Asclépios de faire de nouveau usage de son pouvoir de guérison, d'étendre celui-ci au-delà du périmètre de son sanctuaire à Épidaure. Je m'assurai que l'on s'occupait bien du serpent installé près de l'autel familial. Tout cela en vain – jour après jour la maladie gagnait peu à peu du terrain, s'infiltrait dans ma chair.

Je me forçais à m'habiller chaque matin et à sortir, ne serait-ce que pour provoquer la colère de mon ennemi. Chaque fois qu'il ou elle me verrait me promener dans les jardins du palais (il m'en fallait de la volonté pour réprimer mes tremblements !), sa fureur monterait, le ou la poussant à l'imprudence et au désespoir. Alors, s'enhardissant, l'infâme deviendrait plus facile à démasquer. Puissé-je vivre assez longtemps pour voir ce moment-là !

Gélanor vint me rendre visite au crépuscule, alors que je reposais sans forces sur mon divan. Je tentai de redresser la tête mais, n'y parvenant pas, je dus la laisser retomber sur le coussin.

« Pardonne-moi si je ne me lève pas pour te recevoir », dis-je. Même ma voix me paraissait confuse. Je voulus le saluer d'un mouvement du bras. Impossible ! Avec des gestes tremblants, j'ôtai le bracelet, comme si cela allait alléger mon bras de manière significative, et le posai sur un plateau. Il roula quelques instants d'avant en arrière en lançant des éclairs d'or, ses écailles de serpent reflétant les ombres et les lumières. On aurait dit qu'elles étaient vraies.

Gélanor paraissait tendu et inquiet. « Je n'arrive pas à démasquer le coupable », dit-il.

J'avais passé les dernières nuits submergée par la terreur, mais devant Gélanor je voulus me montrer courageuse, du moins en apparence. « Peut-être cela dépasse-t-il nos compétences », dis-je.

Il parcourut la pièce du regard. « Où est-il donc, ce poison ? Sur un objet en contact avec ta peau, c'est certain. Ça devrait crever les yeux. Mais j'ai vérifié les draps, les vêtements... » Ses yeux se posèrent tout d'un coup sur mon poignet. « Ce bracelet, l'avais-tu sur toi à Épidaure ?

– Non. Je ne voulais pas porter de bijou devant le dieu. Et puis, c'est imprudent de voyager avec des objets de valeur. »

Il prit le bracelet et le tourna dans tous les sens pour l'examiner à la lumière. « Combien de jours as-tu passé sans le porter ?

– Au moins sept.

– Je le prends, dit-il en se levant brusquement. Comme cela, nous sommes sûrs que tu ne le porteras pas demain. Si quelqu'un te pose la question, réponds que tu l'as sans doute perdu. Et essaie de voir qui le cherche avec le plus d'acharnement. »

Il sortit précipitamment de ma chambre en serrant le bracelet dans sa main.

Le soleil commençait à se faufiler dans ma chambre. Ses longs doigts de lumière s'étiraient sur le sol et faisaient chatoyer les rideaux.

Ma santé n'était guère brillante. Je me sentais aussi vidée qu'un fruit pressé. Mes bras pendaient mollement du lit. Mes yeux parvenaient encore à distinguer les jolis dessins de la lumière, mon esprit réfléchissait, mais mon corps, lui, était pratiquement incapable de faire quoi que ce soit.

Qui pouvait bien vouloir m'infliger cela ? J'étais persuadée que ce n'était pas un dieu, mais un mortel. Quelqu'un qui me jalousait. J'étais reine, j'étais – à ce que l'on disait – la fille de Zeus. Et dans les regards qui se posaient sur moi se lisait la conviction que la perfection de mes traits était dérangeante et surnaturelle. J'avais été piégée par ma propre chance, par cette beauté que je n'avais pas demandée, et désignée comme cible des frustrations et de la jalousie des autres.

Mais qui donc avait perdu quelque chose par ma faute ? Un proche ? Je ne voyais vraiment pas qui.

Et tout ce que les autres voyaient chez moi – beauté, perfection – ne révélait rien de ce qui manquait à la femme de Ménélas.

Papotant joyeusement, mes suivantes entrèrent toutes ensemble dans ma chambre pour venir m'habiller. Philyra fit tournoyer mes robes en l'air. Dircé choisit des sandales assorties. Et Nomia chercha dans la boîte à bijoux.

« Que dis-tu de ces boucles d'oreilles-ci, avec les améthystes ? me demanda-t-elle en les agitant en l'air.

– Et ton bracelet préféré, celui qui est en forme de serpent ? » suggéra Eurybia. Elle fouilla partout, puis leva les yeux vers moi. « Je ne le trouve pas. Tu l'as posé quelque part ?

– Pas que je m'en souvienne », répondis-je d'un ton désinvolte.

Son inquiétude ne m'avait pas échappé.

Je l'observai qui furetait méthodiquement dans le coffret, puis partout où il aurait pu être posé dans la chambre.

« Oh, ce n'est pas grave, Eurybia.

– Si je cherche comme ça, c'est juste parce que je sais à quel point tu y es attachée, m'assura-t-elle.

– Ne te donne pas tout ce mal », lui dis-je.

Cet après-midi-là, tandis que je me promenais d'un pas lent mais décidé, je tombai sur un groupe de bergers qui, rassemblés autour d'un feu, faisaient rôtir un agneau. Je leur demandai de m'en donner un peu – j'étais sûre qu'ils n'étaient pas impliqués. C'était la première fois depuis très longtemps que je mangeais sans inquiétude. Jamais je n'avais goûté une viande aussi bonne. Toute brûlée qu'elle était, elle au moins n'avait rien de malfaisant.

En me réveillant le lendemain, je constatai que mes bras n'étaient plus aussi mous et me sentis un peu moins faible. Plus tard dans la journée, je me débrouillai pour retrouver les bergers et manger avec eux, afin de pouvoir décliner les plats qu'on me proposerait plus tard au palais.

Le jour suivant, mon état s'était encore amélioré. Certes mon oreiller était couvert de cheveux perdus pendant la nuit, mais mes bras et mes jambes ne tremblaient plus.

Je me mis à mon métier à tisser. J'étais devenue une experte et pouvais maintenant raconter des histoires à travers des dessins que je créais. Un motif abstrait peut certes être très joli, mais quoi de mieux qu'une histoire racontée en images ? Je travaillais sur l'un des travaux d'Héraclès – son combat avec l'Hydre de Lerne, ce monstre aux multiples têtes. Les cous sinueux de la bête offraient une symétrie du meilleur effet. Si j'avais représenté un autre monstre, la pieuvre, le résultat aurait été moins beau, celle-ci n'ayant que huit bras tandis que l'Hydre avait cent têtes. Les tisserands n'osaient s'y attaquer parce qu'elle était malfaisante, mais en tant que motif artistique, elle était superbe.

C'est alors que surgit Gélanor.

« J'ai trouvé », dit-il.

Ce fut pour moi un véritable choc. J'avais inconsciemment abandonné l'espoir de découvrir la cause de mon état de santé.

Il agita le bracelet sous mes yeux. « Le voici. »

Je le lui pris des mains. « Fais attention », dit-il. Il leva un sourcil tandis que je m'emparais délicatement de l'objet. « Mais tout d'abord... tu te sens plus forte, n'est-ce pas ? Ce bracelet, tu le portais souvent ?

– Oui, presque tous les jours, je crois. C'était l'un de mes bijoux préférés.

– C'est bien ce que je pensais. Maintenant, regarde à l'intérieur. » Il me le reprit et l'écarta pour ouvrir ses spirales. « Cette partie-ci devrait être lisse. Ce qui n'est pas le cas. Vois ces entailles. » Il arrêta ma main. « Ne touche pas. Regarde simplement. Tu as remarqué ces rayures et ces parties rugueuses à l'intérieur ? Quelqu'un a creusé la surface pour y déposer une substance toxique, sachant que ce bracelet serait au contact de ta peau une partie de la journée. J'ai trouvé une matière cireuse à l'intérieur et l'ai testée. Elle était saturée de poison. Ta peau s'en imprégnait peu à peu.

– Non ! criai-je en reprenant le bracelet. Non ! »

Il crut que je déplorais l'usage maléfique qui avait été fait de ce beau bijou.

« Nous pouvons t'en faire un nouveau, suggéra-t-il.

– Ce n'est pas ça. C'est que... cela veut dire que le coupable est une personne proche de moi.

– En effet », reconnut-il.

Nous nous plaisons à penser que seuls ceux qui ne nous connaissent pas seraient capables de nous vouloir du mal. Imaginer que les personnes parmi lesquelles nous vivons, avec lesquelles nous partageons nos repas et nos moments de gaieté, nous détestent au point de tenter de nous nuire, voilà qui a de quoi glacer l'âme. Le plus mortel de nos ennemis, c'est celui qui se fait passer pour un ami.

Ménélas vint me voir, impatient qu'il était de me montrer les flèches lestées que Gélanor avait conçues tout spécialement pour lui.

« Cet homme, me dit-il en secouant la tête, son esprit n'arrête pas de chercher, de fureter à droite, à gauche. Je suis bien content qu'il soit à mon service plutôt qu'à celui de mes ennemis.

– De tes ennemis ? répétai-je, sur un ton que j'espérais désinvolte.

– C'est juste une façon de parler, répondit-il en se levant et en s'étirant. Mais, à ce qu'on dit, il n'y a pas une personne au monde dont la mort ne soit un soulagement pour quelqu'un. »

Ces paroles me glacèrent le sang.

« Nous avons tous des ennemis », reprit-il. Puis il chercha du regard Leucos, son garde du corps, mais ne le trouva pas.

Mon époux sorti, je restai allongée sur le lit à observer mes femmes qui entraient l'une après l'autre dans ma chambre. En premier arriva Nomia, grande, fine, et invariablement – mais aussi, je l'avoue, péniblement – gaie. Tout le contraire de son père, l'un des plus maussades soldats de la garde d'Agamemnon. Peut-être avait-elle décidé de prendre la vie du bon côté après une enfance passée sous l'ombre mélancolique de son père.

Puis vint Anippé, qui était comme une sœur pour moi, et Cissia, que je connaissais depuis que j'étais petite, sa mère étant au service de la mienne. La placidité de Cissia avait toujours eu un effet apaisant sur moi. C'était exactement le genre d'antidote qu'il fallait à mes accès de joie ou d'angoisse. Je comptais sur elle beaucoup plus que je n'étais prête à l'admettre, ne serait-ce que parce qu'elle me servait de faire-valoir.

Était-il possible que l'une d'entre elles me haïsse ? Ou qu'elles aient agi toutes deux sous les ordres de quelqu'un d'autre ?

Pour qui ma mort pouvait-elle être un soulagement ?

Elles allaient et venaient dans ma chambre, ouvrant les rideaux, remplissant des jarres d'eau et murmurant de leur voix mélodieuse.

Non, ce ne pouvait pas être elles !

Arriva ensuite Philyra, la femme du chef archer de Père, auquel en ce moment même Gélanor montrait ses flèches. Elle avait, comme moi, les cheveux blonds, et nous plaisantions souvent à propos de la légère différence de couleur entre sa chevelure et la mienne. Elle m'avait un jour flattée en déclarant que la mienne rappelait l'or pur, tandis que la sienne tirait plutôt vers les teintes rousses du soleil couchant. « Je trouve le soleil couchant plus précieux », lui avais-je répondu, sincèrement convaincue que ses cheveux étaient plus beaux.

Dircé, la prêtresse de Déméter, personne d'une infinie sagesse, entra à grands pas. Il lui suffisait d'être là pour subjuguer tous ceux qui étaient présents dans la pièce. Ce jour-là ne dérogea pas à la règle.

J'observai les ombres de mes suivantes avec l'impression que je voyais davantage que d'habitude, que jamais ma vision n'avait été aussi affûtée.

Mais chez ces cinq femmes, je ne détectai rien d'inquiétant.

Eurybia fut la dernière à arriver. Elle venait, en effet, du village et devait grimper toute la colline jusqu'au palais. Elle était trapue, musclée, avec une masse de cheveux si volumineuse et lourde qu'il était heureux pour elle que son cou soit aussi épais. Il lui permettait d'en supporter le poids.

Devinant que j'étais éveillée, elle se pencha vers moi.

« Chère Hélène, dit-elle, te sens-tu mieux aujourd'hui ? Oh, s'il te plaît, dis-moi que oui !

– Oui, Eurybia, lui répondis-je en me soulevant sur un coude, je crois que oui. Du moins, je l'espère. »

Elle sourit. Mais derrière son sourire, je perçus quelque chose d'autre, que je ne pourrais décrire précisément.

Je pivotai pour m'asseoir sur mon lit. Elle me tendit la main. Je m'y appuyai pour me lever. Tout se mit à tourner dans ma tête, mais je parvins à rester bien d'aplomb sur mes jambes.

Mes suivantes se précipitèrent pour aider Eurybia à me soutenir. Elles m'apportèrent des vêtements, me proposant plusieurs tenues, sauf celles qui feraient de vilains plis lorsque je devrais m'allonger – ce qui était inévitable. Elles me présentèrent des plateaux chargés de bijoux – de gros colliers d'agates et de cristaux de roche, de fines chaînes d'or pour mes chevilles. Elles eurent la délicatesse de ne pas me montrer les parures à mettre dans mes cheveux. Elles auraient été écrasées une fois ma tête posée sur l'oreiller.

« Tes bracelets », dit Anippé en me les présentant sur un plateau.

Comme ils me semblaient tous trop lourds, je lui fis signe que je n'en voulais pas.

« Le bracelet en forme de serpent n'a toujours pas été retrouvé ? s'inquiéta Eurybia. Dommage, il est si léger à porter et ne... » Ce qu'elle voulait dire, c'est que je pouvais le garder quand je m'allongeai.

« Non, toujours pas, répondis-je. Peut-être quelqu'un l'a-t-il volé. » Je les dévisageai l'une après l'autre.

Mon regard se posa sur Eurybia. Alors, je sus. Il y

avait quelque chose – aux frontières de ce que mes yeux percevaient. J'entendais ce qu'elle disait, mais maintenant c'était comme si j'avais une traduction secrète de ses paroles et de leur signification.

« Mais il faut absolument le retrouver ! disait-elle.

– Pourquoi ? répondis-je. J'en ai plein d'autres.

– Oui, bien sûr. »

Elle détourna rapidement les yeux.

Maintenant. Maintenant le moment était venu, devant les autres. Ce serait la première fois que je ferais preuve de tant d'audace, mais dans ce domaine aussi les choses avaient changé.

« Eurybia, pourquoi veux-tu me tuer ? » Ma voix était d'un calme si inhabituel qu'on aurait dit que ce n'était pas la mienne. « Je sais que c'est toi. »

Je compris brusquement. C'était cela, le don des serpents – j'étais capable de percer à jour les intentions des gens en cas de danger, presque comme une déesse. Voilà ce qu'ils m'avaient offert.

« Je... je..., bredouilla Eurybia, prise au dépourvu par mon accusation.

– C'est toi ! » m'exclamai-je en la désignant.

Les autres nous regardaient, interloquées.

« Pourquoi as-tu agi de la sorte ? » lui demandai-je en luttant de toutes mes forces pour ne pas trembler.

Je m'attendais à ce qu'elle nie, à ce qu'elle prétende que c'était ma maladie qui me mettait ces idées en tête.

Mais, au lieu de cela, elle se releva et posa le plateau à bijoux d'un geste digne.

« Soit. Je suis perdue. De toute façon, j'ai menacé la vie de la reine. Pour cela je dois mourir. Puisqu'il en est ainsi, je vais te dire, pauvre petite fille aveugle et stupide... Oui, petite fille, car tu n'es rien de plus qu'une petite fille à laquelle tous les trésors du monde ont été offerts ! Et tout ça pourquoi ? À cause de ton visage, c'est tout. J'ai voulu m'approcher de toi, voir de près ce qui te valait cette adulation. Et ce que j'ai vu ne m'a pas impressionnée. Alors, j'ai décidé de l'effacer.

– C'est... c'est tout ? bredouillai-je.

– Non ! Cela ne te suffisait pas, que l'on soit à genoux devant ta beauté ! Il a fallu que tu ailles prendre aux autres ce qu'ils avaient. Cette course, quel besoin avais-tu de la gagner ? Tout le reste, tu l'avais. Pourquoi en as-tu privé ma fille ? »

C'était la mère de la jeune fille que j'avais battue lors de ma dernière course !

« Elle n'avait aucune chance de devenir reine, elle ! D'avoir quarante prétendants avec de gros sacs d'or. Elle n'est qu'une simple mortelle, comme tant d'autres. Mais elle courait vite – si elle avait gagné cette course, elle aurait chéri ce souvenir toute sa vie. Et tu lui as volé la victoire !

– C'est faux ! protestai-je. Cette victoire, je l'ai méritée. Je courais plus vite.

– Oui, parce que tu as triché.

– Comment ça, triché ?

– Tu es la fille de Zeus. Alors bien sûr, tu as disposé de forces supplémentaires.

– Pas du tout ! Je suis certes la fille d'un dieu, mais je suis mortelle, comme tous les autres. Tu ne le savais pas ?

– Les enfants des dieux sont plus rapides, plus beaux – ils ne sont pas comme nous.

– Mais tu ne comprends donc pas ? Imagine que tout le monde ne parle que de ton visage tout le temps. N'aurais-tu pas envie d'être reconnue pour autre chose ? Je savais que j'étais rapide, et j'avais besoin de cette victoire. Si ta fille avait couru plus vite, elle m'aurait battue.

– Ce n'est pas vrai ! Tu as triché !

– Quel genre de poison as-tu mis sur le bracelet ? »

Les autres restaient muettes, frappées de stupeur.

« Ne compte pas sur moi pour te le dire. Ma famille s'en sert depuis des générations. Et tu crois que parce que tu m'as démasquée grâce à tes pouvoirs spéciaux... »

Mais c'était Gélanor qui l'avait découverte, grâce à des pouvoirs tout ce qu'il y avait de plus humains. Comme Ménélas, j'étais bien contente qu'il ne se soit pas mis au service de nos ennemis.

J'appelai les gardes et leur ordonnai d'emmener Eurybia.

Père et Ménélas voudraient sans nul doute la faire exécuter. Pas moi. Tout ce que je désirais, c'était avoir l'assurance qu'elle – ou ses complices – ne pourraient plus jamais m'approcher.

Maintenant, tout devenait clair – enfin. Et comme il était réconfortant de savoir que les serpents m'avaient douée d'une forme de sagesse : la prescience.

XIX

Clytemnestre était venue nous rendre visite, comme cela lui arrivait de plus en plus fréquemment. Nous étions assises toutes les deux sous l'arbre d'Hermione. Mais sans doute est-il un peu exagéré de dire « sous » : planté depuis maintenant cinq ans, il me dépassait, certes, mais ses branches inférieures étaient encore trop proches du sol pour que nous puissions vraiment nous mettre dessous. Étendues sur l'herbe tendre à côté du platane, nous savourions une délicieuse collation tout en regardant nos filles qui couraient et jouaient à la balle plus bas sur les pentes de la colline. Iphigénie avait huit ans et mon Hermione cinq.

« Ah, elle est rapide, comme toi, dit Clytemnestre. Regarde comme elle rattrape Iphigénie. » Les deux fillettes faisaient la course à travers les hautes herbes. Le souvenir de la tentative d'empoisonnement dont j'avais été victime me fit trembler.

« Hélas, l'époque où je pouvais courir est révolue », soupirai-je. Quel dommage qu'une fois mariées, les femmes ne puissent plus participer à des compétitions !

Clytemnestre me semblait agitée. Elle déclina le reste de vin. C'est ainsi que je sus. « Mais dis-moi, tu ne serais pas enceinte ?

– Si, répondit-elle en hochant la tête. Agamemnon

est enchanté, bien sûr. Il espère que ce sera un fils. Il voudrait l'appeler Oreste, "le montagnard". Zeus seul sait pourquoi il y tient tant. Il ne vient pas des montagnes.

– Peut-être pense-t-il que ce nom provoquera quelque chose, qu'Oreste escaladera de hauts sommets.

– Tout ce qu'il veut, c'est un fils qui devienne un guerrier, répondit Clytemnestre en riant. Je pense... qu'il a très envie d'aller se battre. Il s'ennuie, je le vois bien. S'occuper d'un royaume paisible, voilà qui ne le satisfait pas. »

S'il y a une chose à laquelle aspirent la plupart des rois, c'est la paix, pensai-je. Depuis le début du règne de Ménélas à Sparte, cinq ans auparavant, nous avions vécu en paix, ce dont je me réjouissais.

« Et puis, forcément, il a du mal à supporter la privation », ajouta Clytemnestre à voix basse.

Je voyais bien où elle voulait en venir. Une pointe de jalousie familière perça mon cœur. Elle faisait allusion à ce qu'Agamemnon et elle faisaient dans leur chambre... Non, je ne voulais pas y penser !

Au fil des ans, j'avais tenté de dissimuler la froideur de nos étreintes à Clytemnestre, pensant qu'il aurait été déloyal envers Ménélas de révéler mes frustrations. Ce qui se passait – ou ne se passait pas – entre nous la nuit était d'ordre privé. Mais il devenait de plus en plus difficile de faire semblant, surtout si je me montrais ignorante de ce que j'étais censée savoir. J'étais étonnamment douée en matière de dissimulation, même si je détestais cela.

« Que veux-tu ! dis-je en esquissant un sourire entendu.

– Je crains qu'il ne cherche à satisfaire ses envies auprès de l'une des esclaves du palais, murmura-t-elle.

– Si c'est le cas, il l'oubliera dès que tu seras de nouveau disponible pour lui. » Oh, changeons de sujet, avant que...

« Et toi, tu n'as jamais eu ce genre de soucis avec Ménélas ? me demanda-t-elle, les yeux rivés sur moi.

– Je... je... »

Je sentis mes joues s'empourprer.

Elle se mit à rire. « Oh, pardonne-moi ! J'avais oublié à quel point tu es modeste. Mais tu devrais surmonter cette... réticence. Après tout, tu as vingt et un ans. Cela fait déjà six ans que tu es mariée. Et nous autres, femmes mariées, de quoi pouvons-nous bien parler, en dehors de ça ? »

D'autre chose ! Peu importe quoi ! « Eh bien, nous pourrions parler de nos enfants... Iphigénie est une adorable petite fille. Les poésies qu'elle compose pour s'accompagner à la lyre sont dignes de... ma foi, cela ne peut être qu'Apollon qui les lui inspire !

– Oui, répondit Clytemnestre en hochant la tête. Elle a la fibre d'une véritable artiste. C'est à mes yeux un talent précieux, et rare. Un don d'Apollon, comme tu dis. »

Juste à ce moment-là, les deux fillettes arrivèrent en courant, essoufflées et se jetèrent sur la couverture.

« C'est toujours elle qui gagne à la course ! dit Iphigénie, le doigt pointé sur Hermione.

– Comme sa mère, répondit Clytemnestre. Mais toi, tu sais faire des choses dont elle n'est pas capable, par exemple composer des vers. »

La jolie Iphigénie sourit et retira une mèche de son front trempé de sueur. Elle tenait ses cheveux bruns bouclés de son père et sa peau blanche de sa mère. « Oui, je préfère ça que courir. »

Hermione se roula par terre en tenant ses genoux égratignés. Elle passait la majeure partie de son temps dehors et ne s'intéressait pas le moins du monde à la musique. Ses oncles, mes frères, adoraient lui apprendre à monter à cheval et à tirer avec un arc. Ma petite poupée, cadeau que lui avait offert Mère, traînait, délaissée, dans un coin de sa chambre.

Ménélas était fou d'elle, mais pour lui il était entendu qu'un jour ou l'autre elle aurait un petit frère. « Oh, mon trésor », lui dis-je en me penchant et en passant ma main dans ses cheveux bouclés. Ils étaient couleur de l'or, comme les miens. L'un de nos jeux consistait à mêler nos mèches et essayer de les reconnaître à leur couleur. Bien sûr, nous n'y parvenions jamais, et l'idée que nous avions des cheveux si semblables nous rapprochait davantage encore.

Je jetai un coup d'œil à Clytemnestre et eus un sentiment étrange, sombre et étouffant. C'était ce don que les serpents m'avaient offert sans que je leur réclame rien, ce don qui éclairait pour moi les cœurs des autres et me montrait ce qu'ils renfermaient. Je les voyais nimbés d'une lumière particulière, entendais les échos de leurs battements les plus profonds. Maintenant, c'était ce qui se passait avec Clytemnestre.

Si je l'avais pu, j'aurais demandé aux serpents de reprendre ce don. Je ne l'avais jamais désiré ! Par pitié, qu'on me l'ôte ! Depuis que les serpents étaient venus lécher mes oreilles, j'avais percé trop de secrets que j'aurais souhaité ne jamais voir, des choses intimes dont l'accès aurait dû m'être interdit.

Le prêtre avait dit que les serpents m'avaient octroyé trois dons. Jusqu'à maintenant, seul celui-ci s'était manifesté. Peut-être n'y en aurait-il pas d'autre.

« Clytemnestre, ma sœur, dis-je en retenant mon souffle, ça ne va pas ?

– Si, pourquoi cette question ? »

Le moment n'était pas encore venu. Je priai Zeus

qu'il n'arrive jamais. Mais autour du cœur de Clytemnestre, il y avait quelque chose de sombre et d'épais. Je sentis le souffle glacial de la peur, tel le vent balayant un champ.

Nous étions au cœur de l'hiver. Toute navigation était impossible. Les bateaux étaient échoués sur le rivage, leur coque lestée de pierres afin de les stabiliser. Seuls les hommes les plus braves – ou les plus téméraires – se risquaient sur les eaux déchaînées. Prises par le verglas, les routes reliant les villes étaient glissantes. Ménélas et moi fûmes des rares voyageurs à s'y aventurer. Agamemnon nous avait, en effet, priés de venir à Mycènes – pour une raison que nous ignorions, le message étant des plus vagues.

Le paysage entre Sparte et Mycènes était désolé, les forêts nues. Hermione tira sur mon manteau en se plaignant du froid. Je sentis les tremblements de son corps contre le mien. J'ôtai la peau de bête qui me couvrait les épaules et l'enveloppai dedans.

« Voilà. Si cette peau peut tenir chaud à un bélier dans les prés, alors elle t'aidera à lutter contre le froid. »

Hermione me rendit mon sourire. À huit ans, c'était notre seule enfant, notre trésor.

« Que veut oncle Agamemnon ? me demanda-t-elle.

– Nous ne savons pas. Peut-être a-t-il une surprise pour nous.

– Je ne veux pas qu'il m'offre une surprise. Il me fait peur. Mais j'aime bien voir Iphigénie et Électre. »

Contre tous les espoirs d'Agamemnon, Clytemnestre avait accouché d'une petite fille. Ils l'avaient appelée Électre, « ambre », parce que ses yeux étaient d'un joli brun doré. Iphigénie avait maintenant onze ans, mais contrairement aux autres enfants de son âge, elle paraissait tout à fait contente de jouer avec sa petite cousine. Quand Agamemnon allait-il vouloir arranger son mariage, et avec qui ?

Devant nous, dorés par le soleil déclinant de l'hiver, je vis les lions sculptés qui gardaient Mycènes et trônaient juste au-dessus de la porte de la ville. Devant leur splendeur, je ressentais toujours un mélange de respect et de crainte à l'idée de ce qui m'attendait de l'autre côté. Mycènes n'était pas un endroit agréable, malgré le panorama que la cité offrait sur les montagnes et la mer. Je me sentais étouffée dans ce palais, dont les murs épais faits d'énormes pierres se resserraient sur moi, dont les remparts étaient toujours surveillés et l'air lourd et humide.

Nous passâmes la porte aux lions et prîmes le sentier escarpé qui menait à la partie principale du palais, perché tout en haut de la colline.

Un groupe de serviteurs nous accompagna jusqu'au sommet. Quelqu'un était parti en avant prévenir Agamemnon. Il se tenait maintenant au bout du chemin, sa silhouette imposante soulignée par le soleil derrière lui.

« Soyez les bienvenus ! » Il s'avança, cessant alors de nous cacher le soleil, et paraissant du même coup plus petit.

« Mon cher frère ! » dit-il à Ménélas en le prenant dans les bras et en lui donnant de grandes claques dans le dos.

Ils gravirent ensemble l'escalier majestueux qui menait à la cour du palais.

Nous étions assis dans le mégaron, au cœur du palais. Il y avait une belle flambée dans le grand foyer où brûlaient d'énormes bûches de cèdre odorant. La fumée – dont une partie seulement sortait par le trou ménagé dans le toit – embaumait la pièce, apaisant les visages de ceux qui étaient assemblés là.

Agamemnon ne nous avait toujours pas révélé la raison pour laquelle il nous avait fait venir mais, à en juger par le rang des autres invités – tous des rois et des chefs de cités voisines – il devait s'agir d'une question d'ordre politique. Agamemnon semblait inquiet, nerveux, malgré ses efforts pour paraître gai. Grâce au don qui m'avait été octroyé par les serpents, je parvenais presque à entendre ses pensées, des pensées qui me paraissaient embrouillées et violentes. Pourtant, il ne cessait de sourire.

Il s'assura que nous avions tous des coupes – peu profondes, décorées de cercles et de spirales, et faites dans un métal lisse d'un jaune éclatant, gai et brillant, qui ne pouvait être que de l'or. Comme nous étions plus de trente dans le mégaron, voilà qui était une manière, discrète pensait-il certainement, d'afficher sa richesse.

Parmi les invités figuraient Palamède de Nauplie, Diomède d'Argos, Polyporthis de Tirynthe, et Thersitès de Corinthe, et tant d'autres encore que je ne reconnus point, ne les ayant jamais vus à Sparte. Agamemnon passait de l'un à l'autre d'un pas assuré et crâneur, distribuant de grandes claques sur les épaules des hommes, riant à gorge déployée et rugissant comme les lions qui trônaient au-dessus de la porte d'enceinte.

Quant à Ménélas, il avait l'air un peu perdu. Discret, secret, il ne goûtait pas vraiment ce genre de réunion. Je restai près de lui et entrelaçai mes doigts aux siens. Je ressentais le besoin de le protéger, même si cela m'était fastidieux.

Il y avait peu d'autres femmes dans l'assistance.

Elles n'étaient en général pas admises à ce genre de rassemblement. Clytemnestre et moi-même étions les exceptions, elle en tant qu'hôtesse, et moi parce que Ménélas refusait d'être séparé de moi et que j'étais la sœur de Clytemnestre.

« Ah, mes amis ! fit Agamemnon d'une voix tonitruante. Soyez les bienvenus ! Cela me touche beaucoup de voir que vous avez fait tout ce trajet en plein hiver, alors que le temps ne se prête pas aux voyages. Buvez ! Mangez ! J'ai tué un sanglier de fin de saison. Il est faisandé et fumé juste comme il faut. C'est avec vous que je vais avoir le plaisir de le partager ! »

Encore des vantardises, pensai-je.

« Il est en train de rôtir en ce moment même ! » ajouta-t-il, en se balançant légèrement sur ses pieds chaussés de bottes épaisses. Avec ses épaules couvertes d'un manteau de fourrure, il avait l'air d'un ours.

Clytemnestre vint nous rejoindre, vêtue d'une robe à longue traîne. « Il n'a vraiment aucune notion du temps, marmonna-t-elle. La viande ne sera pas prête avant un bon moment. Je lui avais pourtant dit de la mettre sur le feu avant. »

Je me penchai pour l'embrasser. « Ce n'est pas grave, chère sœur. Te voir suffit à notre bonheur. Nous ne sommes pas venus pour le sanglier. À la vérité, nous ne connaissons pas vraiment la raison de notre présence ici – si ce n'est de donner à Hermione l'occasion de revoir ses cousines. Ce sera d'ailleurs peut-être la meilleure chose qui restera de tout cela.

– Agamemnon veut avoir une idée des personnes sur lesquelles il peut compter, expliqua Clytemnestre en levant les yeux au ciel.

– Pour faire quoi ? lui demanda Ménélas. Nous ne sommes pas en guerre, que je sache.

– Peut-être, mais Agamemnon n'aime pas la paix.

– Il n'a tout de même pas l'intention de provoquer un conflit ! Et contre qui ? s'exclama Ménélas, brusquement inquiet.

– Il a décidé de s'impliquer dans la défense de la cause d'Hésione », expliqua Clytemnestre, avant de s'empresser d'ajouter : « Ce qui est stupide de sa part. En dépit de ce qu'affirme le roi de Troie, Hésione semble parfaitement heureuse de vivre à Salamine avec Télamon. Cela fait pratiquement quarante ans qu'elle a été enlevée et a quitté Troie.

– Troie, marmonna Ménélas, un endroit dont il vaut mieux ne pas trop s'approcher. Ces histoires se sont déroulées il y a une génération. Les événements passés appartiennent à une époque et à un lieu précis, et ne doivent pas en contaminer d'autres. Voilà ce que je pense. Et tant pis si on me traite de lâche.

– C'est une position bien radicale ! s'exclama Clytemnestre en levant un sourcil. Mais j'avoue qu'elle me semble raisonnable. »

Des torches fichées dans des trous du mur illuminaient le visage rude d'Agamemnon qui faisait les cent pas dans le mégaron. Sous certaines lumières, il paraissait beau, sous d'autres, il ressemblait à un satyre, peut-être à cause de sa barbe et de ses yeux globuleux.

« Le sanglier est bientôt prêt ! Il arrive ! annonça-t-il en levant les bras. Mais pendant que nous attendons, mes amis, je dois vous exhorter à réfléchir aux torts que nous ont causés les Troyens à travers leurs insultes. Hésione, cette princesse qui n'est plus de prime jeunesse, la sœur de leur roi Priam, a été offerte à Télamon de Salamine il y a de cela des années. Et depuis, les Troyens remuent ciel et terre pour obtenir son retour ! Ils menacent d'envoyer des soldats pour la récupérer. Ils prétendent qu'elle a été enlevée contre son gré. Mensonges que tout cela ! Elle ne montre pas la moindre envie de retourner à Troie ! »

La grosse voix de Thersitès couvrit les bruits de la foule. « Lui a-t-on demandé son avis ?

– Je suppose que son mari Télamon l'a fait ! Ou son fils, Teucros, le meilleur archer qui soit ! hurla Agamemnon en lançant sa coupe de vin d'un geste furieux.

– Est-elle vraiment en mesure de parler librement devant eux ? insista Thersitès.

– Quand même, au bout de quarante ans..., commença Ménélas.

– Mais une femme n'est pas toujours en mesure de dire ce qu'elle voudrait. »

Cette voix, c'était la mienne ! Jamais je n'avais eu l'intention de m'exprimer tout haut. Pourtant, c'était ce que je venais de faire !

« Que veux-tu dire par là ? » me lança mon beau-frère.

Tous les regards étaient rivés sur moi.

« Je veux dire que, par égard pour son mari, sa famille et ses enfants, une femme mariée ne peut pas toujours exprimer à haute voix ce qu'elle ressent sincèrement, car ses sentiments sont parfois contradictoires. » Reprenant mon souffle, j'ajoutai : « L'amour que l'on porte à sa nouvelle famille n'étouffe pas celui que l'on éprouve pour ses parents, ses frères et sœurs. »

J'avais eu de la chance – je vivais avec mes deux familles, la mienne et celle de mon mari. Mais ce n'était pas toujours ainsi que les choses se passaient.

« Elle a oublié Troie ! déclara Agamemnon. Elle l'a prouvé maintes et maintes fois !

– Être tiraillé entre des liens affectifs qui s'opposent, voilà qui cause parfois une grande douleur – et condamne au silence », repris-je.

Je vis ses sourcils se froncer. Le fait d'attirer son attention me mettait mal à l'aise, mais je ne pouvais tout de même pas rester sans rien dire. Ses idées fausses risquaient de provoquer un bain de sang. De toute évidence, il avait rassemblé ces guerriers chez lui dans l'intention de provoquer leur colère et d'utiliser celle-ci à ses fins.

« Si les Troyens persistent dans leurs accusations, nous leur répondrons avec des navires de guerre et des armes ! » cria-t-il. Il parcourut la salle du regard pour voir qui reprendrait son appel à la guerre. Mais il ne reçut pour toute réponse que quelques tièdes acclamations.

« Les Troyens sont arrogants, déclara Thersitès. Leur cité se cache derrière ses murailles près de l'Hellespont et empêche nos bateaux de commerce de pénétrer jusqu'à la mer Noire. Moi, je ne pleurerai pas la disparition de cette ville.

– Elle n'est pas près de disparaître, répliqua Agamemnon. Elle sera toujours là, telle une javeline dans notre flanc, tant que nous ne l'aurons pas anéantie.

– Les alliés de Troie sont nombreux dans cette région, indiqua Diomède. Ils ne manqueraient pas de voler à son secours.

– Arrêtez ! dit Ménélas. Vous parlez comme si la guerre était une évidence. Il n'y a aucune raison, aucun but qui puissent justifier un conflit contre Troie. À tout prendre, il nous en coûte moins de payer les pots-de-vin et les taxes qu'ils exigent de nous que de rassembler une armée. C'est ainsi que l'on fait du commerce – donnant-donnant. Les dieux leur ont octroyé cette position près de l'Hellespont, tout comme ils nous ont donné la nôtre sur la mer Égée. Et cela, nous devons le respecter. »

Un grognement parcourut la salle. Pourtant, Ménélas s'était exprimé avec intelligence en utilisant des arguments pleins de bon sens. Mais ce n'était pas les mots qui étaient attendus dans cette grande salle glaciale, faiblement éclairée par la lumière tremblotante des torches et plongée dans la pénombre et les demi-vérités.

« Alors comme ça, tu vas te contenter de rester assis dans ton mégaron, à te réchauffer devant le feu ? Tu acceptes de mourir sans qu'aucun fait glorieux ne puisse être rappelé sur ton bûcher funéraire ? » lui demanda Diomède.

Je sentis Ménélas se raidir. Il ne pouvait faire autrement que de répondre. « Je crois... Je crois... que le fait qu'un exploit puisse être chanté lors des funérailles d'un homme dépend du genre de tâche que les dieux lui ont assignée pour le mettre à l'épreuve. Nous devons accepter ce que les dieux versent dans notre coupe. Oui, la paix est elle aussi un bienfait.

– Sottises que tout cela ! Moi, cette coupe en or, s'exclama Diomède en levant le bras bien haut, j'y verse ce que je veux dedans !

– Mais cet objet lui-même, c'est quelqu'un d'autre qui te l'a donné. » Ne pouvant supporter son impudence, j'avais de nouveau pris la parole. « Peut-être n'es-tu pas aussi libre que tu le voudrais. »

Il me fusilla du regard, puis se tourna vers Ménélas, comme pour lui dire : *Mate ta femme !*

« Laisse donc ce pauvre vieux Priam tranquille », dit une voix au fond de la salle. Peut-être le vent était-il en train de tourner. Peut-être les propos avisés de

Ménélas avaient-ils fait leur chemin dans l'esprit de ces hommes.

« Priam ! C'est un vieil imbécile ! Un potentat oriental décadent. Il a une cinquantaine de fils, qui habitent tous dans son palais à Troie, déclara Agamemnon.

– Est-ce là une raison pour l'attaquer ? rétorqua Ménélas. Peu t'importe, qu'il ait cinquante fils ! »

Malgré ses efforts pour la dissimuler, je perçus la douleur dans la voix de mon époux. Cinquante fils – si seulement je pouvais en avoir au moins un, un seul ! Tous les hommes désirent avoir un fils. Et Ménélas en mourait d'envie.

« Ce n'est pas convenable, marmonna Agamemnon, lui aussi sans descendance mâle.

– J'ai entendu dire qu'il venait d'en ajouter un autre à sa liste, dit Palamède. Un qui est déjà grand.

– L'un de ces enfants d'esclaves ? s'exclama Polyporthis en riant. Mais les palais des rois en sont pleins !

– Celui-ci est différent, insista Palamède. C'est un fils légitime abandonné à cause d'une prophétie qui est revenu réclamer sa part d'héritage. On dit qu'il a fière allure, qu'il gagne tous les concours et qu'il est très beau. On l'appelle Pâris, “paquet”, parce qu'on l'a enveloppé comme un paquet avant de l'abandonner tout bébé sur la montagne.

– Comme c'est triste ! fit Thersitès d'un ton railleur. Quelle histoire émouvante !

– Et comme ça le vieux Priam se promène tranquillement sur les murailles de Troie, sans être menacé ! cria Agamemnon, se retenant à grand-peine de cracher. Qu'est-ce que cela peut nous faire, qu'il ait quarante-neuf ou cinquante fils, et que l'un d'eux soit beau ou pas ?

– Qu'est-ce que cela peut te faire à toi, Agamemnon ? fit une voix forte. Tu dis des... Tu parles sans réfléchir. »

Personne n'aurait jamais osé dire à Agamemnon qu'il disait des bêtises – personne, sauf Clytemnestre. Et encore, jamais en public. Les yeux d'Agamemnon se mirent à lancer des éclairs, et à chercher l'homme qui venait de s'exprimer. « Je vais te dire ce que ça me fait ! Priam est le frère d'Hésione ! C'est lui qui n'arrête pas de rappeler au monde entier qu'elle a été enlevée – à Troie, par des Grecs ! Il nous déteste ! » Agamemnon rentra le menton, comme toujours quand il était en colère. Ainsi, il ressemblait à un taureau agressif.

« C'est ton imagination qui te fait dire ça, dit Ménélas. On m'a raconté que c'était un homme raisonnable, d'humeur paisible, qui ne se laissait jamais dominer par la haine.

– Eh bien, s'il a un brin de jugeote, il saura qu'il doit nous craindre ! »

Sur un signe d'Agamemnon, deux hommes surgirent des ténèbres – l'un, le plus âgé, avait un visage rubicond qui exprimait une jubilation malveillante, tandis que le plus jeune avait une chevelure abondante et des sourcils noirs très épais. Je les avais déjà vus quelque part, mais où ?

Le plus âgé avait les bras chargés de vêtements de protection et de cuirasses. Son compagnon portait des armes – lances, épées, flèches et boucliers – qui le faisaient ressembler à un hérisson. Sur sa tête était posé un casque impressionnant fait de rangées de défenses de sangliers.

« Lyncée, montre-leur ce que tu nous as apporté ! »

Obligeamment, l'homme étala par terre sa cuirasse, ses jambières et son casque en bronze, ainsi qu'une immense cotte en spirales métalliques destinée à protéger un soldat des épaules aux cuisses, et dont le poids devait exiger de celui qui la portait au combat une force surhumaine.

« Voici l'équipement du guerrier, dit-il avec fierté.

– J'en ai une réserve pleine, déclara Agamemnon. Si on me cherche, je suis prêt.

– J'ai l'impression que ce sera plutôt toi qui iras chercher l'affrontement, remarqua Diomède. Maintenant que tu disposes de telles armes, il serait vraiment dommage de ne pas les utiliser.

– Plutôt s'équiper à l'avance qu'être pris au dépourvu, répliqua Agamemnon. Cercyon, montre-nous le reste. »

Le jeune homme s'exécuta immédiatement et mit un genou à terre pour déposer les armes à ses pieds. « Le mieux, poursuivit Agamemnon, c'est d'avoir des armes supérieures à celles de l'ennemi, pour ne pas laisser à celui-ci l'occasion de frapper. »

Il désigna les épées et les dagues posées par terre. « Les épées longues sont difficiles à manier. Les courtes sont plus efficaces, plus solides. Pas de risque qu'elles se brisent brusquement et vous laissent sans défense. Elles sont faites pour l'attaque et la frappe, pas pour ces petites estafilades démodées. Et pour les combats rapprochés, rien ne vaut la dague. » Il en brandit une en appréciant son poids. « Le problème, c'est qu'il faut être près, ajouta-t-il en riant.

– L'idéal, ce serait une arme qui permettrait de tuer à distance. En fait, quand on regarde l'évolution des épées, on s'aperçoit qu'elle vise à donner le moyen de tuer tout en se tenant de plus en plus loin du corps de l'adversaire. »

C'était Gélanor, qui venait d'apparaître tout d'un coup à côté du jeune homme. « Ce qu'il te faut, c'est une épée longue qui te permette de taillader l'ennemi. Ce serait le rêve de tout guerrier. »

Que faisait-il ici ? Agamemnon l'avait-il débauché ?

L'idée qu'il quitte Sparte m'était insupportable. Nous devions exiger son retour. Comment Agamemnon l'avait-il recruté ?

« Ton casque en défenses de sanglier, il est très joli, dit Gélanor à Cercyon en désignant l'objet en question. Mais nous avons mieux maintenant. Il te faut quelque chose de plus rigide pour bien te protéger la tête. »

Cercyon prit un air défait. Il ôta le casque et l'écrasa entre ses mains.

Gélanor se pencha sur les flèches et les arcs étalés par terre. « Et puis, tu as besoin de flèches qui vont plus loin.

– Ce sont les lâches qui combattent avec des flèches ! hurla Diomède d'Argos.

– Vraiment ? Quel entêtement ! Non, je vous le dis, mes amis, les flèches ne sont qu'une étape dans la longue histoire des armes de guerre. Grâce à elles, on peut tuer de très loin. Et si nous ne les perfectionnons pas nous-mêmes, d'autres s'en chargeront.

– Quelle est la distance maximale à laquelle un archer peut tuer ? demanda une voix parmi l'assistance.

– Avec ce type d'arc et ces flèches, soixante-dix pas. Mais avec ceux que j'ai conçus, on atteint sa cible à trois cents pas.

– Impossible, dit Agamemnon, qui s'était approché de lui. J'ai grande confiance en Gélanor, mais trois cents pas ! C'est impossible !

– La clé du problème, c'est le type d'arc utilisé. La flèche n'ira pas plus loin que ce que lui permettra la tension de l'arc. Si tu pouvais le bander jusqu'à ton oreille, voire plus loin, tu verrais tes flèches filer à une vitesse et à une distance stupéfiantes.

– Des cordes et des arcs de ce type, nous n'en avons pas, fit remarquer Lyncée.

– Pas encore. Mais nous pouvons les fabriquer. C'est possible. Et sans grande difficulté à mon avis.

– Alors, des arcs comme ça, en fait, tu n'en as pas ?

– Non, mais je suis certain de pouvoir en faire. Par exemple en utilisant des cheveux mêlés aux boyaux de la corde, pour augmenter la vitesse...

– N'importe quoi ! » Lyncée s'empara de l'arc que Cercyon avait posé par terre. « Moi, cet arc, je m'en contente ! »

Cercyon, visiblement intéressé, prit Gélanor à part pour en savoir un peu plus.

« J'adopterai n'importe quelle technique, tant qu'elle me permet de tuer plus de Troyens ! annonça Agamemnon. Qu'on me montre simplement comment faire ! »

Après que les hommes se furent bousculés autour des armes, on rangea celles-ci et on appela un barde. Je me faufilai jusqu'à Gélanor pour lui murmurer à l'oreille : « Nous aurais-tu abandonnés ? »

Il me regarda, la bouche sévère mais avec dans les yeux ce demi-sourire si particulier. « Jamais, Majesté. Je serai toujours là, prêt à détourner les attaques de tes ennemis. »

Aucun ennemi ne s'étant montré depuis l'épisode de mon empoisonnement, je l'avais très peu vu ces derniers temps. « Ne reste pas à Mycènes, lui dis-je brusquement. Je t'ordonne de rentrer à Sparte avec nous. »

Maintenant ses lèvres aussi souriaient. « Soit, j'obéis, répondit-il en riant. Agamemnon me paie mal.

Et, de toute évidence, mes idées ne l'intéressent pas beaucoup. Elles lui coûteraient trop cher, et le bonhomme est pingre. »

Le barde attendait, debout au milieu de la salle, que le silence se fasse dans l'assistance. Sa lyre serrée entre les mains, il fermait les yeux. Dehors, le vent fraîchissait. J'entendis ses bourrasques s'abattre sur les murailles du palais. Quelqu'un mit du bois dans le foyer, mais le froid n'en continua pas moins de se faufiler entre les pierres des murs.

« Chante-nous le voyage des Argonautes, dit une voix. L'histoire de Jason et de la Toison d'or.

– Nous l'avons entendue au moins cent fois, protesta Cercyon. Raconte-nous plutôt Héraclès et l'Hydre ! »

Un grognement parcourut la salle. « Non ! Aucun intérêt !

– Ou bien l'histoire de Persée ! C'est lui qui a fondé Mycènes, à ce qu'on dit.

– Persée et la Méduse !

– Non ! cria Agamemnon. Chante-nous l'histoire de Priam qui cherche sa sœur Hésione. »

Le barde lui adressa un regard navré. « Je ne connais pas de chanson qui raconte cela, sire.

– Alors, composes-en une ! Vous avez bien une muse pour vous inspirer, vous autres les bardes ? »

Le musicien parut mal à l'aise. « Sire, c'est une histoire qui n'est pas terminée. Et cela ne convient pas pour une chanson épique.

– Alors cette histoire, nous allons l'écrire, nous-mêmes ! s'exclama Agamemnon. Comme ça, tu pourras la chanter ! »

Le feu était en train de s'éteindre. Personne ne l'alimentait plus. Dehors, le vent était déchaîné, et les invités avaient hâte de regagner leur lit pour se rouler en boule bien au chaud sous une peau de bête et tenter de trouver le sommeil.

Ménélas et moi avions hérité du plus bel appartement d'invités, celui que nous avions occupé juste après notre mariage. En sortant du mégaron, nous reçûmes la gifle d'un vent si fort et froid qu'on aurait dit de la glace, avec un peu de neige fondue. Frissonnant, nous nous serrâmes l'un contre l'autre et traversâmes le passage qui menait à nos appartements.

Se retrouver là, après tout ce qui s'était passé durant toutes ces années... Mais à la vérité, peu m'importait. J'avais tellement sommeil que c'est à peine si je voyais.

Ménélas grognait, comme d'habitude quand il voulait montrer qu'il était fatigué. Il ôta son manteau de fourrure, mais ses épaules ne parurent pas pour autant soulagées de ce poids.

Je ne l'avais pas remarqué avant, mais il avait le dos voûté – tout l'inverse de Cercyon, ce jeune et bouillant guerrier qui s'était tenu debout devant nous, droit comme une épée neuve et frémissante tout juste sortie de son fourreau. Bien sûr, Ménélas était plus vieux. Ce n'était pas la guerre qui l'avait miné, mais le temps, tout simplement.

Je me sentis attendrie par son dos voûté. Sa faiblesse me le rendait plus cher encore. Je m'approchai de lui, emplie d'une compassion qui m'était inspirée non par sa force, mais par les fardeaux de sa condition humaine.

Cher Ménélas. Je l'aimais. Vraiment.

Enlacés, nous nous étendîmes. Il était tout contre moi. Mon ami, mon seigneur. Hélas, ce qui suivit ne fut pas différent de ce qui se passait d'habitude. Aphrodite se déroba à nouveau et refusa de m'accorder ses bienfaits. Il nous restait l'affection, le respect, la dévotion, dont les dieux nous avaient comblés. Blottie dans les bras de Ménélas, je me dis avec mélancolie qu'il me fallait m'en contenter. Et même, me féliciter de bénéficier de tels dons. Ménélas n'était-il pas mon allié depuis les premiers jours ? C'était là que commençait notre histoire. C'était là qu'elle finissait.

XX

En voyant Sparte apparaître le long des berges de l'Eurotas, je repris courage, comme chaque fois que je retrouvais ma cité. Elle était riante, ouverte, nichée au milieu des arbres – tout le contraire de la froide et méfiante Mycènes. Les palais spartiate et mycénien surplombaient leur ville, mais le nôtre était comme un phare doré dominant la plaine.

Hermione était ravie de rentrer à la maison, dont elle pouvait parcourir les grandes galeries ouvertes à sa guise. Seul lui manquait le plaisir de jouer avec ses cousines. Bien sûr, il y avait les enfants de nos serviteurs et de nos esclaves, mais aucun petit camarade de son sang. Elle me confia cependant que cette fois-ci, sa cousine Iphigénie n'avait pas montré autant d'intérêt que d'habitude pour les jeux, qu'elle avait constitué une impressionnante collection de peignes en ivoire, de miroirs en bronze et de flacons d'huile parfumée qu'elle passait beaucoup de temps à arranger.

« C'est parce qu'elle approche de l'âge où l'on doit songer à se marier, lui expliquai-je. Sans doute essaie-t-elle de s'y préparer, du moins en esprit.

– Et puis Électre, elle est trop petite. C'est une vraie peste ! Tout ce qu'elle sait faire, c'est poser des questions sans arrêt. Aucun intérêt !

– C'est ça le problème quand on a trois ans, dis-je

en riant. Toi aussi, petite, tu posais des questions tout le temps. »

Elle secoua la tête avec fureur, faisant voler ses boucles. « Non, ce n'est pas vrai !

– Mais il n'y a pas de honte à cela, lui assurai-je. Il vaut mieux poser trop de questions que pas assez. »

Des questions... Moi-même j'en avais tellement qui me tourmentaient. Pourquoi Agamemnon voulait-il tant la guerre ? Parce qu'il s'ennuyait et qu'il voyait là un moyen de lutter contre l'inaction ? Était-il jaloux de Priam et de ses nombreux fils ? Quant à moi, avais-je envie que Ménélas parte à la guerre ? Et s'il s'en allait, ma vie serait-elle plus palpitante ? Ou moins ?

L'hiver s'accrocha de ses mains osseuses et griffues à la terre, la vidant de toute vie. Tandis que, frissonnant malgré nos manteaux, nous nous blottissions autour des braseros à l'intérieur du palais, je me dis que Déméter n'avait nul besoin d'avoir recours à de telles extrémités pour pleurer la perte de sa fille Perséphone. Mais c'était là une pensée bien irrévérencieuse. Je m'empressai de demander pardon à la déesse. N'ayant pour l'instant jamais éprouvé la douleur de perdre un enfant, je ne tenais pas à provoquer chez elle l'envie de me faire subir cette épreuve.

Gélanor demanda la permission de retourner à Gythion, expliquant que, n'ayant rien à faire ici à Sparte et disposant de beaucoup de temps, il préférait en profiter pour aller sur la plage ramasser des murex, ces mollusques dont on tire la teinture pourpre, afin que sa famille puisse les vendre aux commerçants qui venaient au printemps. Ramasser ces mollusques par mauvais temps, affirma-t-il, n'était pas si pénible que cela, tant que l'on était sûr qu'un bon feu nous attendait.

« Les Phéniciens eux-mêmes ne prennent pas la mer par ce temps-là, dit-il, mais dès que les tempêtes se calmeront, ils seront les premiers à sortir leurs bateaux. »

Je ne voulais pas qu'il parte. Je prenais toujours grand plaisir à discuter avec lui. Au palais, les femmes ne parlaient que tissage, mariage, morts et naissances. Quant aux hommes, leurs conversations se bornaient à la chasse, au commerce et à la guerre. Certes, Gélanor évoquait les mêmes sujets, mais comme s'il se trouvait perché sur un rocher et les décrivait d'en haut, sans être directement impliqué ou le moins du monde soucieux de prouver quoi que ce soit. Brusquement, il me vint une idée – un moyen de nous guérir tous les deux de notre ennui. « Emmène-moi ! » lui demandai-je.

Il m'adressa un regard intrigué. « Tu tiens vraiment à monter sur les rochers pour ramasser des mollusques ?

– Non, je veux juste voir Gythion. Et la mer. Je n'ai jamais été sur une plage, je n'ai jamais entendu le bruit des vagues.

– Tu es la reine de la terre. Il en sera ainsi jusqu'à ce que Ménélas t'emmène en mer. Son grand-père n'est-il pas crétois ? Pourquoi n'irais-tu pas là-bas avec lui ?

– Son grand-père est souffrant, et Ménélas... » Mon époux n'aimait pas la mer, je m'en rendais compte à présent. Il évitait autant que possible les traversées en bateau. « Il ne se rend que très rarement en Crète. »

Tandis que nous conversions ainsi, une bourrasque fit voler mon voile, ce qui provoqua l'hilarité de Gélanor. « Je t'emmènerai à Gythion quand le vent se sera calmé. Sinon, tu te retrouverais trempée par les embruns et gelée jusqu'aux os, et Ménélas me ferait exécuter parce que j'aurais rendu la belle Hélène malade. » Il regarda l'horizon, les yeux plissés comme si cela allait lui permettre de distinguer la mer. « Poséidon adore ce moment de l'année où il peut donner libre cours à sa fureur et déchaîner des montagnes d'eau. Mais les personnes prudentes prennent soin de l'éviter.

– Alors, pourquoi veux-tu partir ?

– Je n'ai jamais dit que j'étais prudent. Et, de toute manière, l'oisiveté pousse parfois à prendre des risques. »

Ménélas ne s'opposa pas à mon départ. Il avait confiance en Gélanor comme en un frère, alors qu'il ne se fiait pas vraiment à Agamemnon, du moins était-ce mon impression. Il posa une seule condition : que j'attende la fin des grosses tempêtes hivernales, que je n'emmène pas Hermione, et que je me fasse accompagner de deux gardes du corps.

En vérité, Ménélas était particulièrement accommodant ces temps-ci. Il paraissait calme. Peut-être voyait-il enfin que le fait d'être roi lui permettait d'exprimer ses talents. « Rapporte-moi quelques mollusques, me dit-il. D'après ce que j'ai compris, ils sont eux-mêmes incolores et ne libèrent ce fluide pourpre qu'une fois écrasés.

– D'accord, je t'en rapporterai. »

Mon cœur se mit à chanter à la pensée que j'allais enfin me promener au bord de la mer.

Il est un moment de l'année où l'hiver et le printemps entremêlent leurs forces dans un combat où tour à tour ils se jettent à terre, gagnant et perdant la lutte alternativement. Un jour, il fait froid, le lendemain, chaud. Prudentes, les feuilles des arbres hésitent à se déplier. Seules les plus aventureuses s'ouvrent aux rayons du soleil. Ce fut à cette période-là que Gélanor et moi, suivis de mes gardes du corps, prîmes la route de Gythion, situé à un bon jour de marche de Sparte. La perspective de ce voyage me réjouissait. J'étais équipée de bonnes chaussures et d'un manteau chaud. Prudente, j'avais emporté un voile pour couvrir mon visage. J'étais habituée aux regards insistants, mais pas Gélanor, ce qui pouvait s'avérer pénible et ralentir notre marche. Et je ne voulais pas être retardée.

« Dis donc, tu as bien belle allure, remarqua Gélanor quand je le rejoignis devant les portes du palais.

– Que veux-tu dire par là ? lui demandai-je en jetant un coup d'œil à mes pieds et à mon manteau.

– Jusque-là, je ne t'avais vue qu'en grande tenue royale, jamais en voyageuse. Allons, en route ! »

Il sourit.

Sans doute pensait-il que je ne serais pas capable de suivre le rythme. Lorsque nous arrivâmes au site d'Artémis Orthia – cet endroit sombre et mystérieux où les jeunes garçons devaient subir des épreuves physiques secrètes –, il s'arrêta et sortit une gourde remplie d'eau.

« Dis-moi, dit-il, tu es bonne marcheuse. Tu n'as pas l'air aussi essoufflée que moi.

– Je courais beaucoup autrefois. »

Comme cette époque me semblait lointaine !

« Ah, je vois. Heureusement alors que je ne dois pas faire la course avec toi ! »

Il me passa la gourde.

Nous prîmes la route en terre battue qui menait à Gythion en suivant tout d'abord la vallée de l'Eurotas. La rivière, gonflée par la fonte des neiges et les pluies de printemps, se dirigeait vers la mer, comme nous.

Nous traversâmes des villages, des petites fermes. Dans les champs, ensemencés à la fin de l'hiver, l'orge et le blé dur nous arrivaient déjà aux genoux. Personne ne prêtait attention à nous, ce qui m'enchantait, confiai-je à Gélanor.

« Dis-moi, je n'ai jamais osé te le demander avant, par peur d'être indiscret, mais... qu'est-ce que ça te fait d'être sans cesse regardée, quoi que tu fasses ? voulut-il savoir.

– C'est affreux ! Plus que je ne pourrais te le dire !

– Et les personnes qui, au contraire, voudraient qu'on les remarque et que jamais personne ne voit ?

– Comment pourrais-je le savoir ? Je ne peux pas me comparer à elles.

– Mon avis, c'est que ces personnes invisibles sont responsables de tous les problèmes qu'il y a dans le monde. Comme elles veulent qu'on les regarde, elles feraient n'importe quoi pour attirer l'attention. Tuer, lancer de fausses accusations, se vanter et s'attribuer les exploits des autres...

– Je te trouve bien dur, Gélanor. Parfois, une personne très visible veut toujours plus, par pure avidité. » C'était à Agamemnon que je pensais, lui qui s'irritait du calme de sa vie à Mycènes, dont il était pourtant roi. « Et il y a beaucoup de gens ordinaires qui sont satisfaits de leur vie.

– Peut-être, mais quand un homme se sent ignoré... »

En fin d'après-midi, nous nous retrouvâmes devant une chaîne de collines plutôt élevées se dressant telle une barrière. Le soleil qui les surplombait leur donnait un air redoutable. « Au-delà, Gythion et la mer nous attendent, dit Gélanor. Mais nous n'aurons pas besoin de grimper jusqu'en haut. Il y a un col. »

La montée fut pénible. Depuis le col, nous vîmes s'étaler devant nous la mer scintillante, vaste et ouverte, avec, brillant dans le lointain, la ligne d'horizon. Un royaume, en vérité, et quel royaume ! Celui de Poséidon !

Au crépuscule, nous atteignîmes une plage de rochers sur lesquels la mer venait se fracasser. « Nous reviendrons demain dès l'aube, me dit Gélanor. C'est le meilleur moment pour ramasser les mollusques. »

J'emplis mes poumons de l'étrange odeur métallique qui montait des algues et de la mousse tapissant les rochers.

Nous passâmes la nuit chez les parents de Gélanor qui s'efforcèrent de ne pas me regarder de manière trop insistante. C'étaient des gens simples, ouverts. Leur fils évita de se vanter d'être à mon service. Je sentis qu'il ne leur ressemblait pas du tout et que c'était la raison pour laquelle il ne vivait plus là.

L'air était froid, humide, le ciel encore sombre. Gélanor avait insisté pour que nous descendions sur la plage juste avant l'aube. Il avait décidé que je l'attendrais quelque part au sec tandis qu'il pataugeait dans l'eau pour ramasser les murex.

« Mais tu voulais peut-être m'aider, me dit-il en plaisantant.

– Ça va te prendre combien de temps ?

– Oh, je ne sais pas, répondit-il en haussant les épaules. Jusqu'à ce que je n'en trouve plus. »

Il m'avait chargée de surveiller le sac où il mettrait les mollusques ramassés. Je m'acquittai un certain temps de ma tâche puis, lorsqu'il eut disparu derrière des rochers, je mis le sac à un endroit abrité où Gélanor pourrait le trouver et, descendant les rochers, me dirigeai vers le rivage. Malgré la splendeur du lever de soleil, je n'en pouvais plus de rester assise là à contempler l'horizon. Trempée de la tête aux pieds à cause des embruns, je frissonnais.

Je me mis à marcher le long de la mer, cheminant avec précaution entre les rochers dans l'espoir que cela me réchaufferait. J'avais ordonné aux gardes de rester avec Gélanor. J'accélérai le pas. Il n'y avait personne d'autre aux alentours. Il était encore trop tôt pour les pêcheurs. Les vagues qui venaient se briser au milieu des rochers étiraient sur la plage leurs doigts ourlés d'écume mousseuse et blanche.

Je vis une petite île pas très loin. Elle était couverte d'arbres qui se courbaient sous la force du vent et semblait m'appeler.

Je continuai à marcher. Le soleil qui montait dans le ciel vint frapper mes épaules et commença enfin à me réchauffer. C'est alors que, plus loin sur la gauche, je vis s'ouvrir au milieu des rochers une sorte de faille. Sans trop savoir pourquoi, je dirigeai mes pas vers elle. Lorsque je fus plus près, je sentis un vent chaud venir de l'intérieur.

C'était impossible ! Dans les cavernes, l'air est plus froid qu'à l'extérieur. Je voulus en savoir davantage et entrai en trébuchant dans la bouche sombre de la grotte. Il y faisait aussi chaud qu'en plein été.

La température montait. Un vent tiède vint caresser ma peau, transportant avec lui une odeur de roses. Des roses comme celles que j'avais vues dans les champs et les prairies, qui ont une multitude de pétales, s'épanouissent dans les endroits qui leur plaisent, parfument l'air, mais se refusent aux jardins.

Les roses ne poussent pas dans les grottes. Elles recherchent le soleil !

Mon cœur battait à tout rompre. Je respirais à grand-peine. L'air qui m'entourait était saturé de l'odeur des roses, de leur parfum à l'état pur. Portant la main à ma gorge, je tombai à genoux d'un seul coup. C'étaient les dieux, je le savais.

Je courbai la tête en fermant les yeux – moins par vénération que par crainte. Qu'allais-je voir ? L'émotion me submergeait.

« Mon enfant, fit une voix murmurante, écoute-moi. Je t'ai appelée. Il m'a fallu attendre longtemps. Ton père m'a dédaignée, il a repoussé mes offrandes. Quant à toi, tu m'as oubliée, la veille de tes noces. Comment as-tu pu ? En matière de mariage, je suis la déesse sans laquelle nul ne peut réussir. Héra ? Allons donc ! Elle ne sait rien de ce qui lie un homme et une femme. Elle ne peut même pas satisfaire Zeus ! Elle est allée jusqu'à me supplier de lui prêter ma ceinture, celle qui inspire le désir.

– Aphrodite ? C'est toi ? demandai-je d'une voix timide.

– Oui, mon enfant. Tu es ma semblable. J'ai voulu t'oublier, à cause de la façon dont ton père et toi m'avez offensée, mais je ne puis. Il est rare qu'une femme mortelle soit presque mon égale. C'est ton cas. Nous sommes donc sœurs, je l'ai enfin admis. » Après un court silence, elle ajouta : « Viens, entre. »

J'avais toujours trouvé les cavernes inquiétantes. J'obéis malgré ma peur et franchis les rochers gardant l'entrée. Au lieu d'être plongée dans l'obscurité, la grotte baignait dans une lumière rougeoyante. L'air se fit encore plus chaud. Alors, je vis autour de moi une explosion de couleurs, telles les teintes luxuriantes des nuages au coucher du soleil. C'étaient des roses par centaines, toutes pleinement épanouies, rouges comme des blessures, ou d'un rose délicat tel l'intérieur des coquillages, ou encore cramoisies à faire pâlir un champ de coquelicots. Leurs pétales tombaient en pluie douce, couvrant le sol de la caverne et l'habillant d'un tapis si épais que je peinais à avancer. Leur caresse était douce et fraîche autour de mes chevilles.

« Montre-toi », murmurai-je.

Je devais la voir.

« C'est dangereux. Voir un dieu ou une déesse face à face peut provoquer la mort.

– En est-il toujours ainsi ? »

Je brûlais d'envie de la contempler.

« En général oui. Cela vaut-il la peine que tu prennes ce risque, chère Hélène ? Zeus, ton père, serait en colère contre moi si je causais ta perte. Tu es la seule fille qu'il ait eue avec une mortelle. Il t'adore et je n'ose provoquer son courroux. Oui, même nous, les déesses, le redoutons ! Mon enfant, tu dois me croire sur parole. Mais peut-être un jour pourras-tu me voir en toute sécurité. »

Que voulait-elle dire par là ? Que je deviendrais une déesse et que j'irais vivre sur le mont Olympe ?

« Ne t'imagine pas de telles choses. Rares sont ceux auxquels une telle chose arrive. »

Elle lisait dans mes pensées, et ce bien plus rapidement et de manière plus précise que me le permettait le don que m'avaient octroyé les serpents.

« Passe devant moi, s'il te plaît, lui demandai-je. J'aimerais voir remuer ces roses. »

Son rire était plus doux que le miel, plus profond que le désir. Ou plutôt, c'était le désir lui-même, condensé dans un son. Les roses se mirent à frémir, leurs pétales à tomber de plus belle. « Voilà, dit-elle en soupirant.

– Pourquoi m'as-tu fait venir ? lui demandai-je après avoir empli mes poumons de cette merveilleuse odeur.

– Mon enfant, c'est toi qui m'as appelée.

– Mais... Comment...

– Cela fait longtemps que tu me cherches, que tu aspires à me connaître. Mon absence – délibérée, je l'avoue – te tourmente depuis longtemps.

– Non, ce n'est pas qu'elle me tourmente... »

N'avais-je pas, finalement, appris à vivre sans, sans ce quelque chose que je n'avais jamais goûté ? Ce que l'on n'a jamais connu peut-il vraiment nous manquer ?

J'entendis son rire doux, intime et excitant.

« Oh, n'aie pas honte. Ils sont nombreux, ceux qui me cherchent, me maudissent et que j'ai ignorés. Mais toi ! Ne dédaigne pas ce dont tu ignores tout. Les gens qui vivent dans une caverne – et dont le sort, je suppose, te laisse indifférente – peuvent bien mépriser la lumière du soleil, ils ne la connaissent pas ! À toi, je veux montrer ce qui manque à ta vie, ce qui te fait cruellement défaut.

– Alors, j'attends ton offrande. Touche-moi. Ouvre mes yeux », l'implorai-je, en espérant que mes paroles étaient suffisamment humbles.

Mais au moment même où cette idée me venait à l'esprit, je la réprimai. La déesse savait lire dans les pensées.

« Ce sera pour moi un grand bonheur que d'exaucer ta prière.

– Que dois-je faire ? lui demandai-je d'un ton suppliant.

– Reste bien immobile. Ferme les yeux. De tes bras tendus, touche les roses à ta droite et à ta gauche. Quand tu retourneras sur la plage, va te tremper les pieds dans l'eau et attends qu'une vague ourlée d'écume arrive. Laisse-la te submerger, te tremper jusqu'aux os. Alors, tu te sentiras envahie par moi. »

Je tendis les bras, pris des poignées de pétales et les écrasai. Leur parfum brusquement libéré envahit l'air.

« Ferme les yeux, dit Aphrodite. Tu vas devoir utiliser tes autres sens maintenant. »

Dès que j'eus les yeux fermés, la chaleur de l'air, l'intense odeur des roses, le chuchotement de la voix d'Aphrodite devinrent plus perceptibles.

« Je te touche, souffla-t-elle à mon oreille. Je te donne ma vision. Zeus est ton père, mais moi je suis ta sœur. Je ne te quitterai jamais. Je serai toujours à tes côtés. »

Maintenant, la seule chose que je percevais, c'était le doux murmure de sa voix.

« Ouvre les yeux. »

J'obéis. Les roses palpitantes étaient d'un coloris plus éclatant encore que tout à l'heure. Jamais je n'aurais imaginé que des fleurs puissent être aussi somptueuses. Je levai les yeux vers le plafond de la caverne. Ses recoins sombres et profonds semblaient renfermer de mystérieuses richesses et des promesses infinies.

« Tu perçois maintenant le monde à travers le voile d'Aphrodite. C'est une autre façon de voir. »

Je sentis qu'elle m'intimait de partir, qu'elle en avait fini avec moi.

« Non, pas du tout, m'assura-t-elle. Tu es mon élue, ma fille en même temps que ma sœur. Pense donc, je n'ai jamais eu de fille. Il serait temps, quand même. Savais-tu que les dieux et les déesses donnent généralement naissance à des mâles ? Ainsi, tu es la seule enfant de sexe féminin parmi nous.

– Mais je ne suis pas une déesse !

– Pas tout à fait, mais presque, dit-elle en soupirant. Et nombreux seront ceux qui te traiteront comme telle. Tu détiens certains privilèges qui nous sont réservés.

– Lesquels ?

– Par exemple, là où d'autres seraient tués ou échangés... » Elle se mit à rire, sans que je comprenne pourquoi. « Mais j'allais oublier... Vous autres mortels, vous aimez les surprises. C'est pour cela que les oracles s'expriment à travers des énigmes. Vous en dire trop, c'est gâcher le mystère... Et je ne voudrais pas t'en priver. »

Tout d'un coup, elle se volatilisa. Je restai seule, dans la caverne sombre et maintenant humide. Disparues, les roses. Évaporée, la chaleur de l'air.

Pourquoi les dieux nous quittent-ils d'une manière si brutale ? Pour nous taquiner, nous punir, se moquer de nous ? J'en fus réduite à essayer de trouver la sortie à tâtons. Il me prit l'envie d'attraper la déesse par les épaules, de la secouer et de lui dire : *Comment oses-tu me traiter ainsi ?* Mais il n'y avait rien à faire. Ainsi sont les dieux, ainsi sommes-nous, nous autres mortels. Parfois, nous parvenons à nous parler et à nous comprendre. Mais la plupart du temps, cela nous est impossible.

Dans la caverne, le temps s'était évanoui. Quand je sortis, il était midi. Sous le soleil au zénith, la mer s'était transformée en miroir. Je regagnai l'endroit d'où j'étais partie. Je constatai avec bonheur que le sac était toujours là, intact.

Debout un peu plus loin, les mains sur les hanches, Gélanor fouillait les environs du regard, dans l'espoir de me trouver. Je lui fis un signe de la main. Mais pour être honnête, je n'avais pas envie de lui parler, ni à personne d'autre d'ailleurs. Tout ce que je souhaitais, c'était pouvoir m'allonger sur le sable, seule, et réfléchir à ce qui venait de m'arriver.

« Hélène ! Hélène ! » cria Gélanor en agitant le bras.

Je me dirigeai vers lui. Le sable s'enfonçait sous mes pieds. Les odeurs de la mer, du sable, du sel parvenaient à mes narines, encore plus intenses qu'avant.

« Où étais-tu ? me demanda Gélanor.

– J'avais froid, alors j'ai laissé le sac ici, dans un endroit protégé, et je suis allée me promener pour me réchauffer.

– Je t'avais bien dit qu'il ferait froid ! » dit-il d'une voix sévère.

J'aurais aimé lui répondre que cela importait peu, que ces petits soucis ordinaires ne comptaient plus.

« Tu en as ramassé combien ? » lui demandai-je en arrivant à son niveau. Je savais que c'était le genre de question qu'il attendait.

« Beaucoup », répondit-il en tapotant le sac, avant de se tourner brusquement vers moi. « Qu'est-ce qui ne va pas ?

– Rien, tout va bien, lui répondis-je, les yeux écarquillés.

– Tu marches comme une somnambule. »

Le soleil frappant les rochers leur donnait un éclat somptueux. On aurait dit des offrandes divines. Pourquoi ne m'en étais-je pas rendu compte avant ?

« Rien, tout va bien, répétai-je.

– Je ne te crois pas, rétorqua-t-il en agrippant mon bras. Tu es malade. »

C'est alors qu'une vague immense se dressa au large. En se soulevant, elle forma une crête et roula dans notre direction. Je m'arrachai aux mains de Gélanor, courus vers la mer et attendis, les bras levés, que la vague me submerge, comme Aphrodite me l'avait ordonné.

« Non ! » cria Gélanor en se précipitant à ma poursuite.

Il arriva trop tard. L'immense vague m'avait engloutie, avalée dans son rouleau vert. Je m'abandonnai à elle. Elle était chaude, comme le souffle d'un baiser sur mon cou, comme l'eau d'une jarre de terre cuite chauffée par le soleil de l'été. Écume légère, elle m'enveloppa, me baigna. Puis elle se retira. Je restai debout sur la plage, recouverte d'un manteau mousseux d'un blanc de spectre.

« Tu es folle, me dit Gélanor en m'entourant les épaules de ses bras robustes. Cette eau est d'un froid mortel. » Il y plongea la main et rajouta, « Elle est dangereuse. » Étais-je donc la seule à sentir la chaleur de la mer ?

Il voulut absolument m'envelopper dans une couverture et m'éloigner du rivage. « Mais qu'est-ce qui t'a pris ? » me demanda-t-il en séchant la mousse qui me recouvrait.

Je ne répondis pas. Cette écume marquait ma consécration. J'appartenais à Aphrodite. C'était là notre secret, notre serment à toutes les deux.

Très loin à l'horizon une île se dessinait. Il fallait que je trouve quelque chose à dire à Gélanor, quelque chose d'anodin. « Cette île, là-bas, comment s'appelle-t-elle ?

– Cythère, dit-il d'un ton sec. D'ici, si les vents sont favorables, on en a pour deux jours de bateau.

– On dirait qu'elle me fait signe.

– C'est là qu'est née Aphrodite, qu'elle est sortie de l'écume, que la conque qui la portait s'est échouée sur la plage. Et ça, c'est Cranaé », ajouta-t-il en désignant l'île toute proche du rivage qui avait attiré mon attention un peu plus tôt. « Elle est plus facile à atteindre. »

XXI

Le chemin du retour me parut plus court, peut-être parce que mes jambes avaient acquis de nouvelles forces. Gélanor avait déposé les murex dans un réservoir en pierre proche du rivage et rempli d'eau de mer, afin que ses parents puissent les vendre aux Phéniciens quand ils arriveraient. Il en avait ramassé une quantité impressionnante, de quoi remplir presque tout le réservoir.

« C'est plus intéressant que l'agriculture. La teinture elle-même vaut dix à vingt fois son poids en or. »

Pour Ménélas, j'avais choisi deux gros mollusques, précieusement conservés dans une cruche d'eau scellée.

À présent, je contemplai avec avidité le paysage que nous traversions, suivis à distance respectueuse par les gardes. Nous étions en train de grimper les collines derrière lesquelles se cachait Gythion. Une fois qu'elles seraient dépassées, ce serait au tour de la mer de se dérober à nos regards. Des chênes et des ifs fièrement dressés vers le ciel s'accrochaient aux pentes. J'entendis tinter les clochettes accrochées au cou des chèvres qui paissaient dans les prairies et vis les bergers endormis à l'ombre des arbres.

« Arrêtons-nous », proposai-je à Gélanor. Une envie irrépressible de m'asseoir sur le flanc de cette colline près des troupeaux s'était emparée de moi, sans que je sache pourquoi.

Gélanor m'adressa un regard intrigué. « Mais nous venons à peine de nous mettre en marche. Tu es déjà fatiguée ?

– Non.

– Mais alors, qu'est-ce que tu as ?

– J'aimerais m'attarder ici quelques instants », lui expliquai-je en m'asseyant par terre.

J'appuyai mon dos sur le tronc d'un vieux myrte – arbre sacré d'Aphrodite – et fermai les yeux. L'air retentissait des tintements aigus des clochettes des chèvres. La brise amenait avec elle l'odeur du thym sauvage, âcre et sucrée à la fois.

Brusquement, comme dans la grotte, il n'y eut plus ni temps ni espace. Les yeux toujours fermés – Aphrodite ne m'avait-elle pas expliqué qu'ils interféraient avec nos autres sens ? –, je fis taire les battement de mon cœur et laissai mon esprit errer en liberté. Je percevais les odeurs, les sons, la surface rugueuse et dure du sol. Une autre montagne m'apparut, plus haute, couverte de prairies vertes et de champs de fleurs sauvages que butinaient des papillons. Un ruisseau aux eaux fraîches et ombragées se déversait en clapotant dans une mare. Il y avait également des troupeaux de vaches, à l'odeur chaude, épaisse, aux meuglements plus graves que les bêlements des chèvres et des moutons. Enfin je vis – quelque part dans mon esprit, dans ce rêve éveillé – un berger endormi dont la tête reposait sur un coussin d'herbe verte et de fleurs des champs. Il souriait. Et je vis, à l'intérieur de son rêve, des déesses défiler devant lui, au nombre de trois.

Dans son rêve, cet homme se levait, s'approchait d'Aphrodite. Je n'arrivais pas à entendre ce qu'ils se disaient, mais ils souriaient et paraissaient d'accord.

Puis les déesses disparurent et l'homme s'éveilla, roula sur le côté, mit ses bras autour de ses genoux et soupira.

« Il faut y aller. Nous avons une longue journée de marche devant nous. » C'était Gélanor.

Oui, il fallait partir. Je me levai, la tête encore étourdie par ces visions. Ces déesses, ce berger, cette montagne pentue et ces ruisseaux qui tombaient en cascade, qu'avaient-ils à voir avec moi ? Avec les collines, les champs et les forêts qui nous entouraient ?

Le soleil était couché depuis longtemps lorsque nous atteignîmes Sparte. La toute dernière étape de notre voyage, l'ascension jusqu'au palais, me parut interminable après cette longue journée de marche. En franchissant les portes, je vis les chevaux et le char d'Agamemnon dans la grande cour, en même temps que l'odeur de bœuf rôti parvenait à mes narines. Nous avions de la visite.

Alors, la fatigue me submergea. Mes pieds couverts de poussière me faisaient mal. Je n'aspirais qu'à une chose – me faire apporter un repas dans le calme de mes appartements et me retirer. Je me tournai vers Gélanor, l'air effondré.

Il secoua la tête. « Majesté, c'est là qu'il vaut mieux être un homme ordinaire plutôt qu'une reine. À présent, je peux me reposer. Pas toi.

– Ce n'est pas juste ! »

Il se mit à rire et se pencha pour m'embrasser sur la joue. « Courage ! » dit-il en s'inclinant.

Que faire ? Rentrer dans mes appartements et attendre qu'on m'appelle ? Aller directement dans le mégaron et en finir au plus vite ? Je décidai qu'il valait mieux rejoindre nos invités. Une fois que j'aurais retrouvé ma chambre, il me serait plus difficile encore de la quitter.

Je passai le vestibule et pénétrai dans le vaste mégaron. À mon grand soulagement, l'assemblée était peu nombreuse.

Ménélas se précipita à ma rencontre. « Mon épouse bien-aimée, nous venons d'apprendre une triste nouvelle. »

Agamemnon nous rejoignit. « Catrée, notre grand-père, est mort. Nous devons partir pour organiser ses obsèques. » Je m'apprêtais à lui exprimer mes condoléances. D'un signe, il m'arrêta. « Nous nous y attendions. Et puis, il a eu une longue vie, bien plus longue que celle de notre père. Hélas, il nous faut retarder notre départ de neuf jours.

– Pourquoi cela ?

– Au moment même où j'apprenais la mort de Grand-père, des... des visiteurs sont arrivés. Nous sommes tiraillés entre deux protocoles, celui qui nous impose d'assister aux funérailles d'un membre de notre famille, et celui qui exige que nous fassions les honneurs de notre demeure à un hôte ou un envoyé étranger pendant neuf jours.

– Je vais donc les retenir ici, poursuivit Ménélas, leur faire servir des festins royaux, m'occuper d'eux, tandis qu'Agamemnon rentrera à Mycènes afin de préparer les bateaux pour le voyage jusqu'en Crète.

Jusqu'en Crète ! « Puis-je t'accompagner ? » lui demandai-je. J'avais tellement envie de voir cette île, depuis si longtemps !

« Non, tu n'es pas de son sang. En outre, c'est toi qui gouverneras Sparte pendant mon absence.

– Mais Père ou Mère...

– Non. Tu restes ici. »

Adoptait-il ce ton autoritaire pour faire plaisir à Agamemnon ?

Ainsi, je n'irais pas en Crète. Aurais-je un jour

l'occasion de voir autre chose que Sparte ? Même pour aller à Gythion, pourtant toute proche, il m'avait fallu demander une autorisation spéciale.

« Ces envoyés, qui sont-ils ?

– Ils viennent de Troie ! marmonna Agamemnon. Troie ! L'un d'eux est le fils de Priam, et l'autre son cousin. Ils s'appellent Pâris et Énée.

– Ils viennent de Troie ? lui demandai-je, incrédule.

– Oui. Priam les a dépêchés en ambassade au sujet de leur tante Hésione. Il craint la guerre ! dit Agamemnon en gloussant.

– Ou peut-être pense-t-il qu'il serait idiot de se battre pour ça et qu'il vaut mieux apaiser ces tensions », rétorqua Ménélas.

Une telle perspective ne pouvait que déplaire à Agamemnon qui bouillait d'envie de guerroyer, même pour une vieille femme qui ne se plaignait pas de sa vie. « N'importe quoi ! » s'exclama-t-il. Il se mit à rire, se tourna vers moi et me proposa de rencontrer les émissaires troyens.

Ménélas me tendit la main. Il ne m'avait pas parlé des mollusques. Pourvu que Gélanor puisse les maintenir en vie jusqu'au matin !

Les deux visiteurs se tenaient debout près du foyer au milieu du mégaron. Ils se retournèrent presque en même temps. L'un était vêtu d'une peau de daim, et l'autre d'un manteau de couleur pourpre agrafé à l'épaule par une broche.

Ils étaient tous les deux beaux – le premier avait les cheveux brun foncé, et un visage aux traits presque parfaits (ce qui n'avait rien d'étonnant, car il était, je l'appris plus tard, le propre fils d'Aphrodite). Mais ce fut l'autre, le grand blond aux larges épaules, qui attira mon regard. C'était lui, le berger de mon rêve ! Il me fixait du regard.

Il s'inclina. « Je suis Pâris.

– Et moi, Énée », dit son compagnon.

Des dieux. C'étaient des dieux. C'est ce que tout le monde disait des Troyens, qu'ils étaient si beaux que les dieux eux-mêmes les enlevaient. *De tous les mortels, les Troyens sont les plus proches des dieux par leur beauté et leur grande taille*, me murmura Aphrodite en frôlant mon oreille, tel un délicat papillon de nuit blanc.

Je restai muette quelques instants, puis me ressaisis. C'était absurde !

« Je suis Hélène.

– L'immortelle Hélène, dit Pâris, le visage comme éclairé de l'intérieur par une lumière dorée.

– Non, je ne suis pas immortelle. Je mourrai, comme tout le monde.

– Jamais. »

Cet échange ne dura que quelques secondes, mais les mots ne comptaient pas. Nous ne pouvions détacher nos yeux l'un de l'autre. Je voulus lui raconter comment je l'avais vu en rêve sur la montagne, lui demander ce que cela voulait dire. Mais je me trouvai soudain incapable de dire quoi que ce soit. Le regarder suffisait à mon bonheur.

« Nous sommes venus au nom de la paix, dit-il. La brutalité des réponses obtenues par Priam au sujet de sa sœur Hésione nous peine. »

Sa voix résonnait telle la flûte de Pan dans les clairières. « Mais elle est heureuse en Grèce, dis-je.

– Hélène n'est pas là pour discuter politique ! fit la voix coupante d'Agamemnon dans la pénombre. C'est mon frère et moi qui sommes habilités à négocier, pas sa femme ! »

Ses paroles furent approuvées par des rires serviles parmi l'assistance.

« Je suis une femme, en effet, poursuivis-je. Et je crois être en mesure de parler de ce qu'une personne de mon sexe ressent.

– Peu nous importe ce qu'elle ressent ! » tonna la voix d'Agamemnon.

Pâris et Énée gardèrent le silence. Mon estime pour eux n'en fut que plus grande. Je n'arrivais pas à détacher mes yeux de Pâris. Pour la première fois de ma vie, peut-être, je sentais le désir me percer le cœur. J'avais envie de le posséder, de le dévorer, de lui mettre une chaîne autour du cou pour qu'il soit toujours à ma disposition. Je voulais lui donner tout ce qu'il désirait, tout. Je voulais ne jamais le quitter. Pourtant, nous n'avions pas encore échangé un seul mot en privé.

Oh, Aphrodite ! Tu es en effet la plus puissante des déesses. Tu as assujetti mes sens, mes pensées, ma raison.

Me libérer de ces chaînes, je n'y songeais pas. Je n'étais plus qu'une humble prisonnière, mais jamais je n'avais été aussi vivante.

Légère comme une nymphe, je retournai vers mes appartements. Ma fatigue s'était envolée. Je me sentais aussi aérienne que le jour de cette course le long de l'Eurotas. Mais cette fois-ci, je ne m'arrachais pas à une ligne de départ, je courais vers Pâris.

Songeuse, je m'abandonnai aux mains de mes suivantes qui me déshabillèrent et me préparèrent pour la nuit. Je levai les bras, comme pour toucher le plafond. Je sentis qu'on me détachait les cheveux, qu'on les laissait retomber sur mes épaules. Une étoffe légère glissa jusqu'à mes chevilles.

« Chère reine », dit l'une de mes femmes en m'indiquant le lit et en s'inclinant. Soudain, comme saisie par une inspiration, elle prit un flacon d'albâtre, le déboucha et déposa quelques gouttes d'huile de rose sur ma gorge. « En attendant que les vraies roses fleurissent », dit-elle.

Oh, mais elles étaient déjà en fleur ! Je les avais vues ! Je remerciai ma suivante et lui pressai la main.

Je m'allongeai, ramenai les draps sur moi, impatiente d'être seule pour réfléchir. En fermant les yeux, je revis la caverne, les roses, l'écume et cette scène de consécration. Puis le rêve et le jeune homme qui gardait les vaches. Celui qui était maintenant dans ce palais. Qui d'ailleurs n'était pas un simple vacher, mais un prince troyen. Tout ceci était tellement absurde ! Je fus prise de vertiges.

Pâris. Il s'appelait Pâris. N'avais-je pas déjà entendu ce nom quelque part ? Oui... Cet enfant qui avait été exposé, abandonné, et qui, des années plus tard, était revenu chez son père, Priam !

Pour quelle raison avait-on voulu le faire mourir ? Il n'avait aucune tare physique, aucun défaut. Qu'est-ce qui pouvait bien pousser un père et une mère à abandonner leur petit garçon ? Parfois, on exposait les filles, pour la seule raison qu'elles étaient de sexe féminin. Mais le descendant mâle d'une lignée royale... Bien sûr, Priam avait tellement de fils qu'un de moins ne pouvait pas changer grand-chose pour lui. Mais ne m'avait-on pas parlé d'un mauvais présage ?

L'idée que Pâris aurait pu mourir, que seul le hasard lui avait permis de survivre, d'être ici, bien vivant, à Sparte... tout cela m'était intolérable !

Pâris... Pourquoi étais-je attirée par lui, et non par son cousin Énée, tout aussi beau ? Impossible de me l'expliquer. La seule chose que je savais, c'est que l'apparition de Pâris m'avait... embrasée, c'était le mot qui convenait.

J'ouvris les yeux. J'avais entendu un bruit, comme quelque chose que l'on laisse tomber. Ménélas était en train de jeter son manteau, auquel était agrafée une lourde broche, sur un coffre. Ainsi, cette nuit, il venait à moi. Les suivantes avaient laissé une lampe allumée. Il s'étira et ôta sa tunique courte et légère, la lumière faible révélant l'éclat mat de ses larges épaules musclées. Je les vis bouger quand il baissa les bras.

Aphrodite allait-elle changer ma façon de le regarder ? Allais-je pouvoir enfin le voir avec les yeux du désir ? C'était la meilleure chose qui pouvait m'arriver. Ô Aphrodite, donne-moi ta vision, fasse que je voie mon mari à travers ton prisme enchanté. Fasse que je devienne l'une de ces femmes heureuses ! Que les rets du désir tombent sur mon fidèle époux !

Il s'approcha. Je fermai les yeux. Quand je les ouvrirais, comment le verrais-je, lui ?

« Tu as fait un long voyage aujourd'hui, dit-il en s'asseyant au bord du lit, qui se creusa légèrement sous son poids. As-tu passé une bonne journée ? »

Sa voix était chaude et douce.

« Oui, très bonne. Nous t'avons rapporté quelques murex, comme tu me l'avais demandé. »

J'ouvris les yeux.

Il me remercia puis se pencha pour me caresser la joue.

J'eus un mouvement de recul. Pour un peu, j'aurais frémi de dégoût. Fallait-il que ceci soit la seule réponse d'Aphrodite, son cruel verdict ?

Les rets du désir ne se refermeraient pas sur mon mari. Ils étaient destinés à Pâris, et à lui seul.

Je tournai le dos à Ménélas.

Nous étions allongés côte à côte, comme nous l'avions fait tant de nuits. Lentement, je m'éloignais, portée par des rêves courts, fragmentés, dont j'émergeais en reprenant conscience, telle la lune apparaissant entre les nuages. Finalement, complètement éveillée, je me glissai hors du lit et mis mon manteau.

Je ne savais où aller ni que faire. Je ne pouvais pas rester dans la chambre, de crainte de faire du bruit et de réveiller Ménélas. Le palais était plongé dans l'obscurité. Les soldats montaient la garde, mais à part eux tout était immobile et silencieux.

D'une main tremblante, j'ouvris la porte et me faufilai dehors. Mon esprit retrouva immédiatement le calme. J'avais simplement besoin d'être seule, vraiment seule, quelques instants. Besoin de réfléchir, pas de parler à quelqu'un. J'appréciais beaucoup Gélanor, mais il vérifiait tout et posait beaucoup de questions. Quant à Ménélas... Je ne pouvais pas lui confier mes soucis.

Et si je me rendais en pèlerinage quelque part ? Mais non, c'étaient les dieux qui avaient provoqué tout cela. Et l'autel domestique, où vivait notre serpent sacré, celui que j'avais rapporté du temple d'Asclépios... oui, c'était peut-être ce qu'il me fallait ! Il n'était pas consacré à un dieu en particulier, mais aux esprits de notre maison et de notre dynastie.

La lune montante projetait sous le portique les silhouettes noires et allongées des colonnes. Je traversai cette forêt d'ombre et de lumière.

Toute proche, la petite pièce circulaire en marbre, dont le centre était occupé par l'autel, réfléchissait la clarté lunaire. Par terre, il y avait deux lampes votives à la flamme tremblotante. Je m'assis sur un banc près du mur, les mains sur les genoux.

Le gâteau au miel offert la veille au serpent était posé à côté de l'une des lampes. Comme promis, je m'occupais de notre serpent avec assiduité. Il avait beaucoup grandi depuis son arrivée huit hivers auparavant. Et il m'aimait beaucoup, du moins c'est ce qu'il me plaisait de croire. Mais il est difficile de savoir ce qu'un serpent pense. Le nôtre sortait toujours de sa cachette pour venir me voir. Était-il là ce soir ? Peut-être dormait-il, comme tout le monde.

C'était la première fois que je me retrouvais entièrement seule depuis que j'avais pénétré dans la caverne. Ah ! Transcender tout, le palais, Ménélas, Aphrodite, moi-même ! Mon serpent apprivoisé était la seule créature que j'avais envie de toucher et à laquelle je voulais bien parler. Et le voilà qui sortait de derrière l'autel, comme pour répondre à un ordre silencieux.

Je me levai et m'approchai de lui en prenant soin de me déplacer en douceur, sans mouvement brusque – les serpents détestent cela. Je me penchai pour caresser sa tête lisse.

« Mon ami, murmurai-je. Je suis heureuse de te voir. »

Il leva la tête et sortit sa langue.

« Tu protèges notre maison. »

Il se contenta de s'approcher de moi.

« Oh, je ne peux même pas te dire ce qui s'est passé, mais je sais que tu protèges notre foyer et que tu nous avertiras en cas de danger. »

Il se dressa et, à ma grande surprise, vint s'enrouler autour de ma cheville, en me serrant de plus en plus fort.

« Ami, s'il te plaît, exprime-toi plus clairement. » Était-il en train de me prévenir de quelque danger ? Je me baissai pour tenter de lui faire lâcher prise, mais il me serra davantage encore. Je commençais à ressentir une douleur. « Je ne comprends pas ce que tu veux me dire. Libère mon pied. Tu me fais mal, vraiment. » Je tentai à nouveau de lui faire lâcher ma cheville. La force avec laquelle il me tenait me surprit. Il m'était impossible de le dérouler sans le blesser.

« Il veut te faire comprendre quelque chose », fit une voix douce venue de la pénombre.

« Qui est là ? » demandai-je, sans obtenir de réponse, si ce n'est un bruit de pas. Enfin, dans la lumière pâle teintée de blanc, je vis apparaître Pâris.

Je réprimai un cri. Il s'approcha. « Oh ! » dis-je un peu bêtement.

« Veux-tu que je t'aide à te débarrasser de ce serpent ? » Il s'agenouilla pour toucher délicatement le corps souple, mais le serpent avait déjà desserré son étreinte et s'éloignait. Pâris se pencha en avant et déposa un baiser sur ma cheville. Ses lèvres chaudes enflammèrent mon sang. Je retirai mon pied brusquement.

« Il... Il est parti. » C'était tout ce que je pouvais dire.

Pâris se redressa lentement, entièrement, et je vis à quel point il était grand. Il baissa les yeux vers moi.

« Je suis venu ici parce que je n'arrivais pas à dormir, m'expliqua-t-il.

– Moi non plus. »

Conversation des plus anodines !

Nous n'arrivions pas à dormir. Parce que nous pensions l'un à l'autre. Mais ça, qui pouvait le dire ?

« Oui... oui..., dis-je.

– Hélène... »

Il s'arrêta, inspira profondément, comme pour bloquer les mots qui montaient à sa gorge. Mais cette barrière était bien insuffisante. Les mots débordèrent : « Tu es aussi belle qu'on le dit. Oh, bien sûr, tu ne le sais que trop bien ! Combien sont-ils, les idiots bredouillants qui n'ont pas pu s'empêcher de te le déclarer ? Oui, ta beauté est... divine. Mais ce n'est pas elle qui m'attire, c'est quelque chose que je ne parviens même pas à dire avec des mots. » Il leva les yeux vers le plafond sombre et se mit à rire. « Tu vois comme cela me rend incapable de m'exprimer ? Mais mes sentiments n'en sont pas moins réels. Tu es là, Hélène, au plus profond de moi-même, et pourtant je ne sais comment te le faire comprendre.

– Je t'ai vu dans un rêve. Tu étais sur une montagne, dans un pré, avec des déesses.

– Oh, c'était un rêve, rien de plus, dit-il rapidement. Mais s'il t'a fait penser à moi, alors je lui en suis reconnaissant.

– Je suis mariée.

– Je sais.

– J'ai une petite fille.

– Je sais. C'est pour ça que tout ceci est impensable.

– Les dieux adorent se divertir avec nous.

– C'est vrai. »

Il était là, debout, condensé de désir. Je tendis les bras, l'enlaçai. Il était bien réel. Il ne disparut pas. Il me serra contre lui, si réel que ses bras me firent mal tellement ils étaient forts. Je l'embrassai. Ses lèvres libérèrent en moi un torrent de désir, le premier que j'aie jamais ressenti.

J'en avais rêvé, je l'avais imaginé, mon ventre l'avait réclamé, mais jamais je ne l'avais goûté. Maintenant, le désir explosait comme le jus d'un fruit tout juste cueilli, comme le miel récolté dans la ruche, trop riche, trop savoureux.

« Hélène », murmura-t-il.

Quelques instants de plus et je me serais allongée près de l'autel en marbre et l'aurais attiré vers moi. Mais non, c'était trop tôt. Je m'arrachai à son étreinte.

« Pâris, je ne sais pas... Je ne peux pas...

– Tu m'aimes ? »

Trois mots, tout simples. Une question. Debout devant moi, dans toute sa beauté, il me l'avait posée. Après tout, c'était la seule chose qui comptait.

« Oui, répondis-je d'une voix étranglée. Mais... »

Je fis demi-tour et m'enfuis.

Comment pouvais-je aimer un homme que je ne connaissais pas ?

Mais si, je le connaissais. Je le connaissais depuis le début du monde, depuis sa formation. Du moins, c'était ce que je ressentais. Je le connaissais mieux que je ne connaissais Ménélas, mieux que je ne connaissais Clytemnestre, mieux, en vérité, que je ne me connaissais moi-même.

Et pourtant je ne le connaissais pas vraiment. Ou seulement à travers Aphrodite. Cela me permettait-il de savoir la vérité sur lui ?

XXII

« Ils sont ici pour quelle raison exactement ? » demandai-je à Ménélas d'une voix encore ensommeillée, pendant qu'il attachait son manteau. J'avais mal à la tête, comme si j'avais été frappée sur la nuque. Je n'arrivais pas à croire à la réalité de mes souvenirs de la veille. Cela ne pouvait être qu'un rêve. Je tendis le bras pour vérifier l'état de ma cheville. Elle était un peu douloureuse. Soit, à supposer que je me sois effectivement rendue à l'autel domestique, peut-être était-ce simplement parce que j'étais somnambule... Si seulement Ménélas se tournait vers moi et me demandait : *Mais de qui parles-tu, quand tu dis « ils » ?* Alors, quel soulagement ce serait pour moi !

« C'est le roi Priam qui les a envoyés, répondit-il, du moins c'est ce qu'ils prétendent. Les récriminations d'Agamemnon ont dû parvenir aux oreilles des Troyens. Ces deux émissaires viennent demander de la part de Priam qu'Hésione soit rendue à sa terre natale, ou qu'on leur donne au moins l'autorisation de lui parler. »

Je me redressai. Ainsi, je n'avais pas rêvé. « L'ont-ils obtenue ?

– Bien sûr que non, dit-il en ricanant. Agamemnon ne laisserait jamais faire une chose pareille. Hésione dirait qu'elle est satisfaite de son sort, ce qui ôterait à

Priam toute raison de se lamenter, et à Agamemnon toute raison de se plaindre de Priam. Ces deux émissaires ne semblent pas vraiment obsédés par l'idée de libérer Hésione, ce qui est tout à leur honneur. J'ai dans l'idée qu'ils ont accepté cette mission pour faire plaisir au roi et visiter la Grèce. Les jeunes gens aiment les voyages. »

Je me levai et frappai dans mes mains pour appeler mes suivantes. « Je vois. Je suis désolée pour la mort de ton grand-père.

– Merci. Dès que la réception sera terminée, je partirai pour la Crète. Le protocole..., ajouta-t-il en secouant la tête. Mais bien sûr, les invités sont sacrés, et nous avons des obligations à remplir. »

En effet. Même quand quelqu'un agonisait ou était mort. Nous connaissions tous l'histoire du roi Admète qui avait dû, parce que les règles de l'hospitalité l'exigeaient, faire à Héraclès les honneurs de son palais alors même que la reine était à l'agonie. Le demi-dieu s'était rendu compte de ce qui s'était passé uniquement en entendant les pleurs des esclaves.

« Oui, telle est la coutume », dis-je.

Pâris allait passer neuf jours ici en tant qu'hôte. Neuf jours... La perspective de le rencontrer à nouveau si je sortais de mes appartements m'effrayait. Tout autant que celle de ne plus le voir du tout.

Afin qu'Agamemnon puisse se mettre rapidement en route, il avait été décidé que le festin traditionnel en l'honneur de nos hôtes aurait lieu le soir même. Ainsi, l'espoir que j'avais de me cacher dans mes appartements s'envolait. Je donnai des ordres pour la préparation des mets. Les cuisiniers se mirent à travailler sans relâche dès midi. Je chargeai les serviteurs de décorer le mégaron avec des branches de poiriers et d'amandiers sauvages et ordonnai aux joueurs de lyre les plus talentueux de se présenter au palais au crépuscule. Je fis prévenir Mère, Père et mes frères, ainsi qu'Hermione, qu'il leur fallait être présents. Je m'étais habituée à convoquer ma mère et mon père. Je remplissais les fonctions de reine depuis si longtemps que j'étais maintenant la véritable autorité au palais. Je pris soin de donner ces ordres depuis mes appartements, ne voulant pas m'aventurer ailleurs dans le palais de crainte d'y rencontrer Pâris.

C'était le crépuscule, heure de la lumière bleue et de ce que certains appellent la « première ombre ». Le soleil avait disparu. L'étoile du berger brillait à l'horizon, blanche et pleine. Un léger vent chaud du sud se leva.

Le moment était venu de m'habiller. Laissant mes femmes choisir ma tenue, je me rendis à peine compte de ce que je portais. À vrai dire, cela avait peu d'importance. J'aurais voulu être invisible, tout simplement, et si l'une de mes robes m'avait permis d'exaucer ce souhait, alors j'aurais choisi celle-là. À défaut, il me fallut supporter les parures d'or dans mes cheveux, le diadème aux motifs solaires sur mon front, et les murmures d'appréciation de mes suivantes.

« Te voilà bien silencieuse ce soir, Majesté, me dit l'une d'entre elles. Je suis sûre que si nous posions une vessie de porc sur ta tête, tu ne réagirais pas.

– Oh, tais-toi ! » lui ordonnai-je, agacée par ses bavardages.

Je la vis échanger un regard surpris avec sa camarade.

Il faisait maintenant nuit noire. Le hall était illuminé de torches flamboyantes. Les musiciens jouaient et l'entrée du vestibule était inondée de lumière. J'inspirai profondément avant de m'avancer. Je n'avais pas fait trois pas que je sentis dans ma tête une douleur lancinante, là où le diadème appuyait sur mon front.

Mère était dans le mégaron. Elle tenait la main d'Hermione et lui nommait les personnes qu'elle ne connaissait pas.

« Ma chère fille, dit-elle en se tournant vers moi, voilà une bonne façon d'initier notre petite princesse aux subtilités des réceptions officielles. Après tout, elle a neuf ans, et aura l'occasion au cours de sa vie de participer à de nombreux festins comme celui-ci. » Léda et moi avions cessé depuis longtemps d'évoquer la possibilité qu'Hermione ait un frère ou une sœur.

« Mère ! s'exclama Hermione en s'inclinant. Tu... On dirait une reine ! »

Ma fille ne me voyait d'habitude que vêtue des robes ordinaires que je mettais pour jouer ou me promener avec elle.

« Mais c'est une vraie reine, dit Mère avec fierté.

– Comme toi », lui rappelai-je, avant d'ajouter, en me penchant vers Hermione : « Et comme toi, Princesse, un jour. Tu verras, ce n'est pas si difficile que cela. De temps en temps, il faut porter des habits de cérémonie, c'est tout. À part ça, une reine vit comme tout le monde, sauf qu'elle doit accepter d'être étroitement surveillée.

– Pourquoi ? me demanda Hermione, les sourcils froncés.

– Parce qu'il y a beaucoup de gens qui s'intéressent à une reine et sont, hélas, à l'affût du moindre de ses défauts.

– Chez toi ils n'en trouveront aucun ! » affirma-t-elle avec conviction.

Je ne pus m'empêcher de sourire à son inconditionnelle loyauté. Puissé-je en être digne ! « Oh, quand tu grandiras, tu en verras à foison, des défauts chez moi ! lui assurai-je.

– Ces envoyés, dit Mère, je ne les aime pas. » Les sourcils froncés, elle contemplait la flambée de bûches de cèdre odorantes dans le foyer. « Je crains qu'ils ne soient venus nous espionner et que Priam les ait envoyés pour déceler nos faiblesses. Je suis sûre qu'il a l'intention de nous attaquer.

– Pour défendre sa sœur, cette vieille femme ? lui demandai-je, surprise de sa méfiance.

– Nous savons tous qu'il ne s'agit là que d'un prétexte. » Mère se rapprocha de moi. L'odeur subtile de lys, son huile préférée, parvint à mes narines. « Les Troyens sont fort tentés de nous envahir et, au fond de lui-même Agamemnon a déjà décidé d'attaquer Troie. Oh, mon cœur est empli de peur ! L'odeur de la guerre n'est pas loin ! »

Sa voix tremblait.

Je me souvins des armes et des discours guerriers entendus à Mycènes peu de temps auparavant. L'angoisse étreignit mon cœur. Mais que pouvais-je dire ? « Je prie pour que tu te trompes, lui répondis-je.

– Viens, je veux les voir de près ! » me dit Hermione en me tirant par la main.

Nous nous rapprochâmes de Ménélas, qui se tourna vers nous le visage rayonnant de bonheur et nous prit dans ses bras. Par-dessus son épaule, je vis Pâris se raidir. Une partie de son visage m'était cachée, mais il n'en fallut pas plus pour que je sente mon sang tour à tour se geler et s'enflammer. *Le désir était toujours là. Il ne s'était pas volatilisé avec la nuit. Ce n'était pas un rêve.*

« Je te présente nos honorables invités, déclara Ménélas en reculant légèrement et me faisant pivoter pour que je leur fasse face, Pâris, fils du roi Priam de Troie, et Énée, prince de Dardanie et fils de...

– Oh non, je t'en prie, dit Énée rapidement, en rougissant.

– ... d'Anchise », poursuivit Ménélas, avant de se tourner vers moi. « Hélène, j'étais justement en train d'évoquer avec eux le voyage que j'ai fait à Troie quand j'étais jeune. Je connais un peu la ville. Mais dites-moi, le palais est bien tout en haut, n'est-ce pas ? Et cet autel d'Athéna – je m'en souviens parfaitement – il est toujours là ? »

Ce fut Énée qui prit la parole : « Oui, tout à fait. L'autel avec l'image d'Athéna, celui que nous appelons le Palladium, n'a pas changé depuis sa construction. Nous l'honorons à l'occasion de fêtes et de sacrifices.

– Et il y a toujours autant de vent sur les hauteurs de la ville ? Mais bien sûr, suis-je bête ! Il n'y a aucune raison que cela change. Un jour, j'avais posé une sacoche en cuir – très lourde, je peux vous l'assurer – sur un banc près du chêne qui pousse à l'extrémité nord-ouest de la citadelle. Eh bien, le vent l'a poussée jusqu'au bord et là, sous mes yeux, elle est tombée par terre avec un bruit sourd.

– Troie est toujours aussi ventée depuis que je la connais. »

Sa voix ! Inimitable ! De l'entendre à nouveau mon cœur chantait.

« Il ne vit pas à Troie depuis suffisamment longtemps pour pouvoir parler de ses vents en expert. Pas vrai, Pâris ? » Une voix mauvaise s'était imposée. Agamemnon !

S'il s'attendait à ce que Pâris soit ébranlé par son attaque, il se trompait. Le Troyen se contenta de sourire et partit d'un rire aussi léger que le vol d'un papillon. « J'en conviens », dit-il. Puis il se tourna vers nous et nous dit sur un ton de confidence : « Je suis prince depuis ma naissance, mais ne l'ai appris que très récemment.

– Et pourquoi donc ? insista Agamemnon.

– Ma vie a changé du tout au tout en un jour. Mais attendons que tout le monde soit réuni pour entendre mon histoire. À force d'être racontée, elle finit par lasser. »

Agamemnon grogna, puis brandit une coupe. « Chacun a été servi en vin ? » demanda-t-il d'un ton plein de sous-entendus. Les coupes de nos invités étaient vides.

En entendant Ménélas se répandre en excuses, j'eus envie de rentrer sous terre.

« Il y a du vin en abondance si nos invités veulent bien se servir, dis-je en foudroyant Agamemnon du regard.

– Je crois qu'il est temps que nous présentions nos cadeaux, sinon le festin ne commencera jamais, dit Pâris en faisant un signe à l'un de ses serviteurs troyens. Je ne puis profiter un instant de plus de l'hospitalité d'un roi et d'une reine aussi puissants sans leur offrir le signe de mon respect le plus profond. »

Deux hommes entrèrent dans la salle, portant à grand-peine un immense trépied en bronze d'un raffinement exquis. Ses pieds en forme de serres d'aigle agrippaient des globes et étaient prolongés par des jambes de métal tressé sur lesquelles reposait un large bol à offrandes.

« Il n'a jamais encore été utilisé. Il t'attendait », dit Pâris.

Ménélas s'avança et caressa l'une des jambes du trépied. Le bol légèrement convexe qui le couronnait était une véritable œuvre d'art.

« Magnifique, dit Ménélas.
– Je suis content qu'il plaise au roi.
– Les artisans de Troie sont habiles », fit la voix d'Agamemnon – une voix pesante comme la fatigue à la fin de la journée, comme un cousin ennuyeux, comme un sac plein à craquer.

« Nous sommes fiers de leur talent. Il est tout entier à ton service. »

Ce genre d'effusion était écœurant et, pourtant, coutumier. Maintenant, Ménélas devait lui offrir notre cadeau – quelque chose de plus petit qu'il pourrait emporter facilement.

Je te donne Hélène, ma femme. Prends-la. Tu auras tout le loisir de constater qu'elle est notre œuvre d'art la plus raffinée. Je suis sûr qu'elle te plaira.

Cette scène, je la voyais dans mon esprit avec la plus grande clarté. Ménélas me prenait par le poignet et me donnait à Pâris. Oh, si seulement les choses avaient pu être aussi simples, aussi faciles ! Car c'est au même résultat que nous sommes arrivés finalement.

Deux de nos esclaves entrèrent en faisant rouler un gros chaudron de bronze. Pâris et Énée feignirent la surprise et le plaisir.

« Ce chaudron n'a, lui non plus, jamais servi », dit Ménélas. Tout ceci faisait partie de l'échange rituel de cadeaux. Un récipient jamais utilisé était d'une valeur inestimable. Et ne serait jamais utilisé après, d'ailleurs. Ces cadeaux étaient conservés pour témoigner de l'estime dans laquelle les autres vous tenaient. Les matériaux les plus précieux, les talents les plus accomplis étaient ainsi consacrés à des objets qu'aucun usage quotidien ne viendrait désacraliser.

Suivirent des présents plus modestes – épées, bols, gobelets.

« Et plus fort que tout, plus solide que le bronze, dit

Ménélas, est le lien sacré qui unit l'hôte et son invité, *xenia*. Zeus lui-même en a fixé les règles, celles de la confiance et de l'honneur. »

Pâris et Énée inclinèrent la tête.

« Et maintenant, que le festin commence ! » dit Ménélas en levant le bras.

Une immense planche, suffisamment grande pour que s'y installent les Troyens, la famille royale actuelle, et l'ancienne, avait été posée sur des tréteaux à un bout du mégaron. D'ordinaire, même quand nous étions nombreux, il y avait plusieurs petites tables, mais cette fois-ci Père semblait très désireux de ne rien manquer des propos qui seraient échangés.

Mes frères se joignirent enfin à nous et prirent place en marmonnant des excuses pour leur retard. J'étais assise entre Ménélas et Pâris. Malgré l'envie que j'en avais, je n'osai demander que ce dernier soit déplacé. Plus il était près, plus c'était difficile pour moi.

« Voici mes fils, Castor et Pollux, dit Père.

– Le célèbre lutteur et le non moins célèbre pugiliste, déclara Pâris. C'est un privilège pour nous de vous rencontrer.

– Pâris pratique le pugilat lui aussi, dit Énée, installé à l'autre bout de la table.

– Tu exagères ! protesta Pâris.

– Pas du tout. Pour être plus précis, c'est un combat qui a permis à Pâris de récupérer son héritage.

– Vraiment ? Raconte-moi ! » s'exclama Pollux.

Pâris se leva et parcourut l'assemblée du regard. Ses mains étaient posées sur la table. Je sentis celle-ci bouger. « Je te promets, Agamemnon, de te narrer les circonstances de mon entrée tardive dans la maison de mon père. Le combat en question est un épisode parmi d'autres. Mais je crains que notre dîner ne soit grandement retardé si je raconte cette histoire en entier.

– Elle nous mettra en appétit, dit Père. Alors que si nous attendons que nos ventres soient pleins, nous ne serons peut-être pas très attentifs. Je t'en prie, commence ton récit. »

Je ne pouvais voir le visage de Pâris, mais devinai à sa voix qu'il souriait. « Très bien. J'essayerai d'aller vite, contrairement aux bardes, qui font durer une histoire pendant des jours », dit-il. Enfin, après avoir pris sa respiration, il commença :

« J'ai été élevé parmi les bergers sur les pentes du mont Ida.

– La montagne près de Troie où Zeus a grandi, récita Hermione, qui avait consacré beaucoup de temps à l'apprentissage de ces légendes. Il y a là de nombreuses sources et des fleurs en quantité.

– En effet, princesse. C'est pourquoi j'étais heureux là-bas. Je m'occupais des troupeaux et...

– Il a repoussé une bande de voleurs de bétail alors qu'il n'était guère plus haut que trois pommes, l'interrompit Énée. Comme il est trop modeste, il ne vous racontera pas tout. »

Pâris fit les gros yeux à Énée. « Silence, sinon nous ne sommes pas près d'en finir avec cette histoire ! Je me suis rendu compte que je savais m'y prendre avec les taureaux. J'étais capable de les contrôler. On n'a pas tardé à faire appel à moi pour être juge lors des concours taurins de la région. J'avais, en effet, la réputation d'être juste. Et puis, un jour, on a pris l'une de mes bêtes pour la sacrifier à Troie lors d'une grande fête. Je suis devenu fou furieux – ce taureau, je l'aimais, je l'avais élevé depuis qu'il était un petit veau. Pourquoi le roi de Troie, cet égoïste, le voulait-il ? J'ai décidé de me rendre moi-même à Troie, de participer aux jeux organisés à l'occasion de la fête et de récupérer mon taureau. » Il se pencha en avant – il était le seul à être resté debout – et but longuement à sa coupe remplie de vin. Je levai les yeux vers lui, vers sa gorge, puis m'empressai de détourner mon regard.

« Mon père a tenté de me dissuader. Je ne comprenais pas pourquoi. Il m'a conseillé de ne pas aller à Troie, d'oublier ce taureau. “Les caprices du roi ont force de loi, mon fils”, m'a-t-il dit. Mais rien de plus.

« Négligeant ses conseils, j'ai pris la direction de Troie. Sur la plaine devant les portes de la ville se trouvait la piste pour les jeux. Jamais je n'avais vu une telle chose – jusque-là, j'avais participé à des courses pieds nus dans la montagne, mais à Troie, c'était une vraie piste qu'il y avait. J'étais tellement furieux qu'on m'ait pris mon taureau que j'ai décidé de m'inscrire à la course. Et j'ai gagné. La colère m'avait donné des ailes. Enfin est arrivée la dernière épreuve, le pugilat. Je n'avais jamais participé à un combat mais, comme je l'ai dit, la fureur me donnait des ailes. Là aussi j'ai gagné. J'ignore si je pourrais renouveler cet exploit. Je ne comprends pas comment j'ai pu l'accomplir. Je n'avais aucun entraînement, aucune technique.

– C'est son courage qui lui a valu la victoire, pas son talent, expliqua Énée. Voilà la vérité. Et il a remporté le titre de champion des jeux de Troie. Il s'apprêtait à réclamer le taureau pour prix de sa victoire quand brusquement, les fils de Priam, furieux d'avoir été battus par un vacher, un paysan des montagnes, lui sont tombés dessus et ont tenté de le tuer. Alors son père adoptif – qui l'avait suivi jusqu'à Troie – les a suppliés de s'arrêter, en expliquant que Pâris était leur frère, le fils du roi Priam. Lui-même n'était pas son vrai père, il l'avait simplement élevé. Après que la preuve en a été apportée, Priam a dit, “Je préfère voir Troie tomber que de perdre à nouveau mon fils." Et c'est ainsi que sa maison a accueilli un nouveau fils.

– Comme si le roi n'en avait pas déjà assez, des fils », grommela Agamemnon.

S'il l'entendit, Pâris ne releva pas la remarque. « Énée, mon beau cousin, je vois que tu es décidé à m'empêcher de raconter ma propre histoire. » Il but une autre coupe de vin, avant de poursuivre. « Cela dit, j'aurais peut-être été plus long que toi, et aurais privé nos délicieux hôtes de leur repas. Ce qui serait vraiment dommage ! » Il s'assit et posa sa coupe sur la table.

« Pourquoi donc ton père Priam t'avait-il rejeté ? Pourquoi avais-tu été abandonné ? » Bien sûr, une question aussi brutale et indiscrète ne pouvait venir que d'Agamemnon.

Les serveurs apportaient des plats – de la viande de chèvre et de mouton bouillie, ainsi que du sanglier rôti – et nous dûmes suspendre notre conversation le temps qu'ils remplissent nos assiettes.

« Parce qu'il... »

Un nouveau groupe de serveurs fit son apparition. Saucisses aux herbes, pots de miel tout juste récolté dans les ruches, figues et poires sauvages, fromage de chèvre et noix diverses se succédèrent sur la table.

Les convives s'étaient mis à échanger des propos anodins. C'est alors que la voix insistante d'Agamemnon vint couvrir les murmures. « Explique-nous, beau prince, pourquoi ton père t'a chassé du palais, demanda-t-il à Pâris.

– Mm..., fit ce dernier en mâchant sa viande.

– Allons, jeune homme, ne tente pas d'éluder la question ! » poursuivit mon beau-frère d'une voix qui se voulait joviale.

Pâris finit tranquillement sa bouchée. Enfin, il dit :

« Si tu tiens vraiment à connaître l'histoire, la voici, bien que je craigne qu'elle ne dénote un peu au milieu de cette joyeuse compagnie. Il y avait un mauvais présage autour de ma naissance selon lequel je serais la cause de la destruction de Troie. Alors, ma famille a voulu empêcher ce désastre. » Je perçus un léger tremblement dans sa voix. Maudit soit Agamemnon pour le forcer à raconter une histoire qui ne pouvait que le bouleverser !

« Ainsi, c'est à cela que Priam faisait allusion quand il disait “Je préfère voir Troie tomber que de perdre à nouveau mon fils”, dit Père. Je comprends. » Puis il ajouta, après s'être essuyé la bouche : « En voilà un père dévoué !

– Pourquoi, tu ne dirais pas la même chose pour nous ? lui demanda Castor d'un ton taquin en se penchant vers lui.

– Pas sûr, répondit Père en riant. Peut-être vaudrait-il mieux pour moi que je t'abandonne sur le mont Taygète, comme font les autres parents avec leurs enfants qui ne sont pas gentils.

– Alors, il faudrait que tu nous abandonnes tous les deux, dit Pollux. Nous ne supportons pas d'être séparés.

– Il est rare que de telles choses se produisent, dit Agamemnon. Les familles royales n'exposent pratiquement jamais leurs enfants. Seules les circonstances les plus terribles justifieraient une telle décision. »

Il but longuement à sa coupe, puis la posa d'un geste lent, précis. Enfin, se renfonçant dans son siège, il adressa à Pâris un regard lourd.

Mère, assise à côté de lui, se tourna vers nos deux invités et leur demanda d'une voix gaie : « Et vous êtes mariés ? » Mais je savais que la question, loin d'être innocente, était adressée au seul Pâris.

« Oui, majesté, je le suis », répondit Énée. Il inclina poliment la tête, et je vis ses cheveux noirs comme les ailes d'un corbeau miroiter à la lumière des torches. « J'ai le bonheur d'avoir pour épouse Créüse, la fille du roi Priam.

– Tiens donc ! Le gendre du roi Priam en personne ! Mais n'y a-t-il pas une prophétie à propos de tes descendants qui régneraient sur Troie, et...

– De grâce ! Arrêtons avec toutes ces prophéties ! s'exclama Pâris en agitant le bras. Elles nous coupent l'appétit, nous empêchent de faire honneur à ces mets raffinés... Bref, à cause d'elles, nous nous comportons comme des rustres. »

Jusque-là, je ne l'avais pas regardé attentivement. Comme il était assis juste à côté de moi, je ne pouvais pas le voir, à moins de tourner la tête complètement. C'est ce que je commençai à faire. Je surpris alors le regard de Mère fixé sur moi.

« Et toi, Pâris, tu es marié ? lui demanda-t-elle.

– Non, mais je prie tous les jours Aphrodite pour qu'elle m'envoie une épouse de son choix. »

Castor éclata d'un rire si fort qu'il recracha son vin sur la table. Il voulut réparer sa bêtise, mais ne parvint qu'à étaler la tache davantage. « Ma foi, mon garçon, tu as un sacré sens de l'humour ! s'esclaffa-t-il.

– Il a dit cela tellement souvent qu'à mon avis, il a fini par y croire, expliqua Énée. Il répète cette formule chaque fois que sa famille le presse de se marier.

– Il est trop jeune pour ça », dit Ménélas. Je me rendis alors compte que jusque-là mon époux n'avait rien dit de tout le repas. « Et trop intelligent pour l'ignorer.

– Mais au fait, quel âge as-tu, Pâris ? » lui demanda Mère sur un ton faussement joyeux. Pourquoi donc l'avait-elle pris en grippe ?

« Seize ans. »

Seize ans ! Neuf de moins que moi !

« Un jouvenceau, en somme, dit Agamemnon. Mais finalement, un vacher, c'est un jouvenceau.

– Il n'est pas vacher ! m'exclamai-je.

– Mais si, je l'étais, autrefois, et un très bon vacher d'ailleurs, s'empressa de dire Pâris. C'était une époque de rêve, là-bas, dans les montagnes, avec les cèdres et leur ombre bleu mauve, le vent du Sud dans les branches des arbres, les cascades et les prairies toutes fleuries ! Ces journées passées avec mon troupeau, comme j'en chéris le souvenir !

– La montagne de Zeus, elle est vraiment haute ? demanda Hermione.

– Oui, très, très haute, et immense, massive, avec des tas de petites montagnes autour. Cela dit, elle n'est pas aussi élevée que l'Olympe, dont nul homme ne pourra jamais atteindre le sommet. Mais suffisamment pour se faire surprendre par le froid et le brouillard, au risque de se perdre. »

À ce moment-là, il y eut une grande agitation dans la salle : un plat spécial arrivait. L'une des esclaves, une jolie jeune femme, fit un geste en direction du chaudron que l'on amenait. « Le fameux bouillon noir de Sparte ! » annonça-t-elle.

Le bouillon noir de Sparte que seul, paraissait-il, un estomac de vrai Spartiate pouvait tolérer !

J'en avais été nourrie pendant toute mon enfance et ne trouvais pas ça mauvais, même si je préférais le bouillon clair aux amandes. C'était le sang de porc qui donnait à ce bouillon-ci sa couleur sombre ; quant à son goût piquant, il était dû au mélange de vinaigre et de sel qui entrait dans sa composition. L'esclave m'en versa une ration généreuse, sur laquelle elle saupoudra du fromage de chèvre. L'odeur si particulière de la soupe, semblable à celle qui s'élève du corps d'un animal tout juste sacrifié, flotta au-dessus de mon bol.

Une fois Pâris et Énée servis, les regards convergèrent vers eux. Ils souriaient tous les deux. Énée se retrouva en difficulté dès la première gorgée de bouillon. Il garda le liquide dans sa bouche et ne parvint qu'au prix d'un gros effort à le laisser couler au fond de sa gorge. Vint alors le tour de Pâris. Il approcha le bol de ses lèvres. Je l'entendis avaler d'un seul coup, puis le vis poser son bol sur la table. Il était vide.

« Ah, dit Pâris, délicieux ! »

Je savais qu'il avait englouti le bouillon d'un trait pour éviter d'en sentir vraiment le goût.

Mère fit un signe à l'esclave. « Ressers le prince Pâris », dit-elle. La jeune femme s'exécuta.

« Ta sollicitude me confond, déclara Pâris en levant le bol. Et les autres ? » Personne n'avait été servi une seconde fois. Mais de toute façon, nous autres Spartiates étions immunisés.

« J'en veux bien encore », dit Agamemnon en tendant son bol.

Il ne restait plus à Pâris qu'à avaler le bouillon. Il parvint à maîtriser les mouvements de contraction de sa gorge.

« Bravo ! Bravo ! s'exclama Castor. Et il n'a même pas fait la grimace.

– Je suppose que tu es habitué à une nourriture grossière, puisque tu as vécu dans une cabane de vacher, dit Mère. Tu dois trouver ce bouillon plutôt délicat.

– Pas vraiment délicat, majesté, mais particulier, ça oui ! répondit Pâris. Dans la cabane de mon père adoptif, la nourriture était correcte, simple, bref c'était la meilleure, la plus proche des bienfaits que les dieux nous donnent.

– Si je comprends bien, tu te sens chez toi dans une cabane ? »

Je n'avais jamais entendu Mère manifester une telle perplexité ni une telle désapprobation.

« Je me sens chez moi n'importe où, même dans un endroit qui m'est étranger, comme Sparte. J'ai de la chance, n'est-ce pas ? Le monde est ma maison.

– Oui, en effet, tu as de la chance, dit Ménélas. Comme ça, tu ne seras jamais un exilé. »

Un bruit venant du foyer derrière nous attira notre attention. Au moment où je tournai la tête, Ménélas dit : « Voilà les danseurs ! Levons-nous ! »

Apparurent dix jeunes garçons agiles vêtus de tuniques courtes, tous alignés un ballon à la main. Leur chef s'inclina, puis nous expliqua l'origine de leur danse. La troupe venait de Crète. À ce nom, celui de l'île vers laquelle il voguerait d'ici peu, Ménélas soupira.

Sur un claquement de mains, les danseurs se mirent à virevolter en tous sens, se rassemblant en cercle avant de reculer puis de changer de place selon une chorégraphie très élaborée. Au moment où leurs pas se complexifiaient davantage encore, ils commencèrent à se lancer les balles et à les attraper sans cesser de se déplacer, si bien que la danse ne fut plus qu'un tourbillon de couleurs et de mouvements. L'habileté avec laquelle ils envoyaient et récupéraient les balles tout en bougeant était époustouflante.

Nous avions formé un cercle autour d'eux et je me trouvais en face de Pâris. Les mouvements des danseurs le dérobaient à ma vue, ainsi que la lumière faible.

Les artistes sortirent de la salle avec des cabrioles.

Entrèrent alors les chanteurs, les uns derrière les autres, serrant leur lyre sur leur poitrine. Ils s'inclinèrent et, s'adressant à nous tous, se répandirent en excuses pour leur indignité, et autres platitudes du même genre. Ménélas agita impatiemment le bras pour leur signifier d'en finir au plus vite avec ces mondanités. Lors d'un festin, il y a toujours un moment où tout le monde est prêt à partir, mais où la coutume exige que les divertissements se prolongent proportionnellement au rang des invités.

Droits comme les piliers du mégaron, lyre à la main, les chanteurs fermèrent les yeux. L'un après l'autre, ils se mirent à chanter l'aube et le crépuscule et la beauté des étoiles. Pâris s'était glissé près de moi. Seule Hermione nous séparait. Je la vis tirer la main de Pâris et désigner l'un des instruments.

« Mais, c'est de l'écaille de tortue ! murmura-t-elle.

– Oui, en effet, dit Pâris d'une voix enjouée.

– C'est pas bien ! s'exclama Hermione en haussant la voix. Ils n'ont pas le droit ! »

Pâris se pencha vers elle, un doigt sur la bouche, mais elle poursuivit : « Moi, j'ai des tortues. On n'a pas le droit de les tuer !

– Pas même pour prendre leur carapace et fabriquer des instruments qui font de la jolie musique ?

– Non ! »

Pâris mit un genou à terre. « Et tes tortues, elles sont où ? Tu veux bien me les montrer ?

– Elles sont dans un endroit secret.

– Tu me les feras voir ? Je suis un invité spécial.

– Si tu veux... Il n'y a que les chanteurs qui n'ont pas le droit de les voir, parce que je ne veux pas qu'ils me les volent !

– Demain, tu me le promets ?

– D'accord, répondit-elle en hochant la tête d'un air important. Retrouve-moi ici, à midi.

– Et moi, je peux venir ? » lui demandai-je.

Je n'avais jamais entendu parler de ces tortues secrètes.

« Non. Tu es l'amie des chanteurs. Tu risquerais de leur dire.

– Je ne suis pas leur amie. C'est la première fois que je les vois.

– Oh, laisse-la venir, dit Pâris. Je te promets qu'elle ne parlera de tes tortues à personne.

– Comment peux-tu le savoir ? s'exclama Hermione. Tu ne la connais pas. »

Si, je la connais, puis-je lire sur les lèvres de Pâris.

« D'accord, dit Hermione, si tu y tiens. »

Les chanteurs avaient presque achevé leur numéro, enfin. La soirée était pratiquement terminée. Les invités devaient chacun faire un petit discours, ainsi que Père, Ménélas et moi. Pour ma part, je me contentai de dire poliment que je remerciai les dieux de nous avoir envoyé des hôtes comme eux.

XXIII

Le lendemain matin, j'observai Ménélas qui, songeur, s'habillait avec l'aide de ses serviteurs. Ces derniers lui montraient des tuniques et des manteaux pour qu'il choisisse ceux qu'il emporterait en Crète.

« Pourquoi tu n'as pas envie d'aller en Crète ? Parce que tu détestes prendre le bateau, ou bien parce que la mort de ton grand-père te rend triste ? lui demandai-je.

– Les deux.

– Alors, console-toi en te disant qu'il est mort en paix. Tu sais ce que l'on dit – ne jamais croire, si heureux qu'il paraisse, au bonheur de personne avant qu'il ne soit mort.

– Oh, je sais bien. La chance peut nous abandonner du jour au lendemain. C'est pourquoi nous courons vers notre tombe dans l'espoir de l'atteindre indemnes. »

Les chants gais et printaniers des oiseaux et des enfants qui jouaient se glissaient dans la chambre. « Oh, ne soyons pas si lugubres. La vie ne se résume pas à cela. On dit aussi que la meilleure façon de se venger de la mort, c'est d'extraire de chaque jour le bonheur qu'il t'offre.

– Comme quand on foule le raisin pour en extraire le jus ? dit Ménélas en riant. Allons donc, chère épouse, depuis quand es-tu devenue philosophe ? »

Depuis l'arrivée de Pâris. *Je tente de me l'expliquer à moi-même, de l'exprimer d'une manière que je puisse comprendre...* Je souris à Ménélas et haussai les épaules.

Ménélas serait ce jour-là occupé aux préparatifs de son voyage. Ses serviteurs entrèrent, accompagnés de plusieurs femmes. L'une d'elles – cette jolie jeune femme qui avait annoncé le bouillon noir – apporta une petite boîte qui fermait à clé et qui, affirma-t-elle, était étanche.

« Pour le voyage », dit-elle en souriant.

Depuis quand chargeait-on une esclave travaillant aux cuisines d'apporter des objets personnels ? J'étais à peine remise de ma surprise que je reçus un message de Mère : je devais la rejoindre dans ses appartements sur-le-champ.

Elle tissait, entourée d'écheveaux de laine de couleurs différentes disposés dans des paniers sur roulettes – il y avait du bleu clair, du rose pâle, du rouge carmin, du jaune vif, ainsi qu'un pourpre d'une profondeur surprenante obtenu à partir du même type de mollusques que ceux ramassés par Gélanor. Je me rappelai les murex que nous avions espéré rapporter vivants à Ménélas. Quand nous les lui avions montrés, ils étaient déjà morts. Je me penchai et pris l'un des écheveaux, vert foncé comme les cyprès.

« Ta tapisserie raconte quelle histoire ? demandai-je à Mère.

– Une histoire non finie, celle de notre maison. »

Aujourd'hui, son visage, arrondi par les années, était dénué de toute douceur. Ses traits semblaient gravés dans la pierre.

« Tu en es arrivée où ? »

Je m'approchai d'elle pour voir les motifs sur lesquels elle travaillait.

« Aussi loin que mon audace me le permet », répondit-elle. Elle jeta un coup d'œil autour d'elle pour s'assurer que nous étions seules. « Et toi, ne va pas plus loin que là où ton audace t'a amenée, si tu ne veux pas défaire les fils de notre tapisserie familiale ! »

Elle sait ! Mais il n'y a rien à savoir. Tout est dans mon cœur et dans ma tête. Personne ne peut voir ce qu'ils renferment. Je répondis aux soupçons de Mère avec la phrase la plus attendue et la plus révélatrice, « Je ne vois pas de quoi tu parles. »

Elle se leva de son tabouret. « Oh, je t'en prie, Hélène, c'est à moi que tu t'adresses. À Léda, pas à ta mère. Tu comprends. »

Oui, je comprenais. Léda, le Cygne, deux noms à jamais liés. Je hochai la tête. J'étais démasquée. Au moins, c'était par ma mère, par quelqu'un qui s'était retrouvé dans le même genre de situation. Rien d'irréparable n'était encore arrivé. Je n'avais rien fait ! me dis-je, comme pour m'en convaincre.

« Quand il s'agit de Zeus, c'est différent, dit Mère. C'est une chose qu'un mari ne peut que tolérer, parce que rien ne l'empêchera jamais. Mais... », poursuivit-elle en rougissant : « Oh, dire qu'il me faut discuter de ces choses-là avec ma propre fille !

– Mère...

– Même avec Zeus, ça n'était pas facile. Les choses n'ont plus jamais été les mêmes avec ton... avec Tyndare. Comment un homme pourrait-il oublier, fermer les yeux ? Toi-même, serais-tu capable de fermer les yeux si ton mari se livrait à une telle escapade ?

– Je ne sais pas, dus-je reconnaître, tout en sachant

pertinemment que c'était ce que l'on attendait d'une femme.

– Mais quand même... Pâris ! C'est un enfant. Qui plus est, le fils d'étrangers, d'ennemis peut-être. Oh, je vois bien ce que sa beauté a d'éblouissant. Mais Hélène, réfléchis ! »

Aphrodite m'a rendue incapable de réfléchir. Je ne peux que sentir, pensai-je en souriant à Mère sans grande conviction.

« Je sais que les choses ne sont pas très... passionnées avec Ménélas. Autrefois, Tyndare a provoqué l'ire d'Aphrodite. Peut-être est-elle en train de se venger de lui à travers toi. Les dieux agissent souvent de la sorte. Mais je t'en supplie, offre-lui un sacrifice, demande-lui grâce. Elle écoutera ta requête. »

Non, la déesse cruelle n'écoute que ses propres désirs. Pour une raison que j'ignore, elle est venue vers moi, s'est emparée de moi. Elle obéit à un mobile secret. Et moi, je souffre. Mais que cette souffrance est douce ! Je soupirai. Mère m'adressa un regard pénétrant.

« Oh, Hélène, ne te jette pas dans les bras de ce... de ce gamin ! »

Je fus tentée de répondre : *Au moins, c'est un être humain, pas un cygne !* Mais je me contentai de la serrer fort contre moi en murmurant à son oreille : « Mère, quel dommage, mais aussi quelle joie, de voir que nous sommes si semblables !

– Hélène, non...

– Regrettes-tu ce que tu as vécu ? C'est tout ce qui compte.

– Oui, je le regrette ! Cela a bouleversé ma vie.

– Donc, tu aurais voulu que je ne naisse pas », constatai-je, stupéfaite.

Si tel était vraiment le choix de Mère, alors j'étais rejetée, comme Pâris.

Ainsi, à cause de lui, je venais dans mon esprit de rompre un lien profond avec ma famille. Cette rupture, ce triste adieu à ma mère, ne transparaissait pas en dehors de mes pensées. À l'extérieur, tout était intact, comme les figues conservées dans du miel. Mais à l'intérieur, la substance avait changé, elle s'était radicalement transformée.

J'attendais dans la pénombre de la colonnade entourant la cour. Les ombres étaient courtes sous le soleil de midi. Bouleversée par ce que Mère m'avait dit, je tripotais nerveusement mes bracelets.

Hermione arriva en tenant la main de Nysa, celle qu'elle préférait parmi nos domestiques. Comme toujours, le fait de la voir me redonna du courage. Ses cheveux longs débordant du petit filet qu'elle portait toujours, son grand sourire, me touchèrent. Petite fille de mon cœur. Une enfant peut-elle vraiment savoir ce qu'elle représente pour sa mère ? Peut-être avais-je jugé Léda un peu trop vite. Peut-être ne regrettait-elle pas, peut-être ne m'aurait-elle jamais rejetée. Mais alors, pourquoi me le dire ? Si c'était dans le but d'étouffer mes sentiments pour Pâris...

« Pâris ! » cria Hermione d'une voix perçante, l'air beaucoup plus joyeux que quand elle m'avait vue.

Il est vrai qu'il était beaucoup plus proche d'elle en âge. Un gamin ! C'était ainsi que Mère l'avait appelé !

« Bonjour, petite amie ! » Pâris s'agenouilla devant Hermione en penchant sa tête aux cheveux dorés. « J'ai hâte de voir ces créatures auxquelles tu sembles tant tenir.

– Bonjour, Pâris », dis-je.

Il redressa la tête. Nos regards se perdirent l'un dans

l'autre. Il avait les yeux couleur ambre, comme cette variété de miel qui rayonne à la lumière du soleil.

« Nous allons partir ensemble pour une grande aventure, dit-il en se levant.

– En effet. Hermione sera notre guide. »

Il fallait que ma petite fille soit avec nous. Si nous nous enfuyions – mais d'où me venait cette idée de fuite ? – il faudrait qu'elle vienne avec nous.

Fuir ? Quitter Sparte ? Mais j'étais la reine. La reine ne fuyait pas. Comment pouvais-je m'imaginer une chose pareille ? Pâris ne m'avait rien demandé.

Mais que faire d'autre ? Il ne pouvait pas rester ici comme invité indéfiniment.

Non, non, c'est impossible !

« Mère, tu as l'air d'une possédée ! s'esclaffa Hermione. Tu trembles, tu sursautes sans raison. »

Possédée. C'était le terme qui convenait.

Pâris se mit à rire, d'un rire lumineux. « Viens, je suis pressé de voir tes tortues. » Il la fit avancer vers les jardins du palais, si bien qu'elle ne put surprendre le regard que nous échangeâmes lui et moi.

Le chemin qui serpentait à travers la forêt du palais était tout aussi enchanté que l'endroit mystérieux où se trouvaient les tortues. Les arbres bruissants formaient une voûte au-dessus de nos têtes. Le sol était parsemé de fleurs de printemps précoces dont les pétales blancs ressortaient dans la pénombre. Après s'être épanouis, ils faneraient, sans que personne d'autre que nous les voie. Je laissai Pâris et Hermione prendre de l'avance. Je voulais qu'ils apprennent à se connaître. Pourvu qu'elle l'aime bien !

Mais pourquoi ? Hélène, pourquoi ? Il n'y a pas de raison. Et pourtant, le tumulte dont Aphrodite avait empli mon âme était aussi fort que... que la cascade que j'entendais quelque part non loin du sentier.

Je ralentis le pas. Le son mélodieux des cours d'eau m'avait toujours attirée. Il me semblait apercevoir une sorte de grotte devant moi, dans le sous-bois. Étrange ! Elle avait échappé à mon regard lors de mes précédentes promenades.

À mesure que j'approchais, je sentis venir de cet endroit une brise fraîche. Une source jaillissait entre des rochers et se déversait dans une grande mare ovale en formant des rides qui s'élargissaient jusqu'au bord. Tout était vert, noir, et blanc – vert comme la végétation, noir comme l'eau de la mare, blanc comme l'écume. C'est alors que je vis quelque chose bouger – l'éclair d'une peau humaine.

Il y avait des amants cachés là ! Je faillis éclater de rire. Étais-je à ce point innocente ? Si je bougeais, ils ne manqueraient pas de me voir et resteraient figés sur place. Me sentant d'humeur bienveillante, je décidai de ne pas les déranger. Pour l'instant, ma propre fuite occupait mes pensées. Je m'assis et retins mon souffle. Ma seule inquiétude, c'était que je ne saurais pas quelle direction prendre si le chemin sur lequel Hermione nous avait entraînés bifurquait. Oh, fasse que ces amants expédient leur petite affaire rapidement ! me dis-je, avant de me reprocher intérieurement mon manque d'indulgence. L'écho de leurs voix sur la surface de la mare me tira de mes réflexions.

« Je craignais que tu ne sois fâché », dit une voix féminine. Un silence suivit.

« Non, je suis heureux. Je n'ai pas de mots pour te décrire mon bonheur. Ce sera un vrai don des dieux, s'ils m'accordaient enfin un fils. » Cette voix ! C'était celle de Ménélas !

« Ou peut-être deux. Il se peut que je porte deux bébés dans mon ventre. »

Cette voix-là m'était inconnue. Quoique...

« Deux ! C'est bien plus que ce que j'aurais jamais osé espérer ! Je serais déjà ravi d'en avoir un. » Oh oui, c'était bien Ménélas ! Il n'y avait pas de doute là-dessus.

Je perçus un mouvement de l'autre côté de la mare, qui fit bouger les buissons. J'aperçus un bras, un dos. Je reculai, espérant qu'ils ne me verraient pas. Mais les buissons s'étaient refermés sur eux.

Je regagnai le chemin en trébuchant et courus pour rattraper Pâris et Hermione. Ménélas ! Ménélas avec une femme ! Qui était-elle ? Certainement une domestique, une esclave. Peut-être cette jeune femme qui s'était attardée à la fête et lui avait apporté cette boîte pour son voyage en mer.

Je n'éprouvais aucun sentiment d'horreur ou de trahison. Je ne me dis pas : *Comment a-t-il pu me faire ça ? Pourquoi ?* Non, ma première réaction fut de me sentir soulagée. J'étais libre, délivrée par Ménélas et cette esclave. Aphrodite avait-elle arrangé cela aussi ? Alors, elle savait vraiment tout de nous !

Je courus à perdre haleine et finis par rattraper Pâris et Hermione. Je m'arrêtai pour reprendre mon souffle.

« Comme tu as couru ! s'exclama Pâris en me regardant. Ta tunique volait derrière toi, blanche au milieu des ombres de la forêt. On aurait dit une nymphe.

– Mère participait à des courses quand elle était jeune, dit Hermione.

– Vraiment ? Quand ? demanda Pâris en m'adressant un clin d'œil. Il y a très longtemps ?

– Avant mon mariage, à quinze ans, j'ai participé à une course, que j'ai gagnée. Mais une fois mariée... »

Je haussai les épaules.

« Tu pourrais encore tous les battre, dit Pâris.

– Ça, je ne le saurai jamais », répondis-je.

Nous nous remîmes en route. Ménélas ! Impossible d'effacer cette image de mon esprit. Tout ce que je savais, ou plutôt croyais savoir de lui, avait sombré dans le chaos.

Brusquement, la colère me prit. Pourquoi lui fallait-il compliquer les choses ? Tout aussi brusquement, je me mis à rire. Pâris et Hermione se retournèrent. Je m'étais laissée emporter par un amour et un désir sauvages pour un prince étranger et je reprochais à Ménélas de rendre les choses plus compliquées ?

D'autres reines avaient-elles éprouvé une passion folle pour un inconnu ? Aucun exemple ne me venait à l'esprit. Mais il est vrai que j'étais incapable de réfléchir calmement. La passion de Phèdre pour son beau-fils, Hippolyte – provoquée elle aussi par la cruelle Aphrodite – était demeurée au sein de sa propre famille. La pauvre Phèdre s'était suicidée et Hippolyte avait été tué par Poséidon. Mais moi, je n'allais pas me suicider, ni Pâris d'ailleurs. Il n'y avait aucune raison pour cela.

« Dépêchez-vous ! Et toi, Mère, arrête de rire bêtement. Sinon, je ne te laisserai pas les voir !

– D'accord, ma chérie, dis-je en les rejoignant sur le chemin. Ma fille, tu nous entraînes bien loin du palais.

– Il me fallait un endroit secret, m'expliqua-t-elle. Et comme mes oncles chassent dans la forêt, j'ai dû trouver quelque part où ils ne risquaient pas d'aller. Où il n'y aurait pas de gibier. Un endroit rocailleux, que seules les tortues aiment.

– C'est vrai, elles apprécient ce genre d'endroit, dit Pâris. Il y en a beaucoup, dans les environs de Troie.

– Près de la montagne sacrée du Parnasse aussi. Ils

sont tous consacrés à Pan », dit Hermione d'une voix solennelle.

Elle paraissait si sage, si mûre. Oh, mon enfant, es-tu suffisamment sage et mûre pour survivre à ce qui doit arriver ? Je rendis grâce aux dieux que, pour son âge, elle fasse preuve d'une telle intelligence, d'une telle maturité.

« Il faudra que nous partions là-bas en excursion un de ces jours, dit Pâris. Moi-même, j'ai hâte de voir le Parnasse. Il y a tant de lieux que j'aimerais connaître. Je suis sûr que je pourrais vivre éternellement et ne jamais être rassasié, tellement il me resterait de découvertes à faire.

– Nous y sommes ! » annonça Hermione.

Au détour d'une boucle du chemin, nous tombâmes sur un enclos fabriqué de bric et de broc avec des branchages et des bûches. Elle se pencha par-dessus la clôture improvisée et s'écria d'une voix joyeuse « Oh, oh ! Les vilaines ! ». Elle enjamba la barrière et nous la perdîmes de vue. Nous restâmes là, Pâris et moi, noyés dans les yeux l'un de l'autre. Son visage emplissait mon regard, mon âme, mon esprit. Je ne pouvais détacher les yeux de lui. Il me regardait silencieusement. Déjà, les mots étaient inutiles.

La tête d'Hermione surgit entre deux rochers. « Le voilà, mon champion ! » Elle tenait dans sa main une grosse tortue dont la carapace était abîmée. « C'est un mâle. Il s'appelle Guerrier ! »

Je regardai la tortue. De face, elle semblait de mauvaise humeur. Ses yeux noirs et écartés en forme de billes étaient emplis d'un dédain tout olympien. Ce que vous faites m'est égal, semblaient-ils signifier. Cet animal était-il habité par un dieu ? Les dieux eux aussi nous contemplent de la sorte, sans éprouver aucun sentiment pour nous.

« Et pourquoi l'appelles-tu Guerrier ? demanda Pâris, l'air sincèrement intéressé.

– Parce qu'il n'arrête pas de se battre. Il se jette sur les autres comme un bélier pour les renverser. Il est vraiment acharné. C'est toujours lui qui gagne.

– Tu devrais peut-être l'appeler Agamemnon, comme ton oncle, suggérai-je.

– Ou bien Achille, ajouta Pâris. Il est encore plus jeune que moi mais il s'est déjà taillé une réputation de grand bagarreur.

– Achille ? Comment se fait-il que tu aies entendu parler de lui ? » S'agissait-il bien de cet enfant agressif venu avec Patrocle en même temps que mes prétendants ?

« Oh, à Troie on s'intéresse beaucoup aux hauts faits d'armes, m'expliqua-t-il. C'est une vraie passion dans ma cité. Et la réputation d'Achille a déjà traversé la mer.

– Je ne vois vraiment pas pourquoi. Quand je l'ai rencontré, c'était un gamin épouvantable.

– Les enfants comme ça font les meilleurs soldats du monde. Voilà pourquoi je ne serai jamais un grand guerrier. Je n'étais pas assez épouvantable, petit. »

Il se mit à rire, d'un rire dans lequel étaient concentrées toute la joie et la gloire du soleil de midi en plein été. Étais-je amoureuse de lui ou de sa grâce enjouée, de sa capacité à jouir des beautés de la vie ? Ils sont rares, les gens comme lui qui promettent de nous ouvrir les portes d'un bonheur secret.

« Il y en a d'autres. Venez les voir ! » s'écria Hermione. Nous nous penchâmes par-dessus la barrière. Le sol de l'enclos était recouvert de créatures mouvantes. Elles étaient de tailles différentes, certaines aussi petites qu'une lampe à huile, d'autres de la taille d'un disque. Leurs carapaces étaient jaunes et noires, mais pas une ne portait les mêmes marques.

« Pourquoi les aimes-tu tant ? demanda Pâris à Hermione. Je dois dire que ce genre d'animal ne m'a jamais inspiré de sentiments particuliers. » Il passa par-dessus la barrière et se pencha pour caresser la tête d'une tortue à l'air vénérable.

« Je ne sais pas, dit Hermione. J'en ai trouvé une un jour dans le jardin et elle était... Elle était si reposante. Je pouvais rester assise des heures à la regarder. Elle donnait l'impression d'être si sereine, de ne se laisser déranger ou perturber par rien. Je voudrais bien être comme ça ! »

Avant que j'eus le temps de lui demander ce qui pouvait la déranger ou la perturber, Pâris déclara : « Nous aimerions tous être comme ça. » Peut-être n'est-il pas bon de s'intéresser de trop près aux autres. Même quand il s'agit de notre propre enfant.

« Même les grandes personnes ? demanda Hermione.

– Oui. Surtout les grandes personnes », lui répondit Pâris d'un ton assuré.

Hermione ramassa des feuilles et des fleurs dont elle fit un grand tas pour ses tortues, qui se rapprochèrent lentement et commencèrent à brouter cette verdure avec leurs mâchoires ridées. Il était difficile de ne pas rire. « Je suis désolée, ma chérie, mais tes tortues, je les trouve vraiment amusantes. »

Hermione caressa le dos de l'un des animaux. « Je ne laisserai jamais quiconque te prendre pour faire de ta carapace une lyre ! » lui promit-elle.

Nous rentrâmes au palais d'un pas nonchalant. Je ne cessai de penser à Ménélas et à cette esclave. Depuis combien de temps cela durait-il ? Ma colère et mon amusement s'étaient évanouis. Seule demeurait la curiosité. Aphrodite l'avait certainement entraîné dans cette histoire, comme elle l'avait fait avec moi. Peut-être se vengeait-elle ainsi, des années plus tard, de l'affront que lui avait fait subir Père. Nous ne saurions jamais. Nous ne pouvions qu'accepter notre sort. Il n'était pas en notre pouvoir de faire autrement.

Hermione marchait devant, tête haute. Je lui dis : « Bravo, Hermione ! Quel port de reine ! N'est-ce pas, Pâris ? »

Il redressa la tête. « Ma mère n'a pas la démarche aussi noble. Bien sûr, elle est beaucoup plus vieille. Elle a donné naissance à dix-neuf enfants. »

– Dix-neuf ! »

L'idée même me donna le vertige. Que pensait Pâris de son père et de sa mère, sachant qu'ils avaient voulu le laisser mourir ? Comment pouvait-il fermer les yeux sur ça, le pardonner, l'oublier ! J'en aurais été incapable, moi qui avais été blessée quand Mère avait simplement suggéré qu'elle regrettait sa rencontre avec Zeus, chose que d'ailleurs elle ne pensait peut-être pas vraiment.

« Bien sûr, Hermione deviendra une reine uniquement si elle épouse un roi, dit Pâris, mais si elle se marie avec un gardien de troupeaux de tortues... alors, elle sera la Reine des Tortues ! » Hermione se mit à glousser.

« Oh, reine, elle le sera, dis-je. À Sparte, c'est la femme qui détient le titre. Son mari devient roi grâce à elle. » C'était ainsi que Ménélas avait accédé au trône. Eh bien, chère petite esclave, ne va pas t'imaginer que ton enfant succédera à Ménélas ! Il ne peut pas transmettre son titre !

« Fort intéressant, déclara Pâris, et plutôt inhabituel. »

Sur le chemin du retour, nous passâmes devant le platane d'Hermione. Il était devenu suffisamment grand pour donner de l'ombre. Ses feuilles commençaient à peine à s'ouvrir. Ses branches s'étendraient encore sous le soleil de l'été. Mais serais-je là pour profiter de son ombrage ?

Le palais n'avait pas changé. Pourtant, je m'y sentis brusquement comme une étrangère, quelqu'un qui venait le visiter avec Pâris et le voir à travers ses yeux à lui. Cette colonnade... ces lourdes portes... la façon dont les ombres des piliers s'étiraient sur le sol de la cour... Ce qui m'était familier depuis l'enfance me paraissait maintenant nouveau.

Les préparatifs pour le voyage de Ménélas en Crète étaient terminés. Ce soir, cela ferait neuf jours que Pâris et Énée étaient parmi nous, et aucun protocole ne retenait plus Ménélas ici.

Ménélas. La jeune esclave. Je ne pouvais effacer cette image de mon esprit, mais c'était une image dépourvue de toute souffrance. Ménélas n'était pas l'époux fidèle que je croyais. Peut-être lui aussi s'était-il lassé d'attendre qu'Aphrodite consacre notre union. Je ne pouvais rien lui reprocher.

Le rideau fut tiré et il apparut, sale, dégoulinant de sueur. Il retira rapidement sa tunique, se débarrassa de ses sandales et se dirigea vers la salle où le bain l'attendait.

Je n'avais pas envie de lui parler, de crainte de révéler ce que je savais, ce que j'avais vu. Je me contentai donc de lui adresser un signe de tête quand il traversa la pièce. Dès qu'il fut parti, j'appelai mes femmes et leur demandai de me préparer pour ce dîner qui serait, je le savais, le dernier. En dépit de cela, je me sentis étonnamment indifférente à ma tenue. La seule chose qui retint mon attention fut le choix de mes bijoux. Pour une raison inconnue, je tins à porter mes préférés – mon collier à grosses perles d'ambre, mes bracelets en or sur lesquels étaient représentées des scènes de chasse, mes boucles d'oreilles à pendentifs, délicatement ouvragées de filigranes d'or.

Le soleil disparut sous l'horizon et la pénombre bleue du crépuscule envahit les appartements telle une nappe de brouillard. La lumière jaune des lampes à huile la chassa. Nous nous rassemblâmes autour d'une petite table dans un coin du mégaron. Le reste de la pièce immense béait comme une caverne autour de nous. Cette fois-ci, il n'y aurait ni chanteurs, ni danseurs, seulement notre petit comité, Père, Mère, mes frères, Ménélas, Pâris, Énée et moi.

« Alors, quel message allez-vous rapporter à Troie ? demanda Ménélas à Pâris.

– Ceux que j'ai reçus de ton frère et de toi sont différents, répondit Pâris en haussant les épaules. Mais aucun d'entre vous ne semble disposé à nous laisser parler à Hésione. Et cela, mon père sera triste de l'apprendre. »

Il leva sa lourde coupe et se mit à l'étudier comme si ses décorations étaient de la plus haute importance.

« Était-ce vraiment là la raison de votre venue ? demanda Ménélas.

– Et pour quelle autre raison aurions-nous entrepris un tel voyage ? rétorqua Pâris, l'air surpris.

– Mon frère pensait que vous étiez des espions. »

Pâris et Énée éclatèrent de rire. « Et nous serions venus en personne vous espionner ! Allons donc, vous devez savoir que les espions expérimentés ne manquent pas et que dans ce domaine, on se montre plus discret que nous ne l'avons été.

– Soit, mais aucun espion ne serait convié à notre table privée », répondit Ménélas.

Si seulement il pouvait se taire ! Il s'exprimait si maladroitement, avec si peu de retenue ! Pour la première fois, je voyais les traits qui le rapprochaient d'Agamemnon.

« Les conversations tenues ici sont sans doute moins révélatrices que ce qui se dit dans les cantines de l'armée ou dans les ports, déclara Énée. Il est bien connu que ce n'est pas à une table royale que l'on divulgue des informations.

– Je vous ai accueillis dans mon palais, poursuivit Ménélas, je vous ai laissé voir ce qu'aucun espion n'aurait vu. »

Oh, qu'il cesse !

« Vous avez dîné avec ma femme, un honneur rarement accordé. Vous avez contemplé son célèbre visage.

– À t'entendre, on dirait que je suis une truie de concours », dis-je, d'une voix rageuse.

J'étais furieuse contre lui, contre ses menaces et ses vantardises maladroites – et maintenant, il me mêlait à tout cela ! « Tiens ! » criai-je en me penchant et en rapprochant mon visage de celui d'Énée, chose que je ne pouvais pas faire avec Pâris, assis juste à côté de moi. « Regarde-moi ! Ne te gêne pas ! »

Embarrassé, Énée toussota, comme toute personne polie l'aurait fait.

« Hélène ! Voyons ! » s'exclama Mère.

Je me renfonçai dans mon siège et la fusillai du regard.

Ménélas leva sa coupe. « Je voulais juste dire que je vous ai admis au sein de ma famille.

– En effet », dit Pâris.

Il avait renversé quelques gouttes de vin sur la table

et s'amusait à faire des dessins avec, comme un enfant. Je jetai un coup d'œil rapide sur ce qu'il avait écrit : *Pâris aime Hélène.* Les lettres rouges brillaient.

Mon cœur fit un bond. J'étais, malgré moi, fascinée par l'audace de Pâris. Et si quelqu'un voyait cela ? D'un geste de la main gauche, j'effaçai son message. Je surpris le regard de Mère.

Puis, du coin de l'œil, je vis bouger ma coupe, celle que Ménélas m'avait offerte en cadeau de noces. Pâris était en train de la faire glisser vers lui. Il la leva et, plaçant ses lèvres à l'endroit précis où j'avais posé les miennes, but lentement. Je restai comme pétrifiée, le dos raide, à guetter les réactions des autres sur leurs visages et dans leurs yeux.

« Nous retournons à Troie sur-le-champ, s'empressa de dire Énée, qui avait vu. Notre bateau nous attend à Gythion.

– Il n'est pas à côté de Mycènes ? Je pensais que vous aviez débarqué là-bas, s'étonna Ménélas.

– C'est ce que nous avons fait, expliqua Pâris, mais nos hommes ont contourné le Péloponnèse par la mer pour se rapprocher, si bien que nous n'avons pas besoin de refaire tout le chemin jusqu'à Mycènes.

– J'embarque moi-même à Gythion, dit Ménélas. En fait, je dois partir maintenant. Veuillez m'excuser, mais il me faut prendre congé de vous. »

Il avait attendu neuf jours, pas une minute de plus. Sa précision m'exaspérait à présent.

Il finit sa coupe de vin, formula ses adieux, puis fit savoir que nous devions tous quitter la table avec lui.

Je m'apprêtai à faire mes adieux à Pâris suivant le protocole quand je vis ses lèvres former silencieusement les mots : *Le serpent sacré*. Je fermai les yeux pour lui signifier que j'avais compris le message – je devais le retrouver près de l'autel.

En attendant, il me fallait sortir avec majesté et rejoindre Ménélas dans ses appartements pour lui dire au revoir. Il s'était éloigné rapidement, sans m'attendre.

Je le suivis sans me presser. Tout était si calme dans le palais maintenant.

J'entrai dans ses appartements, étrangement sombres malgré les deux ou trois lampes qui brûlaient dans un coin. J'entendis des murmures provenant de la pièce d'à côté. Je me glissai vers la porte et tendis l'oreille. Je n'osai regarder à l'intérieur et trahir ma présence. Je savais bien ce qui se passait. Peut-être avais-je simplement besoin de confirmer ce que j'avais vu, plus tôt dans la journée, pour être confortée dans ma décision.

Pendant un instant, les voix se turent. Les amants étaient en train de s'embrasser et de se caresser. Une conversation ordinaire ne s'interrompt pas au milieu d'une phrase – sauf quand il s'agit d'un entretien amoureux.

Ils recommencèrent à parler. *Oh, je ne veux pas te laisser partir... Fais attention en haute mer, as-tu bien fait tes sacrifices à Poséidon ?... Non, c'est toi qui dois faire attention, tu portes mon fils...*

Je jetai un coup d'œil discret. Ils étaient là – Ménélas et cette femme, l'esclave qui lui avait apporté la boîte décorée. Je reconnus la voix que j'avais entendue près de la cascade.

J'entrai dans la pièce. Sans un mot, je laissai le rideau tomber derrière moi. Le bruit les fit sursauter. Leurs visages surpris se tournèrent vers moi. Ménélas repoussa la femme – avait-elle un nom ?

« Hélène ! » dit-il, le souffle coupé. Il avait l'air horrifié, elle, agacée. « Ce n'est pas ce que tu crois », lâcha-t-il.

Je demeurai silencieuse.

« Je te jure, elle n'est rien pour moi... »

Pauvre Ménélas ! C'était là une phrase bien cruelle et bien stupide à dire devant elle. L'espace d'un instant, je me sentis solidaire de cette femme, même si, au fond, tout cela m'était indifférent.

La femme eut un mouvement de recul, murmura : « Comment peux-tu dire une chose pareille ? », avant de courir en pleurs vers la porte à l'angle opposé de la pièce. Ménélas ne la suivit pas, ne lui accorda aucune attention, bien au contraire. Il se tourna vers moi et me tendit les bras. « Oh, Hélène, ma chérie, je t'en prie... C'est une relation sans aucune importance... Je t'en supplie... Pardonne-moi... »

Je demeurai immobile comme l'un des piliers de la cour. Comment pouvais-je me jeter dans ses bras alors que moi-même j'avais commis une faute bien plus grave encore ? J'aimais Pâris, j'étais folle de lui, alors que nous nous étions à peine touchés. Ménélas avait partagé la couche de cette femme, mais sa fidélité restait intacte. Qui était le plus adultère des deux ? Et si j'étreignais Ménélas et lui « pardonnais », que penserait-il plus tard de mon hypocrisie ?

« Oh, Hélène, je t'en prie... Ne me regarde pas avec cet air dur... Je vais tout arranger... Je la vendrai, je l'éloignerai... Je ne l'aime pas, tu es la seule qui compte... »

Je demeurai silencieuse, non par calcul, mais parce que j'étais sincèrement incapable de parler. Cela ne fit qu'accroître sa détresse.

« Je t'estime plus que tout. Rien – pas même les dieux, et qu'ils me pardonnent pour cela – n'est plus important pour moi. Je te donnerai ma vie... », implora-t-il en ouvrant les bras.

J'aurais dû m'y jeter. Mais je ne pouvais pas,

si je voulais rester sincère, surtout avec moi-même. « Ménélas, tu dois partir. Les bateaux attendent. Va-t'en. » Je fis demi-tour. Il n'y avait plus rien à faire.

« Qu'ils attendent, les bateaux ! cria-t-il. Mon grand-père est déjà mort, de toute façon. » Son respect scrupuleux des rituels s'était évanoui.

« Ton frère Agamemnon voyage avec toi. Tu ne peux pas perturber une cérémonie et un protocole pour des raisons d'ordre, disons, personnel. Pars avec la bénédiction des dieux. Et la mienne. » Je lui adressai un sourire triste, puis sortis.

Oh, faites qu'il parte ! Je me précipitai dans la cour pour lui échapper. Il ne me suivit pas.

Lui aussi était soulagé de remettre cette discussion à plus tard.

Ni lui ni moi ne savions qu'il nous faudrait attendre près de vingt ans pour reprendre cet entretien, et qu'alors nous nous retrouverions à Troie, entourés des flammes de la destruction.

XXIV

Je restai un long moment dans la cour à côté d'un arbre en fleur. Les serviteurs vinrent chercher Ménélas. Il hésitait, me parut-il, comme s'il me cherchait. Puis il s'en alla, passa les portes du palais avec ses hommes et les bruits s'évanouirent.

Le sanctuaire du serpent sacré... J'étais maintenant libre de m'y rendre. Personne ne s'intéresserait à moi. Je traversai la cour et parcourus toute la longueur du palais jusqu'à la petite pièce où se trouvait l'autel. Elle était vide.

J'en fus soulagée. J'avais tellement besoin d'être seule, de réfléchir. Si jamais je partais, il me faudrait l'expliquer au serpent sacré, gardien de notre maison, et lui dire pourquoi il ne pouvait pas venir avec moi.

Comment pouvais-je quitter cette vie ? Elle était mienne, faisait partie de moi. Je m'assis sur le banc de pierre et attendis. Une lampe votive éclairait l'autel de sa flamme vacillante. Le gâteau au miel et la soucoupe de lait étaient posés là, mais le serpent ne se manifestait pas.

Je me sentis gagnée par une grande impression de calme. C'était fait, quoi qu'il advienne. Comme cela était étrange, de dire que ce qui ne s'était pas encore produit était fait ! Et pourtant, telle était la vérité, au plus profond de moi-même. Peut-être en était-il ainsi depuis ma naissance, ou même avant...

Un mouvement léger, un soubresaut. Le serpent arrivait. Il sortit de derrière l'autel et regarda autour de lui, tête dressée.

La tendresse que j'éprouvais pour lui me serra le cœur. Il avait quitté le temple d'Épidaure, sa maison, pour nous servir, ma famille et moi. Et maintenant c'était moi qui quittais mon palais, ma vie. Le serpent comprendrait. Je me baissai pour lui expliquer mon choix. Il me regarda, sortit sa langue. Il m'avait donné sa bénédiction.

« Comment trouverai-je les mots pour dire ce qui me plaît le plus chez toi ? » Pâris était là, dans un coin de la petite pièce. « Peut-être est-ce cette façon que tu as de traiter toutes les créatures comme si elles étaient d'égale dignité... »

Je me redressai, me jetai dans ses bras. Il n'y eut plus alors que nos baisers et notre étreinte passionnés. Quel délice de sentir ses bras, ses épaules, sa chair !

Au bout de quelques minutes, il s'éloigna, tendit les bras pour me retenir, m'empêcher de me réfugier contre sa poitrine. « Hélène, dit-il, qu'allons-nous faire ? C'est à toi de décider. Si je t'emmène avec moi à Troie, tu devras abandonner ta vie ici, perdre tant de choses, alors que moi, j'aurai tout à gagner. Je ne peux pas prendre une telle décision pour toi. »

Nous n'en avions jamais parlé et, pourtant, aussi étrange que cela puisse paraître, nous savions tous les deux que nous devions choisir. Si je restais, nous nous séparions. Si je m'enfuyais, nous restions ensemble.

« Je ne peux pas te laisser partir sans moi ! » criai-je en m'accrochant à lui. Non ! Que le palais de Sparte s'effondre ! Que la terre entière périsse ! Tout, pourvu que je reste avec Pâris !

« Et Hermione ? me demanda-t-il. Tu es mère. Tu es aussi la femme d'un autre, c'est vrai, mais une épouse peut être remplacée. Pas une mère. Crois-moi, je sais ces choses-là.

– Alors, emmenons Hermione avec nous ! »

Oui, c'était la solution !

« Tu disais qu'elle régnerait sur Sparte. Tu serais prête à priver ta ville de sa future reine ? » Pâris se montrait bien plus raisonnable que moi – peut-être se sentait-il plus coupable.

« Demandons à Hermione. Qu'elle décide elle-même.

– Hélène », dit-il lentement en me faisant pivoter et en me regardant bien en face. Oh ! Ces yeux, ces yeux dorés, clairs comme le miel sous la lumière des lampes ! « Elle a neuf ans. Peux-tu la forcer à prendre une telle décision ? N'importe quelle enfant de cet âge irait avec sa mère. Ce n'est pas pour autant ce qu'elle choisirait plus tard.

– Mais...

– Tu ne peux pas lui confier une telle responsabilité, lui demander de faire un choix qui la hantera toute sa vie.

– Alors que faire ? S'en aller en douce ? Partir sans lui dire adieu ?

– Bien sûr que tu peux lui dire adieu. Mais n'exige pas d'elle qu'elle prenne une décision. Elle t'en voudrait plus tard.

– Quitter ma fille ? C'est impossible !

– Tu le feras, parce que tu l'aimes et que tu ne veux pas l'exposer au danger. Parce que tu aimes Sparte et ne veux pas priver ta ville de sa reine.

– Mais ça, elle ne le saura pas ! Elle ne le comprendra pas !

– Avec le temps, si. » Il me serra dans ses bras.

« Elle comprendra. Comme moi j'ai fini par comprendre mon père et ma mère. »

Disait-il vrai ? Ils l'avaient tout de même abandonné !

« Hélène, poursuivit-il, si nous devons fuir, faisons-le maintenant. Quand Ménélas le découvrira, il y aura... de l'agitation. Partons tout de suite, pour prendre le maximum d'avance. Tout est prêt. Ce soir, c'est le moment ou jamais.

– Non ! Pas ce soir ! Mon mari vient à peine de partir !

– Cela ne change rien. Nous ne voguerons pas dans la même direction que lui. »

Ô dieux ! Ce soir ! Alors que Mère et Père dormaient ! Et mes frères, et Hermione !

« Quel que soit le moment, ce sera toujours trop tôt », dit Pâris.

Je lui adressai un regard étonné. « Tu n'as que seize ans. Comment peux-tu savoir ces choses-là ?

– J'ai déjà connu des revers de fortune, été contraint de quitter une vie à laquelle j'étais habitué. C'était douloureux, mais cela m'a donné plus d'expérience que toi dans ce domaine.

– Tu as quitté une famille, pas un royaume, ni une épouse.

– J'ai quitté un mode de vie, l'homme que je croyais être. Je n'ai pas quitté une épouse, certes, mais une compagne, une femme qui m'aimait et n'avait hélas pas sa place au palais. Hélène, il y a parfois des choix difficiles à faire. Je sais que beaucoup de gens essaient de ne rien lâcher, mais parfois c'est impossible. Ménélas ou moi ? Choisis. C'est aussi simple que cela. Je ne peux faire appel à ta fidélité. Elle appartient à Ménélas. Je ne peux que faire appel à ce qui nous a rapprochés – Aphrodite et ses enchantements, ou ses maléfices. »

C'est alors que le serpent se rapprocha de nous sans un bruit. Arrivé au niveau de nos chevilles, il s'enroula autour d'elles et les unit, nous liant avec son corps doux et froid.

« Le serpent sacré a parlé, dis-je. Il indique que notre union est la seule qui soit vraie.

– Je le savais, répondit Pâris. Je voulais seulement que tu t'en rendes compte toi aussi. »

Le moment était venu de nous séparer. Pâris allait réveiller Énée et préparer notre fuite tandis que je ferais mes adieux. En des circonstances plus normales, après une véritable cérémonie, nous aurions pris la direction de Gythion en plein jour, sous escorte royale. Mais dans notre cas, il nous faudrait voler les chars de nuit, rejoindre Gythion avant l'aube et prendre la mer. Nous ne pouvions pas nous permettre de traîner en chemin.

Mais comment Énée et Pâris parviendraient-ils à s'emparer d'un attelage sans alerter les gardes ? Je ne pouvais que m'en remettre à leur habileté. S'ils étaient pris, ce serait eux, bien sûr, qui seraient accusés de vol, eux qui devraient subir le châtiment.

« Pourvu que tu réussisses ! murmurai-je à l'oreille de Pâris en agrippant son bras. Nous ne pouvons pas nous permettre d'échouer. C'est notre seule chance.

– Ce ne sera pas facile. Énée et moi ne connaissons pas les écuries royales. Et si nous faisons du bruit...

– Ne pense pas aux difficultés, sinon tu n'y arriveras pas. Et maintenant, mon amour, va ! Pense au moment où tout sera fait et à la vie qui nous attend. »

Je lui indiquai la direction et le vis s'éloigner discrètement, ombre sous la lumière de la lune.

La lune... Allait-elle nous aider ou compliquer notre tâche ? Grâce à elle, nous verrions où nous mettrions les pieds et n'aurions pas besoin de torches. Par ailleurs, nous risquions d'être repérés en descendant la colline pour rejoindre la route le long de la rivière. N'importe quel habitant de Sparte ne trouvant pas le sommeil cette nuit-là et prenant l'air à sa fenêtre serait en mesure d'indiquer à nos poursuivants la direction que nous avions prise.

Une lune ronde et éblouissante était suspendue au beau milieu du ciel, telle une torche blanche. Les ombres étaient courtes. Tout baignait dans une lumière froide et sinistre qui donnait aux formes, d'habitude adoucies et arrondies par le soleil, un aspect dur et tranché. Tout semblait plus clair qu'en plein jour.

Le palais... La moindre dalle, le moindre motif sur les portes sculptées, la moindre portion du toit qui faisait saillie était imprimée au fer rouge dans mon esprit. Maintenant, je parcourais cet endroit en le regardant pour la dernière fois. J'aurais voulu toucher toutes les poutres, toutes les poignées de portes pour leur dire adieu.

Le silence régnait. Tout était comme suspendu. Je contemplai l'entrée de l'immense palais.

Tu reviendras. Quand la lune brillera.

D'où venaient-ils, ces mots murmurés dans mon esprit ? Des serpents d'Asclépios ? Était-ce un autre de leurs dons ? Étais-je capable de distinguer les grandes lignes du futur ? Oh, puisse-t-il ne pas en être ainsi ! Ce serait une malédiction.

Pourtant, ce sentiment ne me quittait pas. Je reviendrais, je parcourrais de nouveau ces chemins. Mais au-delà de cela, je ne savais rien.

Peu importait ! Ce n'étaient là que fantômes, impressions du futur. Ce soir, il y avait des choses à faire, des décisions à prendre.

Je me glissai – silencieuse comme le serpent – dans les appartements de Père et Mère. Tous deux étaient plongés dans un profond sommeil, de même que leurs gardes. Je décidai de ne pas réveiller mes parents. La lumière de la lune éclairait leurs lits. Leurs respirations régulières soulevaient les épaisses peaux de bêtes qui les protégeaient du froid de la nuit.

Je me penchai sur eux, les regardai, fermai les yeux puis les ouvris à nouveau afin de fixer leur image dans mon esprit.

Je mourais d'envie de me rapprocher d'eux pour les embrasser, mais je craignais de les réveiller. Mon cœur se serra. « Adieu, Père, adieu Mère. Ne me condamnez pas, ne me détestez pas. »

Je m'éloignai, incapable de rester plus longtemps. J'entrai dans la chambre d'Hermione avec l'intention de lui faire des adieux silencieux mais, dès que je la vis, je sus que je ne pouvais pas la quitter ainsi.

Je me penchai sur elle, contemplai son visage endormi, son sourire léger. Elle était si jolie. Elle faisait partie intégrante de moi. Ma vie avec elle n'était pas finie.

Je touchai son épaule. « Hermione », murmurai-je.

Elle ouvrit lentement les yeux et me regarda. « Oh... Mère !

– Hermione, dis-je en m'efforçant de rester calme, aimerais-tu partir pour une grande aventure ? »

Elle soupira et, encore à moitié endormie, se tortilla sur son lit. « Je ne sais pas... Qu'est-ce que tu dis ?

– Pâris et moi allons visiter sa maison. Elle est loin, de l'autre côté de la mer, dans un endroit qui s'appelle Troie. »

Elle voulut se redresser, mais n'y parvint pas. Elle

n'était pas vraiment réveillée. « Tu seras partie combien de temps ?

– Je... Nous ne savons pas. C'est ça, l'aventure – quand on part, on ignore quand on rentrera. Souvent, cela prend plus de temps que ce que l'on croyait.

– Alors non, je ne pense pas que je vais venir. »

Non ! Elle ne pouvait pas dire ça ! « Mais Hermione, je veux que tu viennes avec moi !

– Non, non, et non ! dit-elle en secouant la tête avec obstination. Je ne veux pas partir. J'ai mes amis et je dois m'occuper de mes tortues. Et puis je n'ai pas envie de voir Troie. Ça ne m'intéresse pas. »

Elle sourit et étira ses bras au-dessus de sa tête.

« Mais, Hermione, tu vas me manquer. Viens avec moi !

– Et Père ? Il part lui aussi ?

– Non, répondis-je.

– Oh, alors dans ce cas, tu seras bientôt rentrée », dit-elle en gloussant.

Non, faillis-je lui dire. *Non*.

« Oh, Hermione, s'il te plaît, viens !

– Laisse-moi réfléchir. Mais au fait, pourquoi est-ce que tu me réveilles pour me demander ça ?

– Parce que c'est maintenant que je pars.

– En pleine nuit ?

– Oui, à cause du bateau... »

Elle jeta ses bras autour de mon cou. « Je ne peux pas partir maintenant, pas au beau milieu de la nuit ! Il fait noir. Je ne veux pas.

– Mais la lune est pleine. On y voit parfaitement.

– Mère, je ne te suivrai pas dans cette aventure, que la lune soit pleine ou non, déclara-t-elle d'une voix ferme.

– Alors, tiens-moi fort dans tes bras », dis-je, en

m'efforçant de parler calmement et de contenir mes larmes.

Impossible de lui expliquer. Tout ce que je pouvais faire, c'était lui dire au revoir et la serrer contre ma poitrine. En espérant de tout cœur que ce ne soit pas la dernière fois.

Non, tu la reverras, tu la tiendras dans tes bras. Mais elle sera une femme, plus âgée que toi maintenant.

La vision du futur, le mystère auquel j'avais accès... Ainsi c'était finalement une bénédiction. Je la tiendrais de nouveau dans mes bras ! Voilà tout ce qui comptait pour moi.

« Au revoir, ma chérie, murmurai-je en pressant ma joue contre la sienne.

– Oh, Mère, ne prends pas cet air sérieux... »

Elle s'allongea et s'endormit aussitôt.

Quittant la chambre en sanglots, j'allai m'appuyer contre l'une des colonnes baignées par la lumière de la lune pour attendre que le voile de larmes qui me brouillait les yeux disparaisse.

C'est alors qu'Aphrodite vint se glisser entre les colonnes et me murmurer ses doux conseils : *Que te faut-il savoir d'autre ? Ta fille t'attendra... Tu ne la perdras pas... Maintenant, tu peux poursuivre ton destin avec Pâris...*

Déesse cruelle ! rétorquai-je. Pour toi, pour les dieux immortels, le temps n'est rien. Dix ans, vingt ans, cela ne compte pas pour vous, alors que pour nous, c'est énorme. Nous changeons. Hermione ne sera plus cette petite fille qui se pelotonne dans son lit, encore toute chaude de sommeil, se jette à mon cou et parle de tortues. Mais tout cela vous importe peu !

J'en conviens, dit-elle. Je pouvais presque la voir

hausser les épaules. *Mais toi-même, tu y accordes trop d'importance. Es-tu prête à saisir ce que la vie vous offre, à vous mortels ? Ou préfères-tu dire : « Désolée, je ne peux pas, je ne suis pas assez forte » ?*

Ce n'est pas une question de force, protestai-je. Il s'agit de respect, d'honneur, et de tous ces sentiments que tu ne sembles pas comprendre.

Alors, je t'abandonne. Au revoir, Hélène.

L'espace d'un instant, je la sentis s'éloigner, se retirer, me laissant éteinte et morne, comme l'avait été ma vie avant de voir les roses. Non ! criai-je. Ne me quitte pas !

Très bien. Dans ce cas, fais ce que je te dis. Cesse de dire des sottises, d'avoir des remords. Va rejoindre Pâris. Sinon...

Je m'arrachai à la colonne et courus vers les écuries, laissant le palais derrière moi. Je passai devant le platane d'Hermione, arbre de mon mariage, planté quand j'étais une toute jeune épouse et mère. Je mis la main devant mes yeux pour ne pas le voir.

Énée et Pâris avaient harnaché des chevaux à deux chars. Ils étaient occupés à charger leurs affaires quand ils me virent.

Jamais je ne m'étais sentie aussi aérienne et détachée de ce qui m'entourait. J'allais partir. Mais avant, il fallait que j'emporte certains des objets qui m'appartenaient. Je ne pouvais emmener Hermione ni le serpent sacré. Peut-être à ce moment-là une sorte de folie s'empara-t-elle de moi, le besoin irrépressible de prendre plus que les vêtements que je portais. « Je vais chercher mes bijoux, dis-je. Ils sont à moi. Et puis quelques objets en or. Je suis la reine, quand même. Ils me reviennent de droit. Nous en aurons peut-être besoin ! » D'un bond, je retournai dans mes appartements, raflai tous mes bijoux, y compris cette affreuse chaîne de mariage en or qui était tellement lourde et que, si mes pensées avaient été claires, j'aurais laissée, par crainte qu'elle ne nous porte malheur. Je filai ensuite dans la salle du trésor y prendre des plats et des gobelets en or dont je remplis des paniers. Je retournai aux écuries en traînant cet attirail et le chargeai sur le char.

« Hélène ! C'est de la folie ! Tout ceci va ralentir notre progression !

– Je ne peux pas partir les mains vides, quand même ! » hurlai-je.

Pâris mit sa main sur ma bouche pour me faire taire. Je me dégageai et poursuivis : « Il faut bien que j'emporte quelque chose ! Tu m'as interdit d'emmener ma fille !

– Je t'ai expliqué pourquoi il ne serait pas bon qu'elle vienne, dit Pâris en secouant la tête. Mais je ne t'ai rien interdit. Je n'en ai pas le pouvoir. »

En effet, ce n'était pas Pâris, c'était Hermione elle-même qui avait refusé de me suivre. « Nous avons besoin de ces objets ! » dis-je.

Pâris commença à les enlever du char. « Hors de question ! On dira que je suis un voleur, ce que je n'ai jamais été. Tout ce que je vole, c'est la reine, rien d'autre. De l'or, nous en avons en abondance à Troie. »

Énée arrêta son bras. « Comprends-la, elle ne peut pas partir comme ça. Après tout, ces objets lui appartiennent. Ce qu'elle veut, c'est avoir ses propres ressources, plutôt que d'en être réduite à compter sur les autres. Elle refuse de débarquer à Troie comme une réfugiée qui aurait tout perdu.

– Mais ce chargement va nous ralentir ! protesta Pâris.

– Si cela la calme et apaise son esprit, laisse-la faire. »

Je remarquai avec intérêt que Pâris s'inclinait devant son cousin plus âgé – chose inhabituelle chez un jeune homme. Mais il savait faire preuve d'une maturité surprenante. « Très bien, dit-il en remettant les paniers. Et maintenant, Hélène, monte ! » Il grimpa dans l'un des chars et me fit signe de le rejoindre. Énée prit place dans l'autre. Nous sortîmes de l'écurie.

« Mieux vaut éviter la grande porte, dis-je. Les gardes nous arrêteraient et nous questionneraient. Je peux bien sûr leur ordonner de nous ouvrir, mais tâchons de ne pas les mettre au courant de nos plans. Il y a un autre passage, rarement emprunté. Par là. »

Heureusement que la lune brillait ! Elle nous permit de trouver le chemin défoncé qui faisait le tour du palais et rejoignait la route principale au niveau des berges de l'Eurotas. En dépit de la pente, nous nous y engageâmes sans encombre. Les paniers dans lesquels j'avais mis mes trésors rebondissaient sur le plancher du char. Nous dévalâmes la colline, vite, beaucoup trop vite. Si vite que j'eus à peine le temps de voir les arbres sombres autour de nous, et encore moins de regretter ces adieux plus qu'hâtifs à mon foyer.

Le terrain était maintenant plat – nous étions dans les prairies qui longeaient la rivière. Nous traversâmes les champs en direction de la route. Les chars bondissaient d'une motte de terre à l'autre, s'écrasaient dans les rigoles. Effrayés, mais aussi exaltés par cette folle aventure, nous manquions à chaque secousse de pousser un cri. Mais il nous fallait absolument garder le silence. Les hautes murailles de la ville, que nous devions contourner, se dressaient devant nous. La lumière crue de la lune révélait les zones d'ombre profonde et secrète entre chacune des énormes pierres qui avaient servi à les édifier. Je murmurai quelques mots à l'oreille de Pâris pour vanter leur solidité.

« Attends de voir celles de Troie ! dit-il. Elles sont lisses et trois fois plus hautes que ces ridicules petits murets ! » Il désigna d'un air méprisant les pierres rondes des enceintes de Sparte. « Il est impossible d'escalader les murailles de Troie – elles n'offrent aucune prise ! »

Nous avions enfin trouvé la route et, à bride abattue, longions la rivière. Gonflée par la neige fondue des montagnes, elle se ruait comme nous vers la mer. De l'écume blanche chevauchait ses flots.

Notre équipée n'avait rien à voir avec la promenade que j'avais faite en compagnie de Gélanor. Nous avions alors suivi le chemin en nous arrêtant pour boire, manger ou nous reposer quand bon nous semblait.

Gélanor ! Que penserait-il en apprenant la nouvelle ? me dis-je avec horreur. Serait-ce lui qu'on enverrait à notre poursuite ? Si c'était le cas, il nous trouverait certainement. Trop tard, espérons-le.

« Plus vite ! » criai-je à Pâris.

Une fois sur la route plate, nous mîmes les chevaux au galop. Les chars allaient si vite que parfois leurs roues quittaient le sol. Dans le ciel, la lune jouait à cache-cache avec les nuages. Quand elle émergeait, le paysage devenait aussi net qu'une scène ciselée. Et lorsqu'elle se dissimulait, nous nous retrouvions comme plongés dans un rêve – flou, évanescent, changeant.

Nous parvînmes au port bien avant l'aube. La mer, les rochers... Et la grotte d'Aphrodite, où tout ceci avait commencé, existait-elle toujours ? Existait-elle vraiment ? Je la cherchai du regard, mais elle se perdait dans les ombres des rochers de la plage. Peut-être ne la verrais-je plus jamais. Et si jamais je la retrouvais, elle aurait perdu toute sa magie et ne serait plus qu'une caverne comme tant d'autres, vide et humide.

« On nous attend », dit Énée en montrant du doigt un grand vaisseau qui avait mouillé l'ancre non loin de la côte.

Un canot vint nous prendre pour nous y emmener. Je quittai le sol de mon pays natal et embarquai, les pieds mouillés.

Je me retrouvai à bord. Mon premier bateau et la toute première fois que je m'éloignai de la terre ferme. Même si je n'avais aucun point de comparaison, le navire troyen me parut fort beau. L'équipage se mit en rang sur le pont pour saluer Pâris et Énée et le capitaine s'inclina devant eux. « Princes, dites-moi quelle direction prendre.

– Lève l'ancre, lui ordonna Pâris. Nous devons nous éloigner de ces rivages au plus vite.

– Il est dangereux de prendre la mer avant que le jour se fasse, répondit le capitaine.

– Et pourtant, il faut partir !

– Il y a bien une petite île à quelques encablures, Cranaé. Nous pourrions y trouver un endroit abrité où jeter l'ancre, puis lever les voiles à l'aube.

– Alors, dit Pâris, qu'est-ce que tu attends ? »

La mer était forte autour de Cranaé. Même moi qui n'y connaissais rien, je vis qu'aux abords d'une petite île proche du rivage et de ses bas-fonds, les eaux étaient plus tumultueuses qu'en pleine mer. Le capitaine n'eut pas assez de toute son habileté pour contourner Cranaé et trouver un endroit invisible depuis la terre ferme.

« Ici, ils ne pourront pas nous voir, dit-il. Vos poursuivants penseront que nous avons pris le large. »

Je regardai le ciel. À l'est pointait une faible lueur. « Nous allons nous reposer ici, sur la plage », dis-je. J'étais épuisée. Nous n'avions pas dormi de la nuit.

La semi-obscurité était comme un voile protégeant Cranaé des regards et des bruits. Les arbres qui en recouvraient la surface ployaient sous la forte brise. Il y avait quelques endroits dégagés, car les pêcheurs devaient parfois venir ici, mais l'île était inhabitée.

« Construisons un abri, proposai-je à Pâris.

– Nous avons des toiles de tente à bord du bateau.

– Demande qu'on nous en apporte. »

Les hommes s'exécutèrent. Pâris tint à monter la tente lui-même. « Je sais parfaitement comment m'y prendre, m'expliqua-t-il. J'en ai construit, des abris, dans ma jeunesse.

– Plus que tes frères les princes de Troie, je parie. »

J'imaginais des fils de roi choyés, mollement affalés sur des divans.

Il m'adressa un regard un peu surpris tout en continuant à monter la tente. Enfin, il se plaça près de l'entrée et m'invita à y pénétrer.

« Majesté, tes appartements sont prêts », dit-il.

Je m'accroupis pour me faufiler par la minuscule ouverture. Dedans, tout était sombre, même si dehors le ciel avait commencé à s'éclaircir. Pâris avait déroulé des couvertures, allant jusqu'à remplir des sacs de toile de vêtements pour en faire des oreillers.

« C'est cela que vous utilisez à Troie ? lui demandai-je.

– Non, répondit-il en riant. Tu sais que Troie est célèbre pour son raffinement, j'espère. Non, ça, c'est le genre d'installation qui conviendrait à un vagabond ou à un pirate. » Il tapota la couverture avant d'ajouter : « Tu n'en as pas assez d'être reine ? Viens goûter à la vie de fugitif. »

Je m'affalai. J'étais si fatiguée que cette couverture rugueuse posée sur un sol dur me parut aussi douce que du duvet de cygne. Mon épuisement me rendait incapable de réfléchir, de mesurer l'importance de ce que je venais de faire.

Je me mis sur le dos. Appuyé sur un coude, Pâris me regardait. De dehors me parvenait le fracas des vagues s'écrasant sur les rochers.

« Sur une petite île, le bruit des vagues est incessant, dit Pâris. Où que nous allions, il est impossible d'y échapper.

– Cette musique n'est pas déplaisante », répondis-je.

Les coups répétés de la mer sur les rochers étaient comme un roulement de tambour dans lequel toute pensée se noyait. Le bruit sec des vagues, le chuintement de leur repli, battaient dans ma tête. Je regardai Pâris, mais même son visage était flou.

Je suis ici. Avec Pâris. Nous avons quitté Sparte. Tout est fini – sauf notre histoire. Je mis mes bras autour de son cou, rapprochai son visage du mien.

Pâris. J'embrassai ses lèvres, cette bouche qui m'avait parlé silencieusement alors qu'il taquinait Hermione et parait aux insultes de Mère. Elle avait caressé longuement le bord de ma coupe de vin. J'avais observé ses mouvements, brûlant d'en sentir encore une fois le baiser. Elle était tout ce que je désirais. Elle m'attirait vers lui, vers son monde. Je serrai son jeune corps robuste contre le mien et me mis à rire tout haut.

« Qu'est-ce qu'il y a ? » demanda-t-il.

Ma tête retomba sur la couverture. « Oh, je n'ai pas encore décidé de ce que je vais faire avec toi, répondis-je en lui caressant la joue. Te toucher, te vénérer... Je ne sais pas ce que je veux !

– Ne me vénère pas, dit-il, son souffle tout contre moi, cela créerait trop de distance. Moi qui devrais t'adorer humblement, je préfère te toucher. »

Il s'allongea près de moi et m'entoura de ses bras.

Ces mots chassèrent toute idée de vénération et d'adoration de mon esprit. La chaleur de sa chair contre la mienne déclencha tout. Ce simple contact me fit frémir. Émerveillée, je ne pus que me laisser emporter par un sentiment que je n'avais jamais ressenti, que j'avais appelé de tous mes vœux, pour lequel j'avais prié, supplié, que j'avais attendu si longtemps. Il était là, tout près de moi, si fort qu'il me submergeait. Je me mis de nouveau à rire.

« Mais qu'y a-t-il ? Pourquoi ris-tu ? murmura Pâris, pensant que je me moquais de lui.

– C'est la joie des dieux, c'est tout. Ils me bénissent, enfin ! »

Aphrodite-qui-aime-rire... Oui, c'était ainsi que certains l'appelaient. Elle souriait aux amants, mais savait aussi qu'ils devaient rire.

« Dispose de moi », l'implorai-je en l'attirant vers moi. Oh ! Qu'il en soit ainsi ! Et que je devienne femme, enfin !

Autour de nous le fracas des vagues s'intensifia, rendant toute conversation difficile. Je dus mettre ma bouche tout contre son oreille pour qu'il m'entende. Nous étions dans notre propre citadelle, notre cité fortifiée, entourés par les vagues et les rochers et le bruit de la mer qui s'y écrasait.

Tout ce qui m'avait été refusé jusque-là m'était maintenant tout d'un coup accordé. Aphrodite se montrait généreuse. Je souffrais, je vibrais, je palpitais de désir pour Pâris. La moindre hésitation, la moindre barrière entre nous m'étaient insupportables. Il me fallait arracher les obstacles. Je devais l'avoir, lui, totalement. Rien d'autre ne comptait. Cette apothéose valait tous les royaumes, tous les trésors.

Nous restâmes enlacés, liés l'un à l'autre face à ce qui nous attendait. Ce qui avait été fait ne pouvait être défait. Mais qui aurait voulu défaire cette splendeur ?

Allongée dans le noir, je contemplai le toit de la tente. Ainsi, c'était de ça que les gens parlaient. Oh, Aphrodite, je te remercie du fond du cœur. Je sais maintenant que mourir sans avoir connu ceci, c'est ne pas avoir vécu du tout. Ce qui nous fait vivre ? Tout ressentir, tout oser, tout tenter.

XXV

Les étoiles tournoyèrent autour de nous jusqu'à la fin de la nuit. Voguant entre le sommeil et l'éveil, nous nous enlaçâmes encore et encore, jusqu'à ce que tout se confonde, que nos étreintes se mêlent à nos rêves. J'apercevais le ciel entre les interstices des toiles avec lesquelles Pâris avait installé notre tente rudimentaire. Le bruit constant de la mer m'enveloppait. Que d'expériences nouvelles pour mes sens ! Mes yeux avaient vu Cranaé et Pâris, nu, pour la première fois. Mes narines avaient été chatouillées par l'odeur des fleurs sauvages de l'île, et celle de la peau de Pâris quand mon visage s'y était collé. Mes mains avaient senti la caresse de son corps, si mince, si doux, si différent de celui de Ménélas. Ma langue gardait le goût de son cou que j'avais embrassé. Mes oreilles étaient pleines du murmure de sa voix lente et endormie, à peine discernable par-dessus le bruit des vagues.

La nuit dura ce qui me sembla une éternité, bien plus longtemps qu'une nuit ordinaire. Je savais que les dieux pouvaient raccourcir ou rallonger les jours et les nuits à leur guise. Peut-être était-ce là le cadeau d'Aphrodite pour nos noces.

Les étoiles disparurent peu à peu et le ciel devint gris. Dans le jour levant, je regardai mon amour endormi, étudiai son visage dans ses moindres détails. Je remerciai Aphrodite de m'en donner la possibilité, car je n'avais jusque-là pas eu la chance de me repaître de sa beauté. À Sparte, nous avions toujours été en compagnie d'autres personnes, devant lesquelles je pouvais me trahir, si bien que mes yeux ne s'étaient jamais attardés sur lui.

Je ne ressentais aucune honte, aucun remords, rien d'autre qu'une euphorie, un bonheur intense, extase absolue au-delà même du ravissement. J'étais libre. J'avais saisi la joie qu'on me tendait. J'avais donné la preuve de mon courage, de la sincérité et de la force de mon désir. Maintenant, ma vie pouvait commencer.

Je me forçai à me lever, enfilai un manteau et quittai l'abri et la chaleur de la tente. Dehors, le vent hurlait entre les sapins, soulevant la poussière du chemin. Des nuages sombres couraient dans le ciel. Je me mis sur la pointe des pieds pour voir la mer. Si j'avais été de l'autre côté de l'île, j'aurais pu distinguer Gythion, mais déjà je n'en avais plus envie. Je ne voulais pas voir s'agiter sur la plage les hommes qui me cherchaient. J'avais besoin de contempler la mer s'ouvrant jusqu'à l'horizon, aussi loin que mon regard se portait.

Avec la dissipation de la brume et le lever du soleil émergeant de l'eau en y traçant un chemin doré et scintillant, des formes se dessinèrent. Tout là-bas sur l'horizon, je vis, flottant sur la mer, une île. Cythère, très certainement. Gélanor m'en avait parlé à Gythion. Je fus prise d'une envie brusque de m'y rendre, parce qu'il m'avait dit justement que je ne le pouvais pas. Et que j'avais envie de faire tout ce qui m'avait été interdit jusque-là.

« Tu me quittes déjà ? » Pâris s'était approché et, debout derrière moi, me serrait tout contre lui. En voyant ses bras s'enrouler autour de moi, je pensai au serpent sacré. Je me penchai en avant, embrassai ses poignets.

« Jamais, dis-je, je ne te quitterai jamais.

– Moi non plus.

– Déjà levés ! Je vois ! »

C'était la voix d'Énée. « Parfait. Préparons-nous à partir. » Il s'approcha de nous, scrutant nos visages dans l'espoir de savoir comment nous avions passé ces dernières heures, ces heures qui coûteraient tant à chacun d'entre nous. Par habitude, j'affichai une expression neutre, impossible à déchiffrer. « Il faut quitter cet endroit avant que l'alerte ne soit donnée. Ils sont probablement en train de se réveiller et de s'apercevoir de notre départ. »

J'imaginai Mère ouvrant les yeux, bâillant et se retournant dans le lit ; Père se redressant ; Hermione dans ses rêves. Hermione... Non, il ne fallait pas que je pense à elle !

Au moment d'embarquer, j'aperçus la figure de proue et me mis à rire – elle représentait Éros. « Pourquoi Éros ? demandai-je.

– C'est Pâris qui l'a commandée », me répondit Énée en jetant un coup d'œil à la sculpture.

Nous levâmes l'ancre. Les hommes hissèrent la voile carrée et nous prîmes le vent du Sud-Ouest qui nous poussait vers Cythère. Pour gagner de la vitesse, les rameurs se mirent à souquer en direction de la haute mer.

« Il nous faudra passer la nuit en mer, annonça le capitaine. Nous n'avons pas d'autre choix. Il n'y a pas de mouillage entre ici et Cythère. Prions Poséidon pour ne pas être pris dans des courants traîtres en pleine nuit.

– Que veux-tu dire ? lui demanda Pâris.

– Cythère est un passage dangereux. Il y a beaucoup de courants imprévisibles et d'écueils. Ça, c'est les dangers naturels. Mais il y a aussi les pirates qui, en général, ne s'éloignent pas du rivage. D'après le dicton, Malée, c'est la mort assurée. Et nous devons passer à l'ouest du cap Malée pour atteindre Cythère.

– Ma chérie, me dit Pâris en m'enlaçant, toi qui voulais de l'aventure, tu vas être servie. »

Il me dirigea vers le garde-corps. « Si seulement nous pouvions faire l'amour en pleine mer. Ce sera une prouesse, avec le tangage et le roulis. Un peu comme faire l'amour sur le dos d'un cheval, j'imagine.

– Ah bon ? Tu l'as fait ?

– Non, répondit-il en riant, mais ce serait très troyen.

– Pourquoi ? »

Il se retourna et me regarda bien en face. « Tu ne sais vraiment pas pourquoi ? Ils ne t'ont donc rien appris à Sparte ? Et cette espèce de sorcier, celui qui sait tout ? Il ne t'a rien enseigné ? »

Son accusation, aussi fondée soit-elle, me blessait. Elle me blessait précisément parce qu'elle était fondée. « Gélanor m'a appris beaucoup de choses, mais uniquement celles que je lui demandais quand j'en avais l'occasion. Il n'était pas mon précepteur.

– Je suis désolé. Je ne voulais pas l'accuser ou diminuer ses mérites. C'est juste que... Troie est célèbre pour ses chevaux. Mon frère Hector est surnommé le "Dompteur de Cavales". Les cavaliers de Troie accomplissent de nombreux exploits sur leurs montures. Il doit bien y avoir un Troyen célèbre pour ses performances amoureuses sur un cheval au galop. »

J'éclatai de rire. « Alors, pour nous entraîner, faisons-le sur le bateau. Comme ça, notre prouesse épatera tout le monde à Troie. » Grâce à Aphrodite, j'étais prête pour de nouvelles étreintes avec Pâris et, pourtant, la dernière ne remontait qu'à quelques heures. La déesse avait allumé en moi un feu dévorant. Mais comment trouver un endroit propice sur le bateau ?

L'air gêné, Pâris parcourut du regard le vaisseau et l'équipage. C'était un monde d'hommes où il n'y avait que peu d'intimité et aucune place pour les raffinements. « Je plaisantais au sujet des chevaux. Je... je pense qu'il vaut mieux attendre que nous ayons atteint le rivage. Tout ce que nous pourrons trouver ici, ce sera un petit endroit où se reposer, sans aucune possibilité de s'abriter de tous ces regards. » Il fit un geste en direction des rameurs, puis me pinça l'épaule. « Hélène, murmura-t-il, il va tout simplement falloir que tu te contrôles. Nous devons attendre.

– Attendre, attendre, je n'ai fait que cela toute ma vie ! »

Il se mit à rire pour me faire comprendre qu'il me taquinait. « Dans ce cas, espérons que ce passage sera rapide. Ceci dit, l'attente peut être une forme de torture exquise. »

Nous quittâmes Cranaé par une mer de plus en plus houleuse. L'île et ses arbres s'évanouirent dans notre sillage. À bord du navire qui gîtait, ballotté par les vents, les rameurs peinaient. Plus nous avancions, plus les terres qui nous entouraient de toutes parts, avec leurs contours flous au loin à l'horizon, semblaient être équidistantes. Des mouettes nous suivaient, tournoyant dans le ciel avant de plonger en piqué, leurs cris stridents avalés par le vent.

Au coucher du soleil, le capitaine ordonna de rabattre la voile. « Ralentissons l'allure tant qu'il fait noir. Hors de question de s'approcher du cap Malée la nuit. Nous aurons besoin de toute notre vigilance et de toutes nos forces pour négocier ce passage. »

Frissonnante, je m'affalai dans un coin abrité près de la poupe du navire. Pâris m'apporta de la nourriture. Le bateau ne manquait pas de provisions, mais celles-ci étaient froides. Il valait mieux les manger vite, sans cérémonie, avec l'aide de grandes rasades de vin. Je bus une longue gorgée, appuyai la tête sur le flanc du navire et éclatai de rire. Et dire que je m'étais imaginé cette traversée comme l'occasion de moments d'intimité et de plaisir ! Comme j'étais naïve ! J'avais vraiment été couvée ! Je ne savais même pas ce que représentait un long voyage en mer ! J'avais tant à apprendre !

Pâris apporta une couverture pour que je puisse m'y envelopper et l'utiliser comme oreiller. Il se comportait avec moi comme moi avec Hermione. Ici, il était l'aîné. Il avait raison de dire que, d'une certaine manière, il avait vécu plus longtemps que moi, si tant est que l'expérience puisse remplacer le temps.

« Ferme les yeux, me dit-il en posant ses lèvres sur mes paupières. Je vais monter la garde, même si je suis sûr que nous ne rencontrerons pas de pirates, du moins pas pendant la nuit. » Pauvre Pâris. Sa voix trahissait sa fatigue. Ni lui ni moi n'avions vraiment dormi depuis la nuit à Cranaé.

Je serrai sa main et m'efforçai de trouver le calme, malgré les mouvements du bateau. J'avais l'impression d'être suspendue dans un hamac, balancée par une main géante. Je tentai d'oublier les eaux profondes et froides sous la coque du navire. Le capitaine n'avait rien fait pour me rassurer en disant que nous n'étions séparés de la mer que par trois doigts d'épaisseur de bois.

L'épuisement me plongea dans une sorte de sommeil, comme si ma tête avait été ensevelie dans le royaume des rêves. Je ne me souviens d'aucun d'entre eux, ce dont je remercie les dieux. S'ils avaient été de mauvais augure, je ne l'aurais pas supporté. Je ne voulais plus entendre parler de présages. J'en avais assez. Ils avaient dirigé ma vie depuis ma naissance – que dis-je, avant ma naissance. Et maintenant, je les abandonnais, comme j'abandonnais Sparte.

Ah ! Vivre chaque jour pour ce qu'il m'offrait ! N'y voir que ce qu'il contenait, ni plus, ni moins !

Pâris me tenait toujours la main. Cela me suffisait.

Le soleil se leva. Raidie de froid, je ne sentais plus mes mains. Pâris était allongé à mes côtés sous la couverture.

« Je pensais que tu resterais éveillé toute la nuit, chuchotai-je tout près de son oreille.

– C'est ce que j'ai fait. Je ne suis venu m'allonger qu'à l'aube. La mer était calme. » Il se leva en secouant la tête. « Plus qu'un jour de navigation. »

Plus qu'un jour avant d'arriver à Cythère. Et alors... Mais je ne devais pas penser ainsi. Je ne devais m'intéresser qu'au voyage jusqu'à Cythère. Une fois là, je me préoccuperais de la journée que nous y passerions.

« Nous arrivons à la partie dangereuse du trajet, annonça le capitaine en nous rejoignant. Nous nous trouvons dans les courants les plus mauvais, ceux qui traversent le chenal. Nous approchons de Malée. Regardez. Vous avez le cap là-bas, à votre gauche, et Cythère juste en face. »

Je me levai, les jambes tremblantes, et reçus la claque d'un vent froid et cinglant. Je vis le promontoire de Malée et, droit devant moi, la montagne de Cythère. Elle avait émergé comme d'un rêve brumeux.

« Enfin je vais y poser le pied ! m'exclamai-je.

– Pas si vite, majesté, dit le capitaine. Il va d'abord falloir semer ces gaillards-là.

– Comment ça ? demanda Pâris.

– Regardez-les. »

Le capitaine désigna un petit bateau, à peine visible, près de Malée.

Pâris se mit à rire. « Cette coquille de noix ? Elle ne nous rattrapera jamais ! Et même si c'était le cas, qu'est-ce que ça ferait ? »

Le capitaine lui lança un regard perçant. « Sais-tu, prince, pourquoi les bateaux de pirates sont toujours petits et légers ? Pour pouvoir aller vite et se cacher. Ce bateau-là, il m'a tout l'air d'un bateau de pirates. Si tu veux mon avis, ce n'est pas une innocente barque de pêcheurs. » Se tournant vers les rameurs, il dit : « Plus vite ! Souquez ferme ! » Puis il ordonna à l'équipage de déployer la voile afin de profiter du vent.

Obéissant immédiatement, les hommes hissèrent la voile. Elle se gonfla en claquant dans le vent impatient. Notre navire prit de la vitesse et se mit à chevaucher les vagues en les survolant presque. Le bateau suspect était toujours loin derrière nous.

Le capitaine parut se détendre un peu. Il continua cependant à observer d'un œil méfiant l'autre bateau. À un moment, il fit signe aux hommes qui tenaient les rames de virer à droite, ce qu'ils firent. Puis, quelques instants plus tard, il les fit virer à gauche. Alors, son visage s'assombrit.

« Que se passe-t-il ? lui demandai-je.

– Ce sont bien des pirates. À chaque fois que nous changeons de cap, ils font de même.

– Et si c'était un petit bateau qui se servait de nous pour trouver sa direction sans prendre de risque ? demanda l'un des jeunes gens de l'équipage.

– Ce n'est pas impossible, reconnut le capitaine. Maintenant, grâce au vent, nous les distançons, parce que notre voile est plus grande que la leur. Avec un peu de chance, nous serons à Cythère bien avant eux.

– Mais il nous faudra camper loin du rivage, reprit le jeune homme. Les côtes sont infestées de pirates qui enlèvent les gens.

– Alors, nous devrons grimper sur la montagne et nous y installer quelque temps », dit Pâris, les lèvres collées à mon oreille.

Le ton de sa voix suggérait que c'était un paradis, un refuge où nous pourrions nous attarder longuement.

« Les pirates profitent souvent des fêtes, quand des femmes et des hommes désarmés sont en train de s'amuser, pour lancer un raid », raconta le jeune homme, ajoutant d'un ton plaintif : « C'est comme ça qu'ils ont enlevé ma tante. Nous ne l'avons plus jamais revue. »

La plupart des esclaves vendus comme domestiques étaient le produit des attaques des pirates. En temps de paix, quand il n'y avait pas de prisonniers de guerre, c'étaient les pirates qui alimentaient entièrement le marché. Cette pensée me fit frémir.

« Courage, mon garçon, dit le capitaine avec bienveillance. S'emparer d'un équipage entier est une tout autre affaire. Et puis, il y a certes une femme à bord, mais le prix de sa rançon est tel que sa sécurité est garantie. » Il m'adressa un clin d'œil, puis ordonna aux rameurs d'accélérer la cadence.

Hélas, Cythère était moins proche qu'il n'y paraissait, ou peut-être le courant nous avait-il fait dévier de notre trajectoire. Au moment où le soleil se posait sur l'horizon, nous étions toujours loin. C'est alors que le vent tomba brusquement, comme s'il plongeait dans l'océan en même temps que le soleil. Pendant mollement, la voile était maintenant inutile. La vitesse de notre navire, mû par la seule force des rameurs, diminua rapidement.

Le mystérieux bateau qui nous suivait se rapprocha. Avec le vent, notre voile, plus grande, nous avait permis d'aller plus vite, mais maintenant qu'il ne soufflait plus et qu'il ne fallait plus compter que sur les rameurs, l'autre bateau, plus petit, était aussi plus rapide. Ils nous rattrapaient et nos rameurs avaient beau lutter, notre avance diminuait. J'agrippai le garde-corps. Ma liberté n'aurait-elle duré qu'un jour ? Ne m'accorderait-on qu'une journée et une nuit avec Pâris ? Allais-je être capturée, ligotée, renvoyée à Sparte, parquée comme une bête ?

Ils étaient maintenant suffisamment près pour que nous voyions qu'ils étaient une trentaine à bord, plus patibulaires les uns que les autres. Ils ne semblaient pas avoir de capitaine. Tous étaient aux rames. Peut-être les pirates étaient-ils égaux, ou devenaient-ils capitaine à tour de rôle. Ils ne pouvaient sans doute faire autrement, étant donné qu'ils étaient nombreux à périr lors de leurs raids.

« Aux armes ! » ordonnèrent Pâris et Énée à leurs hommes. Les soldats troyens attachèrent leurs cuirasses et mirent leur casque. Maintenant, en voyant tous ces hommes armés, les pirates allaient certainement s'enfuir. Mais non, ils nous poursuivaient toujours, de plus en plus vite, comme si la perspective d'une vraie bataille les réjouissait.

Nous approchions des bas-fonds près de Cythère quand les pirates arrivèrent à notre niveau. Au lieu de chercher prudemment un passage entre les récifs pour échouer le bateau sur la plage, le capitaine n'eut pas d'autre choix que d'ordonner aux rameurs de continuer à souquer ferme pour nous tenir éloignés du rivage pendant notre affrontement avec les pirates. Ceux-ci ne manqueraient pas, en effet, d'essayer de nous pousser vers les rochers déchiquetés. Nous étions dans une position de rêve pour eux.

Pâris me plaça au milieu du bateau, entre les deux rangées de rameurs, et chargea les soldats de ma protection. « Il faut que tu sois pile au milieu, et protégée de tous côtés ! » s'écria-t-il. C'est alors que j'entendis comme des grattements – les pirates escaladaient les flancs du bateau en poussant des cris perçants pour nous terroriser. Le bateau se mit à rouler dangereusement. Les hommes se battaient dans ses moindres recoins. J'étais terrorisée à l'idée que notre navire, malgré sa taille, se couche sur la mer, prenne l'eau et coule. À un moment, les combattants s'étant tous mis à bâbord, il gîta brusquement de ce côté, me faisant tomber à genoux. J'agrippai les planches et me raccrochai à la jambe de Pâris. Le mur de soldats qui me protégeaient m'empêchait de voir quoi que ce soit.

Le vacarme était assourdissant – les cris de douleur s'ajoutaient aux cris de guerre, au choc des épées, à l'explosion des rames fracassées. Quelqu'un fit tomber la voile, qui nous recouvrit tous, maintenant les combattants emprisonnés comme dans un filet. Je lâchai prise. Et Pâris ? Il n'était plus là. Le cercle de soldats qui me protégeaient se défit. En me levant, je vis la mêlée, les hommes pris sous la voile, ceux qui se battaient avec l'énergie du désespoir, les corps sans vie, dont certains affalés sur les rames. Je vis Pâris et Énée aux prises avec les pirates, Pâris qui embrochait l'un d'eux avec sa dague – l'air aussi stupéfait que le pirate de sa victoire. L'homme – un jeune garçon en fait – s'affaissa, agrippant son ventre de ses mains tremblantes. Il mourut, la surprise figée sur son visage. Était-ce sa seule incursion dans le monde du pillage ? Sa première journée de pirate ?

Quand Pâris me vit à côté de lui, il hurla, « Sauve-toi ! Sauve-toi ! »

Me sauver ? Mais où ? Le bateau tout entier, de la proue à la poupe, s'était transformé en champ de bataille. Notre équipage s'efforçait bravement de continuer à ramer tandis qu'autour les soldats se battaient, à part ceux qui restaient prisonniers sous la voile. Quelque part au beau milieu de cette mêlée se trouvait le coffre renfermant les trésors de Sparte. Je l'avais complètement oublié. Quelqu'un s'en était-il approché ? Mais non, sous la voile, il était en sécurité. Je jetai des regards fous autour de moi pour voir s'il y avait moyen d'échapper au combat. Espoir vain ! Il ne me restait plus qu'à tenter d'esquiver les mouvements des hommes.

Le bateau se mit de nouveau à gîter, tellement que la mer envahit le pont, emportant avec elle plusieurs hommes. Les soldats vêtus d'une armure eurent encore moins de chance de s'en sortir que les autres, le poids de leur cuirasse les entraînant vers le fond. Certains tombèrent sur les récifs dans un bruit métallique. Quant aux pirates, ils s'y écrasèrent dans des giclées de sang. Le bruit d'aspiration des vagues se mêla aux râlements des mourants en un long gémissement lugubre. Sur le pont, le vacarme des combats était maintenant aussi assourdissant que le rugissement de la tempête.

Peu à peu, nos soldats, en plus grand nombre et mieux armés, l'emportèrent sur les attaquants. Ceux qui étaient coincés sous la voile se dégagèrent pour venir prêter main-forte à leurs compagnons. Enfin, les deux derniers pirates se trouvèrent bloqués près de la proue du navire. Énée et un autre soldat les acculèrent au garde-corps, aidés d'hommes qui poussaient derrière.

Le jeune prince troyen ordonna aux autres soldats de reculer. Il reprit son souffle puis demanda à l'un des pirates : « Qui êtes-vous ? Où est votre repaire ? »

L'homme secoua la tête et refusa de répondre.

« Parle, si tu ne veux pas mourir, lui ordonna Énée.

– Je mourrai de toute manière », répondit-il.

Avec une agilité et une ruse incroyables, il profita de l'espace minuscule qui le séparait de son vainqueur, se dégagea et bondit sur Éros, la figure de proue. Là, il se tapit comme un chat.

« Des Troyens ! Je vois ! cria-t-il d'un ton moqueur en nous saluant avec son chapeau. Et qu'est-ce qui vous amène si loin de chez vous ? Vous avez de bien belles armures et de bien beaux soldats, ma foi. Et je parie qu'avec la jolie dame il y a un joli trésor. »

Énée plongea en avant, décollant presque, et attrapa la jambe du pirate. Mais l'homme se libéra. Hors de portée d'Énée, tombé à terre, il continua à grimper sur la figure de proue.

« Adieu, dit-il. Je m'en remets à la miséricorde de Poséidon. » Et il se jeta dans la mer. Énée se pencha par-dessus bord en secouant la tête.

« Disparu », annonça-t-il.

Dans la confusion, l'attention s'était détournée de l'autre pirate, toujours coincé contre le garde-corps. Pâris poussa un cri, se précipita sur lui et lui enfonça sa lame dans le corps. Cette fois-ci, ni la victime ni le tueur ne parurent surpris. Le pirate s'affala avec un grognement. Le visage sombre, Pâris retira sa dague et en essuya la lame sur sa tunique.

Je poussai un cri et me précipitai pour l'embrasser. Il me serra contre lui, les mains tremblantes.

Tout autour de nous, la mort régnait. Les corps jonchaient le pont constellé de flaques de sang comme autant de pétales de fleurs.

XXVI

Laissant les hommes nettoyer le bateau et se débarrasser des cadavres, nous rejoignîmes le rivage à pied, passant à côté des corps tombés à l'eau. À un moment, je posai le pied sur l'un d'eux qui avait déjà coulé au fond. Il était encore chaud. En le touchant, je poussai un cri. Pâris me prit par le bras et m'aida à l'enjamber.

Nous étions maintenant arrivés à un endroit moins profond. Il n'y avait plus de risque que je marche sur quelque chose de caché. Tout d'un coup, Pâris lâcha mon bras et, sautant par-dessus les vagues, bondit jusqu'au rivage. « C'est le moment ! cria-t-il en ouvrant les bras. Stop ! Reste où tu es. »

Mais que faisait-il ? Je m'arrêtai, le regardai.

« Voilà. Ne bouge pas. Surtout ne bouge pas. »

Était-il fou ? Je n'allai tout de même pas rester plantée là. Je fis un pas en avant.

« Maintenant, je l'ai vue, déclara-t-il.

– Qui ça ?

– Aphrodite naissant de l'écume, dit-il en me tendant la main pour m'aider à rejoindre la plage. C'est ici qu'elle est sortie de l'eau, tu sais », ajouta-t-il en jetant ses bras autour de moi. « Je l'ai vue en toi. Mais tu es encore plus jolie. »

Il commença à m'embrasser dans le cou.

« Ne la provoque pas », chuchotai-je, tout en

sachant qu'elle avait déjà entendu. En outre, je sentais derrière nous les regards lourds des hommes. Ils devaient se dire qu'eux jetaient les cadavres à la mer et nettoyaient les taches de sang sur le pont tandis que de jeunes idiots s'embrassaient. Du moins ne pouvaient-ils pas me rendre responsable de l'attaque des pirates.

Ainsi, j'avais atteint Cythère, le but que je m'étais fixé. Hélas, mon arrivée était loin de s'être déroulée comme je l'aurais souhaité !

Confiant la garde du bateau à une poignée de soldats, nous installâmes notre campement à l'écart du rivage. Les hommes avaient démoli et coulé l'embarcation des pirates, non sans y avoir récupéré tout ce qui pouvait nous être utile – cordes, paniers, rames et les quelques armes qui restaient. Ils se hâtèrent de construire des abris rudimentaires et de ramasser du bois pour faire un grand feu autour duquel ils mirent à sécher les planches prises sur le bateau pirate. Le soleil s'était couché pendant la bataille, et maintenant la lumière diminuait rapidement. D'ici quelques minutes, les étoiles apparaîtraient.

On fit passer des outres à vin. Normalement – du moins c'est ce que j'imaginais – les hommes auraient nonchalamment commenté les événements de la journée et préparé celle du lendemain. Mais ce soir-là, muets, ils regardaient tous le feu d'un air morne. Leur silence, brisé uniquement par les craquellements du bois qui brûlait, était plutôt bienvenu. Je craignais d'entendre ce qu'ils auraient dit s'ils avaient pu s'exprimer franchement.

Hélène apporte la mort avec elle, voilà ce qu'ils pensaient. Je venais à peine de quitter ma maison et, déjà, les morts s'accumulaient autour de nous. Était-ce ma faute ? Comment aurais-je pu causer ce bain de sang ? Être responsable d'une tragédie et en être la cause, c'était deux choses différentes. Le miel attire les mouches, parce que telle est sa nature. Il est la cause de cette attraction, mais n'en est nullement responsable.

Était-ce ma nature d'attirer la mort ? *De nombreux Grecs périront,* avait dit la sibylle.

Se pouvait-il que les pirates soient grecs ? Rien n'était moins sûr. Et pourtant, celui qui avait parlé à Énée... Il m'avait tout l'air d'être grec.

« Eh bien, les amis, dit Énée, quelle mine sombre. » On aurait dit qu'il avait surpris mes pensées. « Allons, souriez. Il paraît qu'une journée qui commence mal se finit toujours bien. Et celle-ci s'est terminée plutôt mieux pour nous que pour les pirates, pas vrai ? » Il éclata de rire et sa gaieté, quelque peu forcée au début, finit par gagner certains des hommes.

L'un d'entre eux but à la gourde, puis fit passer celle-ci à son voisin.

Un autre prit une planche de l'embarcation des pirates, la souleva et la plaça sur le feu. L'eau dont elle était gorgée se mit à grésiller. « Brûle ! Brûle ! Comme ça au moins tu nous serviras à quelque chose. » L'homme se tourna vers nous et rajouta : « C'est un peu étrange, non ? Au lieu de nous prendre quelque chose, les pirates nous ont laissé leur bateau.

– Oui, mais pas de butin, répliqua un autre. Apparemment, nous étions leurs premières victimes. Il aurait mieux valu être les dernières, comme ça, nous aurions hérité de leur trésor. »

Leurs premières victimes. Cet homme avait certainement raison. Le jeune garçon que j'avais vu mourir participait à sa première attaque. La mort n'est jamais belle, mais elle est encore plus laide quand elle fauche quelqu'un de jeune. Je me mis à trembler.

« Toi, tu as deux ou trois morts à ton actif, dit Énée, le doigt pointé vers Pâris. Tes premiers, je suppose. Je suis sûr que tu n'avais pas tué beaucoup de gens avant de venir à Troie. »

Mais tu en tueras beaucoup après. Qui donc me chuchotait ces paroles à l'oreille ?

« Oui. C'était... c'était facile, dit Pâris en baissant les yeux d'un air gêné. Alors que ça devrait être le contraire.

– Qui t'a raconté ça ? rétorqua l'un des hommes. Ceux qui disent que c'est difficile mentent. Tuer, il n'y a rien de plus facile au monde. Pourquoi crois-tu qu'on tue autant ? »

Le capitaine se joignit à la conversation : « C'est encore plus facile quand on sait que l'autre veut votre mort, non ? Mais regardez plutôt l'état dans lequel vous avez mis mon bateau ! Vous n'auriez pas pu tuer plus proprement ? » Il hurla de rire.

« Espérons qu'une fois le pont bien nettoyé, nous n'aurons pas de nouveau l'occasion de le salir au cours de notre voyage, dit Énée. Tâchons d'atteindre Troie aussi vite que possible. »

Combien de temps nous faudrait-il pour arriver à destination ? Bizarrement, je n'avais pas posé la question jusque-là. Je me rendais compte maintenant que cela pourrait prendre plusieurs jours, dans le meilleur des cas. Étions-nous suivis ? Quand Ménélas découvrirait-il la vérité et se lancerait-il à notre poursuite ? Il était encore en Crète et allait y rester pour les jeux qui suivraient les funérailles. Quelqu'un le rejoindrait peut-être là-bas pour le prévenir. Je me mis tout d'un coup à rire. Voyons, Ménélas n'était même pas encore arrivé en Crète ! Nous étions partis en même temps, et la Crète était bien plus loin que Cythère. Je ne risquais rien. Et avant qu'il puisse rassembler des hommes pour partir à notre poursuite, nous serions à l'abri derrière les murs de Troie.

« Qu'est-ce qui te fait tant rire ? » me demanda Pâris en se penchant vers moi.

Je ne pouvais pas lui dire que c'était le soulagement de savoir que mon mari ne représentait pas une menace pour moi. « Rien... C'est la fatigue.

– Et si nous allions nous reposer sous la tente ? »

Nul besoin de répéter cette proposition. Je n'avais pas envie de rester plus longtemps près du feu.

Cette fois-ci, notre tente était plus solide. Des planches provenant du bateau des pirates faisaient office de piquets sur lesquels des toiles avaient été posées. Pâris avait ménagé un trou au milieu du toit afin que nous puissions respirer l'air frais de la nuit. Sur le sol, il avait étalé d'épaisses couvertures de laine et mis nos manteaux par-dessus. La malle au trésor était là, à portée de vue.

« Non pas que je ne fasse pas confiance aux hommes, mais... », expliqua Pâris en souriant. Puis, désignant la tente avec fierté, il ajouta : « Que penses-tu de notre palais ? »

Je m'appuyai contre lui. « Je pense qu'en un jour tu as fait de gros progrès en matière de tentes. Quand nous serons arrivés à Troie, il n'y aura pas plus expert que toi dans ce domaine. » Et c'était vrai – il était intelligent et de toute évidence astucieux. Il apprendra, me dis-je, et tout ce qu'il aura appris fera de lui un homme de plus en plus exceptionnel, avec qui personne ne pourra rivaliser. Mon imagination s'enflamma en pensant au jeune garçon qui était à mes côtés et à l'homme qu'il deviendrait.

Malgré le froid glacial de la tente, nos corps nus et tremblants de désir s'embrasèrent. Je me sentis de nouveau emportée par cette force sauvage qui me donnait envie de me fondre en lui, mais aussi de le caresser, d'adorer son corps tout entier.

Pâris tomba à genoux, m'attira vers le sol. Il dégrafa délicatement les épaules de ma tunique. La fine étoffe de laine glissa jusqu'à terre, légère comme la respiration d'un bébé. De son souffle chaud et caressant, Pâris habilla mon épaule. Oh, que c'était doux ! Aussi doux que le murmure du vent sur les prairies fleuries !

Je penchai légèrement la tête en arrière. Ma chevelure tomba en cascade jusqu'à notre couche rudimentaire. Pâris y plongea la main, y entremêla ses doigts, les referma sur mes cheveux.

« Tes cheveux... Ta beauté... » Sa voix était faible, comme lointaine et presque inaudible. Ses mains m'attirèrent en arrière. Il tomba sur moi et, pour s'amuser, me couvrit le visage avec mes cheveux. « Maintenant, tu ne vois plus rien », dit-il.

La tente était si sombre – nous ne pouvions y allumer une lanterne de crainte d'y mettre le feu – que, de toute façon, je ne voyais rien. Mes cheveux formaient un masque étrange auquel les mains de Pâris communiquaient leur chaleur, un masque épais, lourd d'une odeur qui, je m'en rendais compte à présent, était la mienne. Il dégagea mon visage et embrassa mes lèvres. Mes cheveux glissèrent sur les côtés.

Comme j'aimais la forme et la douceur de ses lèvres ! Elles étaient soyeuses comme seules le sont les lèvres d'un jeune homme et leur courbe rappelait l'arc d'un chasseur. Celles de Ménélas étaient plus dures, plus fermées. La bouche de Pâris deviendrait peut-être inflexible avec le temps. Mais pour le moment, ses lèvres satinées ne suggéraient rien d'autre que le plaisir. Je ne me lassais pas de les embrasser – je ne m'en lasserais jamais.

Il glissa les bras sous mes épaules. Passant mes mains sur son dos, je sentis avec ravissement la fermeté de ses muscles.

« Le travail de vacher doit être ardu. » C'était vrai. Ce labeur quotidien avait développé chez lui un corps de guerrier. Les tâches que des hommes ordinaires effectuaient dans une journée étaient sans doute plus rudes que l'entraînement militaire d'un prince. « C'est une bonne chose que tu ne sois pas devenu prince avant d'être un homme. »

Un rire alangui et lointain parvint à mes oreilles. « J'ai toujours été prince. Simplement, je ne le savais pas. »

Je l'attirai vers moi. « Tes troupeaux le savaient. Les animaux perçoivent ces choses-là.

– Qu'est-ce que tu peux dire, comme bêtises ! » murmura-t-il, avant que nos corps impérieux n'imposent le silence à nos badineries.

« Pâris, je t'appartiens, ma vie entière est à toi. »

Je me donnai à lui de tout mon être, et tout mon être le prit. J'avais beau le serrer, il me le fallait plus proche encore. Nous roulâmes sur les manteaux, refroidis par l'air, puis nous immobilisâmes sur le sol nu. « Maintenant, chuchotai-je. Je ne peux plus attendre. » Mon corps était en feu.

« Moi non plus, je ne peux plus attendre », chuchota Pâris.

Impossible d'isoler un moment. Les instants de plaisir se fondaient les uns dans les autres. Même dans l'obscurité, la tente rougeoyait, rayonnait des couleurs du désir. Lorsque nous nous allongeâmes sur les couvertures et ramenâmes les manteaux sur nous, c'était uniquement parce que notre plaisir était assouvi.

Pourtant, le sommeil m'échappait. Je contemplai le ciel à travers l'ouverture ménagée dans le toit de la tente et vis que la lune décroissante était montée suffisamment haut pour que sa lumière parvienne jusqu'à nous. Un rayon lumineux tomba sur Pâris, illuminant son visage endormi.

Il était d'une beauté parfaite, à rendre les dieux jaloux. Appuyée sur un coude, je me redressai pour le contempler. Il dormait profondément, les paupières fermées. La beauté... quelle maîtresse exigeante ! Je détestais que les autres m'observent et, pourtant, que faisais-je en ce moment même ?

M'arrachant à cette contemplation, je me levai. J'écartai les pans de la tente et sortis, les yeux clignant dans la lumière aveuglante de la lune. Celle-ci projetait sur notre abri les ombres des branches agitées par le vent. Je me mis sur la pointe des pieds et inspirai profondément – l'air était frais, vivifiant, imprégné de l'odeur des pins. J'entendis la mer au loin. Cythère, couverte de forêts peuplées d'animaux, était une île bien plus grande que Cranaé.

Dans le ciel, la lune était en partie grignotée. Ce quartier dévoré, c'était ce qu'elle avait perdu depuis la nuit où Pâris et moi nous étions enfuis. Maîtresse implacable du temps, elle mesurait ainsi la vie que nous passions ensemble.

XXVII

M'entourant peu à peu, l'aube s'avança dans le ciel, vida la lune de sa lumière, ne laissant d'elle qu'un fantôme d'un blanc laiteux qui s'enfuit vers l'ouest. La mer qui s'étirait de toute part semblait blanche elle aussi. Quelque part, tout là-bas, se trouvait Troie.

Je n'en avais aucune image, rien que des mots. Riche, entourée d'épaisses murailles, traversée de larges avenues, parcourue par les vents. Mais cela ne me disait pas à quoi la ville ressemblait. Ni comment je m'y sentirais. Ni le genre de personnes que je rencontrerais là-bas.

La toile faisant office de porte bougea. Pâris sortit de la tente en se frottant les paupières. Le soleil tout juste levé inonda son visage, le forçant à cligner des yeux et donnant à sa peau des reflets dorés. Il secoua la tête et regarda autour de lui. Il me vit, s'approcha de moi et m'enlaça.

« Tu n'as pas froid ? » Il prit son manteau et le plaça sur mes épaules. Je ne m'étais pas rendu compte que j'étais gelée.

« Merci », dis-je en m'appuyant sur lui. La sensation de froid disparut.

Nous partîmes tous deux à la découverte de Cythère. Elle était tellement grande qu'en traversant ses forêts ou en escaladant ses reliefs, il nous arriva d'oublier que nous étions sur une île. De nombreux ruisseaux la parcouraient. Le chant des oiseaux en faisait un endroit magique.

« Rien d'étonnant à ce qu'Aphrodite soit née ici », dis-je alors que nous passions devant le ruban blanc d'une cascade se déversant dans un étang vert en contrebas. Jamais je n'avais vu un jardin des délices aussi charmant.

Nous découvrîmes un bosquet de myrtes, aux branches tout emmêlées, telle une famille. Il y avait la vieille matrone, dont le tronc large s'élevait au-dessus de ses filles et petites-filles, fluettes et encore en fleur. L'odeur était si forte qu'elle en devenait presque palpable.

« Le voilà, dit Pâris, l'endroit où nous allons construire l'autel de la déesse. »

Nous nous mîmes à chercher des pierres. Il y en avait une bonne quantité au fond du ruisseau et autour du bosquet. Les soulever ne fut pas une mince affaire. Nos forces conjointes et notre habileté y suffirent à peine.

« Peut-être devrions-nous appeler quelques-uns des hommes, suggérai-je. Ils s'acquitteraient vite et facilement de cette tâche.

– Non, répondit Pâris, nous devons ériger l'autel de nos propres mains. »

Ainsi, nous nous échinâmes pendant tout l'après-midi. Le soleil n'était pas encore couché que nous avions construit un joli autel sous la voûte des branches du vieux myrte qui l'encerclaient comme pour le protéger.

Les paumes de Pâris étaient à vif à force d'avoir transporté toutes ces pierres rugueuses. Je déposai un baiser sur l'une de ses mains, qui avaient tué des hommes lors de l'attaque des pirates, mais dont les blessures aujourd'hui témoignaient de sa volonté d'honorer Aphrodite. Ainsi, cette dernière se montrait plus exigeante qu'Arès.

« Maintenant, il nous faut consacrer ce bosquet », annonça Pâris.

Je jetai un coup d'œil à notre outre à moitié vide. Nous avions bu une grande quantité de vin pendant ces travaux en l'honneur de la déesse. « Se contentera-t-elle du fond de notre outre pour ses libations ? demandai-je à Pâris.

– Nous n'allons pas lui offrir uniquement ça. Il y a un don qu'elle appréciera plus que tout autre. »

Pâris prit l'outre et en déversa solennellement le contenu sur le sol en invoquant la présence de la déesse. Puis il se tourna vers moi.

« Tu sais quel est le rite que la déesse chérit, dit-il en posant les mains sur mes épaules. Il faut que nous l'exécutions sous ses yeux, devant son autel sacré. »

Je commençai à rechigner quand, se manifestant sous la forme d'un frissonnement du bosquet de myrtes, la déesse elle-même eut raison de mes hésitations. J'entendis son rire à peine couvert par le murmure des branches. Elle était à moitié cachée dans l'ombre, presque visible.

Consacre mon bosquet, mon enfant, chuchota-t-elle. *Par la vertu de l'acte que tu vas y commettre, rends-le sacré*. Puis elle me poussa dans les bras de Pâris.

J'eus immédiatement l'impression que le sol dur était remplacé par les herbes tendres d'une prairie. Écrasant ce doux matelas, nous nous laissâmes tomber. L'odeur de mille fleurs minuscules envahit l'air. En les broyant, nos corps furent oints de leur parfum. Nous étions les personnes les plus heureuses au monde, du moins c'est ce que la magie de la déesse nous faisait croire. Chacun de nos gestes avait une grâce infinie, la moindre de nos paroles était une musique, et lorsque, homme et femme, nous nous assemblâmes, notre plaisir fut une danse de beauté. La nuit précédente, dans notre tente à ras du sol, nos corps avaient brûlé avec l'énergie de deux animaux heureux et insouciants. Ici, dans la douce lumière du jour filtrée par les branches du bosquet sacré, nous étions des créatures de l'air et des cieux.

Plus tard, allongée, je regardai le ciel bleu, tournai la tête, tendis le bras et caressai la joue de Pâris. Il poussa un soupir de bonheur.

La déesse était toujours là, image vague flottant quelque part au fond de mes yeux. Et derrière elle, une autre forme, plus sombre, qui se tenait tout près et qui, le bras passé sur son épaule, tentait d'attirer son attention. À son bouclier, je reconnus Arès, son amant. Il s'avança et prit place à côté d'elle avec hardiesse. Elle voulut le repousser, mais il refusa de reculer. Elle me sourit, comme pour dire : *J'ai tenté de l'écarter, mais il insiste.*

Le dieu de la Guerre, main dans la main avec Aphrodite. Elle m'avait appelée, moi, et lui l'avait suivie. Nous avions chacune notre amant. À quoi m'étais-je attendue ? J'avais le mien. Le sien pouvait bien s'inviter lui aussi.

Tout d'un coup, je n'eus plus du tout envie de m'attarder dans cette clairière. Il était là, ce dieu affreux. Il détruisait la beauté de ce qui nous entourait. Je me redressai et commençai à chercher ma tunique. Pâris retira sa main.

« Que se passe-t-il ? » demanda-t-il d'un ton intrigué.

Il ne voyait donc pas le détestable dieu de la

Guerre ? « Aphrodite a amené quelqu'un avec elle, expliquai-je, et je n'ai pas envie qu'il nous regarde.

– Que... Qui est-ce ? »

Pâris rassembla ses affaires tant bien que mal.

Il ne savait pas. Il ne voyait pas. Heureux Pâris.

« Viens, lui dis-je. Nous avons honoré la déesse. Maintenant il faut partir avant que la nuit tombe.

– Non, passons-la ici pour y célébrer à nouveau le rite d'Aphrodite ! s'exclama Pâris en m'enlaçant avec passion.

– Non. »

Il nous fallait absolument quitter cet endroit. Je me levai et tendis la main pour ramasser mon manteau.

Il y eut un mouvement dans les buissons derrière nous. Aphrodite et Arès avaient-ils pris forme humaine ? Oh, il fallait nous préparer ! Serrant les poings, je m'efforçai de calmer mon cœur qui s'emballait. Nous n'allions pas battre en retraite. Nous ne pouvions pas faire ça. Les dieux détestent les lâches.

Le bruit dans les buissons devint plus fort. Quelque chose s'agitait, cassait les branches, marmonnait. C'est alors que, émergeant dans la clairière, apparut Gélanor.

J'étais préparée à l'arrivée d'Aphrodite. Même si elle avait été accompagnée d'Arès, j'aurais tenu bon. Maintenant, je chancelais sous le choc.

« Non ! » hurlai-je. Ce ne pouvait être qu'une apparition.

Une autre personne sortit des buissons, épousseta ses vêtements – une femme âgée, au visage ridé comme une vieille pomme.

« Non ! hurlai-je à nouveau en tirant Pâris en arrière.

– Quel accueil ! s'exclama Gélanor.

– Va-t'en ! criai-je. Tu n'es pas réel, c'est impossible ! »

Et pourtant, quelques instants auparavant, j'étais prête à accueillir l'image fantôme d'Aphrodite.

« Allons, dit-il en s'approchant de moi, tu sais bien que les gens réels ne quittent pas leur enveloppe charnelle. Seuls les rêves et les dieux sont faits de fumée et de visions. Mais peut-être as-tu eu trop de visions ces derniers temps... »

Je mis mes mains devant mes yeux en espérant que, lorsque je les enlèverais, Gélanor serait parti.

Hélas, lorsque je glissai un regard entre mes doigts, je vis qu'il était encore là, tout près de moi.

« Hélène, tu te comportes de façon vraiment stupide. » Il prit mon bras. Sa main, bien réelle, pinça mon poignet. « Tu dois rentrer à Sparte avec moi avant que Ménélas n'apprenne tout cela. Il est encore temps.

– Non ! criai-je en libérant mon bras. Jamais ! » Enfin, le regard fixé sur lui, je lâchai : « Comment es-tu arrivé ici ? Comment m'as-tu trouvée ? »

Mais ne savais-je pas dès le départ qu'ils enverraient Gélanor à ma poursuite ?

« C'est grâce à elle, dit-il en désignant sa compagne. Elle savait que tu étais partie – elle t'a surprise en train de te rendre à l'autel domestique, elle a entendu les bruits dans l'étable et vu les deux chars dévaler la colline. »

Je regardai la vieille femme, interloquée.

« Sa vue est mauvaise, mais elle a le don de l'autre vue, expliqua Gélanor en haussant les épaules. C'est un talent dont je suis dépourvu – tu sais que je m'en remets à mes capacités de raisonnement – mais tu as raison, celles-ci n'auraient pas suffi à me guider jusqu'ici. Sauf que... Tu t'étais montrée si curieuse au sujet de Cythère. Peut-être avons-nous chacun été amené ici par des moyens différents.

– Ainsi, ce n'est pas quelqu'un qui t'a envoyé à ma poursuite...

– Non, répondit-il en fronçant les sourcils. Je n'avais aucune raison de m'approcher des appartements royaux. Nul doute que ton père, ta mère et ta fille ont découvert ton absence maintenant, mais si tu rentres avec moi, nous trouverons bien une explication raisonnable à ton départ. D'ailleurs, elle n'aurait même pas besoin d'être raisonnable. Les gens croient ce qu'ils ont envie de croire, tant que ça les apaise. Ils ne posent pas de questions, surtout quand ils savent que les réponses à leurs questions pourraient leur faire mal. »

Soit. Je pouvais renoncer. Me contenter d'avoir vécu une petite aventure avec Pâris et de me prouver à moi-même que je pouvais oser, sans que cela me coûte trop. Jamais je n'aurais imaginé pouvoir réparer les choses si facilement. Transgresser, sans avoir à en payer le prix.

Mon regard se posa sur Pâris, sur son visage. Sa bouche esquissa un sourire. « Pars, s'il le faut, dit-il. Je n'oublierai jamais ce que j'ai reçu.

– Non, je ne pars pas, répondis-je en me collant à lui.

– Hélène, je t'en prie ! insista Gélanor en secouant la tête. Réfléchis !

– Je n'ai fait que cela, réfléchir, toutes ces années à Sparte.

– Alors tu refuses de rentrer ? me demanda-t-il, l'air triste.

– Je ne peux pas. Rentrer à Sparte, c'est choisir la mort. »

Mais pourquoi donc Arès avait-il fait irruption dans ma nouvelle existence ? Lui qui ne s'était jamais manifesté jusque-là. Lui qui amenait la mort. Devais-je vraiment abandonner tout ce qui avait fait partie de ma vie auparavant ? Peut-être y avait-il moyen de faire autrement. « Gélanor, viens avec nous. Viens à Troie !

– Comment ? »

Cette expression sur son visage, c'était quoi exactement ? De la surprise ? Du dégoût ? De l'horreur ?

« Oui, insistai-je, viens avec nous à Troie. Je t'en prie ! » Il fallait qu'il quitte Sparte et nous accompagne, absolument. Il m'avait manqué plus que je l'aurais imaginé. « Oh, Gélanor, j'ai besoin de toi à mes côtés ! Il y a tant de choses que tu pourras faire à Troie. Tu pourras... » En fait, tout ce que je savais, c'était que j'avais besoin de lui.

« Je n'ai aucune envie d'aller à Troie, répondit-il. Toi non plus, tu ne devrais pas y aller. C'est une terrible erreur, une mauvaise décision !

– Mauvaise ou pas, elle est prise. Je pars ! Suis-moi !

– Va avec elle. »

Tel l'écho d'une voix au fond d'un puits, la vieille femme venait de prendre la parole.

Je me tournai vers Gélanor. « Qui est cette femme ?

– Voyons, c'est la vieille cardeuse de laine du palais. »

C'était à peine si je me souvenais d'elle. Sans doute ne m'étais-je pas souvent aventurée dans ces recoins du palais.

« Majesté, moi, je me souviens bien de toi, dit-elle en réponse à des pensées que je n'avais pas exprimées. Je t'ai vue grandir. »

Je m'efforçai de réprimer mon aversion pour elle qui avait dévoilé ma fuite secrète et sans qui Gélanor ne m'aurait peut-être pas retrouvée.

« Je t'ai apporté quelque chose que tu aurais dû

prendre avec toi, dit-elle en me tendant un sac de toile grossière.

– Qu'est-ce que c'est ?

– Ouvre. »

Elle s'approcha de moi, les bras tendus. Quelque chose bougeait au fond du sac.

Ma curiosité l'emporta sur mes réticences. J'ouvris le sac. À l'intérieur, se trouvait le serpent domestique.

« Tu auras besoin de lui dans ta nouvelle vie, dit la vieille femme. Il te conseillera, te protégera. »

Mais... j'avais chargé le serpent de protéger Hermione, d'assurer sa sécurité en mon absence ! Je fus saisie d'une atroce inquiétude pour elle, pour son avenir.

Je tendis la main et caressai la tête du serpent en tremblant. « N'oublie pas ma fille », le suppliai-je. Puis, m'adressant à la vieille femme, « Fais comprendre à Gélanor qu'il doit venir avec nous.

– Je le lui ai dit, répondit-elle en secouant la tête. Il a parfaitement entendu.

– Une sottise faite par deux personnes reste une sottise, déclara Gélanor. Non, vraiment, je ne peux pas venir. C'est toi qui dois rentrer à Sparte avec moi.

– De même que toi tu ne peux pas m'accompagner, moi je ne puis te suivre. Cela dit, tu ne m'as toujours pas expliqué comment tu m'as trouvée.

– Mais si. Comme Pâris avait un bateau, il était logique que tu partes par la mer. Évadné savait où tu serais. Elle a vu en esprit une image de l'île. D'après sa description, j'ai su qu'il s'agissait de Cythère. Nous nous sommes immédiatement mis en chemin.

– Je vois. »

Debout, face à face, nous nous affrontâmes du regard. « Au moins, reste avec nous cette nuit, avant de rejoindre Sparte.

– De toute façon, il nous est impossible de partir avant demain matin. La traversée était déjà suffisamment dangereuse en plein jour. »

Il semblait furieux à l'idée de devoir rester une seconde de plus. Il tourna la tête, comme s'il ne pouvait supporter ma vue. Nous fîmes quelques pas, puis il ajouta : « Je suggère que ton amant et toi finissiez de vous habiller. »

À cet instant-là, je me rendis compte que ma poitrine était en partie dénudée. Je n'avais pas fini d'agrafer ma tunique au moment où ils avaient surgi. « Vous êtes arrivés à l'improviste, vous avez interrompu...

– Nous avions fini, heureusement ! lança Pâris d'un ton joyeux.

– En effet, Aphrodite nous a épargné ce spectacle. »

Pâris ne le connaissant pas bien, il ne perçut sans doute pas le ton sarcastique de sa voix. Quant à moi, je me sentis insultée. Gélanor m'avait trouvée si vite. J'en étais tout à la fois furieuse et ébranlée. Maintenant qu'il m'avait suivie aussi loin, pourquoi n'allait-il pas jusqu'à Troie avec moi ? Son refus me mettait encore plus en colère.

Nous fabriquâmes des torches de fortune pour retrouver notre chemin dans le crépuscule jusqu'au campement au pied de la colline. Contraints d'avancer avec précaution, nous n'échangeâmes que quelques mots. J'avais pris le bras de la vieille femme pour l'aider à marcher. C'était comme si je tenais une brindille fragile, sèche, prête à se rompre. Pâris, lui, portait délicatement le sac où se trouvait le serpent. Il avait de l'affection pour lui, je le savais, parce qu'il nous avait soutenus – et il y avait peu de chances que quelqu'un d'autre en fasse autant. L'arrivée de Gélanor, son visage sévère, avaient imposé à mon esprit les conséquences de mon choix. Il avait raison de dire que si je rentrais maintenant, de gros problèmes pouvaient être évités. Et puis, qu'est-ce qui m'attendait à Troie ? Les Troyens allaient-ils vraiment m'accueillir à bras ouverts ? Peut-être me considéreraient-ils comme une façon avantageuse de remplacer Hésione. Mais, à part son frère Priam, qui donc à Troie désirait vraiment le retour d'Hésione ?

Les hommes sursautèrent à notre approche. « Qui va là ? » crièrent-ils. Trois d'entre eux se précipitèrent et, pointant leur épée sur Gélanor, l'encerclèrent. « Est-ce un pirate ?

– Allons donc, répondit Gélanor en riant. Ai-je l'air terrifiant ? Est-ce que je ressemble à un barbare ? Non, je ne suis qu'un artisan de la cour de Sparte. Vous me faites honneur en me prenant pour un pirate. »

Les hommes se rapprochèrent de lui, le menaçant avec la lame de leur épée. Gélanor semblait véritablement flatté, comme peuvent l'être les lettrés quand on les prend pour de dangereux guerriers. « Je vous assure », insista-t-il en se tournant vers moi pour que je confirme ses dires.

« C'est vrai. Il vient effectivement de Sparte, expliquai-je aux hommes. Avec cette femme, il nous a poursuivis jusqu'ici, par loyauté envers Ménélas.

– Pour un simple artisan, tu es plutôt bon marin, dit le capitaine en s'approchant de lui et en ordonnant à ses hommes de baisser la garde. Ce passage-ci n'est pas des plus aisés.

– J'ai grandi à Gythion, répondit Gélanor. Mon père est pêcheur.

– Ah, je vois.

– Étrange, n'est-ce pas, comme certaines choses que l'on pensait avoir oubliées nous reviennent aux moments les plus cruciaux, dit Gélanor. Le courant nous a fait échouer de l'autre côté de l'île.

– Pour rentrer, ce sera autrement difficile, dit le capitaine. Tu auras les courants contre toi, ainsi que les vents. À moins que ton bateau ait une voile immense et de nombreux rameurs... »

Pour la première fois depuis que je le connaissais, je vis Gélanor pris de court – et visiblement cela ne lui plaisait pas. N'avait-il pas pensé au voyage de retour ? Ou bien s'était-il dit qu'il pourrait persuader le capitaine de faire demi-tour avec son navire pour nous ramener tous sur le continent ? Peut-être avait-il été obsédé par son objectif au point d'en oublier tout le reste... Qu'est-ce qui avait bien pu le pousser à mettre tant de passion à notre poursuite ?

« Je me débrouillerai », rétorqua-t-il sèchement.

Le capitaine nous fit signe de nous rassembler autour du feu, déjà bien nourri. « Vous êtes les bienvenus ici », dit-il à Gélanor et à Évadné. On fit circuler l'outre et quelqu'un la tendit à Gélanor qui se désaltéra avant de la passer à son voisin.

Énée vint nous rejoindre. « Cette personne que vous avez trouvée, qui est-ce ?

– C'est lui qui nous a trouvés, expliqua Pâris. Il est venu de la cour d'Hélène pour la ramener. Personne ne l'a envoyé, il est parti de son propre chef.

– Quel courage ! dit Énée en jetant un coup d'œil à Gélanor. Ainsi, l'alarme n'a pas encore été donnée ?

– Gélanor et cette femme sont partis au petit jour, quelques heures à peine après nous. Mais bien sûr, maintenant, ils nous recherchent, à Sparte – tous, dis-je.

– Mais cet homme, qui est-ce ? » demanda Énée.

Quelqu'un qui se mêle de ce qui ne le regarde pas – en même temps qu'un ami très cher, faillis-je répondre. « Il est conseiller auprès de Ménélas dans des domaines variés, dis-je finalement. Il est très intelligent.

– Dans quels domaines ?

– Dans le domaine de l'armement, de l'approvisionnement.

– Il fait partie de l'armée ?

– Non, ce n'est pas un soldat.

– Je ne comprends pas. S'il n'est pas soldat, comment peut-il être expert en matière d'armement ? Quelle valeur peuvent avoir ses conseils ?

– C'est simplement qu'il sait beaucoup de choses, répondis-je. Je te l'ai dit, il est très intelligent, voilà tout.

– Un tel homme nous serait utile à Troie.

– C'est précisément ce que je lui ai dit. Mais il refuse de venir. Tout ce qu'il veut, c'est rentrer à Sparte.

– Tu es un entêté, Gélanor, dit Pâris en levant sa coupe. Comme j'en suis un moi-même, je te salue. »

Sur ce, il vida son verre.

« Ainsi, ta loyauté envers Ménélas est sans faille ? demanda Énée.

– Je suis tout dévoué à Hélène, répondit Gélanor. Rien ne me retient à la cour de Sparte si elle n'y est pas. Je vais donc chercher un autre endroit où exercer mes talents.

– Eh bien, viens à Troie ! proposa Énée.

– J'ai dit que j'étais dévoué à Hélène, pas que je lui appartenais, ni que je la suivrais là où ses caprices la mènent. »

Je sus tout d'un coup comment je pouvais le faire fléchir. « Gélanor, lui dis-je, le meilleur service que tu puisses rendre à Ménélas et à moi-même, c'est de me suivre à Troie, puis de rentrer à Sparte pour leur dire que nous sommes en sécurité. Ainsi, tu m'auras accompagnée jusqu'au bout de mon voyage tout en demeurant loyal à Ménélas et tu pourras le rassurer. Il saura exactement ce qui s'est passé, ne se laissera pas influencer par les rumeurs et les spéculations et saura réagir de manière appropriée. »

Réagir de manière appropriée. Jusqu'où pouvait-il aller ? Peu importait. Les murailles de Troie étaient hautes et épaisses. Nous y serions en sécurité.

J'inspirai profondément et regardai Gélanor droit dans les yeux, en espérant mettre suffisamment d'innocence dans mon regard. « N'est-ce pas là la chose la plus sage à faire, celle qui préserve l'honneur de chacun d'entre nous ? » Il avait toujours été sensible à la voix de la raison. Puisse celle-ci se faire entendre maintenant !

Au lieu de me répondre, il secoua la tête et poussa un soupir agacé en rejoignant les hommes assis sur le sable autour du feu. Il n'avait pas dit non. Il me faisait attendre sa réponse. Une fois sa parole donnée, je savais d'expérience qu'il s'y tiendrait. « Alors, qu'est-ce que vous avez à proposer à un pauvre affamé ? » demanda-t-il.

Nous nous mîmes à manger et à discuter. Les hommes avaient exploré l'île pendant la journée, tandis que, en prévision de notre départ, le capitaine réparait avec l'aide de quelques soldats le bateau endommagé par l'attaque des pirates et notre échouement un peu précipité.

« Tout est prêt, dit-il. Maintenant, le grand voyage peut commencer !

– Tu veux dire, sa partie dangereuse, dit Pâris.

– Comment ça ? Tu trouves que les pirates et les mauvais courants, ça n'était pas dangereux ? s'étonna Énée.

– Bien sûr que c'était dangereux, reconnut le capitaine. Si les dieux nous sont favorables, nous arriverons sans trop d'encombre à Troie.

– Quel sera notre itinéraire ? s'enquit Énée.

– D'ici, nous allons rejoindre l'île de Mélos et, ensuite, Andros. Et de là, Scyros, puis Chio...

– Chio ? s'étonna Gélanor.

– Oui, Chio. Et alors, nous serons presque à Troie. Chaque étape nous forcera à voyager de nouveau de nuit. C'est risqué, mais nous n'avons pas le choix. La distance qui sépare ces îles les unes des autres est trop importante. Et heureusement qu'elles sont là, parce que sinon, il nous faudrait affronter une traversée beaucoup trop longue en pleine mer. » Il prit une longue gorgée de vin et s'essuya la bouche. « Alors, buvez ce soir, profitez-en tant que vous êtes sur la terre ferme. »

Les hommes ne tardèrent pas à aller se coucher. Au-dessus de nous, le ciel était clair et les étoiles blanches et bienveillantes. Mais une fois en pleine mer, avec ces profondeurs noires sous la coque du bateau, quel réconfort nous procureraient-elles ?

XXVIII

Le vent était vigoureux quand nous nous levâmes et descendîmes sur la plage au point du jour. « C'est bon signe, dit le capitaine. Allons-y ! » Les hommes chargèrent les outres et les sacs de grains à bord.

Je cherchai Gélanor du regard, mais ne le trouvai pas. Déçue, mais pas franchement étonnée, j'étais surtout triste à l'idée que je ne le verrais plus jamais. Et inquiète de savoir qu'il rentrerait seul à Sparte en bateau. Allait-il s'en aller sans même venir me parler ?

J'entendis un bruissement à côté de moi. Surprise, je me retournai et vis Évadné, le visage presque invisible sous les plis de sa capuche. « Nous t'accompagnons, le serpent et moi. Gélanor n'a rien voulu savoir. » Elle tapota affectueusement le sac. « Ce matin, nous avons attrapé quelques souris pour lui. Cela lui suffira jusqu'à ce que nous arrivions à son nouveau foyer. »

L'idée que cette vieille femme, que je n'avais pratiquement jamais vue durant toutes ces années à Sparte, était prête à entreprendre ce voyage avec moi me toucha. Ainsi, le serpent et elle seraient tout ce qui me resterait de mon ancienne vie, avec l'or et les bijoux. Mais les premiers avaient plus de valeur pour moi. « Merci de venir », lui dis-je.

« Tout le monde à bord ! » ordonna le capitaine.

Nous grimpâmes un par un sur le bateau et nous installâmes. Au moment où les derniers soldats escaladaient les flancs du navire, nous entendîmes quelqu'un frapper un grand coup sur la coque.

« Je veux parler au capitaine ! » C'était Gélanor. Regardant par-dessus le garde-corps, je le vis debout sur la plage, vêtu de son manteau, l'air impatient.

« Oui, qu'est-ce que c'est ? dit le capitaine d'une voix tout aussi impatiente. Nous sommes sur le point d'appareiller.

– Tu as dit que vous alliez à Chio.

– Exact, répondit sèchement le capitaine.

– Tu me le garantis ? »

Le capitaine se mit à rire, mais d'un rire triste. « Si tu veux des garanties, demande à Poséidon. Il est le seul à pouvoir t'en offrir dans ce domaine.

– As-tu vraiment l'intention d'aller à Chio ?

– Combien de fois faudra-t-il que je te le dise !

– Bon, bon. Dans ce cas, je viens. »

Il embarqua et, sans daigner nous adresser un regard, à Pâris et à moi, prit place loin de nous.

Qu'est-ce que Chio avait de si particulier ? Visiblement quelque chose qui comptait bien plus pour Gélanor que tout ce que j'avais pu dire pour le persuader de venir avec moi. Quelque chose à quoi il tenait plus qu'à moi. Je le fusillai du regard quand il eut le dos tourné. Soit, qu'il vienne à Chio, qu'il y trouve ce qui était capital à ses yeux !

Le ciel s'éclaircit et devint d'un bleu éclatant. Nous cinglâmes vers le large.

Oh, quelle traversée mémorable ! Je me retrouvai suspendue entre deux mondes, que dis-je, hors du monde. La vie sur un bateau ne ressemble à rien de ce que l'on peut vivre ailleurs. Chaque journée nous réservait ses propres merveilles, chaque nuit ses dangers, si bien qu'à chaque instant nous nous sentions pleinement vivants. Nous découvrions en un seul jour autant qu'en cinq ans. Pourtant, la traversée nous sembla aussi courte qu'une vision dans un rêve.

Notre première étape nous mena jusqu'à Mélos. Elle fut très longue, le vent nous ayant fait défaut à mi-parcours, ce qui obligea les rameurs à souquer ferme, y compris la nuit. L'île apparut enfin. Le capitaine nous avertit qu'elle aussi était infestée de pirates qui se cachaient dans des grottes au pied de ses falaises imposantes. Nous parvînmes néanmoins sans encombre jusqu'à une anse bien abritée et trouvâmes un endroit parfait pour échouer. Impatients d'échapper à l'espace confiné du bateau, nous sortîmes nous ébattre sur la plage, où nous étirâmes nos membres engourdis en poussant des cris de joie. Pâris et moi esquissâmes quelques pas de danse sur le sable. Évadné fit sortir le serpent sacré du sac, l'enroula autour de son cou et se mit à chanter. Énée fit la course avec Pâris sur la plage. Quant à Gélanor, il s'éloigna de notre groupe pour aller voir les coquillages le long de la ligne de marée haute.

Nous campâmes là plusieurs jours et en profitâmes pour faire des provisions d'eau et explorer l'île. Je n'avais jamais vu un endroit pareil. Nous y trouvâmes des formations rocheuses aux formes insolites, ainsi que des pierres noires provenant de volcans éteints pour lesquelles Gélanor montra un intérêt particulier. Il en ramassa des lamelles brillantes et pointues, nous expliquant qu'il s'agissait d'obsidienne, et qu'on s'en servait pour fabriquer des lames de couteau. « À défaut de bronze », précisa-t-il. C'était pratiquement la première chose qu'il me disait depuis notre départ de Cythère. Je lui répondis poliment, mais un peu froidement, et m'éloignai. J'étais toujours piquée au vif par la façon dont il avait changé d'avis et décidé de partir avec nous sans rien daigner m'expliquer.

Contrairement à Gélanor, Évadné était très bavarde, même si elle avait tendance à marmonner, comme souvent les vieilles femmes. Impossible pour moi de lui donner un âge – elle ressemblait à une sibylle. Depuis combien de temps vivait-elle à Sparte ? Avait-elle connu les règnes d'Oebalos et de Cynortas ? Elle couvrait toujours ses yeux d'un pan de son voile, expliquant que la lumière vive la gênait.

Le troisième jour, nous nous retrouvâmes face à un groupe d'habitants de l'île qui avaient appris notre arrivée et venaient nous voir. Je me couvris le visage, mais pas assez vite, si bien qu'il y eut les habituels regards ébahis et stupéfaits. Nous devions absolument partir avant que la situation ne s'envenime. Nous quittâmes donc l'île en remerciant les dieux d'avoir eu le temps de remplir nos outres d'eau.

« C'est toujours le problème quand on voyage avec Hélène, expliqua Gélanor au capitaine. Vous verrez, la prochaine fois, ce sera la même chose. »

Si c'était une plaisanterie, je ne la trouvais guère à mon goût, ce qui n'empêcha pas Pâris d'éclater de rire. « C'est un problème que tout homme aimerait avoir ! » dit-il en m'enlaçant de manière possessive.

Encore une longue étape jusqu'à Andros. En chemin, nous passâmes devant d'autres îles où nous aurions pu mouiller, mais le capitaine nous expliqua qu'il ne valait mieux pas, parce que cela ralentirait notre allure. « Et nous sommes tous impatients d'arriver à Troie », ajouta-t-il.

La traversée nocturne fut difficile. Nous ne parvînmes pas à dormir, si bien que l'arrivée à Andros, au crépuscule du deuxième jour, fut un véritable soulagement – elle nous épargnait une autre nuit en mer. Le soir tomba rapidement. Malgré la lumière déclinante, je vis à quel point l'île était majestueuse, et combien hautes ses montagnes.

Le jour vint confirmer cette impression. Les pentes des reliefs, grandioses, étaient couvertes de forêts verdoyantes et striées de gorges où dévalaient des cascades. « Il y a même une ou deux rivières, indiqua le capitaine, ce qui est rare sur une île. Nous y trouverons de la bonne eau. »

Nous nous reposâmes quelques jours à Andros, profitant des joies simples de la promenade, auxquelles je n'avais jamais goûté auparavant.

Ce fut ensuite le départ pour Scyros qui marquait la moitié de notre traversée. C'était une petite île, constituée de deux montagnes s'élevant, tels deux seins, de part et d'autre d'une plaine. Nous n'avions pas encore mouillé que des soldats apparurent sur le rivage pour nous questionner.

« Ceci est l'île du roi Lycomède, cria leur chef. Qui êtes-vous ? Qui vous envoie ? »

Pâris s'apprêtait à répondre, mais Énée le fit taire. « Je suis Énée, prince de Dardanie. Je rentre chez moi après m'être rendu à Salamine en ambassade.

– Soyez les bienvenus, prince, toi et tes hommes. Nous allons vous escorter jusqu'au palais. »

Oh non ! Nous allions être reconnus et notre itinéraire dévoilé. Ou bien – pire encore – nous serions capturés et retenus prisonniers. Pâris pouvait certes dissimuler son identité. Mais quand ces gens me verraient...

Je me rapprochai d'Énée pour lui murmurer à l'oreille : « Essaie de gagner du temps. Dis-leur que nous avons à faire sur le bateau.

– Mes amis, laissez-nous le temps de nous reposer un peu. La traversée a été éprouvante, dit Énée en s'adressant aux soldats.

– Vous pourrez reprendre des forces au palais. Il y a des bains chauds, de la nourriture raffinée. »

Ils se plantèrent à côté de notre bateau, bien décidés à ne pas bouger.

« Tiens. » Je sentis quelqu'un tirer sur mon manteau. C'était Évadné. « Étale ceci sur ton visage, me dit-elle en me glissant dans la main un petit pot de terre cuite. Cette substance te vieillira.

– Pour toujours ? m'inquiétai-je, trouvant le remède quelque peu radical.

– Non, simplement jusqu'à ce que tu te laves. Je l'appelle la crème Hécate. C'est la vieille déesse elle-même qui me l'a offerte. »

N'étais-ce pas plutôt elle, la vieille déesse ? Était-elle bien une mortelle ? Je n'étais même pas sûre de l'avoir vue à Sparte. Et puis, son étrange apparition en compagnie de Gélanor, avec le serpent sacré... Je me mis à frissonner de peur.

« Quand on carde la laine, on apprend beaucoup de choses sur la peau et les manières de la soigner, m'expliqua-t-elle, comme pour apaiser mes craintes. La laine contient une substance qui conserve sa jeunesse. Regarde mes mains. » Elle me les tendit. Elles étaient en effet douces, comme celles d'une jeune fille, alors que son visage était ridé. « Et il existe d'autres substances qui imitent les effets de l'âge. Dépêche-toi, mon enfant », ajouta-t-elle en me forçant à prendre le petit pot en terre cuite. Les soldats tendaient le cou pour voir ce qui se passait à l'intérieur du bateau. Je me baissai et enduis mon visage d'une pâte grise et épaisse, une sorte d'argile qui s'étala sur ma peau avec une facilité surprenante, au point que je ne la sentis pas. Évadné prit mes cheveux, les tira en arrière sans ménagement et les entortilla pour en faire un nœud. Puis elle enroula un foulard de laine grossière autour de ma tête afin de dissimuler ma chevelure entièrement. « Pense à te courber en avançant. Oublie ta façon habituelle de marcher. Imagine que tes hanches te font mal et que tes pieds sont gonflés. »

J'étais à peine transformée que nous fûmes obligés de quitter tous ensemble le navire et d'emprunter un chemin qui escaladait la montagne jusqu'au sommet où se trouvait le palais. Je m'efforçai de marcher voûtée, en faisant croire que je peinais. J'allai jusqu'à demander un bâton pour m'appuyer dessus. Pâris était devant avec Énée. Je suivis, clopin-clopant, en compagnie d'Évadné.

Nous nous retrouvâmes brusquement sur un plateau. Là, devant nous, se dressait le palais, avec ses piliers polis et un porche ombragé accolé à la façade d'un bâtiment à deux étages. Des courtisans se précipitèrent pour nous accueillir sous la galerie et nous amener dans la petite cour. La montée avait été rude, et je n'eus pas trop à me forcer pour haleter et rester courbée.

Le roi ne tarda pas à faire son apparition en clopinant. Il était aussi vieux que je faisais semblant de l'être. « Soyez les bienvenus, étrangers. Vous dînerez avec nous et passerez la nuit ici. »

Nous allions maintenant prendre part à un long dîner de cérémonie, ainsi qu'à l'échange de présents. Heureusement, le protocole interdisait au roi de nous demander nos noms avant la fin du dîner – ce qui nous donnait un peu plus de temps pour préparer les histoires que nous lui raconterions.

Il nous mena dans une vaste salle. Un groupe de jeunes filles nous entoura, tel un vol de papillons.

« Mes filles, expliqua le roi. Il n'y a pas un roi qui en ait autant que moi, je peux vous l'assurer.

– Et tu n'as aucun fils ? s'enquit Énée.

– Les dieux m'ont refusé ce bonheur. » Il tendit les bras et enlaça quelques-unes de ses filles en riant. « Certes, mon palais manque de guerriers, mais ces beautés les remplacent avantageusement. »

Le banquet se déroula comme tous les banquets, de manière ordonnée, prévisible, et somme toute agréable. J'étais assise avec les femmes et les jeunes filles, puisque j'étais censée n'avoir aucun rang particulier dans l'entourage d'Énée. La fille aînée du roi était installée à côté de moi. Elle s'appelait Déidamie, devait avoir quinze ou seize ans, et portait une robe légère d'un beige crémeux. De nouveau, s'imposa à moi l'image d'un papillon. À côté d'elle se trouvait une jeune personne visiblement plus âgée et plus grande. Et pourtant, on m'avait bien dit que Déidamie était l'aînée. L'autre jeune fille parlait peu et gardait les yeux baissés. Le bras qui émergea de sa tunique quand elle coupa sa viande me parut étonnamment musclé.

« Pyrrha, veux-tu bien ne pas saouler notre invitée de ton babillage ! » lui dit Déidamie d'un ton moqueur.

Pyrrha leva la tête et j'eus, l'espace d'un instant, l'impression d'avoir vu ce regard quelque part. Puis elle cligna des yeux et, s'exprimant avec difficulté semble-t-il, demanda d'une voix basse : « Votre traversée s'est passée sans encombre ? Pas d'incident particulier ?

– Une fois, nous sommes tombés sur des pirates, répondis-je.

– Ah oui, où ça ? »

Je m'apprêtais à lui raconter la vérité quand je

m'avisai que je ne devais surtout pas lui révéler que nous étions allés dans les environs de Cythère – c'était trop près de Sparte. Je dis donc : « À côté de Mélos.

– Qu'est-ce qui est arrivé ?

– Il y a eu une bataille féroce, mais nos hommes les ont battus.

– Par Hermès, j'aurais aimé être là ! déclara la jeune fille d'un ton féroce.

– Oh, Pyrrha, voyons ! » dit Déidamie.

Son rire était comme un tintement de clochette.

Pyrrha voulut tout savoir des armes que les pirates avaient utilisées et du type de bateau avec lequel ils nous avaient rattrapés. Mais l'annonce que la partie cérémonielle du dîner allait commencer vint mettre un terme aux questions qu'elle me posait en rafale. Le roi Lycomède offrit des cadeaux à Énée, lequel lui fit à son tour présent d'objets en bronze provenant de notre navire. C'est seulement à ce moment-là que Lycomède demanda : « Et qui êtes-vous, amis ?

– Je suis Énée, prince de Dardanie.

– Bienvenu, prince Énée ! dit Lycomède d'une voix chevrotante. Et qui donc t'accompagne ?

– Alexandros, son cousin, ô roi, dit Pâris en faisant un pas en avant.

– Et ces autres personnes, ce sont tes serviteurs et tes gardes, c'est cela ?

– En effet », répondit Énée, ajoutant simplement pour nous présenter, Évadné, Gélanor et moi : « Ce sont de fidèles domestiques attachés à ma personne.

– Soyez tous les bienvenus », répéta le roi.

La soirée était loin d'être terminée. Lycomède fit venir de jeunes acrobates. Ils donnèrent pour nous un spectacle au cours duquel ils firent des sauts de lune par-dessus le dos de taureaux en bois dont les cornes leur servaient de point d'appui.

« Il paraît qu'en Crète, ils utilisent de vrais taureaux, dit Pâris.

– C'est trop dangereux, répondit le roi. Je préfère que mes acrobates rentrent chez eux indemnes. »

L'un des danseurs qui avait raté l'instant où il devait sauter par-dessus une corde se glissa en dessous, dans l'espoir de ne pas se faire remarquer.

« Je t'ai vu ! » C'était la voix brutale de Pyrrha.

Ces mots, je les avais déjà entendus quelque part, prononcés de manière tout aussi brutale. *Je t'ai vu !* Une simple phrase, mais dite avec un mépris et une hargne qu'on ne pouvait oublier. *Je t'ai vu.*

« Tu as vu quoi ? » s'enquit le roi, sur un ton qui voulait dire : *Cela suffit, Pyrrha.*

« Je... Oh, peu importe ! » Elle rentra la tête dans les épaules et, s'éloignant, alla s'appuyer contre un pilier.

Elle était vraiment grande. Plus grande encore que le roi. La défunte reine était-elle d'une taille exceptionnelle ? Je m'approchai de Pyrrha.

« Va-t'en », marmonna-t-elle.

Son impolitesse me scandalisa. Rabrouer ainsi une invitée, plus âgée de surcroît ! Avant que je puisse prononcer un mot, Pyrrha tourna la tête et me foudroya du regard. C'est alors que je reconnus Achille, cet enfant coléreux que j'avais vu dix ans auparavant parmi la foule de mes prétendants à Sparte.

Un jeune homme ! Déguisé en fille, ici, sur l'île de Scyros ! Pourquoi ? Il n'était pas étonnant qu'il enrage, contraint qu'il était de se travestir.

Il me regarda, et je sus que lui aussi me reconnaissait. Ses lèvres formèrent silencieusement mon prénom. *Hélène !*

« Chut, lui dis-je. Pas un mot. »

Nous tentâmes de contenir nos rires. Achille en fille

et Hélène en vieille servante ! Sans pouvoir ni l'un ni l'autre savoir les raisons de nos accoutrements respectifs !

À ce moment précis, un grand fracas se fit dans la cour. Tournant la tête, nous vîmes les plus jeunes filles du roi chevauchant de minuscules chevaux dont elles agrippaient la crinière. Hélas, j'eus beau me mettre sur la pointe des pieds, les têtes de la foule assemblée devant moi me cachaient en grande partie le spectacle, alors qu'Achille pouvait en profiter sans difficulté.

« Ces chevaux miniatures, ils viennent d'où ? » lui demandai-je, avant de m'apercevoir qu'il s'était éclipsé discrètement.

Je fis semblant d'admirer les cavalières et les applaudis. Mais la seule chose qui me préoccupait en réalité, c'était si le roi savait qu'Achille se trouvait ici même, incognito, si Déidamie était au courant, ou si j'étais la seule à l'avoir identifié.

Je me souvins alors que Pâris m'avait parlé de lui et du fait qu'il était déjà connu à Troie. Mais pour quelle raison ? Il n'avait pas plus de seize ans, le même âge que Pâris. Comment aurait-il pu se tailler une réputation de guerrier sans avoir jamais combattu ? Certes, les petites escarmouches et les querelles locales ne manquaient pas, mais ce n'était pas là qu'un homme pouvait se faire remarquer pour ses faits d'armes.

En outre, un grand guerrier ne se cachait pas au milieu des femmes !

Les petits chevaux trottaient en cercle dans la cour sous les applaudissements enthousiastes. On aurait dit qu'ils avaient été rétrécis de manière à devenir des montures pour les enfants. Ils avaient un côté magique.

« Ils viennent de troupeaux sauvages qui vivent plus loin dans la montagne, m'expliqua Déidamie. On ignore pourquoi il n'en existe que sur cette île. À supposer que leurs ancêtres aient été apportés ici et se soient enfuis, d'où venaient-ils en premier lieu ? On n'en trouve pas d'aussi minuscules ailleurs.

– Peut-être l'air vivifiant de la mer et la végétation particulière de l'île ont-ils stoppé leur croissance. »

Debout à côté de nous, Gélanor observait les chevaux avec grande attention. C'était le genre de chose énigmatique qu'il goûtait particulièrement.

Je mourais d'envie de lui murmurer le secret d'Achille à l'oreille. Cette rencontre m'avait troublée au point d'oublier ma rancune. Mais je ne pouvais rien dire. Je sentais bien que je devais garder le secret jusqu'à notre départ de Scyros. Achille me l'avait confié, de même que je lui avais confié mon secret à moi.

Aussi agréable que soit l'hospitalité du roi, nous ne pouvions nous attarder à Scyros. Dès l'aube, nous descendîmes la colline, accompagnés de serviteurs chargés de provisions. En milieu de matinée, nous prîmes la mer en direction de Chio. Lorsque nous fûmes suffisamment loin du rivage et que le vent gonfla la voile, j'arrachai le foulard qui me couvrait la tête et aspergeai mon visage d'eau de mer. J'en avais assez d'être vieille. Quel bonheur de se débarrasser de cette crème !

« Merci, dis-je à Évadné. Grâce à ta rapidité et à ton aide, je suis sauvée. Hélène a échappé à elle-même. »

L'île s'éloignait dans notre sillage. Je décidai de parler à Pâris et à Gélanor d'Achille quand elle serait hors de vue. Pourtant, lorsque Scyros rapetissa et finit par disparaître à l'horizon, j'en fus incapable. Pourvu que, tout là-bas, Achille respecte lui aussi mon secret !

Pour aller à Chio, nous dûmes de nouveau voguer de nuit et cingler pratiquement plein est sur une mer agitée. Même en nous accrochant fermement aux haubans pour ne pas être projetés dans les flots, nous finîmes par être complètement trempés, les vagues se brisant sur les flancs du navire. Frissonnants, le moral en berne, nous fixâmes l'horizon dans l'espoir de voir apparaître Chio, mais ne vîmes que le soleil se levant, resplendissant, au-dessus des croupes des vagues.

Je commençai à avoir le mal de mer, chose qui m'avait été épargnée jusque-là. « Regarde au loin, me conseilla Évadné. Fixe un point bien au-dessus des vagues. Et tiens, suce ça. Le sel te soulagera. » Elle me tendit un morceau de viande de porc salée.

Le goût amer de la viande me fit craindre de nouvelles protestations de mon estomac. Mais Évadné avait raison. Mon mal de mer se calma. Je regardai droit devant moi, au-dessus des vagues, et fus parmi les premières personnes à voir enfin Chio émerger des brumes du crépuscule.

Montagneuse comme les autres îles, Chio était bien plus grande et s'étalait, massive, à quelques encablures de la côte – cette côte où Troie elle-même se trouvait. Là allait s'achever cette aventure sur les eaux que je venais de vivre – libre, comme lors de la course à laquelle j'avais participé avant mon mariage. Maintenant, c'était fini.

Nous débarquâmes, ravis de nous retrouver sur la terre ferme. L'île, habitée, était réputée pour son vin raffiné. Je savais qu'il faudrait de nouveau que je me déguise, mais cela pouvait attendre. Il serait étonnant que nous soyons découverts avant le lendemain matin.

Nous établîmes notre camp sans tarder. Nous en étions à notre sixième étape et avions fini par devenir de vrais experts. Nous nous installâmes près du feu en attendant que le repas soit prêt et fîmes circuler les outres. Notre vin commençait à devenir aigre.

« Peut-être pourrons-nous remplir nos outres ici à Chio, dit le capitaine. Cela améliorerait l'ordinaire !

– Qu'avons-nous à offrir en échange ?

– Des objets en bronze, répondit Pâris. Nous ne manquons pas de cadeaux.

– Un chaudron contre une amphore. Voilà un échange qui me semble tout à fait équitable. »

Le vin, associé au mal de mer qui n'avait pas complètement disparu, me fit tourner la tête et je crus voir les étoiles bouger lentement. Je laissai tomber ma tête sur l'épaule de Pâris. Le reste de la soirée ne fut qu'un grand trou noir.

Lorsque je me levai et sortis de la tente, les autres étaient presque tous encore endormis. Je descendis jusqu'au bord de l'eau. Le rythme régulier des vagues m'aida à émerger des brumes du sommeil.

« Tu ne verras pas Troie de ce côté-ci de l'île. »

Je me tournai. Gélanor était là, tout près de moi. Le bruit de la mer avait noyé celui de ses pas.

« Je ne suis pas sûre d'avoir envie de voir Troie, répondis-je.

– C'est un peu tard pour s'en rendre compte, non ?

– Ma parole ! Mais tu me fais une scène ! Dès que nous serons arrivés à Troie, tu n'auras qu'à faire demi-tour et t'en aller. C'est ça que tu veux, de toute façon. Tu dois être content de voir s'approcher le moment où tu pourras t'échapper. »

Qu'il parte. Qu'il me quitte. Sa présence avait pesé sur cette traversée.

« Je n'ai pas encore tiré de ce voyage ce que j'en voulais.

– À savoir ?

– Je n'en suis pas loin aujourd'hui. En allant vers le sud, je trouverai.

– Tu trouveras quoi ?

– Un petit arbre bien particulier qui produit une gomme sucrée et collante. On en trouve ailleurs, mais il n'y a qu'ici que sa sève durcit naturellement quand on saigne son écorce. »

J'étais dégoûtée. Ainsi, voilà ce qui l'avait fait changer d'avis et embarquer avec nous ! Voilà ce que Chio lui offrait – un arbre qui produisait de la gomme.

« Accompagne-moi, me proposa-t-il. Tu vas voir comme ça va être fascinant. À mon avis, une telle substance peut servir à beaucoup de choses. Pour faire de l'encens par exemple, au lieu de la myrrhe qui coûte si cher, des pommades, des sirops, ou bien... Oh, une fois que je l'aurai sentie et goûtée, je saurai.

– Cela ne m'intéresse pas du tout.

– Allons, Hélène, autrefois tu aurais dit le contraire. Ne change pas, ne te laisse pas contaminer par la légèreté de... des personnes auxquelles tu t'associes.

– Il n'est pas léger !

– Dans ce cas, pourquoi ne pas l'attendre et lui proposer de se joindre à nous ? » suggéra-t-il. Puis il ajouta, après avoir regardé le soleil : « Ceci dit, nous risquons de patienter longtemps. En général, il ne se lève pas avant le milieu de la matinée.

– En effet, et il sera trop tard alors pour se mettre en route.

– Je croyais que tu ne venais pas, dit-il en riant. Oh, s'il te plaît, accompagne-moi. Cela te fera du bien de te dégourdir les jambes. Elles doivent être raides après ces longues heures passées sur le bateau. Les miennes le sont. »

Ainsi il fut décidé. J'irais avec lui. Cela faisait longtemps que nous ne nous étions pas promenés ensemble – depuis ce voyage fatal à Gythion.

Chio était une île charmante, mais pas aussi verdoyante qu'Andros. Comme il y avait moins de grands arbres, le vent la balayait avec plus de force. Je me pris à imaginer que cette brise vigoureuse et vivifiante venait de Troie.

« Comment reconnaîtras-tu l'arbre que tu cherches ? » demandai-je à Gélanor. Broussailles et buissons recouvraient les collines.

« J'ai vu ses feuilles séchées. Je saurai les identifier. Et peut-être verrons-nous sur certains troncs des entailles faites par ceux qui saignent l'arbre pour en récolter la gomme. »

Au fil de notre promenade, je repérai des orchidées jaune vif et roses poussant sur les falaises de calcaire. « C'est la première fois que j'en vois autant », dis-je en me penchant pour en ramasser une. Je la coinçai derrière mon oreille.

« Moi aussi, reconnut Gélanor. Le climat de cette île leur est propice, certainement. » Tout d'un coup, il s'arrêta net et me saisit le bras. « Là ! » cria-t-il en désignant un buisson des plus quelconques. Il se précipita et s'agenouilla pour en examiner les feuilles. Avec un petit morceau d'obsidienne de Mélos, il fit une entaille bien nette sur le tronc. De la sève de couleur claire s'en échappa immédiatement.

« Maintenant, il faut attendre, dit-il en s'asseyant à côté de l'arbre. Combien de temps, je l'ignore. » Puis, tendant le bras vers la mer, il ajouta, « Regarde. Voici ta nouvelle patrie. »

Je mis ma main au-dessus de mes yeux pour les protéger du soleil, dont les rayons se réfléchissaient sur l'eau scintillante, rendant le paysage aveuglant. Tout là-bas, au loin... Oui, c'était bien une terre.

« La terre de Troie, dit Gélanor. La légendaire Troie. »

Tout ce que je voyais, c'était qu'il y avait des collines et une végétation assez abondante.

Le rire de Gélanor retentit à mes côtés. « Tu t'attendais à quoi ? À des murailles en or massif ?

– Pour qu'il y ait des murailles, en or ou en pierre, il faudrait qu'il y ait une ville. Et je n'en vois pas.

– Elle est plus loin. Ceci n'est que la région qui entoure Troie, avec les peuplades voisines. Les Cariens, les Lyciens, les Mysiens. Des gens comme tant d'autres. Alors, déçue ?

– Peut-être, ou alors soulagée. »

En vérité je ne savais pas.

« Allons, tu n'as pas chamboulé ta vie entière pour te retrouver au milieu de gens ordinaires. »

Il ne comprenait rien à rien. Il n'avait jamais été touché par Aphrodite. Il était incapable de voir que c'était Pâris – lui seul, et ni Troie, ni les Troyens, ni une cité fortifiée – qui m'attirait, lui qui m'avait prise dans ses rets. Pour ceux qui n'ont pas vu la déesse, ces choses-là sont incompréhensibles. Je me contentai de sourire et de me taire.

« Regarde ! » Il tourna la tête et se rua vers le petit arbre. La sève avait pris la couleur de l'ambre et formé des petites perles. Gélanor en détacha une et la roula entre ses doigts. Elle était élastique. Il appuya brièvement dessus, puis elle reprit sa forme originelle rebondie. Il la renifla, puis me la passa.

Je jouai avec et tentai de l'écraser. Une odeur délicieuse envahit l'air, un peu comme de l'encens, puis s'évanouit quand la boule de gomme reprit sa forme.

En la grignotant, je constatai qu'elle avait un goût puissant, comme la sève de pin.

« Quelles choses merveilleuses on pourrait faire avec ça ! s'exclama Gélanor. Si nous trouvons les gens qui récoltent cette résine, nous leur demanderons quel usage ils en font ici, à Chio. Je sais qu'on la vend à l'étranger, mais uniquement pour réparer des objets ou les rendre imperméables. »

Pourvu que nous ne rencontrions personne ! C'était si fatigant d'être Hélène ! Et tout aussi fatigant de faire semblant de ne pas l'être.

« Maintenant, tu l'as vue, cette gomme pour laquelle tu as enduré cette longue traversée en mer. » Je ne pus empêcher l'amertume de colorer le ton de ma voix.

« Oh, Hélène, ne sois pas bête.

– Ou bien tu ne te sentais pas capable d'affronter seul les dangers du retour par le chenal de Cythère. Le capitaine en avait parlé en termes peu engageants. Tu as fait semblant d'avoir envie de venir à Chio, pour dissimuler ta peur. Et maintenant, tu peux tranquillement rentrer à Sparte par voie de terre. La route est longue, mais tu ne le regretteras pas. En effet, tu ne manqueras pas de croiser sur ton chemin toutes sortes de pierres, d'arbres ou de substances vénéneuses des plus intéressantes.

– Hélène, me dit-il en m'adressant un regard dur, cesse de dire des bêtises.

– Je ne vois pas ce que tu veux dire.

– Faut-il vraiment que je te l'explique ? J'avais changé d'avis et – tu as parfaitement raison – j'avais besoin de trouver un prétexte. Je ne pouvais tout de même pas passer pour un gamin indécis et stupide. Mais la raison pour laquelle j'ai changé d'avis, c'est que je tenais à te savoir en sécurité à Troie. »

J'éclatai de rire. « Et le capitaine ? Et Énée, Pâris et tous ces soldats ? Tu ne leur faisais pas confiance ? Tu penses que tu peux me protéger mieux qu'eux ?

– Peut-être pas, mais je me sentais tenu par mon sens de l'honneur. J'ai dit sur la plage de Cythère que je t'étais dévoué, à toi, pas à Sparte. Te laisser là-bas, ce n'était pas vraiment faire preuve de loyauté, bien au contraire. C'est pourquoi je t'ai suivie jusqu'ici et resterai avec toi tant que tu ne seras pas à l'abri des murs de Troie. » Il me prit la boule de gomme des mains. « Tu vois, tu as passé toute la traversée à m'en vouloir pour rien. »

Je secouai la tête comme si cela n'avait aucune importance. Mais j'étais rassérénée. J'avais retrouvé mon ami. En fait, il n'était pas parti bien loin, si ce n'est dans mon esprit. Quant à le faire rester à Troie... C'était une autre affaire. Un autre défi.

Nous ramassâmes un sac entier de cette mystérieuse résine puis retournâmes vers le bateau. En passant devant un endroit boisé au milieu des collines, je sentis brusquement que ce n'était pas un lieu ordinaire, qu'il aurait une importance particulière pour moi, pour Pâris, pour nous tous. Je m'arrêtai et le contemplai. Il n'y avait rien de spécial. Ni hutte, ni troupeaux, ni âme qui vive. Et pourtant, un jour...

« Que se passe-t-il ? me demanda Gélanor. Tu regardes le vide.

– Non, ce n'est pas le vide. »

C'était comme si l'air devenait plus consistant.

« Tu as un pressentiment ?

– Non, ce que je vois est magnifique. Cet endroit a quelque chose de merveilleux. »

XXIX

La traversée jusqu'à la côte où se trouvait Troie fut plutôt ennuyeuse. Elle aurait dû être palpitante, j'aurais dû sentir les ailes d'Aphrodite me frôler le visage, voir des présages partout, entendre de la musique au loin, mais non, le voyage fut des plus quelconques.

Le sol sur lequel je posai le pied était lui aussi quelconque – de la terre battue avec ici ou là quelques chétives touffes d'herbe. Le vent qui soufflait n'avait rien de particulier non plus et n'apportait avec lui aucun parfum insolite. Je laissai échapper un soupir de déception.

« Qu'y a-t-il, mon amour ? demanda Pâris, à l'affût de la moindre de mes réactions. Nous sommes presque arrivés chez nous ! »

Chez toi, corrigeai-je intérieurement. « J'ai peur, reconnus-je.

– Hélène a peur ? dit-il l'air surpris. Allons, alors que le monde entier est à genoux devant toi ! »

Ce temps-là était presque révolu. Mais n'était-ce pas ce à quoi j'avais aspiré ? Ne m'étais-je pas moi-même souvent plainte de cette adoration ?

« Voici pour toi un nouveau monde à conquérir ! dit-il.

– Je n'en suis pas aussi certaine que toi. »

Nous marchions lentement vers un bosquet d'arbres – quelconques eux aussi – afin de repérer la dernière partie de notre voyage. Derrière nous, Énée hurlait des ordres à notre escorte, tandis que les marins amarraient le bateau sous les aboiements du capitaine.

« Viens ! » me dit Pâris en me prenant la main. Nous courûmes jusqu'à un petit monticule. Là, il m'indiqua la direction du nord. Un paysage morne se déroulait à l'infini. « En volant tout droit comme un aigle, tu arriverais à Troie. » Il me fit pivoter et me tint serrée contre lui. « Mais tu n'es pas un aigle, non. Tu es l'un de ces oiseaux aux couleurs vives que l'on trouve tout là-bas dans le Sud. Je n'en ai jamais vu, mais on m'a montré leurs plumes jaunes, rouges et vert vif. »

Si j'étais un oiseau... Hélas, mes pieds me retenaient au sol rocailleux, et c'était eux qui me porteraient vers Troie.

« Tu es maintenant au pays des chevaux, dit Pâris. C'est eux qui font la réputation de Troie. Nous pourrions trouver quelque part des carrioles pour finir le voyage...

– Non ! Je ne veux pas qu'on sache que nous approchons. Des chevaux, des carrioles... Notre arrivée ne serait vraiment pas discrète !

– Allons donc, tu veux entrer dans Troie en catimini ? demanda Pâris, l'air intrigué.

– Je veux... Je veux que ce soit une surprise. »

Je sentais confusément que cela serait plus sûr. Mais dans quel sens ? Cela m'éviterait-il les regards désapprobateurs et consternés que je redoutais maintenant ?

« Mais ma famille sera déçue si elle ne peut pas nous accueillir comme il convient.

– Avant que nous arrivions, tu dois m'apprendre tout sur les Troyens, sur ta famille, sur la cour. Je veux savoir à quoi ils ressemblent, quelles sont leurs forces et leurs faiblesses, ce que tu penses d'eux. Je veux être en mesure de les reconnaître dès que je les verrai. »

Quelque part, je sentais que cela me protégerait. En outre, je mourais d'envie d'en savoir plus sur les personnes que Pâris aimait et celles qu'il n'aimait pas.

Notre voyage se poursuivit, lentement. Nous avions débarqué sur une langue de terre étroite qui s'avançait loin dans les eaux, comme pour aller lécher Chio. La mer qui nous entourait de part et d'autre laissa peu à peu la place à des plaines et des collines aux formes douces.

Les routes – du moins ce qui en faisait office – étaient étroites et rocailleuses. Nous ne trouvâmes pas une ville sur notre chemin. Nous croisâmes peu de gens, si ce n'est quelques fermiers et gardiens de troupeaux.

« Où sont donc ces peuples alliés de Troie dont tu me parlais ? demandai-je à Pâris tout en marchant.

– Ils habitent un peu plus à l'intérieur des terres. Il y a les Lyciens et les Maeoniens. Rassure-toi, tu ne tarderas pas à les voir, ajouta-t-il en riant. Peut-être même les Amazones viendront-elles à la cour te présenter leurs hommages.

– Les Amazones ! Elles existent vraiment ? »

Je m'étais aperçue que Pâris aimait beaucoup me taquiner. C'était à se demander s'il lui arrivait d'être sérieux.

« Bien sûr. Elles habitent au-delà de la mer Noire.

– Et tu les as déjà vues ?

– Non, mais Hector, oui. Tu sais bien, cela ne fait pas longtemps que j'habite Troie. Mon frère m'a raconté que celle qui est venue à la cour était aussi grande que lui et qu'elle avait de gros bras musclés – bref, elle faisait peur !

– Ce soir, je veux que tu me parles d'Hector et des autres membres de ta famille. Tu me l'as promis ! »

Plus que quelques jours avant que nous n'arrivions à Troie ! Je devais savoir.

« Ah oui, c'est vrai ! » Mettant ses mains en porte-voix, il cria à l'attention d'Énée : « Mon cher cousin, ce soir, toi et moi nous allons devoir assurer le spectacle ! »

Le soir venu, nous nous étendîmes sur des nattes de laine disposées autour du feu vrombissant, une coupe de vin à la main. « Maintenant, tu ne peux plus reculer, déclarai-je à Pâris. Dis-moi tout, afin que je puisse les reconnaître et les saluer par leur nom. » J'invitai Gélanor et Évadné à nous rejoindre.

« Soit. » Sur un signe de Pâris, Énée se leva et nous tourna le dos quelques instants. Quand il nous fit de nouveau face, il arborait une mine renfrognée et frappait sur le sol avec un grand bâton censé être une lance. « Qui suis-je ? nous demanda-t-il.

– Hector », répondis-je. C'était le guerrier le plus âgé et le plus valeureux dont j'avais entendu parler. Mais était-il féroce et renfrogné ?

Pâris éclata de rire. « Nous t'avons eue ! Tu ne pensais tout de même pas que nous allions commencer par le plus facile ! Pour que tu apprennes, mieux vaut les mélanger tous. Celui-ci, c'est Déiphobos, qui est un peu plus âgé que moi. Il aimerait être Hector, mais ne lui arrive pas à la cheville. » Il fit un signe à Énée. « Au suivant. »

Cette fois-ci, Énée, partiellement voûté, portait un voile de femme. Il avait mis des boucles d'oreilles fabriquées avec de la ficelle et quelque chose qui était censé être une perruque, mais qui, bizarrement, ressemblait plutôt à de la paille.

Une femme âgée... Ce n'était tout de même pas la reine Hécube ! Avec cette démarche traînante et le dos tout courbé ? « Une vieille prêtresse ? proposai-je.

– Non ! Il y a bien une grande prêtresse d'Athéna qui s'appelle Théano, mais elle est plus jeune. Ce personnage-ci, c'est ma mère, la reine Hécube.

– Elle est aussi vieille que ça ?

– Euh, disons que nous avons un peu exagéré, reconnut Pâris. Ma mère est encore jeune : mon frère Troïlos est né après moi, et il y a encore un garçon et une fille derrière lui.

– Parle-moi de Troïlos, dis-je.

– Il est très beau, mais n'en est pas conscient. Il adore les chevaux. C'est un excellent dresseur, un conducteur de char hors pair. Il est vraiment adorable. »

Énée revint, toujours coiffé de la perruque, mais vêtu cette fois-ci d'un manteau drapé de sorte à évoquer une robe. Il tourna sur lui-même, le bras tendu, en articulant des cris silencieux.

« Oh, ça, c'est trop dur, elle ne pourra jamais deviner ! protesta Pâris.

– Catastrophe ! Catastrophe ! se mit à crier Énée d'une voix râpeuse.

– C'est Cassandre », déclara Évadné à voix basse.

Pâris sursauta. « Comment peux-tu savoir ce genre de chose ?

– Moins je vois avec mes yeux, plus j'entends ce qui est loin. Il y a des esprits qui me soufflent des secrets, jusqu'à Sparte. Ce personnage, c'est ta sœur Cassandre, celle qui prédit la fin de Troie. »

Abandonnant un moment ses imitations, Énée

déclara : « On dirait bien que toi aussi tu es une prophétesse.

– Je ne fais que me servir de ce que mes sens perçoivent. Mais dis-moi, Pâris, cette Cassandre, elle ne t'a jamais été hostile ? »

Pâris agrippa ma main si fort qu'il me fit mal. « Je n'ai aucun ennemi.

– Pourtant, quand tu es rentré à Troie, n'est-ce pas elle qui a voulu que tu sois à nouveau rejeté ? insista Évadné.

– Ce n'est pas vrai ! rétorqua Énée. Et de toute façon, personne ne l'écoute. Elle est folle.

– Mais non, répondit Évadné. Et tu le sais bien. C'est simplement qu'Apollon lui a jeté un sort parce qu'elle l'avait éconduit. Le grand dieu des prophéties s'est vengé d'elle : s'il lui a accordé le don de prédiction, il s'est aussi assuré que personne ne la croirait jamais. Y a-t-il châtiment plus cruel pour une prophétesse ?

– Ce n'est pas Apollon qui a fait d'elle une prophétesse, rétorqua Pâris. Des serpents sont venus lécher ses pieds ainsi que ceux de son frère jumeau, Hélénos, alors qu'ils étaient tout bébés, et c'est de là que vient leur don. »

Des serpents... Le don de prophétie... Nous étions donc frère et sœurs en ce domaine. Allions-nous nous reconnaître ?

« Mais c'est Apollon qui a fait de ce don une malédiction », reprit Énée.

Aphrodite aurait-elle fait de même si je l'avais rejetée ? Cette pensée me fit trembler. Qu'on leur obéisse ou qu'on leur résiste, les dieux nous infligeaient les pires malheurs.

Pâris se leva péniblement. « À mon tour, maintenant. » Énée vint s'allonger à sa place, sans le quitter des yeux.

Pâris défila devant nous d'un pas orgueilleux, la tête haute, un bâton à la main.

« Ça, je parie que c'est un conseiller », dis-je.

Pâris s'était mis à inspecter ses manches avec force manières.

« Même moi je ne vois pas qui tu imites, dit Énée. Des conseillers pompeux et coquets, ce n'est pas ce qui manque à la cour de Troie.

– C'est Pandaros. Mais je dois reconnaître qu'il y a chez nous beaucoup de gens qui lui ressemblent.

– Pandaros est un imbécile. En plus, il est rasoir ! affirma Énée.

– Tiens, tu n'as qu'à prendre sa place ! s'exclama Pâris en s'adressant à Gélanor. Nous avons besoin de sang neuf au conseil royal.

– Moi, un Spartiate, devenir conseiller à la cour de Troie ? Je n'en ai nullement l'intention. »

Il n'avait pas ajouté : *Et de plus, je ne compte pas rester à Troie.*

« Mais tu peux changer de pays. La reine de Sparte ne s'apprête-t-elle pas à devenir une princesse troyenne ? Les hommages qui lui seront faits dépasseront tout ce que tu imagines !

– Dans ce cas, je ne manquerai pas d'assister aux cérémonies, en tant qu'invité bien sûr », précisa Gélanor, ajoutant, à mon grand regret : « Avant de rentrer chez moi. »

À présent, Pâris avait gardé son bâton, mais ne faisait plus toutes ces manières. Il avait adopté une posture monumentale.

« C'est encore un conseiller, ou alors peut-être un devin, dit Énée. Mais un devin respectable. Oh ! Mais bien sûr ! C'est ton frère Calchas !

– Bravo, dit Pâris en s'inclinant. En effet, Hélène, Calchas est l'un de nos devins et conseillers les plus estimés. Le pauvre, il a un peu honte de Pandaros, mais on ne choisit pas sa famille.

– Tout à fait ce que tes frères diront de toi quand ils verront ce que tu leur rapportes de Sparte, dit Énée d'une voix calme. Pâris, as-tu songé à la manière dont tu présenteras Hélène ?

– Je la présenterai comme ma femme, répondit Pâris, son visage exprimant la franchise et le courage.

– Mais elle n'est pas ta femme, elle est celle d'un autre.

– Non ! Elle a renoncé à ce lien. Et puis, nous n'avons qu'à nous marier, maintenant ! Comme cela, je pourrai regarder mon père, le roi, en face, et lui dire sans mentir qu'Hélène est mon épouse.

– Mais nous n'avons pas le pouvoir d'exécuter ce rite ! protesta Énée, la voix teintée d'inquiétude.

– Le pouvoir ? Nul besoin de pouvoir spécial ! Les dieux nous entendront. Tout ce qu'il nous faudra, c'est unir nos mains et nos êtres devant des témoins. Vous trois pouvez remplir ce rôle, non ? »

Ainsi, ici même, en pleine campagne, quelque part entre Troie et la mer, ce soir, à un moment qui n'avait rien de sacré, qui n'était ni le lever, ni le coucher du soleil, j'allais, vêtue de mes habits de voyage, sans dot ni cadeaux, épouser Pâris. Oui, j'étais prête.

Me tournant vers les autres, je leur dis : « Je vous en prie, apportez tout ce que vous trouverez qui pourrait servir à cette cérémonie. En n'utilisant que ce que nous avons à portée de main, nous la ferons nôtre. »

Mon manteau, d'un brun terne, portait des traces de saleté et d'eau de mer. Le bas de ma robe froissée était maculé de boue. J'avais remonté mes cheveux en un simple chignon et la poussière des chemins collait à mes pieds.

La tenue de la mariée était censée augurer de l'avenir. Pâris et moi serions-nous à jamais des voyageurs couverts de poussière ? Réduits à la pauvreté ? Cela semblait peu probable. Pourtant, je devais bien reconnaître que l'inimaginable pouvait toujours se produire.

Gélanor apporta son sac rempli de résine séchée de Chio. Énée dénicha une outre de vin et des coupes. Évadné alla chercher le serpent. Quant à Pâris, il prit une torche et s'aventura dans les champs à la recherche de belles-de-nuit, mais il était encore trop tôt dans l'année pour que celles-ci fleurissent.

Énée planta deux torches à l'entrée de notre tente, puis nous fit signe de nous approcher du feu. « Dites maintenant les paroles que vous devez prononcer. »

Un léger vent frais s'était levé, soufflant à travers les champs jusqu'à la mer. Pâris m'amena tout près du feu et de sa chaleur. De ses mains, il couvrit les miennes – dieu qu'elles étaient froides ! – comme il l'avait déjà fait tant de fois. Et pourtant, ce soir, c'était différent. Son geste était lourd de sens.

Si je retirais ma main, si je reculais... je pouvais tout défaire. Dans le cas contraire, j'étais liée à lui à tout jamais. Ses mains s'étaient refermées sur les miennes comme des pinces. Il m'était impossible de bouger les doigts.

« Parle, dit Énée à Pâris. C'est toi qui dois prendre la parole maintenant, personne d'autre. Comme quand tout se défait et que l'on se retrouve seul. »

Pâris ferma les yeux et courba la tête. Il réfléchissait. Jamais il ne m'avait paru aussi jeune, aussi désarmant. Ses cheveux blonds tombaient sur son front en cascades éblouissantes. La lumière du feu donnait à sa peau parfaite des reflets dorés. Éclairés ainsi, même ses vêtements s'étaient transformés en or, comme si Midas en le touchant avait métamorphosé cet être de chair et de sang en statue de métal précieux.

« Je suis Pâris, fils du roi Priam et de la reine Hécube de Troie, dit-il en levant le visage. La nuit où je suis venu au monde, ma mère a rêvé qu'elle donnait naissance à un tison enflammé. L'un de mes frères a déclaré que cela signifiait que j'apporterais le feu et la destruction à Troie. C'est pourquoi ma mère et mon père m'ont abandonné, laissant le bon vouloir des dieux décider de ma destinée. Mais leur volonté était que je vive, et ils m'ont permis d'avoir une enfance merveilleuse dans les vallons et les prairies du mont Ida, là où réside Zeus lui-même. » Il se tut un instant et reprit son souffle. « Enfin, quand ils m'ont jugé prêt, les dieux m'ont ramené dans mon vrai foyer, auprès de ma famille. »

Le feu se mit à craquer et à lancer des flammes. Pâris partit d'un petit rire. « Je pensais que rien ne manquait à mon bonheur. Je connaissais ma mère, mon père, ma famille, mes cousins, Énée par exemple. J'appartenais à leur monde. Hélas, ce bonheur avait la fadeur d'un feu mort comparé au brasier qui m'a consumé la première fois que je t'ai vue, Hélène. » Il prit mon visage entre ses mains et le tourna de sorte que nous soyons face à face. « Depuis ce jour, c'est comme si le soleil ne s'était jamais couché. Il n'y a plus de nuit. C'est pourquoi aujourd'hui, devant vous, je dédie ma vie à Hélène. Je n'aimerai, je ne regarderai personne d'autre qu'elle. Mes pensées lui seront consacrées tant que je vivrai. Je me donne à toi entièrement, Hélène. S'il te plaît, prends-moi. »

Il me regarda avec des yeux suppliants, comme si

c'était la toute première fois que nous nous parlions. Comme si tout commençait aujourd'hui.

« Je te prends, Pâris », répondis-je à voix basse. J'étais tellement troublée par la solennité de ce moment que j'avais du mal à parler. « Je suis tienne pour toujours. » Il m'était impossible d'expliquer davantage la nature et la force de ma promesse. Tout était dit dans ces mots.

« Nous sommes les témoins de ces promesses, déclara Énée. Maintenant, buvons ensemble un peu de vin. » Il emplit nos coupes et les fit circuler. Puis il versa une libation en invoquant Héra, déesse de l'hymen. « Lie cet homme et cette femme, ô déesse, la supplia-t-il, dans l'union sacrée du mariage. »

Alors, nous levâmes les coupes et bûmes silencieusement.

Gélanor jeta une poignée de billes de résine dans le feu. Leur parfum s'éleva, dense et envahissant, telle l'odeur de fumée.

Évadné s'avança et, les bras tendus, nous offrit le serpent. « Prenez-le, dit-elle. Qu'il vous lie l'un à l'autre. » Elle le déposa autour de nos cous où il s'enroula en cherchant notre chaleur.

Il nous avait déjà unis à Sparte. Maintenant, c'était notre mariage qu'il scellait, entrelaçant par ses courbes gracieuses le passé, le présent, le futur.

Énée nous fit signe de nous approcher de la tente. « Maintenant, entrez dans votre nouveau foyer. Nous allons vous accompagner sur ce petit trajet avec nos torches et nos chants, comme pour une procession. »

Notre petit groupe défila docilement jusqu'à la tente. Laissant les autres dehors, nous entrâmes.

Même notre tente familière semblait différente. Ces brefs serments improvisés avaient plus d'authenticité que la longue cérémonie que j'avais dû subir avec

Ménélas. La lourde chaîne en or, les promesses rituelles, les prêtresses, le sacrifice, tout cela n'était plus qu'un brouillard dans mon esprit. Mais jamais je n'oublierais le regard de Pâris me faisant ce serment fou et généreux.

« Ton cadeau », dit-il en s'agenouillant et en me tendant une jarre.

J'ouvris le couvercle et regardai à l'intérieur. Je vis quelque chose de léger voleter en heurtant les parois en terre cuite.

« Un grand papillon de nuit blanc, dit-il. Je l'ai attrapé en voulant cueillir des belles-de-nuit. Je pense que lui aussi les cherchait.

– Oh, qu'il est beau », dis-je. Les ailes blanches battaient délicatement au fond de la jarre. « Il faut le relâcher. Ce soir, toutes les créatures doivent être libres, comme nous. Viens. »

Nous nous rapprochâmes de l'entrée de la tente et secouâmes la jarre pour libérer le papillon. Il voleta en direction des champs.

« Nous sommes comme ce papillon de nuit, dis-je à Pâris. Maintenant, nous sommes libres, dans des champs qui n'appartiennent à aucun royaume, que ce soit celui de Sparte, de Troie, d'Argos ou de Mycènes. »

Je jetai les bras autour de son cou. Mes hésitations s'étaient envolées, comme le papillon.

XXX

Troie. La ville était là, devant nous, resplendissante, imprenable, flottant au-dessus du paysage morne tel un immense navire chevauchant les croupes des vagues. Derrière nous, se trouvait le mont Ida, dont nous avions contourné les pentes couvertes de pinèdes. Plus rien ne nous séparait de Troie.

À mesure que nous nous en approchions et que son image grandissait, la cité paraissait de moins en moins réelle. Les pierres de ses murailles étaient luisantes et parfaitement ajustées. D'immenses tours carrées et menaçantes ponctuaient le chemin de garde. Au pied de ses murs s'étalaient d'innombrables maisons, tels des vêtements jetés là. La ville avait la majesté de Mycènes, Sparte, Pylos et Tirynthe réunies. Elle était tout à la fois belle et d'aspect redoutable.

Je marchai, les yeux rivés sur elle, mon champ de vision peu à peu envahi par son image. Évadné était à côté de moi, mais son visage, également tourné vers la ville, arborait toujours la même expression.

« Si ta vue était normale, lui dis-je, tu saurais que nulle part en Grèce on ne voit pareil spectacle. »

Elle tourna rapidement la tête. « Elle brille !

– Comment peux-tu savoir cela ?

– Je l'ai vue.

– Mais... tu es aveugle ! Du moins, c'est ce que tu nous as dit.

– Ô reine, c'est très étrange. Je ne vois pas ce qui est en face de moi, mais parfois, si je tourne la tête rapidement, j'aperçois ce qu'il y a sur le côté. Puis ça disparaît. C'est vraiment exaspérant. Tout ce que je distingue, ce sont des contours et des ombres. Il m'est impossible de regarder les choses en face. Mais je peux t'assurer que j'ai bien vu Troie. Elle brille comme un cristal.

– Ainsi, tu n'as pas complètement perdu la vue. Peut-être est-ce la raison pour laquelle tes yeux ne ressemblent pas à ceux d'un aveugle. Ils sont limpides et brillants.

– C'est ce qu'on m'a dit. J'ai dû provoquer la colère d'un dieu, et il m'aura punie ainsi. Mais je serais incapable de dire ce que j'ai fait pour mériter cela.

– Ce qui nous arrive ne nous est pas forcément infligé par les dieux, déclara Gélanor qui s'était approché.

– Pourvu qu'ils ne t'entendent pas ! s'exclama Évadné en riant. Ils seraient capables de me frapper à nouveau pour nous apprendre à les respecter. Dis-moi, que vois-tu quand tu regardes Troie ?

– Je vois le pouvoir et la beauté, répondit Gélanor.

– Et la richesse ? demandai-je.

– Richesse et pouvoir vont ensemble et permettent à la beauté d'exister. La beauté que le monde de la nature nous offre ne coûte rien. Mais dans le monde de l'homme, sans richesse, il n'y a pas de beauté.

– Hélène, regarde ! » C'était Pâris qui, léger comme l'air, arrivait en courant. Il me prit par la main. « Troie. Ma ville. La tienne, aussi. »

Une pensée traversa mon esprit comme un éclair.

Troie ne sera jamais ma ville. « Tu ne crois pas que... que j'aurai des difficultés pour communiquer avec les gens ?

– Pas avec les gens de la cour, en tout cas. Nous parlons comme vous en Grèce, à part quelques mots différents. Après tout, Troyens et Grecs, nous sommes cousins. Nous avons des ancêtres communs – Atlas et Pléioné, du moins si l'on en croit les légendes. Pour ce qui est des ouvriers et des habitants de la ville au pied des murailles, ils sont un peu difficiles à comprendre, à moins d'avoir grandi parmi les gens du peuple, comme moi. Mais je traduirai pour toi – comme je le fais pour Hector et les autres membres de ma famille. » Il m'enlaça. « Hélène, si tu savais comme je suis fier, fier de te montrer Troie et de te montrer, toi, à ma ville. »

Pourtant, Troie ne semblait pas pressée de me rencontrer. J'aurais dû en remercier les dieux – n'avais-je pas rêvé de ne plus être un objet de curiosité ? Or, maintenant, cette indifférence me paraissait anormale. Les tours vertigineuses surveillaient les alentours telles des sentinelles. Les parapets crénelés qui les coiffaient ressemblaient à des dentitions irrégulières. Des gardes scrutaient quiconque s'approchait de la cité.

... Et brûlèrent les hautes tours d'Ilion. Les mots s'assemblèrent dans mon esprit. *Les hautes tours d'Ilion...* Quelqu'un avait créé cette expression, et me la soufflait à l'oreille, quelqu'un qui vivrait bien plus tard, qui ne verrait Troie que dans ses rêves, mais plus clairement que ceux en compagnie desquels j'approchai la ville pour la première fois, quelqu'un qui parlerait d'elle quand les hommes l'auraient oubliée, et alors la ville vivrait... Mais peut-être Troie n'avait-elle jamais été qu'un rêve.

« J'ai l'impression que le temps a cessé d'exister. Nous sommes partis depuis quand à ton avis ? demanda Pâris à Énée.

– Depuis au moins deux lunes. Mais étant donné que la durée de notre mission ne pouvait être prévue, et que les vents ne laissaient pas espérer un retour rapide, notre arrivée pourrait bien les surprendre. »

Nous atteignîmes les faubourgs de la ville, protégés par une solide palissade dont les poteaux taillés en pointes se dressaient telle une rangée de lances. Maintenant qu'il était midi, heure paisible, la porte extérieure était grande ouverte, et des flots de gens chargés de paniers et de ballots entraient et sortaient en bavardant. Ils nous saluèrent en souriant, appelant Pâris d'un air joyeux, sans nous accorder plus d'attention que cela. Ce qui n'empêcha pas la nouvelle de notre arrivée de nous précéder telle une vague ondulante.

« Ces rues, comme elles ressemblent aux autres ! m'étonnai-je auprès de Pâris.

– Bien sûr. Ne t'ai-je pas répété que Troie ne te semblerait pas étrangère ?

– Ce que je veux dire, c'est qu'elles ne sont pas très larges, contrairement à ce qu'on dit.

– Attends de te retrouver à l'intérieur de l'enceinte, dit Pâris en riant, dans la vraie Troie – ou plutôt, celle qui est célèbre, celle dont on parle. Quand on évoque Troie, ce n'est pas à ces quartiers-ci qu'on pense. »

Il embrassa d'un geste du bras les petites maisons et échoppes qui nous entouraient.

Derrière nous venait notre escorte de soldats, qui s'offraient des petites pauses pour boire à même la bouteille le vin qu'ils avaient obtenu en échange de sourires et de promesses. Nous continuâmes à monter en direction des hautes murailles, qui semblaient s'étirer de plus en plus haut à mesure que nous en approchions. Laissant les maisons derrière nous, nous parvînmes à une vaste étendue au-delà de laquelle se dressaient les murs d'enceinte scintillants et pentus. Une tour de garde carrée s'avançait presque jusqu'à toucher la maison la plus proche. Devant, se trouvaient des piliers de pierre sur lesquels étaient posées des statues.

« Ce sont les dieux qui protègent Troie, m'expliqua Pâris. Apollon, Aphrodite, Arès et Artémis. »

Quelconques, trapues, avec des traits grossiers, ces représentations de pierre n'avaient pas grand-chose à voir avec ces dieux superbes ! Ils n'auraient pas manqué de désavouer ces portraits. Mais aucun artiste ne savait faire de plus belles statues que celles-là. Pour voir les dieux dans toute leur splendeur, il nous fallait les imaginer.

« Ça, c'est la porte sud, m'indiqua Pâris. Certains disent que c'est la plus impressionnante, mais en fait elles le sont toutes. »

Je levai les yeux vers la grande entrée qui s'offrait à nous et dont la splendeur me semblait inégalable.

« Entrons, mon amour, que dis-je, mon épouse. Contemple ma ville ! »

Nous traversâmes un long tunnel percé dans l'épaisseur de la muraille sur une longueur d'environ quinze pas – c'est dire la largeur des murs au-dessus de nos têtes ! – et débouchâmes sur une cour pavée, spacieuse et inondée de soleil.

« Oh, nous sommes déjà au palais ? demandai-je.

– Non, répondit Pâris en riant. Ceci est une route qui borde les murailles. Elle nous sert quand nous faisons des défilés, ou tout simplement pour nous promener. Nous n'autorisons aucune construction à proximité des murs. »

Jamais je n'avais vu ça. Une voie qui avait pour

unique fonction d'offrir de l'espace. Et tout cela baigné par la lumière du soleil.

« Le palais, le temple d'Athéna, les appartements des enfants du roi Priam se trouvent tous dans la citadelle, au sommet de la colline. Les filles et les fils de Père occupent des appartements qui entourent le palais. Moi, j'en ferai construire de nouveaux. Rien ne nous oblige à faire comme les autres !

– Ne nous faisons pas trop remarquer... »

Nous demandions tellement déjà.

« Ne t'en fais pas ! »

Un jeune homme se précipita à notre rencontre et manqua trébucher en dévalant la rue.

« Troïlos ! » s'écria Pâris avec affection. C'était sans doute son plus jeune frère, celui qu'il préférait.

« C'est bien toi, Pâris ? » Troïlos s'arrêta, le souffle court, et agrippa le manteau de Pâris. Il avait les cheveux blonds, des taches de rousseur. Son visage hâlé et ouvert exprimait la joie.

« Tes yeux ne te trompent pas, dit Pâris.

– Que... Qui...

– J'ai ramené une épouse ! déclara Pâris.

– Mais, comment... ?

– J'attendrai de voir notre père pour tout expliquer. Comme ça, je n'aurai à le faire qu'une fois, même si je serais ravi de répéter cette histoire mille fois, tellement j'aime la raconter.

– Énée, s'exclama Troïlos, je vois que tu as ramené mon frère à la maison sain et sauf, comme promis !

– Je l'ai ramené à la maison, répondit Énée. Sain et sauf, c'est à voir. »

De nouveau, le pauvre Troïlos nous regarda l'air déconcerté. « Pourtant, il semble se porter comme un charme.

– Précisément, c'est bien là le problème, répondit

Énée. S'il n'avait pas eu cet air radieux... » Puis il haussa les épaules et ajouta : « Mais tu comprendras tout en temps voulu. »

Nous reprîmes notre chemin, Troïlos nous emboîtant le pas. C'est alors qu'une femme se rua vers nous bras tendus et se jeta au cou d'Énée.

« Mon épouse, Créüse », marmonna-t-il quand il put enfin se dégager.

C'était une jolie femme, petite et aux traits délicats. Rien n'échappait à son regard. Maintenant, c'était sur moi que ses yeux se fixaient, sans toutefois la curiosité ou la flagornerie auxquelles j'étais habituée. « Qui est cette personne qui accompagne Pâris ? demanda-t-elle.

– C'est son épouse, à ce qu'il dit, lui répondit Énée.

– Mais où...

– J'expliquerai tout en même temps quand je verrai le roi et la reine, répéta Pâris.

– Bon », dit Créüse simplement en nous tournant le dos, sans me témoigner plus d'intérêt que cela.

Voilà qui était nouveau pour moi ! Étais-je vexée ? Ou plutôt soulagée ? Un peu des deux, à vrai dire.

Nous approchions des hauteurs de la ville. De plus en plus de gens sortaient des maisons, attirés par l'escorte plutôt fournie de soldats qui nous suivaient. Les habitants étaient tous vêtus avec goût. La beauté des hommes me frappa. Ainsi, c'était vrai, ce que l'on disait partout sur les Troyens – qu'ils étaient beaux comme des dieux.

Une large cour pavée s'ouvrit devant nous. Nous étions certainement enfin arrivés en haut. Il nous avait fallu marcher longtemps, bien plus que pour aller du palais de Sparte jusqu'à la ville. C'est dire comme Troie était immense.

De là-haut, la vue était éblouissante. L'horizon était occupé aux trois quarts par une plaine ponctuée d'arbres qui s'étalait devant nous, tandis qu'au nord scintillait le bleu métallique de la mer. La cour était surplombée de bâtiments à deux étages ceints de piliers aux couleurs vives entre lesquels s'ouvraient de larges porches accueillants coiffés de toits en saillie. Devant l'un de ces porches – celui du temple certainement – se dressaient des colonnes majestueuses.

À ce moment-là, nous perçûmes une certaine agitation sous le portique du plus grand de ces bâtiments. Un vieil homme s'avança, la main en visière au-dessus des yeux. Je sus tout de suite qu'il s'agissait de Priam. Il était grand et avait fière allure malgré son âge avancé. Sa tunique ne pendait pas mollement comme sur le corps décharné d'un vieillard – sous ses plis, se dessinaient les épaules d'un guerrier.

« Père ! s'écria Pâris en pressant le pas pour venir à sa rencontre, les bras tendus.

– Mon fils ! Mon cher fils ! dit Priam en l'enlaçant. Bienvenue à la maison ! »

Énée inclina la tête avec respect. « Tu m'as demandé de le ramener chez toi sain et sauf. C'est ce que j'ai fait.

– Vous allez tout me raconter ! dit Priam. Ce soir, nous allons organiser un de ces festins... ! » Puis, regardant autour de lui comme pour chercher quelqu'un, il ajouta : « Et Hésione ? Elle n'est pas avec vous ? Que vous a-t-elle dit ?

– Nous ne l'avons pas vue, mais nous avons tout lieu de croire qu'elle n'a pas du tout envie de quitter Salamine, expliqua Pâris. Elle est vieille, satisfaite de sa vie... » Il haussa les épaules. « Quel intérêt de l'enlever ? La joie que tu éprouverais en la revoyant vaut-elle la peine de l'arracher à son foyer ?

– Mais son foyer est ici ! » tonna Priam.

Il me fit penser à Zeus.

« On peut changer de foyer, répliqua Pâris. C'est ce que j'ai fait en quittant les pentes du mont Ida et la cabane d'un berger pour venir vivre à Troie. » Il me prit la main et m'attira vers lui. « Elle aussi a changé de foyer. Elle a quitté Sparte pour Troie.

– Que veux-tu dire ? lui demanda sèchement Priam. Qui est-elle ?

– Tu ne la reconnais pas ?

– Je ne l'ai jamais vue.

– Et pourtant, tu devrais savoir qui elle est. Regarde bien son visage. »

Priam me contempla attentivement en plissant les yeux. Puis, à ma grande surprise, il secoua la tête, l'air navré.

« Allons, Père, il n'y a qu'une seule personne au monde qui puisse avoir un tel visage. Tu sais de qui il s'agit.

– En effet, dit Priam et, à cause de ce visage j'ai menti pour la première fois de ma vie.

– Que veux-tu dire ? s'inquiéta Pâris en lâchant ma main.

– Ils sont venus la chercher et m'ont ordonné avec force menaces de la leur rendre – elle, la reine de Sparte, Hélène ! J'ai dit à ces gens envoyés par Ménélas que je ne savais rien de cette histoire, qu'Hélène n'était pas ici, pas plus que tu ne l'avais enlevée. Je les ai congédiés avec des menaces. Maintenant, je comprends... Tu as fait de moi un menteur !

– Mais, Père, tu ne pouvais pas savoir ! Tu as dit ce que tu pensais être la vérité.

– J'aurais dû mieux connaître mon fils ! Au moins, j'aurais su quoi attendre de toi ! Maintenant, je me rends compte de mon aveuglement. On m'avait averti, on m'avait dit que tu n'avais pas été élevé comme un prince, que tu n'avais aucune noblesse d'esprit. Hélas, je les ai envoyés promener, ces oiseaux de mauvais augure. Mal m'en a pris ! »

Je ne pouvais rester là sans rien dire pendant qu'ils se disputaient à mon propos. Je m'avançai vers eux.

« Priam, grand roi », dis-je en gardant toutefois mes distances et en évitant tout geste trop familier ou suppliant. « C'est vrai, je suis Hélène de Sparte, l'ancienne épouse de Ménélas. J'ai suivi Pâris de mon plein gré. Moi seule suis responsable de tout cela. Je ne voudrais causer le malheur de personne à Troie – je me reproche assez d'avoir brisé le bonheur de ma famille à Sparte. Il arrive souvent que la joie de l'un fasse la peine de l'autre. Mais, pour la première fois de ma vie, je suis heureuse, grâce à ton fils Pâris. Simplement, je regrette amèrement que cela puisse rendre d'autres personnes tristes. »

Priam écarquilla tant les yeux que je vis le blanc autour de ses iris. On aurait dit qu'il allait imploser, comme un fruit trop mûr. « Comment ? Tu oses compromettre l'honneur de Troie pour ça ?

– Père, protesta Pâris. Tu parles à ma femme !

– Comment ça, ta femme ? hurla Priam.

– Nous nous sommes unis devant témoins. Les dieux ont provoqué notre rencontre, nous ont guidés et maintenant ils nous protégeront.

– C'est ce que tu crois !

– Grand roi, dis-je, je t'en prie, prends pitié de nous.

– Pitié ? Bien sûr que j'ai pitié de vous. »

Il se retourna brusquement et désigna les gardes postés autour du palais, ainsi que les curieux rassemblés dans la cour. « Mais les autres – le conseil des aînés, le peuple troyen, nos alliés, sans oublier les Spartiates, ils auront pitié, eux ?

– Il faut espérer que..., commençai-je.

– Oh, s'il ne tenait qu'à moi, reprit Priam, je l'accueillerais bras ouverts. » Il approcha son visage ridé et tanné du mien, tout près, bien trop près. « Je suis prêt à baiser sa main en signe de bienvenue », ce qu'il fit, avec moult manières, « et à féliciter mon fils tout juste retrouvé d'avoir déniché une pareille épouse. Qui la refuserait ? Une telle présence dans le palais, c'est comme si nous avions capturé le soleil, comme s'il brillait éternellement pour nous. Hélas, cette femme amène avec elle dangers et malheurs. »

Ses yeux étaient rivés sur moi. Je le sentis fléchir, comme souvent ceux qui me regardaient longtemps. J'avais méprisé ce don qui m'avait été octroyé. Maintenant, j'en remerciai en silence les dieux.

« Hésione ne souhaitait pas rentrer à Troie. C'est moi qui suis venue à sa place – une princesse contre une autre, dis-je.

– Ne me parle pas de ma sœur ! » rugit Priam.

Je me rendis compte que j'avais franchi des limites dangereuses.

« Tu étais prêt à provoquer la guerre et le malheur pour elle, dit Pâris, alors qu'elle n'avait même pas envie de venir !

– C'est une question de sang », expliqua Priam.

Alors, une voix résonna sous le porche.

« Que se passe-t-il ? Priam ? »

Apparut une petite femme vêtue d'une robe de laine d'une finesse incroyable et dont la voix indiquait l'âge avancé. Il ne pouvait s'agir que d'Hécube. Avec un port de tête majestueux, elle descendit les marches et, pétrie de dignité, s'approcha de nous.

Dès que ses yeux se fixèrent sur moi, je sus que c'était elle qui me résisterait, pas Priam. Telles les neiges éternelles sur les plus hauts sommets, elle ne fondrait jamais. Elle avait la peau d'un blanc laiteux. Jeune, elle avait dû être d'une beauté exquise.

« Pâris ? Tu es donc rentré. »

Elle lui tendit le bras.

« Oui, Mère. »

Il se pencha au-dessus de sa main qu'il enferma dans les siennes.

« Et il nous a rapporté un bien beau trésor... Eh oui, notre fils n'est pas revenu les mains vides !

– De quoi s'agit-il ? D'or ? D'esclaves ? De bétail ?

– Rien qui puisse nous être aussi utile, répondit Priam. Non, il a volé la femme de Ménélas, la reine de Sparte.

– Hélène ! » La voix d'Hécube était un sifflement, un souffle doux et insaisissable. « Ainsi, tout est vrai. »

Je brûlais d'envie de savoir ce qu'elle entendait par là, mais jugeai plus sage de garder le silence et de montrer tous les signes extérieurs du respect devant cette femme impressionnante. J'inclinai la tête.

« Allons, ma fille, on t'a transformée en statue ? Tu ne sais pas parler ? » me demanda-t-elle.

Oh si, je sais parler, mais si je dis ce que je pense, je risque de provoquer ta colère. « Je n'oserais pas », murmurai-je sur un ton que j'espérais suffisamment conciliant.

« Minaudière avec ça ! Mon fils, tu t'es donné toute cette peine pour te retrouver avec une chiffe molle sans caractère ! Tu verras, son visage deviendra bientôt aussi fade que ses manières !

– C'est ma femme, rétorqua Pâris avec force. Je t'ordonne de cesser de l'insulter ! »

Son éclat de voix n'échappa à personne dans la cour. Les gens s'approchèrent, curieux d'entendre la suite.

« Tu m'ordonnes, vraiment ? dit Hécube. Oseras-tu me donner des petits coups de fouet comme tu le faisais à tes bêtes du temps où tu gardais les vaches ?

– Arrêtez ! leur ordonna Priam. C'est un endroit public ici. Entrons dans le palais.

– Dois-je vous suivre ? » demandai-je.

Je savais que s'il m'y invitait, cela signifiait que j'étais acceptée ou, du moins, notre mariage.

Hécube haussa un sourcil. « Tiens donc, elle parle ! dit-elle en faisant la moue. C'est déjà ça. Mais oui, bien sûr, tous au palais ! » Elle agita les mains vers l'avant.

Nous franchîmes le seuil de marbre. Ainsi, je devenais troyenne.

À l'intérieur, il faisait froid et sombre. L'espace d'un instant, je me crus de retour dans la grotte avec Aphrodite. L'odeur délicate des roses ne faisait que renforcer cette impression. Je vis alors que ce parfum provenait d'un brûleur d'encens d'où montaient des volutes de fumée. Je n'étais pas dans une grotte magique, mais dans le palais de la ville la plus riche du monde, en butte à des critiques qui n'avaient rien de divin.

« Maintenant, mon enfant, dit Priam, entretenons-nous librement.

– Oui, nous devons parler », dit Hécube en se plaçant à côté de lui.

Elle lui arrivait à peine à l'épaule. Sa voix n'invitait pas particulièrement à la conversation.

Pâris fit un geste en direction des coussins qui s'entassaient le long des murs. « Tu ne nous invites pas à nous asseoir ?

– Quand le moment sera venu », répondit Hécube sèchement.

Elle resta debout.

Étais-je censée m'exprimer la première ? Je regardai autour de moi, dans l'espoir que quelqu'un m'épargnerait cette obligation. Hélas, les visages et les bouches étaient fermés. Je rassemblai tout mon courage et priai pour qu'Aphrodite m'inspire.

« Le sang est une chose sacrée, dis-je timidement, ne sachant pas si cela était vrai pour les Troyens. Nous partageons le même. Nous sommes, à travers mon père Tyndare, proches cousins. Atlas avait deux filles qui sont les ancêtres de Lacédémon et de Dardanos, nos aïeux.

– Nous ne sommes pas si proches, corrigea Priam, et s'il s'avère que Tyndare n'est pas ton père, alors nous ne partageons pas le même sang. »

Mes yeux s'étaient accoutumés à la pénombre et je distinguais mieux son visage. Il n'exprimait aucune émotion, aucun signe de reconnaissance. Pourtant, dans ce regard, je lisais de l'estime. Cette expression m'était familière.

« Grand roi, je ne sais rien de tout cela. » J'inclinai la tête, en espérant que cela serait interprété comme un signe de soumission.

« Moi, si, répliqua Hécube d'une voix sèche. Elle n'a rien de Tyndare. Il n'y a qu'à voir la lumière qui émane d'elle. La salle elle-même est plus claire. » Elle avait l'air vexé.

« Mais toi et moi, ô reine des reines, nous partageons un sang qui ne peut être nié. Du côté de ma mère, nous avons pour ancêtre commun Phœnix.

– Vraiment ? » dit-elle en haussant les épaules.

Ma réponse était prête. À force de cajoleries, j'avais soutiré l'information à Pâris et Énée. « L'ancêtre de Phœnix, c'est Agénor. Maintenant, souhaites-tu vraiment que je détaille les fils qui le relient à ma mère et à toi ? » J'en étais parfaitement capable, mais c'était d'un ennui !

« Non, répondit-elle sèchement. Je connais ces choses-là aussi bien que toi. »

Il y eut un moment de silence. Des nuages de fumée s'échappaient du brûleur d'encens.

« On dirait bien que Pâris s'est choisi une épouse, prononça enfin Priam. Nous l'avions pressé de se marier. C'est ce qu'il a fait. Hélène et lui ont vécu publiquement comme mari et femme. Ils ont prêté serment. Ces liens ne peuvent être défaits. Hélène est de notre sang. Nous devons... » Il secoua la tête avant de poursuivre : « Nous devons l'accueillir comme notre fille. »

Je m'inclinai.

« Une fille qui nous met en danger ! protesta Hécube. Je pensais que les alliances matrimoniales servaient à renforcer les dynasties, pas à les affaiblir. » Le visage sévère, elle se tourna vers moi. « Les envoyés de ton mari ont demandé instamment que tu sois ramenée à Sparte. Nous avons répondu en toute sincérité que nous ignorions tout de cette affaire. Ce n'est plus le cas maintenant. Quand ils verront que tu ne rentres pas, quelle sera la réaction des Grecs ?

– Ils ne feront rien ! s'écria Pâris. Ce genre d'histoire n'a jamais débouché sur quoi que ce soit ! Sans vouloir t'offenser, Père, le fait qu'Hésione soit à Salamine n'a rien changé, pas plus que l'enlèvement de Médée par Jason en Colchique, ou que celui d'Ariane par les Athéniens. Les Grecs rugiront de colère, nous maudiront, nous enverront des émissaires. Et puis, ils s'installeront tranquillement autour de leurs feux et composeront de tristes ballades sur l'histoire d'Hélène, leur reine perdue.

– *Et notre histoire deviendra une ballade pour ceux qui ne sont pas encore nés*, dis-je.

– Comment ? s'exclama Hécube. C'est tout ce que cela représente pour toi ? Une ballade ?

– Je... Je... » À vrai dire, j'ignorais d'où m'était soufflée cette phrase. Elle venait de loin. « Mon intention n'était pas de traiter les choses à la légère.

– Et comment crois-tu les traiter, alors ? rétorqua Hécube.

– Hélène sait des choses que nous ignorons, expliqua Pâris.

– Que veux-tu dire par là ?

– Elle a reçu des dons lors d'une visite à un temple et voit des choses qui nous sont invisibles. Sa servante a apporté le serpent sacré de leur autel familial. Trouvons-lui un endroit qui lui conviendra ici.

– Troie grouille de devins ! dit Priam. Il y en a trop ici. Hélène, tu es la bienvenue en tant que femme de Pâris, mais pas en tant que devineresse... ça non ! »

Ainsi, comme je m'y attendais, il m'avait acceptée. « Alors, je garderai mon serpent, mais uniquement en tant que compagnon et souvenir chéri rapporté de Sparte. »

Il me sourit. Les hommes étaient si faciles à conquérir. On ne pouvait pas dire la même chose des femmes.

« Je suppose, dit Hécube à Pâris, que tu vas reprendre tes anciens appartements ?

– Seulement pour quelque temps. J'ai l'intention d'en faire construire de nouveaux pour Hélène et moi.

– Comment ? Quitter tes frères et sœurs qui logent dans les appartements royaux ? Tu tiens à te distinguer, c'est ça ?

– Chère Mère, répondit Pâris en s'avançant et en prenant le visage d'Hécube entre ses mains. Je me suis déjà distingué en prenant la belle Hélène pour épouse. » Puis, tendant les mains vers moi, il ajouta : « Viens, ma femme. Puisque ni ma mère ni mon père ne te l'ont proposé, je t'invite à t'asseoir. »

Il désigna les coussins aux couleurs vives. Nous nous assîmes par terre. Le sol était couvert de tapisseries telles que je n'en avais jamais vu.

« Vous autres Troyens vous mettez vos plus belles tapisseries par terre ? m'étonnai-je en passant ma main sur l'une d'entre elles, aux motifs extraordinaires.

– Oh, celles-ci viennent de quelque part à l'est, m'expliqua Pâris. Nous nous les procurons auprès des caravanes qui passent ici. C'est l'un des privilèges d'habiter Troie – le fait de pouvoir intercepter des marchandises. » Il partit d'un éclat de rire.

« Puisque vous l'avez déjà fait, je vous invite à vous asseoir, dit Hécube. Désirez-vous des rafraîchissements ? » Maintenant, elle jouait l'hôtesse parfaite, avec réserve, cependant.

« Oui, merci », répondit Pâris.

Priam fit un signe de tête à l'un des esclaves. « Apporte au prince ce qu'il désire.

– Il semble que les dieux se soient déjà chargés de la besogne », dit Hécube d'une voix acerbe. Elle prit place à côté de moi. « Alors comme ça, tu aimes ces tapisseries que nous mettons par terre ? Elles viennent de l'Orient. Nous les appelons des tapis. C'est une idée nouvelle, de recouvrir les sols. Et ça donne de la chaleur. Il fait très froid ici en hiver. » Elle ajouta, avec un sourire distant : « Tu verras. »

XXXI

Énée, qui pendant tout ce temps-là était resté assis, se leva et s'apprêta à sortir.

« Ne dis rien à Créüse ! lui ordonna Hécube. Jure-le, avant de quitter cette pièce. »

Il fronça les sourcils. « Mais elle nous a déjà vus pendant que nous traversions la ville.

– Alors va, mais ne lui dis rien. Vous autres les hommes, vous savez très bien faire ça – être avec une femme en évitant les sujets importants. »

Je sentis qu'il fallait que je parle.

« Créüse m'a vue. Elle sait que je suis ici et qui je suis.

– Eh bien, c'est tout ce qu'elle saura ! s'exclama Hécube en me lançant un regard furieux. Tu n'aurais jamais dû laisser ton visage découvert dans les rues de Troie. Dorénavant, tu porteras un voile.

– Non, c'est hors de question », répondis-je en me contenant. Je ne pouvais pas revenir en arrière. Je ne l'aurais pas supporté. « Je ne suis pas un animal qu'on entrave. Me couvrir le visage, c'est comme m'attacher. Que les gens le voient et fassent ce qu'ils veulent. Aucune femme à Troie ne porte le voile, à ce que j'ai vu.

– Tu n'es pas une Troyenne, dit Priam, prenant

enfin part à la conversation. Les coutumes de notre cité ne valent pas pour toi.

– Elle est troyenne, maintenant ! s'écria Pâris en se levant d'un bond. À partir d'aujourd'hui elle n'est plus Hélène de Sparte, elle est Hélène de Troie. Et sera donc traitée comme une Troyenne.

– Je suis désolé, mais c'est impossible, dit Priam. Elle est née spartiate, elle le restera. De même qu'Hésione était et sera toujours troyenne.

– Grand roi, déclara Énée en secouant la tête, elle n'est plus troyenne. Nous devons nous y résigner. »

Priam grommela.

« Allez dans les appartements de Pâris, nous ordonna Hécube, et restez-y jusqu'à ce que je vous fasse appeler. Il faut régler cette affaire au plus vite. Je dois réfléchir à ce que nous allons faire. En attendant, restez cachés.

– Comme des voleurs ? Comme des meurtriers ? s'écria Pâris.

– C'est bien ce que tu es, un voleur ! rétorqua Hécube. Comment appelle-t-on quelqu'un qui vole la femme d'un autre, à ton avis ?

– Il ne m'a pas volée, dis-je. Je suis venue de mon plein gré.

– Ce n'est pas ce que les Grecs diront, déclara Priam. Cela serait une insulte à leur honneur. Pour ne pas perdre la face, ils vont affirmer que tu as été enlevée.

– Voire violée ! ajouta Hécube sur un ton sarcastique. J'imagine ça. »

Voilà qui compromettrait mon honneur. Il fallait éviter cela à tout prix !

« Non ! dis-je. Ce n'est pas ainsi que les choses se sont passées.

– Et comment le prouveras-tu aux gens de ta

famille, à cette distance ? Crois-moi, ils vont s'accrocher à cette version. » Hécube se leva, droite comme un rai de lumière. « Allons, dans vos appartements ! »

On ne m'avait pas parlé sur ce ton depuis que j'étais enfant. Je faillis répondre, mais Pâris, lisant dans mes pensées, me prit la main.

« Je vais te montrer où j'habitais avant d'embarquer pour la Grèce », dit-il.

Quittant la petite salle, nous sortîmes sous le porche intérieur peint de couleurs vives et dont les zigzags rouges, jaunes et bleus me firent cligner des yeux. Nous traversâmes un petit passage et débouchâmes sur une immense cour de forme allongée entourée de portiques ombrageant des portes.

« C'est ici que vivent les fils et les filles de Priam, dit Pâris en balayant la cour d'un geste de la main.

– C'est une vraie ville.

– En effet, reconnut-il. Et on y rencontre tout ce que l'on trouve dans une ville – un chef, des luttes de pouvoir, des scandales et des pots-de-vin.

– Et qui la dirige ?

– Hector, bien sûr. Le plus illustre de tous les princes. En plus, il est l'aîné, ce qui ne gâte rien. Comme cela, il n'y a pas de querelles à propos de son rang ou de ses mérites. C'est toujours pratique quand ces qualités se retrouvent chez la même personne. »

Et Agamemnon ? Que dire de son rang et de ses mérites ? Pourvu qu'Hector soit plus aimable !

« La porte menant à mes appartements se trouve au milieu de ce portique. »

Plutôt que de marcher dans la pénombre du porche, nous traversâmes la cour, où des plantes en pot créaient un semblant de bosquet. Leurs feuilles bruissaient sèchement sous la forte brise.

« Troie fait du commerce avec de nombreuses

contrées, m'expliqua Pâris. Ces plantes ont toutes été obtenues en échange de marchandises. Certaines sont précieuses, comme ces myrrhes. D'autres ont des fleurs d'une couleur unique. Andromaque, la femme d'Hector, voulait un jardin avec des fleurs de toutes les couleurs. Elle n'en est pas loin. Regarde sa collection. » Il m'amena vers un endroit où il y avait de nombreux pots regroupés. « Elle dit que maintenant, elle est presque complète. Il ne lui manque que le noir, mais les fleurs de cette couleur n'existent pas. D'après une légende, il y en aurait une qui pousserait sur les berges du Styx. Est-ce vrai ? Tu es déjà allée sur les bords du Styx ?

– Non », répondis-je. Il y avait tant d'endroits, même proches de mon ancien palais, où je ne m'étais jamais rendue. « Mais je sais qu'il y a des peupliers noirs dans les bosquets sacrés de Perséphone. Je pense que s'il existait une fleur noire, elle se l'attribuerait. »

Je regardai les grappes violettes, rouges, roses, jaunes et blanches danser fièrement dans le vent. Des couleurs gaies. « Le noir, Andromaque n'en voudrait pas », dis-je. C'est alors qu'une rafale projeta de la poussière sur mon visage. Comment un endroit fermé comme celui-ci pouvait-il être aussi venteux ? « Mais d'où vient ce vent ? » demandai-je. Je peinais à avancer.

Pâris se mit à rire. « Troie-la-venteuse. Tu n'as jamais entendu parler de notre fameux vent ?

– Si, mais il a quelque chose de magique, pour être capable de franchir la barrière de ces bâtiments, répondis-je en agrippant mon manteau.

– Il souffle du nord la majeure partie de l'année. Grâce à lui, on reconnaît facilement un natif de Troie. Il marche penché tout le temps. Je dois avouer que je ne m'y suis pas encore habitué. C'est pour cela que je me tiens encore droit. »

Assaillis de nouveau par le vent, nous courûmes nous réfugier sous le portique en riant aux éclats. Nos vêtements se gonflaient telles des voiles.

Chacune des portes était peinte en rouge vif. Cerfs, sangliers et lions décoraient les verrous de bronze.

« Voici les anciens appartements d'Hector, avant qu'il ne se fasse construire son propre palais », m'expliqua Pâris avec un petit geste de la main. La peinture rouge luisante de la porte reflétait mon visage, le bronze rutilant renvoyait nos mouvements. Nous poursuivîmes notre chemin. « Et ici se trouve la maison d'Hélénos, dit Pâris, mon frère l'augure, le jumeau de Cassandre, qui prophétise, lui aussi, mais de manière plus intelligible.

– Est-ce lui qui a interprété le rêve d'Hécube ? »

Le rêve qui l'avait convaincue d'abandonner Pâris !

« Non, c'est Aesacos. Sinon, je ne vois pas comment je pourrais être poli avec Hélénos. Heureusement que je ne suis pas obligé de voir Aesacos souvent. » Il s'arrêta devant une porte en apparence semblable aux autres.

« Nous y sommes ! » Il souleva le verrou de bronze et ouvrit la porte brillante. Pleinement consciente de pénétrer chez Pâris, j'entrai, franchissant le seuil de mon plein gré. Il n'y eut ni enlèvement, ni viol ni violence.

La pièce semblait immense – plus encore que la salle du trône dans le palais de Père. Tout à Troie était-il donc plus grand et plus impressionnant que partout ailleurs dans le monde ? De simples appartements, plus majestueux que le mégaron d'un roi ? Je poussai un cri d'admiration.

À chaque bout de la salle, des fenêtres munies de

rideaux laissaient entrer une lumière pâle et filtrée, privée de son intensité. Posée sur le sol pour y être foulée et piétinée sans répit se trouvait une autre de ces tapisseries qui faisait toute la longueur de la pièce. Telle était la richesse de Troie. Ce que d'autres gardaient précieusement dans des coffres se retrouvait ici par terre.

Pâris traversa la salle en courant et me fit signe de le rejoindre dans les autres pièces, plus petites. « C'est ici que je vis vraiment », me dit-il. Il ouvrit une porte, révélant une chambre dont les fenêtres s'élevaient presque jusqu'au plafond.

Ainsi, c'était là que Pâris se sentait le plus chez lui. Les murs étaient badigeonnés d'un ocre foncé et le sol de dalles polies était teint en rouge profond. Il y avait des sièges en cuir contre les murs et des arcs et des flèches éparpillés sur une étagère basse. Un lit recouvert d'une tapisserie rouge et jaune se nichait dans une alcôve.

Je sentis tout de suite que c'était un endroit gai. « Pâris, restons ici. Nous ferons de ce lieu notre foyer. »

Il me prit dans ses bras. « Jamais. Pour la plus belle femme du monde, il faut les plus beaux appartements du monde.

– Ces pièces où tu vis sont suffisamment belles pour moi », répondis-je.

J'étais sincère. Imprégnées de sa présence, elles m'attiraient.

« Non, non, murmura-t-il. Je dois faire construire quelque chose qui soit digne de toi. Je ne peux pas te faire vivre dans mes appartements de célibataire.

– Pourquoi pas ? Ne cherches-tu pas à me faire plaisir ? Ne devrais-je pas être autorisée à choisir l'endroit où je vais vivre ?

– Non, répondit-il en passant la main sur mon front pour lisser mes cheveux ébouriffés par le vent. Non, car tu n'as pas encore vu les nouveaux appartements et tu ne peux pas comparer.

– Toi non plus.

– Peut-être, mais je les imagine, ce que toi tu ne peux pas faire.

– Pâris, tu veux me rendre heureuse. Mais je le suis, rien que de t'avoir trouvé.

– Oui, être ensemble suffit à notre bonheur. Mais les autres ne partagent pas notre joie. C'est pourquoi il nous faut un endroit protégé, une forteresse où nous pourrons échapper à leur hostilité. J'ai peur, ma chérie, et c'est pour cette raison que nous devons avoir de nouveaux appartements. Pour préserver notre amour. »

Il avait raison. Nous étions seuls contre le monde dont les assauts constants nous éloigneraient l'un de l'autre. En dépit de la magnificence de leur décoration, ces jolis appartements ne nous abriteraient pas. Ils étaient trop près des autres.

« Très bien, dis-je.

– En attendant... » Il me guida vers le lit couvert d'une tapisserie et me fit monter dessus. « Cela fait longtemps que nous ne nous sommes pas enlacés. N'oublions pas ce que c'est. »

Ah, Pâris... Être aimée de lui, c'était être aimée pour moi-même. S'ils étaient capables de tels sentiments, les dieux nous aimeraient pour ce que nous sommes. Mais ils n'éprouvent aucun amour.

Nous reçûmes un message de la part d'Hécube nous intimant de nous rendre dans la cour familiale après le coucher du soleil afin de rencontrer en privé tous les membres de la famille. Dans l'intervalle, nous ne devions pas sortir et le passage qui menait à la cour devait rester fermé. Nous étions loin de l'accueil joyeux espéré par Pâris.

Le sommet de la colline de Troie fut le dernier endroit où s'attarda le soleil. Ses rayons ne tardèrent pas à se retirer et, de la fenêtre, nous vîmes s'évanouir les derniers reflets rougeoyants du coucher. L'apparition de la première étoile signala qu'il nous fallait quitter les appartements pour aller dans la cour, comme Hécube l'avait ordonné. Je sortis sans manteau. Pourtant, ce n'était pas le froid de la nuit qui me faisait trembler.

Ils étaient tous déjà là, et fort nombreux. C'était comme le jour où mes prétendants étaient arrivés au palais de Père, sauf que ces gens-là ne venaient pas demander ma main, mais découvrir la dernière folie de Pâris. Je me tins prête à affronter leur hostilité.

« Pâris ! » cria une voix amicale. Les braseros illuminèrent le visage de Troïlos. Il agrippa le bras de son frère. « Tu as dit que tu nous raconterais tout. C'est pour cela que Mère nous a fait venir ?

– En partie oui, mais on ne sait jamais avec elle.

– Bien, bien. » Un homme au visage beau, mais revêche, vint se placer derrière Troïlos. « Ainsi notre frère indiscipliné est revenu. Mais pourquoi la reine tient-elle à convoquer tout le monde pour ça ? »

Il m'accorda à peine un regard.

« Je te présente mon frère Déiphobos », me dit Pâris.

L'homme tourna son visage maussade vers moi, me dévisageant comme s'il m'accordait une faveur. « Et tu es qui, toi ? me demanda-t-il.

– La femme de Pâris, répondis-je.

– Ainsi, il s'est enfin fait passer la corde au cou ! dit-il en éclatant de rire. Il a trouvé quelqu'un de mieux que la nymphe de l'eau, c'est ça ? Tu viens d'où ? »

Il attendit quelques instants, puis, voyant que je ne répondais pas, poursuivit : « Il ne t'a pas parlé de la nymphe de l'eau ? C'est une bien triste histoire. La malheureuse se languit de lui, mais de toute façon elle n'avait vraiment pas sa place au palais. Par contre, toi... oui, je sens que tu vas bien t'adapter... »

Je tournai le dos à ce malotru condescendant. J'aurais aimé voir l'expression de son visage. Son attitude me laissait supposer que cela ne devait pas souvent lui arriver.

Je me retrouvai face à une jolie jeune fille avec de beaux yeux sombres. Son capuchon cachait ses cheveux, mais laissait échapper quelques boucles d'un noir brillant qui encadraient son visage. « Bienvenu à la maison, Pâris », dit-elle d'une voix aussi douce et plaisante que son regard.

« Laodicé ! répondit Pâris. C'est toujours un plaisir de te voir ! Hélène, je te présente ma sœur, qui n'est toujours pas mariée.

– En dépit de tous les efforts de Père et Mère, dit-elle. Tu as entendu ? Ils en parlaient avec quelqu'un de Thrace – tu imagines, la Thrace ? Ces gens avec leurs affreux chignons sur le sommet du crâne. Peut-être sont-ils tous persuadés d'être roi, et c'est pour ça qu'ils s'affublent de ces sortes de couronnes sur la tête. »

La pauvre, en plein dans les négociations pour son futur mariage ! C'était toujours un moment affreux.

La foule grandit et je perçus la puissance que représentait une famille aussi grande. Priam était à la tête d'un véritable clan, alors que Père n'avait que quatre enfants, dont deux filles.

« Combien de frères as-tu ? demandai-je à Pâris.

– Neuf frères et, dit-on, trente demi-frères. Je n'en suis pas sûr. Père affirme avoir cinquante fils, mais à mon avis c'est juste parce qu'il aime ce chiffre. Ils sont sans doute moins nombreux en réalité. Certains sont de sa première épouse, d'autres de différentes dames de la cour.

– Et ta mère ne trouve pas cela difficile ?

– Non. Pourquoi ? C'est la coutume. »

Là encore, les Troyens n'étaient pas comme nous. Nos rois pouvaient avoir des bâtards, mais ceux-ci n'étaient pas exhibés avec fierté, ni acceptés par la première épouse. Priam avait certainement été un homme désirable dans sa jeunesse. Même aujourd'hui, sa force tranquille le rendait impressionnant.

La foule s'agita et s'écarta pour laisser passer le roi et la reine. Ils étaient précédés de deux porteurs de torche, dont les flammes dansant au-dessus des têtes indiquaient où ils étaient. Lorsqu'ils atteignirent le milieu de la cour, ils s'arrêtèrent et un espace s'ouvrit autour d'eux.

Ils avaient passé des manteaux par-dessus leurs habits, eu égard au froid glacial de la nuit. Hécube, qui s'était couvert la tête et avait mis ses mains à l'intérieur de son manteau, frissonnait quand même.

« Mes enfants, dit Priam en levant les mains. Vous m'êtes tous chers. » Sa voix profonde résonna, imposant le silence à l'assemblée. « Je suis fier de vous et supporterais difficilement que l'on touche à un seul cheveu de la tête de l'un d'entre vous. Je préférerais sacrifier ma propre vie. »

La foule commença à s'agiter. Où donc voulait en venir le roi ?

« Si l'un de vous était en danger, je volerais à son secours, je payerais une rançon si nécessaire ! Même s'il était retenu prisonnier dans des contrées lointaines, à l'ouest des Hespérides, ou dans le Nord, là d'où vient l'ambre et où le jour ne finit jamais ! »

L'agitation de la foule reprit. Quelqu'un avait-il été capturé ?

« Mon cher fils Pâris, l'un de mes aînés, et pourtant mon dernier-né, vient de rentrer à Troie après un dangereux périple. Il est allé chez les Grecs, ce peuple traître ! » Il parcourut la foule du regard, tête haute. « Et que personne ne me contredise ! Ils ont pris ma sœur et refusent de la relâcher ! Déshonneur ! Nul ne peut se fier aux Grecs ! »

Hécube avança la main vers son bras, comme pour le calmer, mais il avait décidé de ce qu'il allait dire et rien ne pouvait l'en détourner.

« Au cours de son voyage, Pâris est arrivé par hasard au palais du roi Ménélas de Sparte dont vous avez, je pense, entendu parler. Ménélas, le frère d'Agamemnon. » Il ôta son capuchon et plaça sa main près de son oreille comme pour mieux entendre. « Allons donc, ne me dites pas que vous ne savez rien de cette infâme famille, et de l'horrible malédiction qui pèse sur elle ! Maudite trois fois, en trois générations ! Cannibalisme ! inceste ! meurtre des enfants par leurs parents ! Voilà ce dont ils se sont rendus coupables ! Le nom même de ces abominations fait frémir. Et au milieu de cette charmante compagnie débarque notre Pâris, lequel, en toute innocence, ignore ce dans quoi il s'est fourré. Et là, il sauve la femme de Ménélas, qui rêvait d'être libérée de la malédiction de cette famille à laquelle elle avait été contrainte de se lier par son mariage ! »

Oh, pour ça, il avait de l'imagination et du courage. Quelle façon habile de présenter les choses ! Je l'aurais félicité si tout cela n'avait pas été un tissu de mensonges.

« Cette pauvre princesse vient demander que nous la protégions de l'immonde famille qu'elle fuit. Quelle âme pure ne voudrait pas être délivrée d'une telle bassesse ? Elle se jette à nos pieds pour nous demander pitié. Nous devons la protéger, parce que nous ne pouvons pas décemment faire autrement, parce que les dieux, qui abhorrent le meurtre et la corruption, le veulent. »

Il s'avança vers moi, prit mes mains dans les siennes et m'attira vers l'espace vide au milieu de la cour. « Voici Hélène de Sparte. Elle souhaite répudier son premier mariage et devenir la femme de Pâris. Allons-nous l'accepter parmi nous ? »

Il m'entoura de ses bras robustes.

« Tiens la tête droite afin qu'ils puissent te regarder », m'ordonna-t-il d'une voix rugueuse, tout à fait différente de celle, douce et apaisante, qu'il avait adoptée pour s'adresser à la foule.

J'obéis et affrontai l'assemblée du regard. Si ce n'est quelques frottements de pieds sur le sol et quelques quintes de toux, le silence était total.

Discrètement, Priam me donna un coup de coude dans les côtes. « Parle, me siffla-t-il à l'oreille. Seule toi peux gagner leur soutien maintenant. »

J'aurais eu grandement besoin de l'aide des dieux. Mais ce n'était pas le moment de leur adresser une prière. La foule me regardait, impatiente.

« Fils et filles de Priam, commençai-je d'une voix faible, pour gagner quelques secondes, cela fait longtemps que je rêve de me tenir debout, au sommet de Troie et de laisser les fameux vents de votre cité emporter mon manteau. Tout là-bas, à Sparte, nous avons entendu parler des merveilles de votre ville et, enfant, j'aspirais à les voir moi-même un jour. »

D'où me venaient ces idées-là ? Je n'avais jusqu'à

récemment accordé que de rares pensées à Troie et, en tout cas, aucune quand j'étais petite. Je continuai néanmoins sur ma lancée : « Maintenant, je suis venue, mais pas comme je l'aurais imaginé. Mais il est vrai que les dieux nous font emprunter des chemins surprenants. Moi qui étais reine, je suis une inconnue dans une ville étrangère. Je viens oublier mon passé. À mes côtés, Pâris, mon compagnon dans cette nouvelle vie, qui lui aussi a vécu une autre existence avant de venir vers vous. Nous sommes nés une seconde fois ; nous ne sommes plus ce que nous étions, nous sommes au seuil d'un nouveau monde. Je vous en prie, laissez-nous entrer. »

Ces pensées n'étaient pas les miennes. Elles ne pouvaient que m'être inspirées par un dieu. Elles n'en décrivaient pas moins notre situation avec justesse. Nous nous trouvions tous les deux devant les portes de Troie. Nous ne pouvions entrer que main dans la main, car nous avions été créés l'un par l'autre, à la source de notre désir et de notre destin.

Le silence se mua progressivement en une vague de soupirs et de murmures d'approbation. Priam s'écria : « Leur accordez-vous le droit d'entrer ?

– Oui, oui ! répondirent les membres de la famille.

– Quel nouveau nom te choisis-tu, ma fille ? me demanda Priam. Pâris a pris celui d'Alexandre – ce qui ne nous empêche pas de l'appeler toujours Pâris. »

Un nouveau nom... Mais lequel ?

« Cygne, dis-je enfin.

– Comme le suggère ton joli cou blanc et long. »

Hécube avait surgi près de Priam. Sa voix ressemblait au croassement d'un corbeau. Connaissait-elle l'histoire du cygne ? Me provoquait-elle de manière délibérée ? « Alors, nous t'appellerons Cycna, ma chérie.

– Pâris et elle se sont présentés comme un nouveau couple qui pénètre un nouveau monde. Il y a bien longtemps de cela, quand Troie venait tout juste d'être fondée, Pallas Athénée, notre statue protectrice, est tombée des cieux. Qu'ils scellent le début d'une nouvelle vie en prêtant serment devant elle, la protectrice de Troie ! » cria Priam : « Suivez-nous jusqu'à son temple. »

Puis il murmura quelques mots à l'un des serviteurs, avant de se retourner vers la foule et d'ajouter : « Demain, nous célébrerons cet événement. »

Pâris prit ma main. « Ils nous acceptent, me chuchota-t-il à l'oreille. Ils nous ont laissés entrer. Ce que tu as dit était formidable. Ça les a ralliés à notre cause. Comment te sont venues ces idées ? Nous n'en avions jamais parlé avant.

– Comme ça, dis-je timidement. Je t'assure. »

Une fois sortis de la cour, nous fûmes entourés par le peuple de Troie et dûmes renoncer à toute conversation privée. Les porteurs de torches prirent place à côté de nous et, après être passés sous la grande porte du palais, nous nous approchâmes du temple que j'avais vu un peu plus tôt.

La lumière était faible, mais je crus distinguer des pierres blanches – du calcaire ou du marbre. Nous entrâmes dans le temple obscur. Je regrettais que nous n'ayons que deux porteurs de torches. Le fond du temple était invisible – l'espace sombre semblait s'étirer à l'infini, comme des ténèbres prêtes à nous engloutir.

Devant nous Priam et Hécube avançaient lentement, mais sans hésiter. Ils savaient où ils allaient. Je m'efforçai de les suivre de près.

Une délicate odeur sucrée parvint à mes narines. C'était le parfum d'une fleur que je connaissais autrefois. Mais laquelle ? L'odeur était légère et taquine comme un murmure. Une fleur blanche... C'était tout ce dont je me souvenais.

Brusquement, Priam et Hécube s'arrêtèrent et s'inclinèrent. Dans la lumière vacillante des torches, je vis une statue féminine au regard brillant de colère. Elle tenait dans sa main droite une lance et, dans la gauche, une quenouille et un fuseau. Cette statue d'Athéna grandeur nature était sommaire, dépourvue de la moindre grâce – chose étonnante puisqu'elle avait été faite par la déesse elle-même.

« Notre grande protectrice, Pallas Athénée, te regarde, mon enfant. » Priam me prit la main, me fit approcher de la statue et s'adressa à la déesse. « Ô, grande déesse, voici Hélène qui est venue à Troie pour y trouver refuge. Accorde-le-lui. Et bénis l'union de mon fils et de cette nouvelle fille de Troie. » Pâris vint prendre place à mes côtés.

Je vis aux pieds de la statue les fleurs blanches dont le parfum m'enveloppait.

« Avant de prendre Pâris pour époux, et Troie pour ville, tu dois renoncer à ton époux et à ta ville d'avant, dit Priam. Il faudrait que tu puisses offrir à Athéna quelque chose qui vient de Sparte. »

Oui, il y avait un objet dont je désirais me libérer depuis longtemps. Pendant le voyage, j'avais songé à le jeter dans la mer, mais avais été retenue par l'idée qu'une telle richesse serait perdue à jamais. Maintenant, je pouvais m'en séparer. J'ignorais pourquoi je l'avais emporté, si ce n'est que mes idées n'étaient pas très claires au moment de mon départ.

« Oui... Père, dis-je, mais je dois envoyer mon conseiller pour qu'il aille me le chercher.

– Ton conseiller ?

– Oui, l'homme le plus sage de Sparte, que j'ai amené avec moi. »

Hécube tourna ses yeux sombres vers moi. « Nous n'avons jamais entendu parler d'un sage à Sparte, dit-elle.

– Il ne dispense sa sagesse qu'en privé, ô reine. »

Je demandai à voix basse à l'un des serviteurs du roi d'aller chercher Gélanor et de lui dire d'apporter l'objet en question.

« Continuons notre cérémonie », dit Priam. Il se tourna à nouveau vers Pallas Athénée. « Toi qui as été donnée par les cieux à Ilos, mon grand-père, le fondateur d'Ilion, que nous appelons Troie, toi dont la protection nous sauve de la mort, montre-nous par un signe que tu acceptes parmi nous cette femme, Hélène, dont le nouveau nom est Cycna. Nous savons que ton signe n'apparaîtra peut-être pas tout de suite et que nous devons le guetter. Mais tu ne peux nous abandonner. En attendant, nous allons accueillir Hélène et joindre ses mains à celles de Pâris. » Il se retourna lentement vers moi, juste au moment où Gélanor entrait dans le temple et nous rejoignait. Dans ses bras tendus, il portait une boîte qu'il remit à Priam.

En l'ouvrant, Priam vit à l'intérieur la lourde chaîne de mariage de Ménélas. Sous la lumière des torches, l'or brillait avec des reflets presque rouges. Je vis les yeux du monarque s'agrandir.

« Grand roi, dis-je, cet or spartiate a été passé autour de mon cou le jour où Ménélas m'a prise pour femme. J'y renonce volontiers et avec bonheur. Fais-en ce que tu veux. Cette chaîne ne me lie plus. »

Je vis Priam se faire violence, renoncer à l'attrait de cet or et se résoudre à en faire don à la déesse. Il prit la chaîne et la caressa sous prétexte d'en inspecter les anneaux. Enfin, il la leva vers le ciel et dit : « À travers ce symbole de ton ancienne vie, tu as prouvé que tu nous livres ton passé. Ton présent et ton futur sont désormais à Troie. » Il s'agenouilla lentement et déposa la chaîne devant Athéna. Puis il se tourna à nouveau vers nous et plaça sa main au-dessus des deux nôtres. Ainsi, c'était fait, et publiquement.

« Ils sont unis », dit-il. Retentissant sur les murs en pierre, une vague de chuchotements polis emplit le temple. Priam fit un signe en direction de Gélanor. « Et ce sage, tu l'offres aussi à Troie ? s'enquit-il.

– C'est à lui qu'il faut demander », dis-je, hésitante.

Gélanor ne répondit rien. Il se contenta de me regarder et déclara : « Maintenant, je me suis assuré que tu te trouvais en sécurité à Troie, comme promis. »

Mais loin de me sentir en sécurité, j'eus l'impression que se dégageait de la déesse une grande hostilité, émanant d'elle aussi sûrement que l'odeur des fleurs. Qu'avais-je fait pour encourir son inimitié ?

XXXII

Le moment était venu de quitter le temple, mais je redoutais de tourner le dos à une déesse qui était mécontente. Nous n'avions pas le droit de faire cela à des rois, alors je ne pouvais que craindre la réaction d'Athéna. En même temps, comment refuser de suivre Priam et Hécube qui sortaient du temple d'un pas majestueux ? Pâris prit ma main dans la sienne. Sa chaleur me réconforta. Hélas, je sentis en même temps grandir le mécontentement de la déesse. Et je savais, sans le voir, que Gélanor était derrière moi, impatient de me laisser entre les mains des Troyens.

En notre absence, la cour principale – pas la cour intérieure autour de laquelle étaient disposés les appartements des enfants de Priam – avait été transformée en lieu de fête. Près de l'autel nettoyé, un bœuf aux cornes dorées attendait patiemment, tête fièrement dressée, d'être immolé. Plusieurs prêtres l'entouraient et les feux où il serait rôti étaient allumés. L'animal regardait les flammes sans savoir qu'elles le consumeraient. De même, nous nous attardons pour cueillir des fleurs à l'endroit où nos os reposeront peut-être.

« Hélène, je te présente mon fils aîné, Hector », dit Priam en me présentant un homme aux cheveux sombres. « Hector, voici l'épouse que ton frère Pâris s'est choisie.

– Oh, Père, pourquoi tant de modestie ? s'exclama Pâris. Hector est ton fils aîné, certes, mais il a bien d'autres mérites. Pourquoi ne pas dire aussi qu'il est ta joie, ta fierté, la force de Troie ? La gloire de...

– Fils aîné suffira », le coupa Hector.

Il avait une voix agréable, ni trop forte ni trop suave, ce qui dans les deux cas peut gâter l'impression que ferait un homme attirant par ailleurs. Je ne décelais dans son visage aucune ressemblance avec Priam, Hécube ou son frère. « Bienvenue à Troie », me dit-il. Derrière ces mots perçait l'écho d'autres paroles qu'il taisait. « Je vois que la déesse t'a acceptée parmi nous », poursuivit-il.

Je n'en étais pas aussi sûre. Je répondis néanmoins : « J'en suis reconnaissante. » Plus je le regardais, plus je le trouvais attirant. Il n'avait aucun défaut. Même ses oreilles étaient d'une taille et d'une forme si parfaites qu'on les aurait dites sorties d'un moule.

« Tu vois, tu ne peux pas détacher tes yeux de lui ! dit Pâris en me grondant. Tu es tombée sous son charme, comme tout le monde à Troie. » Était-il sérieux ou ne faisait-il que me taquiner ?

« Pourtant, frère, c'est toi que les gens qualifient de divin », protesta Hector avec un sourire qui transforma son visage. Je l'avais trouvé attirant. Maintenant, il dégageait une autorité naturelle. « Pâris et ses cheveux dorés », poursuivit-il en se mettant à rire avec bienveillance.

« Peut-être, mais ce n'est pas moi que les hommes suivront, répondit Pâris.

– Ce sont les femmes qui te suivront. » Hector haussa les épaules – dont je remarquai seulement maintenant la largeur. « Chère reine, nous savions qu'il n'épouserait qu'une femme plus belle que lui. Heureusement que tu es arrivée.

– Je voulais dire que ce n'est pas moi que les hommes suivront sur le champ de bataille », reprit Pâris.

Ainsi, il avait été piqué. Sa voix avait perdu toute légèreté.

« Depuis que tu es arrivé à Troie, nous n'avons livré aucune bataille, répliqua Hector. Tu ne peux donc pas savoir si tu arriverais ou pas à mener des hommes au combat.

– Les mener, je le pourrais, mais me suivraient-ils ?

– Ça, petit frère, il te faudra attendre pour le savoir. Et sans doute un certain temps. La région est calme. Cette tranquillité, c'est bien agréable, n'est-ce pas ? Comme une fin d'après-midi quand le soleil réchauffe les collines.

– C'est le moment de la journée qu'Hector préfère. »

Quelqu'un venait d'apparaître à ses côtés – une femme presque aussi grande que lui. Un éclair traversa mon esprit. C'était Athéna ! Mais une Athéna belle, sereine, rassurante, contrairement à celle que je venais de quitter.

« Andromaque, ma femme, dit Hector en l'enlaçant.

– Bienvenue à Troie, me dit-elle. Moi aussi, je viens d'une autre ville. Mon père est le roi des Ciliciens.

– Andromaque vient du Plakos, un éperon rocheux sur le flanc sud du mont Ida. Elle est habituée aux forêts et aux montagnes. Quand elle s'en languit un peu trop, nous faisons un petit voyage de ce côté-ci du mont Ida. Il y a là des bois, des sources et de l'espace. N'est-ce pas ? poursuivit Hector en serrant Andromaque contre lui.

– Les forêts de chez moi sont différentes, répondit

celle-ci. Peut-être justement parce que c'est chez moi. Les arbres sont partout pareils.

– Moi aussi je viens d'un endroit où il y a des montagnes et des forêts, dis-je. Les sommets du Taygète sont élevés et souvent enneigés. Et les pentes des montagnes sont couvertes de forêts de pins et de chênes.

– J'ai trouvé tout ce dont je rêvais à Troie, me confia Andromaque. Puisse-t-il en être de même pour toi. » Elle ajouta avec gaieté, dans un rire chantant comme les ruisseaux de montagne : « Mais quand même, c'est très plat, ici ! »

Un beuglement atroce vint déchirer la nuit. Jamais je n'en avais entendu d'aussi fort. Je frissonnai d'horreur. Le bœuf venait d'être sacrifié.

Les prêtres s'agitèrent autour de l'autel. Leur sinistre tâche consistait maintenant à recueillir le sang et les entrailles fumantes et à découper la carcasse. Même à distance respectable, je sentais l'odeur de sang. Prise de vertiges, je portai la main à ma bouche.

« Retiens-la, Pâris, fit une voix rocailleuse. Sinon, elle passera pour quelqu'un de trop délicat.

– Voici Aesacos, mon demi-frère », me dit Pâris d'une voix dans laquelle pointait, malgré ses efforts pour la dissimuler, son inimitié.

Je me retrouvai face à un petit homme dont le visage était presque entièrement dissimulé par les plis amples de son capuchon. Pâris baissa celui-ci d'un geste brusque. Un visage ridé aux yeux rapprochés, surmonté de cheveux courts, me fit face.

Avec un geste digne et lent, l'homme se recouvrit la tête. « S'il te plaît, cher frère, il fait froid ce soir. Ne donne pas libre cours à ton hostilité en t'en prenant à ma pauvre tête.

– C'est mon frère aîné, le fils de la première femme de Priam, marmonna Pâris.

– Allons, pourquoi t'arrêter là ? »

Aesacos se tourna vers moi et, sur un ton de fausses confidences, ajouta : « Pourquoi donc ne te dit-il pas tout ? Mon frère, ou plus exactement mon demi-frère, est trop aimable. Il tient sans doute cela de sa mère Hécube, même si, que les dieux m'en soient témoins, la reine se montre rarement aimable. En tout cas, ce n'est certainement pas à notre père qu'il doit cette qualité. » Il remit son capuchon bien en place en souriant. Maintenant, je voyais son visage. Il me fit penser à une créature de la nuit, en forme de coin et toujours en alerte.

J'attendis. Oh, pas bien longtemps.

« J'ai le don de prophétie », dit-il.

Oh non ! Encore un autre ! Ainsi, Priam avait dit vrai. Troie était bondée de devins.

« Ah oui ? lui répondis-je.

– Ce rêve qu'Hécube a fait... dans lequel elle donne naissance à un tison qui enflamme Troie, c'est moi qui lui en ai expliqué la signification. »

Il se pencha en avant et me murmura à l'oreille : « Ta venue nous donne l'occasion de mettre à l'épreuve les dieux et leurs sinistres prophéties. Qu'est-ce qui nous dit qu'elles sont vraies ? » Il s'avança et prit le visage de Pâris entre ses mains. « Les dieux nous avaient ordonné de te détruire. Ta mère a désobéi, et te voilà maintenant devant nous, grand, fier et beau. Les dieux sont d'humeur changeante. Pourquoi dans ce cas suivre leurs premiers ordres ? »

Pâris se dégagea vivement. « Arrête, Aesacos, lui dit-il l'œil mauvais. Tu as bu trop de vin. »

Aesacos haussa les épaules et lissa les plis de son manteau. « Peut-être bien. Ce soir, en ton honneur, nous avons droit au meilleur. Je ne manque jamais de me servir généreusement lorsqu'il y a de bonnes choses à boire ou à manger. Comme avec les dieux. Quand ils se montrent généreux, il faut se servir rapidement, avant qu'ils ne changent d'avis. »

Au moment où Aesacos filait, Gélanor s'approcha de nous à pas feutrés. Un sourire discret se dessina sur son visage.

« Maintenant, ma conscience est en paix, dit-il en soupirant. Je peux te quitter sans être inquiet à ton sujet.

– Tu dois vraiment partir ? lui demanda Pâris. Pourquoi tant de hâte ?

– Cela fait déjà longtemps que j'ai quitté Sparte, répondit Gélanor en riant. Et je ne suis pas prêt d'y arriver... Je préfère ne pas m'attarder.

– Oh, reste ici quelques jours de plus. Le peuple troyen pourrait se sentir insulté si tu te sauvais à la hâte.

– À mon avis, pour les Troyens, que je parte ou que je reste, c'est du pareil au même.

– Tu te trompes. Tu as vu comment le roi t'a demandé si tu avais l'intention de rester. Il t'accueillerait ici volontiers. »

Si seulement je pouvais le persuader, sans aller toutefois jusqu'à le supplier ! Hélas, je savais qu'en général il était insensible à mes arguments.

« Il n'y a rien d'utile à faire pour moi ici et, comme tu le sais, je ne vis qu'en me rendant utile. Alors je t'assigne une tâche, celle de me convaincre, dans les jours qui viennent, que Troie a besoin de moi. Si tu y parviens, je resterai un peu. Mais pas longtemps. Troie ne sera jamais mon foyer. » Le ton sourd de sa voix rendait ses paroles pesantes.

« Ne sois pas pressé, dis-je.

– Je ne le suis pas. Mais je me connais. Et toi, te connais-tu ?

– Quel air lugubre, mes amis ! s'écria Pâris. Arrêtons de parler de dieux et de présages et de se connaître soi-même. Ne pouvons-nous pas tout simplement boire du vin et nous embrasser ?

– Certains, en effet, se contentent de ça », dit Gélanor.

Le bœuf avait été mis à rôtir au-dessus des flammes qui s'élevaient dans la cour. Les gouttes de graisse tombaient en crépitant sur les bûches enflammées, envoyant des nuages de fumée qui tourbillonnaient avant de disparaître dans la nuit. Les gens s'étaient regroupés autour du feu, attendant avec impatience que soient prêts les premiers morceaux, tout en s'étourdissant de vin. Le vacarme enfla, comme si la foule avait grossi.

Pâris passa le bras autour de mes épaules et m'emmena à l'écart. « Il faut que je te montre quelque chose », me chuchota-t-il à l'oreille.

Nous quittâmes la cour noire de monde et il me fit entrer avec lui dans le bâtiment principal et traverser le mégaron jusqu'à un escalier dissimulé dans un angle. Un calme inquiétant régnait. Tout le monde était dans la cour. Je gravis lentement les marches en bois derrière Pâris en remontant le bas de ma robe afin de ne pas marcher dessus. Nous débouchâmes sur un toit en terrasse dominant Troie et la plaine, telle la proue d'un navire au-dessus des vagues. Je fus saisie par l'immensité du paysage.

« Viens », me dit Pâris en me prenant la main. Il m'amena jusqu'au bord de la terrasse, séparée du vide par un mur à hauteur de taille. Le vent soufflait fort. Je dus m'agripper au rebord.

« Regarde, Troie tout entière et la région environnante », dit Pâris. Le vent emporta ses paroles.

Je me penchai par-dessus le mur pour regarder la ville, qui entourait le palais comme les pétales d'une rose. Au point le plus élevé, la citadelle, où nous étions, ne se trouvaient que le palais et le temple d'Athéna. Plus bas, sur trois côtés, des maisons et des terrasses formaient des arcs de cercle qui s'étageaient jusqu'aux murs d'enceinte, ces murs protecteurs dont les lignes crénelées, nettes sous la lumière des étoiles, étaient comme ponctuées par les petites flammes vacillantes des torches. Sombres, presque invisibles, des tours massives se dressaient sur tout le pourtour.

Dans la direction du nord, une plaine s'étendait jusqu'à la mer. Ourlant de leur lumière la crête des vagues, les étoiles nous en révélaient les eaux agitées.

« Tu ne peux pas le voir maintenant, en l'absence de lune, mais il y a deux rivières tout en bas, le Scamandre et le Simoïs, m'expliqua Pâris. Le Scamandre coule toute l'année. Quant au Simoïs, son lit s'assèche au plus fort de l'été. C'est dans ces prairies que nous faisons paître nos chevaux, les fameux chevaux de Troie. »

La végétation était certainement toute jeune dans ces prairies, car une rafale de vent apporta avec elle une odeur enchanteresse. J'en emplis mes poumons. « C'est véritablement un pays magique », dis-je. Je ne pouvais rassasier mes yeux de cette vue – la ville endormie, les demeures majestueuses, les solides murailles, la ville basse si coquette, la plaine fertile. Je traversai la terrasse et jetai un coup d'œil à la cour en contrebas, pleine de bruit, de fumée et de monde.

« Faut-il vraiment que nous redescendions ? » demandai-je à Pâris. Vue d'en haut, la cour ressemblait à un champ grouillant de serpents.

« Non. Rien ne nous oblige à faire ce dont nous n'avons pas envie. Tu as été présentée à ma famille et aux Troyens. Tout le cérémonial a été suivi à la lettre. Maintenant, tu es libre. Que dis-je, nous sommes libres. »

Libres. L'étions-nous vraiment ? C'est ce que je crus, ce soir-là, dans ce lieu, point culminant de Troie, balayé par un vent sain et frais. Je serrai bien fort la main de Pâris. Je me sentais jeune comme Perséphone, belle comme Aphrodite. Portée par les vents, celle-ci vola vers moi, m'enveloppa. Sa chaleur me drapait, douce comme un nuage.

Je t'ai amenée ici, mon enfant. Obéis-moi, tire ton plaisir de moi, exalte-moi. Je me tournai vers Pâris. « Retournons dans tes appartements », lui chuchotai-je à l'oreille. Mes paroles s'envolèrent en direction du sud, emportées par le vent. Je me rapprochai de Pâris pour les lui répéter.

« D'accord », murmura-t-il.

Nous retraversâmes la terrasse, descendîmes les escaliers à toute allure et rejoignîmes la cour privée et déserte en empruntant un autre passage afin d'éviter la foule bruyante. Nous nous ruâmes vers la porte des appartements de Pâris, l'ouvrîmes à toute volée. Le silence régnait dans la grande salle de réception et les pièces attenantes. Seul vint le rompre le bruit de notre course sur les dalles colorées.

La porte de la pièce du fond se referma derrière nous. Nous étions seuls, enfin. Le petit brasero n'avait pas été allumé. J'aurais apprécié un feu, ne serait-ce que pour ses flammes dorées et son odeur douce. Mais maintenant, la seule chose qui comptait, c'était d'être avec Pâris, tous les deux.

Aucune peau de loup ici, aucun rempart contre le froid. Les murs des appartements princiers de Troie n'étaient pas faits de grosses pierres, comme à Mycènes où les hivers sont longs et rudes, mais revêtus d'argile et soutenus par des poutres en cèdre, décorées avec grand raffinement. Le printemps arriverait ici avant la fin de l'hiver à Sparte.

Je ne désirais qu'une chose – tenir Pâris dans mes bras, l'enlacer, lui et la vie qui était en lui et qu'il m'offrait. Allongée à ses côtés, je ne pus m'empêcher de passer mes doigts sur son visage comme pour en mémoriser les moindres détails. Et encore maintenant, je me souviens, je le sens sous mes doigts...

« Pâris, je suis tienne, maintenant, pour de vrai. J'ai remis mon sort entre tes mains. J'ai quitté mon monde pour te suivre. Que dis-je, je l'ai rejeté, j'ai encouru la colère de ma famille et de ma terre. J'ai placé ma main dans la tienne, dans l'intimité de nos étreintes et devant la déesse protectrice de ta cité. Puisse-t-elle nous protéger ! »

Pâris se pencha pour m'embrasser, noyant dans la douceur de ses lèvres toutes mes pensées. Ne restait que mon désir. « Elle le fera, oui. »

J'avais senti l'hostilité de la déesse, mais à présent l'espoir emportait mes craintes. Les dieux ne se montraient-ils pas plus bienveillants à l'égard de ceux qui les honoraient ? Maintenant, la seule chose qui comptait pour moi, c'était Pâris, ses bras forts et musclés, son visage à la beauté divine, son corps si présent, si vivant.

Il existe, paraît-il, une île appelée l'île des Bienheureux où des mortels qu'on a enlevés vivent éternellement heureux, dans ce lieu magique éloigné de tout ce que nous connaissons sur cette terre. Pâris et moi nous étions envolés vers cette île, nous avions été transportés dans un royaume où nous pouvions passer toute une éternité à nous toucher, où nous ne vieillirions jamais et ne changerions jamais, un royaume où la passion ne s'éteindrait pas et où nul lever du soleil ne viendrait interrompre une nuit d'amour.

Dans la chambre, le temps n'était plus. Il s'était distendu. Telle une pièce de cuir souple, une heure s'étirait jusqu'à en faire deux. Tout ce que nous désirions, tout ce que nous faisions, nous pouvions le savourer, le revivre autant de fois que nous le voulions, comme les passages préférés d'une chanson que le barde reprendrait à notre demande.

Nous nous assoupîmes enfin. Au matin, le soleil se faufila dans l'appartement. Nous n'avions pas songé à occulter la fenêtre. En pleine nuit, on ne pense pas à l'aube.

Pâris se leva sur un coude. « Ce soleil, pourquoi donc vient-il nous importuner ! marmonna-t-il. Il ose envahir notre intimité ! » Il alla vers la fenêtre en titubant de sommeil et tenta de l'occulter. Mais les volets n'étant pas suffisants, la lumière pénétra dans la pièce.

« Jamais je n'avais été dérangé par le soleil auparavant, reconnut Pâris. J'étais toujours levé en même temps que lui. »

La lumière soulignait la perfection de son corps, de ses creux et de ses courbes caressés par les rayons obliques. « Le soleil me révèle un Pâris nimbé de la lumière du jour, dis-je. Je ne peux donc pas lui en vouloir. »

Chaque heure, chaque minute était à nous. Elles nous étaient toutes propices et déposaient leurs offrandes à nos pieds.

XXXIII

Hélas, il nous fallut quitter l'appartement de Pâris, notre île des Bienheureux. Dehors, Troie attendait, sous la forme d'une convocation auprès du roi et de la reine.

Je m'habillai et, m'efforçant de chasser de mon esprit les étreintes de la nuit, me présentai à eux dans leurs appartements privés. Priam paraissait fatigué. Il agrippait le bord de sa chaise comme s'il craignait de tomber. Le visage d'Hécube, assise près de lui, était indéchiffrable.

« La cérémonie s'est déroulée selon les règles, dit enfin Priam, et les gens semblaient plutôt heureux de se joindre aux célébrations.

– D'après ce que nous avons pu voir, poursuivit Hécube d'une voix douce et posée.

– Mais il faut que nous sachions ce qui va se passer. Nous ne doutions de rien hier soir. Or, avec les dieux, c'est une autre histoire. Et puis, que feront les Grecs si jamais ils sont convaincus que je leur ai menti ?

– Père, tu t'inquiètes pour pas grand-chose, dit Pâris. Je te l'assure, il ne se passera rien. Comme toujours dans des cas semblables, les gens finissent par oublier. La seule victime, c'est Ménélas, et il n'a pas d'armée. »

J'étais surprise. Jamais je n'avais entendu Pâris se livrer à de telles réflexions. Mais il avait raison. Ménélas, en effet, n'avait pas d'armée. Par contre, il se trompait sur une chose – la vraie victime, c'était Hermione. Mon Hermione. Une tristesse insondable m'envahit.

« Je dois savoir, marmonna Priam. Absolument. Je vais envoyer Calchas, mon devin, à l'oracle de Delphes.

– Mais Père, pourquoi ? s'écria Pâris.

– Parce que nous ignorons quelle colère tu as attirée sur nous, répondit Hécube. Nous avons quand même le droit de savoir quel sera le prix à payer, non ?

– Et pourquoi ne pas consulter une sibylle ? Il n'y en a pas une, près d'ici ?

– Une sibylle ? Ces femmes-là ne sont pas toujours très fiables !

– Je suis ravie d'entendre cela, dis-je, me souvenant que Clytemnestre m'avait affirmé exactement le contraire. L'une d'entre elles m'avait prédit que je provoquerais un bain de sang parmi les Grecs.

– Comment ? s'exclama Priam. Qu'est-ce qu'on t'avait prédit ?

– J'étais petite à l'époque, mais je me souviens encore des mains de la sibylle sur ma tête et de ses terrifiantes prophéties. Elle a dit que... » Ces souvenirs que j'avais chassés me revenaient maintenant. « *Elle sera la ruine de l'Asie, la ruine de l'Europe. À cause d'elle une guerre terrible aura lieu, et de nombreux Grecs périront.* Voilà ce qu'elle a dit. »

Peut-être n'aurais-je pas dû en parler. Mais il était trop tard. « Cette prophétie a inspiré une grande crainte à mon père. Alors, il a obligé mes prétendants – et ils étaient nombreux, venus des quatre coins de la Grèce – à jurer qu'ils défendraient le mari que je choisirais. Il pensait ainsi détourner le mauvais sort.

– Ô dieux ! cria Priam en se penchant en avant, la tête entre les mains. Il pensait que les Grecs se battraient entre eux, pas qu'ils iraient combattre loin de chez eux, dans un autre pays ! » Puis, m'adressant un regard intense, il me demanda : « Quels sont les risques que les Grecs se sentent liés par ce serment ? »

Je me rappelai les prétendants, leurs soucis égoïstes. Une fois mon choix fait, ils avaient perdu tout intérêt pour moi. Il y avait de cela dix ans. « Les risques sont minces. Les chefs des différentes cités grecques sont trop occupés par leurs propres affaires. Il y a peu de chances qu'ils se mettent en danger pour sauver la femme d'un rival – et ce, en dépit du serment que Père leur a fait prêter autrefois sur les morceaux d'une carcasse de cheval.

– Nous devons tout de même consulter l'oracle, déclara Priam, me donnant ainsi un avant-goût de son entêtement.

– Tout à fait, renchérit Hécube. Ce serait prendre un risque que de ne pas le faire.

– Tu dois parler à Calchas toi-même, me dit Priam en se levant. Il est essentiel qu'il te connaisse avant de se présenter devant l'oracle.

– Pourquoi ? demanda Pâris. Si l'oracle ne la connaît pas, peu importe que Calchas l'ait vue !

– Cesse de contester ! » Les yeux de Priam, brillants et entourés de rides, se mirent à lancer des éclairs. « Il y a déjà eu trop de contestation et trop d'actions imprudentes ces derniers temps.

– Fais ce que ton père t'ordonne, dit Hécube en se levant. Nous te ferons appeler quand Calchas arrivera. »

Ils sortirent, le cou raide et la tête haute.

« Me faire rabrouer et commander de la sorte ! s'exclama Pâris d'une voix rageuse. Je n'ai plus dix ans, tout de même !

– C'est ce qu'ils croient, de toute évidence.

– Je n'en reviens pas de cet air désapprobateur qu'ils affichent. Partons ! Seuls des bœufs soumis supporteraient cette prison ! »

Je regardai les poutres dorées et les fresques raffinées étalant sur les murs leurs fleurs aux couleurs vives. « Je ne crois pas qu'un bœuf ait jamais eu droit à une telle étable, dis-je en riant.

– Certainement pas. Ils ont mieux. Ils passent leur vie dans les prairies montagnardes, libres. Je suis bien placé pour le savoir, moi qui m'en suis longtemps occupé. Quittons la ville ! Viens ! Je vais te montrer les trésors de Troie – nos chevaux !

– Mais... Et si pendant notre absence Calchas arrivait...

– Qu'il attende ! Père n'a pas dit quand il serait là. Les chevaux nous appellent. Ne faut-il pas que je te montre tout de Troie, maintenant que tu es une Troyenne ? Mets ton manteau et de bonnes sandales. »

Pâris ordonna qu'on nous prépare un char. Nous redescendîmes vers la ville en passant par la porte sud. J'observai avec le plus grand intérêt les maisons surmontées de terrasses – certaines à deux niveaux et très grandes – ainsi que les rues propres et sinueuses qui rejoignaient le bas de la colline en épousant le relief. J'avais grande hâte de connaître les Troyens et d'en savoir plus sur leur mode de vie. Ils étaient, quant à eux, tout aussi curieux, et notre passage suscita des regards insistants.

Nous arrivâmes au niveau de la grande route intérieure qui courait le long des murs d'enceinte. Un superbe char nous attendait, les rayons dorés de ses roues attrapant la lumière du soleil. Deux chevaux louvets y étaient attelés. Pâris caressa l'encolure de l'un d'entre eux.

« Tu veux voir tes cousins ? » lui demanda-t-il en ébouriffant sa crinière.

Nous prîmes place. Les portes massives s'ouvrirent, laissant entrer la lumière du matin. Nous descendîmes vers la ville basse, traversée par un flot de charrettes, de chariots et de chars en route vers la plaine de Troie. Les gens, au lieu d'être réservés comme ceux de la ville haute, nous accueillirent avec des cris de bienvenue. La foule emplissait les rues, si bien que le char pouvait à peine progresser.

« Hélène ! Pâris ! » criaient les habitants. Ils nous lancèrent des fleurs, des fruits et des colliers de perles en terre cuite, dont certains atterrirent dans le char. « On vous aime ! On vous adore ! »

« Tu vois ce que pensent les vrais Troyens », me dit Pâris en se tournant vers moi.

Je vis un homme bondir devant le char, s'y accrocher et se hisser par-dessus la rambarde quelques instants en rapprochant son visage du nôtre. « La plus belle femme du monde ! proclama-t-il. C'est vrai ! Et maintenant, elle est à nous ! » Il lâcha le char d'un bras et resta ainsi suspendu. « Elle est à nous ! C'est une Troyenne ! »

L'homme – un ivrogne ? – tomba du char et roula dans la poussière avec la souplesse d'un acrobate. Puis il se releva et éclata de rire. Était-ce le vin qui avait délié son corps de la sorte ? Il nous acclama.

« Hélène ! Hélène ! » criait la foule.

Je levai les bras et désignai le jeune homme à mes côtés. « Pâris ! Mon amour ! »

Notre char prit de la vitesse et dépassa les dernières maisons de la ville basse. La foule se mit à rugir.

« Ils t'aiment, me dit Pâris dès que nous pûmes ralentir. Tu les as entendus rugir ? Comme des lions de Syrie ?

– Comme je n'ai jamais entendu de lion de Syrie, je dois te croire sur parole. »

Nous éclatâmes de rire, le visage offert à l'air vivifiant. Devant nous s'étendait une vaste plaine couverte d'herbe printanière et de fleurs sauvages. Mais il n'y avait pas un cheval en vue.

« En plein été, ils paissent près des flancs de la montagne, m'expliqua Pâris. Mais en ce moment, ils sont toujours dans la plaine. Regarde bien. »

Plissant les yeux, je parvins à distinguer des hordes qui se déplaçaient tranquillement sur l'étendue verte. « Je crois que je les vois, dis-je enfin.

– Il y en a environ deux cents. Certains sont très sauvages et seront longs à dresser. Hector sait s'y prendre à merveille. C'est pour cela qu'on le surnomme, entre autres, le Dresseur de Cavales.

– Et toi ?

– Moi aussi, je m'y connais, mais cela ne m'a valu aucun surnom. »

En nourrissait-il de la rancœur ? « Montre-moi comment tu fais », lui dis-je afin de détourner son attention.

Nous nous dirigeâmes vers l'endroit où passait la horde la plus proche. Le passage était difficile et les traces de char disparaissaient peu à peu. Il y avait là environ cinquante chevaux en train de paître. Ils levèrent la tête et, méfiants, nous regardèrent approcher.

Descendant du char, Pâris s'avança prudemment. Je le suivis. « Surtout, ne leur fais pas peur, dit-il. Ceux-là sont presque sauvages. »

Quelques chevaux s'ébrouèrent, puis s'éloignèrent de nous. D'autres restèrent sur place, les naseaux dilatés. La plupart étaient louvets, avec une crinière et une queue noires – la même robe, m'avait-on dit, que les chevaux sauvages de Thrace.

Pâris se rapprocha furtivement de l'un d'entre eux. Il tendit prudemment la main, mais l'animal s'écarta et recula en le regardant fixement de ses grands yeux sombres.

« Celui-ci n'est pas du tout dressé », dit Pâris. Il s'avança vers un autre, qui le regarda faire avec une curiosité placide. Lentement, Pâris tendit le bras jusqu'à toucher son cou. Le cheval, pris de panique, souffla de l'air à travers ses naseaux, mais ne bougea pas.

« Tu as déjà été monté ? » chuchota Pâris. Il se rapprocha et caressa le dos et les flancs de l'animal qui ne bougeait toujours pas. « Je pense que oui, tu as déjà été monté. » D'un simple bond, il fut sur le dos du cheval, plutôt petit, comme tous les autres.

Sa monture se mit à trembler sur place, puis partit directement au galop. Pâris s'accrocha à sa crinière et serra ses longues jambes autour de ses flancs. Le cheval traversa la plaine dans un bruit de tonnerre, la queue flottant au vent, la tête et le cou tendus formant une ligne droite. Puis il se mit à lancer des ruades. En fait, il n'était pas du tout dressé. De toute évidence, personne ne l'avait jamais monté.

Terrifiée mais impuissante, je vis le cheval arquer le dos. Je vis ses sabots et sa queue s'agiter tandis qu'il essayait de déloger son cavalier importun. Une fois, deux fois, trois fois, l'arche de son dos se profila sur l'herbe d'un vert vif. Puis cavalier et monture se séparèrent, Pâris faisant un vol plané tandis que le cheval s'éloignait au galop.

Je me précipitai, trébuchant à plusieurs reprises sur le sol irrégulier parsemé de mottes de terre ou d'amas de mauvaises herbes.

Pâris était étendu sur le dos, l'herbe et les fleurs formant un cadre autour de lui. Ses bras étaient ouverts et son cou complètement tordu. Il ne bougeait pas.

Je me jetai sur lui et pris délicatement sa tête entre mes mains. Il ne bougeait toujours pas. Respirait-il ? Retenant mon souffle, je posai la main sur sa poitrine et sentis celle-ci se soulever légèrement.

Ses yeux étaient fermés. Je le regardai, le cœur battant. Et s'il ne les ouvrait plus jamais ? Et si...

C'est alors qu'il grogna et battit des cils. Son regard resta vague quelques instants, puis se fixa sur moi. « Je me suis trompé, dit-il. Ce cheval n'avait jamais été monté. Tu crois que j'ai quelque chose de cassé ? » Il se leva lentement et plia les bras pour voir si tout allait bien. Ensuite, il remua les jambes, agita les pieds et ramena les genoux vers lui. Enfin, il se pencha en avant en faisant le gros dos. « Ça fait mal, mais tout bouge normalement. Même Hector aurait eu des difficultés avec ce cheval-là. » Il secoua la tête.

« Tu es resté sur lui un certain temps, dis-je.

– Il était vif, agréable à monter, mais ça n'a pas duré. Il faut que je me souvienne de lui. Je le réclamerai pour moi. Il avait une tache noire juste derrière l'oreille droite. Un jour, nous monterons à cheval ensemble. » Il se leva et poussa un cri de douleur. « En attendant, je vais me remettre de cette chute. Quant au cheval, il aura oublié.

– Je vais rapprocher le char, dis-je. N'essaie pas de marcher. »

Avant qu'il puisse protester, je retournai à toute vitesse vers le char dont l'attelage attendait patiemment. Je sautai à bord et donnai l'ordre à nos chevaux d'avancer. Pâris se hissa en faisant la grimace. Je commençai à faire faire demi-tour aux chevaux, mais il secoua la tête.

« Non, il y a d'autres endroits que je veux te montrer, dit-il. Regarde, le soleil monte dans un ciel parfait. La journée commence à peine. Il est trop tôt pour rentrer. Je vais te faire voir – il y a un chemin le long du Scamandre, juste là où se trouve cette rangée d'arbres. Nous allons le suivre jusqu'à la mer. »

Le char traversa tant bien que mal la prairie jusqu'au chemin plat, ombragé par des tamaris roses, dont Pâris avait parlé. Les flots du Scamandre, moins larges que l'Eurotas, étaient vifs. Ils devaient être alimentés par les neiges fondues du mont Ida. Celles-ci ne s'attardaient-elles pas là-bas pratiquement jusqu'au milieu de l'été ?

« En effet, confirma Pâris, j'y ai déjà vu des congères à côté de crocus et de jacinthes en fleur. Mais l'eau du Scamandre ne vient pas de la fonte des neiges. Il prend sa source à un endroit où une eau très chaude et une eau très froide sourdent côte à côte, de l'autre côté de Troie. C'est là que se trouvent les lavoirs des femmes.

« Mais c'est impossible ! Une source chaude et une source froide – non, cela ne se peut pas ! dis-je en riant. Ou peut-être est-ce la magie de Troie, ce lieu à nul autre pareil ?

– Exactement, acquiesça Pâris. Je te les montrerai, comme ça tu ne douteras plus de ce que je te dis. Mais pour l'instant, en route vers l'Hellespont ! »

Empruntant le chemin plat, le char avança vers la mer. Arrivés au rivage, nous descendîmes. Pâris boitillait, mais affirma que ce n'était pas grave. Il m'emmena jusqu'à la grande plage grise et recouverte de coquillages. Le rugissement de la mer emplit nos oreilles.

« Regarde ! Là-bas ! » Il me montra une ligne sombre qui traversait l'horizon, au-delà de la baie où nous nous trouvions. « Le rivage opposé est si près et, pourtant, si difficile à atteindre. »

Les collines basses étaient soulignées par leur reflet mouvant dans les flots agités. « À cause des courants ?

– Oui. Ils sont extrêmement rapides et il y en a deux, un près de la surface et un autre en profondeur. Ils sont d'une force impitoyable. Le plus important, celui qui est en surface, te balaie vers l'ouest, vers la pleine mer. Il est tellement implacable que quand tu désires traverser à l'endroit le plus étroit, il te faut larguer les amarres très en amont. Tu ne peux pas traverser directement. Et si tu rates ton point de débarquement, tu es condamné. Condamné à explorer la mer Noire si le courant sous-marin te tire de l'autre côté. Ce qui n'est peut-être pas une mauvaise chose.

– On dit qu'il y a autour de la mer Noire des richesses fort convoitées, dis-je.

– En effet, il y a de l'or, de l'argent, du bois, de l'ambre, du lin, et maints autres produits qui voyagent de part et d'autre de l'Hellespont quand le temps est favorable.

– Qui perçoit des droits de passage pour ça ?

– Personne en particulier, il suffit de parvenir jusque-là, répondit Pâris, l'air surpris. Personne n'accorde ou ne refuse de droits. Qui en aurait le pouvoir ?

– J'ai entendu dire que les Troyens retenaient les navires de commerce jusqu'à ce qu'ils aient payé des droits de passage.

– Plus on est loin, plus on affabule à ce sujet. Et, à ce que je vois, quand l'histoire arrive à Sparte, elle est complètement déformée. Nous n'avons pas les moyens de retenir un navire. Comment nous y prendrions-nous ? Il n'est pas possible d'ériger une barrière sur l'Hellespont. Ceci dit, les vents nous aident. Quand ils soufflent dans la mauvaise direction, les bateaux sont obligés de mouiller à cet endroit-ci, sur cette plage, et d'attendre une accalmie. Dans le cas où l'eau manquerait à bord, l'équipage en est réduit à venir à Troie, parce qu'en quelque sorte nous détenons les droits sur le Scamandre. Donc, on peut dire en effet que nous "percevons" des droits de passage, sauf que ce n'est pas nous, mais les dieux qui décident de retarder ou pas un navire. Bien entendu, la plupart du temps, leur décision nous est favorable.

– Je crains fort que cette histoire – vraie ou fausse – pousse les Grecs à venir, soi-disant pour me sauver, mais en fait pour s'emparer de cette barrière dont l'existence à leurs yeux ne fait aucun doute. »

Je voyais bien Agamemnon échafauder un tel plan et persuader ses partisans ignorants de le suivre.

« Qu'ils viennent, alors, prendre quelque chose qui n'existe pas ! Les Grecs sont libres de traverser l'Hellespont comme ils l'entendent. C'est Poséidon qui décidera de leur réussite, pas nous.

– Mais alors, d'où Troie tient-elle sa richesse ?

– De nombreuses caravanes venues de l'Orient convergent ici. Elles atteignent l'Hellespont, point auquel leur voyage terrestre s'achève. Les caravaniers sont alors obligés soit de transférer leurs marchandises sur des bateaux qui les transporteront de l'autre côté, soit d'entreprendre un long périple à dos de chameaux afin de contourner la mer Noire par l'est. Si bien qu'ils préfèrent nous vendre le plus de marchandises possible, que des gens venus de régions diverses nous achètent. Pour cela, nous organisons une grande foire chaque été et nous enrichissons ainsi grâce à la cruauté de la mer qui interdit tout voyage au-delà de notre cité. Ajoutons à cela nos fameux chevaux élevés dans la plaine de Troie – et que tu viens de voir.

– Mais enfin, cela ne suffit pas, tout de même ! » dis-je en pensant au somptueux palais tout en haut de la cité, à ces rues larges et impeccablement tenues, à ces murailles formidables, faites de pierres luisantes et massives qui n'en restaient pas moins décoratives, grâce à ces incrustations soulignant les jeux d'ombre selon le moment de la journée.

« Non, ça ne suffit pas, reconnut Pâris. Notre richesse est également le fruit de notre isolement, à l'écart des rivalités qui déchirent d'autres villes ayant une position plus centrale, et de la sagesse de notre roi.

– Et cela suffit ?

– Réfléchis. Songe à la paix, à la sécurité que nous procure notre position isolée. Songe à la différence entre une famille qui règne avec sagesse et une autre dominée par la folie. Ajoute à cela la particularité de notre position qui fait de notre foire une nécessité et l'alimente en grande partie, j'en conviens.

– Si je comprends bien, c'est la sagesse de Priam, associée à la présence de deux heureux hasards, qui contribue à la légende de Troie.

– Tout à fait, répondit Pâris. Des choses très simples peuvent avoir des implications complexes. » Il m'enveloppa dans ses bras. « Les gens sous-estiment toujours l'importance des choses simples. Ou bien ils pensent qu'un monarque relativement sage, c'est la même chose qu'un monarque de grande sagesse. Et pourtant, selon la personne qui occupe le trône, la situation n'est pas du tout pareille.

– Et après Priam, qui régnera ?

– Hector. Nous pouvons nous réjouir de ce que l'aîné soit le plus à même de remplir cet office. Les dieux ont été bons pour nous – à de nombreux égards. »

Le vent arracha mon voile, l'emporta au loin. L'air vif de la mer libéra ma chevelure de son carcan. « Je n'aimerais pas naviguer à cet endroit-là, dis-je en retenant mes cheveux.

– En général, les marins non plus. Tu veux que nous partions ? Tu en as vu assez ? Alors, regardons dans la direction opposée, vers le mont Ida. »

Il me prit les rênes des mains, se cala sur ses pieds et fit tourner notre attelage pour que nous nous retrouvions face à Troie. La cité s'étalait sur les flancs de la colline, avec la ville basse qui se dissolvait progressivement comme une vague ourlée d'écume venant mourir sur la plage, et la ville haute compacte et bien serrée dans ses murailles.

Je vis dans le lointain une énorme masse coiffée de blanc. « C'est ça, le mont Ida ? C'est trop loin pour nous y rendre aujourd'hui.

– Oui. Mais ce serait une bonne idée que d'y consacrer un voyage. Regarde ! » dit Pâris en désignant le pic lointain. « C'est là que vit Zeus. À ce que l'on dit. Moi-même je ne l'ai jamais vu. Et le point culminant de la montagne est décevant. Ce n'est qu'une étendue pierreuse et laide. Beaucoup de choses sont faites pour être appréciées de loin. Mais les pentes de la montagne, elles, sont merveilleuses. “Le mont Ida aux multiples sources”, dit-on. Et c'est vrai. Il y a tant de ruisseaux qui se jettent vers la vallée, avec des clairières vertes et des prairies fleuries partout ! Je t'y emmènerai, je te présenterai mon père adoptif et je te montrerai l'endroit où j'ai grandi. »

Me montrerait-il aussi l'endroit où il avait été abandonné ? Était-ce un lieu ouvert où les bêtes sauvages l'auraient trouvé facilement, où le soleil n'aurait pas tardé à le brûler ? Je le serrai fort contre moi. Dire qu'il avait échappé de peu à cela.

« Qu'y a-t-il ? me demanda-t-il. Tu vois quelque chose que je ne vois pas ? »

Peut-être bien. Mais c'est quelque chose de passé. Et devant nous je ne vois que la grandeur du mont Ida et la splendeur de Troie.

XXXIV

Nous parcourûmes avec le char les environs de Troie dans un grondement de roues. En faisant ainsi le tour de la cité, je vis que du côté où elle faisait face à la mer, elle se dressait très haut. À cet endroit, la falaise sur laquelle elle était construite surgissait brusquement de la plaine, alors qu'elle formait ailleurs des pentes plus douces, en particulier en direction du sud. C'était par là que nous avions pénétré dans Troie, en passant sous l'immense porte couverte. Je me souvins de mon inquiétude... Et dire que deux jours seulement s'étaient écoulés !

« Cette porte, elle doit avoir un nom, dis-je.

– C'est la porte Dardanienne, répondit Pâris. De là, on peut aller jusqu'au pays d'Énée et au mont Ida, le seuil de la demeure de Zeus. Nous l'appelons aussi la porte du Marché. Mais pourquoi ne me poses-tu pas de questions sur la porte qui suscite l'intérêt de tous – à côté de la fameuse Grande Tour d'Ilion ?

– Parle-m'en.

– C'est la porte Scée, celle que les guerriers empruntent pour sortir de la ville.

– Pourquoi n'utilisent-ils que celle-là ?

– Oh, c'est la tradition, c'est tout. Ceci dit, c'est le moyen le plus rapide pour un char de rejoindre la plaine. C'est pourquoi, poursuivit-il en se rapprochant de moi comme pour me faire une confidence, c'est par là que nous sommes passés tout à l'heure. Nous n'étions pas censés emprunter ce passage mais... »

La tour. La Grande Tour. Comment cela avait-il pu m'échapper ? Elle dominait les autres, tel un géant.

« *Les hautes tours d'Ilion*, dis-je.

– Pardon ? Que veux-tu dire par là ?

– Je ne sais pas, c'est une expression qui m'est venue à l'esprit, comme ça. » Ce n'était pas la première fois. *Et brûlèrent les hautes tours d'Ilion*. Il me venait d'autres mots maintenant. Je secouai la tête, pour la libérer des images qui s'y pressaient – des images d'incendie, de fumée, de gens hurlant. La tour se dressait, stable, solide, sous le soleil éclatant, dans le ciel où tournoyaient les oiseaux.

« Ce que t'ont dit mes parents te préoccupe, n'est-ce pas ? dit Pâris. Je t'en prie, cesse de t'en faire. »

Qu'il pense ce qu'il voulait ! Ce que j'avais vu, cette vision-éclair dans mon esprit, je n'aurais pu de toute manière l'expliquer. « Ce Calchas...

– C'est un devin extraordinaire, m'expliqua Pâris, le meilleur de tous. »

Il fit tourner les chevaux vers les quartiers est où la muraille s'incurvait, formant un renfoncement avec une porte protégée et pratiquement cachée.

« Cette partie-ci des remparts fait notre fierté, dit Pâris. C'est la plus récente, celle dont la maçonnerie est la plus aboutie. Les portions les plus anciennes et les moins résistantes se trouvent à l'ouest. Nous avons depuis longtemps l'intention de les renforcer, mais le conseil des aînés est plutôt vieux. Et tu sais comme les personnes âgées peuvent se montrer avares. Si quelque chose n'était pas indispensable de leur temps, alors elles ne veulent pas entendre parler.

– Ainsi le roi ne peut pas faire ce qu'il veut ? »

Voilà qui me paraissait étrange.

« Si, il peut, mais le problème, c'est qu'il écoute trop les aînés. Tu vois, lui-même est plutôt âgé. » Il éclata de rire et fit claquer les rênes pour que les chevaux accélèrent l'allure. Le char se mit à tanguer et à tressauter.

Sous la lumière du soleil pratiquement au zénith, les incrustations raffinées des murailles disparaissaient. « Regarde comme ces murs changent d'aspect selon le moment de la journée ! s'exclama Pâris. C'est au coucher du soleil qu'ils sont les plus beaux, quand les ombres sont les plus profondes. »

Il y avait une autre tour à l'endroit où la muraille s'arrondissait à nouveau, peu après la porte est. « Voici notre château d'eau, m'expliqua Pâris. C'est là que se trouve le puits principal, à l'intérieur des remparts. On y accède par un escalier taillé dans la roche. Personne ne peut nous priver de notre approvisionnement en eau.

– Et ceux qui vivent dans la ville basse ?

– Ils ont les sources et le Scamandre.

– Un ennemi pourrait s'en emparer, non ?

– C'est vrai, reconnut-il. Mais les habitants pourraient alors trouver refuge dans la campagne environnante. Nous sommes entourés d'alliés – les Dardaniens, les Phrygiens, tous prêts à nous aider.

– Et si l'ennemi s'en prenait d'abord à ces alliés ?

– Pourquoi es-tu si pessimiste ? Un tel acharnement, ça ne s'est jamais vu. Une armée, ça vient, ça frappe et ça se retire. Les armées n'occupent que très peu de temps le champ de bataille. Elles ne pourraient pas rester davantage. Il faudrait pour cela que leur ravitaillement et la discipline de leurs troupes soient exceptionnels. Et puis, l'hiver troyen se chargerait de les décourager. C'est une saison vraiment rude

– humide, froide, avec des vents violents et parfois même de la neige. » Il fit ralentir les chevaux et se tourna vers moi. « Mais l'été approche. Pourquoi se soucier de l'hiver ? »

Pourquoi se soucier de l'hiver ? En quelques mots, Pâris se décrivait lui-même. Et même aujourd'hui, quand je pense à lui, je me souviens de la chaleur qui le suivait partout comme un manteau qui l'enveloppait. Quand je l'imaginais, c'était toujours entouré de champs fleuris, de papillons et de brises légères. Sans lui, ma vie n'avait été qu'un long hiver !

Pâris arrêta le char. « Nous avons fait le tour des murailles. Où veux-tu aller, maintenant ? » Autour de nous la poussière retombait.

Le tour des murailles. Un rugissement envahit mes oreilles. J'entendis le fracas d'un attelage au galop, le grondement d'un char, des cris de désespoir tombant des murailles... Pour qui ? Pour quoi ? Puis, remplaçant le bruit des sabots, celui d'hommes au pas de course. Combien ? Plus d'un, c'était tout ce que je pouvais dire.

Non ! Je serrai ma tête entre mes mains. Non !

« Qu'est-ce qui ne va pas ? me demanda Pâris.

– Rien ! répondis-je d'un ton hargneux. Rien ! »

Je levai les yeux. Les murailles se dressaient, silencieuses. Nous étions seuls.

« J'ai apporté du vin, du fromage et des figues, dit-il. Installons-nous à l'ombre, au bord du Scamandre, pour nous rafraîchir. »

Le soir tombait quand nous rentrâmes par la porte Dardanienne. Comme elle était fermée, il nous fallut demander qu'on nous ouvre. Les étoiles brillaient déjà sur le dôme du ciel. Normalement, personne n'était autorisé à pénétrer dans la ville après le coucher du soleil.

Un messager envoyé par Priam nous attendait dans les appartements de Pâris. « Présentez-vous immédiatement devant le roi ! » aboya-t-il.

Nous nous y rendîmes, après une rapide toilette. Lorsque nous entrâmes dans la chambre du conseil, Priam, en compagnie de plusieurs autres hommes, nous attendait en faisant les cent pas. Dès qu'ils nous virent, ils se retournèrent.

« Enfin te voilà ! dit le roi en foudroyant Pâris du regard. Ne t'avais-je pas ordonné de te tenir à ma disposition ? Tu as osé quitter la ville et nous faire attendre ! »

Pâris n'offrit aucune excuse, pas plus qu'il ne protesta. Il se contenta de hausser les épaules en souriant. « Cher Père, je n'ai pu résister à l'attrait de cette belle journée. Je ne pensais pas que notre petite excursion durerait aussi longtemps. »

Un homme quelque peu corpulent toussa discrètement, indiquant par là son scepticisme, tout en attendant que la réaction du roi lui souffle la réplique appropriée.

« En effet, tu ne pensais pas, cher fils, dit Priam en souriant. Mais approche-toi. Nous avons perdu suffisamment de temps. Voici Calchas, que j'ai l'intention de dépêcher auprès de la pythie de Delphes afin de l'interroger sur le sort que les Parques nous réservent. »

L'homme bien en chair s'avança et inclina son crâne dégarni. Ses yeux ressemblaient à ceux d'un oiseau – vifs et curieux. Son visage affichait une fadeur délibérée lui permettant d'être aussi peu déchiffrable que possible.

« Je ferai tout ce qui est en mon pouvoir pour être

de retour ici rapidement », dit-il. Ses manières étaient onctueuses et douces, comme l'huile d'olive. « Et que dois-je demander à la pythie ?

– Quel avenir elle prévoit pour Troie, tout simplement, répondit Priam. La reine de Sparte est chez nous. Nous l'avons admise dans notre cité, nous avons reconnu son mariage à un prince de Troie. À quoi cela va-t-il nous mener ? C'est une question simple.

– Je crains cependant que la réponse ne soit pas simple. Et si l'oracle...

– Oblige-la à nous donner une réponse claire ! Harcèle-la ! Ne la laisse pas se cacher derrière des formules obscures !

– Ô roi, puis-je donner mon avis ? demanda un homme de petite taille aux rares cheveux bruns.

– Oui, parle, Pandaros.

– Ce que tu demandes à mon frère Calchas est difficile. Tu veux qu'il traverse la mer, aille jusqu'à Delphes sans se faire attraper par les Grecs, puis revienne ici. Te rends-tu compte...

– Bien sûr que je me rends compte ! Mais il est devin, non ? S'il ne peut pas nous aider maintenant, à quoi sert-il, alors ? » s'exclama Priam. Puis, ses yeux lançant des éclairs, il se tourna vers les autres. « Que seuls ceux qui ont quelque chose d'intéressant à dire prennent la parole ! Il est déjà tard. Ma patience atteint ses limites ! »

Un homme d'âge mûr, élégamment vêtu, s'approcha de Priam. Il avait une abondante chevelure argentée et son visage était encore beau. « Il me semble, ô grand roi, que tout ceci est inutile. Pourquoi envoyer Calchas pour une mission périlleuse ? Nous connaissons déjà la réponse : Hélène doit rentrer en Grèce. Mais comme elle ne nous plaît pas, nous en cherchons une autre. Or, la pythie, prophétesse d'Apollon, nous dira la même chose.

– Anténor, dit Priam, je ne peux contester tes sages arguments. Cette réponse est simple, évidente. Mais peut-être des forces que nous ne connaissons pas sont-elles ici à l'œuvre. C'est pourquoi nous devons demander conseil aux dieux eux-mêmes. Nous ne sommes pas dans une situation banale que l'on pourrait résoudre simplement grâce au bon sens.

– Avec tout le respect que je te dois, grand roi, répondit Anténor en se redressant fièrement, à mon avis, lorsque l'on ignore ce que nous souffle le bon sens, des tragédies s'ensuivent. Peut-être avons-nous tort de chercher dans cette histoire une signification cachée, d'en faire un cas à part. La vérité, c'est qu'une reine grecque s'est enfuie – qu'on l'a aidée à s'enfuir – à Troie. Les Grecs sont hargneux et belliqueux. Nul besoin pour un tel peuple d'une raison particulière pour nous attaquer. Et nous savons qu'Agamemnon s'excite depuis des années avec ses armes et ses discours guerriers. Un détail suffit quand un homme veut vraiment se battre. C'est pourquoi je dis, renvoyons Hélène. Renvoyons-la, avant qu'il ne soit trop tard ! »

Un autre homme, trapu et au visage large, s'avança. Sa démarche trahissait l'ancien soldat. « Les murailles de Troie seraient-elles trop faibles pour repousser les minables assauts d'une poignée d'étrangers ? s'écria-t-il. De quoi parlons-nous, au juste ? De quelques centaines de malheureux soldats contraints par Agamemnon à traverser la mer ! Attendant les ordres, blottis sur le rivage grec ! Terrés au fond de leur bateau ! Et nous tremblons rien qu'à cette idée-là ? Pour quelque chose qui, en plus, n'a que peu de chances de se produire ?

– Tu dis vrai, Antimachos, lui dit Priam en hochant

la tête, avant de parcourir du regard l'assemblée, toujours silencieuse. Nous tremblons devant des ombres. Nous avons besoin que l'oracle nous dise ce qui va se passer vraiment. Calchas, pars. Dès que possible. »

Il y eut quelques mouvements et murmures parmi ceux qui étaient présents. Allaient-ils suivre le conseil d'Anténor et me renvoyer ou soutenir la position provocatrice d'Antimachos ?

Calchas vint s'incliner devant Pâris et moi. « J'écouterai attentivement ce que la pythie dira », nous promit-il. Son visage était toujours indéchiffrable. Allait-il vraiment faire de son mieux ? « Je rapporterai ses paroles exactes, à vous deux et au roi. » Il regarda autour de lui comme s'il cherchait quelque chose. « Avec ta permission, ô roi, je vais emmener Hyllos, mon fils. Ainsi, il en saura plus sur la vie et les obligations d'un devin, et verra la plus grande prophétesse de toutes – cela l'inspirera peut-être. »

Le visage de Priam prit une expression agacée. « Je n'en vois pas l'intérêt. Cela va te retarder.

– Bien au contraire ! répondit Calchas en souriant d'un air assuré. Nous savons tous que ce sont les vieux qui traînent, pas les jeunes.

– Bon, d'accord ! dit Priam avec un geste impatient de la main. Pars, sitôt que tu auras attaché les lanières de tes sandales !

– Dois-je prendre une torche et me mettre en route en pleine nuit ? »

La salle partit d'un rire bon enfant. « Pandaros, reprit Calchas, va chercher Hyllos et amène-le ici pour qu'il puisse recevoir la bénédiction du roi. »

Avant que Priam puisse protester, Pandaros était sorti de la salle en arborant un sourire narquois. L'instant d'après – de toute évidence le garçon attendait dehors – il revint, accompagné d'un grand jeune homme dégingandé qu'il traîna jusqu'à Priam. Le garçon gardait les yeux baissés, dissimulés en outre par ses longs cheveux balayant son front.

« Hyllos demande ta bénédiction avant de partir pour Delphes avec moi, annonça Calchas.

– Suis-je prêtre ? dit Priam d'un ton railleur. Et lui, est-il muet ? Ne peut-il pas s'exprimer lui-même ? Qu'il me regarde dans les yeux, plutôt que de se cacher derrière cette cascade de cheveux ! »

Calchas saisit les mèches du jeune homme et les tira vers l'arrière, révélant une cicatrice d'un rouge luisant, irrégulière, en marches d'escalier. Ainsi c'était pour cela qu'il masquait son front !

« Pardonne-moi, fils, dit Priam, puissent les dieux guérir le souvenir de cette blessure qui marque ta peau. Que ton voyage se déroule bien. »

Père et fils s'inclinèrent, puis Calchas prit la main d'Hyllos et ils sortirent tous deux dignement de la salle. Une fois qu'ils furent partis, Priam se tourna vers Pandaros, le regard furieux. « J'ai remarqué que la cicatrice de ce jeune garçon te faisait rire. J'ai trouvé cela cruel de ta part. Que sais-tu des cicatrices, toi qui n'as jamais participé à une seule bataille ? »

Tout d'abord surpris, Pandaros finit par s'incliner d'un air soumis.

« Toutes mes excuses, grand roi, dit-il.

– Alors ? demanda Antimachos d'une voix tonitruante. Nous pouvons nous en aller maintenant ? Il se fait tard.

– C'est ma foi vrai. Vous pouvez disposer », dit Priam en leur faisant signe de sortir, avant d'ajouter à notre intention : « Vous aussi. »

Le soleil du matin déversa sa lumière dans la chambre. Nous nous étions encore réveillés tard. Je fus debout avant Pâris. J'avais appris que, peu importait l'activité dans laquelle il était plongé, il avait toujours envie de la prolonger, si bien que le temps dont il disposait ne lui suffisait jamais. Comme il aimait se lever tard, il profitait, au-delà du raisonnable, des bontés de la soirée. Maintenant, il était fatigué et son sommeil empiétait sur la journée.

Il roula sur lui-même en se frottant les yeux. « Dans notre nouveau palais, il faudra que nous fassions installer de bons volets afin que notre chambre reste bien sombre. Aujourd'hui, nous allons commencer les plans. Je vais faire venir le maître d'œuvre...

– Déjà ?

– Pourquoi s'attacher à cet appartement, alors qu'il te faudra le quitter dans peu de temps ? Je ne veux pas que tu penses que la vie avec moi est faite de changements incessants. »

Un éclair dans mon esprit : le palais de Sparte. Je chassai cette image. « De toute évidence, Priam n'apprécie pas vraiment cette idée, dis-je. Peut-être considère-t-il que c'est un affront.

– Cela ne doit pas nous empêcher de mener à bien notre projet.

– Tu veux dire que toi, tu le mèneras à bien, dis-je.

– Mais c'est pour toi. Je veux un palais qui puisse loger une mortelle tellement belle qu'aucun autre n'en serait digne.

– On dirait que je suis une déesse, ce qui n'est pas vrai. Ou encore une statue de pierre ou d'or, ce qui est tout aussi faux.

– Oh, cesse d'ergoter ! s'écria Pâris. Laisse-moi construire ce palais ! Laisse-moi offrir à Troie quelque chose de valeur. Ce palais tiendra debout longtemps après notre départ. D'autres personnes y vivront, l'admireront et invoqueront nos noms avec gratitude.

En parcourant les rues de Troie à la recherche d'un site pour son palais, Pâris sautillait presque. Son maître d'œuvre, Gélanor, Évadné et moi-même le suivions d'une démarche légèrement plus sobre. Il y avait peu d'espaces non construits dans la cité, les maisons étant accolées les unes aux autres le long des rues qui montaient en lacets jusqu'au sommet de la colline. Dans la citadelle, le palais de Priam, avec ses immenses appartements, réserves et ateliers adjacents, celui d'Hector, et le temple d'Athéna se partageaient l'emplacement le plus agréable, avec vue sur la plaine et la mer scintillante.

« Je veux être tout là-haut ! s'exclama Pâris. Là où les vents sont forts et frais.

– On dirait que d'autres sont arrivés avant toi », dit Gélanor.

C'était pratiquement la première chose qu'il disait depuis notre arrivée. Je n'avais pas pu avoir une conversation privée avec lui depuis. Était-il toujours décidé à partir ?

« D'autres, en effet, sont arrivés avant moi chez mon père, mais j'ai pris la place qui me revenait de droit. Et que je vais continuer à prendre, ici même », dit Pâris en montrant du doigt une maison étonnamment modeste perchée sur le sommet de la colline à côté du palais de Priam. « Payons à cet homme le prix du terrain et construisons-y mon palais.

– Il n'y a pas suffisamment d'espace pour édifier quelque chose de plus grand que la construction déjà existante, expliqua le maître d'œuvre. Ton palais serait alors plus petit que tes appartements actuels.

– Mais l'emplacement est idéal ! dit Pâris, l'air effondré.

– Tu pourrais peut-être construire en hauteur, suggéra Gélanor.

– En hauteur ? s'exclama le maître d'œuvre.

– Quoi de plus ordinaire qu'un palais à un étage, poursuivit Gélanor. Quelqu'un a-t-il déjà essayé deux étages ?

– Ça ne tiendrait pas. Le poids serait trop important, l'étage du milieu étouffant. Je ne crois pas...

– Quelqu'un a-t-il déjà essayé ? répéta Gélanor. Mon intention n'est pas de te contredire, mais de savoir. L'homme est toujours en quête de nouvelles choses à entreprendre.

– Dans les jours, les années qui viendront, on contera des centaines d'histoires, dit Évadné brusquement. Ou peut-être plus. Commenceront-elles aujourd'hui ? »

Le maître d'œuvre se tourna vers Pâris. « Veux-tu vraiment que je t'aide ou préfères-tu écouter ces Grecs qui reconnaissent leur ignorance en matière de construction ?

– Ma chérie, me dit Pâris, tes amis devraient peut-être tenir leur langue.

– Hors de question », rétorquai-je.

J'avais toujours pu compter sur l'esprit pénétrant de Gélanor. La question que mon ami soulevait piquait ma curiosité. « Il n'y a pas de terrain libre pour le vaste palais de tes rêves. Peut-être le temps est-il venu d'imaginer quelque chose de différent. Ou bien de chercher un autre endroit, plus bas dans la cité, pour construire un palais plus traditionnel. »

Contrarié, Pâris se tourna à nouveau vers Gélanor. « Tu penses vraiment qu'un tel bâtiment serait possible ?

– Peut-être. Si on peut en faire à un étage, pourquoi pas à deux ? Ou même à trois ?

– Mais si nous construisions un tel palais, il dominerait les autres, dis-je. Cela ne provoquerait-il pas des rancœurs ? »

C'était ce que je voulais à tout prix éviter avec les Troyens.

« C'est pourquoi je te conseille de te limiter à deux étages, dit Gélanor. Ceci dit, trois, c'est tentant...

– Absurdités que tout cela ! Les étages supérieurs s'effondreraient, tuant ceux qui se trouveraient en dessous ! s'exclama le maître d'œuvre en levant les bras au ciel. Je ne peux laisser faire une telle chose, encore moins y participer. S'il vous arrivait quoi que ce soit, le roi me ferait exécuter. Non, je refuse !

– On dirait bien que tu te retrouves face à un choix, dit Gélanor à Pâris en souriant. Si tu ne veux pas prendre de risques, opte pour un autre emplacement moins exceptionnel. Par contre, si tu es disposé à faire preuve d'audace, construis ici quelque chose d'innovant. Bien sûr, dans ce cas, si tu échoues, le prix à payer sera élevé.

– Je veux un palais ici ! proclama Pâris, l'air déterminé.

– Alors, trouve-toi quelqu'un d'autre que moi ! s'exclama le maître d'œuvre.

– Très bien », dit Pâris, furieux. Puis, se tournant vers Gélanor, il lui demanda : « Peux-tu rester un peu plus longtemps ici, à Troie, pour superviser ces travaux ? Si nous réussissons, tu deviendras célèbre dans le monde entier !

– Et en cas d'échec ? »

Gélanor paraissait plus amusé qu'impressionné.

« Alors, Hélène et moi serons ensevelis sous les décombres, et toi, le Grec, il ne te restera plus qu'à fuir la colère de Priam.

– Je serais incapable de fuir mon propre chagrin. Je ferai mon possible pour que ce palais soit une réussite, dit Gélanor.

– Je vous laisse à votre folie ! déclara le maître

d'œuvre. Je viendrai assister à vos funérailles. On récoltera les morceaux de vos corps déchiquetés dans des draps. Vous aurez provoqué vous-même votre propre destruction ! Délibérément ! »

Il secoua la tête et s'en alla par les rues pavées et pentues.

« Les gens ont toujours peur, dit Gélanor. Mais quand on est désespéré, on est capable du plus grand courage. Construire un tel palais, prince, est un acte de courage.

– Tu resteras pour diriger les travaux ? » lui demandai-je.

Son regard glissa sur moi. « Comment pourrais-je dire non ? Tu as gagné, une fois de plus. Tu m'as tendu cet hameçon...

– Je ne t'ai pas piégé ! En fait, j'ai dit et répété à Pâris que l'idée de quitter le palais du roi était une provocation. Et que nous ne pouvions pas nous permettre cela.

– Oh, jusqu'où irais-tu pour me garder...

– Vaniteux ! rétorquai-je.

– Arrêtez ! s'écria Pâris. Une personne qui ne vous connaîtrait pas vous prendrait pour deux amants ! »

Gélanor éclata de rire, de bon cœur cette fois-ci. « Mais toi, tu nous connais, dit-il enfin.

– Gélanor ne rit que très rarement, indiquai-je à Pâris. Tu vois donc à quel point l'idée est saugrenue. »

Surgi brusquement de son palais, Hector s'étonna de nous voir là.

« Mon petit frère ! dit-il. Et Hélène la toute belle ! » Il traversa rapidement la rue, en homme habitué à ne pas hésiter. « Que faites-vous, par un beau matin comme celui-ci ?

– J'ai dans l'idée de devenir ton voisin, après être

devenu ton frère, expliqua Pâris. Je vais faire construire mon palais ici. Juste à côté du tien.

– Mais, objecta Hector en levant un sourcil, il y a déjà une maison ici, celle d'Oiclès, l'éleveur de chevaux.

– Je vais la lui acheter, dit Pâris, indiquant d'un geste de la main que ce n'était là qu'un détail.

– Je suis heureux de voir que tu es modeste, mon cher frère tout juste retrouvé, dit Hector. En effet, le palais qui sera construit ici ne pourra être que minuscule, vu le manque d'espace. Ce qui ne l'empêchera pas d'être raffiné.

– Il sera grand, répondit Pâris. J'ai mon idée là-dessus.

– À moins d'avoir recours à la magie, je ne vois pas comment tu vas t'y prendre.

– Tu verras. » Pâris adressa un regard plein de sous-entendus à Gélanor. « Je te présente mon magicien.

– Ah oui, je me souviens ! L'homme le plus sage de Grèce ! dit Hector. Je suivrai vos travaux avec le plus grand intérêt.

– Tu vas où ? Voir les chevaux ? lui demanda Pâris.

– Oui. Il faut que j'aille inspecter les enclos des poulinières. Cyzicos nous demande des juments et un bel étalon. Je vais les sélectionner aujourd'hui.

– J'ai montré à Hélène les bêtes au pré hier. Nous ne sommes pas allés voir les enclos près de la ville.

– Les chevaux sont notre joie », déclara Hector.

Je remarquai que Pâris n'avait pas raconté sa chute.

« Andromaque les aime beaucoup, poursuivit Hector. C'est une experte en la matière. Et toi ?

– Pas encore, répondis-je.

– Ah ! »

Des mains fines aux doigts longs et fins s'étaient

brusquement agrippées aux épaules d'Hector par-derrière. Il pivota sur lui-même.

« Cassandre ! » s'exclama-t-il avant de nous présenter la personne qui venait de se jeter dans ses bras.

C'était une femme au visage plat encadré de cheveux roux, raides et ternes. Jamais je n'avais vu quelqu'un au teint aussi pâle. Ses sourcils eux-mêmes étaient invisibles. Elle avait les yeux bleus et des paupières lourdes qui donnaient à son regard une expression morne et placide.

« Je reconnais tes compagnons, dit-elle d'une voix aussi fade que son visage. J'ai entendu parler de leur arrivée. Mais dans ma tête en premier. » Puis elle adressa à Pâris un regard intense : « Ta maison va s'écrouler.

– Tu penses que je n'arriverai pas à faire construire mon nouveau palais ? lui demanda Pâris.

– Non, il tiendra debout aussi longtemps que les autres. Mais un jour, il s'écroulera, consumé par les flammes, comme les autres. »

Et brûlèrent les hautes tours d'Ilion. Je fus prise de tremblements. C'était cette phrase affreuse à nouveau, cette phrase qui m'était venue, sans que je demande rien, à cause de mon propre don de prophétie.

« Pas avant plusieurs générations », dis-je. Je contemplai ces magnifiques bâtiments et la campagne calme où paissaient les chevaux. « Comme tu le sais – et moi aussi je sais cela, car j'ai mes propres visions – les messages que nous recevons ne précisent pas quand la prophétie se réalisera. »

Cassandre me regarda comme si je lui inspirais du dégoût. « C'est toi la cause des flammes !

– Oh, je t'en prie, chère sœur, arrête », dit Pâris.

Hector s'éclaircit la voix : « Je dois aller voir les chevaux, dit-il. Hélène, sache que tu es la bienvenue chez Andromaque. Elle sera ravie de t'apprendre ce qu'elle sait sur nos fameux chevaux. Elle les aime tant. » Puis il prit congé et partit en faisant claquer les pans de son manteau.

Nous restâmes seuls face à l'hostile Cassandre. Elle nous fusilla du regard, puis leva le menton comme si elle me jaugeait.

« Oui, c'est vrai, marmonna-t-elle. C'est un visage à causer une guerre. Et il la causera.

– Je ne m'étonne pas que Père t'ait enfermée, dit Pâris. Je vais lui demander de le faire à nouveau.

– *À cause d'elle une guerre terrible aura lieu, et de nombreux Grecs périront*, récita Cassandre. Et combien de Troyens ? »

Comment avait-elle appris cette phrase – cette phrase terrifiante prononcée par la sibylle ?

« Cassandre, dis-je, les ombres d'un possible futur ne doivent pas empoisonner nos pensées.

– Les ombres du futur ont déjà empoisonné ma vie ! s'écria-t-elle.

– C'est parce que tu les laisses engloutir ton présent, dit Pâris. Tu ne vis que dans ce qui ne s'est pas encore produit, si bien que tu ne vis pas du tout, puisque le futur recule à mesure que nous avançons dans le temps. » Il tendit le bras vers elle. « Nous avons tous deux été privés d'une grande partie de notre passé, ma sœur. Mais si nous laissons nos prophéties nous voler notre présent, alors nous sommes des imbéciles. Il ne nous restera plus qu'à nous en prendre à nous-mêmes. Viens avec moi, rejoins-moi dans le présent. Dans ce matin chaud et ensoleillé. Vis ! Rejoins-nous ! »

À ma grande surprise, elle se mit à pleurer, avec de grosses larmes coulant de ses yeux un peu méfiants. Elle se tint là quelques instants devant nous, silencieuse, effondrée. Enfin, elle se mit à marmonner. « Tu as raison, Je ne puis continuer ainsi, à toujours vivre dans un autre temps, à entendre des voix venues d'ailleurs et jamais de l'époque ou de l'endroit où je suis. » Elle toucha délicatement l'épaule de son frère. « Je ne veux pas descendre chez Hadès sans avoir marché sous le soleil, le mien, et non un soleil imaginé ou rêvé.

– Alors, fais taire les voix qui te soufflent ces prophéties. Quand elles affluent, tourne-leur le dos. Viens, prends ma main. »

C'était exactement ce qu'il m'avait dit, à moi : *prends ma main* – et il m'avait donné suffisamment d'audace et de folie pour m'aventurer dans un nouveau monde.

Cassandre plaça sa main pâle dans la sienne, ferma les yeux et respira profondément. « J'ai peur, dit-elle. Je n'ai jamais vécu... ici... avant.

– Ce monde-ci est plus intéressant que celui des ombres et des rêves, dit Pâris. Il te suffit de regarder ce que tes yeux te montrent, d'absorber ce qui se trouve devant toi. Suis mes conseils. Peut-être apprendras-tu à apprécier Hélène, et comprendras-tu qu'elle est une femme, pas un signe ou une image.

– Hélène ? demanda-t-elle. N'est-elle pas qu'un idéal ? »

Pâris se mit à rire et plaça ma main dans celle de Cassandre. « On ne peut pas tenir un idéal par la main. »

Je vivais. J'étais réelle. J'étais venue à Troie pour prendre la main de Cassandre.

XXXV

Ainsi, j'étais arrivée à Troie. J'entrepris d'en faire mon foyer.

Évadné et moi partîmes à la recherche d'un endroit où installer le serpent sacré. « Il faut que nous lui trouvions une maison, dit-elle. Sinon, il ne se sentira pas chez lui. » Nous découvrîmes une petite pièce sous les appartements royaux où un minuscule filet d'eau s'écoulait dans une sorte de flaque. Tranquille et à l'écart, elle conviendrait parfaitement au serpent.

Il ne fut pas bien compliqué d'y faire construire un autel, avec un endroit où déposer des gâteaux au miel et du lait. Quand tout fut prêt, je demandai à Pâris de venir m'aider à relâcher le serpent. Après tout, notre première conversation intime ne s'était-elle pas déroulée en sa présence, et n'avions-nous pas déclaré notre amour devant l'autel où il vivait ?

Nous ouvrîmes ensemble le sac où il était enfermé et le laissâmes se glisser au-dehors. Il s'immobilisa, nous regarda – était-ce mon imagination ou bien avait-il vraiment cet air solennel ? – puis traversa lentement la pièce en direction d'un petit coin sombre.

« Bénis-nous, l'implora Évadné, nous avons besoin de ta protection dans cette nouvelle demeure.

– Ceci est ta troisième maison, dis-je. Tu as quitté Épidaure avec moi pour Sparte et te voilà maintenant à Troie. Mais changer, n'est-ce pas se renouveler ? Chaque fois que tu mues, tu prolonges ta jeunesse. Apprends-nous à faire de même. Et prends soin d'Hermione, même de loin. »

Pâris s'agenouilla. Le serpent, ramassé sur lui-même, le regarda attentivement. « Tu m'as donné un signe à Sparte. Tu m'as lié à Hélène, ta maîtresse. Maintenant que nous sommes dans ma ville, nous comptons sur toi. Aide-nous à conserver ce lien. Protège notre foyer. »

Le serpent darda sa langue, puis disparut dans la pénombre.

Les ouvriers travaillaient sans relâche et, petit à petit, le palais de Pâris se dressa sur les hauteurs de Troie. Je pris l'habitude de rendre visite à Andromaque qui, étrangère comme moi, me comprenait parfaitement. Elle aussi désirait plus que tout au monde un enfant.

En l'entendant parler de son rêve de devenir mère, je sentis l'image d'Hermione envahir mes pensées. Ma petite fille me manquait cruellement. Parfois, cette douleur était si intense que j'allais pleurer dans la petite pièce où se trouvait l'autel, sous le regard des dieux et du serpent sacré.

Andromaque me confia qu'elle avait essayé tous les remèdes, fait tous les sacrifices qu'il fallait aux dieux.

« Et pourtant mon ventre est vide ! murmura-t-elle. Aucune voix d'enfant ne résonne dans ces appartements.

– Tu es jeune, lui dis-je.

– Jeune ! Tu sais bien que non ! J'ai plus de vingt ans. Tu trouves ça jeune ?

– J'ai vingt-cinq ans, moi.

– Et alors ? À ce que je vois, tu n'as pas d'enfant

avec Pâris. Ta fille, tu l'as eue à seize ans. Et maintenant... Plus rien ! »

Elle faisait mouche. C'était vrai. Et pourtant, comme je désirais un enfant de Pâris !

« Les dieux ne peuvent pas priver Hector d'un fils », dis-je, tout en sachant que cette réponse n'était guère convaincante. À mesure que j'apprenais à le connaître, mon estime pour Hector ne faisait que croître. Non parce que c'était un guerrier, ou qu'il avait fière allure, mais parce qu'il portait toujours un jugement très juste sur les choses et les gens et témoignait d'un intérêt inaltérable pour ce qui l'entourait.

« Les dieux ! Ils font ce qu'ils veulent ! » répondit Andromaque, avant d'ajouter avec un sourire doux : « Tu le sais bien, Hélène, toi qui fais partie de leur famille.

– Tu fais allusion à cette vieille histoire de cygne ? lui demandai-je en éclatant de rire.

– Il n'y a pas que cette histoire. Il y a aussi ta façon d'être. Je suis persuadée que certains d'entre nous sont plus proches des dieux que d'autres. »

Ce genre de conversation finissait toujours par me mettre mal à l'aise. « Je commence à avoir faim. Qu'est-ce que tu dirais de quelques douceurs ? » suggérai-je.

L'été arriva. Des vents chauds remplacèrent les rafales incessantes et glacées de l'hiver. La plaine se recouvrit d'une herbe vert vif et le Scamandre devint un petit ruisseau paisible et gargouillant. Quant à l'autre fleuve arrosant la plaine, le Simoïs, dont les sources s'asséchaient à cause de la chaleur, il se transforma en une série d'étangs. Il faisait cependant toujours bien frais au sommet de la cité, ce qui permit aux ouvriers de poursuivre la construction de notre palais sans avoir à ralentir leur rythme de travail. D'après eux, tout serait terminé avant que les journées ne raccourcissent de nouveau. Bien sûr, il faudrait attendre encore un peu pour les finitions et la décoration. Les artistes, ajoutèrent-ils en bougonnant, prenaient toujours beaucoup de temps. On ne pouvait jamais compter sur eux. Le deuxième étage restait à construire. Gélanor faisait des essais avec des maquettes en terre cuite et en bois sur lesquelles il ajoutait des poids pour voir comment la construction supporterait la charge supplémentaire. Il avait un temps évoqué la possibilité d'un niveau supplémentaire, mais semblait avoir abandonné l'idée. Peut-être sa maquette s'était-elle écroulée lors d'un essai.

J'étais en train de mélanger deux types d'herbes séchées pour faire un pot-pourri afin de parfumer nos appartements lorsque Pâris surgit en criant, « Viens voir ce qui arrive à Troie ! » Son visage était rouge d'excitation. Il me saisit la main si vite que je laissai tomber les herbes par terre.

« Peu importe ! Allons voir avant qu'il y ait trop de monde ! » Me traînant derrière lui, il descendit en courant la rue principale jusqu'à la porte Dardanienne où une foule immense était déjà rassemblée. Quelqu'un tentait d'ouvrir les portes pour faire passer un objet de grande taille posé sur une plateforme instable et gémissante.

La foule était déjà très dense. Pâris me proposa de monter dans la tour de garde. « Nous pourrons voir de là-haut ce qui se passe. » Nous escaladâmes l'échelle menant à l'endroit où les gardes et les archers se postaient pour surveiller les murailles. De la fenêtre, je vis près de la porte une statue dorée de forme allongée. Elle avait le corps d'un lion et la tête d'une femme.

« Elle vient tout droit d'Égypte, criait un petit

homme basané aux bras de singe. Alors, vous me la payez combien ? Je ne la fais pas avancer un pouce de plus si personne n'a l'intention de l'acheter ! Quel imbécile j'ai été, de l'amener jusqu'ici sur la promesse d'un homme qui, de toute évidence, n'existe pas !

– Il ne s'appelait pas Pandaros, par hasard ? » lança quelqu'un dans la foule.

Le propriétaire de la statue secoua la tête.

« Pourtant, Pandaros aime bien ce genre d'objet. Peut-être était-ce Anténor ? »

À ce nom, la foule se mit à rugir. Anténor, dans mon souvenir, était un homme élégamment vêtu. Quelqu'un cria : « Anténor ? Jamais il ne voudrait d'une chose aussi vulgaire et démesurée !

– Comment ça, vulgaire ? protesta le propriétaire. Sache que cette statue vient du palais d'un pharaon !

– Volée, je parie. »

Je vis Déiphobos passer négligemment sa main sur le dos de la statue.

« Si tel est le cas, aucun risque que son propriétaire la suive jusqu'ici, répondit l'homme avec un clin d'œil. Voyons, qui est donc l'heureux Troyen qui en prendra possession ?

– Cette statue représente un sphinx, expliqua un vieillard tout desséché. Il y en a qui posent des énigmes, d'autres qui prédisent l'avenir, d'autres qui tuent, comme celui qu'Œdipe a rencontré. Mais toi, comment se fait-il que tu en possèdes un sans que cela t'ait valu des misères ? Ne serais-tu pas un peu Égyptien ?

– Il faut un sphinx à Troie ! hurla un garde à pleins poumons. Comme dans chaque ville importante ! Ne sommes-nous pas la plus grande de toutes ?

– Tout à fait ! renchérit le propriétaire. Sur les rives du Nil, il y a une cité avec une avenue entièrement bordée de sphinges. Allez-vous vous laisser ridiculiser par...

– Je parie que maintenant il en manque un là-bas ! » dit Déiphobos sans réussir à faire passer sa remarque, acerbe comme toujours, pour une plaisanterie.

« Nous pourrions l'installer en bas, près du puits, là où il y a tout cet espace. Nous planterions des fleurs autour, installerions une fontaine, et il y aurait un endroit où s'asseoir à l'ombre...

– Troie mérite cette statue ! cria une voix de femme.

– Dire que pendant si longtemps on a vécu sans ! s'étonna quelqu'un dans la foule.

– Vous voyez ? fit le vendeur avec un haussement d'épaules. Allons, allons, ne vous bagarrez pas ! Qui sera l'heureux propriétaire de cette statue ?

– Troie, répondit Priam qui venait de surgir à ses côtés. Moi, Priam, roi de Troie, j'en fais don à ma ville. » Il tapota le dos de la statue, avant de poursuivre : « Nous devons œuvrer à l'embellissement de notre cité. » Il fit signe aux ouvriers inactifs qui se tenaient près de la charrette. « Faites-la rentrer. Et amenez-la à l'endroit dont nous avons parlé tout à l'heure. »

Le vendeur réprima de justesse son envie de se frotter les mains.

« Fort bien, sire. Mais si je puis me permettre, pourquoi une seule statue ? Je peux t'en procurer une autre. Tu sais ce que l'on dit – une statue, c'est un peu triste, deux, c'est déjà une collection. »

Hector, qui venait de faire son apparition, passa le bras autour des épaules de Priam et, se tournant vers le vendeur, lui dit : « Ne sois pas trop gourmand, ami. »

Débordante de joie, la foule suivit le sphinx en

aidant à le pousser. Il était encore tôt dans la journée, mais quelqu'un apporta du vin, et un jeune garçon se mit à jouer du chalumeau. Nous descendîmes de la tour et suivîmes le cortège jusqu'à la cour pavée où le sphinx fut installé provisoirement.

« Ma foi, à présent, ma propre cour aura l'air bien nue sans son propre sphinx, dit Pandaros qui avait rejoint notre troupe en cours de route.

– Allons, avoue ! C'est toi qui l'as commandée, n'est-ce pas ? » lui demanda Hector d'une voix taquine.

Pandaros feignit l'innocence bafouée. « Qui ? Moi ? Pas du tout ! Tu sais bien que mon faible, ce sont les meubles marquetés.

– Et comment ! répliqua Hector. Mon dos s'en souvient, de ces affreuses chaises inconfortables !

– Tu aimes les meubles marquetés ? dit le marchand qui devait être doté d'une ouïe surhumaine. Mais j'ai d'adorables petits tabourets et de superbes tables sur mon bateau. À deux pas d'ici ! » Il pointa le doigt en direction du débarcadère. « Si tu veux, je vais les chercher tout de suite !

– De quel type de marqueterie s'agit-il ? demanda Pandaros.

– Hélas, Pandaros, tu cours droit à ta perte ! gémit Hector.

– C'est de l'ivoire ou de la nacre, répondit le marchand. Tu as le choix, ô prince, j'ai les deux. »

Pandaros sembla hésiter.

« Amène ta marchandise ! cria quelqu'un dans la foule. Qu'on puisse voir !

– Oui, montre-nous ce que tu vends !

– Il va me falloir de l'aide pour tout porter », dit le marchand.

Tels des enfants, les Troyens se ruèrent vers son bateau et ne tardèrent pas à revenir chargés de boîtes, de sacs ou tirant des charrettes. Ils étalèrent les marchandises sur le dallage lisse de la cour et regardèrent le marchand faire l'article, tout en commentant joyeusement sa prestation et en faisant monter les enchères.

Enfin, la foule impatiente se jeta sur les objets à vendre. Tapis de laine, fioles en albâtre, colliers de chien parsemés de calcédoines, chapeaux de soleil tressés, vases peints, peignes en ivoire disparurent en un clin d'œil. Les articles plus grands, tels les meubles marquetés, très jolis en vérité, partirent plus lentement. Comme il l'avait annoncé, le marchand avait d'autres statues, plus petites, mais pas de sphinges. Elles aussi trouvèrent preneurs. On entendit plusieurs épouses dire : « Mais chéri, nous devrions peut-être attendre la grande foire et voir ce qu'on y trouve... »

Pâris me proposa à voix basse d'acheter quelque chose pour notre nouveau palais.

« Non, répondis-je. Comment pourrions-nous meubler un lieu qui n'existe que dans un rêve ? » J'avais en vérité des doutes quant à la solidité de notre nouvelle demeure et de tels achats me semblaient prématurés.

La foule ravie s'éloigna de l'étalage du marchand, qui avait sérieusement diminué, et se mit à chanter : « Trésor grec ! Trésor grec ! »

L'homme, quelque peu décontenancé, dit : « J'ai bien quelques jarres de Mycènes, avec des anses d'une beauté exceptionnelle... » Il se mit à fouiller dans l'une des charrettes.

Sur quoi les Troyens crièrent : « Notre trésor grec, nous l'avons déjà ! C'est le plus précieux qui soit ! C'est Hélène, reine de Sparte !

– Et qu'avons-nous payé pour elle ? demanda un homme en hurlant.

– Rien du tout ! Elle ne nous a rien coûté ! C'était un cadeau pour Troie !

– Alors, buvons ! »

Les outres circulèrent d'épaules en épaules.

Je vis Priam froncer les sourcils en entendant la foule.

De retour dans l'intimité de nos appartements, Pâris jeta un regard triste autour de lui et dit : « Ces tabourets, ils étaient vraiment très jolis. Ils nous seraient utiles pour nous asseoir au coin du feu dans notre nouvelle maison. »

Visiblement, les Troyens appréciaient des intérieurs bien plus raffinés que ceux que nous avions à Sparte. Même Pâris, pourtant élevé dans une simple cabane de berger. Peut-être avaient-ils cela dans le sang. « Ton père s'est montré d'une grande... générosité. » J'aurais parlé de *prodigalité*, si je n'avais craint de faire une remarque déplaisante.

« Il se considère comme le père de Troie et veut que ses enfants soient heureux. »

Comme ils étaient gâtés ! Le souvenir de Père et de son avarice traversa mon esprit. Père... Qu'avait-il fait ce matin-là quand il s'était éveillé et avait découvert que j'étais partie ? Avait-il convoqué mes prétendants, tenté de les rallier à sa cause ? Et Mère... Et Hermione... Je mourais d'envie de les serrer toutes deux dans mes bras. Hélas, elles étaient loin, si loin de moi ! J'avais rejeté Idoménée parce que je ne voulais pas quitter ma famille. Et maintenant, une mer m'en séparait.

« Tu as l'air triste, me dit Pâris en se rapprochant.

– Je pense à ma famille, à ma fille surtout.

– Nous savions que ce serait difficile.

– Mais j'ignorais à quel point », reconnus-je. Il

nous est impossible de nous représenter une telle perte avant de l'avoir vécue. « Pâris, aimerais-tu avoir un enfant ?

– Oui, bien sûr. Ce serait l'enfant de notre amour. Mais il ne pourrait jamais remplacer Hermione. Chaque enfant est unique. Ceux de Père sont tous différents. Je ne suis pas Déiphobos, pas plus que Déiphobos n'est Hector.

– Je le sais bien ! » Sa réponse, destinée à me consoler, attisait ma douleur. « Mais un enfant pourrait nous apporter de la joie. »

Une joie qui côtoierait la tristesse.

« Alors, espérons que les dieux nous enverront un fils ou une fille », dit Pâris.

Pardonne-moi, Hermione, je t'en prie. Je ne cherche pas à te remplacer. Je sais que cela est impossible. Tout ce que je veux, c'est demeurer mère.

Le lendemain matin, je reçus une convocation, ou plus exactement une invitation à rejoindre Hécube et ses filles dans le gynécée du palais. J'étais tout à la fois pleine d'appréhensions, flattée et heureuse d'être ainsi acceptée. Depuis mon arrivée à Troie, la reine ne m'avait jamais proposé de venir la voir.

Lorsque je fis part de ces réflexions à Pâris, il me dit : « Fais attention à ce que tu lui promets. Peut-être veut-elle obtenir quelque chose de toi. »

Je voyais donc mes craintes confirmées et mon plaisir gâché. « Je serai sur mes gardes », assurai-je à Pâris.

Hécube était déjà entourée de ses filles lorsque j'arrivai. Elles s'étaient de toute évidence réunies avant. Hécube trônait au milieu, me faisant instantanément penser à la fière Niobé et à ses sept jolies filles. La plus grande était Andromaque, sa belle-fille, aussi majestueuse et gracieuse qu'un grand peuplier. Les autres, de teint pâle et aux yeux brillants, formaient comme un bouquet autour de leur mère, telles des fleurs des champs. Il y en avait une que je n'avais jamais vue auparavant, plus jeune que les autres, à peu près du même âge qu'Hermione. Envahie par la jalousie, je me forçai toutefois à sourire et demandai à la petite : « Comment t'appelles-tu ? Je ne t'ai jamais vue.

– Je m'appelle Philomène, répondit-elle poliment.

– C'est ma benjamine, dit Hécube. Elle a vu dix hivers troyens, dont un avec de la neige. » Puis, faisant un grand geste du bras, elle me demanda : « Tu connais les autres ? »

Certaines plus que d'autres, et aucune très bien. Créüse était pratiquement toujours avec Énée, si bien que quand je le voyais lui, je la voyais aussi. Cassandre, avec ses cheveux roux, était facile à reconnaître. Laodicé – celle qui avait parlé de mariage – oui, je me souvenais d'elle, mais je l'avais peu revue depuis cette première soirée dans la cour. Il y avait une autre jeune fille dont les traits, insolites, marquaient les esprits. Elle avait le nez trop grand, les lèvres minces et sans forme, le front large, mais bizarrement ces éléments de sa physionomie s'assemblaient pour former un visage obsédant, difficile à oublier – un visage dont je me souviendrais quand d'autres, moins particuliers, se seraient effacés de ma mémoire. Au moment où je me faisais ces réflexions, Hécube la prit dans ses bras de manière protectrice et l'embrassa sur la joue. « Et voici Polyxène, dit-elle, qui vient d'avoir douze ans. »

La dernière, Ilona, une jeune fille mince aux cheveux sombres et à la beauté fascinante, se contentait de regarder droit devant elle sans rien dire. Il m'était impossible de déterminer si son silence était dû à sa timidité ou à son hostilité. Au début, ces choses-là ne sont pas faciles à voir.

Les jeunes filles s'écartèrent, comme un nœud multicolore qui se défait. Je remarquai qu'elles portaient toutes une tenue de couleur différente. On trouvait de si belles étoffes à Troie ! À un bout de la salle, une table croulait sous le poids de rouleaux de tissu.

« Maintenant que tu es une fille de Troie, il est naturel que tu te joignes aux autres, déclara Hécube en me dévisageant. Je me suis montrée négligente en ne t'admettant pas dans notre cercle avant.

– Je me sentais un peu seule, parmi toutes ces filles d'Hécube », dit Andromaque en s'empressant d'ajouter : « Même si, bien sûr, elle a toujours été une vraie mère pour moi.

– Il est temps que certains de mes fils se marient, reprit Hécube. Et certaines de mes filles aussi. Seule Créüse, de toutes mes enfants chéries, a eu la chance de trouver un époux. Mais nous allons remédier à cela. C'est pour cette raison que nous sommes réunies ici. » Elle se tourna vers moi et poursuivit : « Tu nous as raconté que des prétendants sont venus se disputer ta main. Penses-tu que nous pourrions organiser ce genre de concours à Troie ? »

Ses yeux curieux me scrutaient.

Je parcourus du regard le groupe de jeunes filles. Quelle chose terrible ce serait pour elles ! « Non, répondis-je. Un tel concours est ennuyeux, gênant et cher.

– Alors tu t'es sauvée avec quelqu'un qui n'y avait même pas participé ! dit Laodicé en gloussant. C'est drôle, non ?

– Drôle n'est pas le terme que j'emploierais, rétorqua Hécube en lui lançant un regard glacial.

– Moi, je trouve que c'est merveilleux, et même courageux ! poursuivit la jeune fille en ignorant la remarque de sa mère.

– J'espère bien que tu n'as pas l'intention de faire de même, répliqua la reine.

– Peut-être que oui, si tu insistes pour me faire épouser un Thrace. Mère, je ne veux pas quitter Troie. Ne m'envoie pas là-bas !

– Il est vrai que d'habitude les gens de notre cité se marient entre eux, fit Créüse. On pourrait même dire qu'Énée est troyen, tant nos liens familiaux sont étroits.

– En effet, les Dardaniens ne sont pas considérés comme des étrangers. Refuserais-tu quelqu'un de Dardanie, Laodicé ?

– C'est mieux que la Thrace, mais ce n'est toujours pas Troie.

– Mais enfin, qu'est-ce que vous avez toutes ? s'exclama Hécube. J'étais plus jeune que toi, Laodicé, quand j'ai quitté la Phrygie pour venir ici épouser Priam. Et je me suis séparée de mes parents sans pleurnicher. Aujourd'hui, même mes fils ne semblent pas pressés de se marier !

– C'est tout simplement qu'on s'amuse trop ici, dans les appartements des enfants, expliqua Laodicé.

– C'est vrai ! Oh, s'il te plaît, ne nous quitte pas ! s'écria la petite Philomène.

– Que vais-je faire de vous toutes ? se lamenta Hécube. Au moins Hector a fini par se marier, et maintenant Pâris... Hélène, dis-leur. Tu n'as pas hésité à te marier le moment venu. »

Je regardai les visages qui m'entouraient en cherchant vainement ce que je pouvais dire d'agréable. Finalement, je décidai de laisser parler mon cœur. « Moi non plus, je n'avais pas envie de quitter ma maison. C'est pour cela, du moins en partie, que j'ai choisi quelqu'un qui ne m'emmènerait pas dans un pays lointain.

– Pour sûr, ce n'était pas Pâris ! lança Ilona, révélant du même coup son hostilité.

– Non, en effet, dis-je, ce n'était pas Pâris, mais mon premier mari. Je l'avais choisi. Le second, ce sont les dieux qui me l'ont envoyé.

– Et si nous choisissions tout d'abord la robe que je porterai le jour de mes noces ? suggéra Laodicé en désignant les rouleaux de tissu. Si je sais déjà quelle sera ma tenue, peut-être... »

Soulagées, les jeunes filles se dirigèrent en papotant vers la table, tandis qu'Hécube attendait à côté de moi.

« Tu n'as pas envie de donner ton avis ? me demanda-t-elle.

– Toutes les couleurs vont bien à Laodicé. Elle ne peut pas se tromper.

– Tu parles davantage pour toi que pour elle, dit Hécube en haussant les épaules. Le rouge ou le marron ne lui vont pas. »

Quoi que je dise, elle le contesterait. Alors, pour quelle raison m'avait-elle invitée ?

« Maintenant que nous sommes une famille, dit-elle, il est bon pour mes filles d'apprendre à te connaître. » Après un court silence, elle ajouta : « Les choses interdites sont plus attirantes. Je crains fort que Laodicé n'éprouve déjà pour toi une admiration néfaste. Je ne peux certes pas rejeter la femme de Pâris, mais il serait hypocrite de ma part de faire comme si je souhaitais que mes filles t'imitent.

– La franchise est une belle vertu », dis-je sur un ton tout aussi acerbe.

La gentillesse aussi, faillis-je ajouter. *Parfois les deux s'opposent. Ainsi, c'est par pure gentillesse que je m'abstiendrai de te dire franchement ce que je pense de toi et de ton attitude.*

« Nous nous comprenons », déclara-t-elle.

En vérité, non. Je ne parvenais toujours pas à sonder les profondeurs de son cœur et je sentais qu'elle était peu curieuse d'en savoir plus sur moi.

« Tu n'es pas encore enceinte ? me demanda-t-elle tout à trac.

– Pas encore ? Que veux-tu dire par là ?

– Je pensais que c'était pour cette raison que tu t'étais enfuie de Sparte si vite.

– Si tel était le cas, ma grossesse serait visible maintenant. »

Vraiment, son manque de tact et ses sous-entendus étaient offensants.

« Donne un fils à Pâris, poursuivit-elle. Sinon, il regrettera d'être parti avec toi. » Elle ajouta avec un sourire satisfait : « Crois-moi, je connais mon fils.

– Pas vraiment, rétorquai-je. En fait, on peut dire que tu ne le connais pas du tout.

– C'est toi qui ne le connais pas, répliqua-t-elle. Les dieux nous aveuglent parfois.

– Mère ! s'écria Laodicé en courant vers elle, avec dans la main un rouleau de tissu jaune pâle qu'elle lui mit sous le nez. C'est celui qu'il me faut ! Tout ce qu'il nous reste à faire maintenant, c'est trouver l'homme qui va avec ! »

d[illegible] il flotte s[illegible]
chan[illegible] o[illegible]
fait [illegible] de [illegible] s lon[illegible]
chap[illegible]
perc[illegible] nts [illegible]
d'ét[illegible] er [illegible]
rech[illegible] il [illegible]
endr[illegible]
mo[illegible] de [illegible]

XXXVI

Enfin vint le jour de la grande foire qui se tenait sur la plaine de Troie. Pendant quelques semaines, à la fin de l'été, des milliers de vendeurs se rassemblaient sur la prairie au pied de la citadelle, avant que l'hiver interdise les voyages en mer. Venus de Babylone, de Tyr, de Sidon, d'Égypte, d'Arabie et d'Éthiopie, ils étalaient leurs marchandises pour attirer les clients et, l'espace de quelques jours radieux, Troie devenait le centre du monde.

Besoin d'un professeur d'arcadien ? Vous êtes sûrs de trouver à la foire un expert dans cette langue. Envie d'un tissu si léger qu'il flotte sur l'eau ? Vous le dénicherez à la foire. Et pourquoi pas un mets très délicat fait à base de pâte d'amandes fouettée ? L'un des marchands en vendra. Et pour chaque transaction, Priam percevait une taxe. Ses agents étaient partout, allant d'étal en étal pour collecter l'argent. Les gens ne rechignaient pas à payer car il n'y avait pas meilleur endroit pour une foire que celui-ci. Troie, reine du monde, trônait au carrefour de l'Europe, de l'Asie, de l'Orient et de l'Occident.

Un jour, en fin d'après-midi, Pâris et moi allâmes nous promener au milieu des marchands. Les rayons du soleil étaient déjà obliques. Tout autour de nous retentissait une cacophonie polyglotte dans laquelle je me sentais tout à fait à l'aise. Ces langues inconnues me rendaient invisible. Je les traversais comme une ombre souterraine. Des objets insolites et tentants s'étalaient sur des tissus aux couleurs éclatantes : morceaux d'ambre mouchetée, amas de tapis de laine, tas d'écorces enroulées et délicieusement parfumées, pieuvres séchées, haches forgées dans un métal à l'éclat mat, morceaux d'encens brut, sacs de turquoises rares provenant du désert égyptien.

Soudain, alors que nous étions en train d'admirer une portée de bébés léopards que vendait un marchand de Nubie, j'entendis quelqu'un parler grec, plus précisément le dialecte de Sparte. Sa douce mélodie, son rythme flottaient dans l'air comme l'odeur des épices étalées sur une couverture à côté de nous. La langue de Sparte ! J'agrippai la main de Pâris et, l'entraînant à ma suite, suivis ce son, telle une enfant attirée par la musique d'une flûte.

« Des Spartiates ! lui dis-je. Il y a des Spartiates ici !

– Peut-être vaudrait-il mieux ne pas s'approcher. Au moins, couvre-toi le visage. »

Mais bien sûr ! Mon voile ! Je ne me donnais plus la peine de prendre cette précaution. J'étais tellement libre parmi les Troyens !

Nous approchâmes des marchands grecs. Ils étaient trois. Le plus vieux, mais aussi le plus maigre, était visiblement le chef. Il donnait des ordres aux autres pour qu'ils arrangent leur étalage et menait les négociations. Je repérai des jarres d'olives sauvages séchées provenant de la région du Taygète, un mets raffiné typique de l'endroit, ainsi que le miel des prairies de l'Eurotas, reconnaissable entre tous. L'eau me vint immédiatement à la bouche. Les marchands vendaient aussi des boucles d'oreilles délicatement travaillées. J'étais presque sûre de connaître l'artisan qui les avait faites.

Je me rapprochai tout doucement et, d'un petit coup de coude, demandai à Pâris de marchander un peu de miel. Moins je parlais, mieux c'était. Pendant que l'homme proposait à Pâris plusieurs tailles de jarres, j'entendis ses deux collègues – l'un jeune et corpulent, l'autre qui portait le bouc – dire qu'ils étaient arrivés en retard parce que la plupart des bateaux grecs avaient été réquisitionnés par Ménélas et Agamemnon et que de simples marchands avaient été ainsi privés de leur vaisseau.

« En effet, il n'y a pratiquement plus un seul navire en Grèce, dit le gros. Celui que nous avons utilisé, je l'avais caché de l'autre côté de l'île au large de Gythion. Sinon, on me l'aurait pris.

– On te l'aurait pris pour quoi ? » lui demanda Pâris.

Ils nous regardèrent, médusés. « Mais voyons, pour faire partie de la grande flotte qu'Agamemnon est en train de constituer. Il a demandé à la Grèce entière de lui fournir des hommes, des armes et des navires. On a ordonné à chaque famille d'envoyer un fils. Elles ont tiré au sort. Certains disent qu'ils préféreraient payer, même une fortune, plutôt que d'obéir.

– Mais... pour quelle raison rassemble-t-il cette armée et cette flotte ?

– Mais enfin, vous vivez dans un cocon à Troie ? C'est parce que la sœur de la femme d'Agamemnon a été enlevée par un Troyen. Du moins c'est ce qu'ils disent. D'autres prétendent qu'elle est partie de son plein gré. Toujours est-il qu'il y a de cela quelques années déjà, les princes grecs ont prêté serment – à l'occasion de son mariage, je crois. Bref, Agamemnon a appelé tous ceux qui avaient prêté ce serment et bien d'autres encore. Il a l'intention de combattre les ravisseurs et de récupérer sa belle-sœur. » L'homme ajouta en riant : « Je me demande bien quelle femme peut valoir toute cette peine. Mais si on gagne Troie, alors, quelle récompense pour les siècles à venir ! C'est pourquoi nous nous dépêchons de faire des affaires ici avant de rentrer chez nous. »

Je fus stupéfaite. Pourquoi n'avions-nous pas eu vent de cela ? Dire qu'Agamemnon...

« Est-ce un secret ? demanda Pâris.

– Pas vraiment, répondit l'homme. Mais souvent, on n'a pas envie de parler de ce qui n'est encore qu'à l'état de projet. Qu'y aurait-il à dire, après tout ? Nombreux sont les projets qui ne débouchent sur rien. » Il secoua ses couvertures de laine brute qui sentaient encore le mouton, avant de poursuivre : « Je pense que ce qui a tout déclenché, c'est la mort de la mère de cette femme. Elle s'est pendue dans sa chambre – de honte. Le vieux roi et Ménélas étaient tellement effondrés, tellement atteints dans leur honneur, qu'ils ne pouvaient pas ne rien faire.

– La reine... La reine de Sparte s'est suicidée ? parvins-je à dire à grand-peine, oubliant que je ne devais pas parler.

– L'ancienne reine. La reine actuelle, c'est sa fille, celle qui s'est enfuie à Troie. »

Mère ! J'aurais voulu pouvoir enfoncer mon poing dans ma bouche pour m'empêcher de crier.

« Et ils vont attaquer directement ? Ils ne vont pas envoyer d'ambassade pour tenter de régler le conflit par la diplomatie ? demanda Pâris avec son sens des réalités.

– J'ai entendu dire qu'ils l'avaient déjà fait et que

Priam leur avait menti. Peut-être le temps de la diplomatie est-il fini. Qu'en sais-je ? Je ne suis qu'un simple marchand. J'ai déjà eu de la chance que Ménélas ne me prenne pas mon bateau. Mais pourquoi tout ce tapage autour de cette femme ? Laissez-la où elle est, voilà ce que je dis. Une femme infidèle ne vaut pas tripette. »

Je me sentis sur le point de défaillir. Pâris me retint en disant : « C'est à cause du soleil. Elle attend un enfant. » Puis il m'entraîna plus loin.

« Par cette chaleur, elle ne devrait pas couvrir son visage de la sorte, dit le marchand. Mais il est vrai que vous autres, Orientaux, y êtes habitués. »

Nous poursuivîmes notre chemin, Pâris me soutenant. Mère ! Mère s'était suicidée ! Une armée se tenait prête à débarquer ici ! « Il faut que je... Je t'en prie, Pâris, ramène-moi dans nos appartements ! » Allais-je pouvoir marcher jusque-là ? Je tremblais alternativement de froid et de fièvre. Mes jambes se dérobaient.

« Je vais t'aider », dit Pâris. Nous sortîmes péniblement de la foule des marchands et débouchâmes sur la prairie. Comme les murailles de Troie paraissaient lointaines !

Tremblante, affaiblie, je m'effondrai par terre. Oh, me reposer ! Ne serait-ce que quelques instants ! Je penchai la tête en avant. Mon regard se fixa sur le sol et les herbes qui dansaient autour de moi. Je perçus alors un léger mouvement au niveau des racines, sans pouvoir distinguer de quoi il s'agissait. Les couleurs se fondaient les unes dans les autres. Il y eut de nouveau un mouvement. Une tortue... Ses marques marron et jaune ressortaient maintenant sur le vert de l'herbe. Elle ressemblait à celles d'Hermione. Hermione...

Je poussai un gémissement et fus traversée d'une douleur déchirante comme jamais je n'en avais ressenti. Pendant ce temps, la tortue me contemplait de ses yeux noirs et curieux, dénués de tout jugement. Je les vis s'agrandir jusqu'à ce qu'ils emplissent mon champ de vision. Puis tout disparut. Les ténèbres m'emportèrent.

« Que lui est-il arrivé ? » C'était Gélanor. Sa voix me parvint de très loin. J'étais incapable de bouger. Étais-je morte ? Était-ce mon esprit qui planait au-dessus de mon corps avant de s'en aller ? Impossible d'ouvrir les yeux, de prononcer une seule parole. Mes bras reposaient le long de mon corps comme des morceaux de bois sculpté.

« Nous étions en train de traverser les champs, fit la voix de Pâris, vibrante de peur. Elle s'est assise pour se reposer et s'est évanouie.

– Elle est enceinte ? demanda Évadné.

– Non. C'est ce que j'ai dit aux marchands, mais c'était un mensonge. Elle voulait partir, tout de suite.

– Pourquoi ? » s'enquit Gélanor.

Parce que nous avons appris ce qu'Agamemnon prépare, voulus-je dire. Mais aucun son ne sortit de ma bouche. *Ménélas ! Mère !*

« Il y avait des marchands là-bas... à la foire... et ils nous ont dit... Oh ! C'est affreux ! fit Pâris en hurlant.

– Calme-toi ! lui intima Gélanor en n'hésitant pas à le secouer, tout prince qu'il était. Concentre-toi. Quoi qu'ils t'aient raconté, nous pouvons y faire face.

– Une armée ! Nous allons devoir faire face à une armée ! s'écria Pâris. Agamemnon l'a rassemblée, a réquisitionné des navires. Ménélas a forcé les prétendants d'Hélène à respecter leur serment. Ils se préparent ! Ils vont débarquer ! »

Sa voix devenait si aiguë qu'on aurait dit un eunuque.

« Quand ça ? demanda Gélanor d'un ton coupant.

– Je ne sais pas... Ils ne nous ont pas dit...

– Et pourquoi n'as-tu pas essayé de le savoir ? »

Parce que ce n'est pas tout, parce qu'il y a eu d'autres révélations qui ont fondu sur nous comme un vol d'oiseaux emplissant le ciel, passant au-dessus de nos têtes. Ils m'ont dit que ma mère... Pourquoi ne pouvais-je pas parler ? Étais-je morte ?

« Je ne sais pas... Je ne sais pas... Nous étions incapables de réfléchir...

– Et quand tu t'es enfui avec Hélène, il ne t'est pas venu à l'esprit qu'une telle chose pouvait se produire ? Tu n'as pas réfléchi ? insista Gélanor.

– Priam y a pensé, mais je me suis dit qu'il se trompait, comme il se trompait au sujet d'Hésione. Cela ne s'était jamais produit ! Pourquoi maintenant ?

– Parce qu'il n'y avait jamais eu d'Hélène, de Ménélas ou d'Agamemnon avant. De même, jamais une reine ne s'était enfuie de son royaume avec un autre homme. Quant à ce qui va se passer maintenant, nul ne peut le dire.

– Hélène ! Hélène ! cria Pâris en se penchant sur moi. Réveille-toi ! Je t'en prie !

– Laisse-la se reposer, dit Évadné d'une voix ferme. Elle se réveillera quand elle sera en mesure d'affronter ce qui l'a frappée. Quand l'esprit doit trop supporter, le corps se retire. »

Ses mains douces caressaient mon front. Elle tamponna mes poignets avec un linge frais, puis souleva mes bras lourds et les croisa sur ma poitrine.

Mais j'étais bel et bien éveillée. Je voulus hurler, mais mon cri fut étouffé par le silence. Mes pensées, loin de m'accorder un répit, me tenaient prisonnière.

Mère... Mère s'était pendue ! Impossible d'effacer cette image horrible de mon esprit. Mère, une corde autour du cou, son corps se balançant et tournant sur lui-même, ses pieds délicats dépassant de sa robe. Et sa robe ? De quelle couleur ? Elle avait toujours préféré le blanc, comme les plumes de cygne, peut-être en souvenir justement... La robe qu'elle portait ce jour-là, était-elle blanche ? Je vis Léda suspendue, telle une enfant abandonnée, sa tête penchée de côté, tous ses souvenirs partis, évanouis à jamais.

Alors, l'étau se desserra autour de ma gorge. Je poussai un cri perçant. « Non ! » Je me redressai brusquement et me retrouvai assise. J'ouvris les yeux et vis tous ces regards fixés sur moi. Pâris bondit pour m'enlacer.

« Mon amour, murmura-t-il. Si seulement je pouvais faire en sorte que cela ne soit pas vrai, que tu aies fait un mauvais rêve.

– Nous devons le dire à Priam, annonça Gélanor d'une voix sombre. Sans tarder. Avec ta permission, je m'en charge. »

Pâris, mort d'inquiétude, fit mander les marchands spartiates. Mais personne ne savait où ils se trouvaient. Il emmena son père jusqu'à l'endroit où nous les avions vus. Il était vide. Seule l'herbe piétinée indiquait l'emplacement de leur étalage. Impossible de savoir s'ils avaient l'intention de revenir. Priam envoya des soldats fouiller les environs, plage comprise, mais ils revinrent bredouilles.

« Il est facile de s'enfuir d'ici, expliqua l'un des hommes. En un rien de temps, on va de la foire au rivage et là, on appareille. Ils sont certainement déjà en train de cingler vers le large.

– Pourquoi se sont-ils enfuis ? demanda Priam.

– Quelqu'un leur aura dit qui nous étions, suggéra Pâris. Ils se sont certainement rendu compte que derrière ce voile se cachait Hélène. Alors ils ont pris peur.

– Peur de quoi ? D'être punis ? tonna Priam. Ils ne se sont pas enfuis avec Hélène, eux !

– Les gens n'agissent pas toujours de façon raisonnable, dit Gélanor. Dès qu'ils flairent le danger, ils décampent, comme un lapin flairant un chien de chasse. »

C'est alors qu'Hécube fit son entrée majestueuse dans la pièce.

« Alors comme ça les problèmes commencent ! s'exclama-t-elle.

– Pour l'instant, rien n'a commencé, rétorqua Priam. Et j'espère bien que cette histoire en restera là. Je vais envoyer une ambassade...

– Ils ont dit que l'heure n'était plus à la diplomatie, dis-je d'une voix toujours faible. Quand tu as expliqué en toute bonne foi aux émissaires grecs que tu ignorais ce que Pâris et moi avions fait, cela a été considéré par l'autre partie comme... comme un mensonge délibéré.

– Exactement ce que je craignais ! s'écria Priam. Qu'est-ce que j'ai dit, Pâris, lorsque tu es rentré à Troie avec ton "trésor de guerre" ? Que tu m'avais fait passer pour un menteur. » Après un court silence, il ajouta : « Mais pas un menteur effronté.

– Visiblement, ils pensent le contraire, dit Pâris.

– En effet, comment pourrait-il en être autrement ? reprit Hécube d'une voix lente. Envoyons d'autres émissaires. Convoquons le conseil. Hélène doit...

– Non ! s'écria Pâris. Ne prononce pas ces paroles-là ! Hélène ne rentrera pas à Sparte. Je ne la laisserai jamais partir. Jamais ! Mets-toi ça en tête, Mère. Et toi aussi, Père. S'il le faut, nous irons nous cacher dans les montagnes, mais je ne me séparerai pas d'elle.

– Vous cacher dans les montagnes ! fit Priam d'un ton railleur. Et que ferez-vous, quand ils viendront vous chercher là-bas, quand ils vous pourchasseront comme du gibier ? Au moins, les murs de Troie peuvent vous protéger. »

Un sentiment affreux de culpabilité s'empara de moi. Mère était morte, morte de honte par ma faute. Et maintenant les Troyens parlaient de se protéger derrière des murailles, d'être pourchassés, de fuir et de tuer.

« Pâris, dis-je en me levant et en lui prenant la main, ma mère a déjà donné sa vie. Il ne doit pas y avoir d'autre sacrifice, si ce n'est le mien. C'est moi qui dois fixer le prix et le payer moi-même. » Je tremblai. Rentrer à Sparte, ce serait terrible, même si cela me permettrait de retrouver Hermione.

« Voilà de bien nobles pensées, Hélène, exprimées avec la dignité d'une reine. » Je n'avais jamais entendu Hécube parler de manière aussi chaleureuse. Au moins, je m'étais attiré une sorte d'estime de sa part – parce que j'étais prête à partir.

« Et si je... Et si je... » Comme j'avais du mal à formuler ma pensée !

Pâris posa sa main sur ma bouche. « Ne dis rien ! Les mots ont leur propre vie. Certains ne doivent jamais être prononcés. Jamais ! Plutôt mourir !

– Hélène préférera peut-être vivre, dit Hécube. Ne choisis pas la mort pour d'autres sans leur consentement. »

Avant que je puisse ouvrir la bouche, Pâris s'écria à nouveau : « Alors, je choisis la mort pour moi-même ! Je préfère mourir plutôt que devoir renoncer à Hélène !

– Oui, c'est ainsi que les choses se passeront », dit Évadné.

Sa voix était froide comme le petit filet d'eau qui coulait dans la pièce où logeait le serpent.

« Je vais faire convoquer le conseil », marmonna Priam en se dirigeant vers la porte.

XXXVII

Les marchands devaient rester encore un certain temps, jusqu'à ce que la mauvaise saison rende impossibles les voyages en mer. Priam était déterminé à ce qu'aucune rumeur alarmante ne vienne perturber le calme de la foire grâce à laquelle il s'enrichissait tant. Cet argent, Troie allait certainement en avoir bien besoin.

Gélanor convainquit le roi d'envoyer des espions grappiller auprès des marchands quelques informations, à ses yeux plus précieuses qu'un butin. Secrets et renseignements, telle était la vraie richesse des espions, dit-il. Ceux de Priam – qui n'étaient pas très subtils, me confia Gélanor – se dispersèrent, l'oreille à l'affût, qui se glissant entre deux étals, qui faisant semblant de comparer les gâteaux aux dattes de Thèbes et ceux de Memphis, qui examinant des peignes sculptés de Sumer, qui observant d'un œil lubrique les potions de mandragore et de sueur de crapaud censées augmenter le désir. Tout ceci en essayant de faire parler les marchands de ce qui se passait de l'autre côté de la mer Égée. Et chaque jour, ils revenaient au palais et déversaient leurs découvertes aux pieds de Priam, comme des sacs de grain.

Pourtant, la moisson d'informations fut très maigre. Les espions confirmèrent qu'un appel avait été lancé dans tout le Péloponnèse pour fournir des bateaux et des hommes afin de lancer une expédition au-delà des mers. En tant que frère de Ménélas, dont l'honneur avait été bafoué, Agamemnon en avait pris la tête. Certains princes dont les territoires se trouvaient à l'intérieur des terres et qui, par conséquent, n'avaient pas de navires allaient en obtenir d'Agamemnon. Ainsi, mes anciens prétendants honoraient la promesse qu'ils avaient faite à Père dans la clairière, sur les morceaux sanglants de la carcasse du cheval. Ajax faisait partie de l'expédition, ainsi que son frère Teucros. Nestor et ses deux fils avaient répondu à la convocation. Ulysse, qui avait feint la folie afin de ne pas partir, s'était fait piéger et n'avait pas pu reculer. Le roi de Chypre, Cinyras, avait provoqué la colère d'Agamemnon en promettant cinquante bateaux, pour n'en envoyer qu'un, auquel il avait ajouté quarante-neuf maquettes en terre cuite.

« Cela veut dire qu'ils rechignent à participer à l'expédition, déclara Priam. Même quand on les force, ils essaient de se défiler.

– Ils sont néanmoins nombreux à avoir répondu à l'appel, dit Hector, le front soucieux. Un guerrier oublie souvent toutes ses hésitations une fois qu'il a le casque sur la tête.

– Hélas, nous ignorons le nombre de bateaux de l'expédition, l'endroit où ils se rassemblent et le jour où ils prendront la mer, se lamenta Priam.

– Pas avant le printemps prochain, c'est sûr, répondit Hector. D'ici peu, la mer ne sera plus navigable. Les Grecs ne vont pas entamer leur traversée maintenant. Ils seraient alors obligés d'établir leur camp sur la plaine de Troie et d'attendre la fin de l'hiver. Pourtant, si seulement cela pouvait se passer ainsi ! Si seulement ! » Croisant les regards de ceux qui l'écoutaient, Priam, Hécube, Pâris et moi, il ajouta : « Notre camp pourrait alors les écraser facilement, grâce à notre approvisionnement régulier et à la protection de nos murailles. »

Notre camp. Mais je ne souhaitais pas la mort de Ménélas, d'Idoménée, de tous ces hommes que je connaissais. Alors, de quel côté étais-je ?

« Jamais ils ne commettraient cette folie, dit Priam. Croyez-moi, ils sont suffisamment intelligents pour avoir une stratégie, pour anticiper. Non, ils arriveront au printemps. Mais combien seront-ils ?

– Cher Priam, tout ce que je peux te dire, c'est le nombre d'hommes que mon père a forcés à prêter serment, dis-je. Ils étaient quarante. Chacun, bien sûr, a sous ses ordres un certain nombre de guerriers.

– Quarante, dit Priam, mal à l'aise sur sa chaise. Supposons que chacun d'entre eux vienne avec deux navires – je sais que c'est une estimation minimale, mais c'est un point de départ. Deux navires, quarante chefs, ce qui veut dire quatre-vingts navires. À raison de cinquante combattants par navire, on arrive à un total de quatre mille.

– Quatre mille guerriers, voilà qui ne devrait pas nous poser de sérieux problèmes, dit Hector.

– Mais s'ils venaient chacun avec dix navires, alors nous nous retrouverions face à vingt mille guerriers.

– Nous pouvons faire appel à nos alliés, poursuivit Hector. Les Lyciens, les Thraces, les Cariens, et d'autres plus à l'est et au sud. Même les Amazones, ces redoutables soldats. Ou devrais-je dire "soldates" ?

– Elles se battent mieux que des hommes, dit Priam. Nous pouvons compter sur elles, et sur leurs glaives. »

Gélanor, qui semblait être partout comme une ombre, prit la parole d'une voix calme : « Comment une armée de vingt mille hommes pourra-t-elle subvenir à ses besoins ? demanda-t-il. Cette armée se retrouvera en territoire hostile et devra nourrir vingt mille hommes tous les jours. Où se procurera-t-elle cette nourriture ?

– Il lui faudra faire des razzias chez nos alliés. Les détruire, avant de s'attaquer à nous, dit Hector. Prenons des mesures pour ne pas offrir cette occasion aux Grecs.

– Faites parvenir des renforts à vos alliés, suggéra Gélanor. Maintenant, avant que l'ennemi n'arrive.

– Qu'on aille vérifier leurs réserves, dit Priam en faisant un signe de tête à Hector. Ceci dit, je vais tout de même envoyer des émissaires en Grèce. Mieux vaut résoudre les conflits par la parole que par l'épée.

– Agamemnon déteste la parole, dis-je. Depuis que je le connais, il couve d'un regard impatient son stock d'armes qu'il a amassées avant même de savoir pour quelle cause il pourrait bien les utiliser. »

Je regardai les visages autour de moi, ceux de personnes qui m'étaient déjà chères. « Et maintenant, c'est moi qui suis devenue cette cause. Cela me peine énormément. »

Ces mots n'auraient pas suffi à décrire la tristesse et la culpabilité qui m'accablaient à l'idée que je procurais à mon beau-frère haineux une raison d'utiliser enfin ces armes qu'il avait examinées avec un plaisir malsain lors de cette réunion à Mycènes, entouré de ces guerriers qui se pavanaient.

Et maintenant, le regard d'Agamemnon était dirigé vers l'Hellespont, vers le commerce florissant qui se faisait dans la région, vers les étals et les marchandises vendues lors de la grande foire annuelle de la plaine de Troie. À Mycènes, les marchands étaient plus rares et peu de produits tombaient sous la main d'Agamemnon, si bien qu'il devait avoir recours à la piraterie, lancer des raids dans d'autres contrées et les piller pour satisfaire ses envies et se montrer digne de sa réputation. Et il était prêt à utiliser l'honneur d'Hélène comme figure de proue des navires avec lesquels il fendrait les flots pour venir attaquer Troie.

Ainsi, les hommes se dispersèrent dans les environs afin d'aller voir nos alliés, tandis que les femmes de Troie se rassemblaient dans leurs appartements pour se tenir compagnie. Les jours se faisaient de plus en plus courts. Les marchands étaient partis avant que l'hiver vienne et que le Scamandre et le Simoïs débordent de leur lit et transforment la plaine en marécage.

Bien qu'hésitante au début, je me rendis compte que j'étais bien accueillie lors de ces réunions, les autres femmes calquant leur attitude sur celle d'Andromaque. De même qu'Hector disposait d'un certain prestige auprès des hommes, son épouse était respectée des autres princesses. Elle répondit avec chaleur à notre amitié naissante et aucune des autres n'osa la défier et se montrer hostile à mon égard. Pourtant, je sentais que seule Andromaque éprouvait une réelle affection pour moi.

« Hélène, nous devons te procurer un vrai métier à tisser », me dit-elle un jour où nous étions toutes rassemblées dans la grande salle de sa demeure. À travers la fenêtre donnant sur l'ouest, l'ombre oblique de mon propre palais, tout proche, s'étirait sur le sol. Il allait s'élever davantage encore, Gélanor étant parvenu à concevoir un bâtiment de trois étages qui dominerait tout Troie et se dresserait plus haut que n'importe quel autre au-dessus de la plaine, de l'Hellespont et de la mer Égée. Maintenant, je redoutais ce que nous ne tarderions pas à voir depuis ces hauteurs.

« J'avais un petit métier à tisser à Sparte », dit-je. Je tissais bien, autrefois, mais mes motifs, ainsi que mon imagination, avaient été limités par la taille de mon métier.

« Il t'en faut un plus grand, dit Andromaque. Comme ceux que nous avons, ici à Troie. Nos ouvrages racontent des histoires et des légendes, alors il nous fallait des métiers adaptés. »

Des histoires, des légendes. Nous autres femmes étions comme des bardes racontant leurs impérieuses vérités non en mots, mais en fils de laine écarlate, violette, noire et blanche.

« Combien de temps un artisan mettrait-il à m'en fabriquer un ? demandai-je, impatiente de me mettre à l'ouvrage.

– Pas très longtemps, répondit Andromaque. En fait, ils sont assez simples à faire.

– Nous passons l'hiver à tisser, m'expliqua Créüse, lorsque les vents violents balaient Troie et qu'il n'y a pas grand-chose d'autre à faire.

– Un monde entier se déploie ainsi sous nos yeux, poursuivit Andromaque. Un monde dans lequel nous nous perdons. Les scènes que nous créons avec de la laine nous happent et, quand nous levons les yeux, le printemps est de retour.

– Le printemps ! soupira Laodicé. Il me manque déjà. » Se tournant vers moi, elle ajouta : « L'hiver paraît souvent si long. »

Mais qu'est-ce que le printemps leur apporterait cette fois-ci ? Au lieu des magnifiques jacinthes et violettes qui sortent tout d'un coup de terre, ce serait Agamemnon et ses maudites nefs.

« Oui, c'est vrai, répondis-je. Puisse le printemps ne jamais se terminer cette année ! »

Tandis que les autres femmes s'apprêtaient à partir, Andromaque me fit signe de rester. En dépit des braseros, il commençait à faire froid dans la pièce.

« Je sais que tout le monde s'inquiète de ce qui va nous arriver, dit-elle en refermant son manteau sur ses épaules.

– Oui, répondis-je, sans oser en dire davantage.

– Et comme je suis séparée de ma famille, qui habite beaucoup plus loin, au sud, je m'inquiète aussi pour eux. Pour ma mère. »

Comme j'avais envie de me confier à elle, de lui parler librement, comme à une amie !

« Andromaque, il faut que je te dise quelque chose. Ma mère... Oh, Andromaque, ma mère s'est suicidée ! »

Ce mouvement de recul... Était-ce mon imagination ? Son visage se rembrunit. « Hélène... » Elle m'enlaça. « Comment fais-tu pour supporter cette douleur ?

– Je n'y arrive pas. Je souffre, c'est tout.

– Qui te l'a appris ?

– J'ai surpris une conversation, à la foire.

– Et depuis, tu gardais ça pour toi ?

– Pâris aussi sait. Elle s'est tuée à cause de nous. Et nous ne pouvons même pas nous consoler l'un l'autre. »

Des larmes roulèrent sur ses joues. « Oh, Hélène, c'est affreux ! »

Tendant le bras, j'essuyai ses larmes. « Mais nous continuons, malgré tout. Il le faut bien. » Cette conversation m'était trop dure. Elle me transperçait le cœur, telle une dague. « Peut-être seule une nouvelle vie pourra nous apporter un peu de joie. À propos, tu es... ?

– Non, répondit-elle en secouant la tête. Et toi ?

– Non plus, dis-je en souriant.

– Et si nous allions sur le mont Ida ? me proposa-t-elle.

– Sur le mont Ida ?

– Il y a une fête de la fertilité là-bas à l'automne. C'est une tradition très ancienne et un peu primitive. Seules les femmes peuvent y assister. Si on trouve un intrus, on lui arrache les membres l'un après l'autre. Mais quand on est désespérée..., ajouta-t-elle en souriant, on fait preuve de courage. Viens avec moi, Hélène ! Personne d'autre que toi ne partage mes rêves. Personne d'autre ne peut les comprendre. »

Il était vain d'espérer se rendre au mont Ida en secret. Le voyage, dans un char bringuebalant, dura une bonne partie de la journée. Pâris et Hector insistèrent pour nous y emmener. Ils avaient peur pour nous, mais Andromaque assura Hector qu'il n'y avait rien à craindre, car nous venions dans le véritable esprit de la fête.

Nous portions des torches – de grosses branches de pin imbibées de résine – et étions vêtues d'épais manteaux à capuche. Nous avions mis nos sandales les plus robustes.

« Aller se balader dans la montagne en pleine nuit, fit Hector le front soucieux, et qui plus est, en compagnie de parfaits inconnus... Voilà qui ne me plaît guère !

– Tu seras bien content d'avoir un fils, répondit Andromaque. Une nuit sur la montagne, c'est peu cher payé pour ça !

– Et ces personnes que vous devez rejoindre, elles sont où ? demanda Pâris en fouillant du regard les bois inquiétants.

– Pas loin de ce virage, là où les sources d'eau

chaude sourdent, répondit Andromaque. C'est ce que l'on m'a dit.

– Les sources d'eau chaude, ce n'est pas ce qui manque sur les pentes du mont Ida, dit Hector. Des sources d'eau chaude, d'eau froide. C'est pour cela qu'on l'appelle "le mont Ida aux multiples sources".

– C'est celle qui fait face à Troie. La première que nous rencontrerons. »

En cette fin d'après-midi, le soleil dardait ses rayons de lumière comme des doigts se faufilant entre les troncs des pins. Une brise glaciale se leva. Nous avions passé cette période de l'année où le jour et la nuit sont d'égale longueur. Maintenant, le moment où Perséphone descendrait dans les ténèbres s'approchait. Voyant que j'étais prise de frissons, Pâris me serra contre sa poitrine.

« Ne te sens pas obligée de faire ça, me murmura-t-il au creux de l'oreille. Je me soumettrai à la volonté des dieux.

– C'est ici », fit Hector en ramenant notre attelage au pas.

Un peu plus loin, des femmes s'étaient rassemblées autour d'un ruisseau. Chacune, munie d'une torche ou d'une baguette autour de laquelle s'enroulait du lierre, portait un manteau en peau.

Nous descendîmes du char – après avoir assuré une fois de plus à nos hommes que tout se passerait bien – et nous rapprochâmes du groupe. J'entendis le char faire demi-tour et prendre la direction de Troie, mais au lieu de me retourner, je fixai mon regard sur ce qui était devant moi.

La lumière déclinait rapidement. Il devenait difficile de distinguer les visages de ces femmes. Ils devenaient peu à peu flous. Jeunes, vieilles, d'âge moyen, toutes sortes de personnes se trouvaient là. Y en avait-il une qui les menait ? Oui, une femme plus âgée avec une crinière de cheveux blancs dépassant de sa capuche et contrastant avec ses yeux noirs d'obsidienne. Quel âge pouvait-elle avoir ? Difficile à dire. Sa peau était lisse.

« Attendons encore un peu, dit-elle, avant d'escalader la montagne. Nous devons être à mi-chemin avant que la nuit tombe. » Elle leva bien haut sa torche éteinte. « Plus haut, le chemin devient rocailleux et pentu. Il nous faudra alors progresser à la lueur des torches. Celles-ci ne dureront que la moitié de la nuit. Ne gaspillons donc pas leur lumière pour cette première partie de notre ascension.

– Et quand nous arriverons à l'endroit ? demanda timidement une femme dont la voix trahissait la jeunesse.

– Vous le saurez. Et vous ne devrez jamais en parler après. Ce que vous verrez là-bas doit y rester. Quand on vous déposera sur votre bûcher funéraire, ce que vous avez vu brûlera avec votre corps. » Elle ôta sa capuche, révélant un visage aux traits grossiers. « Vous comprenez, mes filles ?

– Oui, Mère », répondirent-elles toutes en chœur.

Mère ? C'était certainement la gardienne des Mystères, mais personne ne prononça son nom.

« Suivez-moi », dit-elle en avançant vers les bois.

Elle se mit en marche à travers la pinède. Nous lui emboîtâmes le pas. Sous les grands arbres, la lumière faiblissait. Au-dessus de nous, les branches s'entrelaçaient sur la toile du ciel. Silencieuses, nous suivîmes la Mère à vive allure, afin de monter aussi haut que possible avant d'être obligées d'allumer nos torches.

Jetant un coup d'œil de côté, j'admirai le profil fin et racé d'Andromaque. Hector et elle faisaient un couple magnifique. Si seulement ils pouvaient avoir un enfant, comme il serait beau ! Si seulement à l'issue de cette cérémonie un enfant pouvait leur être accordé, à eux, mais aussi à Pâris et à moi. Andromaque, croisant mon regard, m'adressa un sourire complice.

La montée fut rude. Je me trouvai rapidement essoufflée, le visage et le cou ruisselants de sueur. Je baissai ma capuche pour sentir le souffle de l'air frais sur mes joues. La pénombre suffisait maintenant à dissimuler mes traits. Les pierres et les cailloux du chemin étaient glissants. À un moment, je trébuchai. Andromaque me retint par le bras.

Nous arrivâmes sur un plateau. Tout en bas, la plaine se fondait en un brouillard bleu. Le soleil s'était couché en envoyant, de derrière l'horizon, quelques maigres rayons.

« Allumons nos torches », dit la Mère. Elle s'agenouilla, posa un petit amas de mousse séchée sur une pierre, puis frotta deux bâtons l'un contre l'autre, produisant tout d'abord de la fumée, puis une flamme. Elle y mit le bout de sa torche, et quand celle-ci fut enflammée, elle fit signe à une femme de s'approcher et d'y allumer la sienne.

« Et maintenant, fais de même avec les autres, illumine tes sœurs », lui ordonna la Mère.

La femme parcourut notre groupe, touchant nos torches avec la sienne jusqu'à ce que toutes soient enflammées et qu'il fasse clair autour de nous.

« Quand nous atteindrons le sommet, embrassez ce que vous y trouverez, dit la Mère. Je ne peux rien vous dire de plus, si ce n'est que celle qui ne se jettera pas sur nos richesses rituelles n'en tirera aucun bénéfice. Donnez-vous entièrement. »

Les torches enflammées, dont les bouts tout juste embrasés flambaient encore par à-coups, emplissaient l'air d'esprits capricieux. Au-dessus de nos têtes, les pins se balançaient, gémissaient et se courbaient tels des danseurs.

« Montons ! nous exhorta la Mère. Ne nous attardons pas ici ! » Nous la suivîmes à la queue leu leu, comme un serpent de lumières sautillantes.

Le chemin devint plus étroit et plus raide. Nous devions maintenant escalader la montagne en tenant notre torche d'une main et en nous aidant de l'autre pour nous agripper aux racines et aux pierres. Sur un côté, un ravin plongeait. Il faisait de plus en plus sombre. La lune, noire à présent, cachait son visage. Les étoiles brillaient avec plus d'intensité, mais leur lumière n'était pas suffisante pour nous permettre de voir où nous mettions les pieds.

Après avoir contourné un bloc de pierre, nous trouvâmes un chemin étroit qui montait en lacets jusqu'à un amas de rochers couronnant la montagne auxquels s'accrochaient des pins aux troncs torturés. Le vent sifflait dans nos oreilles et fouettait nos vêtements.

« Jouez, mes sœurs, jouez, mes filles », dit la Mère. Des femmes sortirent des cymbales, des flûtes et des tambourins de sous leur manteau de peau et se mirent à jouer, tout d'abord doucement, leur mélodie couvrant à peine le bruit du vent et les cris des oiseaux de nuit tournoyant dans le ciel au-dessus du sommet.

Jamais auparavant je n'avais entendu une telle musique. Le son doux de la flûte était transpercé par celui, strident, des cymbales en bronze, et les pulsations des tambourins en peau de chèvre faisaient comme une vague incessante, montant et descendant.

Des femmes plantèrent leur torche dans le sol en formant un grand cercle et se mirent à bouger, à se balancer et à se pencher en frappant dans leurs mains et en fredonnant. Le vent faisait voler leurs cheveux. Elles accélérèrent l'allure à mesure que la musique se faisait plus forte et plus insistante. Parfois, c'était le son des tambourins qui dominait et noyait tous les autres, parfois, la flûte hurlait en couvrant leur roulement et, à d'autres moments, les deux battaient en retraite devant les cymbales.

« Viens ! » Andromaque me prit par la main et nous rejoignîmes les danseuses. Nous étions pratiquement les dernières. Le rythme était déjà rapide. Notre ronde traça un cercle autour de l'amas de rochers, en haut duquel l'une d'entre nous planta une torche.

« Ne regardez pas vos pieds. Regardez cette torche ! cria la Mère. Ne la quittez pas des yeux ! »

Levant la tête, je fixai mon regard sur la flamme vacillante. Je sentais la présence des autres femmes devant et derrière moi, mais j'étais comme tenue à la longe par la flamme, ma maîtresse, qui dominait le sommet.

La flûte se mit à jouer de plus en plus vite. Notre ronde prit un rythme effréné. Maintenant, nous sautions, nous bondissions. Tout d'un coup, l'une des femmes quitta notre cercle et, sa robe volant derrière elle, se mit à tourner sur elle-même, de plus en plus rapidement, les bras tendus comme pour se donner de la vitesse. D'autres encore sortirent de la ronde et l'imitèrent, les bras ouverts et la tête renversée en arrière. Notre cercle se brisa en feuilles tournoyantes. Les femmes poussèrent des cris de joie et d'excitation aussi forts que la musique. « Tournez, tournez, tournez ! cria la Mère. Maintenant, fermez les yeux ! Embrassez le dieu ! »

Le dieu ? Quel dieu ? Qui donc adoraient-elles par ces danses et ce feu ?

Soudain, je vis des grappes de raisins décrire des arcs de cercle dans l'air avant de tomber tout autour de nous. Écrasées sous nos pieds, elles formèrent un tapis glissant et nous enveloppèrent de leur odeur sucrée.

« Buvez son offrande ! » Une grosse outre atterrit sur un rocher. « Buvez l'offrande du vin qui apporte joie, bonheur et libération ! »

Nous nous précipitâmes sur l'outre pour boire de grandes gorgées. Le vin coulait sur nos visages et nos robes. « Chaque goutte est une bénédiction, nous dit la Mère. Si vous ne les lavez pas, vous pourrez demander au dieu son autre offrande – la fertilité. C'est le dieu des choses humides qui poussent. »

Je ne voyais toujours pas de quelle divinité il pouvait bien s'agir. Elle ne l'appela jamais par son nom. Je vis Andromaque contempler les taches sur sa robe et les toucher.

Les femmes s'éloignèrent de l'outre en tournant sur elles-mêmes de manière encore plus folle. Tournoyant avec elles, je sentis ma tête prise de vertiges et mes pensées se libérer. Me perdre, m'éloigner... Toute attache rompue, je me mis à dériver dans une mer mouvementée.

Le temps cessa d'exister. J'ignore combien de minutes ou d'heures je restai à tourner ainsi sur moi-même. Je sais seulement que j'étais possédée. C'est à peine si j'entendis les cris qui retentirent quand on ouvrit une cage où se trouvait un cochon. Je fus renversée par une horde de femmes au visage tordu par l'excitation qui poursuivaient l'animal en criant à tue-tête et en montrant les dents, comme une meute de chiens.

La musique avait cessé. Maintenant, seuls les cris gutturaux des femmes résonnaient dans la nuit. Ils se fondirent en un hurlement perçant, puis cessèrent. Les femmes avaient disparu de l'autre côté de la montagne. Andromaque et moi, ainsi que quelques autres que la meute avait laissées derrière elle, suivîmes le chemin qu'elles avaient pris. Un spectacle atroce nous attendait dans la petite clairière. Un cercle de femmes couvertes de sang jusqu'aux coudes s'acharnait sur la carcasse du cochon et la déchiquetait. L'une d'entre elles, les yeux obliques et sombres comme ceux d'une bête, arracha un morceau de viande crue et le dévora en se couvrant le visage et le cou de sang.

Andromaque et notre groupe reculèrent d'horreur, résistant à cette folie qui avait saisi les autres. Les yeux écarquillés d'horreur, nous contemplâmes le spectacle de ces femmes avalant la viande crue du cochon avec des bruits de mastication affreux, se gorgeant non seulement de sa chair mais aussi de son sang.

Comment donc avaient-elles fait pour le tuer ? À mains nues ? Cela me semblait impossible. Et pourtant...

Ainsi, voilà ce dont il ne fallait jamais parler. Qu'allait-il encore se passer dans la montagne ? Nous devions partir avant qu'une autre atrocité se produise. L'une d'entre nous allait-elle être sacrifiée ? Agrippant la main d'Andromaque, je lui dis : « Sauvons-nous ! Même s'il fait nuit, n'attendons pas que le jour revienne ! Tâchons de retrouver le chemin pour descendre ! Et tant pis si nous nous perdons ! Je préfère me retrouver au milieu de vrais animaux que parmi des bêtes humaines !

– Oh, Hélène ! Pardonne-moi de t'avoir amenée ici ! Je ne savais pas... »

Ensemble, nous nous éloignâmes discrètement en espérant que personne ne nous verrait. Je parvins à retrouver le chemin que nous avions pris en montant.

Harcelées par le vent hurlant, nous descendîmes en prenant garde de ne pas trop nous pencher du côté du ravin. Au fil de notre progression, la forêt se fit plus dense. Le ravin menaçant disparut. Le chemin n'était plus aussi visible et les arbres se refermèrent sur nous. Le hurlement des chiens sauvages parvint à nos oreilles, ainsi que les mille autres bruits des créatures de la nuit qui nous entouraient. Les plaisanteries de Pâris à propos d'une possible rencontre avec un lion ne paraissaient plus aussi drôles maintenant.

Andromaque me serrait bien fort le bras. Nous devions nous faufiler entre les arbres, au risque de trébucher contre les racines et les pierres et de glisser sur le tapis de vieilles feuilles mortes et d'aiguilles.

« Le mont Ida est vraiment gigantesque », murmurai-je d'un ton admiratif. Cette montagne, en effet, semblait à elle seule aussi grande que tout le massif du mont Taygète.

Comme j'avais hâte de rentrer à Troie... C'était chez moi à présent. Ma sœur, Clytemnestre, n'était plus qu'une silhouette floue, la femme de mon ennemi, Agamemnon. Andromaque, elle, était une compagne, une étrangère comme moi amenée à Troie. Mes attaches et ma loyauté étaient devenues tellement compliquées, comme une plante aux tiges emmêlées !

À force de trébucher, nous étions parfois fatiguées au point de devoir nous arrêter pour nous reposer. Mais nous n'osions nous attarder. Les hurlements des animaux, tout proches, et le bruit des ailes qui nous frôlaient nous faisaient rapidement reprendre le chemin. Enfin, les ténèbres s'allégèrent à l'est et nous sûmes que nous étions libérées des griffes de la nuit.

Le lever de soleil fut de toute beauté. La lumière explosa, emplissant le ciel. Tout nous fut révélé d'un seul coup. Nous nous trouvions sur les dernières pentes de la montagne, là où elle se réduisait à de modestes rondeurs et vallons. Devant nous, s'étalaient des prairies d'un vert profond.

« Que les dieux soient remerciés, dit Andromaque. Ma déesse protectrice, c'est Hestia.

– Moi, c'est... » Je ne pouvais tout de même pas dire Aphrodite, c'était trop gênant. « C'est Perséphone.

– La déesse de la mort ? s'étonna Andromaque en me prenant la main. C'est étonnant. Elle a peu d'adorateurs et doit d'autant plus t'apprécier.

– C'est la reine d'Hadès, mais elle aime la vie, comme nous. C'est pourquoi il lui est tellement difficile de partir aux Enfers. »

Il m'avait fallu une nuit entière d'errance pour être en mesure d'apprécier vraiment la joie que la déesse ressentait en retrouvant la lumière et l'air.

Pâris et Hector nous attendaient de l'autre côté de la prairie. Ils étaient restés là toute la nuit. Leurs visages trahirent leur soulagement. Ils nous firent monter sur les chars pour rentrer à Troie.

« Alors, qu'est-ce qui s'est passé là-bas ? demanda Hector.

– Nous n'avons pas le droit de le divulguer, répondit Andromaque. Mais peut-être nous accordera-t-on ce que nous désirons le plus au monde. »

Jetant un coup d'œil à sa robe tachée de vin, elle ajouta : « Nous avons juré de ne rien dire. »

XXXVIII

Notre maison se dressait de plus en plus haut, crevant la nappe de brume qui recouvrait Troie en hiver, comme si elle cherchait le soleil disparu et voulait se l'approprier.

La journée était froide. Nous avions rendez-vous avec les artistes qui feraient chanter la beauté du monde sur les murs de notre palais. Ces peintres allaient exécuter des scènes que nous devions choisir – plus exactement, nous choisirions l'histoire que nous voulions voir représentée, et ils la raconteraient en peinture.

« Je veux de l'originalité, déclara Pâris. Assez de ces guerriers caracolant ! de ces chasseurs courant après leur proie en sautillant ! Assez des travaux d'Hercule ! » Il s'était enveloppé dans un manteau épais pour se protéger du froid glacial. Le vent gémissant dehors tentait de se faufiler dans nos appartements.

Le peintre et son apprenti semblaient prêts à satisfaire nos moindres désirs. Comme Pâris ne faisait aucune suggestion précise, le peintre demanda : « Pourrions-nous au moins savoir quelles sont vos préférences ?

– C'est toi l'artiste, répondit Pâris. C'est à toi de deviner ce qui me plaira.

– Mais, prince, une fois que les murs seront peints, on ne pourra plus effacer. Il faut que nous ayons une idée de ce dont tu as envie avant de commencer. Nous pourrions certes faire des ébauches sur poterie. » Haussant les épaules, il ajouta : « Mais nous aimerions quand même avoir quelques directives.

– Pâris, dis-je, pourquoi pas les sources et les clairières du mont Ida ? Elles sont si belles ! Et puisque nous pouvons donner libre cours à notre fantaisie et à nos caprices, que dis-tu de fleurs sauvages ? Leur floraison est brève, mais sur nos murs, elle deviendrait éternelle. Ainsi, même emmitouflés sous nos couvertures et entourés des brouillards de l'hiver, nous pourrions les admirer et imaginer leur parfum.

– En effet, ce serait une manière originale de décorer nos murs, fit Pâris en hochant la tête. Aucun personnage... Qu'il en soit comme tu le désires, mon amour. »

Le choix des plâtriers, carreleurs, doreurs, charpentiers et spécialistes des cheminées nous avait pris ce qui me parut une éternité. Pâris voulait des poutres dorées, des seuils en marbre et des murs couverts de panneaux de cèdre. La moindre décision prenait des heures !

Mais comme les journées se faisaient de plus en plus sombres et lugubres, ce genre de distraction nous convenait parfaitement. Tout ce que nous voulions, c'était ne plus penser à rien d'autre qu'à la couleur des poutres et l'épaisseur des portes intérieures. Ignorer les murmures qui montaient des rues de Troie et les rumeurs qui se faufilaient telle la fumée sous nos portes, des rumeurs où il était question des Grecs et de leurs nefs, qui se rassemblaient à Aulis – en plein hiver, chose que l'on n'avait jamais vue jusque-là.

Nous étions dans notre petit monde. Des volutes de

brume envahissaient les rues et lorsque nous nous rendions au temple ou aux portes de la ville, nous ne pouvions pas voir à plus de quelques pas et étions obligés d'avancer avec la plus grande prudence.

Un matin, à la fin de l'hiver, alors que l'aube ne s'était pas encore transformée en jour, Évadné vint me voir. Elle était tellement bouleversée qu'elle s'agenouilla près de moi. Elle avait fait un mauvais rêve qui l'avait tenue captive dès le crépuscule et pendant toute la nuit. « Il faut que je t'en parle, me dit-elle. Je dois me débarrasser de ce que j'ai appris. Je ne peux pas porter ce secret toute seule.

– Alors, parle. Mais avant, restaure-toi un peu. »

Elle semblait ravagée.

« Non, répondit-elle. Le poison a envahi tout mon corps. »

Alors elle me raconta, d'une voix murmurante et hésitante, ce qu'elle avait vu sur le rivage grec, à un endroit que l'on appelle Aulis, là où Agamemnon avait rassemblé sa gigantesque flotte, prête à cingler vers Troie.

« Une flotte immense, majesté ! La mer en était noire, recouverte de nefs aux coques enduites de goudron qui emplissaient toute la baie. »

Je frémis. Ainsi, il avait réussi à lever son armée. Les autres souverains n'avaient finalement pas lésiné sur leur aide.

Les vents d'est soufflant sans relâche les piégeaient dans cette baie depuis des jours, au point que les provisions se faisaient rares et que les soldats commençaient à se quereller. Apparaissait alors dans le rêve d'Évadné Calchas, le prêtre troyen envoyé à Delphes par Priam. Il donnait des conseils à Agamemnon.

« Il a rejoint leur camp, dit-elle. Il était à droite

d'Agamemnon. Mais il a fait tant de mal... Heureusement qu'il n'est plus au service de Troie. Calchas a dit à Agamemnon qu'Artémis les retenait ici avec l'aide des vents contraires et qu'elle exigeait de lui un sacrifice, celui de sa fille aînée, Iphigénie. »

Mon cœur fit un bond. « Un sacrifice humain ? Mais nous ne...

– C'est ce qu'a dit Agamemnon. Il a refusé. »

Cela ne m'étonnait pas.

« Hélas, il a dû finalement s'y résoudre. Les vents ne cessaient de souffler. Alors, les hommes ont exigé de lui qu'il immole sa fille, le menaçant de se mutiner s'il refusait toujours. Il a fait venir Iphigénie, en lui faisant croire – comme si ce qu'il s'apprêtait à faire n'était pas déjà suffisamment cruel – qu'elle allait épouser Achille. Il lui a demandé d'apporter une robe pour son mariage, ce qu'elle a fait.

– Achille ? Mais... »

Ma bouche était si sèche que je pouvais à peine parler.

Je fermai les yeux, pensai à Iphigénie. « Comment a-t-elle réagi ? A-t-elle imploré son père ? A-t-elle protesté ? S'est-elle débattue ? » J'avais du mal à l'imaginer dans une situation aussi atroce. Elle avait toujours été une enfant calme, ce qui ne voulait pas dire pour autant qu'elle se laissait faire.

« Tout ça, elle l'a fait. Ses implorations ne lui ont servi à rien. Ses protestations n'ont pas ému le cœur endurci de son père. Et quand elle a voulu se débattre, elle a été rapidement maîtrisée. Alors, voyant que tout échouait, elle s'est livrée de son plein gré. Elle a demandé l'autorisation de prier ses dieux protecteurs en privé et de se vêtir de sa tenue de mariée. Elle a adressé un regard triste à son père et lui a dit qu'elle se sacrifiait volontiers pour l'honneur des Grecs. »

Pour l'honneur des Grecs ? Pour l'honneur d'Agamemnon, plutôt !

« Ils sont venus la chercher et l'ont escortée jusqu'à l'autel. Là, comme un animal sacrificiel... »

Incapable d'en supporter davantage, je poussai un cri.

Évadné se tut quelques instants, avant d'ajouter : « Artémis a honoré sa part du marché. La flotte a pris la mer. Elle est en route. »

Nous restâmes assises, immobiles, un long moment, la chambre s'éclaircissant à mesure que les faibles rayons du soleil hivernal se glissaient par la fenêtre.

« Je dois partir, dit enfin Évadné en se levant.

– Es-tu délivrée de cette affreuse vision maintenant ? Es-tu redevenue Évadné ?

– Oui. Je me suis libérée d'un terrible fardeau. Maintenant, il va vivre chez d'autres, chez tous les habitants de Troie. »

Évadné partie, je restai seule, abasourdie. Je ne pouvais même pas raconter cela à Pâris. Du moins pas encore. Je n'aurais pas supporté de lui révéler le mal que ma famille se faisait à elle-même. La malédiction pesant sur nos maisons se réalisait. Mère – morte. Iphigénie – immolée par son père. J'avais besoin de pleurer dans le calme et la solitude. Et de me rapprocher en pensées et par l'esprit de ma sœur frappée par le deuil, écrasée par l'insupportable perte d'une enfant. Pourvu qu'elle sente mon amour !

En l'espace de quelques jours, tous les habitants de Troie surent que la flotte grecque avait pris la mer. Les nouvelles voyageant plus vite que les navires eux-mêmes, nous ne pouvions pas ne pas savoir.

Quant à Calchas, il avait envoyé un message privé à Priam l'informant de son changement d'allégeance.

Priam fit convoquer une grande réunion au cours de laquelle il déplora la défection du devin.

« Il nous a fait parvenir un message, dit Hélénos. En fait, il n'a pas déserté, il a simplement...

– Ne tente pas de déguiser la vérité ! s'écria Priam. Nous l'avons envoyé afin que le fidèle Troyen qu'il était en sache plus sur ce qui nous attendait. Et au lieu de cela, il nous a trahis et s'est allié avec les Grecs. »

Cassandre s'agenouilla. « Peut-être, Père, a-t-il reçu certaines informations de l'oracle de Delphes qui l'ont poussé à faire ce choix.

– Alors, pourquoi ne nous en a-t-il pas fait part en premier ? cria Priam.

– La réponse me semble évidente, dit Hector en s'avançant. L'oracle lui a dit de rejoindre le camp grec. Pourquoi, nous ne le saurons sans doute jamais.

– Peut-être parce que ce sont eux qui vont gagner, suggéra Déiphobos. Je ne vois pas trop quelle autre raison l'aurait poussé à agir ainsi et à passer à l'ennemi aussi vite.

– La lâcheté ? Ou peut-être la fidélité, en dépit des apparences ? proposa Hélénos. Supposons que l'oracle ait prédit la défaite des Grecs. Il pourrait avoir reçu l'instruction de rallier leur camp pour leur faire de fausses prophéties. Peut-être est-il resté avec eux pour les induire en erreur. »

Comme toujours, il s'exprimait d'une voix faible et vaguement insidieuse.

« Je crains que tu ne prennes tes désirs pour des réalités, Hélénos. S'il s'avère que tu as finalement raison, nous nous en réjouirons. Mais, pour le moment, nous devons envisager le pire. Sinon, nous commettrions un crime contre nous-même », dit Anténor.

À la façon dont il s'exprimait, on eût dit que c'était aussi un crime contre les bonnes manières.

« Et son frère, Pandaros ? Il pourrait avoir reçu des nouvelles, non ? » avança Pâris.

Priam fit la grimace. Il ne prêtait attention à ce que Pâris proposait qu'avec grandes réticences. « Cela se pourrait. Qu'on le fasse venir », ordonna-t-il en faisant un signe à un messager.

« Peut-être accordons-nous trop d'importance aux présages, dit Hector. Moi, par exemple, je pense qu'une vigilance constante et une armée solide sont les meilleurs présages de notre réussite, voire de notre victoire. Calchas serait toujours parmi nous si nous n'avions pas voulu quémander l'avis des oracles et des devins. Alors, nous n'aurions pas à nous inquiéter de ce qu'il a révélé aux Grecs.

– Toi et les autres, vous parlez déjà de victoire, remarqua Anténor. Or, parler de victoire, c'est invoquer le spectre de la défaite, sa jumelle.

– Oracles... Défaite... Vous me faites penser à des enfants qui ont peur », fit Hector en ricanant.

Il y eut un mouvement. Le tenant par le bras, un serviteur amenait Pandaros qui se débattait comme un beau diable. « Hors de ma vue ! » s'exclama le conseiller en le chassant d'un geste de la main. Puis il se tourna vers Priam en affichant un large sourire. « Ô grand roi, quel honneur me vaut cette convocation qui interrompt mon bien triste dîner ?

– Jamais tu n'as eu de moments tristes dans ta vie, dit Hector.

– J'essaie en effet de les éviter, reconnut Pandaros. Mais dans chaque vie... » Il haussa les épaules en soupirant. « De quelle manière mes humbles services peuvent-ils être utiles à cette auguste assemblée ? demanda-t-il en passant sa main sur son crâne dégarni.

– Ce n'est pas bien compliqué. As-tu des nouvelles de ton frère Calchas ? T'a-t-il envoyé un message ?

– Pas du tout, sire, répondit-il l'air sincèrement surpris. Pas depuis qu'il a quitté ce rivage, il y a déjà un certain temps. Tu sais quelque chose, toi ?

– Oui ! tonna Priam. Il s'est rallié aux Grecs et leur a fait des prophéties favorables en ce qui concerne l'issue de l'attaque qu'ils vont lancer contre nous.

– Mais... Non, c'est impossible ! marmonna Pandaros, abandonnant pour une fois ses manières enjouées. Sa loyauté est sans faille.

– Eh bien, il va te falloir réviser ton opinion ! hurla Priam. Quand les actions ne correspondent pas aux paroles, fie-toi aux actions ! Ce qui compte, c'est ce que les gens font, pas ce que tu imagines qu'ils feraient éventuellement. Calchas accompagne les Grecs. Et au moment même où je te parle, ils se préparent à fondre sur Troie !

– Mais sire, il est trop tôt pour prendre la mer, dit Pandaros en parcourant l'assemblée du regard comme pour chercher un soutien.

– Visiblement, ce n'est pas ce qu'ils pensent, dit Hector. Ils seront ici dans peu de temps, gonflés à bloc par ce que ton frère leur a dit.

– Mais... Que puis-je faire ? Il m'est impossible de voir Calchas. Tout ce que je peux dire, c'est que s'il s'est rallié à eux, c'est qu'il y était contraint. Il n'aurait jamais agi ainsi de sa propre volonté. Il est loyal, sire, je te le garantis !

– À moins de le capturer, nous ne le saurons jamais, dit Déiphobos avec un sourire narquois.

– Et ce garçon qu'il a tenu à emmener avec lui ? Quelqu'un l'aurait-il vu ?

– Pas moi ! Je le jure ! répondit Pandaros en levant les mains. Si c'est le cas, je vous l'amènerai immédiatement !

– Il tenait étrangement à emmener ce garçon avec

lui, dit Priam d'un air songeur. J'ai tout de suite trouvé ça suspect. Et inutile.

– Tout à fait d'accord ! La présence de ce jeune homme était complètement inutile ! s'écria Pandaros. Ce n'est qu'un gamin. Ceci dit, les jeunes aiment partir à l'aventure, naviguer vers des contrées lointaines, vagabonder, alors que les vieux préfèrent rester là où ils sont et profiter de ce qu'ils ont à portée de main. L'explication la plus logique, à mon avis, c'est que mon frère a simplement voulu faire plaisir à ce jeune homme.

– Peut-être as-tu raison, dit Priam en grognant. Toujours est-il que nous devons poster des sentinelles non seulement dans les environs, mais aussi le long de la côte. »

En effet, Pâris et moi n'avions-nous pas accosté plus au sud ? Les Grecs pouvaient débarquer n'importe où. La côte était longue.

« Et nous devons aussi alerter nos alliés, leur ordonner de nous rendre compte du moindre bateau qui arrive. Pour le moment, nous pouvons encore nous déplacer à notre guise. Constituons ici des réserves de nourriture et de marchandises. Suffisamment pour tenir un an au moins. Aucun siège ne peut durer plus longtemps. Quand les vents de l'hiver se remettront à souffler, les Grecs rentreront chez eux.

– Tu parles de siège ? lui demanda Hector. Mais quand même, nous allons les affronter directement, non ?

– Peut-être, répondit Priam. Mais je pense à l'ensemble des Troyens, pas seulement à vous autres, les guerriers. L'armée grecque sera composée uniquement d'hommes, de combattants, alors que nous avons derrière nous une ville entière, avec ses artisans, ses ouvriers, ses femmes, ses enfants, son bétail, tout ce qui fait que Troie est Troie. C'est pour cela que nous combattrons, pour le moindre objet cher à notre cœur, pour le glaive de notre grand-père, pour le collier de notre arrière-grand-mère, pour le berceau de notre premier-né. Eux ont laissé tout cela en sécurité en Grèce. Ils ne sont pas encombrés par les objets et les souvenirs, alors que nous devrons tout défendre, notre vie, nos biens, tout ce que nous aimons.

– Tu parles à nouveau de bataille, souligna Anténor. Peut-être n'en arriverons-nous pas là. Ils vont certainement envoyer des émissaires. Alors, nous pourrons négocier.

– Si tu comptes me demander de laisser partir Hélène, la réponse est non, non et non ! s'écria Pâris en bondissant au milieu de la pièce. Elle est mon cœur, mon esprit, ma main. Je ne peux pas renoncer à elle. S'ils me tuent, j'irai rejoindre le royaume des ténèbres d'Hadès, et tant pis ! Mais vivre sans elle, je ne le peux pas !

– Nous, si ! rétorqua Hector. Faut-il que nous souffrions tous parce qu'elle est ton cœur, ton esprit, ta main ? Où est la justice, là-dedans ? »

Hector avait osé dire ce que très certainement tout le monde pensait.

Pâris ne réagit pas tout de suite. Il s'avança lentement et posément jusqu'au centre de la salle. Le silence s'abattit sur l'assemblée comme la chouette d'Athéna sur sa proie. Je sentis son poids sur mes épaules. J'étais tout aussi incapable de parler que si l'on m'avait coupé la langue. Je ne pouvais que regarder et écouter.

Pâris se mit à sourire, d'un sourire radieux qu'il dispensa généreusement, même à ceux qui lui étaient hostiles. « Tu parles avec sagesse, Hector. J'ai de la chance d'avoir un frère à la fois honnête et brave. » Il commença à marcher en décrivant un cercle, affrontant tout à tour les regards de ses interrogateurs. Puis il parla :

« Chers amis, famille bien-aimée, je m'incline devant vos remarques justes. C'est vrai, l'origine des épreuves qui sans doute vous attendent, c'est moi. Si je n'avais pas amené Hélène de Sparte ici à Troie, vous ne seriez pas confrontés à la menace de cette armée. Mais parfois, nous devons courber l'échine sous le joug de la volonté des dieux, aussi perverse et mystérieuse qu'elle nous semble. J'ai été choisi pour effectuer une tâche qui a entraîné tout ceci, et je n'ai pas pu y échapper. Je n'en ai jamais parlé auparavant – la nécessité ne s'en faisait pas sentir. C'est une histoire qui s'est passée comme dans un rêve. Un jour, Zeus m'a forcé à arbitrer une dispute entre ses filles et sa femme. Non pas que j'aie été digne d'un tel honneur ! Il m'a sans doute choisi sans raison particulière. J'ai voulu refuser, mais il s'est montré inflexible. Vous avez déjà essayé de discuter avec les dieux, vous ? Eh bien, je peux vous dire que c'est impossible ! »

Tous les yeux étaient fixés sur lui. De temps en temps, les personnes présentes échangeaient un bref regard, comme pour dire : *Serait-il fou ?* Pâris s'éclaircit la gorge. « Les déesses – l'épouse de Zeus, sa fille Athéna et Aphrodite se sont rendues sur le mont Ida et m'ont forcé à choisir entre elles.

– Sur quel critère ? demanda Déiphobos en se renfrognant. Et dans quel but ?

– J'étais censé désigner la plus belle.

– Drôle de concours ! dit Anténor. Ni Héra ni Athéna ne sont d'une beauté particulièrement remarquable.

– Ah, tu te trompes, comme moi avant, dit Pâris.

– Mon fils, pourquoi ne nous as-tu jamais raconté cela ? lui demanda Priam.

– Il me semblait que cela faisait partie de ma vie privée. Hélas, je me rends compte maintenant que quand on a affaire aux dieux, il n'y a plus de vie privée. Ils refusent de s'avouer leurs faiblesses. Athéna la combattante, déesse de la guerre, aurait tout fait pour être reconnue comme la plus belle. Les trois déesses ont voulu me soudoyer. Moi, un mortel qu'elles pouvaient éliminer d'un revers de la main ! J'ai choisi Aphrodite, si bien que maintenant, Héra et Athéna en conçoivent une grande rancune et rendent Troie responsable du jugement du malheureux Pâris.

– Oh ! fit Priam en s'affalant sur une chaise. Mon fils ! Quel terrible fardeau t'a incombé ! Pourtant, je ne comprends toujours pas en quoi ceci explique nos difficultés présentes.

– Athéna et Héra nous sont hostiles. Pour elles, je suis Troie, et Troie, c'est moi. Elles veulent me punir.

– Et Aphrodite ? demanda Anténor.

– Elle n'est pas d'une grande aide en temps de guerre », dit Pâris.

La salle entière se mit à murmurer. Cependant, personne ne sembla relever le fait qu'il n'avait pas expliqué précisément quel rôle Aphrodite avait joué dans ce jugement. Personne ne lui demanda ce qu'elle lui avait promis pour qu'il la choisisse, elle.

« Ce sont les déesses qui nous ont mis dans cette situation. Je n'ai été que leur instrument.

– Alors, nous devons défaire leur œuvre », dit Aesacos, resté silencieux jusque-là.

Je me souvins l'avoir vu lors d'une réunion précédente, celle au cours de laquelle Priam avait envoyé Calchas en Grèce. C'était un petit homme au visage de fouine mal rasé et aux yeux brillants. « Je me suis rendu compte que les dieux, contrairement aux hommes, sont facilement distraits et qu'on peut les acheter. Une petite flatterie par-ci, un sacrifice par-là, et l'affaire sera vite arrangée. »

Il avait l'air à la fois sarcastique et las.

« Mais, dans le cas présent, je ne vois pas ce qui pourrait les apaiser, dit Pâris. J'ai rendu mon jugement.

– Un jugement n'est jamais définitif, sauf quand les parties meurent, rétorqua Hector. Retourne à l'endroit où tu as vu les trois déesses et attire-toi leurs faveurs.

– Mais elles ne seront plus là-bas.

– Elles peuvent se déplacer comme bon leur semble, et elles le feront, dès qu'elles sauront que tu vas réviser ton jugement.

– Mais mon verdict serait le même !

– Laisse-les croire que tu as réfléchi. Dis-leur des choses qui les flatteront. C'est ce qu'elles aiment. »

Du pur Aesacos.

XXXIX

Dès que nous nous retrouvâmes dans l'intimité de notre alcôve, j'attirai Pâris vers moi et lui murmurai – que dis-je, c'était encore moins qu'un murmure, un souffle – ma requête au creux de l'oreille. « Parle-moi de ce qui s'est passé ce jour-là sur le mont Ida. » Je ne voulais pas qu'une oreille humaine ou divine surprenne notre conversation.

Il me fit face et, sous la lumière dorée des lampes à huile, je vis, plus que je ne l'entendis, sa réponse. « À l'époque où j'étais encore vacher, un jour, au crépuscule, je sommeillais près d'une mare. Le troupeau s'était éloigné, mais il était trop tôt encore pour rassembler les bêtes. J'étais allongé, comme... » Interrompant son récit, il se jeta sur le lit. « Comme ça, exactement. » Il étendit ses bras au-dessus de sa tête et se prélassa avec volupté. « J'étais en train de rêver – des rêves agréables, comme quand on est à moitié assoupi, et des petites violettes me faisaient un oreiller parfumé. C'est alors que... » Je m'installai à côté de lui sur le lit. Sa voix était exagérément forte. « J'ai pensé que c'était une vision, mais il y avait autour de moi trois silhouettes féminines enveloppées dans l'ombre verte du feuillage. Mon regard les traversait, mais cela ne m'a pas paru étrange. Je me suis levé. » Il se redressa pour rejouer la scène. « Je leur ai demandé en murmurant ce qu'elles voulaient de moi, et elles m'ont dit d'ôter mes sandales. Je me suis exécuté. Ensuite, elles m'ont fait signe de les suivre. Sous mes pieds, l'herbe fraîche était comme un sol de marbre poli. Elles m'ont attiré près de la mare, qui se trouvait un peu à l'écart sous les branches des arbres. »

Il se mit à genoux. « C'est alors que j'ai commencé à avoir peur. J'étais agenouillé sur le sol, mes jambes appuyant sur les galets, et en me réveillant brusquement j'ai compris que ce n'était pas un rêve. J'ai regardé les silhouettes, et j'ai su que ce n'était pas des mortelles, mais des déesses. Alors, je me suis mis à trembler de la tête aux pieds. »

Des perles de sueur apparurent sur son front. Je me pris à penser à ma mère, à ce qui lui était arrivé. Ce n'est pas facile, de se retrouver tout d'un coup face à un dieu. « Est-ce que... As-tu songé à t'enfuir ?

– Non, je savais que c'était inutile. Je me suis dit qu'elles me tueraient sur le coup. Elles en étaient bien capables. Leurs yeux... Il y avait une lueur impitoyable dans leur regard, malgré leurs sourires et leurs compliments.

– Tu as vu leur visage ? »

J'avais toujours cru que si l'on regardait directement le visage d'un dieu, c'était la mort assurée.

« Mieux encore... Je les ai vues toutes nues ! » À ce souvenir, il eut un petit rire nerveux : « Elles m'ont forcé à les regarder. Oui, elles se sont dévêtues devant moi et se sont offertes à mon appréciation de leur beauté respective !

– Mais... Pourquoi ? »

Après tout, peut-être n'avait-ce été qu'un rêve.

« J'ignore pourquoi. Tout ce que je sais, c'est qu'elles m'ont demandé de désigner la plus belle entre elles trois.

– Tu disais tout à l'heure qu'elles avaient voulu te soudoyer, lui rappelai-je en espérant qu'il mordrait à l'hameçon.

– En effet. »

J'attendis qu'il avoue ce qu'elles lui avaient offert. Mais il se contenta de baisser la tête. Alors, je lui posai la question directement.

« Je... Je ne me souviens plus, fit-il d'un air penaud.

– Comment ça, tu ne te souviens plus ?

– Je te l'ai dit, c'était comme dans un rêve. Tu te souviens de tes rêves, toi ? De certains, peut-être, mais il y a des détails qui deviennent flous. Et plus tu essaies de les saisir, plus ils s'évaporent.

– Tu penses que tu pourrais retrouver cet endroit ?

– Oui. Je connais la montagne comme ma poche.

– Si tu retournes là-bas, les choses te reviendront. C'est ça, la différence entre les rêves et des lieux qui existent vraiment. On ne peut pas revivre un rêve, mais on peut revoir un lieu réel.

– Pourquoi faudrait-il que nous y retournions ? Je n'en ai aucune envie. »

Pour un peu, il aurait eu l'air d'un enfant intimidé.

« Tu dois te souvenir de la manière dont tu as offensé Héra et Athéna, si nous voulons avoir une chance de les apaiser. Il faudra partir de ce qu'elles t'ont offert, de ta réaction. Aesacos a raison.

– C'est trop tard.

– Qu'en sais-tu ? On envoie une armée contre nous. Il faut bien que nous essayions de comprendre pourquoi, afin de réparer notre faute, non ?

– Je ne veux pas y retourner. Et si elles... si elles la reprenaient ?

– Si elles reprenaient quoi ?

– La récompense qu'elles m'ont donnée. Ce qu'elle m'a donné.

– Je croyais que tu avais oublié ce que c'était.
– Je te jure, je ne m'en souviens pas ! »

Je pris son visage dans mes mains afin d'effacer la peur panique qui le déformait.

« Pâris, nous devons y retourner, pour Troie. Tu en profiteras pour me montrer la cabane de berger où tu as grandi. Je veux rencontrer tes parents adoptifs, voir l'endroit où tu as passé ton enfance. Nous pouvons tout faire dans la même journée, ce qui est agréable et ce qui fait peur. Tu veux bien ?

– D'accord, marmonna-t-il.
– Promis ?
– Promis. »

On aurait dit un petit garçon qu'on allait fouetter.

Ainsi, nous étions de retour sur le mont Ida. Sous la lumière froide et étincelante du soleil hivernal, il ne ressemblait pas du tout à la montagne sur laquelle j'avais passé une nuit sauvage et terrifiante. Nous ne nous dirigions pas vers le sommet où les rites de fertilité s'étaient déroulés, mais vers un autre éperon rocher. En effet, le mont Ida était composé de tant de pics secondaires, d'éperons et de mamelons qu'il ressemblait à une lionne allaitant ses petits.

Dès que nous posâmes le pied sur la montagne, Pâris ne fut plus le même.

« C'est là que je faisais la course autrefois... Là-bas, je construisais des cabanes dans les arbres... Ici j'avais fait un fort avec des rochers... Et regarde cette clairière et cette cabane ! C'est là qu'Agélaos et Déione m'ont élevé. La cheminée ne fume pas. Cela veut dire qu'ils ne sont pas à la maison. Nous reviendrons au coucher du soleil, si tu veux, pour voir s'ils sont de retour. Et je te montrerai l'endroit où ils m'ont découvert sur une peau de loup.

– Tu n'es pas obligé.

– C'est un lieu sacré, du moins pour moi. Un endroit où je suis passé d'une vie à une autre.

– Nous sommes venus ici pour que tu m'en montres un autre, celui où tu es passé dans une autre vie et où tu as attiré le danger sur Troie.

– Ah oui, c'est vrai, dit-il d'une voix maintenant éteinte. C'est cet endroit-là que tu veux voir.

– Tu m'as dit que tu savais exactement où il se trouvait. Allons-y. Finissons-en au plus vite. »

Il fit brusquement demi-tour et prit la direction opposée. De toute évidence, il aurait voulu y aller en dernier, voire pas du tout. Nous traversâmes un paysage vallonné, où des futaies de pins ombragées alternaient avec des combes étouffées par les plantes grimpantes et les buissons. Le chemin qui montait en lacets était caillouteux.

Nous arrivâmes brusquement à un endroit dégagé, une prairie en pente douce. De grands cyprès la délimitaient et un ruisseau aux eaux scintillantes la traversait avant d'aller se perdre dans un fourré.

« C'était ici, dit Pâris en s'arrêtant et en tendant le bras. Je dormais sous cet arbre-là. » Il me montra un vieux chêne dont le gros tronc faisait une ombre épaisse. « Et voici la pierre qui me servait d'oreiller. » Il s'agenouilla avec précaution à côté d'elle, caressa sa surface. « J'étais allongé comme ça, poursuivit-il en s'étendant. L'arbre avait plus de feuilles, mais sinon, tout est resté exactement pareil. » Il ferma les yeux. « Et alors je les ai entendues... Je les ai vues... »

Il n'y avait rien d'autre que le bruit du vent dans les branches.

« Je pense qu'il y avait quelqu'un d'autre avec elles... Un homme... Mais oui ! C'était Hermès ! Comment ai-je pu oublier ça ? C'est lui qui m'a dit que je devais choisir entre les trois déesses, qu'il ne pouvait pas m'aider, et que je devais prendre ma décision tout seul. Il a dit, ajouta Pâris avec un rire étouffé, que ma beauté et ma compétence dans les affaires de cœur faisaient de moi un juge tout désigné. Alors, je me suis levé et ils m'ont emmené... » Il regarda autour de lui. « ... là-bas ! Là-bas dans cette clairière !

– Allons-y », dis-je.

Au centre de la clairière se trouvait un étang profond, alimenté par un ruisseau qui tombait en cascade des rochers en surplomb, le genre de ruisseau qui disparaissait l'été lorsqu'il n'y avait plus de pluie et que les neiges avaient cessé de fondre – un ruisseau qui s'évaporait comme les déesses elles-mêmes. Ce jour-là, l'étang s'étalait dans la pénombre, sa surface parcourue de grandes rides sombres, son cœur reflétant le soleil, son pourtour plongé dans l'obscurité. Le calme planait au-dessus de lui. L'eau du ruisseau s'y déversait en clapotant.

« Les déesses m'ont demandé de m'asseoir sur ce rocher, m'expliqua Pâris en s'affalant dessus. Puis elles ont défilé devant moi. Elles faisaient peur. Elles étaient plus grandes que des humains. Le bras d'Athéna était aussi gros que le mât d'un navire. Je n'avais aucune illusion sur ce que ce bras pouvait me faire subir. Hermès m'a expliqué, comme s'il parlait à un benêt, que Zeus m'avait nommé pour choisir la plus belle des trois déesses. Une fois mon jugement prononcé, je devais remettre à la gagnante une récompense, une pomme en or, je crois, avec l'inscription "À la plus belle". Qu'était-ce qu'une pomme en or pour ces déesses ? Elles auraient pu en avoir autant qu'elles voulaient. Et quel prix pouvaient-elles bien attacher à l'avis d'un gardien de troupeaux ? Les mortels ne comptent pas pour elles ou si peu. Cela défiait toute logique. Mais j'avais tellement peur que je n'ai pas protesté. Tout ce que je voulais, c'était en sortir vivant. » Après une quinte de toux, il reprit : « J'ai dit à Hermès que je couperais la pomme en trois. Il m'a répondu que c'était impossible, qu'il fallait que je fasse un choix. Mon cœur battait à tout rompre. On peut poser des conditions avant d'agir, jamais après. Alors, j'ai supplié les déesses de ne pas m'en vouloir si elles perdaient, étant donné que je n'étais qu'un simple mortel et que je pouvais me tromper. Hermès m'a assuré qu'elles acceptaient ma requête.

– Les faits montrent que non !

– On ne peut pas faire confiance aux dieux. Cela, nous le savons bien. C'est pourquoi j'ai cherché à me protéger. Ce qui ne m'a pas servi à grand-chose.

– Mais tu les as regardées. Raconte-moi. À quoi ressemblaient-elles ?

– J'y ai à peine prêté attention, reconnut-il. Si tu voyais un énorme mastiff aux crocs dégoulinants de bave, prêt à bondir sur toi, tu remarquerais la couleur de ses poils ?

– Elles se sont dévêtues ?

– C'est Hermès qui en a fait la suggestion. La première, c'était Héra. Elle était plutôt belle, mais ses tentatives pour m'acheter étaient ridicules. Elle m'a fait miroiter des richesses et des terres. » Il s'arrêta pour reprendre son souffle. « Puis Athéna s'est avancée. Elle avait insisté pour qu'Aphrodite retire sa ceinture magique, celle qui rend amoureux d'elle tous ceux qui la voient. » Il ajouta avec un petit rire : « Aphrodite a accepté, à condition qu'Athéna enlève son casque, parce qu'elle était affreuse quand elle le portait. Aphrodite avait raison. Athéna était presque belle sans lui.

– Et elle, que t'a-t-elle offert ?

– Oh, des terres et des victoires, le genre de choses auxquelles je n'attache aucune importance. »

Il haussa les épaules – trop visiblement pressé d'en finir. Puis il alla au bord de l'étang, s'agenouilla et plongea ses mains dans l'eau.

« Et Aphrodite ? » lui demandai-je.

Il s'assit sur ses talons. « Oh, voilà une femme qui sait plaire aux hommes, dit-il avec un petit sourire.

– En effet, c'est la réputation qu'elle a.

– Elle a commencé par me dire que j'étais l'homme le plus beau de la région, que garder les troupeaux était indigne de moi. Que j'étais destiné à de plus grandes choses. Des choses qu'elle m'a promises.

– Elle t'a promis une place à Troie ? Mais bien sûr, elle savait déjà qui tu étais en réalité. »

Oh, je lui fournissais là une réponse vraiment toute prête ! Si seulement j'avais attendu qu'il s'exprime d'abord !

« Oui, tout à fait, c'est cela qu'elle m'a promis, dit-il en souriant. Exactement. » Il m'envoya quelques gouttes d'eau, m'aspergeant le visage. « Et peu de temps après, je me suis rendu à Troie et la vérité sur ma naissance a éclaté au grand jour. Je dois lui en savoir gré. Grâce à elle, je suis devenu un prince troyen.

– Ce que tu étais déjà.

– Mais c'est Aphrodite qui l'a révélé à ma mère et à mon père.

– Alors, tu as bien fait de la choisir. Cela a changé ta vie dans le sens que tu voulais.

– Tu peux le dire.

– Je croyais que tu ne te souvenais plus de ce que les déesses t'avaient promis. »

Une expression inquiète assombrit un instant son

visage. « C'est en venant ici que mes souvenirs ont ressurgi. Comme je l'espérais.

– Comme je l'espérais moi aussi. Et maintenant, tâchons de nous concilier les perdantes pour qu'elles renoncent à se venger sur Troie.

– Oui, oui, bien sûr. »

Il fouilla dans son sac et en sortit deux poèmes célébrant le charme d'Héra et d'Athéna, ainsi que des hommages à leur beauté sous la forme de colliers de calcédoine, d'améthystes et de perles d'or. Invoquant la présence des déesses, il déposa le tout avec révérence sur une pierre plate.

Il leva les mains au ciel. « Grandes déesses de l'Olympe, Héra d'Argos et Athéna aux yeux pers, sublime fille de Zeus, supplia-t-il, considérez mes offrandes avec bienveillance et ayez pitié de Troie. » Puis il ajouta d'autres objets afin d'éveiller leur désir – des maquettes de bateaux et de cités fortifiées, comme si lui, Pâris, pouvait les leur donner ! « Commandez à ces navires et à ces villes. Vous avez promis de vous soumettre à ma pitoyable décision. Or, je ne suis qu'un mortel ignorant. Ma pauvre opinion n'a aucun poids pour les immortels. »

Il s'agenouilla devant l'autel improvisé.

Un silence profond suivit. L'avaient-elles entendu, au moins ? Il était plus probable qu'elles soient occupées par d'autres choses, tout aussi frivoles qu'une pomme gravée. Je réprimai mes pensées de peur qu'elles ne les lisent.

« Vous menacez Troie, qui ne vous a jamais nui. Mais je ne suis pas Troie. Je n'étais même pas reconnu en tant que prince troyen lorsque vous m'avez demandé de décerner la pomme d'or. Ne rendez pas des innocents responsables de mes erreurs. »

Toujours pas de réponse.

« Rappelez les Grecs ! Suppliez Zeus ! Empêchez cette guerre désastreuse ! »

Toujours aucun bruit, si ce n'est celui du taillis frémissant et du ruisseau murmurant.

« Alors... Aphrodite, sauve-nous ! Ne nous laisse pas mourir ! »

Aphrodite – la déesse qui, en nous faisant suivre des pistes invisibles, nous avait rapprochés l'un de l'autre. Elle n'était pas fiable, mais elle était tout ce qui nous restait. Notre supplique aux autres déesses avait été ignorée. Troie allait devoir en payer le prix. N'y avait-il rien à faire ? Mais que pouvions-nous promettre aux perdantes, à Héra et Athéna ? C'était elles qui avaient le pouvoir d'accorder des offrandes, pas nous.

Je tendis le bras vers Pâris et lui pris la main pour l'attirer vers moi. « Viens, lui dis-je. Puisqu'il doit en être ainsi. » Je me sentais à la fois triste et résolue. « Nous devons faire face, être courageux, quoi qu'il advienne. Les dieux peuvent bien nous faire plier les genoux, écraser nos épaules, il y a une certaine dignité à être détruit par eux – par leurs propres mains. En attendant, nous sommes debout. Ceci est la dernière requête que nous leur adressons, à elles, Héra et Athéna, déesses pleines de haine. » Je levai les yeux vers le ciel. Parfois même, les dieux concevaient de l'admiration pour ceux qu'ils détruisaient, s'ils se montraient des adversaires dignes d'eux. « Tu as fait ton choix, Pâris. Maintenant, nous devons en accepter les conséquences.

– Tu me soutiendras ? demanda-t-il, incrédule.

– Bien sûr. Sans toi, je ne suis rien. »

Je serrai sa main. Elle était froide, comme une jarre laissée dehors pendant la nuit.

Il se pencha vers moi.

« Je pensais que je ne te reverrais jamais », fit alors

une voix claire et cassante de l'autre côté de la clairière. Je tournai vivement la tête. Une jeune femme mince se tenait au bord de l'étang. La main de Pâris se mit à trembler dans la mienne. Je le sentis esquisser un mouvement, comme s'il voulait la retirer, mais il n'en fit rien. Au contraire, il serra ma main encore plus fort.

« Oenoné ! s'écria-t-il.

– Eh oui, c'est bien moi, Oenoné », répondit-elle en s'avançant vers nous d'un pas vif, faisant voler les pans de son manteau.

Elle portait en dessous une robe rose. Elle s'approcha et je vis son joli visage. Pâris était cloué sur place, comme s'il avait pris racine. Il agrippa ma main.

« Ainsi, c'est pour cette femme que tu m'as quittée. » Quand elle s'arrêta, elle n'était qu'à quelques pas de nous. « Oh, j'ai beaucoup entendu parler d'elle. » Elle ôta sa capuche, libérant une cascade de cheveux couleur de miel. « Elle n'est pas d'une beauté aussi extraordinaire que ce que l'on dit. Alors, pourquoi, Pâris ? » lui jeta-t-elle sur un ton de défi. J'aurais voulu répondre, mais ce n'était pas à moi de le faire.

« Je l'aime, dit enfin Pâris.

– Tu l'aimes, elle, ou tu aimes le fait qu'elle est la fille de Zeus ? demanda cette effrontée en décrivant un cercle autour de nous. Nous avons gravé nos deux noms sur l'écorce des arbres. Tu as dit que tu serais à moi pour toujours. Et puis, un jour, tu es parti ! » Son bras s'ouvrit dans un grand geste. « Pour elle. » Elle rapprocha brusquement son visage du mien. « Dis-moi, ô reine, à quelle ruse as-tu eu recours pour le gagner ? Quand il est venu à la cour de ton mari, pourquoi t'es-tu jetée à son cou ? »

Ce n'est pas ainsi que les choses se sont passées,

faillis-je lui répondre. Mais pourquoi aurais-je dû me défendre ? Mieux valait ne rien dire.

« Une femme mariée, siffla-t-elle entre ses dents. Tu avais des techniques secrètes pour l'attirer ? Ou bien était-ce simplement l'attrait de l'interdit ? Je connais Pâris, je sais qu'il aime ce qui est défendu. C'est pourquoi il est allé à Troie ce jour-là. Prends garde, ma reine, maintenant que tu n'es plus interdite et qu'il faut payer pour te garder – prends garde qu'il ne t'échappe ! »

Mais pourquoi donc Pâris ne disait-il rien ?

« Va-t'en, Oenoné. Tu es fatigante. C'est fini entre nous. » Maintenant qu'il s'exprimait, c'était sans conviction.

« C'est ce que tu crois. Tu as oublié mes dons de guérisseuse ? » Elle recula, nous fusilla du regard.

« Tes dons ? Je n'en ai pas besoin.

– Un jour, oui. Je vois l'avenir. Je sais ce qui va se passer. Tu seras très gravement blessé et on t'amènera ici – elle n'a pas le pouvoir de guérison, elle – mais ce jour-là, je te tournerai le dos et je te renverrai mourir à Troie. »

Si c'était comme cela qu'elle comptait le faire revenir vers elle, alors elle ne connaissait rien aux hommes. « Si tel est ton amour, dis-je, il n'est pas très profond. Seule ta fierté est touchée. Ce n'est pas ça, l'amour.

– Sois maudite ! me lança-t-elle. Toi, cause de tous ces malheurs, tu oses m'insulter !

– Tout ce que je sais, c'est que si j'aimais quelqu'un, quoi qu'il m'ait fait, je ne lui refuserais jamais mon aide si sa vie en dépendait. Mais peut-être est-ce parce que je suis mère et que je connais d'autres dimensions de l'amour.

– Une mère qui a abandonné sa fille – qui l'a abandonnée pour son amant ! De quel droit me parles-tu d'amour ? »

Ah, elle savait comment m'atteindre ! « Si je suis plus à même de comprendre l'amour, c'est peut-être à cause de cela. Parce que j'ai souffert.

– Et moi, je n'ai pas souffert ? rétorqua-t-elle en adressant à Pâris un regard furieux. Parle-moi, lâche. Ne laisse pas ton amante s'exprimer à ta place.

– Oenoné, je te l'ai dit, c'est fini entre nous.

– Parce que maintenant, tu n'es plus un simple berger, tu es un prince troyen, et l'amant d'une reine.

– C'était mon destin, répondit-il d'une voix faible et hésitante. J'étais déjà prince, et si je n'avais pas réclamé la place qui me revenait, cela aurait été un manque de courage. Hélène est une partie de moi-même, elle est mon âme. Elle m'était destinée dès le début.

– Alors, que cette partie de toi-même te sauve, l'heure venue ! » s'écria-t-elle. Elle se détourna, puis nous regarda à nouveau. « J'ai prié pour te revoir ne serait-ce qu'une fois. Les dieux t'ont fait revenir ici et m'ont dit à l'oreille où je pourrais te voir ! Quelles amères retrouvailles ! Je te laisse à elle. Quand tout sera fini, même elle viendra me supplier de te sauver. » Elle redressa fièrement la tête. « Mais je refuserai, ô reine. Tes supplications me mettront du baume au cœur, mais elles ne te serviront à rien. Profitez du peu de temps qu'il vous reste à passer ensemble. »

Elle partit en faisant voler son manteau et disparut, avalée par la végétation.

« Pâris, dis-je, bouleversée. Tu ne m'avais jamais parlé d'elle ! »

Maintenant, je me souvenais de la remarque acerbe de Déiphobos à propos de la nymphe de l'eau que

Pâris avait abandonnée. « Peut-être vaut-il mieux qu'il en soit ainsi. Maintenant, je sais tout – l'épreuve que les déesses t'ont imposée, la femme que tu as aimée avant moi. Tu connais Ménélas, je connais Oenoné. J'ai vu son visage. » Il paraissait si désemparé que je voulus le rassurer. « Qu'il n'y ait rien de caché entre nous. »

Comme j'étais naïve ! Je pensais tout savoir. Or, j'ignorais toujours le terrible secret de la promesse d'Aphrodite : la récompense qu'elle avait promise à Pâris, c'était moi.

Du même auteur
aux Éditions Albin Michel :

LES MÉMOIRES DE CLÉOPÂTRE :

La Fille d'Isis, t. 1
Sous le règne d'Aphrodite, t. 2
La Morsure du serpent, t. 3

Composition réalisée par NORD COMPO

Achevé d'imprimer en janvier 2009, en France sur Presse Offset par
Maury-Imprimeur - 45330 Malesherbes
N° d'imprimeur : 143290
Dépôt légal 1re publication : janvier 2009
LIBRAIRIE GÉNÉRALE FRANÇAISE - 31, rue de Fleurus - 75278 Paris Cedex 06